Amour
et Popotin

Du même auteur,
chez le même éditeur :

Le Pornographe et ses modèles, 1998
(nouvelle édition, 2006)
La Pharmacienne, « Lectures amoureuses », 2003
La Foire aux cochons, « Lectures amoureuses », 2004
Les Mains baladeuses, « Lectures amoureuses », 2005
Le Goût du péché, 2006

Ecrire à l'auteur :
esparbec@lamusardine.com

En couverture :
Photographie © Chas Ray Krider
www.motelfetish.com – chasray@motelfetish.com

La Musardine
122 rue du Chemin-Vert - 75011 Paris
www.lamusardine.com

ISBN : 978-2-84271-312-6

ESPARBEC

Amour et Popotin

l e c t u r e s   a m o u r e u s e s
La Musardine

Première partie

MADAME S'AMUSE

1

Madame

Je vais vous raconter comment j'ai rencontré l'amour en devenant la putain d'une riche famille bourgeoise du Sud-Ouest.

A quinze ans, on m'avait renvoyée du collège d'Agen où j'étais pensionnaire parce qu'on m'avait surprise dans le lit d'une autre fille. Mon père était mort depuis un an, sa veuve, ma belle-mère, profita de ce petit scandale pour se débarrasser de moi en me plaçant comme femme de chambre à Villeneuve-sur-Lot, chez une de ses amies d'enfance, Mme Bergeret.

Elle ne m'avait pas laissé grand choix ; c'était ça ou fille de ferme dans la propriété de son frère. Plutôt que de me salir les mains à remuer du fumier, j'ai donc opté pour la carrière de bonne. Car, en dépit du terme ronflant et désuet de « femme de chambre », je ne nourrissais aucune illusion, c'était bien de faire la bonniche chez des « gens de la haute » qu'il s'agissait.

M. Bergeret étant le député de la région, et le frère de sa femme, le Dr Lépine, tenant le haut du pavé parmi les médecins de Villeneuve, je m'étais dit qu'en me frottant à ce beau linge, j'aurais l'occasion d'apprendre les bonnes manières. Une fois formée, mon rêve était de monter mener la grande vie à Paris. Je vous rappelle que je n'avais que quinze ans et qu'à part les touche-pipi de pensionnaires, je ne connaissais encore rien à rien. A ce jour, mon cœur n'avait battu que pour les romans de gare que nous lisions en cachette, dans le dortoir, et pour les sales caresses que nous y échangions, une fois que nous nous étions bien échauffées avec, passant d'un lit à l'autre avec des rires étouffés et un énervement des sens que rien ne pouvait apaiser. Lorsqu'on me renvoya, je n'ignorais plus rien de ce qu'on peut faire entre filles, mais je n'avais encore jamais approché un garçon ; naïvement, je me croyais le sang chaud ; ce que je ne savais pas encore, c'est que j'étais putain dans l'âme.

Mon séjour à Villeneuve allait m'ouvrir les yeux.

*
* *

J'arrivai chez les Bergeret à la fin d'une belle journée de mars. J'étais venue d'Agen par le car, et de la gare, comme je n'avais pas de quoi payer un taxi, je mis un bon quart d'heure pour me rendre à pied à l'adresse qu'on m'avait donnée. Comme mes valises étaient lourdes, j'étais en sueur quand j'atteignis enfin le bord du Lot où se dressait « Le Bertranet ». Je fus très impressionnée en voyant cette grande bâtisse à pignons qui dominait la rivière. Un vaste jardin planté de tilleuls et de rosiers la protégeait de la curiosité des passants. Il n'y en avait guère, d'ailleurs, dans cette rue résidentielle où ne stationnaient que les voitures des riverains, tous gens riches, jaloux de leur intimité. Luxe suprême, on y voyait en permanence un vigile, un ancien militaire à la retraite, M. Léon, chargé de veiller sur la tranquillité du lieu en tenant à distance les trimardeurs et les quêteurs de tous genres. On l'employait aussi à de menues corvées, comme vider les poubelles, tondre les pelouses, laver les voitures et désherber les jardins. Il logeait au fond de l'impasse, au rez-de-chaussée d'un ancien moulin à vent transformé en pigeonnier dont le propriétaire lui abandonnait la jouissance ; il y vivait seul, dans une pièce qui ne faisait pas dix mètres carrés, et ne semblait pas mécontent de son sort.

Il était en train d'astiquer une Porsche quand je posai mes valises devant le portail que dissimulait en grande partie le feuillage d'une glycine. Je fouillai parmi les feuilles pour trouver la chaîne de la clochette, et je tirai dessus. Le son grêle trembla longuement dans le silence de l'après-midi. Je sentais l'odeur fade de la rivière toute proche ; j'avais froid, tout à coup, parce que j'étais maintenant immobile dans l'ombre de la glycine. A aucun moment le vigile ne se méprit ; à cause de mon jeune âge, j'aurais pu être une amie d'Edwige Bergeret, la fille de la maison, venue lui rendre visite ; mais son œil sagace décela d'emblée la valetaille, et il me tutoya sans hésiter.

— N'aie pas peur de la secouer, si tu veux que Madame Fernande t'entende. A cette heure, elle prend son bain de soleil sur la terrasse, du côté de la rivière.

J'entendis grincer le cuir de ses bottes alors qu'il venait se placer derrière moi. Rageusement, je secouai la clochette. Je savais qu'il regardait mon cul ; datant de l'année précédente, la robe d'été que je portais, mouillée de sueur, y adhérait de façon exagérée ; en un an, ma croupe et mes seins avaient pris de l'embonpoint et les yeux des hommes s'allumaient souvent en se posant dessus.

Secouant la clochette, je sentis une flèche de tiédeur naître au creux de mes reins. Je me disais qu'il devait voir ma culotte à travers l'étoffe. Je l'entendais siffloter entre ses dents tout en secouant le carré de chamois avec lequel il avait poli la voiture.

— Voilà, voilà ! cria enfin une voix, dans les profondeurs de la maison. Inutile de faire ce tintamarre ! Je ne suis pas sourde !

Le vigile ricana et ses pas s'éloignèrent.

Une femme arrivait entre les arbres, vêtue d'un peignoir de plage rouge, en tissu éponge. Grande, élancée, environ quarante ans, très brune de cheveux, visage dur, osseux, grosse bouche sensuelle, avec un air d'amertume et d'insatisfaction. Encore maintenant, je suis incapable de dire si elle était belle ou laide ; dès que je la vis, elle me rappela une pionne d'internat que nous redoutions pour sa cruauté froide et doucereuse et la peur me pinça le ventre. Elle me dévisagea sans aménité à travers les barreaux. Je lui trouvais un air si égaré que je me demandai si elle n'était pas folle. Ce n'est que lorsqu'elle m'eut ouvert et que je sentis son haleine que je compris qu'elle était ivre. Elle claqua la porte de métal derrière moi et lança un coup d'œil dans la ruelle. Le vigile nous tournait le dos et polissait avec véhémence le capot de la voiture.

— Eh bien, avance, me dit « Madame ». Ne reste pas plantée comme une asperge. Allons de l'autre côté... il y a encore du soleil...

Je pris mes valises et la suivis. Nous contournâmes un bassin empli de feuilles mortes, et gravîmes un escalier de briques usées par le temps pour rejoindre une terrasse qui surplombait la rivière. Le soleil, très bas, n'allait pas tarder à se coucher. La surface du Lot reluisait comme du cuir neuf. Une barque y laissait un long sillage mordoré. Il y avait deux chaises longues, des journaux de femmes éparpillés sur une natte, une table de métal encombrée de cendriers, de bouteilles et de verres. Un des verres était marqué de rouge à lèvres.

Nous passâmes de là dans une vaste pièce qui sentait la cire. Des meubles anciens luisaient dans la pénombre. Une des distractions de Fernande Bergeret consistait à courir les brocanteurs et les antiquaires. Elle achetait, revendait, c'était un perpétuel déménagement, activité que son député de mari, la trouvant nuisible à son renom, ne voyait pas d'un bon œil.

La cuisine qu'on me montra ensuite était dans un désordre épouvantable. Des piles d'assiettes sales dans tous les coins, certaines posées par terre. Des torchons éparpillés au dos des chaises, plusieurs sacs-poubelles amoncelés contre un frigidaire.

— Eh oui, fit Madame, tu as du pain sur la planche. Tu as bien fait de venir plus tôt que prévu. Il faut que tout soit nickel d'ici ce soir. Suis-moi, je vais te montrer ta chambre.

C'était au deuxième étage, sous les combles, une petite pièce mansardée, très propre, presque coquette. Outre le lit à une place, il y avait deux placards de rangement, une armoire à glace, un lavabo et une douche derrière un rideau. La lucarne donnait sur la rivière, on avait vue de là sur la rive opposée et une bonne partie de la ville. Derrière le rideau, dans le bassin de la douche, un bidet portatif était juché sur un trépied. Une serviette propre était pliée dessus. Assise sur le lit, Fernande Bergeret m'observait ; le bas de son peignoir s'était ouvert, mais elle ne parut pas y prendre garde. Elle avait de belles cuisses charnues, couleur de pain d'épice.

— Tu t'étonnes de trouver tout aussi bien rangé après le bordel que tu as vu en bas. C'est que j'ai pris la peine de préparer ta chambre moi-même. Je pensais que tu arriverais à la nuit, je ne voulais pas que tu aies à faire ton lit.

Elle bâilla nerveusement. Et sur le même ton agacé, elle ajouta :

— Je sais pourquoi on t'a renvoyée. Ta belle-mère ne me l'a pas caché.

Ce fut comme une gifle. Mes joues devinrent brûlantes et j'eus dans la poitrine la même impression de vertige atroce que lorsque la surveillante nous avait découvertes enlacées tête-bêche, ma copine et moi. Je ne savais plus ou me mettre. Sur l'épaisse bouche de Fernande Bergeret flottait la grimace amère qui lui tenait lieu de sourire. Ses yeux se repaissaient de ma rougeur.

— J'espère que tu sauras te tenir, ici ; j'ai une grande fille, pas question de lui fourrer en tête de sales idées...

Elle vint vers moi. A nouveau, je sentis l'odeur de l'alcool sur ses lèvres.

— Je n'aime pas beaucoup les lesbiennes, dit-elle. En général, ce sont des sournoises et des voleuses. J'espère que tu feras exception à la règle. Sinon, gare...

Elle leva son doigt ; le soleil couchant fit scintiller le vernis rouge de son ongle.

— Ta belle-mère m'a autorisée à te traiter comme si tu étais ma fille... Sache que j'ai la main leste ! Je te conseille de te tenir à carreau et d'exécuter mes ordres sans discuter... Si tu te mortifies pour la moindre taloche, tu ferais aussi bien de repartir tout de suite !

J'étais assommée de stupeur. En venant ici, j'étais loin

de m'attendre à pareil accueil. Que faire ? Reprendre le car pour Agen, me soumettre à ma belle-mère ? Elle m'expédierait à la ferme. Rien ne pouvait être pire à mes yeux. Je ravalai donc ma fierté et quand elle me demanda : « Sommes-nous bien d'accord, Victorine ? », je fis signe que oui. Elle se radoucit alors et daigna me caresser la joue.

— Ne crains rien, je ménagerai ton amour-propre. S'il m'arrive de t'envoyer une tarte, ce sera dans l'intimité.

Ses yeux luisaient et je voyais ses doigts remuer nerveusement. Cela me rappela mon père, la dernière année de sa vie, quand il avait renoncé à fumer et que ses doigts cherchaient sans cesse, sans qu'il s'en doute, la cigarette qui lui manquait.

— Tu ne voudrais pas aller travailler à la ferme ?

Je fis signe que non.

— Parfait. Alors souviens-toi aussi de ne jamais parler au-dehors de ce qui se passe ici. Villeneuve est une petite ville, chacun épie son voisin. Je suis la femme du député, nous avons beaucoup d'ennemis.

Elle parlait précipitamment, sans me regarder. J'approuvais tout ce qu'elle disait.

— Nous avons tous nos manies, tu comprends ? La vie de province n'est pas drôle. Il faut parfois laisser s'échapper la vapeur...

C'était du chinois, pour moi. Je n'avais qu'une hâte, qu'elle vide les lieux, pour prendre une douche. Au lieu de ça, elle ouvrit un placard et décrocha un cintre. Y étaient suspendus une courte jupe noire et un corsage également noir aux manches courtes agrémentées de deux bandes blanches ; le col Claudine était blanc, lui aussi, et si large qu'il se transformait devant en bavette.

Je contemplai avec incrédulité cet accoutrement de soubrette pour pièce de boulevard. Elle disposa la jupe et le corsage sur le lit.

— Voilà ton uniforme. C'est celui de l'ancienne bonne. Elle était plus petite et plus mince que toi, mais en attendant que nous prenions tes mesures, cela fera l'affaire. Nous sommes en famille, ce soir, si tu es un peu boudinée dedans, personne n'en fera une attaque...

Je tendis la courte jupe à bout de bras. Jamais mes fesses ne tiendraient là-dedans. Je serais non seulement ridicule, mais indécente. Cela paraissait le cadet de ses soucis. Elle me montra dans le placard une paire de souliers noirs vernis, à talons hauts, et plusieurs paires de bas, également noirs, froissés en boule. De vrais bas, pas des collants. Je me posais mille questions. Pourquoi fallait-il que je me déguise de la sorte ? Le comble, c'était le tablier, un minuscule bavoir orné de dentelles qui cachait à peine le bas du ventre ; le haut, très étroit, passait entre les seins et s'attachait derrière la nuque. J'essayais de m'imaginer là-dedans et ça me faisait les jambes toutes molles, quand on secoua la clochette dans le jardin. Madame courut à la fenêtre.

— C'est le secrétaire, maugréa-t-elle. Je ne l'attendais pas si tôt ! Quel zèbre ! Il faut toujours qu'il fasse du zèle... On ne peut pas être tranquille un instant !

2

Toilette intime

Elle prit une voix ravie pour héler le visiteur.

— Quel bonheur, Gustave, cria-t-elle. Vous, enfin ! Je mourais d'ennui. Pourquoi n'êtes-vous pas venu plus tôt ?

— Votre mari m'a retenu, chère amie. Vous savez comme ce congrès lui tient à cœur...

— C'est un bourreau de travail, vous ne m'apprenez rien ! Vous ne pouvez pas savoir, Gustave, comme je maudis la politique ! Allez m'attendre sur la terrasse, je vous rejoins dès que j'ai donné mes instructions à la nouvelle bonne.

J'entrevis en bas un homme d'une quarantaine d'années d'apparence lugubre qui ressemblait à un clerc de notaire. Ce qui me frappa en lui, ce fut sa longue mâchoire et ses dents qui avançaient ; il était très grand mais se tenait voûté, en homme habitué à plier l'échine. On voyait que c'était le sous-fifre avec qui on n'a pas à prendre de gants. Je fus d'autant plus surprise de l'entendre formuler une objection :

— Vous avez donc renvoyé Edith ? Pourquoi donc ?

Il semblait contrarié.

— Oh, comme ça, fit négligemment Madame, vous savez comme je suis changeante. Cela faisait déjà plus d'un an qu'elle était chez nous, j'ai eu envie de voir un nouveau visage. Et puis, elle en prenait vraiment trop à son aise !

— N'empêche, elle me manquera. Je m'étais habitué à elle...

Le rire artificiel de Fernande Bergeret retentit pour la première fois à mes oreilles. En fait, ce n'était qu'une imitation de rire, une sorte de grincement.

— Je le sais bien ! s'écria-t-elle. J'ai comme l'impression que ces derniers temps vous veniez davantage pour elle que pour moi...

Le secrétaire ne répondit pas. J'entendis ses pas écraser le gravier de l'allée.

— Allez, ne faites pas la tête, le consola Madame en se penchant dehors. Vous verrez, la nouvelle n'est pas mal du tout !

Sur ces mots, elle me dévisagea, effaçant instantanément sa grimace mondaine et me cria :

— Eh bien ? Qu'attends-tu ? Va vite prendre ta douche et mettre ton uniforme.

Je tentai pitoyablement de lui faire entendre raison :

— Mais, Madame... jamais je n'entrerai dans cette jupe, et en plus, elle est beaucoup trop courte...

— C'est à moi d'en juger, Victorine, rétorqua-t-elle. Mais avant tout, va donc faire un tour sous la douche, tu sens la sueur... cela m'incommode.

En la voyant se rasseoir sur le lit, je compris avec terreur que je devrais me mettre nue devant elle. Les jambes coupées, sans oser la regarder, je défis les pressions de ma robe et fis descendre l'étoffe à mes chevilles.

Après quoi, je fis glisser mon collant. Pendant que j'épluchais mes cuisses, elle ne me quittait pas des yeux.

— Tu as un gros cul, dit-elle, et de gros seins... Mais il y a des amateurs.

Je courus me réfugier derrière le rideau de la douche. Son hennissement m'arrêta.

— Tu comptes te doucher en culotte et soutien-gorge ? Enlève tout ça... Ne joue pas les pudiques avec moi, je sais comment est faite une femme... quant à toi, en tant que lesbienne, cela a déjà dû t'arriver plus d'une fois, non ?

Voyant que mes mains tremblaient, elle m'aida à me débarrasser de mon soutien-gorge et regarda surgir cette poitrine trop lourde dont j'avais toujours honte quand je la montrais pour la première fois.

— Tu as les bouts qui pointent, constata-t-elle. Ça te fait donc de l'effet de te mettre nue devant une femme ?

Pressée de me réfugier sous la douche, je lui tournai le dos pour baisser ma culotte, mais elle m'obligea à lui faire face et abaissa les yeux sur ma touffe.

— Il faudra débroussailler tout ça, m'informa-t-elle.

D'une claque sur la fesse, elle m'expédia dans le bassin carrelé dont elle m'empêcha de tirer le rideau et je dus donc me savonner devant elle. Elle regardait mes mains courir sur mon corps. Quand je me fus rincée, elle s'étonna.

— Je rêve ! Est-ce ainsi qu'on t'a appris à te laver ? Et les régions stratégiques, alors ? Ne sais-tu donc pas que c'est de là que proviennent les mauvaises odeurs ? Je n'ai pas envie d'avoir une bonne qui pue la crevette... Va t'asseoir là-dessus.

C'en était trop. Outrée, j'esquissai un geste de refus.

— C'est à prendre ou à laisser, dit-elle. Si tu préfères

nourrir les pourceaux dans une ferme, libre à toi !

Ravalant ma honte, je la laissai m'asseoir sur le bidet. Elle se baissa pour voir s'écarter les lèvres de mon sexe.

— Je vais le faire, me chuchota-t-elle, puisque tu es si timide ! Ne bouge pas. Je vais te montrer comment cela se lave.

Deux taches roses ornaient ses pommettes osseuses. Elle me lança un regard plein de fausseté.

— Surtout, ne va pas te faire d'idée, je ne suis pas une sale lesbienne comme toi... c'est uniquement une question d'hygiène !

Elle retroussa les manches de son peignoir et prit le pommeau de la douche qui pendait au bout de son tuyau flexible. Elle fit couler de l'eau tiède dans le bidet, entre mes cuisses. Je me tenais d'une main au bord du lavabo et j'avais l'autre sur mon genou. Quand le bassin fut plein et que l'eau tiède me lécha les fesses, Madame posa la douche dans le lavabo et trempa ses doigts dans le bidet. Puis, se servant des deux mains, elle me pinça les lèvres du sexe par les parties poilues et les sépara. Accroupie sur les talons, elle pouvait voir non seulement tout l'intérieur de mon con, mais aussi mon anus et la raie de mes fesses. Me maintenant ouverte, elle commença à me fouiller de ses doigts mouillés. Etait-ce l'émotion ? Les sensations du plaisir me chatouillèrent instantanément. Dans le silence le plus parfait, elle explorait mes replis. Comment n'aurait-elle pas remarqué que cette bave qui accompagne l'excitation des filles suintait de moi à profusion ? Je me mordis la lèvre pour ne pas lui donner l'occasion de persifler en m'entendant gémir. Elle venait de dénicher mon clitoris, dont elle évaluait avidement la grosseur et l'élasticité.

— Tu as un gros bouton, constata-t-elle. Cela n'a rien

d'étonnant. Tu dois le tripoter sans arrêt.

Tout en parlant, sous prétexte de me le nettoyer, le dépiautant et le recouvrant de sa fine membrane, elle me le taquinait avec une insultante sagacité ; j'avais beau m'efforcer de penser à autre chose, il durcissait entre ses doigts, mes reins s'enfiévraient et la sensation s'aiguisait. Je ne pouvais faire autrement que me trémousser ; en riant tout bas, de ce rire qui n'en était pas un, elle me le cajola de plus belle.

— Je t'avais bien jugée, murmura-t-elle, en accélérant le va-et-vient de ses doigts, une branleuse, voilà ce que tu es ! Alors, inutile de prendre tes airs de sainte-nitouche, hein ?

Mais tout à coup, comme si un éclair de lucidité remontait en elle du fond de son ivresse, et qu'elle s'avisait qu'elle allait trop loin, elle prit une voix de tête pour me déclarer :

— Vois-tu, Victorine, ce petit bouton-là n'a l'air de rien, mais c'est de lui que vient tout le mal... toute la mauvaise odeur, veux-je dire, c'est pourquoi il faut veiller avec un soin maniaque à ce qu'il soit toujours dans un état de parfaite propreté ! Car dès que la saleté s'y met, cela procure des démangeaisons... Et donc, pour bien déloger la crasse, il faut faire comme je fais... S'il est rentré, il faut le faire sortir... de cette façon...

Pinçant la racine du clito, elle appuya dessus pour faire surgir la petite languette ; j'en eus le souffle coupé et j'entendis mes ongles griffer l'émail du lavabo.

— N'oublions pas les trous, reprit Madame, comme si elle n'avait rien remarqué.

Sans lâcher mon bouton, elle m'enfila un doigt dans le vagin et l'y fit tourner. Inutile de préciser que cela béait. Elle eut donc tout loisir de vérifier que j'étais ouverte et même déjà assez large bien que je n'eusse encore jamais approché un homme, car au cours de nos amusements nocturnes du dortoir, nous avions pris l'habitude de nous introduire l'une l'autre des bougies, ce qui fait que, techniquement parlant, aucune des pensionnaires n'était plus vierge.

Le doigt de Madame me questionnait avec une lenteur prudente, il tournait pour m'élargir et par moments, je le sentais se recourber.

— Es-tu déjà allée avec un homme ? me demanda-t-elle à brûle-pourpoint.

— Oh non, Madame, jamais !

Elle n'insista pas, ne chercha pas à savoir, comme je le craignais, comment il se faisait alors que j'étais si ouverte. Sans doute avait-elle son idée, ou alors, cela ne l'intéressait pas ; elle cessa d'explorer mon entrecuisse avant de m'avoir conduite au plaisir. Pendant qu'elle se lavait les mains dans le lavabo, je pus achever moi-même ma toilette intime. Elle me laissa m'essuyer sans s'intéresser davantage à ma personne.

Elle n'en avait pas pour autant fini avec moi, il fallut que je revête devant elle mon déguisement de théâtre. Je me souviendrai toute ma vie de cet essayage. Elle m'avait placée devant la glace et se tenait en retrait, de sorte que je pouvais la voir habillée, et moi toute nue ; cela ne laissait pas de me remuer, après ce qu'elle m'avait fait sur le bidet. Ce fut elle qui m'habilla. Elle m'enfila d'abord mes bas noirs qui tenaient à mi-cuisses par des élastiques, puis je dus mettre mes chaussures à talon. Elles étaient à ma taille, l'ancienne bonne, Edith, devant avoir la même pointure que moi. Lorsque je les eus aux pieds, la cambrure des talons et la noirceur des bas accentuèrent ce que ma nudité avait de provocant. Comment pouvait-elle me traiter ainsi ? Les tripes nouées, je sentis ses mains soupeser mes seins. Elle les comprima sur mon buste en faisant la moue.

— Ça devrait entrer. En forçant un peu, ils s'aplatiront. Edith n'était pas aussi bien pourvue que toi... Espérons que le corsage tienne le coup... Demain, nous en commanderons un à ta taille...

Force me fut d'en passer par sa volonté, elle me fit dresser les bras au plafond et m'enfila le corsage ; les bras, les épaules et la tête passèrent sans trop forcer, mais les seins restaient dehors, déformés de façon grotesque. Madame dut à nouveau les saisir à pleines mains et les compresser, pendant que j'abaissais moi-même le corsage que nous entendîmes craquer. Je ne sais plus si je redoutais ou si j'espérais que les coutures cèdent ; toutes ces manipulations m'avaient singulièrement perturbée ; je ne savais plus trop où j'en étais, à la fois honteuse, furieuse et excitée.

Quand je me vis dans le miroir, avec mes bas noirs, mes souliers à talon haut, les seins pris dans le carcan de ce ridicule corsage au col Claudine bien étalé... la nudité pâle de mes cuisses et de mes fesses me procura une émotion si forte que mon sexe s'humecta. Dans cet accoutrement, mon cul prenait une importance scandaleuse, on ne voyait plus que lui. Madame s'était reculée pour mieux goûter le spectacle. Elle avait le visage tout rose.

— Tu vois que nous y sommes arrivées, dit-elle, en savourant du regard les rondeurs de mon fessier. Si le haut est entré, le bas entrera aussi !

Elle me caressa doucement les fesses.

— Il vaudra quand même mieux que tu mettes une culotte, cette jupe est vraiment courte.

J'étais sans force, j'avais les mains glacées, mes oreilles chantaient ; debout devant la glace, je ne pouvais détacher mes yeux de l'image qu'elle me renvoyait. Madame ouvrit un tiroir et revint avec une poignée de minuscules culottes de toutes les couleurs. C'était la première fois que je voyais des colifichets d'une telle indécence, quasiment transparents, ornés de fanfreluches, faits, manifestement, non pas pour cacher, mais mieux montrer ce qu'ils feignaient de voiler. Elle m'en plaça deux ou trois en fanions sur le pubis, jugeant par le biais du miroir l'effet que cela produisait. Elle m'en choisit une noire, bordée de dentelles, que je dus enfiler. Elle ne me couvrait que l'essentiel, devant, et n'en dissimulait rien car elle était faite d'un voile si transparent qu'on distinguait nettement les lèvres de ma fente ; par-derrière, elle se réduisait à un cordon qui, pénétrant entre les fesses, les laissait nues.

— Ça ira, dit-elle, voyant à quel point j'étais interloquée. Ce soir, il n'y aura que la famille.

Le lien tacite qu'elle établissait entre cette culotte et le fait qu'il n'y aurait pas de visiteurs, impliquant que les membres de la famille auraient peut-être l'occasion de se rincer l'œil, me coupa les jambes. Mais je dus enfiler ma jupe. J'y parvins avec moins de difficulté que je ne l'avais redouté ; il s'agissait en fait d'une étoffe assez souple, une sorte de velours élastique qui épousait les formes comme une seconde peau. Certes, j'avais le cul épouvantablement moulé, mais du moins pouvais-je marcher sans trop d'embarras. Madame me le fit faire et je dus déambuler devant elle comme un mannequin. Je me sentais sotte et gauche, et d'autant plus gênée que la jupe remontant à chaque pas sur mes cuisses, je devais sans cesse la tirer vers le bas.

— Bah, fit Madame, comme si elle chassait de sa tête un dernier doute. De toute façon, je te l'ai dit, nous n'aurons que la famille, ce soir...

Avant de rejoindre le secrétaire, elle m'accorda royalement dix minutes pour ranger le contenu de mes valises dans les placards. Après quoi, je devrais mettre la cuisine en ordre. Pour le repas, elle avait demandé au vigile de passer chez le traiteur. Il apporterait le nécessaire, je n'aurais qu'à dresser la table.

3

Monsieur Léon

J'étais si bouleversée que, par peur de me mettre en retard, j'ai renoncé à ranger mes affaires. J'ai fourré le contenu de mes valises en vrac dans les placards et, après avoir rafraîchi mon maquillage, deux traits de crayon noir sur les paupières, un soupçon de rouge, je suis descendue à la cuisine. La maison, très ancienne, était beaucoup plus spacieuse que je le croyais, pleine de recoins et de détours, si bien que je faillis m'égarer au premier étage, car il y avait deux façons de rejoindre l'escalier. C'est ainsi que j'arrivai dans un cul-de-sac. En face de moi, au lieu de la cage d'escalier, se dressait une porte.

J'allais tourner les talons quand une voix de femme m'interpella à travers le panneau.

— Edith ? C'est vous ?

Comme je restais muette, toute surprise, la voix reprit, avec un soupçon d'impatience.

— Ma sœur ne vous a donc pas renvoyée ?

— C'est Victorine, dis-je, la nouvelle bonne. Je me suis trompée de couloir.

J'entendis grincer les ressorts d'un sommier et l'occupante de la chambre soupira.

— C'est bon... mais tâchez de ne pas faire tant de vacarme en marchant, on n'entend que vous !

Je m'excusai et revins sur mes pas ; le fait est que dans le silence d'église de cette vaste demeure, le martèlement de mes talons sur le plancher devait s'entendre de loin. Je m'efforçai donc de faire le moins de bruit possible. Comme je tournais l'angle, la porte s'ouvrit avec précaution. Je n'osai pas me retourner pour voir qui m'épiait. La porte se referma au moment où je trouvai enfin l'escalier.

Pour rejoindre la cuisine, une fois au rez-de-chaussée, je dus passer par la grande pièce qui donnait sur la terrasse. De crainte qu'on ne me reproche encore de faire trop de tapage avec mes talons, je marchai sur la pointe des pieds. Précaution inutile, le sol, au rez-de-chaussée, était couvert d'épais tapis qui de toute façon auraient étouffé le bruit de mes pas. Par la porte-fenêtre arrivaient les rumeurs lointaines de la ville et un murmure de voix. Comme j'approchais, quelqu'un fit tinter un glaçon dans un verre. Puis Madame déclara :

— Je vous assure, Gustave, qu'elle a l'air d'une parfaite petite salope... Dans trois jours, vous pourrez en profiter comme de l'autre...

Ce fut comme une gifle en plein visage. C'est de moi que Madame parlait !

— Fernande... implora soudain la voix masculine. Fernande !

Il y avait dans son intonation comme un trémolo.

— Eh bien, quoi... ? reprit Madame. Vous voulez ou vous ne voulez pas ?

— Mais... mais... bêla le secrétaire. Pas ainsi...

— Je vous ai dit que j'avais mes règles.

M'avisant à l'incendie qui embrasait les vitres qu'ils se trouvaient dans les feux du couchant, et qu'éblouis, ils ne pouvaient voir ce qui était dans la pénombre, je m'approchai pour les épier. Saisie par le spectacle, je me blottis derrière le rideau. Baignée par la lumière pourpre, Madame, entièrement nue, était assise sur un pliant, les cuisses écartées sur la fente mauve d'une grosse vulve velue. Je fus saisie d'admiration par la beauté de sa lourde poitrine dont les gros mamelons sombres pointaient avec avidité. Il y avait dans sa posture impudique comme une affectation de vulgarité, voire de bestialité.

Debout devant elle, le pantalon ouvert, le secrétaire tenait en main un long verre couvert de buée où des glaçons tremblotaient dans un liquide doré. Elle lui avait sorti ses attributs sexuels et les manipulait avec la même froideur que lorsqu'elle m'avait lavée. Pinçant la longue verge pâle entre deux doigts, elle couvrait et découvrait le gland. De l'autre main, simultanément, elle lui malaxait les couilles. Le visage crispé, il la regardait faire. Son gland, d'un rose malsain, caoutchouteux, était long et plat. Tout en le masturbant, Madame en flairait l'extrémité en fronçant les narines, comme pour marquer son dégoût.

— Vous puez le bouc... dit-elle.

Elle pressa le mouvement, comme pour se débarrasser d'une corvée. L'homme à la mâchoire de cheval montra ses grandes dents dans une grimace ridicule.

— Le bouc et la pisse, dit Madame en repoussant très fort la peau vers la base de la longue saucisse blême, pour que le gland se gonfle le plus possible.

Le bout renflé de la pine ressembla alors à un gros oignon mordoré. Gustave haletait ; les glaçons cliquetaient dans son verre. Madame leva les yeux sur lui.

— Essayez de vous retenir encore, finalement, ça commence à m'amuser...

Elle avait la même expression égarée que lorsqu'elle m'avait masturbée. Gustave, bouche bée, fit signe que c'était impossible. Il bredouilla une vague supplication que je ne compris pas.

— Ah non, fit Madame... il ne faudrait pas en prendre l'habitude. Si on le fait trop souvent, cela cesse d'être amusant. D'ailleurs, je n'ai plus de vaseline...

Il lui suffit de quelques gestes saccadés pour faire éjaculer le malheureux. A la voir retrousser les lèvres dans ce qui lui tenait lieu de sourire, il était manifeste que le pénis qu'elle tripotait n'était pour elle qu'un jouet, et de plus, pas très amusant. Gustave se cambra, les yeux écarquillés, et un long jet de sperme fusa, aspergeant de larmes visqueuses les buissons de géraniums qui bordaient la terrasse.

— Oh mon Dieu... éructa-t-il.

Hagard, en sueur, il s'envoya une lampée d'alcool. Madame considérait avec un mépris apitoyé la verge amollie qu'elle n'avait pas lâchée. Comme un dernier filament de sperme s'en détachait, son visage refléta un extrême dégoût. Ce fut par conséquent pour moi parfaitement ahurissant de la voir happer dans sa bouche le flasque appendice. Elle l'aspira goulûment, avec un bruit mouillé, comme un énorme ver, ou un macaroni, et continuant à l'ingurgiter, les joues creusées par la succion, fit disparaître toute la verge. J'ignore quel plaisir malade elle éprouvait à avoir en bouche une chose aussi répugnante, mais il ne faisait aucun doute qu'elle en avait à voir comment elle la mastiquait, la faisant aller et venir d'une joue à l'autre. Son menton écrasait les couilles de Gustave et son nez s'enfonçait dans les poils de son pubis. Lorsqu'elle consentit enfin à libérer la verge du secrétaire qui s'affaissa devant lui, il ne bandait plus, mais sa queue était anormalement allongée et le gland tout boursouflé. Quant à Madame, elle était méconnaissable ; essuyant délicatement avec un mouchoir de papier ses lèvres gonflées, elle contemplait les derniers feux du crépuscule qui vernissaient la surface du Lot, avec une expression apaisée, presque rêveuse, qui adoucissait ses yeux noirs.

L'épisode était clos ; le secrétaire rangea ses outils et reboutonna son pantalon. Madame remit son peignoir. Elle s'étendit ensuite dans sa chaise longue et alluma une cigarette. Ses yeux s'attardaient sur la rivière qui s'assombrissait, car le soleil était en train de disparaître. Le secrétaire venait de s'asseoir, après avoir tiré sur son pantalon pour qu'il ne fasse pas de poches aux genoux, quand une odeur de sueur et de tabac m'enveloppa. Un homme se tenait derrière moi. Avant que je réagisse, sa main se posa sur ma bouche. M'étreignant, il chuchota :

— On ne crie pas... Tu veux donc te faire renvoyer comme Edith ? Fernande déteste qu'on l'espionne...

Je reconnus l'accent méridional du vigile. D'émotion, je m'affaissai mollement entre ses bras. Il ôta la main qui me bâillonnait et m'empoigna par les seins pour me coller à lui.

— Allons à la cuisine, me dit-il à l'oreille, on sera plus tranquilles...

Il se recula et me prit par la main. J'étais sans force. Je voyais à peine son visage dans l'ombre de la pièce. Il connaissait bien les lieux. Il me guida entre les meubles et nous descendîmes quelques marches. Il alluma l'électricité et je découvris à nouveau la cuisine. Stupide, je constatai qu'on avait emporté les poubelles et que les monceaux d'assiettes sales avaient disparu. Le lave-vaisselle ronronnait. Sur la table, maintenant bien nette, s'étalaient une dizaine de paquets.

Je me laissai tomber sur une chaise et fondis en sanglots. Le vigile m'observait, narquois. J'étais à sa merci.

— Tu viens d'arriver, dit-il. Tu ne voudrais pas repartir ce soir même ? Si la Fernande sait que tu l'espionnes, tu peux refaire tes valises.

Je le fixai à travers mes larmes. Sa voix se fit mielleuse.

— Je ne suis pas le mauvais bougre, avec moi, on peut toujours s'arranger. Tu vois ce que je veux dire ?

Comme ma réponse tardait, il ajouta :

— Tu as remarqué ? J'ai nettoyé tout le bordel qu'avait laissé Edith. Tu n'auras pas à le faire... Rien ne m'y obligeait, c'est seulement pour te rendre service. De même que c'est moi qui vide les poubelles, tu n'auras pas à les trimballer...

Comme j'attendais la suite, il eut un bref ricanement.

— Bien sûr, il ne faudra pas oublier Monsieur Léon... Il est gentil avec moi, Monsieur Léon ? Alors, moi aussi, je suis gentille, avec lui. Tu piges ?

Il me souleva le menton.

— Tu as déjà sucé un homme ?

Le sang me sauta aux tempes.

— Oh, non !

Ma réaction lui arracha un gloussement égrillard.

— Tu apprendras... et il faudra aussi me donner ton cul. Les filles de ton âge, je préfère les prendre par là... histoire de ne pas les mettre en cloque.

Un sanglot étranglé fut ma seule réponse, j'étais en plein cauchemar.

— Admire la bête, fit-il, c'est autre chose que celle de l'autre andouille.

Il ouvrit sa fermeture Eclair et sortit sa verge. Elle était énorme, toute noueuse, d'une hideuse couleur grisâtre qui la faisait ressembler à un cep de vigne. Fascinée, je le regardai éplucher son gland bleuté, tout bosselé. L'odeur âcre me prit aux narines. Il me montra ses grosses couilles mauves avec une complaisance indéniable.

— Quel dommage qu'il y ait le Gustave... j'aurais pu te donner une petite leçon. Prends-la en main, tâte-la...

Je fis non de la tête, avec horreur.

— Tu préfères que ce soit moi qui te touche ? me menaça-t-il en étendant sa main vers ma poitrine.

— Non !

Je m'étais levée d'un bond.

— Rien qu'un instant... Tu la prends dans ta menotte et tu lui dis bonjour. Juste pour faire connaissance. Bonjour, moi, c'est Popaul, et vous, c'est qui ? Après, je m'en vais, juré.

Comme je restais coite, il me pinça un sein. Un cri tremblota dans ma gorge. Pour disposer de moi à son aise, il m'avait adossée au frigidaire que je sentais vibrer sous mes fesses, et il me pétrissait la poitrine, cherchant à en localiser les pointes à travers le corsage.

— Non... non !

— Je te lâche, si tu la touches !

En désespoir de cause, je saisis l'horrible chose. Il libéra aussitôt mon nichon et recouvrit ma main de la sienne pour bien la refermer autour de sa queue. C'était dur, épais, élastique, vivant. Se servant de ma main qu'il emprisonnait dans la sienne, il commença à se masturber.

Son plaisir arriva si vite que j'en criai de peur. Soudain, il se tourna vers l'évier et y expédia une longue giclée. L'éjaculation lui arracha une horrible grimace ; la bouche grande ouverte, il tirait la langue, comme quelqu'un qui est sur le point d'étouffer. Je m'étais écartée de lui, apeurée. Ses reins donnaient des coups dans le vide, comme ceux d'un danseur de fandango. Au bout d'un moment, la crise s'apaisa, il secoua sa verge pour en détacher les dernières gouttes, puis fit couler l'eau pour effacer les traces de sperme.

Les choses en étaient là quand une sonnerie retentit dans la cuisine. Le vigile se retourna.

— Eh bien, dit-il. Tu n'entends pas que les maîtres te sonnent ? Ne sais-tu pas que lorsque les maîtres sonnent, la valetaille doit se précipiter ?

Son visage suait la haine.

— Ici ! fit-il, en montrant la pointe de sa botte bien cirée. Au pied, Médor. Au pied, Mirza. Couché, sale bête... Ouvrez les cuisses !

Son rire n'était pas plus gai que celui de Madame.

— Tu t'y feras comme les autres ! Et tu frétilleras, tout empressée d'aller leur donner ton cul...

Il cracha dans l'évier avec mépris. La sonnerie retentit à nouveau, plus longuement.

— Fernande s'impatiente ! me dit M. Léon.

Affolée, je cherchai d'où provenait ce bruit. Pris de pitié, il m'indiqua un téléphone mural au-dessus du frigo.

— Surtout, ne gaffe pas, tu ne m'as pas vu. Les paquets étaient sur la table quand tu es arrivée.

Il souleva la guillotine d'une fenêtre qui donnait sur le flanc de la maison. En fait, celle-ci étant bâtie sur la berge, ce qui correspondait au rez-de-chaussée quand on arrivait de la rue devenait le premier étage du côté du fleuve ; et la cuisine, dans laquelle nous étions, se trouvait donc au sous-sol par rapport à la rue, mais au rez-de-chaussée sur le côté et vers la berge.

— Je file par là, dit M. Léon. Ni vu ni connu.

Je courus décrocher l'écouteur.

— Eh bien ? Vous dormiez, Victorine ? (Je fus surprise par son vouvoiement. Par la suite, je m'y habituai. Elle me tutoyait quand nous étions en tête à tête, mais passait parfois au vous s'il y avait un tiers.) Apportez-nous des glaçons, les nôtres ont tous fondu.

Sa voix était empâtée par l'ivresse.

— Portez-nous aussi des amuse-gueules. Il doit en rester dans le petit placard jaune, près du chauffe-eau.

Le micro était puissant, M. Léon avait tout entendu. Quand je me tournai vers lui, éperdue à l'idée de faire pour la première fois mon travail de bonne, il était à cheval sur la fenêtre, une jambe dehors et tenait la guillotine au-dessus de sa tête.

— On dirait qu'elle a sa dose, fit-il en rentrant. Eh bien, qu'attends-tu ? Ne reste pas les bras ballants... Il faut courir ventre à terre, quand on te sonne !

Tout en m'enguirlandant, il avait ouvert le placard jaune et en tirait divers paquets de biscuits salés et de cacahuètes. De mon côté, je fis tomber des glaçons dans un seau argenté qu'il m'avait désigné. Il répandit adroitement les biscuits dans des coupelles de verre qu'il disposa sur un plateau.

— N'oublie jamais le plateau ! Même pour un verre d'eau. Même pour une lettre. Une bonniche doit toujours avoir le plateau à la main. On ne remet jamais rien à son maître de la main à la main. Pense donc ! Vos doigts pourraient se toucher. Suprême horreur ! Il doit toujours y avoir un plateau entre la main du maître et celle du larbin. Même ton cul, quand ils voudront s'en servir, il faudra que tu le leur apportes sur un plateau...

Cela me fit rire, malgré moi. Je lui étais affreusement

reconnaissante de l'aide qu'il m'apportait.

— Tu crois que je plaisante ? fit-il. Tu peux être sûre d'une chose, il faudra le leur donner... Et ensuite, à la niche, Mirza ! Tu iras te laver les fesses et tu redeviendras la bonne.

Il arrangea le plateau, y ajoutant des serviettes en papier et me le passa. Sans méfiance, je le pris, ce qui m'immobilisa les mains. Il était trop tard quand je réalisai qu'il me barrait le passage.

— Tu n'étouffes pas, serrée comme ça ? Attends, je vais te les aérer...

Mes doigts se crispèrent sur le plateau et j'eus une bouffée de tiédeur. Passant ses bras au-dessus du plateau, il saisit le bas de mon corsage et le fit sortir de la jupe.

— Vous êtes fou ? Arrêtez ! Madame m'attend...

Remontant l'étoffe, il dénuda mes seins qui jaillirent au-dessus des coupelles de cacahuètes. Ses yeux s'arrondirent.

— Eh bien, siffla-t-il, quels morceaux ! Pardon, ça, c'est de la bidoche de premier choix !

Tremblante de peur de renverser le plateau, je fus bien forcée de le laisser me peloter à son aise. Naturellement, mes bouts pointèrent.

— Et y a du répondant, se marra le vigile, en me les taquinant.

Sans m'en rendre compte, je réagissais comme au collège, quand une fille me coinçait dans un couloir.

— Mais arrêtez, imbécile, lui soufflai-je, et si Madame venait ?

Avec un rire paillard, il fit redescendre l'étoffe. Malade d'énervement, je lui tournai le dos et posai un pied sur la première marche. Mais cette fois, j'avais prévu ce qu'il allait faire (l'avouerais-je ? je l'attendais presque), je ne fus donc pas prise au dépourvu quand il souleva ma jupe.

— Mazette ! Quel popotin, Madame ! Il y a de quoi faire.

Avant que j'aie pu réagir (comment faire, avec ce plateau qui menaçait de se renverser ?), il baissa ma culotte à mi-cuisses, prit mes fesses à pleines mains et les écarta. J'entendis craquer ses genoux quand il s'accroupit pour lorgner mon anus. La honte me brûlait, mais aussi une sale excitation. Il me toucha la pastille, en riant à voix basse.

— Ne serre pas le cul, idiote !

— Vous êtes cinglé ? Remettez-moi ma culotte, espèce de malade ! Madame va me tuer !

Après m'avoir tâté la rondelle, ses doigts s'immisçaient entre les poils du sexe. Me trouvant baveuse et chaude, il lui fut aisé de constater que la bouche du bas n'était pas aussi offusquée que celle du haut. Il m'élargit l'ouverture et fit patiner ses doigts dans le jus tiède. Visiblement surpris par la générosité de mes sécrétions, il m'en félicita d'une voix narquoise.

— Mais ce sont les grandes eaux de Versailles ! Et moi qui te prenais pour Jeanne d'Arc !

J'aurais voulu le voir mort ! Mais lorsqu'il toucha mon clitoris, une onde de jouissance me remonta dans la gorge. La panique me saisissait. Cette fois, je faillis bien lâcher mon plateau.

— Allons, allons ! se moqua M. Léon, en me le titillant. Quand on a un petit bouton aussi sensible, il faut en profiter, non ?

— Oh, mon Dieu, mon Dieu... mais arrêtez...

Voila tout ce que je trouvais à lui dire, en me trémoussant comme la dinde que j'étais. Je ne sais pas ce qui se serait passé si Madame, qui s'impatientait, n'avait pas fait retentir longuement la sonnerie.

— Eh bien, brailla-t-elle de la terrasse, mais que fabriquez-vous, enfin ?

Prestement, le vigile remonta ma culotte, mais avant, il fit une chose qui m'arracha un cri de stupeur : séparant à nouveau mes fesses, il me lécha le trou du cul. Certes, on me l'avait déjà pourléché, au collège, mais là, ça me prit vraiment au dépourvu, et je n'en eus aucune satisfaction, du dégoût, plutôt, comme si une grosse limace chaude rampait entre mes fesses.

J'entendis la guillotine retomber quand je parvins en haut des marches.

Lorsque j'arrivai sur la terrasse, la nuit était tombée. Les lumières de la ville brasillaient comme des vers luisants sur la berge d'en face et les fenêtres éclairées se réfléchissaient sur l'eau noire en longues traînées scintillantes. On avait allumé les globes de trois petits réverbères de jardin. Des insectes, moustiques et papillons de nuit, tournaient autour d'eux. Madame avait troqué son peignoir contre un tailleur Chanel. Bien qu'elle fût vraisemblablement ivre, elle parvenait à donner le change, en alcoolique mondaine consommée. M. Gustave, le secrétaire, me regarda venir. Son visage était morose.

— Posez ça là, dit Madame.

Remarqua-t-elle que j'avais le visage échauffé ? Je vis un soupçon naître au fond de ses prunelles.

— Est-ce que vous auriez rencontré le vide-ordures, par hasard ?

— Qui ça ?

— Le videur de poubelles ! Léon !

— Non, Madame, je n'ai vu personne. Mais il y a des

paquets sur la table. On dirait que cela vient d'un traiteur.

— Parfait, répondit-elle d'un ton sec. Un conseil que je vous donne, n'allez pas faire comme Edith. Je vous interdis, vous entendez, de vous montrer familière avec les domestiques des maisons voisines. A plus forte raison avec cet individu. Ce n'est jamais qu'un chien de garde !

En l'entendant, je comprenais rétrospectivement l'acrimonie du « vide-ordures ».

— Eh bien ? Comment la trouvez-vous ? demanda-t-elle au secrétaire.

Il pinça les lèvres :

— Un peu jeune, non ?

— Elle a seize ans passés, mentit Madame... et je vous garantis que ce n'est plus une enfant de Marie !

Elle me tira dans la lumière pour qu'il puisse bien me voir. Les yeux globuleux du secrétaire furent instantanément attirés par les rondeurs de ma poitrine. Puis ils s'abaissèrent et ses gros sourcils remontèrent.

— Vous comptez la faire servir dans cette tenue ?

Quand j'avais gravi l'escalier, ma jupe s'était retroussée. J'avais beau tirer dessus pour la faire descendre, elle n'en restait pas moins ridiculement courte.

— Seulement quand nous serons entre nous, grand niais ! gloussa Madame. Est-il zèbre, cet homme-là !

Le secrétaire s'extirpa un sourire contraint. Comme s'il avait peur de me regarder en face, ses yeux ne quittaient pas mes genoux.

— Des bas noirs ?

— Eh oui ! Ceux de cette diablesse d'Edith... ça vous rappelle des souvenirs ? Et vous avez vu son arrière-train ?

On aurait cru qu'elle vantait une marchandise. C'était

affreusement mortifiant. Mais que dire quand, alors que je m'y attendais le moins, contrairement à ce qui s'était passé avec le vigile, elle retroussa ma jupe pour montrer à Gustave la chair de mes cuisses et ma culotte transparente. Il en resta pantois. Poussant un cri furieux, je me mis hors de portée et rabaissai ma jupe. Elle s'étranglait de rire.

— Vous buvez trop, Fernande ! reprocha le secrétaire.

Il m'adressa un regard suppliant.

— Ne faites pas attention, mademoiselle, elle ne se rend pas compte. Allez, allez... je m'occupe d'elle...

Renversée dans sa chaise longue, Madame s'étouffait de rire en montrant généreusement ses belles cuisses. Je quittai les lieux sans attendre. J'étais sortie si vite que je faillis me cogner à quelqu'un qui se tenait là, immobile ; c'était une femme tout environnée d'une odeur de jasmin. A peine si je l'entrevis dans l'obscurité, elle s'éloigna sans m'avoir adressé la parole et remonta vers l'étage. Sans doute était-ce elle qui m'avait appelée à travers la porte, quand je m'étais trompée de chemin. Quelle maison de fous ! L'instant d'après, les rires de Madame se turent, des gémissements leur succédèrent. Je risquai un coup d'œil. Couchée par terre, jupe relevée, elle avait les bras en croix et regardait le ciel étoilé ; son pantalon sous les fesses, le secrétaire était en train de la baiser. Elle était si inerte que j'eus l'impression de le voir abuser d'une morte.

4

Le repas de famille

Le Bertranet était un bien indivis ; la grande maison au bord du Lot appartenait en commun au Dr Lépine et à ses trois sœurs : Fernande, l'aînée, l'épouse du député, Aude, la cadette, une vieille fille de trente-cinq ans qui vivait dans le culte de son fiancé mort en Algérie, et une troisième sœur, Charmaine, qui habitait Paris et à qui les autres servaient une rente.

Le docteur occupait la plus grande partie du rez-de-chaussée ; il avait là son appartement particulier et son cabinet médical ; une entrée séparée permettait aux malades de venir le consulter sans passer par le jardin en façade ; elle donnait sur une petite ruelle adventice, très discrète.

Le député et sa femme habitaient au premier étage ; Aude, la cadette, y avait aussi sa chambre au fond du couloir. Elle n'en sortait que pour donner ses leçons de piano à de rares élèves du voisinage ; ces leçons avaient lieu dans le salon d'hiver, une vaste pièce tapissée de miroirs. Par un arrangement entre les deux sœurs, Aude ne donnait ses leçons que trois jours par semaine, ceux pendant lesquels Fernande courait les brocanteurs. En dehors de ses leçons, Aude ne quittait presque jamais sa tanière. Une ou deux fois par semaine, elle se rendait au cimetière de Saint-Antoine, où était enterré son fiancé, afin de mettre des fleurs fraîches dans le mausolée. C'étaient quasiment ses seules sorties.

Outre le député, qui était la plupart du temps à Paris, le docteur et les deux sœurs, il y avait, au même étage que moi mais en façade, Edwige, la fille unique des Bergeret, une adolescente de mon âge, jeune pécore prétentieuse et cruelle dont j'allais devenir le souffre-douleur.

J'en arrive à ce premier repas de famille au cours duquel, chose exceptionnelle, tout le monde se trouvait présent, le député étant venu de Paris pour des affaires locales. Il y avait donc six personnes, en comptant Gustave, le secrétaire, qu'on avait invité à la fortune du pot. Et pourtant, l'on me fit mettre sept couverts. Comme je m'en étonnais poliment, Madame, levant les yeux au ciel, daigna m'expliquer qu'il y avait la « place du mort ». Une chaise vide, près de Mlle Aude, était réservée au défunt. Une photo le représentant trônait en face de la sœur de Madame, et tout le temps qu'elle mangeait, celle-ci ne la quittait quasiment pas des yeux. Les premiers temps, je trouvai cette manie fort impressionnante, mais, l'habitude venant, je finis comme les autres par n'y plus attacher d'importance. Je précise que lorsque le député et sa femme avaient des invités, Mlle Aude se faisait monter son repas dans sa chambre. Elle l'y prenait en tête à tête avec le défunt, à l'écart des mondanités.

Madame, ce soir-là, m'expliqua tout cela d'une voix

agacée, en m'aidant à préparer une salade composée qui accompagnerait les viandes froides du traiteur. Il y avait aussi une grande abondance de fromages, dont le député, buveur de vin rouge, était fort friand. Certains, couverts de moisissure, puaient de façon ignoble ; on devait constamment les garder sous des cloches de verre pour ne pas parfumer toute la maison.

Ce qui me frappa le plus, pendant qu'elle m'aidait, c'est qu'elle était parfaitement naturelle. Il ne s'était pas écoulé une heure entre le moment où je l'avais surprise en train de se faire baiser par le secrétaire, et celui où elle m'avait rejointe à la cuisine et pourtant, à la voir, on aurait juré qu'il ne s'était rien passé. Elle avait complètement dessoûlé et son comportement avec moi était celui d'une patronne avec sa bonne. Avec une froide efficacité, elle m'apprit à dresser le couvert et à disposer les plats du traiteur dans la salle à manger, une pièce splendide, aux boiseries anciennes dont les fenêtres ouvraient sur le jardin. Chose faite, Madame alla se recoiffer devant la cheminée. Les épingles à cheveux dans la bouche, elle me fit ses dernières recommandations.

— Moi, me dit-elle, je suis « Madame », mon mari, c'est « Monsieur », ma fille « Mademoiselle ». Tu ne nous appelleras jamais que de cette façon. Et n'oublie pas, toujours à la troisième personne.

— Bien, Madame.

— Mon frère, ajouta-t-elle, en se fabriquant un petit chignon très distingué, nous l'appelons « Le docteur ». Toi, tu diras donc « Monsieur le docteur ».

— Et la sœur de Madame ? Mademoiselle Aude ? Faut-il aussi l'appeler Mademoiselle ?

Madame leva les yeux au ciel.

— Mademoiselle, c'est Mademoiselle. Il n'y en a

qu'une, ma fille. La sœur de Madame, c'est « La sœur de Madame ». En parlant d'elle, tu diras : « La sœur de Madame. »

— Et quand je lui parlerai à elle ?

— Es-tu sotte ? Tu lui diras : « Mademoiselle Aude », c'est ainsi que faisait Edith.

Madame soupira.

— Ma sœur, ajouta-t-elle, n'attache pas d'importance à ces choses. Moi, c'est différent, je suis la femme d'un député. Je dois veiller à l'étiquette.

Les autres membres de la famille arrivèrent peu après. Une grosse voiture sombre s'arrêta dans la rue et M. Léon accourut pour ouvrir la portière. Un homme d'une cinquantaine d'années, grand et corpulent, traversa le jardin en s'éventant avec un journal. C'était le député.

Je lui pris son chapeau et son manteau ; à peine s'il me vit. Sa femme se pendit à son bras, et il se laissa embrasser distraitement ; elle était méconnaissable, tout émue, frétillante ; si sa sœur Aude vivait dans le culte d'un mort, l'objet du culte de Madame était bien vivant, lui, c'était ce colosse ventru à la mâchoire de bouledogue. Quant au Dr Lépine, c'était un petit homme mince d'un âge indéfini, très effacé, presque muet, pâle, aux lèvres pincées ; il marchait sans faire de bruit ; tout à coup, on le voyait surgir, manie qu'il partageait avec Mlle Aude. C'est bien contre elle que je m'étais cognée dans le noir, en la servant, je reconnus son parfum.

« Mademoiselle » arriva la dernière ; c'était la fille de riche dans toute son horreur. Un godelureau l'avait déposée en voiture, le fils d'avocat qu'elle fréquentait ; on ne parlait pas encore de fiançailles, ils étaient trop jeunes, mais la chose était entendue entre les deux familles. Maître Mardrus, le père, le plus célèbre avocat du département, habitait la même rue, une bâtisse aussi ancienne que celle des Lépine, qui ne lui cédait en rien en prétention, aussi imposante, aussi vaste, jouissant comme elle d'une vue imprenable sur la rivière.

En me voyant toute boudinée dans la tenue d'Edith, Edwige Bergeret pouffa insolemment. Me jetant son loden, elle prit sa mère à témoin.

— Mais Maman, vous n'y songez pas, elle est ridicule là-dedans ! Cet uniforme est bien trop petit pour elle ! Elle est grotesque, la pauvre ! Je dirai plus, elle est obscène !

Le sang me monta aux joues. La haine me glaçait le cœur : j'en avais connu quelques-unes comme elles, au collège, des externes, qui ne manquaient pas une occasion de nous humilier, nous, les internes, qui étions presque toutes des filles de village. Le rire d'Edwige me vrilla les tympans. Mme Fernande parut s'apercevoir seulement de l'inconvenance de ma mise.

— Tu n'as peut-être pas tort, dit-elle, en embrassant sa fille. La jupe d'Edith est un peu courte pour elle...

— Un peu courte ? s'esclaffa « Mademoiselle » (elle en avait les larmes aux yeux). Et voyez comme ça lui moule le derrière !

— C'est sans importance, chérie, dit Mme Fernande. Son derrière n'intéresse personne. Ce n'est que la bonne.

Le rire d'Edwige s'éteignit aussitôt et je vis naître une lueur méchante dans son regard.

— C'est vrai, excusez-moi, maman. Tiens, me dit-elle, va donc porter mon cartable dans ma chambre.

Elle me lança sa sacoche. Pendant que je montais l'escalier, leurs yeux étaient fixés sur ma croupe, j'entendis Edwige chuchoter avec des petits rires de souris. Lorsque je servis à table, ce fut pire. La pimbêche avait attiré sur ma tenue l'attention de son père. Dès que je parus avec la soupière où clapotait le bouillon du traiteur, tous les yeux (sauf ceux de Mlle Aude) étaient fixés sur moi. Madame surveillait son mari de côté. J'avais l'impression d'être nue en public. Ma rougeur ne leur échappa pas, un rictus amusé souleva les lèvres épaisses du député. Le docteur essuya ses lunettes qu'il remit à la hâte.

— Où l'avez-vous pêchée ? demanda la voix de stentor du député.

— C'est une fille de la campagne, répondit Madame.

— Ah ! fit le député.

Tout fut dit. Quand je remportai la soupière vide, j'entendis à nouveau pouffer « Mademoiselle ». Je pus voir, grâce à la glace de la cheminée que ma jupe était remontée à mi-cuisses. Je m'enfuis du plus vite que je pus, trébuchant sur mes talons trop hauts, le rouge au front.

Je m'attendais au pire lorsque je revins avec les viandes, mais ils étaient tous pendus aux lèvres du docteur ; ce qu'il leur disait les passionnait à tel point qu'ils m'ignorèrent absolument. J'eus l'impression d'être un fantôme. Je circulais parmi eux sans qu'ils me voient. Pour la première fois, je réalisais ce que veut dire être un domestique, on n'est plus un être humain, mais une sorte de meuble. La nature humaine est une chose bizarre ; alors que l'instant d'avant, à la cuisine, je redoutais leurs moqueries, j'étais mortifiée maintenant de ne plus surprendre leurs regards sur mon corps.

Il faut dire que le cas dont les entretenait le docteur sortait de l'ordinaire. Il s'agissait de la fille de gens très riches de Villeneuve, une certaine Solange de N., qui avait perdu la raison à la suite d'un chagrin d'amour. Agée de vingt-quatre ans, elle était très jolie. Sa folie se manifestait par une indifférence totale à tout ce qui l'entourait. Elle vivait dans une sorte de rêve, comme une dormeuse éveillée et se comportait quand on lui parlait comme une enfant de cinq ans.

— Je comprends très bien cela, dit soudain Mlle Aude.

Il lui arrivait si rarement de participer à la conversation que tout le monde la regarda. Fernande haussa les épaules et le docteur reprit la parole.

— Le plus gênant, déclara-t-il, c'est qu'elle est très jolie.

Je ne compris pas tout de suite en quoi c'était gênant. Mais les autres avaient parfaitement saisi.

— Le premier venu n'a qu'à la prendre par la main, elle n'a pas plus de défense qu'un chaton.

Les yeux devinrent songeurs. Particulièrement ceux du député.

— Vous êtes tous des cochons ! dit Madame, en se versant un verre de vin. Vous croyez que je ne sais pas à quoi vous pensez ! Et vous le premier, Gustave...

Le secrétaire toussota dans son verre.

— Voyons, protesta-t-il... voyons...

— On a bien le droit de rêver ! plaisanta rondement le député.

Fernande fusilla son frère du regard. Elle semblait lui en vouloir d'avoir abordé ce sujet de conversation.

— Est-ce que vous croyez que c'est déjà arrivé, mon oncle ? demanda Edwige.

Tous les regards se tournèrent vers le médecin.

— Est-ce que quelqu'un lui a fait des choses ? insista l'adolescente.

Le docteur pinça les lèvres.

— Comment le savoir ? Elle avait eu des relations

sexuelles avec ce garçon. Ils étaient presque fiancés... Elle n'est donc plus vierge.

Il hésita, puis murmura :

— C'est affreux à dire... mais il suffirait de bien la laver après s'en être servi !

Fernande poussa un cri rauque. Elle s'apprêtait à apostropher son frère, mais le député la fit taire d'un coup de coude.

— Eh bien, quoi ? fit-il. C'est la vérité, non ? A quoi bon se voiler la face devant les réalités de la vie !

— Mais... fit Madame, et elle montra sa fille du menton.

Outrée, Edwige prit les autres à témoin.

— Mais enfin, maman, je ne suis plus une enfant !

— Elle a raison, dit son père. Il vaut mieux qu'elle sache à quoi s'en tenir sur la nature humaine. Elle ne s'exposera ainsi à aucune déconvenue. Et la nature humaine est laide.

Un assez long silence suivit cette déclaration. Mlle Aude attendait la fin du repas, les yeux fixés sur la photo de son fiancé.

M. Gustave faisait nerveusement des boulettes avec de la mie de pain. Agacée, Madame se vengea sur lui de la rebuffade qu'elle venait de subir. Elle lui donna un coup de fourchette sur le dos de la main, lui arrachant un cri de surprise.

— On ne fait pas de boulettes, c'est inconvenant, Monsieur Gustave.

Tout le monde se mit à rire, même le secrétaire, mais il riait jaune, lui, tout en frottant l'endroit où la fourchette l'avait frappé.

— Et les domestiques ? demanda le député à son beau-frère. Il faut bien la laver, l'habiller...

— C’est vrai, dit le docteur, elle est à leur merci. Inutile de se voiler les yeux à ce sujet.

— Les parents ?

— La mère, vous la connaissez tous, c’est une mondaine, une perruche. Le père... (Le docteur haussa les épaules.) Le père, il s’occupe de ses affaires, elles le prennent beaucoup...

Nouveau silence.

— Ils ont une confiance absolue dans la femme qui s’occupe d’elle. Cette veuve, vous savez... qui est toujours fourrée à l’église. Madame Raffiani... Elle y traîne sans arrêt la petiote dans l’espoir de je ne sais quel miracle...

Le docteur soupira de façon lugubre.

— C’est la sœur de Léon ! dit Madame.

— Le vigile ? Tu es sûre, Fernande ?

— Le vide-ordures, en effet. C’est bien sa sœur... Une vraie punaise de sacristie. On dit qu’elle fait tourner les tables. Son air sournois ne me dit rien qui vaille. Ce n’est pas moi qui lui confierais ma fille...

— Ah bon ? s’étonna poliment son frère. On m’a pourtant dit qu’elle avait d’excellentes références. C’est d’ailleurs elle qui m’a amené la petite. Elle était affolée. Solange lui avait échappé dans un square, on l’a retrouvée errant au bord du Lot après une disparition de plusieurs heures. Elle voulait que je vérifie si... on n’avait pas profité d’elle.

Tous les convives étaient changés en statues.

— Et alors ? demanda Fernande.

— Je n’ai rien remarqué de spécial. Le sexe était très propre, il sentait le savon. Mais il y avait une petite égratignure à l’anus... une minuscule fissure... Cela arrive, parfois, quand on est constipé. Presque rien... Il a fallu que je l’examine à la loupe pour la déceler...

Le député referma lentement la bouche.

— J'ai rassuré la mère qui avait tenu à venir, elle aussi, dit le docteur. Elle venait pour ça, pour que je la rassure. Je l'ai donc rassurée. A quoi aurait servi de lui mettre martel en tête ?

Nous en étions aux fromages. Mlle Aude en profita pour quitter la table. Elle partait toujours au moment du fromage, dont elle ne supportait pas l'odeur. Et moi, je regagnai la cuisine. Madame m'y suivit pour préparer le café. C'est toujours elle qui s'en chargeait, elle prétendait que les domestiques ne savent pas le faire. Je le leur servis au salon. Le député et son beau-frère fumaient des havanes en parlant politique. Madame alla s'asseoir sur le bras du fauteuil de son mari. Mais sitôt son café avalé, celui-ci se leva et m'adressa la parole.

— Mon manteau noir. Celui qui a le col en vison. Et une écharpe blanche, en soie... vous trouverez tout cela en haut...

— Comment, s'écria Madame, tu vas sortir ?

— J'ai promis de passer au Cercle, on m'attend...

— Pour une fois que tu es à Villeneuve... tu aurais pu passer une soirée en famille !

— J'ai des gens à rencontrer, dit Monsieur. Je ne serai pas trop long...

Madame était furieuse.

— Je vous laisse Gustave ! plaisanta le député.

— Je n'en veux pas, de votre Gustave ! cria Madame. Vous pouvez le garder !

Elle quitta le salon comme une furie. Nous entendîmes claquer une porte, à l'étage. Chacun regagna ses pénates.

Mon service terminé, comme je gravissais l'escalier pour monter à ma chambre, Madame sortit de la sienne. Elle était en chemise de nuit, le visage luisant de crème.

— Surtout, me recommanda-t-elle à voix basse, tire bien ton verrou. Et n'ouvre à personne, tu m'entends ? Tu n'ouvriras que si c'est moi qui t'appelle !

Effrayée par cette requête, je ne pus le cacher.

— Tu ne risques rien, tempéra-t-elle, comme si elle regrettait d'en avoir trop dit. Mais mon frère est somnambule... Il lui arrive de se promener, la nuit, dans les couloirs. Il ne faudrait pas qu'il te fasse peur, tu comprends ?

Si je comprenais ! Non seulement je tirai le verrou, mais je fermai même la porte à double tour. Un somnambule, un homme qui marche en dormant, quelle horreur... Et ce médecin ne me disait rien qui vaille. En m'endormant, je repensais à ce qu'il avait raconté. Je l'imaginais en train d'inspecter à la loupe le sexe et l'anus de Solange, l'amnésique. Je ne le trouvais pas catholique du tout, moi, cet homme.

Au milieu de la nuit, je fus réveillée en sursaut. Quelqu'un essayait d'ouvrir ma porte. Je me dressai dans mon lit, le cœur cognant sauvagement. J'avais le corps glacé. Etait-ce le somnambule ? Je consultai le réveil, sur la table de nuit. Trois heures du matin. Soudain, j'entendis la voix de Madame, à l'étage en dessous.

— Noël ? Qu'est-ce que tu fais, là-haut ?

Des pas furtifs, mais pesants, firent grincer le parquet.

— J'étais monté prendre ma vieille valise dans le débarras... Je voulais la prêter à Gustave pour qu'il y fourre des archives dont j'ai besoin pour le congrès.

Je l'entendis descendre et rentrer dans la chambre conjugale qui se trouvait juste sous la mienne. Ce n'était donc pas le somnambule qui avait voulu entrer chez moi, mais bien le mari de Madame. Je n'étais pas conne au point de ne pas comprendre pourquoi.

5

Le Rouquin

Je dormis mal, cette première nuit. Je rêvai que le somnambule entrait dans ma chambre et me violait. J'étais obligée de subir ses sales caresses sans faire un geste, car si je l'avais réveillé, il aurait pu devenir fou et m'étrangler. Je me souviens surtout d'un passage de ce rêve, je faisais semblant d'être amnésique, comme cette fille dont il nous avait parlé : le docteur m'avait mis un coussin sous les fesses et je devais écarter mes cuisses en repliant mes genoux sur ma poitrine pour qu'il puisse m'examiner le sexe à l'aide d'une loupe, je sentais ses doigts froids fouiller mon vagin. Il ne disait pas un mot. Il rapprocha son nez et flaira l'intérieur de mes fesses. Il vérifiait si « l'on s'était servi de moi ».

Ses attouchements devenant de plus en plus insistants, je commençais à m'exciter malgré moi. Quand il se mit à me sucer le clitoris, le plaisir fut si aigu qu'il m'éveilla. J'entendais encore le cri que j'avais poussé dans mon rêve. J'étais en sueur et mon entrecuisse était trempé. Je me donnai rapidement un orgasme et me rendormis. Des gémissements me réveillèrent, qui venaient de sous mon lit. Je rappelle que ma chambre se trouvait au-dessus de celle du député. J'entendis grincer les ressorts de leur sommier.

Mme Fernande gémissait sans pudeur. Cela ne dura pas longtemps, mais elle cria très fort. Plus tard, du fond de mon sommeil, je crus entendre la musique d'un piano. Cette fois, ce n'était pas un rêve. Il s'agissait de Mlle Aude. Souffrant d'insomnie, elle descendait souvent se mettre au piano en pleine nuit.

Toujours est-il que j'ai passé une nuit agitée ; il me sembla que je venais à peine de m'endormir pour de bon quand le klaxon d'une voiture me réveilla. Je vis qu'il n'était que six heures. Mon service commençait à sept heures, aussi, n'osant pas me rendormir de crainte de ne pas me réveiller à temps, je me levai et m'habillai. Un vague remue-ménage montait de la maison. On klaxonna à nouveau. Comme ma lucarne donnait sur la rivière, je dus sortir de ma chambre pour voir de quoi il retournait. A l'autre bout du couloir, un œil-de-bœuf surplombait le jardin. Un taxi était garé dans la rue ; M. Léon faisait la conversation avec le chauffeur.

Puis le député sortit de la maison, sa femme, en peignoir, pendue à son bras. Leur fille marchait derrière, dans un pyjama de soie noir. Tout dernier, M. Gustave portait deux lourdes valises. Le vigile accourut lui prêter main forte. Le député et son secrétaire s'engouffrèrent dans le taxi qui les emmènerait à l'aérodrome d'Agen. Madame regarda la voiture disparaître, puis rentra dans la maison, toute triste. Edwige s'attarda au jardin, respirant la douceur de l'air.

Cela me surprit d'elle et je fus encore plus étonnée quand elle s'approcha d'un rosier pour y plonger son joli visage. Elle avait l'air tout innocente dans ce pyjama noir, avec ses cheveux dépeignés, pas maquillée. Mes préventions contre elle s'évanouissaient ; je ne l'aurais jamais imaginée s'intéressant à des choses comme la douceur du matin ou le parfum des roses. Peut-être n'était-elle pas aussi mauvaise, était-elle seulement moqueuse... Peut-être que nous pourrions devenir amies ?

J'étais là, penchée par l'œil-de-bœuf, à me faire des idées, quand elle dressa la tête, d'un mouvement vif et gracieux comme celui d'une fauvette. Suivant la direction de son regard, j'aperçus un grand garçon rouquin, âgé d'environ seize ou dix-sept ans, très laid, affublé d'énormes lunettes de myope, qui descendait l'escalier de la maison voisine et s'avançait sur la pelouse. Un simple grillage séparait les deux jardins. Sans hâte, le rouquin, qui était en pyjama, lui aussi, et tenait un bol de café, s'approcha de la barrière. Je fus intriguée par le fait que s'étant vus, ils ne se saluèrent pas. Edwige, métamorphosée en statue, avait encore une main en l'air et recourbait une rose vers elle, mais sa tête était tournée vers l'arrivant. Il s'arrêta juste derrière le grillage, le dos tourné à sa maison, à peine à deux mètres de la jeune fille et se mit à boire son café en la regardant.

Je me penchai hors de la lucarne pour mieux les épier. Edwige avait lâché sa rose qui se balançait au bout de sa tige. Elle se suçait le pouce, comme si elle s'était piquée. Le rouquin la dévorait du regard. Je voyais très bien le visage d'Edwige. Elle était impassible. Elle se laissa contempler ainsi une longue minute. Puis elle eut un imperceptible mouvement d'épaule et tourna à nouveau la tête pour inspecter la rue. M. Léon avait disparu. Rassurée, elle refit face au rouquin. Il avait posé son bol dans l'herbe et s'agrippait au grillage, auquel il collait son visage, comme un singe dans une cage.

Edwige s'approcha d'un pas désinvolte. Une moiteur familière me monta dans le corps quand je la vis étendre la main pour toucher la joue du garçon. Il eut un long tressaillement. Elle lui toucha le nez et la bouche. Ce n'était pas une caresse. Elle le touchait, simplement, avec une froide curiosité, et lui se laissait faire sans bouger. Pendant toute cette scène, ils ne prononcèrent pas une parole. Après lui avoir touché le visage, à travers les trous du grillage, Edwige s'accroupit sur ses talons. Les mains du rouquin se crispèrent sur les mailles de fer. Juste à l'endroit où il appuyait la partie inférieure de son ventre, on pouvait voir une déchirure dans le grillage : deux ou trois torsades, rouillées, avaient cédé, et on les avait repliées pour qu'elles ne puissent pas blesser. Cela formait un trou ovale aussi grand qu'une assiette.

Y passant les mains, Edwige fit descendre le pyjama du rouquin. Il avait des cuisses musclées, très pâles, couvertes de poils roussâtres ; son sexe en érection ressemblait à une longue saucisse blanchâtre, très lisse ; les couilles, rondes comme des balles de tennis, presque dépourvues de poils, étaient d'un rose fané. Edwige remonta la veste du pyjama et la coinça derrière le grillage, de façon que tout le bas du corps du rouquin fût dénudé. On pouvait voir son ventre, à partir du nombril, et ses cuisses jusqu'aux genoux. Les couilles et la bite passaient de notre côté du grillage, par cette espèce de guichet.

Edwige s'intéressa tout d'abord aux couilles. Elle les soupesait, les palpait, tâtait minutieusement leurs œufs à travers la membrane fripée. Le rouquin écarquillait les yeux derrière les verres épais de ses lunettes. Il ouvrit la bouche quand Edwige lui emprisonna la verge dans une main. Le serrant ainsi, elle fit descendre sa main vers les couilles, dénudant progressivement la muqueuse du gland. Elle s'arrêta quand la grosse bulle de chair rouge fut à demi dénudée et en approcha ses narines, avec le même mouvement méfiant que sa mère, quand elle avait flairé la queue du secrétaire, mais comme elle me tournait la nuque, je ne pus voir si elle grimaçait.

L'instant d'après, elle faisait remonter le prépuce, recouvrant tout le gland, puis elle rabattit à nouveau la gaine de peau blanche vers la racine de la verge, et cette fois, elle découvrit entièrement la grosse prune de chair écarlate qui luisait comme un bout de viande crue. En la contemplant, Edwige avait le même air innocent que lorsqu'elle avait respiré les roses, tout à l'heure.

Du bout des doigts, elle effleurait la fragile pelure du gland, arrachant des soubresauts au rouquin. Cela parut l'amuser. Elle redoubla de taquineries, allant jusqu'à griffer du bout des ongles la chair sensible et lui se déhanchait sur place comme s'il avait voulu fuir ses attouchements cruels, mais n'osait pas la contrarier en se reculant hors d'atteinte. Ce jeu dura longtemps, le rouquin, grimaçant, sautillait comme un pantin. Enfin, après l'avoir cruellement agacé de la sorte, elle cracha dans sa main et consentit à le branler.

Elle le masturbait lentement, faisant paraître et disparaître le gros gland écarlate. Il accompagnait sa caresse en avançant le bas du corps vers elle. Elle le branla ainsi une bonne minute, puis elle s'arrêta. Saisissant à deux mains la grosse saucisse blanche, elle la tira à elle et l'abaissa pour qu'elle soit horizontale. Puis elle tira la langue et en donna un petit coup à l'extrémité du méat. Le rouquin se renversa en arrière, en extase ; il avait fermé les yeux et le soleil faisait scintiller les gros verres de ses lunettes. Edwige se mit à lui lécher le gland, à petits coups, sans hâte. Elle lui léchait surtout le pourtour, à la base, à l'endroit où le prépuce, en se retroussant, formait des plis. Puis elle revint lentement vers la pointe. Une fois qu'elle eut enduit le gland de salive, ses lèvres s'arrondirent pour en épouser les contours. J'avais léché bien des copines, au dortoir, et elles m'avaient léchée, mais c'était la première fois que je voyais une fille sucer un garçon.

Cela m'emplissait de dégoût et d'excitation ; je regardais avec avidité les lèvres délicates de la jeune fille entourer le gros gland rouge, dont une partie restait dehors. Elle semblait téter. Je voyais ses joues se creuser. Elle ferma les yeux et avança la tête. Quand le gland eut disparu dans sa bouche, ses lèvres continuèrent à glisser sur la chair livide de la tige ; n'en croyant pas mes yeux, je la vis absorber la pine entière. Je me demandai comment c'était possible ; quand sa mère avait mâchouillé celle du secrétaire, il ne bandait plus, cela n'avait pas dû être difficile de se fourrer cette chose flasque dans la bouche, mais là, le rouquin était en érection, son engin ne mesurait pas loin de vingt centimètres, et elle ingurgitait tout. Cela ne paraissait pas l'incommoder, elle reculait la tête, et je voyais reparaître, luisante de salive, toute la longue et grosse tige de chair blanche jusqu'au gland cramoisi, puis elle s'avançait et ça disparaissait à nouveau.

Collant son ventre nu au grillage, le rouquin en dansait de bonheur. A chacun de ses sautillements, la mince cloison métallique grinçait sur les piliers de ciment. Il paraissait au bord du paroxysme quand une acariâtre voix de femme stria le silence.

— Alexandre, où es-tu encore passé ? La baignoire refroidit !

Dans un sursaut de peur, le rouquin s'arracha à la bouche d'Edwige et remonta son pyjama. Il ramassa le bol qu'il avait posé dans l'herbe et se tourna vers sa maison. Une femme d'une quarantaine d'années, aussi laide que lui, aussi rousse, se tenait à la fenêtre du premier étage et fouillait le jardin des yeux.

— Je suis là, maman, je bois mon café !

Il agita son bol au-dessus de sa tête. A cause de la configuration en pente du jardin, sa mère ne pouvait voir que la partie supérieure de son corps. Accroupie, Edwige échappait à sa vue. La femme secoua un chiffon jaune par la fenêtre et sa voix nasillarde retentit à nouveau.

— J'espère que tu n'as pas oublié ton latin, Alexandre ! N'oublie pas que tu dois me réciter ton Virgile avant de partir !

— Oui, maman ! geignit impatiemment le rouquin.

Sa mère disparut dans la maison. Aussitôt, Alexandre rabaissa son pyjama et fit passer sa queue par le trou. Il n'était plus question de fignoler. Edwige le branla à toute vitesse, avec le geste saccadé du poignet d'une femme qui fait monter des œufs en neige. Cela ne traîna pas ; Alexandre émit un cri rauque et lâcha une longue guirlande blanche en direction des rosiers. Edwige continuait à la lui secouer, impitoyablement, pendant qu'il se démenait en grimaçant horriblement, en proie aux affres de la jouissance, et d'autres jets de sperme arrosèrent le gazon de notre côté du grillage.

Au comble de sa transe, Alexandre s'était cambré ; la nuque renversée, il paraissait chercher un avion dans le ciel ; c'est ainsi qu'il me vit. Avec un second cri, il braqua le doigt sur moi. Se retournant, Edwige m'aperçut. La peur fit blanchir son gracieux minois. Puis elle me reconnut et grimaça de rage.

— Oh la garce ! entendis-je. Elle me le paiera !

Affolée, je courus m'enfermer dans ma chambre. Une minute après, j'entendis des pas furtifs sur le palier. Je l'ai dit, Edwige habitait au second, comme moi, mais à l'autre bout du couloir, en façade, du côté, justement, de la lucarne où je l'avais épiée. Elle s'arrêta derrière ma porte et tourna la poignée. Ne pouvant ouvrir, elle gratta de ses ongles.

— Je sais que tu es là, sale voyeuse ! chuchota-t-elle. Si j'ai un conseil à te donner, c'est de t'occuper de tes fesses, tu entends ?

Je me gardai bien de répondre. La musique d'un poste de radio montait à travers le plancher de la chambre de sa mère. Edwige devait l'entendre, elle aussi, car elle n'insista pas. La porte de sa chambre s'ouvrit et se referma.

J'osai alors me mettre à ma fenêtre. Le temps tournait. La surface du Lot était ridée de petites vaguelettes grises, des lambeaux de brume traînaient à sa surface, comme des morceaux de coton sale, poussés au cul par le vent qui se levait. Je pouvais voir d'autres jardins, de là. Dans l'un d'eux, M. Léon, « le vide-ordures », vêtu d'un long tablier bleu, coiffé d'une casquette à visière de cuir, ratissait une allée. C'est à croire qu'il guettait ma fenêtre, car il me salua aussitôt de la main. Pouvais-je ne pas lui répondre ? Je le fis d'un hochement de tête que je m'efforçai de rendre très digne. Cela le fit rire et il posa sa main entre ses cuisses, empoignant ses couilles à travers le velours épais de son pantalon. Je détournai la tête d'un air dédaigneux et fit mine de m'absorber dans la contemplation du paysage. Mais je sentais son regard sur moi, et je connaissais parfaitement ses pensées. Mon cœur battait la chamade, j'avais chaud au ventre. Des images s'accrochaient à mon esprit ; l'extrémité rouge de la verge du rouquin, les lèvres d'Edwige se retroussant autour. « Est-ce que tu as déjà sucé un homme ? » m'avait demandé M. Léon. Je me demandais quelle sensation cela pouvait faire. Perdue dans mes pensées, je ne sentis pas le temps passer. Quand je m'avisai de consulter le réveil, il était la demie de sept heures. La peur me glaça. Une demi-heure de retard ! Je m'élançai hors de ma chambre sans réfléchir.

Adossée au mur, face à ma porte, Edwige m'attendait. Elle avait une cigarette à la main, était toujours dans son pyjama noir. Avant que je sois revenue de ma surprise, elle me gifla à tour de bras. La force du coup me déporta en arrière et ma nuque heurta le mur. Elle m'envoya une deuxième gifle, en plein sur la bouche. La rage et la peur enflèrent mon cœur, mais je restai paralysée. Nous avions le même âge, mais elle était plutôt fluette ; je l'aurais rossée facilement si j'avais voulu. Seulement, voilà, c'était la fille de la patronne et elle en profitait. Une joie venimeuse enflammait ses traits de poupée.

— Tu ne l'as pas volé ! chuchota-t-elle. Et il y en aura d'autres, si tu ne files pas droit !

— Je vous interdis de porter la main sur moi !

Vive comme un chat, elle me bondit dessus et me tira les cheveux. Les larmes me vinrent aux yeux. Ses ongles étaient plantés dans mon bras.

— Si jamais tu dis à ma mère ce que tu as vu, je t'arrache les yeux, tu entends ?

Je la pris par le poignet pour qu'elle lâche mes cheveux. Elle me cracha au visage, puis se recula d'un bond, se mettant hors de portée. J'étais comme une furie, sur le point de me jeter sur elle, mais je me retins à temps. C'est à moi qu'on donnerait tort ! J'avais la lèvre tout enflée, un goût de sang dans la bouche. Voyant que je restais sur place, elle reprit courage et me toisa avec dédain.

— Lorsque tu auras fini de préparer le déjeuner, tu monteras faire mon lit. Nous aurons une petite explication, en tête à tête.

Je descendis l'escalier en essuyant ma joue souillée par son crachat ; ma lèvre me brûlait. J'étais bouleversée de ne pas être plus en colère ; je l'étais, certes, mais j'aurais dû être en rage ; au lieu de ça, il y avait dans mon corps une atroce langueur, je me sentais toute veule, comme quelqu'un qui vient d'avoir la fièvre et qui sort du lit. Me faire gifler par une fille de mon âge, me faire cracher au visage, et ne pas réagir ! Je ne cessais de m'en étonner. Etait-ce seulement la peur d'être renvoyée qui m'avait laissée si passive ? Je suçais ma lèvre blessée avec une sorte de plaisir.

A la cuisine, Mlle Aude, en peignoir, les traits bouffis de sommeil, était attablée devant un bol de café au lait très crémeux ; elle s'empiffrait d'énormes tartines de pain brioché dégoulinantes de confiture à la groseille. Elle contempla avec curiosité ma lèvre enflée et répondit d'un signe à mon salut. Dodue, d'une pâleur extrême, elle était à la fois jolie et repoussante ; ses manières, ses gestes, ses mimiques étaient ceux d'une petite fille ; mais elle avait trente-cinq ans passés et les paraissait. Elle était incroyablement gourmande, et gourmande de choses sucrées. Si on la regardait d'une certaine façon, on ne pouvait faire autrement qu'admirer la finesse de ses traits ; mais il suffisait qu'elle bouge la tête, et l'on voyait à quel point sa chair était bouffie. Sa peau, qu'elle soignait, était très belle ; c'était son plus grand atout. Ce qui déplaisait en elle, c'était sa façon sournoise de regarder en dessous, et de tourner la tête aussitôt qu'elle croisait votre regard. Sournoise, c'est le mot qui lui convenait, sournoise, hypocrite, lâche ; bref, c'était une faible et elle se servait de sa faiblesse pour en tirer du plaisir.

Je ne savais pas encore à quel point nous nous ressemblions et que l'aversion qu'elle m'inspirait venait de là. Après avoir englouti ses tartines, elle se versa un second bol de café au lait et y laissa fondre une incroyable quantité de sucre.

— Fernande ne sortira pas de sa chambre, aujourd'hui, me confia-t-elle, chaque fois que Noël retourne à Paris, c'est la même comédie. Elle joue les recluses. Que voulez-vous, c'est de famille... Nous avons un tempérament très amoureux... Nous sommes comme le lierre, nous nous attachons ou nous mourons...

Elle avala la moitié de son café au lait. Quand elle reposa le bol, elle avait une moustache luisante, comme une petite fille. Elle l'essuya du dos de sa grassouillette main blanche. Je remarquai qu'elle avait les ongles coupés ras. C'est à ce détail que nous reconnaissions les branleuses, à l'internat.

— A midi, ajouta-t-elle, vous nous ferez simplement une omelette. Il n'y aura que nous deux. Edwige a son cours de tennis, elle mangera au club avec son petit ami, en sortant du lycée. Pour vous occuper, ma sœur m'a chargée de vous dire qu'il y a l'argenterie à fourbir... vous trouverez le nécessaire sous l'évier.

Après avoir vidé son bol, elle le rinça sous le robinet. Puis elle rota poliment derrière ses doigts et quitta la cuisine.

6

Je fais ma lèche à Edwige

J'achevais de boire mon café quand l'interphone sonna. C'était Edwige.

— Ma mère est en bas ?

— Non, Mademoiselle. Dans sa chambre.

— Parfait, monte-moi une tasse de café noir et deux biscottes. Sans sucre. Il faut que je surveille ma ligne. Tu en profiteras pour faire mon lit et mettre un peu d'ordre. Ah, j'oubliais. Prends de la paille de fer et de la cire à encaustiquer. J'ai fait une tache d'encre sur le plancher.

N'oubliant pas les recommandations de M. Léon, je montai à sa chambre avec un plateau. Je portais le plateau d'une main ; de l'autre, je tenais l'anse du pot de cire et la paille de fer. La radio s'était tue chez Madame. Au salon, Mlle Aude se dégourdissait les doigts au piano. Les gammes montaient et descendaient. La porte d'Edwige était entrouverte. Assise à sa table, elle écrivait. Elle portait une jupe plissée blanche, très courte, et des chaussettes qui s'arrêtaient sous ses genoux. Il y avait une raquette de tennis sur son lit défait dont les draps traînaient à terre. Elle me montra où poser le plateau et continua d'écrire en buvant son café. Elle grignotait ses biscottes en avançant les dents, comme un écureuil. J'avais rarement vu une fille aussi gracieuse et aussi jolie. A l'internat, elle aurait fait des ravages ; toutes les gouines en auraient été folles.

Sa chambre était un vrai champ de bataille, à croire qu'elle avait fait exprès d'éparpiller ses affaires dans tous les coins ; c'était une indescriptible pagaille de culottes et de soutiens-gorge, de collants, de bas, de chaussettes, de T-shirts, de jupes, de serviettes, dont certaines étaient humides. Je commençai par faire le lit. Puis je me mis à glaner les petites culottes ; il y en avait au bas mot une vingtaine, toutes en soie, ornées de dentelles, certaines très affriolantes (rien à voir avec celles d'Edith dont la vulgarité me sauta aux yeux en comparaison), je n'avais jamais vu un linge aussi raffiné.

Elle lécha son enveloppe pour fermer sa lettre et leva les yeux. Elle me vit avec une poignée de culottes dans les mains.

— Ne mélange pas les propres et les sales ! dit-elle. Je ne suis pas une fille de la campagne, moi, j'en change tous les jours !

— Mais comment les reconnaître ?

En l'entendant rire méchamment, je me maudis de ma stupidité.

— Tu n'auras qu'à les flairer !

Devais-je la croire ? Pourquoi diable avait-elle rosi ? Je sentis mes mains devenir moites.

— Eh bien, qu'est-ce que tu attends ?

Je portai une culotte à mes narines ; elle sentait le propre. Assise à son bureau, elle me regardait faire en mordillant son stylo. Au bout d'une dizaine de culottes, j'en trouvai une qui sentait la femme, et je la mis de côté. Elle la prit d'un geste rapide et la flaira à son tour. Elle devint encore plus rouge et la remit en place. Lorsque j'eus repéré les deux culottes sales, j'allai ranger les autres dans un tiroir qu'elle m'indiqua.

— Quel âge as-tu ?

— Presque seize ans.

— Comme moi. Ça ne t'humilie pas de faire la bonne pour une fille de ton âge ?

Je me gardai bien de répondre.

— Est-ce que ma mère t'a dit qu'elle allait te gifler ? Elle gifle toutes ses bonnes. Elle giflait Edith. Et moi non plus, je ne me gênais pas pour lui envoyer des taloches.

Comme je ne pipais mot, pliant soigneusement ses culottes avant de les ranger, elle vint voir comment je m'y prenais.

— Tout à l'heure, ça ne comptait pas, j'étais en colère, parce que je déteste qu'on m'espionne. Mais attends-toi à recevoir des tartes même quand je ne serai pas en colère. As-tu déjà reçu des gifles d'une fille de ton âge ?

Ça m'était arrivé, au collège, quand nous nous disputions, mais ça n'avait rien à voir. Le visage moite, j'attendis la suite.

— Ne crois pas que ce sont des mots en l'air. J'ai la main leste !

Se penchant sur le tiroir, elle poussa un cri furieux.

— Mais pas comme ça, idiote ! Il faut les ranger par couleurs. Les roses avec les roses... les bleues avec les bleues... On ne t'a donc rien appris ?

Elle éparpilla dans le tiroir les culottes que j'avais pliées.

— Eh oui, ma fille, triompha-t-elle, en voyant mon indignation. C'est comme ça. Tu es la bonniche et moi, la fille de la patronne. Sache qu'il suffirait d'un mot de moi pour qu'on te mette à la porte. Il faut plier l'échine et ravaler son amour-propre quand on est domestique !

Et froidement, elle me gifla. Ce fut très délibéré, elle ne me fit pas vraiment mal, c'est surtout l'affront que je ressentis. Elle souriait, contente d'elle.

— Tu vois ! Je te l'avais dit ! Je gifle mes bonnes... mais c'est de ta faute, aussi, il ne fallait pas m'agacer !

En sifflotant entre ses dents, elle retourna à son bureau et ouvrit un cahier dans la lecture duquel elle feignit de se plonger. Le cœur plein de haine, je repris mon rangement. Après quoi, j'allai nettoyer sa salle de bains. Toutes les chambres avaient une salle de bains particulière. J'astiquai la baignoire, le lavabo, le bidet. Dans ce dernier, je trouvai deux poils blonds, tout frisés. Quand je revins dans la chambre, elle était toujours à son bureau, le front dans les mains, les yeux plongés dans son cahier. Apprenait-elle vraiment une leçon ? Un je ne sais quoi de trop naturel dans son attitude m'incitait à en douter.

Comme je m'apprêtais à quitter les lieux, j'avisai la boîte de cire et la paille de fer que j'avais laissées par terre, près de la porte, et me souvins seulement alors de la tache d'encre dont elle m'avait parlé. Je la cherchai des yeux. Elle se trouvait devant le bureau auquel était assise Edwige. Elle était minuscule. A peine la voyait-on. Je me dis, en m'accroupissant pour la frotter, que c'était faire des embarras pour pas grand-chose. Mais sitôt baissée, je mesurai l'étendue du désastre. Cette tache n'était pas seule. Il y en avait une dizaine d'autres, certaines larges comme des pièces de cinq francs, éparpillées sous le bureau. Quelques-unes étaient étoilées, à croire qu'on les avait faites exprès, en secouant un stylo. S'agissait-il encore d'une brimade ?

— Eh bien, dit Edwige, dont le bureau me cachait le visage, qu'est-ce que tu attends pour t'y mettre ? Que ça pénètre dans le bois ?

Je me mis donc à frotter. Sous la table, face à moi, je pouvais voir ses jambes croisées ; la jupe plissée blanche lui remontait à mi-cuisses. Je me dis avec un pincement de jalousie qu'elle avait des jambes très élégantes. Elle portait des souliers de tennis, à talons plats, et ça ne leur ôtait rien de leur grâce. Les chaussettes blanches, très fines, moulaient coquettement ses mollets déjà très féminins. Au-dessus des genoux, la chair de la cuisse s'épanouissait, devenait plus blanche.

— Mes pieds ne te gênent pas ? demanda-t-elle. Je crois que les taches sont juste dessous, non ?

— Il faudrait peut-être que vous les déplaciez un peu sur les côtés.

J'avais parlé en toute innocence. J'étais à mille lieues de m'attendre au choc que je reçus quand elle décroisa les jambes, m'exposant impudiquement son entrecuisse. Ce fut un coup brutal en pleine poitrine. Elle n'avait pas de culotte et je pouvais tout voir. Dans la touffe de poils blonds, la fente béait, toute mouillée.

— Et comme ça ? demanda Edwige, d'une voix enrouée. C'est mieux ?

— Vos pieds ne me gênent plus, répondis-je, les yeux noyés dans l'entaille rose de son con.

Je n'aurais jamais cru qu'elle en avait un aussi effrontément sensuel. Les lèvres, très charnues, formaient deux larges ourlets rebondis ; elles s'évasaient en bouche de négresse autour de la corolle ovale du vagin. La blondeur des poils, leur finesse, les rendaient pour ainsi dire transparents, ils ne cachaient rien des mystères du sexe. Edwige avança sur ses fesses ; sous le triangle velu, je vis s'entrebâiller la raie où se blottissait, comme une grosse violette fanée, la tache sépia de l'anus.

— C'est peut-être encore mieux comme ça, non ? murmura-t-elle.

— C'est parfait, Mademoiselle.

Je récurai le plancher n'importe comment, incapable de détacher mes yeux de son con. La fleur des muqueuses achevait de s'ouvrir, évoquant la pulpe d'une figue trop mûre et le bouton, d'un rouge délicat, commençait à pointer. Succulent, obscène et succulent, je ne trouve pas d'autres mots pour décrire son sexe. L'envie de le lui toucher me faisait trembler ; cueillir son clitoris entre mes lèvres comme une fraise des bois, et l'aspirer tout en le baignant de salive...

Mais en dépit de l'odeur fade qui trahissait son trouble, je ne m'y risquai pas ; rien ne me disait qu'il ne s'agissait pas d'un piège, qu'au premier contact, elle ne hurlerait pas au scandale pour me faire renvoyer. Je me contentais donc de frotter les taches, en dévorant des yeux les viandes humides qu'elle m'exhibait. Son bouton avait beau s'ériger de plus en plus et le trou du vagin, baigné de mouille, s'arrondir, je ne cédais pas.

Je l'entendis tourner une page. Tout son con s'écarquilla, l'anus lui-même se déploya. Je savais qu'elle poussait ses chairs du dedans, à cet effet.

— Alors, fit-elle d'une voix qui tremblait. Comme ça, tu joues les espionnes ! Ça te plaisait, ce matin, de regarder ce qu'on faisait ?

— Je ne l'ai pas fait exprès, de vous voir. J'avais entendu le klaxon du taxi...

— Tu es une voyeuse, une voyeuse doublée d'une hypocrite. Je l'ai vu tout de suite. Et que tu as le vice au corps... quand tu te tortillais dans ce ridicule uniforme.

Tu ne le faisais pas exprès, peut-être, de remuer ton gros cul, pour que les hommes te regardent ? Tu savais très bien que ça ferait remonter ta jupe...

— Ce n'est pas vrai ! C'est votre mère qui m'a forcée à mettre cette jupe, je ne voulais pas...

Elle s'efforça de rire, mais c'était peu convaincant. Une grosse larme déborda de son vagin et forma un fil brillant qui pendit entre ses fesses. Son clitoris était gonflé, rond et dur, si luisant qu'il paraissait verni. Je savais maintenant qu'elle ne protesterait pas si je le lui suçais. Sa voix puait la fausseté. Que de fois avais-je entendu cette intonation pleine d'artifice dans la bouche des filles qui n'osaient pas faire les premiers pas, et feignaient de ne consentir à se laisser branler et sucer que pour vous faire plaisir ! Mais le souvenir de ses gifles me cuisait encore, je ne voulais pas lui donner la satisfaction de lui faire des avances. Il fallait que ça vienne d'elle.

— C'est vrai ce que dit ma mère ? Qu'on t'a renvoyée du collège parce que tu étais dans le lit d'une autre fille ? Que tu es une lesbienne ?

— Je ne suis pas lesbienne, c'est des histoires. Je suis aussi normale que vous.

Elle produisit à nouveau son rire haut perché.

— Je sais comment ça se passe, entre pensionnaires. Dans mon lycée aussi, il y a des internes. Raconte-moi ce que vous faisiez. Vous vous masturbiez ?

Je gardai le silence. J'avais cessé de frotter ; je me contentais de contempler son sexe ; l'odeur qui en sortait était maintenant très forte, un peu pisseuse. Le clitoris pointait comme un pistil d'arum, le vagin bâillait, tout baveux.

— Est-ce que vous vous suciez ? demanda Edwige, d'une voix à peine perceptible.

Je ne répondis pas. Je savais qu'elle y viendrait, maintenant.

— Eh bien, réponds donc ! s'impatienta-t-elle. Vous vous léchiez ?

— Des fois, répondis-je...

— Je le savais ! triompha Edwige. Tu as une bouche de suceuse...

Vexée, je gardai le silence. Elle pouffa nerveusement et, par jeu, sans méchanceté, me donna un petit coup de pied. Très vite, elle reprit la pose, s'avançant encore plus sur sa chaise pour me proposer son sexe. J'en respirai les parfums croupis, sa chaleur me tiédissait les joues. Il était si près que sa proximité me faisait loucher. Je n'aurais eu qu'à tirer la langue.

Edwige riait pour de bon, maintenant, mais sans bruit.

— Quand je pense que ma mère m'a mise en garde contre toi...

Elle se tut.

— Eh bien, s'énerva-t-elle. Qu'est-ce que tu attends ?

— Que Mademoiselle me le demande...

— Il ne te plaît pas ? demanda-t-elle, avec une coquetterie crapuleuse. Regarde... tu ne le vois peut-être pas bien...

Ses mains descendirent sous le bureau et ses doigts tirèrent les lèvres vers le haut en les séparant. Cela eut pour effet de dépiauter son clitoris ; elle s'éventrait presque ; son con en perdait sa forme, n'était plus qu'une vaste blessure rosâtre toute baignée de mouille.

— Eh bien, je te le demande ! Suce-le-moi...

Aussitôt, affamée de sa chair, de son odeur, j'avançai mon mufle et lui aspirai le clitoris. Elle jappa et me repoussa le visage en arrière, du plat de la main.

— Attends, attends... implora-t-elle.

Puis, pour se faire pardonner sa brusquerie, elle me caressa la joue.

— Lèche-moi ici, d'abord, et fait remonter ta langue lentement... Il faut que j'en profite, ce n'est pas tous les jours qu'on a une lécheuse...

Elle m'indiquait son anus et la raie de ses fesses. Je tirai la langue et effleurai la pastille ridée.

— Oui... oh qu'elle est sale... qu'elle est sale... murmura Edwige.

Son anus s'ouvrait comme une belle de nuit au crépuscule. Il avait un goût âpre, pas désagréable du tout. Elle m'empoigna par les cheveux, sans douceur, et me tira contre elle. Ma langue frétilla dans la raie de ses fesses et s'engouffra dans la flasque caverne de son vagin.

— Oui, m'encouragea-t-elle... Enfonce-la bien au fond...

Je le fis ; je lui fourrai toute ma langue, roulée sur elle-même, au fond du vagin. Mon nez lui écrasait le clitoris. J'avais le sang à la tête et un bruit d'orage dans les oreilles. Je la dévorais sans douceur, elle se livrait toute, gémissante, s'affolait, ses cuisses musclées me broyaient les tempes, puis elles s'ouvraient, et sa chair m'accueillait, profonde, insatiable. Je faisais aller et venir ma langue, très vite, le plus profond possible.

— Maintenant, maintenant... haleta Edwige.

Elle me tira par les cheveux, presque aussi méchamment que dans le couloir, et me fourra le clitoris dans la bouche. Dès que je l'eus aspiré, elle cria et sa jouissance inonda ma bouche. Elle continua à jouir pendant deux ou trois minutes, avec des spasmes. Ses talons martelaient le plancher. Même quand elle eut cessé de se plaindre et de se trémousser, je gardais ma bouche collée à sa chatte et ma langue fourrée au fond d'elle. Elle me tenait toujours par les cheveux. Son clitoris s'était résorbé. J'avais tout le visage barbouillé par son plaisir, j'en avais jusque sur les paupières, ça me collait les cils.

Je l'entendais reprendre haleine. Je me demandais à quoi elle pensait. Pour une vaniteuse comme elle, la situation, passé la folie de l'excitation, ne pouvait manquer d'être embarrassante. Car enfin, elle venait bel et bien de se faire sucer par sa bonne, et c'est elle qui l'avait demandé. J'éprouvai une terreur délicieuse à l'idée que, peut-être, elle allait maintenant me prendre en haine et me rouer de coups ; j'avais connu une fille comme ça, à l'internat, nous en étions folles. Mais Edwige se contenta de lâcher mes cheveux et de reculer sa chaise. Elle se rendit dans la salle de bains dont elle ferma la porte.

Ne sachant quel comportement adopter, je me remis à frotter les taches d'encre. J'étais à cette occupation quand le téléphone sonna. Edwige vint décrocher.

— Mais oui, fit-elle d'une voix maussade. Evidemment, que c'est moi ! Qui voudrais-tu que ce soit ? Mais non, je n'ai pas oublié. Pourquoi aurais-je oublié ? Huit heures, déjà ? Ah bon... Non, non, je révisais mes maths. Eh bien, disons dans dix minutes, je suis habillée, tu n'auras qu'à klaxonner.

Elle se tut une minute, écoutant son interlocuteur.

— Quel voisin ? fit-elle. Alexandre ? Poil de carotte ? Tu plaisantes ! D'abord, il est horrible, et en plus c'est un cul-bénit. Tu n'es pas au courant ? Il va entrer au séminaire, sa mère veut en faire un curé ! Franchement, tu me vois avec un olibrius pareil ? Sois sérieux, Jean-Philippe. Ma parole, serais-tu jaloux ?

Elle eut un rire coquet.

— A tout de suite... oui, moi aussi.

Elle fit un bruit de baiser dans le micro.

— Autant que tu le saches tout de suite, me déclara-t-elle, je suis pour ainsi dire fiancée avec le fils Mardrus, le cadet, Jean-Philippe. Ne t'avise jamais de gaffer devant lui. L'autre imbécile que tu as vu ce matin, c'est seulement pour la rigolade. Mais Jean-Philippe est très vieille France, il ne comprendrait pas.

Je m'étais levée pour l'écouter me dire ça ; j'avais la paille de fer à la main et le goût de son con sur les lèvres. Ses yeux évitaient les miens.

— Je ne rentrerai que très tard, cette nuit, nous irons probablement en boîte, après le ciné.

Elle prit sa raquette de tennis et sa sacoche, jeta son loden sur son bras, et se dirigea vers la porte.

— Inutile de te fatiguer à effacer ces taches... tu finiras un autre jour.

Elle eut un gloussement entendu en disant ça et se retourna. Tout à coup, elle revint vers moi.

— Dis-moi, est-ce vrai ce qu'on dit ? Que les gouines ont un gros bouton ? Que c'est à ça qu'on les reconnaît ?

Sans me laisser le temps de répondre, elle ajouta :

— Fais voir le tien, que je vérifie.

Elle déposa ses affaires sur une chaise. Comme je restais les bras ballants, elle s'énerva.

— Eh bien, dépêche-toi, Jean-Philippe va klaxonner... Remonte simplement ta jupe et écarte ta culotte. Tu dois avoir l'habitude, non ?

Comme je saisissais ma jupe, elle me fit pivoter sur moi-même.

— Montre d'abord ton cul... Je trouve ça marrant, les grosses fesses.

J'avais toujours aimé que les filles me rudoient. En frissonnant de délices, je retroussai ma jupe au-dessus de mes fesses. Elle abaissa ma culotte et contempla mon joufflu.

— Ah ça, tu n'as rien d'une Jeanneton ! Quel popotin ! Fais voir le trou...

J'écartai mes fesses en tremblant d'émotion. Son doigt tâta mon anus.

— Devant, maintenant, fais sortir le clito...

Je m'adossai à la fenêtre, et m'ouvris devant. Elle se baissa pour regarder l'intérieur de mon con.

— Tu veux que je te branle ?

Je fis oui de la tête.

— Il est gros, mais pas tant que ça, fit-elle.

Elle le cueillit entre deux doigts.

— Ne compte pas que je te le suce ! Je déteste ça.

Elle se remit debout et me branla, en observant attentivement mon visage. Quand je suis excitée, je deviens toute rouge. Cela parut l'amuser. Elle riait tout bas de me voir me tortiller, grimacer, de m'entendre haleter. Elle, quand je l'avais sucée, je n'avais pu voir son visage, puisque j'étais sous son bureau. J'eus l'impression qu'elle se vengeait ; quand je me laissai enfin aller à gémir, elle éclata d'un rire ravi et me fourra deux doigts au fond du vagin.

— Mais dis donc... tu es ouverte ! On te l'a donc déjà mise ?

Elle retira ses doigts et les essuya sur mes cuisses. Je l'entendis descendre l'escalier en courant. Par la fenêtre, je la vis monter dans la décapotable du fils Mardrus. Il était d'une beauté fade, aussi blond qu'elle, très distingué. A sa place, moi aussi, j'aurais trompé cette gravure de mode avec Alexandre. Il était laid, Alexandre, hideux, même, mais justement...

Justement...

7

LA TISANE DE MLLE AUDE

Mme Fernande ne consentit à quitter sa tanière qu'à dix heures du soir, alors que je m'apprêtais à monter sa tisane à Mlle Aude. Elle descendit à la cuisine, poussée par la faim, se faire cuire deux œufs à la coque et parut gênée de me trouver encore à pied d'œuvre, car mon service finissait à neuf heures. Voyant la tisanière et le bol sur le plateau, elle fronça les sourcils.

— C'est pour qui, ce tilleul ? Pour ma chère sœur, bien entendu ! Elle s'est encore gavée de sucreries, et maintenant, il lui faut son infusion ! Allez, allez, monte-lui donc son plateau, je me débrouillerai toute seule !

Pendant que ses œufs cuisaient, elle inspecta l'argenterie que j'avais passé la journée à astiquer ; j'en étais fourbue, toute mon épaule était endolorie à force de frotter et mes doigts étaient restés noircis, malgré le jus de citron que j'avais employé ; elle parut satisfaite. Je n'avais rien fait d'autre, de toute la journée, que fourbir ces horreurs dont certaines étaient fort anciennes, et ouvragées.

A midi, Mlle Aude était venue manger son omelette avec moi ; c'est à peine si elle m'avait adressé la parole ; son omelette avalée, je l'avais vue, médusée, engloutir quatre yaourts à la fraise et autant de ces soi-disant flancs au caramel et entremets Francorusse. Quand elle s'empiffrait ainsi de ces saloperies sucrées, ses yeux prenaient l'expression lointaine d'une amoureuse qui rêve à son prince charmant. C'est après avoir achevé son ignoble festin qu'elle m'avait dit d'une voix dolente, en se frottant l'estomac du bout des doigts :

— Ce soir, je jeûnerai, je me sens un peu patraque. Je pressens que je vais avoir une de mes crises de mélancolie. Je vous demanderai donc de me monter une tisane, fleur d'oranger ou tilleul, cela m'aidera à trouver le sommeil. Edith m'en montait une chaque soir.

L'après-midi, elle avait donné ses leçons de piano ; j'avais vu défiler, pomponnés comme des caniches, trois ou quatre pâles garçonnets et autant d'antipathiques fillettes, tenus en laisse par leurs bonnes, dont quelques-unes étaient d'authentiques Anglaises ; certaines de ces bonniches auraient bien fait la conversation avec moi, mais, me souvenant des recommandations de Madame de ne pas me lier avec les autres domestiques, j'avais gardé mes distances. J'étais assez flattée de découvrir quel prestige me prêtait à leurs yeux le fait d'être au service du député de la région.

Je m'étais rabattue sur l'argenterie, bercée par les arpèges de Chopin et les gammes de Czerny et la journée avait passé somme toute assez vite. Si bien que j'avais été toute surprise, occupée que j'étais à me blanchir les mains, d'entendre la voix de Mlle Aude dans l'interphone.

— Vous n'oubliez pas ma tisane, Victorine ? Il va bientôt être dix heures...

Me voici donc en train de gravir l'escalier, avec cette maudite jupe qui se retrousse à chaque marche, portant le plateau où fume la tisanière...

*

* *

Au fond du couloir, la chambre de la sœur de Madame est un temple obscur voué au culte de son fiancé mort. Les rideaux sont tirés en permanence, jamais la lumière du jour n'y pénètre. Aux murs, tapissés d'une étoffe sombre, sont accrochés plusieurs dizaines d'agrandissements photographiques du défunt. On se croirait dans un musée. Sur la plupart, le mort, Philibert, sanglé dans son uniforme de sous-lieutenant, arbore une ridicule moustache en croc avec l'expression satisfaite du parfait imbécile.

C'est ici que Mlle Aude passe le plus clair de son temps ; elle y vit en recluse, se gavant de romans de gare et de bonbons au chocolat. Elle n'en sort que pour les repas, une courte promenade au jardin d'enfants où elle recrute ses élèves auprès des mères et des nurses, les visites du dimanche au cimetière et les leçons de piano dans le vaste salon orné de glaces où trône le Steinway.

Quand je fais mon entrée, Mlle Aude est au lit, en train de lire. Elle a des petites lunettes cerclées d'or par-dessus lesquelles elle me surveille. Une liseuse de laine a glissé de ses épaules dodues. Elle a des rubans dans les cheveux et ses frisettes pendent sur son front ; cela lui donne l'air roublard, faussement ingénu, d'une vieille petite fille. Ses gros seins pâles sont nus sous le léger voile de sa chemise de nuit : les pointes sont très larges, d'un rose maladif, leur peau est très blanche, comme nacrée.

Un doigt glissé entre les pages de son livre, elle m'épie entre ses frisettes. Sa grosse bouche aux lèvres très rouges est humide, elle plisse ses beaux yeux de vache comme une myope.

— Posez ça ici, Victorine.

Elle me monte la table de nuit et suit des yeux mes moindres gestes, comme un animal craintif. Je verse la tisane dans la tasse ; pour la sucrer, j'utilise la pince à sucre ; j'y laisse tomber six pierres, avant qu'elle me dise que c'est assez.

— Je ne me suis pas trompée ? C'est bien Victorine, votre nom ? Victorine... Victorine...

Elle répète mon nom plusieurs fois, comme pour l'essayer, le faisant fondre dans sa bouche.

— Eh bien, Victorine, minaude-t-elle, j'espère que nous serons bonnes amies. En général, je m'entends avec les bonnes. Je ne suis pas comme ma sœur, je ne les rudoie jamais. Avec Edith, notamment, on s'amusait bien...

Elle se tait, et deux taches roses ornent ses pommettes. Inutilement, elle fait tourner la cuiller dans sa tasse où le sucre a fondu depuis longtemps.

— Edith était vraiment très malicieuse ! On se demande où elle allait chercher tout ça !

Elle me fixe comme si elle venait de me révéler un secret d'Etat.

— Je me sens déjà de l'amitié pour vous ! me lâche-t-elle.

Le pincement familier au bas du ventre me confirme ce que je pressentais. Je me souviens des sournois travaux d'approche des nouvelles, au dortoir... celles qui avaient eu vent de ma réputation de branleuse... Elles aussi se découvraient tout à coup des trésors d'amitié à mon égard. Je fais ma modeste.

— Moi aussi, Mademoiselle Aude, je vous trouve très sympathique.

— Vous devez vous sentir seule, non ? Je crois que c'est la première fois que vous êtes placée ? Voulez-vous un chocolat ? Ils sont délicieux, fourrés à la menthe... après la douceur amère du chocolat, la menthe vous glace le palais... essayez donc, ils viennent d'un grand confiseur. C'est le petit Emile Chambry, un de mes virtuoses du mercredi, qui me les a offerts...

Je prends poliment un fourré ; à cause de la chaleur de serre qui règne dans la chambre, il est mou et poisseux. On dirait qu'elle l'a tripoté. Je regarde ses doigts, de longs doigts minces (d'autant plus insolites que la main est plutôt bouffie) très agiles, sans cesse en mouvement, ils tirent sur les franges de l'édredon ou celles de la liseuse, sur les mèches de cheveux d'un blond très fade, grattent son épaule.

— Vous ne buvez pas votre tisane ? Elle va refroidir...

— C'est vrai ! Suis-je étourdie... C'est votre présence qui m'intimide, je suis très longue à m'accoutumer aux nouvelles bonnes... Avec Edith, il nous a fallu plusieurs semaines avant de devenir intimes...

Elle avale une gorgée de tilleul.

— C'est agaçant, Victorine, il faut que je vous fasse un aveu...

La voici toute rouge.

— J'ai la déplorable manie de croquer des biscuits au lit, le soir, en lisant...

Elle me désigne une pile de romans sentimentaux posés sur la descente de lit.

— L'ennuyeux, c'est que les biscuits font des miettes. Vous ne voudriez pas...

D'un geste évanescent, sans me regarder, elle imite

quelqu'un qui époussette des miettes.

— Mais bien sûr, Mademoiselle Aude...

— Attendez, je vais me pousser.

Elle se tourne vers le mur, et porte le bol à ses lèvres. Elle a fait cela d'une façon si naturelle que je m'y suis laissé prendre. Au moment où je rabats le drap du dessus, elle plonge le nez dans son bol et aspire bruyamment son tilleul.

Chaque fois, ça me fait le même effet : un tremblement intérieur, une chaleur moite, les jambes qui faiblissent. Sa chemise de nuit retroussée offre à ma vue son beau cul blanc.

Elle n'a pas menti, il y a bien des miettes sur le drap (comme ce matin, il y avait bien des taches, sous le bureau de sa nièce), il y en a même une profusion. Pendant que je les chasse de la main, effleurant parfois sa chair chaude du bout des doigts, elle feint d'être absorbée par sa lecture.

— Oh zut ! fait-elle tout à coup.

Elle vient de laisser tomber son livre entre le lit et le mur. Tenant le bol d'une main, elle se penche pour récupérer le bouquin ; il fallait s'y attendre, cela l'oblige à ouvrir le cul : ses fesses s'écartent, dévoilant l'œil stupide d'un minuscule anus mauve cerné de cils blonds. Elle se penche encore plus, marmonnant que le livre a glissé sous le sommier, et je vois surgir entre les poils de l'entrecuisse les larges lèvres de sa vulve. Elles sont trempées, et la toison, au bord de la fente est assombrie par l'humidité. Ses cuisses aussi, tout en haut, sont humides. Le cul béant, elle geint d'une artificielle voix de fillette :

— Oh Victorine ! Il y en a encore sous moi, je les sens... maudites miettes... Oh que c'est énervant, mon Dieu !

— Que Mademoiselle se soulève un instant...

Elle ne demande que ça. La tête dans la ruelle, elle prend appui sur un coude et rehausse avec empressement son joufflu. Je passe la main dessous pour récupérer quelques miettes. Du dos de la main, ce faisant, je frôle à plusieurs reprises la chaleur fiévreuse de sa chair. Son épiderme moite est aussi suave que celui d'un gros nourrisson ; les miettes y ont imprimé des marques rouges, quelques-unes sont collées à sa peau ; je les extirpe entre mes ongles. Cela lui arrache un petit rire confus.

— Oh mon Dieu... qu'est-ce que je vous oblige à faire... Vous n'êtes chez nous que depuis un jour, et me voilà en train de vous montrer mon derrière ! Avec Edith, nous avions attendu toute une semaine... Cela ne vous scandalise pas, Victorine ?

— Pas du tout, Mademoiselle... il le fallait bien, avec toutes ces miettes...

— C'est vrai, maudites miettes... Vous ne le trouvez pas trop gros ?

Elle se cambre coquettement pour le faire ressortir.

— Edith le trouvait d'une grosseur indécente ! Elle me reprochait de manger trop de chocolats... vous ne pouvez pas savoir comme elle se montrait méchante avec moi, certains soirs ! C'était une vraie peste ! Il lui arrivait même de me battre !

J'en reste pantoise.

— Oh pour rire, bien sûr, vous pensez bien... des fessées pour rire ! Elle était si malicieuse ! Panpan sur votre gros cucul, me disait-elle, cela vous apprendra à faire des miettes...

Son cul s'offre, comme en attente, l'anus palpite. Est-ce une invite ? Au dortoir, certaines mijaurées aimaient bien se faire fesser... Mlle Aude émet un long soupir.

— Mon fiancé, Philibert, le pauvre... aimait beaucoup me le regarder. Oh, en tout bien tout honneur, hein ? N'allez pas vous imaginer des choses. A l'époque, on était beaucoup moins déluré que de nos jours. Il n'y avait pas encore la pilule...

Toute penchée hors du lit, l'anus étoilé, l'estuaire du con écarquillé, elle parvient enfin à récupérer son roman et reprend une pose moins scabreuse.

— Il me disait... Philibert, mon fiancé... dès que nous étions seuls un instant... Aude, Aude, vite, montre-le, tes parents sont au jardin...

Elle rabat pudiquement sa chemise et se rassoit. Je l'aide à remonter l'édredon. Je ne peux m'empêcher de lorgner les photos du dadais. J'imagine la scène.

— Et vous le lui montriez ?

— Je faisais des manières, les filles aiment bien se faire prier... mais je finissais toujours par céder.

Elle pioche un fourré dans la boîte et se le fourre dans la bouche. Tout en le mastiquant, elle me décoche en coulisse un petit regard espiègle.

— Lui montrer mon derrière, je trouvais cela prodigieusement scandaleux ! N'empêche, chaque fois que je savais qu'il allait venir me faire sa cour, je ne mettais pas de culotte, afin d'être prête... Pauvre maman, si elle avait su ça... Il fallait agir vite, vous comprenez, on nous tenait à l'œil. Entre deux portes, vite, je soulevais ma robe, et lui se baissait pour bien le regarder ! Il était coquin, vous savez, cet homme, ce n'était pas un militaire pour rien !

Elle mastique son chocolat, les yeux sur son livre.

— D'autres fois, je lui montrais mes seins... Aude, me disait-il, montre-moi tes beaux nénés ! Alors, vite, j'ouvrais ma chemise et je les sortais...

Pour illustrer son récit, elle écarte les fronces de sa chemise de nuit et libère ses superbes mamelles dont les pointes paraissent encore plus larges : on dirait deux gros yeux roses qui me fixent d'un air surpris et effronté.

— J'en tremblais, Victorine ! Lui, il restait là, en contemplation, assis en face de moi... en général, ça se passait au salon... Et... tout en les regardant, il se... avec un mouchoir à la main...

D'un va-et-vient rapide de sa petite main, elle mime le geste de Philibert.

— J'espère que je ne vous scandalise pas ? Nous devions nous marier, vous comprenez...

J'imagine ce mâle conquérant s'astiquant au salon pendant qu'elle lui fait admirer ses nichons ou son cul. Perdue dans ses pensées, Mlle Aude a toujours la poitrine à l'air. Tout à coup, une bouffée de rougeur lui colore le visage et j'ai droit à une œillade sournoise.

— Ma sœur ne comprend pas que je vive dans le souvenir. Personne ne le comprend... même Edith. Elle me disait, il faut sortir, il faut vous amuser... Il y a des hommes qui ne demanderaient pas mieux, si vous voulez, je peux vous présenter à mes copains !

En parlant, elle se gratte sous un sein, le soulevant du dos de la main, le faisant ballotter. Elle baisse ses longs cils de poupée.

— C'est agaçant, Victorine, me souffle-t-elle, j'ai bien peur qu'il y ait encore des miettes sous moi... je les sens... vous ne voudriez pas voir ?

— Mais bien sûr, Mademoiselle...

Avec un insolite petit rire, elle repousse le drap sous ses genoux, s'adosse aux oreillers, et, comme une grosse grenouille, replie les jambes en les écartant. Sous son ventre grassouillet, le buisson velu et sa large crevasse rose appellent immédiatement mes regards. Je m'agenouille et je recueille quelques miettes éparses, frôlant au passage les poils humides de son con.

— Le drap fait des plis sous moi ! se lamente-t-elle. Et ces plis s'impriment dans ma peau...

Elle décolle ses fesses pour que je puisse lisser le drap. Son sexe achève de s'ouvrir.

— Je crois qu'il y a quelques miettes dans les poils... C'est que c'est une vraie crinière ! Toute jeune, c'était pareil. Quand je le montrais à Philibert (elle le lui montrait donc aussi !), j'étais obligée de les écarter avec mes mains pour qu'il puisse voir quelque chose, le pauvre chéri... Lui, vous comprenez, il me respectait trop, il n'avait pas le droit de me toucher.

Sans paraître y songer, elle me montre comment elle s'y prenait : elle saisit quelques mèches de poils sur les bords des lèvres et tire dessus, comme pour arracher de l'herbe ; la grande fissure mauve s'écarquille, l'œil pourpre du vagin s'arrondit, le clitoris pointe comme un pruneau entre les nymphes fripées.

— Philibert appelait ça mon « buisson ardent » ! Quand je lui avais bien montré mon derrière et ma poitrine, il lui en fallait davantage. Aude chérie, me disait-il, montrez-moi votre buisson ardent. Et je le lui montrais ! Fille sans pudeur que j'étais ! J'étais sans volonté devant cet homme-là.

Assise sur ses oreillers, les seins dehors, les cuisses écartées, elle paraît m'avoir oubliée. Je lisse toujours le drap d'un geste machinal en contemplant son gros con luisant de mouille dont le calice enflammé bâille comme la bouche édentée d'un gros poisson. Est-elle vraiment aussi folle qu'elle le paraît ? J'ai peine à le croire. Si elle est folle, sa folie ne manque pas de méthode.

— Comme je vous le disais, Victorine, j'ai bien peur d'avoir quelques miettes mal placées... Vous ne voulez pas chercher ? Il y a ce qu'il faut dans le tiroir...

J'ouvre le tiroir de la table de nuit et j'en sors un petit peigne d'acier chromé. Il y a quelques poils blonds entre les dents.

— C'est un souvenir de Philibert... Il s'en servait pour peigner sa moustache. Il l'avait toujours dans sa poche. Il était si coquet.

Elle se renverse comme une grosse chatte voluptueuse qui propose son ventre aux caresses, et je lui passe le peigne dans la toison. Elle soulève un genou, très haut, révélant ainsi l'œil froncé de l'anus.

— Ça me démange, c'est horrible, je suis sûre qu'il doit y avoir des miettes dedans ! Si j'osais...

Cette fois, les choses sont claires. Je pose le peigne sur le matelas et je lui mets carrément un doigt dans la fente. Elle approuve de la tête, avec véhémence, et ferme pudiquement les yeux pendant que je farfouille. Pour m'aider, elle remonte les genoux, avance les fesses.

— Oui, oui... cherchez bien, vous n'avez pas idée des prurits énervants que provoquent ces maudites miettes... en haut, surtout... oh oui... là, exactement là...

Je viens de lui saisir le clitoris et je l'étire pour dégager le petit orifice rouge par où nous faisons pipi. Je le comprime, je le relâche, je recommence. Bref, je la masturbe, et je ne cache plus mon jeu.

Mais elle y tient, elle, à son jeu.

— Mon Dieu, qu'est-ce que je vous oblige à faire, Victorine, soupire-t-elle. J'en suis toute honteuse... mais que voulez-vous, c'est physique...

Pour être physique, ça l'est, la mouille lui coule dans la raie du cul.

— En bas aussi... ces maudites miettes se logent partout...

Allons-y pour le vagin. Sans délaisser le clito... J'ai deux mains, je m'en sers. Et je constate que la chaste fiancée est loin d'être aussi vierge qu'elle le prétend.

— Derrière aussi... maudites miettes... vous irez vous laver les mains ensuite...

Sodome, maintenant ? Je lui fourre un doigt dans le cul. Réaction immédiate : long spasme muet. Elle s'affaisse de côté, mollement, se fourre le pouce dans la bouche... Que faire ? J'ai toujours un doigt dans son cul, et ses cuisses qui se sont refermées m'empêchent de retirer ma main, qu'elles broient comme un étau.

J'ai beau tirer, impossible de me libérer. Je contemple la dormeuse. Me voilà bien...

— Mademoiselle... s'il vous plaît, mademoiselle...

Violent sursaut. Sortant de sa transe, elle se dresse, me dévisage.

— Mais qu'est-ce que vous faites ? s'indigne-t-elle. Voulez-vous retirer votre main de là !

Elle me repousse sans douceur, remonte le drap sur elle, rentre ses nichons dans sa chemise et me gratifie d'un coup d'œil indigné.

— Finalement, vous ne valez pas mieux que les autres ! Vous êtes bien comme Edith ! Dès qu'on est gentille avec vous, vous vous permettez les pires familiarités. Ma sœur a raison de vous traiter comme elle le fait !

Elle se verse du tilleul. Dans son indignation, elle en oublie de le sucrer. Je la vois grimacer en ingurgitant le fade liquide qui a refroidi.

— Pouah ! Quelle horreur...

J'ai l'impression qu'elle va me jeter le contenu du bol au visage. Je suis sûre que l'idée l'a effleurée. Quelque chose me dit que c'est ainsi qu'elle provoquait Edith. Alors, l'autre, furieuse, devait se jeter sur elle pour lui donner sa fessée... Tout cela faisait partie des « jeux malicieux » dont elle m'a parlé. Elle se retient à temps, sans doute ne sommes-nous pas encore assez intimes. Elle passe une main lasse sur son front.

— Excusez-moi, Victorine... Ne faites pas attention à ce que je viens de dire ! J'ai mes humeurs noires, vous comprenez, l'anniversaire de sa mort approche...

— Je comprends, Mademoiselle.

Maintenant qu'elle s'est bien fait branler, elle récupère sa dignité, me remet à ma place.

— Vous ne m'en voulez pas, au moins ?

— Bien sûr que non, Mademoiselle.

Un sourire soulagé accueille ma réponse. Elle me regarde récupérer le plateau. Et à nouveau... Je rêve ? Non, non, la petite lueur sale est revenue dans ses grands yeux candides...

— Prouvez-le-moi... que vous ne m'en voulez pas pour mes sautes d'humeur...

Je la dévisage interrogativement.

— Avec Edith...

Elle se tait. M'étudie sournoisement. J'y vais, j'y vais pas ? Elle se lance...

— Je sais que vous devez gagner votre vie ! Je ne voudrais pas abuser... Je ne suis pas comme ma sœur !

Elle fourre la main sous son oreiller et en tire un gros rouleau de billets de banque entourés par un élastique. Elle me le jette. Effarée, je l'attrape au vol. Je suis sidérée, rien que des billets de cinq cents et de deux cents francs. Il doit bien y en avoir une centaine, certains neufs, certains tout froissés.

— Choisissez-en un... n'importe lequel... il est à vous...

Je n'ai jamais vu autant d'argent de ma vie. Je défais fébrilement l'élastique. J'hésite entre un billet de deux cents et de cinq cents. Ne soyons pas trop gourmande. Je prends le plus petit, je le lui montre. Elle fait oui de la tête. Je remets l'élastique autour du rouleau que je lui rends, et je fourre le billet dans la poche de mon tablier.

— Il y en aura d'autres, promet-elle. Si vous avez la patience de distraire une pauvre malade...

— Tant d'argent, Mademoiselle, est-ce prudent de le garder sous votre oreiller ?

— C'est l'argent de mes leçons de piano... voyez-vous, je ne dépense presque rien... Mon beau-frère me nourrit et m'habille. En échange, je leur laisse la jouissance de presque tout l'étage, alors que j'aurais le droit d'en occuper la moitié. Mais ma chambre me suffit... Si bien que je ne sais que faire de l'argent que je gagne. Mes seules dépenses, ce sont les fleurs que j'achète pour la tombe de Philibert... et les petits cadeaux que je fais aux domestiques, quand elles sont gentilles...

J'attends la suite. J'ai reçu mon salaire, il va falloir le gagner, maintenant.

— Voulez-vous que nous jouions à un jeu qu'avait inventé Edith ?

Je fais signe que j'accepte. Elle frappe dans ses mains, ravie.

— C'est tout bête, vous allez voir. Elle faisait comme si elle était moi, et moi, je jouais à être Philibert. Vous comprenez ?

Pas très bien. Elle pointe son doigt sur mon derrière.

— Eh bien... vous me montreriez le vôtre, comme je montrais le mien à Philibert... pour que je voie ce qu'il voyait, vous comprenez ? Pour avoir l'impression que je suis un peu lui...

J'aurais dû me douter qu'il s'agissait d'une cochonnerie. Je me dis que j'aurais dû prendre un billet de cinq cents, ce sera pour la prochaine fois. Je pose le plateau, je me tourne, je me trousse. Elle admire attentivement ce que je lui montre.

— Vous aussi, vous avez un gros derrière ! Plus gros que celui d'Edith... Mais il me plaît bien... Coquin de Philibert ! Alors, c'est ça qu'il aimait regarder ? Je me souviens qu'il me disait : fais voir ton gros popotin... Seulement, moi, je n'avais pas de culotte...

Je me garde bien de la baisser. A elle de demander, pas à moi de précéder ses désirs.

— Et si vous vous penchiez... comme pour ramasser quelque chose... Philibert jouait souvent à ça, le vilain coquin. Dieu ait son âme... Il me jetait une pièce de dix francs par terre pour m'obliger à me pencher, afin de la ramasser...

— Mais... il n'y a rien, par terre, Mademoiselle Aude...

Ce jeu de collégiennes attardées commence à m'émoustiller, mais je ne perds pas le nord pour autant. C'est comme au poker, si elle veut voir, qu'elle paye. Avec une moue de dépit, elle glisse sa main sous son oreiller. Le rouleau de billets reparaît.

— Vous êtes bien comme Edith, se plaint-elle.

Elle en tire un de la liasse, le roule en une petite boulette et l'expédie sur le plancher, dans la direction de la porte. Toujours troussée, je tourne le dos, je m'incline. Mes doigts saisissent la boulette de papier.

— Oh oui, c'est exactement ça ! Surtout, ne bougez plus...

Gardant la pose, je déplie le billet. Encore deux cents.

Les ressorts du sommier grincent. Sans doute, comme

Philibert, se branle-t-elle en jouissant du spectacle que je lui offre. Le sommier grince de plus en plus. Va-t-elle y arriver ? Non... Brusque arrêt.

— Si j'osais, si j'osais ! chuchote Mademoiselle. Oh, au diable l'avarice...

Petit bruit sec, une nouvelle boulette atterrit. Encore deux cents. Six cents en tout ! Une semaine de gages. C'est de l'argent vite gagné. Que va-t-elle exiger en échange ?

Je l'entends poser un pied sur le plancher.

— Soyez gentille, Victorine, fermez les yeux. Je ne supportais pas qu'Edith garde les yeux ouverts quand...

Elle arrive derrière moi, je sens son souffle sur mes fesses. Elle saisit la culotte, la tire en arrière pour la décoller et pousse un cri ravi.

— Oh qu'il est mignon !

Son doigt me tâte l'anus. Je retiens mon souffle... Minuscule choc dans la poitrine... Ça y est ! Elle m'a rendu la politesse, j'ai son doigt dans le cul...

— Ne bougez pas... surtout ne bougez pas...

Je reste coite.

— Vous êtes plus serrée qu'Edith... mais ça me plaît bien... et vous ne dites rien... Edith n'arrêtait pas de jacasser, elle voulait savoir si... bien sûr, Edith, que je lui disais, bien sûr, Victorine... Oui, bien sûr que oui, qu'il me la prenait, lui aussi, la température... qu'il me le mettait... le doigt, hein ? Rien que le doigt... Nous n'étions pas dévergondées comme vous, à l'époque ! Mon Dieu, comme c'est doux, dedans, le vôtre. Alors, c'est ça qu'il sentait... devant, ce n'était pas possible, vous comprenez, j'étais vierge... Je vais vous faire une confidence, je préfère le vôtre à celui d'Edith... Je comprends mieux, maintenant, pourquoi il aimait ça... c'est si vivant !

Son doigt se retire lentement, comme à regret.

— Mon Dieu, Victorine, qu'est-ce que je vous fais faire ! Vous venez à peine d'arriver... et je vous mets le doigt dans le derrière ! Je suis honteuse, vous savez ? Vous n'êtes pas trop fâchée, au moins ?

— Non, Mademoiselle...

— Tant mieux, tant mieux. Comme dit Fernande, nous avons tous nos lubies, pas vrai ? Maintenant, il faut dormir... Attendez que je vous le dise pour vous retourner. J'aurais trop honte...

Je l'entends trottiner jusqu'à son lit, elle s'y blottit, tire le drap sur sa tête, se cache dessous.

— Bonne nuit, Victorine.

Sa voix est étouffée.

— Bonne nuit, Mademoiselle Aude.

— Vous voyez ! Je ne m'étais pas trompée. Je l'avais bien senti que nous allions devenir de vraies copines. Mais il ne faudra rien dire à Fernande, hein ? Elle est si jalouse, elle vous renverrait comme Edith...

Une fois dans ma chambre, je réalise l'énormité de la chose : on m'a payée pour que je donne mon trou du cul. Je suis devenue la putain de la sœur de Madame !

8

La toilette de Madame

Le lendemain matin, sur le coup de dix heures, alors que j'épluche des salsifis à la cuisine, Madame m'appelle sur l'interphone, toute joyeuse.

— Victorine, sais-tu la nouvelle ? Gustave est revenu de Paris, il va passer me rendre compte du congrès cet après-midi... Il paraît que le discours de mon mari a remporté un gros succès... Monte m'aider à me faire belle. Je suis dans ma salle de bains...

Nous sommes seules à la maison (si l'on ne tient pas compte du va-et-vient des malades dans la partie réservée au cabinet médical) ; Edwige est au lycée, Aude au jardin d'enfants. Je me lave les mains, je me repeigne et je monte rejoindre la patronne. Vêtue d'une courte chemise transparente à travers laquelle ses seins me dévisagent, elle a le visage luisant de cold-cream et des bigoudis sur la tête. Assise au bord du bidet, elle achève de se vernir les ongles.

— Je me fais belle pour tirer les vers du nez à cet imbécile, dit-elle. Quand il a des nouvelles fraîches à m'apprendre, il aime bien faire son mystérieux ! Maudit zèbre ! Il va falloir encore marchander, payer de sa personne ! Peut-être vais-je être obligée de me servir de toi, Victorine !

Comme je reste coite, craignant de trop bien comprendre, elle change de visage.

— Oh, ne prends pas cet air vertueux ! On sait ce que tu vaux ! Edith aussi faisait sa mijaurée, la première fois !

Elle agite ses doigts pour faire sécher son vernis et me montre du menton une trousse de toilette posée au bord du lavabo. Elle est ouverte ; la première chose que j'y vois, ce sont les trois billets de deux cents francs avec lesquels sa sœur a payé mes services. Je les reconnais immédiatement : celui que j'avais choisi, un beau billet neuf et craquant, et les deux qu'elle m'a lancés après en avoir fait des boulettes ; il a fallu que je les lisse pour les défroisser, mais ils ont conservé toutes leurs rides. J'avais caché cet argent entre les pages d'un livre. La garce a fouillé ma chambre ! Comment s'est-elle permis ? Sous prétexte que je suis la bonne, n'ai-je pas droit à mon intimité ?

Mais après cet accès d'indignation, la peur me glace, je me souviens du pouvoir qu'on a sur moi dans cette maison.

— Alors, demande Madame. A qui as-tu volé cet argent ? A cette idiote d'Aude, bien entendu ! Tu l'as pris sous son oreiller en faisant son lit... cette sotte refuse de le mettre à la banque !

— Ce n'est pas vrai, elle me l'a donné !

Le rire triomphant de Madame me révèle que j'ai donné dans le piège.

— Vraiment ? Et que lui as-tu donné, toi, en échange ?

Je me contente de baisser la tête, les joues chaudes.

— Comme si c'était difficile à deviner ! Elle t'a encore

fait le coup de jouons-à-Philibert, non ?

Elle prend une mine dégoûtée.

— Il ne t'a pas fallu longtemps ! Voilà que ça recommence comme avec Edith...

Elle agite ses doigts, l'odeur d'acétone me pique les narines.

— Alors, inutile de jouer la sainte-nitouche quand je te demande de te montrer un peu coquette avec Gustave, hein ? Nous sommes d'accord ?

Je fais oui de la tête, sans oser la regarder.

— Reprends ton argent, puisque tu l'as gagné. Toute peine mérite salaire...

Elle ricane avec mépris.

— Il ne te plaît pas, Gustave ? Tu vises plus haut ?

Je reste muette.

— Entendons-nous une fois pour toutes, Victorine. Ta belle-mère m'a bien laissé entendre que je n'avais pas à prendre de gants avec toi. Tu fais ce que je te demande, sans discuter, ou c'est la porte. J'en trouverai à la pelle, des filles moins sottes, qui ne demanderont qu'à s'amuser un peu...

Je fourre les billets dans la poche de mon tablier.

— Alors ? Tu pars ou tu restes ?

— Je reste.

— Et tu feras tout ce que je te demanderai ?

J'acquiesce.

— Crois-moi, tu ne le regretteras pas... Il y a de l'argent à gagner. Tu aimes ça, l'argent, non ? Gustave est pingre, mais j'y mettrai du mien... Si je suis contente de toi, tu te la couleras douce ; nous prendrons une Portugaise au noir pour les gros travaux...

Je frotte mon épaule encore endolorie d'avoir fourbi l'argenterie.

— Si tu sais mener ta barque, tu pourras en prendre à tes aises... Je ne te demande qu'une chose...

Sa voix durcit.

— Reste à ta place. Ne fais pas comme Edith. Ce n'est pas parce que nous nous amuserons de temps en temps qu'il faudra te croire tout permis. Sache que je déteste les familiarités... Et maintenant, aide-moi à me laver.

Du bout des doigts, pour ne pas tacher sa chemise avec le vernis à ongles, elle pince l'ourlet et la retrousse. En me regardant droit dans les yeux, à cheval sur le bidet, elle écarte les cuisses pour m'exhiber son gros sexe mauve. Très velues, les grandes lèvres s'affaissent comme celles d'un chameau qui fait la lippe. C'est un sexe d'une grande canaillerie.

— Eh bien, qu'as-tu à le regarder comme ça ? Tu n'en as jamais vu ? Viens plutôt lui faire sa toilette...

Les petites lèvres d'un rose éteint pendillent hors de la fente ; l'une, à demi repliée, s'enroule sur elle-même ; l'autre, étale, adhère à la toison.

— Fais couler de l'eau !

A genoux devant le bidet, j'ouvre les robinets ; pour cela, je dois passer mes bras derrière elle et toucher ses fesses ; elles sont chaudes, élastiques, beaucoup plus fermes que celles de sa sœur.

— Ne crois pas qu'il s'agit de ce que tu as en tête... je ne suis pas comme ma sœur, ce sont les hommes que j'aime, moi. Et justement, je dois aller voir un de mes amants, tout à l'heure, avant la visite de l'autre zèbre. C'est pour lui que je te demande de bien me laver... Si j'ai recours à tes services, c'est uniquement parce que mon vernis à ongles n'est pas sec...

Faut-il la croire ?

Le cœur empoisonné de nostalgie, je savonne délicatement le gros mollusque violacé qui s'écarquille entre les poils de Madame. Et je me souviens. C'est Olga, mon amoureuse du collège, qui m'a appris à laver les filles. Je fais ça en artiste. Madame ferme les yeux, pour savourer... Sous la délicate mousse de la savonnette au lait d'amande je vois pointer le museau du clitoris. Tout autour, dans le repli circulaire d'où il s'extrait, il y avait chez les pensionnaires dont je faisais la toilette intime, une auréole de ce sédiment blanchâtre qui est la trace d'une mauvaise hygiène. Rien de tel, chez Madame.

N'empêche, même si n'en sourd pas la terrible odeur ammoniacale, le parfum bestial qui me faisait battre le cœur, même s'il ne sent que le propre, je suis prise de vertige, comme chaque fois que j'en touche un, qu'on me le donne bien, comme elle fait. S'en aperçoit-elle ?

— Eh bien, dit-elle d'une voix rauque. Pourquoi trembles-tu ? Ce n'est pas compliqué, ce que je te demande. Je t'ai montré hier comment il fallait s'y prendre.

De mes doigts savonneux, j'ouvre encore plus le gros fruit de chair et je masse l'intérieur. Il est très sensible, je le sens se rétracter, puis se rouvrir aussitôt. Je savonne les petites lèvres, et l'ouverture du vagin où j'aventure un doigt.

— N'aie pas peur, se moque Madame, je ne suis pas pucelle... Tu peux laver l'intérieur...

Je suis tout contre elle, ma joue frôle la sienne. Chaque fois que je touche son gros clito ou que je mets mes doigts dans son vagin, mon cœur bondit d'allégresse. Qu'est-ce que j'aime ça, toucher un con de femme !

— Oui, m'encourage-t-elle... Oui... nettoie bien dedans... cet amant que je vais voir a la langue bien pendue... c'est un jeune avocat... il aime bien me la mettre partout... A le voir, tiré à quatre épingles, on ne devinerait jamais combien il est vicieux. On le prendrait pour un froid ambitieux, un jeune arriviste...

J'ai fini de lui récurer le vagin, comme c'est surtout le clito qui m'intéresse, chez les filles, mes doigts remontent dans la fente.

— Oui... approuve Madame... nettoie-moi encore le bouton... on ne l'astique jamais assez...

Elle respire doucement contre mon oreille, colle sa joue moite à la mienne. Faut-il le lui nettoyer ou la masturber ? Dans le doute, je fais les deux... Elle ne proteste pas. Je fais rentrer et sortir entre mes doigts savonneux la petite crête gonflée. Elle grossit, durcit, s'offre. On me la pousse entre les doigts, d'un mouvement du bassin presque masculin.

— Arrête, chuchote-t-elle soudain. Tu peux me rincer, maintenant...

Elle était à deux doigts de jouir, je l'ai bien senti. Je lui rince l'intérieur du con à l'eau tiède, j'y farfouille des doigts, je lui lisse les petites lèvres. Adossée au mur carrelé, elle observe mes doigts qui déplient les pétales de chair rose.

— Tu fais ça vraiment très bien, dit-elle. On voit que ça te plaît...

Ce n'est pas du persiflage ; s'inclinant vers moi, elle me pose un minuscule baiser sur la joue. Puis elle va s'étendre sur la table de massage. Ce petit baiser, je m'y attendais si peu, comment vous dire... ça m'a fendu le cœur... J'avais le con tout chaud du plaisir que ça me donnait de jouer avec le sien, et maintenant... Voilà que je me mets à chialer comme une madeleine, à genoux devant le bidet.

— Allons, fait Madame, de sa table, ne sois pas sotte... viens me voir...

Je m'essuie les yeux, je me mouche. Sur la table, Madame, les genoux en losange, m'offre le calice humide de son con dont l'intérieur est maintenant d'un joli rose nacré.

— Tu peux me passer du lait d'amande, si tu veux, pour adoucir les muqueuses... mais je ne t'oblige pas, hein ?

Nous le savons, toutes les deux, que c'est un cadeau qu'elle me fait. Comme son petit baiser, tout à l'heure. Elle me « le » donne... Le plus beau cadeau que puisse faire une femme, ce n'est pas son cœur, c'est son con. Penchée dessus, pour bien m'en emplir les yeux, j'oins le sien de crème parfumée. Quelle douceur...

— Je suis si fatiguée, soupire-t-elle, j'ai bien mérité une petite sieste... Mais continue, si tu veux...

Elle arrondit son coude devant ses yeux. Des deux mains je lui masse toute la chatte. La crème fait luire le pourtour du vagin d'où suinte un minuscule ruisseau de mouille qui dégouline sur le périnée. La sournoise est en train de jouir en douce. Je lui tapote le clitoris, comme quand je voulais pousser une fille à crier, au dortoir.

— Edith me le suçait, dit-elle tout à coup. Oh, ce n'est pas moi qui le lui avais demandé... elle le faisait d'elle-même...

Ai-je attendu trop longtemps ? Elle se rassoit sur la table.

— Tu peux retourner à tes salsifis...

Quelle garce déconcertante ! Comme je sors, elle m'envoie :

— N'oublie pas... Gustave vient à quatre heures. Si je ne suis pas rentrée, fais-le patienter, offre-lui à boire.

Mais garde tes distances, hein ? Il ne faut pas que ce soit trop flagrant.

Debout devant le lavabo, elle retire son cold-cream avec un coton à démaquiller. Je croise son regard dans le miroir. Elle m'adresse un clin d'œil.

— Un détail, retire ta culotte... Il n'est pas sûr que j'aie besoin de recourir à tes services, mais le cas échéant, autant que tu sois prête. Déculotter une bonne est toujours gênant, tu comprends ? La trousser doit suffire.

Je m'enfuis, le sang aux joues, poursuivie par son rire. Dois-je la croire ? Compte-t-elle vraiment m'offrir à cet imbécile ?

9

MADAME ME MARQUE

Madame lui avait-elle laissé entendre qu'il y aurait une surprise, et se doutait-il de quoi il s'agissait ? Ou était-il tout simplement impatient de lui rendre compte des faits et gestes de Monsieur ? Quoi qu'il en soit, le secrétaire se présenta chez nous avec une bonne heure d'avance. J'étais dans la lingerie, à repasser le linge de corps de Madame, et il n'y avait pas dix minutes que trois heures avaient sonné à Sainte-Catherine quand le carillon tinta. Heureusement, Madame était de retour, je fus toute soulagée de la croiser dans le vestibule.

— Laisse ! dit-elle. Je m'occupe du lascar. Je n'aurai recours à tes services que s'il se fait tirer l'oreille... File à la cuisine et attends que je sonne.

Je ne me fis pas prier. Elle avait son ton pète-sec ; son entrevue avec l'avocaillon n'avait pas dû lui donner les satisfactions qu'elle en espérait. Elle était rentrée de son rendez-vous beaucoup plus tôt que prévu, elle aussi, et de fort méchante humeur.

— Ces godelureaux n'ont pas de sang dans les veines,

m'avait-elle déclaré. Et par-dessus le marché, celui-là est un goujat...

— Quand je pense, avait-elle ajouté, qu'il va maintenant falloir se coltiner cet imbécile de Gustave, et faire ma sucrée avec lui ! Et tout ça pourquoi ? Pour qu'il m'apprenne le nom de la dernière stagiaire que mon mari emmène en week-end à Deauville ! Il y a des jours, je t'assure, où je préférerais être à ta place ! Au moins, tu n'as pas tous ces soucis...

Un quart d'heure après s'être enfermée au salon d'hiver avec le secrétaire, elle revint me trouver, les yeux luisants, les joues roses et l'haleine fleurant le whisky.

— Le fumier a senti l'odeur de la chair fraîche, gloussa-t-elle, il se fait prier. Ah, c'est un fin politique, Noël l'a bien formé !

Elle me caressa la joue, faussement apitoyée.

— Ma pauvre Victorine, j'ai bien peur d'être forcée de te faire entrer en scène...

Les jambes coupées, je me laissai tomber sur la chaise la plus proche. Cela fit rire Madame. Elle m'apporta un verre d'eau.

— Eh bien, ne fais pas cette tête, ne croirait-on pas qu'on va te mettre en croix ? Je t'assure que ce n'est pas la mer à boire... As-tu retiré ta culotte ?

Mon visage s'enflamma ; jusqu'au dernier moment, je m'étais bercée de l'espoir qu'elle ne parlait pas sérieusement. La mort dans l'âme, je dus donc me déculotter. Mon air hébété la mit en joie.

— Tu devrais être contente, on va s'occuper de ton cul... Attends, il faut quelques retouches... Tu n'es pas encore dans la peau du rôle...

Elle courut à un tiroir et en revint avec des épingles de nourrice. Horrifiée, je la vis s'agenouiller devant moi, comme une couturière. S'étranglant de rire, elle retourna l'ourlet de ma jupe, diminuant sa longueur déjà nettement insuffisante d'une bonne dizaine de centimètres. Le résultat fut proprement scandaleux ; guère plus longue qu'un tutu de ballerine, la jupe (mais pouvait-on encore appeler ça une jupe ?) s'arrêtait maintenant au ras des fesses et, devant, juste sous ce que vous pensez. Des larmes de rage me brûlèrent les yeux quand je me vis dans la glace du vestibule, devant laquelle elle m'avait traînée en toussant de rire. J'avais tout d'une fille de bordel déguisée en soubrette pour amuser la libido d'un vieillard impuissant.

— Tu seras parfaite ! Absolument parfaite... Tu es faite pour ça. Veux-tu que je te le prouve ?

Je fis non de la tête, farouchement. Alors, elle me mit la main à l'endroit stratégique. Il n'y avait même plus besoin de soulever ma jupe. Naturellement, j'étais mouillée, comment ne pas l'être ? Quand ses doigts entrèrent en moi, je vins à leur rencontre, malgré moi. Elle ne riait plus ; à plusieurs reprises, en m'observant attentivement, elle les fit coulisser.

— Trempée comme une chienne en rut... Et ça ne fait que commencer... pense à ce que nous allons te faire, tout à l'heure... Et qu'on te paiera ! Alors que c'est toi qui devrais nous payer...

J'aurais voulu repousser sa main avec horreur, mais j'étais paralysée. M'ayant conduite au point de non-retour, elle me fit pivoter sur moi-même.

— Retrousse ta jupe au-dessus des fesses et file à la cuisine...

Les oreilles en feu, le cul à l'air, je m'en retournai à l'office d'un pas d'automate. Elle me suivait, en m'assurant que j'étais positivement « cochonne », je n'avais aucune peine à la croire.

— Maintenant, la dernière touche ! Couche-toi à plat ventre sur la table, les jambes pendantes... Je vais te marquer...

Je poussai un cri effrayé.

— C'est nécessaire pour la comédie que nous allons jouer à cet imbécile... Serre bien les bords de la table avec tes mains et surtout ne crie pas, tiens, mords ce chiffon.

Elle me fourra un torchon dans la bouche. Je tremblais de terreur. Par-dessus mon épaule, je la vis retirer sa ceinture des passants ; c'était une longue et fine tresse de cuir qui se nouait sur le devant, en fait, une vraie lanière de fouet. Elle en enroula une partie autour de son poignet et leva le bras. Je mordis le torchon à pleines dents. La brûlure fut infernale. A quatre reprises, me tenant par la nuque dans sa poigne d'acier, elle me lacéra les fesses.

Dès que je fus sur pied, la souffrance me fit danser sur place, du bout des doigts, j'osais à peine effleurer les marques que le cuir avait imprimées. De chaque côté des sillons, la chair se boursouflait, et la douleur qui en irradiait, remontant du cul, se propageait comme un incendie dans mon ventre et ma poitrine. Je n'arrêtais pas de sangloter pleine de haine pour cette folle qui se tordait de rire, amusée par mes contorsions.

Elle attendit que mes sanglots s'espacent pour me donner ses ultimes instructions.

— Dans dix minutes, exactement dix, tu nous rejoins au salon. En nous y trouvant, tu auras l'air toute surprise. Tu auras un plumeau sous le bras... N'oublie surtout pas le plumeau ! Tu as bien compris ?

Je fis signe que oui.

— Tu t'excuseras, bien sûr ! Et moi, je jouerai l'indignation. Je ne savais pas que vous étiez là, diras-tu. Je venais pour enlever la poussière... Es-tu capable de te souvenir de ça ?

J'avais souvent joué dans des saynètes, au collège, pour les fêtes de fin d'année. Ce qu'elle demandait n'exigeait pas un grand effort de mémoire. Ce n'était pas de me souvenir de mon texte qui m'angoissait, mais de ce qui suivrait mon entrée en scène...

*

* *

Assise de biais pour épargner mes fesses en feu je regardais se déplacer la trotteuse sur l'horloge de la cuisine. Les idées les plus aberrantes me traversaient. Je me voyais monter en courant sur la pointe des pieds jusqu'à la chambre de Mlle Aude, voler son rouleau de billets de banque, m'enfuir à la gare des autobus, prendre le car pour Agen où je sauterais dans le premier train pour Paris. Mais bien sûr, la police me cueillerait à l'arrivée ! Alors, je songeais à rentrer chez ma belle-mère, la supplier de m'accorder une dernière chance. Mais je ne savais que trop à quel point elle était heureuse de s'être débarrassée de moi ; elle m'enverrait illico chez son frère où l'on me chargerait des corvées les plus rebutantes, pour me dresser. Puis j'eus l'idée d'aller me cacher au jardin pour y attendre que Gustave s'en aille. Mais j'avais déjà goûté du fouet, je savais ce qui m'attendait, si je faisais ça ; ce que j'avais reçu n'était rien auprès de ce que la rage pousserait Madame à me faire...

Et si je fuyais en ville, me plaindre à la police ? L'idée me tenta, un instant. Puis je me vis arpenter les rues de Villeneuve dans cette jupe obscène, livrée aux quolibets des voyous. Madame n'aurait aucune peine à me faire passer pour folle. Peut-être même m'accuserait-elle de vol, ce serait sa parole et celle du secrétaire contre la mienne, or elle était la femme du député, et moi ? Une fille qu'on avait renvoyée du collège parce qu'elle faisait des cochonneries...

Le cœur de plus en plus serré, je voyais l'aiguille se rapprocher du terme fatidique. Lorsqu'elle l'atteignit enfin, je me sentis presque soulagée. Certes, j'avais encore la peur au ventre en remontant le couloir, mon plumeau sous le bras ; mais ce n'était plus que le trac d'une comédienne qui va entrer en scène.

10

MADAME M'OFFRE À M. GUSTAVE

J'étais si émue à l'idée de ce qui m'attendait qu'une fois devant la porte du salon, je faillis frapper. Je me souvins à temps que je devais les surprendre. Me mordant la lèvre, je collai mon oreille au panneau.

— Allez, Gustave, plaidait Madame, ne faites pas votre putain, dites-moi le nom de cette grue... je vous jure que mon mari ne saura pas que c'est vous...

— Vous dites ça chaque fois, et ensuite, vous lui répétez tout, rétorqua le secrétaire, d'une voix offensée. La dernière fois, Monsieur le député m'a traité de pipelette... c'est horriblement vexant.

— C'est un butor, je vous l'ai toujours dit... mais c'est mon mari, il faut bien que je veille au grain ! Tant que ce ne sont que des passades, passe encore... mais je ne voudrais pas qu'il s'entiche d'une aventurière qui se ferait engrosser pour le pousser au divorce...

— Le député a la tête sur les épaules. Il n'est pas homme à risquer sa réputation politique pour un jupon. Je vous assure, Fernande, qu'il s'agit de peccadilles...

— Raison de plus pour ne pas jouer les cachottiers... Vous croyez que je ne vous vois pas venir ? Vous aimeriez bien que ça recommence avec celle-ci comme avec Edith... Affreux coquin ! Vous ne me pardonnez pas d'avoir renvoyé cette sale petite intrigante qui fricotait dans mon dos avec mon mari !

— Je vous assure que vous vous faites des idées, Fernande...

Il y eut un assez long silence. S'embrassaient-ils ? Me souvenant que les dix minutes étaient depuis longtemps écoulées, j'abaissai sans bruit la poignée de la porte. M'avançant dans le vaste salon de cérémonie, je les vis, à l'autre extrémité, dans un petit canapé de cuir que dissimulait en partie le piano à queue de Mlle Aude.

Madame, un verre à la main, la jupe à mi-cuisses, avait un nichon dehors. Le secrétaire venait sans doute de le lui sucer, car la pointe en était toute droite et brillait de salive. Ils avaient dû s'embrasser aussi, Madame n'avait plus de rouge, par contre, il y en avait sur le visage de Gustave. Ce dernier tenait un grand livre ouvert sur les genoux, ils regardaient une illustration. Ils étaient si absorbés qu'ils ne prirent pas garde à mon entrée, d'autant plus que l'épais tapis étouffait le bruit de mes pas. Le cœur tapant, mon plumeau à la main, je fis le tour du piano. Je pus voir alors, en me rapprochant, l'image qu'ils contemplaient. Elle occupait toute une page, comme une planche anatomique, mais c'était beaucoup plus dégoûtant qu'une planche anatomique. Je n'aurais jamais cru qu'on pouvait imprimer des choses pareilles. Un homme introduisait sa verge dans l'anus d'une femme qu'il tenait sous les genoux, par-derrière, comme une petite fille qu'on fait pisser. Et la femme, grimaçant d'extase, se touchait le bouton.

Son sexe, d'un rouge cru, était ouvert ; on pouvait en voir tous les détails.

Ce n'est pas ce qui me causa le plus d'embarras ; la braguette du secrétaire était ouverte et Madame le branlait doucement pendant qu'ils regardaient cette image obscène. Les yeux fixés sur le livre, Gustave respirait avec peine, tout aux sensations que lui procurait la main de Madame.

Je n'étais plus qu'à deux mètres d'eux quand Madame, qui m'avait repérée depuis longtemps, fit soudain mine de s'en aviser.

— Mon Dieu ! cria-t-elle d'une voix stridente, en lâchant précipitamment la verge de Gustave et en refourrant son sein dans son corsage.

Jouant l'affolement, elle parvint à renverser un peu d'alcool sur le livre. Effaré, le secrétaire tira celui-ci dans son giron, pour dissimuler son sexe.

— Etes-vous folle d'entrer sans frapper, Victorine ? hurla Madame, qui paraissait au comble de la rage.

J'en restai saisie d'admiration. On n'aurait jamais cru qu'elle jouait la comédie. Gustave en fut parfaitement dupe ; il était devenu cramoisi.

— Mais, Madame, bredouillai-je, me souvenant de mon texte, je ne savais pas qu'il y avait quelqu'un... je venais faire la poussière !

Madame trépigna :

— On frappe avant d'entrer, même quand on croit que la pièce est vide !

Tout empêtré, le secrétaire essayait à la fois de cacher l'illustration et sa queue. Madame n'y put tenir. Elle pouffa :

— La poussière, répétait-elle... la poussière !

Hoquetant de rire, elle pointait son doigt sur moi, les

larmes ruisselant sur son visage, comme si elle n'en pouvait plus.

— Est-ce une tenue pour faire la poussière ? Petite gourgandine...

— Mais Madame... je croyais qu'il n'y avait personne...

Ahuri, Gustave contemplait la ridicule jupe qui s'arrêtait au bas de mon ventre. Mes cuisses blanches au-dessus des bas noirs paraissaient le fasciner.

— Cette tenue indécente est bonne quand nous nous amusons, Victorine ! Vous devriez avoir honte d'être aussi impudique devant un homme...

Comme le secrétaire se tournait vers elle, elle éclaira sa lanterne.

— Je lui permets de s'aérer ainsi quand nous sommes seules, quand je lui ai donné la fessée...

Je le vis tressaillir. Sous le livre, la main de Madame reprit possession de sa virilité.

— La fessée ? demanda-t-il, comme s'il avait peine à en croire ses oreilles. Vous ne parlez pas sérieusement, Fernande ?

— Et pourquoi non ? Victorine n'est encore qu'une enfant, quand elle fait des bêtises, je la fesse ou je la fouette... qu'y a-t-il là qui vous étonne ?

Le sang au visage, il se trémoussait nerveusement, vu que, sous le livre, la main de Madame s'agitait.

— Vous n'avez pas remarqué qu'elle avait le cul nu sous sa jupe ?

J'avais beau m'y attendre, je crus que j'allais défaillir.

— Voulez-vous voir les marques que je lui ai faites, avant que vous n'arriviez ? J'étais en train de la fouetter dans la lingerie, quand vous avez débarqué...

On aurait cru que le plafond venait de s'écrouler sur

le secrétaire. Sa bouche se tordit ; sans doute Madame le torturait-elle d'une façon fort sagace. N'allez pas croire qu'elle perdait le nord pour autant :

— Dites-moi le nom de la fille qu'il a emmenée au Luxembourg, lui chuchota-t-elle à l'oreille. Et je dirai à Victorine de vous montrer son cul...

Il m'adressa un regard incrédule. En me voyant tirer de façon grotesque sur ma caricature de jupe pour qu'il ne puisse pas voir mes poils, mon ridicule plumeau dans l'autre main, il réalisa que Fernande ne le chambrait pas. Il lui chuchota un nom à l'oreille.

— La garce ! s'écria Madame. La sale petite arriviste ! J'en étais sûre ! Cela faisait un moment que je la voyais tourner autour de lui ! Oh, il me le paiera...

Elle se calma aussi vite qu'elle s'était enflammée. Le secrétaire paraissait regretter d'avoir eu la langue trop longue.

— Surtout ne gaffez pas, Fernande. Ne dites pas que c'est moi qui vous l'ai dit ! Cette fois, il ne me le pardonnerait pas...

— Ne craignez rien, je connais mon affaire. Et maintenant, chose promise, chose due... vous allez pouvoir admirer la lune en plein jour... Montrez donc vos marques à Monsieur Gustave, Victorine, qu'il voie bien que vous êtes une vilaine coquine... Allons ! Plus vite que ça...

Vous devez bien vous douter que j'étais morte de honte, et pourtant (allez y comprendre quelque chose !) ce n'est pas sans une sournoise satisfaction que je me suis retournée en soulevant ma jupe.

— Plus haut ! cria Madame, plus haut ! Il faut tout montrer...

Ravalant un sanglot nerveux (qui ressemblait à

l'amorce d'un rire hystérique), je me suis troussée au-dessus de mes reins.

— Que dites-vous de cette croupe de jument ? se réjouit-elle. Il y a de quoi faire, non ?

Une faiblesse immonde m'avait prise aux jambes, je luttais en vain contre la sale jubilation qui m'amollissait, pendant qu'ils contemplaient mon cul en échangeant des commentaires graveleux. Je n'entendais pas ce que disait M. Gustave, car il chuchotait, mais Madame parlait très fort, exprès, pour que les mots s'impriment dans ma tête.

— C'est vrai qu'elles sont un peu molles, mais c'est agréable à tâter, non, des fesses molles... touchez comme elles sont douces... rapprochez-vous, Victorine, que nous puissions toucher votre cul...

Je reculai de deux pas, sans oser me retourner. Mais dans un des miroirs muraux, je pus voir Gustave tendre une main pour caresser une des ornières bleuâtres que la ceinture avait imprimées sur ma croupe. Je le sentis tressaillir. Il n'y avait plus en moi qu'une immense, une passionnante curiosité...

— Mais ce sont des vraies marques... Vous l'avez vraiment fouettée ?

— Me preniez-vous pour une menteuse ?

Tremblant de convoitise, la main du secrétaire se crispa sur ma fesse.

— Incroyable... chuchota-t-il. Et elle accepte ! Je n'ai jamais compris comment vous vous y preniez avec vos bonnes, Fernande...

— Elles ont toutes leur point sensible. Celle-ci est putain dans l'âme, elle aime l'argent, elle aime le vice ! Pas vrai, Victorine ?

— Non, madame ! C'est vous qui me forcez...

— Vraiment ? Et comment pourrait-on forcer une fille honnête à s'exhiber de la sorte ? Retournez-vous, nous les avons assez vues vos grosses fesses, montrez maintenant cette partie de vous qui ne sait pas mentir ! Que Monsieur Gustave vérifie si je vous fais vraiment violence...

— Madame, je vous en supplie...

— Son cul vous amuse, Gustave ? fit Madame, comme si je n'avais rien dit. Si le cœur vous en dit, il est à vous. Avec un bon pourboire, elle vous le donnera ! Pas vrai, Victorine ? Combien voulez-vous pour qu'il puisse vous le mettre ?

— Madame ! criai-je, indignée. Vous n'avez pas le droit de me traiter ainsi ! Je me plaindrai...

— Préférez-vous soigner les pourceaux ? me répliqua-t-elle.

Et comme je me taisais :

— Son argent n'est donc pas aussi bon à prendre que celui de ma sœur ? Ne vous laissez pas impressionner par ses simagrées, dit-elle au secrétaire. Ce n'est qu'une sale petite pute avide d'argent et de cochonneries. Combien ? me cria-t-elle. Surtout, ne croyez pas que nous vous paierons aussi cher que cette idiote d'Aude. Nous connaissons le prix de l'argent, nous !

Comme je restais muette, pétrifiée par l'humiliation :

— Est-ce que cent francs suffiront ?

Je fus à deux doigts de lui dire où elle pouvait se les mettre, ses cent francs. Puis je me vis patauger dans le purin. Elle me fourra un billet dans la main. Il me brûlait les doigts, mais je le pris, de crainte qu'elle ne me fouette à nouveau, devant lui.

— Vous voyez ! triompha-t-elle. Vénale, cupide et lubrique ! La parfaite bonniche...

Chacune de ses injures me faisait tressaillir de révolte. Où était donc parti l'élan de tendresse qui m'avait valu ce petit baiser sur la joue, dans la salle de bains ?

— Je parie qu'elle mouille comme une truie, poursuivit-elle. Montrez votre con, Victorine !

— Madame !

— N'avez-vous pas reçu vos cent francs ? Ce morceau de viande est à nous, maintenant, nous l'avons acheté !

Fermant les yeux, je me retournai, toujours troussée. Les mains de Madame m'écartèrent les cuisses.

— Vous avez vu, Gustave, vous avez vu, chuchota-t-elle. Oh, comme j'adore ces moments... Touchez-lui le con... vite ! Ouvrez-lui bien sa grosse chatte poilue et baveuse de salope !

Elle avait cessé de rire et haletait, comme une femme au bord de l'orgasme.

— Et toi, Victorine, sois gentille, me supplia-t-elle d'une voix changée, ouvre les yeux, ma chérie... Ouvre les yeux, vilaine fille ! Et relève un genou pour que ton vagin s'ouvre bien...

En croisant son regard, je ne savais plus où j'en étais. Je la détestais, mais sa folie me gagnait. Je jouissais du pouvoir que mon con me donnait sur eux, de leur convoitise. Me disant que je ne pourrais jamais descendre plus bas, que je leur vendais vraiment mon cul, un bonheur infâme me faisait exulter. Avec une noire ivresse, je remontai mon genou et poussai mon ventre vers eux.

— Vous avez vu comme elle mouille, la salope, gémit Madame d'une voix extasiée ? N'est-ce pas merveilleux... Oh, comme je suis contente, je vous assure que je ne regrette pas Edith... Mais regardez !... ça lui coule entre les fesses... Elle en a partout, on dirait qu'elle pisse !

M. Gustave me retournait les lèvres du con, comme quelqu'un qui veut manger la pulpe d'une figue.

— Attendez... Nue, nue...

Elle saisit mon col Claudine à l'encolure et déchira mon chemisier jusqu'en bas. Mes seins s'échappèrent. Madame aussi avait les siens dehors. Elle se rassit. Elle me pinça la pointe d'un nichon, ce qui me fit crier. Le secrétaire venait de m'enfiler un doigt dans le vagin, ce qui m'arracha un gémissement. Ils se mirent à rire comme des fous.

— N'est-elle pas encore plus amusante qu'Edith ? criait Madame. Attendez... ne gâchons pas notre plaisir... Ne nous précipitons pas ! Vous vouliez faire la poussière, Victorine, eh bien, faites, faites !

Elle me conduisit à une étagère basse où trônait un bronze hideux. J'étais malade de honte en voyant ma nudité que les miroirs me renvoyaient. Comme je l'ai déjà expliqué, les murs en étaient tapissés. Impossible de ne pas voir cette pute déguisée en bonniche de lupanar. Une fois devant le bronze, Madame me fourra mon plumeau dans la main et m'indiqua la pose. Je devais me pencher sur le « Barbedienne », comme elle disait, et feindre de l'épousseter. Ma jupe troussée au-dessus des reins, je leur offrais mon cul, Madame me fit davantage écarter les cuisses et ses doigts ouvrirent mon con. Grâce aux miroirs, impossible de ne pas voir M. Gustave se placer derrière moi, la verge à la main.

— C'est bien, me félicita Madame (elle alla même jusqu'à me caresser la joue). Tu es une bonne fille... Creuse les reins, donne bien ton cul... tu auras cent francs de plus si tu le donnes bien... n'as-tu jamais vu les chiennes en chaleur, dans la rue... voilà, comme ça, c'est parfait... Attendez, Gustave, je vous la prépare !

Elle m'écarta les fesses à pleines mains. Je tremblais d'impatience. Le moment était venu de ce dont nous avions parlé si souvent, entre filles, en nous branlant avec nos bougies. Un homme, un vrai, allait me fourrer sa bite dans le vagin...

Il ne m'y mit d'abord qu'un doigt, puis deux, qu'il fit tourner, pour bien l'élargir, puis il posa son gland au centre de la cible. Les miens, de doigts, se crispaient sur le manche du plumeau et dans la glace, je voyais mes yeux s'écarquiller. Il poussa et son gland distendit l'ouverture de ma chair, j'étais si mouillée qu'il glissa sans effort bien qu'on ne m'eût encore jamais introduit là quelque chose d'aussi volumineux. Pour m'aider, Madame me chatouillait le bouton en murmurant à mon oreille des injures délicieuses...

— Oh, comme elle aime ça, se faire fourrer, la petite salope... elle en prend plein son cul, et ça lui plaît... son petit bouton de gouine est tout raide... tu sens comme c'est bon quand ça entre... tu sens... il te bourre bien, hein, cochonne... truie...

Comme dans la salle de bains, elle déposa un petit baiser sur ma joue. Enfin, l'autre idiot arrivait au fond de moi. La sensation inconnue d'être comblée, habitée, me fit gémir de stupeur.

— Epoussette, époussette ! me souffla Madame, sans cesser de me branler.

Je me mis à distribuer des coups de plumeau dans tous les sens. Je devenais folle avec ce truc énorme dans le vagin, ça me gavait littéralement. Gustave la faisait aller et venir et chaque fois qu'il touchait le fond, je criais de bonheur. Madame s'était reculée pour jouir du spectacle...

Mais voilà qu'à l'instant où je monte au firmament, je

sens un vide atroce dans mon ventre. Que se passe-t-il ? M. Gustave est toujours collé à moi, mais dedans, il n'y a plus personne.

— Fernande, Fernande ! appelle-t-il, d'une voix alarmée. Aidez-moi, je faiblis...

Et de débiter d'une voix pleurarde tout un discours incohérent, comme quoi le député l'accable de travail.

— Ce tyran me fait passer des nuits blanches à plancher sur ses dossiers... mes nerfs sont épuisés... il va me rendre impuissant !

— Nous savons ce que c'est, mon ami, fait Madame.

Affreusement déçue, je tremble de frustration. C'est alors que Madame m'arrache le plumeau ; le retournant, elle cingle les fesses du secrétaire avec le manche. Il piaille de surprise et je sens comme un frémissement dans mon ventre. Ai-je rêvé ou durcit-il vraiment ? Elle frappe à nouveau, de toutes ses forces. Il hurle et sa verge ressuscite. Cela tient du miracle.

— Ça vient, ça vient ! bégaie-t-il.

Se prenant au jeu, Madame lui fait descendre son pantalon et son caleçon aux chevilles. C'est sur ses fesses nues qu'elle assène maintenant les coups du flexible bâton d'osier. Je l'entends siffler, puis frapper la chair avec un bruit mat. Chaque fois, Gustave râle de douleur, et de rage, il me fourre au fond du con son énorme bite qui est redevenue aussi dure qu'un bout de bois. C'est mon tour, alors, de hurler. Madame s'esclaffe comme une folle et frappe de plus belle.

— Fernande, je vais tout larguer...

— Pas question, crie Madame. Restez au fourreau et cambrez-vous en arrière... je vais punir à son tour cette sale petite putain qui me vole mes amants !

L'osier siffle et, cette fois, les cris qu'il m'arrache ne

doivent plus rien au plaisir. Je m'accroche à deux mains au Barbedienne. Madame me cingle de plus belle. Elle s'acharne, dirait-on, à viser les endroits déjà marqués par les coups de ceinture. C'est horrible ! Mais... surprise ! Soudain, au fond de l'intolérable souffrance, naît une délicieuse chaleur ; cela se répand dans tout mon corps, j'en piaille d'étonnement. Le bras se lève, l'osier me mord, la bite me laboure jusqu'à l'âme. C'est trop, c'est trop... Je ne sais plus ce que je sens. Est-ce l'enfer ou le paradis ?

Je n'ai même pas senti Gustave dégorger. J'ai dû rester une éternité, quasi inconsciente, prostrée sur le sol, à pleurnicher en embrassant le Barbedienne. Le sperme coulait entre mes cuisses, les poissant. Les tourtereaux étaient retournés sur le canapé. Madame avait retrouvé son rire grinçant et ses récriminations.

— Vous pourriez dire merci...

Gustave lui baisait les mains.

— Oh, comme elles ont frappé fort, ces vilaines jolies mains... Nous le savons bien que ce n'est pas moi qu'elles frappaient... pas vrai, Monsieur le Député ?

Désarmée, Madame daigna se radoucir.

— Vilain plaisantin ! Cela dit, chaque fois que vous aurez envie d'elle, vous n'aurez qu'à m'en toucher un mot, nous arrangerons ça. Cette petite putain est à votre service. Il vous suffira de lui glisser cent balles.

— Merci, merci...

— De votre côté, continuez à me tenir au courant des fredaines de Noël.

Voyant que je revenais sur terre, Madame me congédia d'un geste. Je montai me laver dans ma chambre. Mais j'eus beau frotter, je ne parvins pas à effacer de mon corps ce qui s'était passé.

Lorsque je redescendis, Edwige et sa tante prenaient le thé, à la cuisine. Elles me dévisagèrent curieusement.

— Alors, se moqua Edwige, le Gugusse t'a fait roucouler ?

— Voyons, Edwige, la gronda sa tante. Ne plaisante pas avec cette petite. Tu vois bien qu'elle a les yeux rouges !

Haussant les épaules, Edwige quitta les lieux pour aller au jardin se faire catéchiser par le futur prêtre à travers le grillage mitoyen. Mlle Aude acheva de boire son thé. Elle alla rincer sa tasse dans l'évier. C'était la seule, dans la famille, qui avait ces attentions. Au moment de sortir, elle me jeta un coup d'œil en coulisse.

— Oubliez ce qui s'est passé hier, Victorine, chuchota-t-elle. Je ne sais pas ce qui m'a pris... Je n'étais plus moi-même.

Je ne daignai pas lui répondre. A ce moment-là, je les détestais tous ! Cette doucereuse hypocrite encore plus que les autres...

— Vous pouvez garder l'argent, bien entendu ! dit-elle avec aigreur, vexée de voir à quel point je me montrais peu sensible à ses avances.

11

SUR LA TABLE DE LA CUISINE

Le soir du jour où Madame m'a offerte à M. Gustave, elle dîna en ville avec son frère, je n'eus donc à m'occuper que d'Edwige et de sa tante. Je dois dire à leur décharge qu'elles n'étaient pas difficiles. Je leur servis des plats surgelés réchauffés au four à micro-ondes, accompagnés d'une salade verte arrosée d'une vinaigrette toute préparée. A peine si elles s'occupaient de ce qu'elles mettaient dans leur bouche. Mlle Aude ne s'y intéressait qu'au dessert, elle n'aimait que le sucré. Edwige, tout au contraire : elle surveillait sa ligne ; quand sa tante s'empiffrait de ses desserts dégueulasses tout préparés qu'on vend maintenant dans des emballages de plastique, elle arborait une lippe dégoûtée.

— Je ne comprends pas comment tu peux avaler de pareilles saloperies... C'est bourré de glucides... tu t'étonneras, après ça, d'avoir un gros cul...

— Il n'est pas si gros que ça... et d'ailleurs, la seule personne qui pouvait s'y intéresser n'est plus de ce monde...

J'allais et je venais sans qu'elles parussent remarquer ma présence. Et, tout en les servant, j'écoutais leur conversation. Elles en étaient venues, je ne sais trop comment, à parler de devins et de cartomanciennes. Edwige jouait les esprits forts et jurait qu'elle ne croyait pas à « ces conneries ». Mlle Aude ne niait pas qu'il y eût beaucoup d'escrocs et de charlatans dans la profession, mais on y trouvait aussi, assurait-elle, de vrais médiums, des gens qui avaient « le don ».

Pendant qu'elles argumentaient, je faisais la navette entre la salle à manger et l'office. Tout à coup, un nom frappa mes oreilles, celui de Mme Raffiani. Je me souvins aussitôt que c'était celui de la sœur du vigile, M. Léon, cette veuve qui veillait sur la jeune amnésique dont avait parlé le docteur.

— Tu n'as pas fait ça ? s'indignait Edwige. Tu n'es pas allée voir cette folle ? Mais tu perds la tête !

— Quel mal y a-t-il à consulter une voyante ? Je t'assure qu'elle m'a dit des choses qui m'ont donné à réfléchir.

— Comment peux-tu donner dans ces bobards !

— C'est Madame Chambry, la mère du petit Emile, qui m'a parlé d'elle. Je t'assure que tu as tort, Edwige. Les femmes de la meilleure société de Villeneuve vont régulièrement la consulter. Elle est de très bon conseil.

— Dis ce que tu veux, elle ne m'inspire pas confiance. Je déteste ces punaises de bénitier ! D'ailleurs, si elle est garde-malade, pourquoi tire-t-elle les cartes ?

— Mais ça n'a rien à voir, tu mélanges tout ! C'est son métier de garder les malades... Le reste... c'est... pour rendre service... Elle a un don, elle veut bien en faire profiter les autres...

Je dus aller à la cuisine à ce moment, et je n'en entendis pas davantage. Lorsque je revins avec le dessert, Mlle Aude avait les joues toutes rouges.

— Elle me l'a juré, Edwige ! Elle l'a déjà fait avec une veuve de ses amis. Elle peut faire revenir le mort pendant quelques minutes... Il suffirait que je lui apporte un objet ayant appartenu à Philibert... et que je me concentre... Il est essentiel que je garde les yeux fermés... Je dois même me mettre un bandeau dessus...

— Mais tu es complètement marteau ! Tu ne vas pas te prêter à ça ?

Je n'étais pas moins horrifiée qu'Edwige ; l'idée de faire revenir un mort pour « entrer en contact physique » avec lui, même s'il ne s'agissait que d'une supercherie, m'emplissait d'épouvante et de dégoût.

— Cette veuve lui a dit qu'elle a vraiment eu l'impression que c'était son mari ! Et il n'avait rien d'un mort, s'il faut l'en croire !

Refusant d'en écouter davantage, Edwige monta chez elle et je m'en retournai à la cuisine, laissant l'inconsolable amoureuse de Philibert se gaver de yaourts à la framboise.

Cette conversation macabre avait au moins eu un avantage, me faire oublier ce qui s'était passé au salon. Mais une fois couchée, tout me revint. Ce qui m'écœurait le plus, c'était le plaisir révoltant que j'avais éprouvé quand M. Gustave m'avait fourré son gros pénis dans le vagin. Ils s'étaient servis de moi comme d'une bête. N'avais-je donc aucun amour-propre ? Ne valait-il pas mieux cent fois soigner les pourceaux chez le frère de ma belle-mère ?

J'avais beau me répéter cela, je me souvenais du bouleversement de ma chair, c'est le cas de dire que j'avais été cul par-dessus tête ! Et cet éblouissement dans tout mon corps quand il avait juté en moi ! Comme mes chatouille-pipi de dortoir paraissaient mièvres en comparaison !

Le lendemain, Madame me traita avec la plus grande indifférence. Les jours suivants, tout autant. On aurait pu croire qu'il ne s'était rien passé. Sur un point, cependant, je vis qu'elle n'avait pas oublié le marché tacite que nous avions passé. Puisque j'acceptais de donner mon cul, en échange, comme promis, elle me déchargeait des travaux les plus rebutants. C'est ainsi qu'une Portugaise se présenta de la part de M. Léon. Il fut convenu qu'elle viendrait trois jours par semaine pour cirer les parquets, laver la terrasse, fourbir l'argenterie et nettoyer les carreaux. Il ne me restait plus qu'à passer l'aspirateur dans les chambres, faire les lits, repasser les lingeries délicates et m'occuper de la cuisine. Comme on mangeait surtout des surgelés et qu'il y avait un lave-vaisselle, ce n'était pas tuant.

Je n'avais donc presque plus rien à faire, me contentant de vaquer d'une pièce à l'autre, armée d'un plumeau. L'oisiveté étant la mère de tous les vices, mon esprit battait la campagne. Je n'arrêtais pas de penser à M. Gustave. Est-ce qu'il allait revenir ? Est-ce que Madame exigerait encore que je lui donne mon vagin ?

Un après-midi, alors que je me faisais les ongles dans la lingerie, j'entendis une voix d'homme. C'était lui. Je crus que mon cœur se décrochait. Ils étaient sur la terrasse. Deux heures passèrent, Madame ne me sonna pas. Je m'étais assise dans la lingerie ; je ne savais pas si je devais retirer ma culotte, me tenir prête... Elle ne m'avait donné aucune instruction. Enfin, je l'entendis partir. J'en fus à la fois soulagée et déçue. Il revint le lendemain, à la même heure. D'une fenêtre du premier, où je faisais la poussière, je le vis passer dans le jardin, des dossiers sous le bras. Même chose que la veille. Madame et lui compulsèrent des paperasses. J'entendis Madame aller à la cuisine pour chercher des glaçons. Le jour d'après, je m'arrangeai pour me trouver dans le vestibule à l'heure où il arrivait. Madame qui était venue l'accueillir me vit qui passais du Miror sur le portemanteau. Elle éclata de rire. En m'apercevant, M. Gustave avait rougi ; quant à moi, je devais être cramoisie, à en juger par la chaleur de mes oreilles. D'une main tremblante, je pris le chapeau et le manteau qu'il me tendait. Nous évitions de nous regarder et Madame pouffait de plus belle.

— Aurions-nous le feu où je pense, Victorine ? se moqua-t-elle.

Je ne l'avais jamais vue d'humeur aussi enjouée.

— Mais oui, railla-t-elle. Nous avons pris goût à la chose. Nous avons envie qu'on nous mette la grosse saucisse entre les jambes, hein ?

Je m'enfuis à la cuisine, poursuivie par son rire.

— Vous avez remarqué comme elle est devenue rouge en vous voyant, Gustave ? N'est-ce pas à pisser de rire ?

J'eus le temps de voir se rengorger ce détestable imbécile. Je me serais giflée ! M'exposer à un pareil affront ! Je me jurais bien de ne plus jamais me mettre sur son chemin. Quant à Madame, elle pourrait me supplier à genoux... je préférais encore astiquer l'argenterie.

J'étais là, en train de prendre toutes ces résolutions, parlant toute seule comme une folle, astiquant furieusement la cuisinière, quand, deux heures plus tard, ayant fini ce qu'ils avaient à faire, ils descendirent de la terrasse. Je les entendis passer dans le vestibule.

— Envoyez-moi des cartes postales, plaisantait Madame, je vais me languir de vous, Gustave ! Et j'en connais une autre à qui vous allez manquer... Ne voulez-vous pas lui dire un petit au revoir ? Au débotté ? Vite fait bien fait ?

Le sang me sauta aux joues. Précédant M. Gustave, revêtu de son long pardessus de croque-mort, son galurin dans une main, sa serviette de cuir dans l'autre, Madame poussa la porte de la cuisine.

— Monsieur Gustave retourne à Paris pour une dizaine, Victorine, mais rassure-toi, il reviendra !

Elle gloussa moqueusement. M. Gustave se lécha nerveusement les lèvres. Sa position n'était pas plus commode que la mienne, quand j'y pense, sans cesse soumis aux caprices de cette folle. Elle nous observait, une lueur amusée dans l'œil.

— Nous avons bien un petit quart d'heure, non ? fit-elle.

— Tout petit, alors... dit M. Gustave en consultant son bracelet-montre.

— Le temps qu'on nous envoie un taxi, calcula Madame. Allons, Gustave, soyez galant... vous ne pouvez pas laisser cette petite sur sa faim !

Le chiffon me tomba des doigts.

— Il va t'en mettre un coup, avant de prendre l'avion, me dit Madame. Dépêche-toi d'enlever ta culotte et assieds-toi sur la table de la cuisine. Ecarte les cuisses. Il te fera ça debout... A la hussarde...

— Non ! criai-je. Je ne veux pas. Je ne suis pas votre putain !

Madame se renversa pour mieux rire.

— Vous entendez, Gustave ? N'est-elle pas drôle à mourir ? Donnez-lui ses cent francs, puisque c'est ce qu'elle réclame...

Le secrétaire, embarrassé, posa sa serviette et son

chapeau sur une chaise et tira son portefeuille de sa poche. Tremblante de rage, je le regardai choisir un billet qu'il posa sur la table. Tapant furieusement du pied par terre je m'apprêtai à hurler quand la main de Madame me frappa sur la bouche. Je sentis ma lèvre se fendre, j'eus le goût fade du sang sur la langue.

— Cesse ces simagrées, idiote ! Il n'a qu'un quart d'heure pour se vider les couilles. On n'a pas de temps pour le vaudeville. Baisse ta culotte... et plus vite que ça !

J'étais tout étourdie par la violence du coup, comme lorsque Edwige m'avait giflée pour la première fois, et là encore, la rage qui me crispait les muscles s'était envolée, remplacée par une infâme sensation de mollesse. Reniflant mes larmes, je baissai ma culotte et je m'assis sur la table de la cuisine. Une fois là, je restai comme une idiote, les jambes ballantes, à les regarder stupidement à travers mes larmes. Avec un sourire ravi, Madame prit le secrétaire à témoin.

— N'est-elle pas sotte à ravir ?

Lui me contemplait dans une sorte de transe.

— Mets ton pouce dans ta bouche, tu seras parfaite, m'ordonna Madame.

— Mais pourquoi ?

Elle frappa le sol du pied avec humeur

— Fais ce que je te dis, et sans discuter !

Effrayée, je fourrai mon pouce dans la bouche en l'interrogeant du regard. Elle poussa Gustave du coude en pouffant.

— N'est-elle pas impayable... suce-le, idiote ! Je ne te demande pas de jouer de ta trompette !

Je me mis donc à le sucer.

— On n'entend rien ! Suce plus fort, fais du bruit avec ta bouche !

Le rouge me montait aux joues, mais je fis ce qu'elle voulait, je me mis à sucer bruyamment mon pouce, avec les bruits d'un bébé qui tète.

— Voilà ! C'est cela même, exerce-toi... tout à l'heure, nous te donnerons peut-être autre chose à téter...

Je fis mine de ne pas comprendre.

— Maintenant, ce serait encore plus amusant si, tout en suçant ton pouce, de l'autre main, tu relevais ta jupe pour nous montrer ce que tu as entre les cuisses...

Je fis non de la tête, mais déjà montait l'abjecte faiblesse, je ne refusais que pour avoir l'atroce plaisir de céder, aussi quand elle serra méchamment les lèvres, m'empressai-je de relever ma jupe. Comme elle était coincée sous mes fesses, je dus la tirer et je sentis sous mon cul le froid de la toile cirée.

— Plus haut que ça... on doit voir ton nombril... et continue de sucer ton pouce, on ne t'entend plus.

Je fis comme elle le souhaitait, les joues embrasées par la honte. Les yeux du secrétaire s'abaissèrent.

— Ecarte les cuisses, ordonna Madame. Depuis le temps, tu devrais le savoir, non, que tu es là pour ça ? Montre ton vagin à M. Gustave. Il a le droit de voir dans quoi il va mettre sa queue, non ? Et continue de sucer ton pouce, idiote !

— Madame, suppliai-je, en le retirant un instant de ma bouche, vous ne pouvez pas exiger une chose pareille...

Je fondis en pleurs.

— Qu'il fasse ce qu'il veut, mais ne me demandez pas ça...

Toute rieuse, elle s'approcha de moi et toucha du bout des doigts les larmes qui coulaient sur mes joues. Elle était ravie.

— Mais elle pleure pour de bon ! Quelle comédienne ! Voyons, à quoi riment ces chichis ? Tu veux te faire prier, c'est ça ? Tu veux davantage d'argent ?

— Non, Madame ! criai-je. Ce n'est pas ça... mais c'est si... c'est tellement...

Je hoquetai, ne trouvant pas mes mots.

— Cochon ? souffla Madame.

Je fis oui de la tête.

— Mais justement ! se réjouit-elle en me caressant la joue. C'est bien pour ça que je te le demande ! C'est si amusant de te voir faire la cochonne... allez, ma chérie, remets ton pouce dans ta bouche et écarte bien les cuisses... il faut lui montrer tout ce que tu as dans la fente... toutes ces petites choses dégoûtantes et mouillées... tu vas voir comme ça va t'émoustiller ! Tu auras honte, bien sûr... Veinarde que tu es de pouvoir encore avoir honte ! C'est ça, qui est si bon ! Tu ne peux pas savoir comme c'est triste, les choses du cul, quand la honte est partie !

Se pouvait-il qu'elle dise vrai ? La chaleur qui alourdissait mes reins remonta dans ma poitrine.

— Je vais t'aider, dit Madame, puisque tu es si pudique... Madame va t'aider à montrer ton joli con rose à Gustave... laisse-toi aller...

J'étais assise dans le sens de la largeur de la table, qui était assez étroite. Elle se plaça derrière moi et m'adossa à elle.

— Le pouce !

Je le remis en bouche. Je tenais toujours ma jupe relevée. Madame, dont la joue frôlait la mienne, m'enlaça et empoigna mes seins.

— On va d'abord lui montrer tes gros nichons, hein ? Tu veux bien ?

J'étais affreusement excitée. Sa fausse gentillesse m'effrayait encore plus que les ordres secs qu'elle m'avait jetés tout à l'heure. Et cette peur même m'emplissait de lascivité. Tout en me les caressant, elle libéra mes seins en retroussant mon caraco. M. Gustave, les bras le long du corps, se contentait de regarder. Avec une gourmandise qu'elle ne cachait pas, Madame renifla mon odeur dans mon cou et souleva mes seins pour les montrer au secrétaire.

— Ils vous plaisent, Gustave, les nichons de ma petite putain ?

Elle me lutinait les pointes pour bien les énerver. Elles étaient toutes gonflées et très sensibles.

— Ce serait mieux... hasarda le secrétaire, si...

Sa voix était rauque ; effrayé d'avoir osé parler, il se tut. Deux taches roses étaient montées à ses joues blêmes.

— Eh bien, dites ! s'impatienta Madame. Ne soyez pas si timide ! Que souhaitez-vous ?

— Si c'était elle qui...

Une onde de chaleur se répandit dans mon corps.

— Mais oui ! Vous avez raison ! pouffa Madame. Ce serait beaucoup plus drôle.

Ces marchandages dont j'étais l'objet ne laissaient pas d'agir sur mes sens. Tout alanguie dans les bras de Madame qui me tenait par les seins, mine de rien, sans qu'on me le demande, j'avais un peu écarté les cuisses. Nier que je me sentais de plus en plus cochonne serait mentir.

— Propose-lui ta marchandise ! fit Madame. Montre-lui toi-même tes gros nénés... aguiche-le ! Tu resuceras ton pouce plus tard... Attends, je m'occupe de ta jupe !

Elle me l'ôta des doigts et la roula sur elle-même pour

la coincer autour de ma taille, de façon qu'il n'était plus nécessaire de la tenir pour me dénuder le bas du corps. Quand ce fut fait, elle me força, mais je ne luttais pas vraiment, à prendre mes seins en main et à les soulever pour les offrir au secrétaire. Il approuva de la tête, mais, chose bizarre, tout en les regardant fixement, et bien qu'il eût l'œil luisant, on aurait dit qu'il ne les regardait pas vraiment, mais, à travers eux, autre chose qu'il avait dans la tête. Sans s'en offusquer, Madame me souffla à l'oreille.

— Fais ta putain... cambre-toi... soulève les bien...

J'obéis, en creusant les reins pour les faire saillir davantage, et il parut se réveiller de sa transe, se rapprocha pour mieux savourer le tableau.

— Un autre jour, dit Madame, nous la prendrons en photo... Si vous la sentiez trembler, Gustave, c'est une authentique petite salope... elle est brûlante, elle doit être trempée... ce qui me fait penser... montre-lui ta fente, maintenant !

Elle me renversa dans ses bras, m'obligeant à lâcher mes seins, et me refourra de force mon pouce entre les lèvres.

— Ecarte les cuisses... fais bien voir ton trou au Monsieur...

L'esprit des femmes est vraiment une drôle de chose ! Savez-vous à quoi j'ai pensé, à ce moment ? Au taxi ! Parfaitement, au taxi qui devait poireauter devant la porte. Il y avait belle lurette que le quart d'heure était passé, jamais cet imbécile n'arriverait à temps à l'aéroport d'Agen ! Comment expliquer cela ? Cette pensée m'emplissait de jubilation. J'étais toute contente qu'il rate son avion à cause de moi, le député serait furieux, il l'engueulerait... Cela me fit rire malgré moi.

— Vous l'entendez ! s'écria Madame. Oh, la cochonne, cela la fait rire de montrer son con à un homme !

Elle me fourra sa langue dans l'oreille, ce qui me rendit carrément hystérique, et c'est ainsi, m'égosillant de rire, que j'ouvris les cuisses le plus que je pus. Comme deux grosses mouches, les yeux exorbités du Gustave se jetèrent sur mon sexe. Je vous garantis que je ne pensais plus au taxi, j'étais toute fiévreuse de constater l'effet que ça lui faisait de regarder mon trou qui pisse ! Que les hommes sont bêtes, pensais-je, en ricanant intérieurement, dire que cette fente poilue les rend fous !

— Attends, haleta Madame (elle aussi commençait à perdre les pédales)... attends... moi aussi, je veux le voir... et toi aussi... regarde-le...

Elle me fit baisser la tête pour que je puisse voir ce que je montrais à Gustave : la touffe de poils mouillés, la large fente de chair rose, toute révulsée, et les petites crêtes délicates, luisantes de bave. Entre les poils noirs, ça ressemblait tantôt à la pulpe d'une figue trop mûre qui vient de tomber de l'arbre, tantôt aux tripes d'une grosse souris éventrée. La main de Madame tira de côté sur une grande lèvre pour faire bâiller encore plus cette blessure. Je m'ouvrais avec délices, le jus suintait, et quand la petite languette du clito s'érigea, j'eus follement envie qu'elle me la touche. Madame le devina (on peut dire que nous étions sur la même longueur d'ondes), elle y donna une pichenette qui me fit crier.

La bouche du secrétaire montra ses dents de cheval. Il était hagard.

— Sois encore plus cochonne, me supplia Madame... passe ton doigt du milieu dans la fente... comme quand tu te branles... et ouvre bien le trou du bas...

Elle me fit faire ça une dizaine de fois, je volais au-devant de ses désirs, bouleversée par le ton de supplication crapuleuse de sa voix. M. Gustave me tenait les chevilles, il me relevait les jambes en me faisant plier les genoux. Madame m'ouvrait la fente. Et moi, je passais et je repassais mon doigt dedans, en regardant bien ce que je faisais. L'intérieur de mon sexe était brûlant et me toucher devant eux m'arrachait des petits cris stupides. Madame me récompensait en me léchant le cou et l'oreille, en m'embrassant sur les joues.

— Prenez-lui le clito... dit-elle. Toi, fais ce que je fais... ouvre-toi le con avec les mains...

Elle me plaça les mains de chaque côté de la fente. En écartant les lèvres, je regardai s'approcher les doigts tremblants du secrétaire. Il me prit le clitoris entre le pouce et l'index, comme s'il cueillait une fraise. Cela m'expédia dans tout le corps une prodigieuse secousse de bonheur. Je ne pus retenir un cri.

— Tirez-lui dessus ! cria Madame, en me prenant les seins.

Pour montrer à Gustave ce qu'il devait faire, elle me pinça les mamelons et les étira. La sensation, jointe à celle que me procuraient les doigts du secrétaire, m'arracha un autre cri. Je me mis à glapir, les suppliant d'arrêter.

— Fourrez-lui votre bite... dit Madame. Elle est prête. Regarde, cochonne, il va t'enfoncer son braquemart...

Le secrétaire m'avait lâchée ; ses doigts fébriles luttaient avec les boutons de sa braguette. Enfin, je vis paraître la longue saucisse obscène ; le bout était sorti, tout gonflé, ça sentait la pisse et le poisson pas frais. Il délogea les deux besaces poilues et s'avança.

— Regarde bien, cochonne... me dit Madame à

l'oreille. Ouvre bien ton con avec tes doigts... et regarde comme il t'enfonce la pine...

Elle n'avait pas besoin de me le dire. Je dévorais des yeux l'extrémité rouge du gland qui se rapprochait. Quand il toucha mon vagin, un frisson d'allégresse me remonta du con jusqu'à la bouche. Je ne voyais plus le gland ; les petites lèvres s'étaient rabattues sur lui en corolle. Un râle sortit de moi, que je n'avais pas l'impression de pousser, une sorte de feulement ; l'instant d'après, toute la queue s'engouffra et les couilles du secrétaire s'aplatirent contre mes fesses. Il me l'avait mise !

— Suce ton pouce pendant qu'il te baise ! cria Madame.

Une fois de plus, je me fourrai le pouce dans la bouche, et c'est ainsi qu'il me posséda. Madame, dans mon dos, me soulevait les jambes qu'elle tenait sous mes genoux. Lui, Gustave, se contentait de m'enfoncer son gros pénis dans le vagin et de danser sur place pour le faire coulisser. Chaque fois qu'il me le remettait au fond, je mordais mon pouce jusqu'au sang.

— Plus vite, imbécile, vous allez rater l'avion...

Hagard, il lâcha une de mes fesses, consulta son bracelet-montre et força le train. Et juste comme nous touchions au but, Madame me léchant l'oreille, Gustave dressé en extase contre moi comme un coq qui couvre une poule, et moi dans l'état de délire que vous imaginez... la porte de la cuisine s'ouvrit et Madame et moi vîmes paraître derrière Gustave, le frère de Madame, le médecin, tout éberlué.

— Eh bien ! Etes-vous sourds, s'indigna-t-il. N'entendez-vous pas le taxi qui klaxonne ?

Gustave se rejeta en arrière, dévoilant au Dr Lépine ce que son corps lui avait caché.

Le visage blafard du frère de Madame se colora.

— Je vois ! fit-il.

Il eut un étrange rire saccadé. Je voulus refermer les cuisses, mais Madame me les tenait toujours bien écartées et le médecin eut tout le temps de voir un filet de sperme couler de mon vagin.

— J'avais un petit cadeau à faire à Gustave, dit Madame. Soit dit en passant, ajouta-t-elle, si jamais le cœur t'en dit, tu n'as qu'à te servir. Il suffit de la payer...

Je fermai les yeux d'humiliation. Trop tard, j'avais eu le temps de voir la grimace de mépris du docteur.

— Alors, ça recommence comme avec Edith ? fit-il.

— Lorsque tu auras envie d'elle, tu n'auras qu'à la sonner. Et lui donner cent francs... c'est le tarif.

J'entendis la porte se fermer.

— Ne fais pas cette tête, me dit Madame, comme je descendais de la table. Je t'avais prévenue, non ? Et de quoi te plains-tu, d'abord ? Tu en as pris plein le cul, non ? Tu devrais être contente. Et on te paie, en plus !

(Combien de fois me chanterait-elle ce refrain ?)

— Est-ce que ça vous écorcherait les lèvres de me parler comme à un être humain ?

C'était sorti sans que je réfléchisse. De peur, je levai le coude pour me protéger. Elle se contenta de rire en me tirant doucement les cheveux.

— Mais on est vraiment fâchée ! Dis-toi une chose, Victorine, mon frère n'a pas besoin de savoir qu'au fond, toi et moi, nous sommes copines comme deux truies. Il vaut mieux qu'il pense que c'est seulement pour l'argent, tu comprends ? Ce n'est qu'un cul pincé !

Elle me regarda faire une toilette sommaire, devant l'évier, avec un torchon que je trempais sous le robinet.

— Sait-on jamais, reprit-elle. Rien ne dit qu'il n'aura

pas envie, un jour... de te la mettre, lui aussi ; ça te fera un client de plus, et ça ne sortira pas de la famille.

J'ai oublié de dire que M. Gustave s'était évaporé comme un fantôme. Nous étions entre femmes.

— Je te ferai remarquer que moi, je n'ai rien eu, dit Madame. Alors cesse de te plaindre, d'accord ?

Elle alluma une cigarette.

— Soit dit en passant, concéda-t-elle, c'est loin de m'avoir déplu. Ça fait toujours passer le temps. Mais ces salauds d'hommes ont vraiment le cul bordé de nouilles ! Une petite souillon à qui l'on glisse la pièce, et plus de problème. Hop, passez muscade ! Moi, quand l'envie me prend, il faut que je me mette en quête d'un amant, que je me maquille, que je m'attife, que je me parfume... Je ne peux tout de même pas coucher avec le vide-ordures !

Cela la fit rire.

— Et toi ? me dit-elle, en me caressant la joue. Ne dis pas que ça ne te plaît pas ! Je n'ai jamais vu une aussi parfaite petite salope... Oh, tu peux jouer les ingénues, je te connais comme si je t'avais faite.

Je ne savais plus quoi penser. Je la détestais et l'instant d'après, je lui mangeais dans la main. Les lèvres de Madame prirent la forme d'un sourire.

— Edith, me dit-elle, l'autre bonne, me suçait. Je crois te l'avoir déjà dit ?

Je fis signe que oui, elle me l'avait dit.

— Tu me sucerais, toi aussi, si je te le demandais ?

— Oui, Madame.

Elle eut son petit rire grinçant et deux taches roses ornèrent ses joues.

— Sans me faire payer ? demanda-t-elle, avec une sorte de coquetterie.

Je fis signe que non, en secouant la tête. Elle baissa les

paupières, c'est elle qui avait l'air gênée, maintenant.

— Tu aimes ça, lécher les femmes ?

Je gardai bouche close.

— C'est ce que tu faisais au collège, non ? Oh, peu importe, que tu aimes ou que tu n'aimes pas... tu le feras si je te le demande, c'est ce qui compte... Je ne suis pas lesbienne, mais c'est mieux que de se branler, quand on n'a personne. On sonne la bonne, on se fait sucer en lisant un livre cochon... Ensuite, pas besoin de somnifère.

Elle avait fini sa cigarette.

— Pendant ce temps, mon mari s'envoie ses assistantes... et les années passent.

Avec stupeur, je vis perler deux minuscules larmes au coin de ses paupières. Cette mégère avait donc un cœur ? Puis je compris qu'elle ne pleurait que sur elle-même, et l'élan de sympathie qui m'avait poussée vers elle s'évanouit aussitôt.

Une heure plus tard, on me sonna pour que j'apporte l'apéritif sur la terrasse. Ils étaient tous là, on aurait dit une publicité pour Martini. Le soleil se couchait sur le fleuve, Villeneuve se découpait sur le ciel, et j'allais de l'un à l'autre avec les verres et les biscuits salés. Le docteur discutait avec sa sœur Aude. Madame tenait sa fille enlacée et lui parlait tout bas, comme une mère à sa fille. On n'aurait jamais cru, à les voir, qu'elles étaient capables de toutes ces saletés. Quant à moi, j'étais la bonne. Qui se soucie de ce que pense une bonne ?

J'en eus la preuve, si j'en avais encore besoin, le soir même.

12

LE FRÈRE DE MADAME M'ENCULE DEVANT LA TÉLÉ PENDANT QUE MONSIEUR FAIT UN DISCOURS

Ils venaient de sortir de table. Certains étaient montés dans leur chambre : Mlle Aude et Edwige. Les deux autres, le docteur et Madame, étaient allés au salon regarder la télé. J'étais en train de desservir quand Madame revint, une cigarette au bec, fort énervée.

— Ce film est idiot, me dit-elle. Je préfère monter me coucher avec un livre.

Je fus surprise qu'elle m'adresse la parole pour autre chose que pour me donner un ordre. Elle me regarda desservir, en fumant. Elle semblait préoccupée. Soudain, je compris ; je me souvenais de ce qu'elle m'avait dit à la cuisine. Je repliai la nappe, soigneusement, pour ne pas faire tomber les miettes par terre, et je l'emportai à la cuisine. Elle m'y suivit.

— Est-ce que ma sœur t'a demandé de lui monter une tisane ?

— Non Madame...

— Parfait, eh bien, tu m'en monteras une à moi...

peut-être que ça m'aidera à dormir. Mais ça ne presse pas... prends ton temps... une fois que tu auras fini la vaisselle et tout rangé...

— Bien Madame.

Nous évitions de nous regarder, c'était transparent. J'en avais chaud aux joues et elle n'était pas plus à l'aise que moi. Tout son vernis de bourgeoise avait disparu, il y avait quelque chose de sournois dans son attitude, comme un veule abandon du corps, à l'avance.

Elle me tourna le dos et quitta la cuisine. Je fis ce que j'avais à faire. Je venais de mettre le lave-vaisselle en marche quand l'interphone sonna. Je crus que c'était elle qui s'impatientait, et j'allai décrocher. C'était le docteur.

— Ma sœur est avec vous ? demanda-t-il.

— Non Docteur.

— Tant pis... J'avais quelque chose à lui dire... Je le lui dirai demain. Mais, pendant que j'y pense... apportez-moi donc un verre d'eau minérale...

Je mis donc une bouteille d'Evian sur le plateau, ainsi qu'un verre et une serviette pliée. Puis je me rendis au salon. Assis dans un fauteuil, face au poste de télé, le docteur tétait un havane.

Je déposai le plateau sur la table basse chargée de journaux, qui se trouvait près de lui. Il ne quittait pas l'écran des yeux. Mais quelque chose me disait que c'était de la comédie. Comme j'allais partir, il me fit signe de rester et même, en pointant le doigt sur le sol, de venir près de son fauteuil. J'obéis, déjà toute remuée.

Nous faisions face à l'écran, lui assis, moi debout. Il s'agissait d'une émission culturelle, une demi-douzaine de gens célèbres assis autour d'une table parlaient des malheurs de la Roumanie. Le docteur prit la commande à distance et fit baisser le son. Sans quitter l'écran des yeux, il me demanda :

— Est-ce vrai ce que ma sœur a dit, tout à l'heure ?

Comme je me taisais, il précisa :

— Qu'il suffit de vous payer ?

— Non Docteur ! Ce n'est pas vrai !

Il toussa dans sa main.

— Je m'en doutais. Elle plaisantait, hein ?

Plaisantait-elle ? Je haussai les épaules, embarrassée. Quelque chose le travaillait et je savais quoi. Peut-être n'était-il pas aussi cul pincé que le croyait sa sœur. Cela me flattait qu'un homme dans sa position, un médecin, qui plus est, un médecin très couru, appartenant à une riche famille, eût des idées en tête me concernant.

— Les plaisanteries de Fernande sont parfois d'un goût douteux... Je me disais bien qu'une fille comme vous...

Il n'alla pas plus loin.

— Mais, fit-il soudain, comme s'il ne venait que d'y penser... pourtant, dans la cuisine, sur la table... avec cet idiot de Gustave ? Je n'ai pas rêvé... vous étiez bien en train de copuler ?

Nous y venions. La lourdeur familière me prit par les reins. J'eus une pensée pour Madame qui m'attendait dans la chambre.

— Elle m'avait forcée ! bredouillai-je.

— Forcée ? releva-t-il. Et... comment peut-on vous forcer à faire une chose pareille... car enfin... enfin...

Il chercha ses mots

— Vous aviez l'air bien consentante, Victorine !

— C'est qu'à ces moments-là, je ne sais plus ce que je fais, Docteur. Ils m'avaient tellement... tellement chamboulée...

Il hocha pensivement la tête.

— Je vois, fit-il, je sais ce que c'est. La physiologie empêche parfois de raisonner clairement... une femme ne s'appartient pas toujours...

Il soupira profondément et le plus naturellement du monde, posa sa main sur ma jambe. Je fis mine de ne rien remarquer.

— Si je vous racontais comment se comportent certaines de mes patientes... Vous n'avez pas idée, Victorine... des femmes de la meilleure société, très riches, très pomponnées... le genre collet monté... elles viennent soi-disant pour des bobos...

Sa main caressait mon mollet.

— Elles me provoquent comme des chiennes... fit-il d'une voix rauque. Cela les émoustille de se déshabiller devant un homme qui connaît leur mari, avec qui il leur arrive de dîner, au cours d'une soirée... Elles pourraient aller voir un autre médecin, non, c'est moi qu'elles veulent !

Sa main montait et descendait.

— Si ça vous amuse, me proposa-t-il, je vous cacherai, un après-midi, dans la pièce où je range mes échantillons, et vous pourrez les voir... ces mères de famille, ces jeunes filles du monde... les filles du peuple ont plus de pudeur.

Arrivée sous ma jupe, sa main me flattait le gras de la cuisse, à travers le bas. Elle remontait sournoisement. Il ne disait plus rien, les yeux fixés sur l'écran. Ses doigts effleurèrent la chair nue, au-dessus du bas. Il soupira.

— Ce sont bien des bas, que vous portez... j'avais bien vu, tout à l'heure... vous les aviez gardés...

— Oui Docteur... Madame exige que je les garde quand...

Ma voix ne tremblait pas moins que la sienne.

— Je vous donnerai deux cents francs, chuchota le docteur. C'est le prix d'une consultation... C'est ce que je prends... vous voulez bien ?

Sa main me tenait la cuisse. J'avais la gorge trop nouée pour pouvoir lui répondre.

— Vous voulez bien ?

Je fis signe que oui de la tête.

— Les bons comptes font les bons amis, plaisanta le docteur.

Il sortit de sa poche un billet plié en quatre qu'il avait préparé d'avance. Le billet serré dans ma paume, qui était toute moite, j'attendis la suite. Sans quitter l'écran des yeux, il remit sa main sous ma jupe et la laissa monter jusqu'à mes fesses. Je m'attendais à une réflexion désobligeante, il n'en fit pas. Que la bonne de sa sœur ne porte pas de culotte ne semblait pas le surprendre outre mesure.

— Ecartez les jambes... me souffla-t-il. Ce sera plus commode pour moi.

Chaque fois qu'on me demande ça, j'ai comme un accès de fièvre. Je m'empressai d'obéir.

— Parfait, approuva le docteur. Maintenant, on ne bouge plus, d'accord ?

Je fis signe que oui. Un des doigts de la main qui épousait ma fesse se détacha des autres et pointa vers le sillon. Lentement, très lentement, la paume de la main rampait sur ma peau... Quand le bout du doigt atteignit le bord de mon anus, je ne pus maîtriser un léger sursaut. Il fit claquer sa langue contre son palais.

— J'ai dit qu'on ne bougeait pas...

Je serrai les mâchoires et ma main se crispa sur le billet de deux cents francs. Le doigt tournait doucement autour de ma corolle, m'effleurant à peine. Je ne sais pas si je l'ai dit, j'étais toujours très honteuse quand on me touchait cet endroit. Chaque fois qu'on me mettait un doigt au cul, c'était la même stupeur révoltée, et ensuite, le même avachissement. Au collège, cela faisait pisser de rire les autres pensionnaires ; souvent, rien que pour m'entendre piailler, elles me tenaient à quatre ou cinq et, à tour de rôle, m'enfilaient leurs doigts dans le cul. Je ne pouvais m'empêcher d'y penser pendant que le doigt du docteur me chatouillait l'anus. J'étais folle de honte et de rage, quand elles me faisaient ça, mais peu de choses m'excitaient autant.

— Vous l'avez déjà fait par là ? voulut savoir le docteur.

Mon cœur fit un bond.

— Oh non, Docteur... et même devant, je ne l'ai fait que deux fois, et Madame m'a forcée...

— Moi, je ne vous force à rien, Victorine. Mais j'ai très envie de vous mettre le doigt dans le rectum... vous permettez ?

— Oh, Docteur !

— Faudra-t-il vous payer davantage ?

— Non, Docteur, c'est inutile...

— Parfait, vous êtes une bonne fille... je ne vous avais pas mal jugée... un peu vicieuse, mais c'est naturel, à votre âge... mais honnête, au fond...

Ces compliments m'allaient droit au cœur. Du coup, je me sentais disposée à faire tout ce que je pourrais pour le satisfaire. Mon anus, qui boudait, se relâcha, et le bout du doigt entra dans mon cul ; aussitôt, malgré moi, je me resserrai.

— Ne vous crispez pas...

— C'est plus fort que moi, Docteur, je déteste qu'on me touche ici... je préfère devant...

Il eut un petit rire.

— On vous le touchera, votre devant, petite coquine... mais avant, laissez-moi vous mettre le doigt derrière... chacun ses caprices...

Je soupirai.

— Attendez, fit-il... remontez bien votre jupe, comme tout à l'heure dans la cuisine... comme ça je pourrai bien voir... C'est important, le plaisir des yeux...

A qui le disait-il ! Il me troussa lui-même et dès que j'eus le cul à l'air, toute velléité de refus m'abandonna. J'avais hâte, maintenant, qu'il me fasse toutes les saloperies qu'il aurait envie de faire. Dans une glace, je pouvais voir le couple que nous formions : lui, affalé dans le fauteuil, moi, debout à côté, jupe relevée, la touffe à l'air. Si je tournais la tête, dans un autre miroir, je voyais mon cul. Chaque fois, ça me faisait un coup au cœur ; je le trouvais scandaleusement joufflu. Et si blanc, au-dessus des bas noirs. Le docteur était aussi émoustillé de le voir que moi de le lui montrer. Derrière ses lorgnons, ses yeux luisaient. Je lui laissai admirer mes rondeurs avec complaisance. Et même, avec du bonheur. Je me sentais pleine d'amitié pour lui, il me traitait si différemment de Madame et d'Edwige, et même de Mlle Aude... Il semblait comprendre ce que j'éprouvais, et ne ressentir aucun mépris pour moi.

— Si vous voulez, Docteur, lui proposai-je, puisque vous ne regardez plus la télé, je pourrais me mettre devant vous... ce sera plus pratique... vous n'aurez plus besoin de tourner la tête...

— Excellente idée... tu es vraiment pleine d'attentions... oui, viens te mettre ici...

Il écarta les jambes et me montra le tapis. Je me plaçai devant lui, face à la télé, et relevai ma jupe le plus haut possible. Son visage était à la hauteur de mes fesses, et le souffle de sa respiration me donnait la chair de poule. Sur l'écran muet du téléviseur, je voyais toujours les personnages importants discuter de la Roumanie. Je me souviens qu'il y avait un ministre et que tous les autres fermaient la bouche chaque fois qu'il ouvrait la sienne.

— Penche-toi vers l'avant... Voilà... c'est parfait... tu permets ? Je vais t'ouvrir les fesses pour bien examiner ton anus...

— Faites...

Cet échange de politesses, dans un moment pareil, me rendait toute chose. Il prit mes fesses en main et les écarta.

— Ton anus ressemble à un colchique... tu connais les colchiques ?

— Il y en a... dans ma région... ce sont des fleurs des champs...

— Il est violet comme elles, et tout fripé... nous allons le lisser... tu permets ?

— Oh, je vous permets tout, Docteur, vous êtes tellement gentil, vous...

Il eut un petit rire guilleret et se suça le doigt. J'étais tout attente. Par le biais d'un jeu de miroirs, dont l'un me renvoyait en face l'image que l'autre réfléchissait de mon derrière, je pouvais voir, moi aussi, la corolle violette de mon trou du cul entre mes fesses blanches. Il ne m'en tenait plus qu'une, mais cela suffisait à bien ouvrir le sillon. Quand il posa délicatement son doigt mouillé au centre de la cible, pour la première fois de ma vie, à ma grande surprise, ne se produisit pas le réflexe habituel de crispation, et même, je m'arrondis exprès, par là, pour qu'il ait toutes ses aises.

— Je vais te rentrer le doigt dans le cul, petite coquine ! me menaça-t-il.

Mais ça ne me faisait plus peur ! Au contraire !

— Oh, faites, faites... Docteur...

Je n'en revenais pas, ce n'était pas par politesse, j'en avais vraiment envie ! J'en tremblais même d'impatience. Et quand après avoir poussé une phalange en moi, il me demanda si ça ne me déplaisait pas trop, je lui affirmai le contraire !

— Je crois même que ça me plaît !

Alors, il ne se gêna plus. Et je dus mordre mes lèvres pour ne pas gémir. Il avait une façon si délicate de faire ça (j'allais écrire : si artistique) que je m'ouvrais avec une sorte d'extase... j'étais comme une fleur qui éclôt !

— Deux doigts, maintenant ?

Je fis signe que oui. Même quatre s'il voulait ! Vraiment, me disais-je, on ne se connaît pas soi-même : jamais le trou de mon cul n'avait été à pareille fête ! J'en râlais de bonheur. Ce second doigt, il n'eut même pas besoin de le mouiller ; j'étais si relâchée qu'il entra sans effort, collé à l'autre. Il venait juste de me les loger au fond du cul et de m'annoncer en ricanant qu'il sentait une crotte... quand, sur l'écran, je vis Monsieur. Je dis bien « Monsieur » (le mari de Madame).

Ma surprise fut extrême, je n'en croyais pas mes yeux.

— Une crotte ? fis-je.

— Eh oui... quand on met son doigt dans le cul d'une dame, assez profond... on sent parfois la pointe d'une crotte... l'extrémité de l'étron qu'elle va lâcher le lendemain dans la cuvette. Il n'y a pas à avoir honte, c'est parfaitement naturel... le bout de l'étron est effilé, dur et pointu... je touche cette pointe avec le bout de mes doigts...

J'étais sidérée de l'entendre énoncer de telles horreurs d'une voix si placide. Vous dire le dégoût que j'avais de savoir qu'il touchait ça en moi ! Et en même temps, donc, comme je l'ai dit, à la télé, Monsieur semblait nous regarder et parlait d'un ton gourmé.

— Monsieur... Monsieur est là... dis-je.

— Bien sûr, ne sais-tu pas que c'est un homme important ? Il participe à une table ronde sur la Roumanie.

Je n'en revenais pas de voir sur l'écran d'un poste de télé quelqu'un que j'avais approché dans la vie. Cela rendait encore plus scandaleuse l'idée que le docteur avait deux doigts dans mon cul et qu'il tâtait ma crotte ! Il les retira pour regarder son beau-frère.

Nous le regardâmes ensemble ; lui, il devait mettre un peu la tête de côté. Il avait monté le son. Je ne me souviens plus de ce que déclarait le député, je pensais à Madame qui devait sans doute le regarder sur le poste de sa chambre. Tout en écoutant parler son beau-frère, le docteur commença à s'occuper de ma fente.

Et là encore, ce fut une exquise surprise ! Les filles du dortoir se contentaient, en général, de se tripoter le bouton l'une l'autre ou de s'enfiler des bougies dans le vagin. Ce que me faisait le docteur était beaucoup plus compliqué, et ça changeait sans arrêt. Il m'étirait une petite lèvre, puis il la lâchait, et ses doigts tournaient autour de la base de mon bouton, l'effleurant à peine. L'instant d'après, il me le tapotait. En même temps, adroitement, de son pouce replié, il me cajolait le tour du vagin. Puis, d'un coup, il me le fourrait dedans ! Je ne savais jamais à l'avance ce qu'il allait tripoter. Les malheurs de la Roumanie étaient bien le cadet de mes soucis, et le discours du député un bourdonnement inintelligible. Je n'avais d'ouïe que pour les délicieuses cochonneries dont le docteur accompagnait sa branlette.

— Tu aimes, tu aimes ? Tu es toute mouillée, jolie salope... adorable petite pouffiasse... tu en meurs d'envie, hein, que je te le branlicote ton berlingot ?

— Oh oui, Docteur, prenez-le, prenez-le... je vous en prie...

Alors, en riant tout bas, il me pinçait doucement la pointe du bouton, je croyais en mourir, mais il me le lâchait aussitôt et se remettait à me faire toutes ces agaçantes taquineries qui me rendaient folle.

— Tu as le trou grand ouvert, cochonne... et tout baveux... on sent que tu veux la pine...

— Oh, Docteur, Docteur !

— Voyons voir ce vagin. Les chairs semblent saines... d'un beau rose vif...

Dans un des miroirs, je voyais en effet la large tache rose, étalée comme le calice d'une fleur aquatique. Le dard du clitoris me parut énorme ; les doigts du docteur tournicotaient autour, l'effleurant à peine, j'aurais voulu hurler tant cela m'excitait et me frustrait en même temps. Oh, qu'il me le pince fort, qu'il me le touche pour de bon. Au lieu de ça, tout ce qui semblait l'intéresser, c'était de le faire grossir de plus en plus, le faire se dresser comme un ergot hors de ma chair.

— Tu veux qu'on fasse des choses cochonnes ?

Oh, tout ce qu'il voulait !

— Bon, procédons avec méthode. Pour commencer, tu vas te retourner et me montrer ta vulve, en l'écartant bien...

Je me retournai donc, et, sans la moindre pudeur, posant un pied sur l'accoudoir de son fauteuil, j'ouvris mon con en tirant sur les poils. Il l'admira attentivement, tout en me le tripotant, et je le regardai faire ; c'était délicieusement polisson, j'en jouissais à pisser presque, j'aurais voulu que ça dure des heures. Quand il me renfonça les doigts dans le cul et deux autres pardevant, je l'encourageai de la tête, il pouvait faire tout ce qu'il voulait. Toute remuée, j'outrais l'impudeur de ma posture, pour qu'il puisse tout avoir sous les yeux et sous les doigts. Il jouait en virtuose avec mon con et mon anus, il se régalait, il regardait tout ce qu'il faisait et je le regardais faire et de le regarder, cela m'excitait encore plus que de le sentir me le faire. Dans mon dos, Monsieur pérorait toujours sur la pauvre Roumanie.

— Maintenant, me dit le docteur... nous allons être vraiment obscènes, ma mignonne... tu veux bien ?

— Tout ce que vous voudrez, Docteur, tout !

— Je te baiserai, puisque ta sensualité le réclame...

— Oh oui, oh oui, faites-le !

— Mais en échange, toi... Il faudra que...

— Dites... je ne demande qu'à vous faire plaisir, Docteur, vous êtes si gentil !

— Même si c'est dégoûtant ?

— Même ! Même ! Avec vous... ça n'a pas d'importance !

— Même si je te dis que je vais t'enculer ?

— Oh, vous pouvez... je suis sûre que ça me plaira, avec vous !

— Mais pour cela, dit le docteur, il faut vider votre tripe, ma chère Victorine... j'ai senti tout à l'heure, tu t'en souviens, quelque chose de pointu...

Tout mon enthousiasme retomba. Se pouvait-il qu'il eût en tête... Je ne me trompais pas, c'est bien de ça qu'il s'agissait. Il voulait que je fasse mes besoins devant lui... que je me vide les boyaux sous son nez ! J'en étais si horrifiée qu'il fit machine arrière.

— Et pipi ?

Cela pouvait encore aller. Et même, la chose me parut plutôt excitante. Combien de fois nous étions-nous regardées pisser Olga et moi, au collège. La fente qui s'ouvre entre les poils, le jet de pisse dorée... Nous adorions ça, entre filles, mais devant un homme ? Et un homme si distingué ! Tremblante d'appréhension, je grimpai sur la table, comme il me le demanda. Il avait baissé le son de la télé, pour ne pas être distrait. Il alla chercher un grand plat de faïence ancienne qui se trouvait sur un guéridon et servait de vide-poches.

Il le plaça devant moi, entre mes genoux. Je précise, pour que vous vous imaginiez bien la scène, qu'il m'avait auparavant demandé de me déshabiller entièrement. J'étais donc toute nue, accroupie sur la grande table ancienne dont le vernis luisait. Dans le plat, se réfléchissait mon con ouvert. Assis en face de moi, comme quelqu'un qui est à table, le docteur me l'ouvrait pour bien voir d'où sortait le jet. Sur son ordre, je libérai le contrôle de ma vessie, et me mis à pisser très doucement pour que ça dure longtemps. L'urine chaude coulait dans ma fente et me picotait, c'était délicieux. En même temps que le jet coulait, par petites saccades, le docteur tripotait les petites crêtes de chair, il me masturbait, me taquinait... C'était horriblement bon, jamais encore je ne m'étais sentie d'humeur aussi cochonne, même quand j'étais seule et que j'imaginais les pires saletés en me masturbant. Par la suite, j'allais découvrir qu'il avait l'art de vous faire trouver acceptables les choses les plus dégoûtantes. Il savait vous mettre à l'aise. Avec lui, on pouvait tout faire...

J'allais en avoir une dernière preuve peu après. Je venais de lâcher ma dernière goutte. Le plat était plein à ras bord. Le docteur me massait le clitoris. C'était divin.

— Je vais te branler jusqu'au bout, tu veux bien ?

Je fis signe que oui avec tant de véhémence que cela lui arracha un petit rire gaulois. Il me branla donc, au-dessus du plat de pisse, à la collégienne, c'est-à-dire sans toutes ces fioritures qui étaient sa manière à lui, simplement en me tripotant le bouton à toute vitesse. Et je jouis donc devant lui d'une façon abominable.

Il m'en félicita d'une voix moqueuse, me faisant monter le rouge aux joues, car cela m'emplit toujours de confusion quand on me parle de la façon dont je manifeste mon plaisir. Je suis assez bruyante, en effet, et je dis n'importe quoi.

Il me reste à avouer le plus pénible. Il alla vider le plat par la fenêtre, puis revint avec, et étala dedans un journal.

— Pas de fausse pudeur, me dit-il, maintenant, fais ta crotte.

Il fallut bien que je la fasse, il savait que j'en avais une dedans, rien n'aurait servi de lui dire que je n'en avais pas envie, il était médecin, il connaissait son affaire.

— Mais ça va sentir mauvais...

— On aérera... si tu veux que je t'encule, il faut faire caca d'abord ! Regarde, regarde comme j'en ai envie...

Il ouvrit son pantalon et sortit son outil. Il était de taille moyenne, mais bien raide, et le bout rouge était sorti. Cela m'ôta mes derniers scrupules.

Il s'accroupit pour regarder mon anus s'ouvrir. Je poussai de toutes mes forces et sentis que ça descendait. Quand l'étron pointa, je fermai les yeux pour ne pas voir le docteur me regarder. Je l'entendis pousser un cri ravi.

— Oui, oui, cochonne, fais ta merde...

Je relâchai mon ventre et laissai tout sortir ; l'étron se coucha sur le papier, tout fumant ; j'en lâchai un second, puis un troisième, minuscule, une vraie crotte de bique. C'était fini. Sans perdre de temps, pendant que je m'essuyais avec un Kleenex, il enveloppa tout ça dans le journal et par la fenêtre lança le paquet dans le Lot.

Puis, sans attendre, il me fit mettre à quatre pattes sur le canapé, et m'encula. Je n'eus pas aussi mal que je le redoutais, sa bite n'était pas plus grosse que la crotte que je venais de pondre. Le passage était encore ouvert. Il m'enculait avec délices et de mon côté, je n'éprouvais pas que du déplaisir, d'autant qu'il me branlottait en le faisant.

— Tu veux que je lâche tout dans les tripes ou tu préfères devant ?

— Oh, devant, Docteur... sans vous commander...

Il me fit retourner et me la mit de la façon classique. Je ne jouis pas vraiment, mais je fis semblant. J'avais tellement pris mon pied, déjà, quand il m'avait branlée, que j'avais épuisé mes réserves. Je ne crois pas qu'il fut dupe des cris perçants que je poussai, mais il me tapota la joue de façon très paternelle.

Je me rhabillai pendant qu'il reprenait place devant la télé. Sur l'écran, le député et le ministre qui ne semblaient pas se porter dans leur cœur s'expliquaient en termes assez vifs.

— Au revoir, Docteur... lui dis-je.

— Bonne nuit, Victorine... dormez bien...

Ma soirée n'était pas achevée pour autant, j'avais encore Madame à sucer. Mais je vous raconterai cela dans un autre chapitre, car à l'instant présent, la fatigue me prend et j'ai la main toute raide à force d'écrire.

13

MADAME ET SA BONNE PISSENT AU LIT

Je venais de regagner la cuisine où le lave-vaisselle avait entamé le programme de séchage. Il s'était bien écoulé une bonne heure depuis que Madame était montée. Comme elle m'avait dit de prendre mon temps, avant de lui porter sa tisane, je m'assis pour réfléchir. Déjà, je regrettais d'avoir cédé trop facilement au docteur ; une fois passée l'excitation du plaisir, j'éprouve toujours ce genre de remords. Au collège, c'était pareil ; dès que j'avais regagné mon lit, après une partie de touche-pipi avec une copine, je me jurais de ne plus recommencer, j'éprouvais un dégoût infini pour les turpitudes que nous venions de partager. J'étais sincère, incroyablement sincère, je prenais toutes sortes de résolutions : je m'amenderais, je deviendrais une fille convenable. Mais qu'une autre fille qui n'arrivait pas à dormir vînt me rejoindre dans mon lit, toutes ces chimères s'évaporaient.

— Pousse ton cul, me disait-elle. C'est moi.

Que me voulait-on encore ?

— Laisse-moi dormir, grognais-je en lui faisant une place, j'ai sommeil.

Elle se contentait de glousser tout bas et déjà ses mains tâtaient mes nichons.

— Ouvre ta chemise, fais-les sortir.

J'étais la fille du collège qui avait les plus gros seins. Toutes n'avaient qu'une idée en tête, me les toucher, jouer avec. Avec un soupir, je tirais sur le lacet de ma chemise, et la copine du moment plongeait ses mains dans l'échancrure. Dès qu'elle me les suçait, l'envie se réveillait. Tout en me tétant, elle retroussait sa chemise et se mettait ma main entre les cuisses. Puis elle me troussait à mon tour. Nous nous calions contre les oreillers, genoux levés, cuisses ouvertes, et nous nous branlions mutuellement. J'étais encore toute mouillée de ce que l'autre fille m'avait fait.

— Avec qui étais-tu ? me demandait-on. Je suis venue tout à l'heure, ton lit était vide.

Je lui disais le nom de la fille. Elle me mettait le doigt au fond du trou.

— Elle t'a enfoncé la bougie ?

Je faisais oui ou non, avec la tête, c'était selon.

— Je ne sais pas ce que tu lui trouves, elle n'a pas de nichons, elle est toute plate.

Elle me titillait le clito, je lui rendais la politesse, on commençait à se trémousser. Entre deux confidences, elle me mordillait le bout des seins. Cela montait de plus en plus. Demain, nous aurions les yeux cernés, nous nous traînerions, nous dormirions debout, nous nous avachirions sur nos pupitres, les heures s'étireraient mortellement, à peine pourrions-nous garder les yeux ouverts. On se moquerait de nous, on ferait toutes sortes de réflexions désobligeantes sur les « vilaines filles qui ont de mauvaises habitudes ». Mais nous ne pouvions pas nous en empêcher, même tombant de sommeil. Nous étions moites, fébriles, exaspérées, l'odeur de nos sexes montait à nos narines, et nos doigts tripotaient, tripotaient. C'était comme une vermine qui nous rongeait délicieusement l'entrecuisse.

Nous en parlions en le faisant, cela rendait encore plus cuisante l'impression de salissure, si délicieuse.

— Raconte-moi ce que vous avez fait.

— On s'est léchées. Elle sentait la pisse, la cochonne, et son bouton était tout irrité.

— Oh, ça m'excite, suçons-nous, vite... vite...

Parfois, l'aurore nous surprenait en pleine action. En voyant blanchir les carreaux, l'une de nous poussait un cri.

— Mon Dieu... Déjà le jour !

Voilà que ça recommençait, ici aussi, je passais de main en main. Ici aussi, tous en avaient après mon cul ! Qu'y avait-il en moi qui révélait que mon visage d'ingénue n'était qu'une imposture ?

Je pensais à Mlle Aude, à Edwige, à Mme Fernande... Est-ce qu'elles avaient les mêmes saletés dans la tête ? Voyons, n'était-ce pas évident ? N'étais-je pas payée pour le savoir ? Seulement, elles, elles pouvaient se le permettre, elles pouvaient sauver la face. Moi, j'étais la bonne. On ne me demandait pas mon avis. J'étais Edith, j'étais Victorine, la souillon, le vide-couilles...

La sonnerie de l'interphone m'arracha à mes divagations.

— Eh bien, aboya Madame, elle vient, cette tisane ?

— Elle arrive, Madame, j'allais vous la monter !

— Inutile, je n'en ai plus envie !

— Oh, Madame, c'est de ma faute... excusez-moi !

J'avais peur de déranger Madame pendant que Monsieur parlait à la télé...

Rampe, petite chienne, frétille devant le maître.

Elle ne put retenir un petit rire vaniteux.

— Tu as entendu comme il a rivé son clou à cette andouille de ministre...

— Oh oui, Madame, j'ai failli applaudir, comme c'était bien envoyé, comme Monsieur est intelligent !

Elle buvait ça comme du Xérès.

— Bien sûr, fis-je, je n'ai pas tout compris...

— Bien sûr ! dit Madame, indulgente.

Elle bâilla dans l'écouteur.

— Il est tard, me dit-elle, monte te coucher... tu pourras rester au lit jusqu'à neuf heures, demain, la Portugaise viendra faire le plus gros du travail.

— Oh, merci, Madame...

— Il n'y a pas de quoi, Victorine, c'est tout naturel. Tant que tu seras obéissante comme tu l'es, je serai gentille avec toi. Et dis-moi, de toi à moi, cela t'a amusée, au moins, avec cet imbécile de Gustave ?

— Oh, Madame !

A nouveau son rire sarcastique.

— J'y songe... je n'ai pas envie de tisane... mais... avant d'aller te coucher... monte quand même dans ma chambre... voir si je n'ai besoin de rien...

— Bien, Madame, j'arrive tout de suite...

— Surtout, ne fais pas de bruit, retire tes souliers, ils font un boucan épouvantable... je ne voudrais pas que ma fille t'entende... elle a classe demain, elle a besoin de sommeil...

Le cœur battant, mes chaussures à la main, je grimpai à l'étage et toquai discrètement à sa porte.

— Entre donc, idiote ! me souffla-t-elle. Tu n'as pas

besoin de frapper... Inutile que tout le monde soit au courant.

Au son de sa voix, je compris que je l'avais contrariée. Je pris mon air piteux de chienne fautive. Elle me toisa sans indulgence.

— Eh bien, pose tes godasses... et ne reste pas si loin !

Elle tapota le matelas. Je posai mes souliers près de la porte, pour ne pas les oublier en partant et je m'approchai. Adossée aux oreillers, les genoux levés, bien écartés, elle avait une main sous le drap et tenait de l'autre un livre ouvert devant elle. Je m'assis timidement près d'elle.

— Tu n'es pas trop fâchée d'être ici ? Ton collège ne te manque pas trop ?

Je fis signe que non. Sa main bougeait sous le drap. J'avais l'impression d'être au dortoir avec une grande, et que nous allions faire nos cochonneries ; sauf que cette fois, nous n'avions pas à redouter la pionne d'internat. Cela me fit rire intérieurement. C'était Madame, la pionne d'internat ! Elle vit trembler ma lèvre.

— Qu'est-ce qui te donne envie de rire ?

— C'est nerveux, Madame, excusez-moi...

— A quoi as-tu pensé, à l'instant ? Ne mens pas, je le saurai !

Je lui avouai alors qu'elle m'avait fait penser à la pionne d'internat et quelle peur cette dernière nous inspirait alors, puis que... bref, que je n'avais pas à avoir peur, maintenant, vu que c'était elle, Madame, la patronne... Cela l'amusa.

— Tu es une fameuse petite salope, dans ton genre... me complimenta-t-elle.

Je baissai modestement les yeux. Ça m'a toujours fouetté les sens qu'on me parle crûment ; au dortoir, les filles me murmuraient au passage des mots dégoûtants pour le plaisir de me voir rougir. Cette fois encore, ça ne rata pas, je piquai un fard. Madame secoua la tête, incrédule.

— Elle rougit !

— Je ne peux pas m'en empêcher, Madame...

— Tu as remis ta culotte ?

— Non Madame...

— Pourquoi ?

Je haussai timidement les épaules. Madame se garda d'insister.

— Fais voir...

Je remontai ma jupe, toujours assise.

— De face, idiote. Mets-toi en face de moi !

Sa main s'affairait sous le drap. Comme je me levai, le sommier remonta, déséquilibrant le livre qui glissa. Je le pris au vol avant qu'il tombe, elle me l'arracha, mais j'avais eu le temps de voir l'illustration. C'était un de ces livres cochons. Elle le fourra sous son oreiller, furieuse, les joues rouges.

— Je ne voulais pas être indiscrète, Madame... c'est parce qu'il tombait... au collège aussi (m'empressai-je), nous lisions ce genre de livres... des externes nous les apportaient, on se les passait de fille en fille...

— Tu aimais ça ?

Je fis signe que oui, en baissant les paupières. Assise de biais, je relevais un genou pour lui montrer mon con, mais ce n'était pas commode pour elle, elle devait se pencher de côté. Elle pouvait voir pourtant que ma fente était ouverte et que je mouillais.

— Et le mien, tu veux le voir ? me proposa-t-elle.

Je fis signe que oui, avec véhémence, j'en avais vraiment envie, elle vit tout de suite que ce n'était pas seulement pour lui faire plaisir. Elle repoussa le drap d'un geste brusque.

— Eh bien, regarde ! Regarde à quoi j'en suis réduite !

Elle écarta les cuisses en grenouille pour bien me le montrer : il était tout boursouflé, les lèvres gonflées, elle s'était tellement tripotée que le clitoris pendait comme une petite langue. Il y avait une tache humide sous elle. Elle écarquilla les chairs de ses doigts pour me montrer l'entonnoir baveux du vagin. Elle tremblait d'une sorte de rage inexplicable.

— Je n'y arrive pas toute seule, j'ai beau penser à des cochonneries...

Je ne pouvais détacher mes yeux de son con. Dans cette posture, il ressemblait à une blessure malade. Mais de sa laideur même naissait tout son attrait. J'avais déjà remarqué ce phénomène, au collège, ce n'étaient pas les filles qui avaient les plus jolis cons qu'on avait envie de toucher ; mais les autres, qui cachaient comme un secret honteux sous leurs poils une avidité bestiale qu'avouait cyniquement leur organe excessif. Celui de Madame fascinait dans sa difformité. On avait envie de le froisser, de le malmener. Ce qu'elle faisait en triturant ses nymphes sans douceur.

— Pas besoin de se gêner avec une fille comme toi, disait-elle. Tu te goberges, tu n'en fiches pas une rame... c'est la Portugaise qui se cogne tout le travail... en somme, tu n'es qu'une putain que nous avons à domicile...

Le feu aux joues, j'acquiesçai en silence ; deux larmes tremblaient au bout de mes cils. Elle n'en était pas dupe.

— Tu pleures, mais tu mouilles...

Je fis oui de la tête. Elle disait vrai. Elle pouvait me traîner plus bas que terre, elle ne penserait jamais autant de mal de moi que j'en pensais moi-même. Mais quand la fièvre du cul me prenait, comme maintenant, cela m'était égal. Je la regardais tripoter sa grosse vulve et je me sentais bien. Je me sentais monstrueusement bien. Nous allions le faire, rien d'autre ne comptait.

— On va faire les salopes, tu veux bien ? me dit Madame. On va faire les gouines... On va s'en mettre plein le cul !

Elle eut un bref aboi de rire.

— Et nous n'avons rien à craindre... la pionne, c'est moi !

Je faisais oui de la tête à tout ce qu'elle disait, incapable de détacher mes yeux des crêtes rougeâtres qu'elle agaçait de ses doigts énervés.

— Accroupis-toi en face de moi... Comme pour pisser... Tu me suceras tout à l'heure... d'abord, on va faire les dégoûtantes... quelque chose que m'a enseigné Edith... Elle appelait ça « coller les rustines » ! Elle était pleine d'invention, cette pauvre Edith... un peu trop futée, justement... elle a cru que c'était arrivé, qu'elle me tenait par le cul, qu'elle nous tenait tous...

Elle aboya à nouveau son curieux rire sans joie.

— Elle astique le plancher à la préfecture, maintenant, elle frotte les cuivres, ça doit la changer. Ici, elle ne risquait d'attraper d'ampoules qu'aux fesses. Elle passait le plus clair de son temps à se faire dorer sur la terrasse ou à bouquiner dans sa chambre, attendant qu'on la sonne pour ce que tu devines...

Je m'étais mise à croupetons, en face de Madame, sur le lit. Elle regardait mon con ouvert, je regardais le sien.

— Viens plus près, me dit-elle... on va se les coller l'un sur l'autre, tu vas voir...

— Oh oui !

L'idée qu'on pût le faire ne m'avait pas seulement effleurée. Je vins tout contre elle, entre ses genoux. Elle les releva, me passa une jambe par-dessus l'épaule. La fente de son con était d'un rouge ardent, toute tordue par la posture oblique. Je fis comme elle, je pris une de mes jambes et je la tirai contre moi. Je rampai de l'autre fesse sur le lit.

— Voilà... voilà... comme ça... exactement... tu as compris tout de suite. Pas besoin de te faire un dessin...

Elle me tira par l'épaule ; je me dandinai pour bien ajuster ma « rustine » à la sienne ; nos deux sexes n'étaient plus qu'à quelques centimètres l'un de l'autre. Les poils de Madame chatouillaient l'intérieur de mes lèvres, mes poils chatouillaient son gros clitoris qui pointait.

— Collons-les... fit Madame.

Elle se laissa glisser sur le matelas et son con se colla au mien dans une infâme parodie de baiser. Deux grosses bouches molles et mouillées, adhérant l'une à l'autre, s'épousant sur toute leur longueur. Les petites lèvres de Madame écrasées sur les miennes, son bouton taquinant mon bouton. C'était fou ; j'en avais des décharges dans tout le corps.

— Et maintenant, baisons, Victorine !

— Baisons, Madame, oh oui, baisons !

— Baisons-nous ! C'est autant que ces salauds d'hommes n'auront pas.

Plantant ses ongles dans mes épaules, elle frottait son con contre le mien, en haletant. Elle était rouge, en sueur, elle se mordait les lèvres, elle ouvrait la bouche. Je faisais comme elle. J'avais l'entrecuisse en feu, je me sentais fondre, son gros bouton raide et dur montait et descendait entre les bords de ma fente.

— Oh Madame, Madame...
— Plus bas, idiote !
— Mais ça vient, Madame...
— Eh bien, laisse venir...
J'étais affolée par le plaisir.
— Regarde-moi, surtout, ne cache pas ton visage, regarde-moi dans les yeux...
J'eus une sorte de hoquet et cela vint, aigu, strident... Un plaisir malade, désespéré, qui me laissait pantelante et secouée de spasmes... et qui se rallumait ! Ça ne finissait pas, dès que ça retombait, ça renaissait... Alors, comme Madame, après un bref arrêt, je me remettais en branle, frottant rageusement mon con au sien et elle me donnait la réplique. Je ne sais combien de temps nous nous livrâmes à cette frénésie, mais soudain, après un spasme, je perçus un changement, sous moi le corps raidi de Madame s'amollissait. Dans ses yeux que j'interrogeai, un éclair de honte passa, et je sentis un jet brûlant entrer dans mon vagin. Tout d'abord, je ne compris pas. Madame battait des paupières. Elle me prit le visage et sa bouche se colla à la mienne, elle m'enfonça la langue dedans. Un nouveau jet de liquide me brûla délicieusement l'intérieur du con. Madame tremblait en me mordant la bouche, tout en riant comme une folle, et sans cesse, ces jets de liquide me transperçaient !
— Je pisse... m'apprit-elle enfin, en gémissant de rire. Quand je fais ça de cette façon, c'est plus fort que moi, ça me fait pisser... il faudra changer les draps... heureusement, j'ai mis une alèse en prévision...
Elle m'envoya un dernier jet, très fort, et se laissa tomber en arrière. Comme deux ventouses, nos sexes étaient restés collés l'un à l'autre. Je me renversai sur le

dos et nous restâmes ainsi, sexe à sexe, toutes mouillées de pisse.

— Tu peux pisser, toi aussi... me proposa-t-elle.

Comment avait-elle deviné que j'en avais envie ? Pas de pisser pour pisser, mais de lui pisser dans le sexe, de la souiller à son tour de mon urine. Elle se recula un peu, juste pour décoller les lèvres de nos sexes l'une de l'autre, et je me mis à pisser doucement, aspergeant son vagin. Elle se l'ouvrait des doigts pour bien recevoir le jet dedans. Quand ce fut fini, elle soupira. Sous nos fesses, le lit était inondé ; l'urine, se répandant sur l'alèse, formait une flaque sous nous. L'odeur, très forte, emplissait la chambre.

Au-delà du dégoût et du plaisir, je nageais dans le bonheur. Une seule chose importait : nous étions deux et nous faisions les sales ensemble... Au collège, Olga, la fille à cause de qui on m'avait renvoyée, appelait ça « la communion du cul ».

Pendant qu'elle se lavait, je changeai les draps. Elle revint de la salle de bains, toute nue, sentant la savonnette.

— Va te laver toi aussi, tu pues...

Quand je revins, elle était au lit, le drap au menton.

— Madame n'a plus besoin de moi ?

Je ramassai ma jupe souillée d'urine.

— Tu vas monter dans ta chambre toute nue ?

— Tout le monde dort... je ne ferai pas de bruit...

En fait, l'idée de monter l'escalier à poil m'émoustillait.

— Ce n'est pas pour cela que je t'ai fait mettre nue ! Tu vas dormir avec moi... tu feras comme si j'étais une de tes copines du dortoir... fais-moi tout ce que tu veux, même si je dors... mais demain, chacune de nous redevient ce qu'elle est, j'espère que c'est bien clair ? Maintenant, on est deux sales gouines... Demain, je serai à nouveau Madame, et toi la bonne.

Je lui assurai qu'elle n'avait rien à craindre, je saurais rester à ma place. Alors, elle me demanda de la sucer, et je lui léchai le con. Rien à voir avec les moules de mes copines de collège, c'était un con de femme adulte qui avait beaucoup servi, il était succulent, je m'en gavais avec délices. Madame m'en fit autant ; elle suçait très bien, on sentait qu'elle aimait ça, elle aussi. Nous parvînmes à jouir en même temps, elle en fut toute contente. Après, elle me prit dans ses bras et me serra contre elle, dans un insolite accès de tendresse, me couvrant le visage de petits baisers comme une mère avec sa fille. Le sommeil la prit la première. J'étais toute curiosité. Je la regardais dormir, mon visage presque collé au sien. Je buvais son haleine. Pour voir, je lui mis un doigt dans le cul. Elle ne se réveilla même pas. Je finis par m'endormir à mon tour.

Deuxième partie

SOUBRETTE DU CUL

1

Madame s'ennuie

Cette première nuit passée dans le lit de Madame décida de mon sort. En un instant, j'étais devenue sa sœur en concupiscence, quelqu'un avec qui on peut se laisser aller non seulement aux plus sordides dépravations, mais jusqu'à ces élans de tendresse bébête qu'inspire souvent la gratitude du cul, et qui n'en profiterait pas pour prendre barre sur elle.

Je fus donc titularisée putain ancillaire. Déguisée en servante de comédie, si je vaquais vaguement aux soins du ménage, armée d'un plumeau de fantaisie, ce n'était que pour la figuration. Une autre bonne, qu'on ne montrait pas, l'esclave, se cognait le vrai boulot. Moi, mon rôle était double : j'étais là pour les plaisirs du cul, et pour orner la maison. Putain et objet décoratif. En dehors de nos parties de touche-pipi, Madame trouvait que « je faisais bien dans le décor », elle me soignait comme un bouquet de fleurs.

— Tu es un signe extérieur de richesse, m'expliqua-t-elle un soir où elle était en veine de confidences (je venais de lui pisser dans la bouche). Toute maison bourgeoise qui se respecte se doit d'avoir une bonne pour la parade, celle qu'on montre, et une esclave qu'on cache (et qu'on paye au noir). Maria, c'est l'esclave, toi, tu es celle qu'on montre.

N'empêche que mon rôle consistait avant tout à la distraire, ou à lui « donner des idées ». Mais sans vulgarité, hein ? Nous n'étions pas des ploucs. J'allais et je venais, comme quelqu'un qui a du vague à l'âme, et je m'évertuais à onduler discrètement du popotin quand je passais devant elle.

— Tu as la bougeotte ? finissait-elle par me lancer. Approche, je vais te calmer.

Et de me jeter en travers de ses cuisses pour m'administrer la correction que je mérite : une fessée qui m'embrase le cul. Comme elle n'y va pas de main morte, me voici qui pleure à chaudes larmes (vous verriez mes fesses : des tomates !). Prise de remords, Madame, pour se faire pardonner, me suce le bouton. Très vite, mes larmes sont remplacées par des soupirs...

Une fois sur deux, juste comme ça commence à venir, le piano se tait. Tout d'abord, on n'y fait pas attention. Je suis trop occupée à prendre mon pied, et Madame à me brouter. C'est alors que s'entend le toussotement poli par lequel Mlle Aude, la discrétion en personne, annonce son approche. Madame a juste le temps de se reculer et d'essuyer sa bouche, moi, de ranger mes nichons et d'abaisser ma jupe, « la sœur de Madame » fait son apparition. Après s'être gavée l'âme de Chopin, elle va se taper quelques yaourts aux fraises. Et voilà les deux frangines, chacune feignant d'ignorer que je suis aussi la poupée de l'autre, qui papotent pendant que je retourne à ma figuration muette.

Le même mal les rongeait, l'ennui ; sauf que Madame n'avait même pas le piano, elle, pour distraire celui dans lequel la laissait se morfondre Monsieur, toujours fourré à Paris où il « siégeait à la Chambre » ou par monts et par vaux, à caresser les notables de la région, avec toute une meute de secrétaires et d'assistantes en rut accrochées à ses basques.

Les fessées à cul nu de ses bonnes, c'était son défouloir quand elle n'en pouvait vraiment plus. Tous les prétextes étaient bons. Une feuille morte oubliée sur le balcon ; de la poussière derrière le pied d'un guéridon ; une fourchette à poisson mise du mauvais côté de l'assiette... Et hop, cul à l'air. Pas le temps de faire ouf. Elle y allait de bon cœur ! Une vraie bourrasque qui nous laissait toutes les deux épuisées, elle, les mains brûlantes et le cœur en fête, moi, le cul en feu, tout alanguie. Après, on se regardait, toutes les deux, moi, les yeux humides de reproche, elle, honteuse d'avoir frappé si fort, mais contente de s'être soulagée...

— Allez, quoi, faisait-elle, une petite fessée, c'est quand même pas la mort du petit cheval. Fais voir ?

Je lui montrais.

— C'est vrai qu'il est rouge ! gloussait-elle.

Et de me le caresser amoureusement. Elle en était folle, ne s'en rassasiait pas ; le fesser, le caresser, le lécher, le mordre, le pincer...

— Ton gros pétard, murmurait-elle, ton popotin de salope, ton panier de petite pouffiasse...

Ça m'amollissait de l'entendre me complimenter ainsi.

— Tu veux que je te lèche ton petit trou ? proposait-elle. Que je te suce le bouton ? Tu préfères qu'on se branle ? Dis à Fernande !

Elle ne savait quoi proposer pour se faire pardonner. Je faisais ma boudeuse pour qu'elle me prenne sur ses genoux ; alors, elle me mettait toute nue, et ses doigts, sa langue s'affairaient, elle me faisait mourir à petit feu... On sortait de ces séances aussi épuisées que deux pensionnaires qui ont passé la nuit à se sucer ! Après de telles orgies, on s'évitait ; comme si on s'étaient méfiées l'une de l'autre, que l'autre était une maladie qu'on pouvait attraper, qui vous ruinait la santé et vous laissait sans volonté...

Alors :

— File dans ta chambre, gourgandine, qu'elle gueulait. Ouste ! J'veux plus t'voir ! Emporte tes frusques et tes fesses, disparais de ma vue ! Et de ma vie ! Je maudis le jour où tu es entrée chez moi ! Tu m'as rendue aussi vicieuse que quand j'avais douze ans !

Et je montais à ma chambre, je me laissais tomber sur mon plumard, comme une morte, le corps moulu d'une délicieuse fatigue, la tête vide, et je m'endormais en suçant mon pouce. Au soir, réveillée par les délicieuses odeurs de ragoût qui montaient de la cuisine (nous avions découvert que Maria cuisinait comme un chef), je descendais servir l'apéritif, dans mon déguisement de soubrette de luxe. Au premier regard que nous échangions, nous savions que ce serait encore une de ces nuits.

— Tu as mis l'alèse ? me glisserait-elle.

— J'y monte, Madame.

Toute guillerette, elle s'en allait jouer la mère modèle avec chère Edwige.

*

* *

L'orage n'éclatait pas toujours aussi soudainement. Les choses pouvaient démarrer de façon insidieuse. Au lieu d'une franche fessée, Madame, allumée par ses vilaines lectures, s'abandonnait à des hésitations scélérates. Elle « savourait » à l'avance. Je la voyais refermer son bouquin, froncer les sourcils ; elle bâillait, soupirait, se grattait le creux du coude, décroisait ses belles jambes pour les recroiser dans l'autre sens...

J'entends encore, en écrivant, le crépitement d'électricité statique que produisaient en se frottant l'un sur l'autre ses bas de soie, frrr... frrrr... frrrrr, comme un chat qui se lèche la fourrure à rebrousse-poil ; j'en avais la chair de poule, elle me partait du creux des fesses et remontait jusqu'à la nuque ; pendant ce temps, ses yeux allaient et venaient, ils finissaient, inévitablement, par se poser sur moi.

Je sentais la chose venir de loin, comme un orage, justement, un orage d'été, se pressent à certaine touffeur de l'atmosphère. J'essayais de prendre mon air affairé et j'astiquais de plus belle le piano ou je ne sais lequel de ces hideux bibelots modernes qui ressemblent à des pièces détachées de tracteur. J'avais beau frotter, je savais qu'elle trouverait un prétexte, que j'y aurais droit. Mine de rien, j'essayais de me faufiler dehors, j'arrivais dans le couloir, je commençais à respirer. Hop, je me glissais dans la cuisine où Maria était en train de récurer ou d'éplucher.

A mon air péteux, l'esclave portugaise ricanait.

— Tou a encore fait oune connerie, hein ? Oun va s'occouper de tes fesses ?

Je la toisais avec tout le mépris dont j'étais capable et j'allais prendre un Coca light dans le frigo. Je priais tout bas, en le buvant, pour que Madame ait changé d'idée. Mais Madame ne changeait jamais d'idée. Surtout quand il s'agissait de ce que cachait si mal ma si courte jupe ! Et dring ! L'interphone. Maria s'esclaffait, mauvaise.

— Victorine ? Tu es à la cuisine ? Viens un instant ici, veux-tu ?

— Bien Madame.

C'était parti. Mon plumeau sous le bras (l'insigne de ma charge, comme disait Madame) je marchais au supplice. Elle me regardait entrer au salon avec le sourire sale qu'elle avait, quand ça la prenait.

— Alors, attaquait-elle, tu te la coules douce, ici, hein, Victorine ? C'est mieux que de travailler comme fille de ferme, non ?

— Pour sûr, madame Fernande ! Je suis très contente d'être à votre service !

Elle me contemplait fixement, jusqu'à ce que mes joues tiédissent, et alors s'envolait à nouveau son petit sourire dégueulasse.

— Assez plaisanté. Va fermer la porte, ma chérie, et viens distraire maman. Maman est très énervée, elle ne sait pas ce qu'elle a. Il faut qu'elle trouve quelque chose à faire, si elle ne veut pas devenir folle... Tu vois ce que je veux dire ?

Pour le voir, je le voyais. Quand elle était dans cet état, il n'y avait qu'une chose qui pouvait la calmer ; mon cul. Je venais donc me placer devant elle, assise sur le canapé des amours, son doigt entre les pages d'un de ces livres cochons dont elle faisait ses choux gras.

— Ce livre que m'a prêté maître Mardrus est vraiment ignoble, sais-tu ? Je me demande où les tordus qui pondent ces saletés vont chercher des idées pareilles.

Ses yeux se promenaient sur moi.

— Tu as une culotte, sous ta jupe ?

Pourquoi en aurais-je eu ?

— Fais voir, montre-le un peu...

Le sang aux joues, je posais mon plumeau, je retroussais ma jupe. Vous voyez le tableau ? Elle, assise, nonchalante, l'air de s'ennuyer, moi, debout devant elle, troussée, chatte et cul nus. Je porte des bas noirs transparents, mais pas de porte-jarretelles, Madame déteste, elle trouve que ça fait pute de sous-préfecture. Mes bas tiennent tout seuls, avec des élastiques en haut, au-dessus desquels la chair des cuisses paraît plus pâle, et plus rose la fissure du sexe.

Elle se penche pour me le flairer.

— Tu sens la crevette ! Pouah ! Tu pues la petite fille qui se néglige !

Je me gardais bien de la contredire ; de toute façon, je n'avais pas mon mot à dire ; ce n'était pas dans le contrat. Aux poupées gonflables, même vivantes, on ne demande pas de penser (surtout pas !), c'est comme les secrétaires particulières ou les assistantes de direction : elles doivent juste donner leurs trois trous.

— Tu es mouillée ! constatait Madame.

Comment ne l'aurais-je pas été ?

— Tu as envie de te masturber, hein ?

— Non, Madame.

— Menteuse...

Elle me tâtait le bouton, du bout des doigts. Il durcissait, bien sûr. Elle me le taquinait en prenant tout son temps. Quand il était bien sorti, elle m'enfilait deux doigts dans le vagin.

— Alors, tu as envie qu'on te masturbe ?

— Oui, Madame.

C'était la vérité ; j'allais pas lui mentir, non ?

— C'est quand même un monde ! Et même le monde

à l'envers, non ? C'est moi qui dois branler ma bonne ! Alors que ce devrait être le contraire, tu ne crois pas ?

Avec ça qu'elle se gênait quand elle avait envie que je la branle ou que je la suce ! Mais tout ça, c'était du cinéma ; en ronchonnant ainsi, comme si elle se forçait pour rendre service, elle commençait à me le faire. Et moi, de me trémousser, de me mordre les lèvres, de m'ouvrir, de dire n'importe quoi. Rien n'amusait autant Madame que m'entendre déblatérer.

— Oh oui, Madame, oh oui... Oui, oui, oui ! Oh, je vous en supplie, oui, oui, encore !

Elle se marrait.

— Madame le fait si bien...

— Madame le fait si bien ! répétait-elle, en feignant d'être outrée. Tu voudrais peut-être que je te suce, aussi, non ? me lançait-elle, l'air de dire que je ne m'emmerdais pas.

— Pour sûr... si Madame le faisait... ce serait bien...

— Ah là, là ! soupirait-elle, les yeux au plafond. Qu'est-ce qu'il ne faut pas faire pour garder ses domestiques ! Allez, donne-le à maman, vilaine fille !

Je ne me le faisais pas répéter. Je grimpais sur le canapé, debout, un pied de chaque côté de Madame. Elle, elle appuyait sa nuque au dossier du canapé. Alors, je pliais les genoux et j'avançais le bas-ventre vers sa bouche. Très lentement, sans brusquerie. Elle, en regardant mon bonbon s'approcher et bâiller de plus en plus, elle se mettait à loucher dessus en tirant la langue. Frétillante d'impatience, j'avançais vers cette langue, doucement, doucement... On faisait durer le désir ! Enfin, n'en pouvant plus, je lui posais ma ventouse dessus ! A l'intérieur de moi, je tremblais comme une folle. Vous ne pouvez pas savoir ce que j'éprouvais quand la langue chaude et mouillée entrait dans ma fente !

Alors, malgré tout le respect que je lui devais, vu qu'elle était en âge d'être ma mère d'une part, et qu'elle était ma patronne par-dessus le marché, je la prenais à deux mains par les joues pour bien me tenir à elle et je lui frottais ma moule sur la bouche. Elle, elle m'avait attrapée par les fesses, et elle me tirait très fort, en me les écartant. C'est de cette façon qu'elle me faisait pleurer. Car je pleurais, il n'y a pas d'autre façon de le dire ; c'était si fort ce qu'elle me faisait, le plaisir était si doux, si vénéneux, il entrait si bien en moi, que les vagissements que je poussais ressemblaient aux plaintes d'un bébé. Maria devait m'entendre de la cuisine, et même Gustave, le secrétaire, dans le bureau de Monsieur. Impossible de retenir mes cris. Il y avait cette langue chaude qui frétillait dans ma fente, qui s'enfonçait dans le trou, qui ressortait, qui me titillait le bouton, toute la bouche chaude de Madame qui buvait ma vie.

Je crois bien que c'était – avec les fessées dont je vais vous reparler plus en détail (et mes rougeurs) – ce que Madame aimait le plus chez moi. Que je perde à ce point les pédales quand elle me suçait le bonbon. Des fois, je la sentais rire, c'était plus fort qu'elle, quand elle entendait ce que je lui disais pour la remercier et l'encourager, elle riait, la bouche collée à ma fente, et tout en riant, elle continuait à m'astiquer.

Après, j'y avais droit. Ce plaisir qu'elle m'avait donné, je devais le payer.

— Va chercher le martinet, disait Madame. Ou plutôt, non, je me sentirais d'humeur assez badine... Va chercher la badine. Et ferme bien la porte à clef.

Fermer la porte à clef s'avère en effet une précaution

nécessaire. Vu qu'oubliant son état d'esclave, la Portugaise, alarmée par mes hurlements, pourrait s'aviser de venir voir qui on assassine. Cette badine, en effet, n'a rien de badin.

Figurez-vous un affreux petit jonc, mauvais comme un scorpion noir. Il vous cingle d'une façon si mordante, si méchante, que, chaque fois qu'elle s'en sert, Madame est obligée de m'attacher et de me fourrer sa culotte roulée en boule dans la bouche. Vous devriez entendre siffler la satanée baguette ; le bruit n'est pas le pire, vous n'avez pas idée de ce que ça peut faire mal, on a l'impression qu'on vous lacère les fesses, le feu les embrase, je les vois rougir dans les miroirs du salon qui me renvoient tous les détails de la scène. Et imaginez cette harpie de Madame, l'œil flamboyant, les joues rouges de bonheur, vêtue seulement d'un ridicule corset très serré à la taille (elle a retiré sa robe pour être plus à son aise), les seins et les fesses à l'air, barbiche au vent, levant le bras pour me cingler de toute sa force.

Je vous jure qu'elle ne s'ennuie plus !

2

L'Olibrius

Madame n'était pas toujours confinée dans la solitude, deux ou trois fois par mois, le député lui envoyait son secrétaire.

— Je t'envoie le sigisbée, téléphonait-il. Il a besoin de se mettre au vert. Tâche de ne pas trop le fatiguer...

— Il m'envoie le godemiché, me disait Madame, après avoir raccroché.

Elle se tapotait pensivement l'entrecuisse.

— On va pouvoir manger du boudin, ma chérie, ça nous changera. Oublie donc de te laver le cul demain, tu sais qu'il aime les odeurs corsées...

Théoriquement, c'est sa propre femme que venait voir Gustave. Mais ses après-midi étaient consacrés à « des travaux de documentation locale » qu'il venait effectuer au Bertranet. Ne mentons pas, pour nous, c'était une aubaine. Les mortelles heures de l'après-midi que nous connaissions parfois, où Madame devenait folle à force de tourner en rond, cessaient d'être vides quand on les remplissait avec la queue de l'Olibrius.

Edwige était au collège ou au tennis, Mademoiselle, au cimetière, se recueillait dans le mausolée de son fiancé, le docteur recevait ses patientes ; peinardes, on avait la maison rien que pour nous. Quand il faisait beau, et en avril, il fait souvent beau dans le Lot-et-Garonne, on faisait nos petites cochonneries sur la terrasse ; sinon, au salon d'hiver, où les miroirs qui tapissaient les murs jouaient leur office dans nos amusements.

Amusements auxquels (c'étaient des compliqués, ils avaient besoin de toute une mise en scène), je ne participais jamais sans un plumeau à la main. La soubrette de comédie était visiblement le fantasme favori du Gustave, il ne s'en fatiguait pas. Donc, pendant qu'ils papotaient en prenant le thé ou des biscuits avec du porto, je devais m'affairer. J'allais et je venais, armée dudit plumeau, j'époussetais les bibelots, je me penchais, je me relevais, je leur en montrais de plus en plus.

Enfin, quand j'avais bien fait monter la pression, sur un ordre que jappait Madame, je m'agenouillais en leur tournant le dos, je me troussais au-dessus des reins (je vous rappelle que je n'avais pas de culotte), et je me prosternais pour passer mon plumeau sous un fauteuil. Chaque fois que j'adoptais cette posture, conformément aux instructions de Madame, je veillais à creuser les reins et bien écarquiller l'anus. Au bout d'un moment, sur son ordre, j'écartais mes cuisses à fond, pour bien révéler le fond de mes pensées au Gustave dont elle avait sorti la grosse bite qu'elle jouait à faire durcir.

Au cours de ces sketchs, elle adoptait une bizarre voix de théâtre.

— Mon Dieu, très cher, vous avez vu, la bonne, là, elle n'a pas de culotte ! Quelle honte ! Regardez donc, on lui voit le vagin !

— C'est ma foi vrai, chère amie ! répondait le secrétaire, d'une drôle de voix, lui aussi.

— Venez un peu plus près, Victorine. A reculons. Allons, venez nous montrer ça !

J'obéissais, en me trémoussant.

— Mais... oh, la coquine... je n'ai pas la berlue... Vous avez vu comme elle est mouillée, Gustave !

Comment ne pas mouiller quand on vous force à vous comporter d'une façon aussi indécente ?

— Mais j'y songe, Gustave, est-ce pour ça que votre pénis est en érection ? Serait-ce que vous avez envie de tirer un coup avec cette truie ?

Evidemment, qu'il en avait envie !

— Tenez, Gustave, mettons-la sur la table basse, ce sera amusant, je pourrais tout voir en restant sur le canapé. Enlevez votre jupe, ma fille, mais gardez votre corsage. Ouvrez-le, cependant, et laissez vos mamelles pendre. Voilà, comme ça.

Dès que j'étais à quatre pattes sur la petite table, avec les nichons dehors, Madame me posait un lourd cendrier de cristal au creux des reins, et j'avais intérêt à ne pas le faire tomber, quoi qu'ils me fissent, sans quoi, la cravache. Tout en parlant de choses et d'autres, ils secouaient leurs cendres dans le cendrier et leurs doigts taquinaient mes parties sensibles, ça me rendait folle, ne pas faire tomber le cendrier dans l'état où ils me mettaient s'avérait vite une épreuve redoutable. Enfin, quand ils avaient bien réveillé mes démons, le Gustave m'enfilait son instrument dans un trou ou dans l'autre, tout en continuant à bavasser avec désinvolture, comme si je n'avais pas existé davantage qu'un jouet en peluche.

Ai-je besoin de le dire ? En dépit de la façon abominable dont ils me traitaient, ça ne me déplaisait pas du tout. Bien sûr, je faisais ma mijaurée, me plaignais, mais la vérité vraie : j'aimais ça de plus en plus ; dépravée jusqu'à la moelle des os qu'ils me rendaient ! Pour vous dire, même s'ils ne m'avaient pas payée pour que je les laisse s'amuser avec mon cul, j'aurais quand même accepté. Rien que pour le plaisir. Mais vous vous en doutez, je me gardais bien d'en informer Madame.

Chaque fois que Gustave me payait, elle faisait des gorges chaudes.

— Alors, Victorine, on fait sa petite cagnotte ? On gagne sa dot avec son cul ? Le pécule s'accumule ? Qu'est-ce que tu comptes t'acheter avec tout cet argent ? Une voiture ? Une résidence secondaire ?

Je l'aurais assassinée. Elle n'avait pas sa pareille pour vous pousser à bout. C'était voulu. Quand elle me voyait trembler de rage rentrée, elle m'obligeait à ramper vers elle et à venir la lécher. C'est là que c'était le meilleur pour elle. Je devais la faire jouir avec ma langue et elle me parlait comme à une chienne, tout en me tirant les cheveux.

Riez si vous voulez (vous avez le droit d'être cons), même ça, ça me plaisait.

*

* *

Un autre qu'elle avait dressé à sa botte, c'était le Gustave lui-même. Lui aussi devait impérativement « rester à sa place », et ne surtout pas se figurer que parce que pendait entre ses cuisses cette chose avec quoi Madame aimait amuser son ennui, ça lui donnait pour autant droit de cité au salon. Du jour au lendemain, elle l'en bannissait.

— Il peut se la garder, sa saucisse, décrétait Madame, je commence à la trouver un peu rance, pas toi ?

Interdit de salon, le Gustave se retrouvait confiné dans le bureau de Monsieur, à gratter du papier. Elle me poussait du coude.

— Tu l'entends taper à la machine ? Tu entends ça ? On peut dire qu'il s'en donne, non ?

Pour taper, il tapait, un vrai forcené, à croire qu'il se servait d'une mitrailleuse. Le bureau de Monsieur était juste au-dessus du canapé sur lequel nous nous prélassions en partageant un pétard.

— Encore à pondre des âneries pour les prochains discours de Noël. Avec ce style ampoulé, grandiloquent...

L'effet du joint ne tardait pas à se faire sentir.

— Et si on faisait sortir le loup du bois, ce n'est qu'un loup aux hormones, je sais, mais ça nous distraira toujours, non ? On va lui faire le coup de la tentation de saint Antoine. D'accord ?

A l'époque, quand je fumais de l'herbe, vous m'auriez fait faire n'importe quoi. A fortiori quand il s'agissait de me faire sucer la moule, car finalement, c'était ce qu'elle avait en tête, afin que je pousse (je sais, j'aurais dû écrire : que je poussasse) ces miaulements de chatte en rut qui sont, paraît-il, ma marque particulière. Et que l'Olibrius, nonobstant le vacarme de sa vieille Remington pourrie, entendrait traverser le plancher.

J'avais beau serrer les mâchoires pour qu'elle me broute le plus longtemps possible, elle faisait ça si divinement que sans même m'en rendre compte, tout à coup, je m'entendais piailler. Elle, alors, de redoubler de perfidies et de finesses, tant et si bien que sa langue démoniaque obtenait le résultat escompté. Là-haut, la machine se taisait. Nous imaginions saint Antoine luttant contre la tentation. En proie aux affres de l'indécision : descendre au salon sans y être invité pouvait s'avérer lourd de conséquence, vu que la badine, Madame n'hésitait pas à s'en servir avec lui quand elle estimait qu'il lui avait manqué de respect.

Elle me suçait alors si diaboliquement que je n'avais pas besoin de me forcer pour délirer.

— Oh, merci, merci... encore, encore... ah, je vais mourir... oh, je vais pisser, Madame... non, pas dans le cul...

Vous connaissez ça aussi bien que moi si vous lisez le genre de bouquin que vous avez actuellement devant vous. Suite de quoi, n'en pouvant plus, ce couard de saint Antoine, cédant à la tentation, prenait son courage à deux mains et franchissait le Rubicon. (Voilà que j'écris comme Gustave, maintenant ! Un style fleuri, qu'il appelait ça, « métaphorique »...)

Le voici qui s'amenait en rasant les murs, comme un chien qui a peur d'être accueilli à coups de cailloux, un papelard à la main, qu'il brandissait de loin, comme un drapeau blanc.

— Je suis navré de vous déranger, Fernande... c'est à propos de l'archevêché... Oh, pardon ! Je croyais que vous étiez seule...

Pour toute réponse, Madame m'écartait largement les fesses pour lui montrer mon troufignon. L'archevêché attendrait (encore une histoire de curé porté sur les enfants de chœur).

— Vous croyez ? chuchotait Gustave de sa voix de pleutre. Est-ce bien raisonnable ? J'ai promis d'envoyer ce discours par télex à Monsieur... mais aussi, comment voulez-vous que je me concentre quand... Est-ce que vous permettez, Fernande ? En vitesse ?

Vous pensez bien que ce n'était pas à moi, le vide-couilles, qu'il demandait l'autorisation de se servir de mon cul !

— Mais bien sûr, qu'elle lui disait, décollant un instant sa bouche de ma chatte. (Vous l'auriez vu, ma chatte, dans les miroirs ! Gonflée, rouge... révulsée ! Une horreur !) Elle est ici pour ça. Elle est en rut, aujourd'hui, ce sera gratuit !

Poliment, Gustave lui demande quel trou utiliser.

— Enculez-la donc, mon ami, cette vicieuse adore ça !

— Oh Madame, s'il vous plaît ! que je minaudais.

En me riant au nez, elle me tire par les cheveux, et me revoici une fois de plus le cul en l'air, les trous écarquillés. Evidemment, ça me rend malade d'excitation. Derrière moi, j'entends l'autre abruti cracher dans sa main pour mouiller son gland. Puis il me le pose juste sur la rondelle et je ne dois plus faire le moindre mouvement ; sinon, c'est la badine.

— Vous y êtes, Gustave ? Vous l'avez rentrée ?

— Pas encore, Fernande. J'ai juste posé le gland sur le trou ! Elle serre trop les fesses, j'arrive pas à lui enfiler !

— Vraiment ? Elle serre les fesses ? Oh, la sournoise. C'est pas bien, ça, Victorine ! Ouvre le derrière, ma chérie. Ouvre-le, pour faire plaisir à maman... Donne ta petite pastille à Monsieur Gustave ! Allez !

Elle me titille la fente, alors, bien sûr, je m'ouvre et Gustave me met son suppositoire. Elle éclate de rire en voyant la bobine que je fais.

— C'est bon, hein, quand ça commence à entrer ? Pas vrai, Victorine, que c'est bon ?

— Oui, Madame, c'est vrai...

— C'est comme un gros caca, pas vrai ? Sauf qu'il entre au lieu de sortir !

Et elle me lèche la bouche en riant comme une idiote pendant que le secrétaire m'enfonce sa queue dans le rectum. Quand je sens ses couilles se balancer entre mes cuisses, je ne peux m'empêcher d'écarquiller les yeux, et Madame se tord de plus belle. Elle dit que je suis impayable, que je pourrais gagner de l'or avec mon cul en jouant dans un porno comique. Et elle m'embrasse amoureusement sur les yeux, sur les joues, sur la bouche, pendant que le pantin fait coulisser son gros pénis dans mon anus.

— Oh, Madame, ça fait mal ! que je pleurniche, et c'est vrai, plus il me le fait, et plus son truc devient énorme et dur. Si mal...

— Tant mieux, qu'elle répond. C'est quand ça fait mal que c'est le meilleur. Avoue que tu aimes ça ?

C'est vrai, j'adore ça.

Madame soutenait que les femmes qui ne se font prendre que par le vagin sont incomplètes. Les vraies vicieuses veulent donner leur cul. Pour elles, le vagin n'est qu'une formalité. Ce qui compte, c'est le trou du cul. Pourquoi ? Bien sûr, c'est une zone érogène, mais ce n'est pas seulement pour ça. Elle disait, et je suis d'accord avec elle, que c'est l'idée, qui nous ravit ; le côté sale et avilissant de la chose. On refuse ce que nous avons de meilleur et on se sert de notre trou à chier simplement pour se vider dedans, comme on se servirait de n'importe quel trou de vidange. Nous aimons, nous autres (les vicelardes), disait Madame, qu'on nous traite plus bas que terre ; ça nous excite, qu'on nous salisse, qu'on nous souille !

Pendant que saint Antoine m'encule, je ne me fais pas toutes ces réflexions. Je suis bien trop occupée (où la vanité va-t-elle se nicher) à cacher mon plaisir ; mais vient toujours (ce maudit Gustave est un limeur infatigable) le moment où je ne peux plus tricher, et je m'entends sangloter tandis que Madame s'étrangle de rire et que Gustave me jute dans le cul avec un râle de forcené.

— Elle a bien miaulé, la petite enculée, elle a aimé ça, hein ? Vicieuse ! Mais ça mérite une fessée, ça, une vraie fessée, et même le martinet, non ?

Parce que vous auriez tort de croire que la fête était finie quand Gustave s'était vidé les roustons !

— Apporte aussi la badine ! Je crois me souvenir que mon sigisbée m'a manqué de respect vendredi dernier. Ne s'est-il pas avisé de me fourrer son appendice dans le rectum, comme à une vulgaire pouffiasse... Cela mérite bien trente coups, non ?

— Seulement trente, Madame ? Et aujourd'hui, alors ? Madame oublie-t-elle qu'il est descendu sans être invité ?

— Tu as raison ! Nous dirons donc trente coups chacune... Toi avec le martinet, moi avec la badine.

Là, c'était à pisser de rire. Après avoir cédé à la tentation, saint Antoine subissait son châtiment. Nu comme un ver, velu comme un singe, poursuivi par deux harpies qui hurlaient de rire. Elle, armée du martinet, moi, de la badine, et Gustave qui faisait le derviche tourneur entre nous. Quand je dis que c'était à pisser de rire, je n'exagère pas, nous en arrivions (oh, comme ça fait du bien de rire, disait Madame en lâchant les bondes) à compisser vraiment la moquette.

Vous auriez entendu râler l'esclave portugaise, le lendemain ! Rien ne s'incruste dans la moquette comme l'odeur du pipi. Surtout le pipi des femmes en rut ! Shampouine, que je shampouine. Madame avait beau lui dire que c'était la chatte des Mardrus, nos voisins, qui était en chasse, elle se doutait bien, la Maria, de quelles chattes il s'agissait. Vu que, comme par hasard, ces chattes n'arrosaient les tapis que lorsque le sigisbée de Madame séjournait à Villeneuve.

3

La toilette intime de Mlle Aude

Chacun son cinéma. Mlle Aude, celui qu'il lui fallait pour s'envoyer en l'air, tournait souvent autour de sa petite santé. Ainsi, elle redoutait plus que tout les rougeurs mal placées, sur les bords de la « fente sexuelle », notamment, qui étaient, selon elle, provoquées par les détergents contenus dans les savonnettes du commerce.

— Tu comprends (elle aimait bien faire mon éducation), ces produits chimiques produisent une irritation sur les muqueuses, et ensuite, le frottement de la culotte... comment dire...

Elle rougissait comme une pucelle.

— ... le frottement de la culotte... eh bien... euh... ça me donne des pensées malsaines, tu vois ? ça m'enflamme pas seulement ici...

Elle montrait pudiquement son entrecuisse.

— ... mais aussi là (elle se touchait le crâne)... tout est lié, tu comprends ?

— Aussi, concluait-elle, j'évite autant que possible d'employer des détergents. Mon frère le docteur t'expliquerait cela bien mieux que moi. Il s'agit d'une allergie. C'est plus répandu qu'on ne pense... Tu as peut-être entendu parler des acariens ? Non ? Bref, dans mon cas, il n'y a qu'une chose qui puisse m'aller, et c'est... la salive ! Je t'assure ! Tu pourrais le demander à mon frère. Il n'y a rien de mieux que la salive, pour la toilette intime. C'est un produit naturel, tout indiqué quand il s'agit de muqueuses aussi délicates que les miennes. D'ailleurs, regarde les chattes... Tu as vu comment elles font leur toilette intime ? Avec leur langue ! C'est bien la preuve que c'est naturel ! Seulement, moi, je ne suis pas aussi souple qu'une chatte. Si bien que... je ne peux pas me le faire moi-même !

Tout ça pour que je la suce, vous vous en doutez bien.

— Crois-moi, se désolait-elle en se décidant à me refiler un billet de cent francs (le prix d'une heure de leçon de piano), que ça me gêne beaucoup de te demander ça, Victorine, mais les autres bonnes le faisaient, avant que tu viennes. Edith, par exemple, c'est la première chose qu'elle me faisait, le matin, en m'apportant mon petit déjeuner et mon journal... Moi, pour ne pas la gêner, je déployais le journal devant moi et elle me soulevait ma nuisette... Pendant que je faisais ma lecture, elle me faisait ma toilette. Quand j'étais bien propre de partout, elle allait se rincer la bouche dans le cabinet de toilette et je lui donnais son pourboire. Toute peine mérite salaire, et je comprends que ce ne soit pas très agréable, de bon matin, quand on a encore le goût du dentifrice dans la bouche de lécher... les humeurs nocturnes de quelqu'un d'autre... Tu veux bien me le faire, Victorine ? Sois gentille ! En ce moment, si tu savais, j'éprouve d'intolérables démangeaisons ! Ah, maudite allergie ! J'espère que ça ne te dégoûte pas trop ?

Je me mettais donc à la pourlécher. Et bien sûr, comme par le plus grand des hasards, c'était surtout le clitoris qui la démangeait !

— Ecarte bien les lèvres de la vulve, Victorine, soupirait-elle d'une voix mourante. Fais bien sortir le bouton rouge, là en haut. Oui, comme ça, et nettoie-le bien, avec beaucoup de salive. Crois-moi, Victorine, ça me navre infiniment de t'imposer une tâche aussi rebutante, et quant à moi, tu dois bien te douter que c'est horriblement gênant pour ma pudeur, mais c'est une question d'hygiène ! Une femme doit toujours être impeccable à cet endroit ! Aussi fraîche qu'une rose qui vient d'éclore. C'est ce que me disaient mon fiancé, Philibert, et son ami Schombert, chaque fois qu'ils me rendaient visite chez maman, quand j'étais jeune fille. Il fallait que je leur montre ma... ma rose... et ils vérifiaient que les pétales étaient bien propres...

Long soupir mélancolique. Et pendant ce temps, je lui léchais le berlingot en long et en large, tout en lui fourrant un doigt dans le vagin et un autre dans le cul, ce dont cette délicate personne faisait mine de ne pas s'apercevoir, plongée qu'elle était dans ses souvenirs, ou dans la lecture d'un savant ouvrage de musicologie. Je ne vous ai pas caché que j'aime lécher les femmes ; au dortoir du collège, après avoir été initiée par Olga, j'ai vite dépassé mon maître et je suis devenue la reine des suceuses. Toutes les pionnes étaient folles de moi ! Je peux dire qu'elles m'ont regrettée quand on m'a virée du bahut ! Aussi Mlle Aude ne me ménageait pas ses compliments.

— Je dois dire que tu le fais très bien, me félicitait-elle. Beaucoup mieux que les autres bonnes. Avec toi, vois-tu, ma chérie (elle devenait sentimentale aux approches de l'orgasme), je me laisse complètement aller. J'en arrive à oublier ce que ça peut avoir d'inconvenant de se faire lécher le sexe par sa bonne. J'en perds même de vue que c'est par hygiène ; j'en arriverais presque à comprendre que certaines femmes...

Elle n'en disait pas plus mais on s'était comprises. Je lui fourbissais donc sa cerise comme il fallait. Alors, elle commençait à perdre sérieusement les pédales et sa voix devenait aussi pointue que celle d'une gamine de huit ans.

— Oh oui, Victorine, nettoie-le bien, mon vilain bouton, délirait-elle. C'est surtout là que se met la crasse... cette crasse blanchâtre qui sent si mauvais... pouah, quelle saleté... cette saleté qui fermente et qui donne de vilaines pensées aux faibles femmes. Aspire-le bien dans ta jolie bouche et fais tourner la langue autour... Oui, comme ça ! Surtout n'arrête pas, hein ? Je te préviendrai dès que je me sentirai propre.

Ses mains de pianiste m'agrippaient la nuque pour bien faire adhérer mes lèvres à celles de son con. Un spasme la raidissait, puis un autre, encore un autre... Je l'entendais grincer des dents, elle expédiait dans tous les sens des ruades d'épileptique en transe, envoyant bouler la couette et les draps sur la descente de lit. Après quoi, elle se relâchait avec un long miaulement extasié et m'emplissait la bouche de son jus.

Chose faite, elle fermait les yeux pour tout oublier. Alors, pour mon plaisir personnel (j'adorais le goût de sa chair), je lui nettoyais aussi les bouts de sein et le trou du cul. Elle se laissait faire avec une sorte de ronron presque imperceptible et glissait dans le sommeil le plus paisible. Je bordais dans son lit cette petite fille qui ne voulait pas vieillir, et je la laissais à ses doux rêves. Sa toilette matinale achevée, elle se rendormait jusqu'à midi, heure à laquelle on la verrait descendre à la cuisine, fraîche comme une rose, pour se gorger de yaourts à l'ananas.

4

MADAME FESSE SA BONNE

Laissons-la s'empiffrer et revenons à Madame. Sur le chapitre des fessées, en effet, j'ai passé un peu vite. Vu leur importance dans nos relations quotidiennes, les avoir expédiées en quelques pages est assez cavalier. Et ne donne qu'une vision incomplète de ma relation avec Madame. Et pour commencer, je n'ai pas assez insisté là-dessus : il y avait fessées et fessées.

Celles du premier type, si douloureuses fussent-elles pour mon amour-propre et mon cul, n'étaient pas dépourvues de plaisir (un plaisir malade, malsain, appelez-le comme vous voudrez, il n'existait pas moins). Mais il y avait les autres (dont je vous ai donné un avant-goût, en vous parlant de la badine), où Madame était seule à s'amuser, et qui ne me laissaient, à moi, que mes yeux pour pleurer et ma bouche pour hurler.

Quand elle me convoquait par l'interphone, je ne savais jamais à quoi m'attendre. Papouilles vicieuses ? Correction franche et brutale ? Supplices chinois ? Ça dépendait de ce qu'elle venait de lire. Si ça l'avait émoustillée, ce serait une fessée friandise, suivie des gâteries rituelles. Dans le cas contraire... Mais peut-être qu'elle-même n'en savait encore rien quand elle sonnait ; que ça se décidait dans sa tête au dernier moment, quand elle me voyait plantée devant elle.

Si bien qu'au lieu de me demander si j'avais une culotte, elle me décochait un regard noir.

— Ce bouquin est complètement idiot ! aboyait-elle. D'ailleurs, tout est idiot, absolument tout. A commencer par certaine personne que j'ai devant les yeux. Tu es bien d'accord, Victorine ?

Qu'aurais-je pu répondre : « Non, Madame, je ne suis pas idiote ? » Je ne mouftais pas. La suite ne variait guère.

— J'ai la vague impression que ça fait une éternité que je ne t'ai pas fait rougir le popotin, non ? Cela doit lui manquer. J'ai remarqué que tu en prenais à ton aise, depuis quelque temps...

Et de m'énumérer ses griefs. Réels ou imaginaires. Des vétilles, pour les réels, quant aux autres... Elle me reprochait jusqu'à mes pensées !

Le fond de l'affaire, c'est qu'elle était folle de rage parce qu'elle avait appris que Monsieur s'était tapé une stagiaire, ou l'épouse d'un sous-fifre. Et vlan, le cul à l'air, me voici couchée en travers de ses cuisses, et la distribution commence. L'énergie qu'elle pouvait y mettre ! Les cris que je poussais alors n'avaient rien à voir avec les miaulements salaces que m'arrachaient ses doigts et sa langue quand on jouait à touche-pipi. Je m'époumonais sans pudeur, en pensant rageusement à cette grosse vache portugaise qui devait se gondoler dans la cuisine.

Mais ce ne sont encore que des fadaises. Il y avait aussi les fessées du deuxième type. Quand Monsieur lui en avait vraiment fait baver. Plus question de préliminaires, elle me tombait dessus comme une tornade sur un atoll du Pacifique.

Je la voyais débouler comme une furie, sa saleté de martinet à la main. Par exemple, j'étais dans la salle de bains en train de me laver la chatte sur le bidet.

— Encore en train de te branler ! qu'elle hurlait. Décidément, tu ne penses qu'à ça. Je vais te dresser, moi ! Va te mettre sur le bureau !

C'est chez Monsieur que ça se passait presque toujours. Probablement était-ce lié dans son esprit à une vacherie qu'il lui avait faite. Complètement nue (je devais même retirer mes bas), je me couchais sur le dos, sur le bureau de Monsieur, et j'écartais les cuisses en relevant les genoux. Elle s'installait dans le fauteuil, juste en face, et les lanières commençaient à me mordre au plus tendre. Et pas question de crier à pleins poumons ! Elle m'avait fourré n'importe quoi dans la bouche, sa culotte, un chiffon à poussière. Et c'est juste la partie de moi qu'elle aimait tellement lécher qui devenait l'objet de sa rage. Je ne sais pas si vous avez reçu des coups de martinet sur la chatte, permettez-moi de vous dire que ce n'est pas de la tarte. Sur les fesses, déjà, le martinet exerce des ravages, imaginez sur le bonbon.

Maintenant que j'y réfléchis à tête reposée, ce que je crois c'est que ça la rendait folle, Madame, de pouvoir me faire tout ce qu'elle voulait. Du coup, il lui en fallait toujours plus ; elle savait plus s'arrêter.

— Ouvre le trou du cul, criait-elle, au lieu de le crisper ! Tu dois être ouverte, tu comprends ? Ouverte !

5

Sous la table d'Edwige...

Mais assez parlé de cette ogresse, changeons un peu de disque, occupons-nous maintenant de sa peste de fille, dont j'étais plus ou moins tombée amoureuse. Depuis que je lui avais sucé le berlingot, je ne vivais plus que dans l'attente des moments (trop rares, à mon goût) où elle daignait se souvenir de mon existence.

Les jours où elle n'avait pas cours et où au lieu d'aller jouer au tennis, elle restait consignée dans sa chambre (soi-disant pour réviser), je savais que j'y aurais droit. Elle me sonnait sous un prétexte bidon. Dès que j'entrais, si je la trouvais à son bureau, j'étais fixée.

— Mademoiselle m'a sonnée ?

— Refais mon lit, Victorine, m'envoyait-elle, sans m'accorder un regard. Et mets donc un peu d'ordre, c'est un vrai foutoir, cette chambre !

— Bien Mademoiselle.

Une fois que j'avais retapé son plumard et rangé son fourbi, je revenais me planter devant elle.

— Mademoiselle n'a plus besoin de moi ? Je peux me retirer ?

— Es-tu sûre d'en avoir envie ?

Je regardais sa plume courir.

— Je suis à la disposition de Mademoiselle !

— A ma disposition ? Oh, je suis très flattée. Voyons (elle mordillait le capuchon de son stylo), qu'est-ce que je vais bien pouvoir te faire faire ? Tu as une préférence ?

Comme elle ne pouvait pas me refaire le coup des taches d'encre sur le parquet, elle inventait n'importe quoi. Et par exemple, que je lui cire ses godasses... une trouvaille dont elle était si contente qu'elle l'utilisa tout un trimestre ! Je vous résume en gros le rituel :

— Tu ne trouves pas que mes chaussures ont besoin d'un coup de propre, me demandait-elle en tendant la jambe pour me les montrer.

Et dans sa voix, je percevais enfin ce que j'attendais, un soupçon d'humanité...

— Je suis méchante avec toi, hein, Victorinette ?

Elle allait même jusqu'à me passer la main sur les cheveux, comme à un chien. L'affaire était entendue, je m'accroupissais sous la table et le miracle s'accomplissait, une autre Edwige, toute douce, une tendre bécasse me tendait timidement son petit peton.

— Ça ne t'ennuie pas trop, Victorine, minaudait-elle, que je les garde aux pieds, pendant que tu les cires ? Edith prétendait que c'est meilleur pour le cuir...

— Mademoiselle a raison, c'est excellent pour le cuir. Au collège aussi, quand les surveillantes me faisaient cirer leurs chaussures, elles les gardaient aux pieds...

— Ah bon ?

— Même que des fois... Oh, j'aime mieux me taire, tenez, j'allais encore dire des bêtises !

— Des bêtises ? s'extasiait-elle. Oh, j'adore les bêtises. Quel genre de bêtises ? Parle, Victorine. Sois sympa, ne me fais pas languir ! Ou je vais croire que c'était des cochonneries !

— Justement, Mademoiselle !

— Eh bien tant pis, soupirait-elle, dis quand même.

— C'est que ça me gêne... Voyez-vous, Mademoiselle, il y en avait, sauf votre respect, qui étaient de sacrées vicelardes...

Tout en tchatchant, assise sous la table, je prenais son pied dans une main, je lui accordais de vagues coups de brosse.

— Je me souviens d'une surveillante, en particulier, Carabine. Eh bien, dès que j'étais sous son bureau, devinez ce qu'elle faisait ? Elle retroussait sa robe, figurez-vous, jusqu'en haut, et elle écartait les cuisses. Vraiment, elle n'avait aucune pudeur !

— Tu lui voyais donc sa culotte ?

— Vous voulez rire ? Elle en avait pas ! Ce que je lui voyais, vous devinez bien de quoi il s'agit... Et sauf votre respect, Mademoiselle, c'était tout ouvert et tout mouillé... Oh, vraiment, elle avait aucune pudeur, cette Carabine-là !

— J'ai du mal à croire une chose pareille, Victorine. Tu veux vraiment dire que tu lui voyais tout ? Je veux dire (elle émettait un petit rire fêlé)... Tu as dit que c'était ouvert... Tu... tu parlais bien de son organe sexuel, hein ?

— Evidemment. Et pour ce qui est d'être ouvert, son organe, laissez-moi vous dire qu'il l'était ! Vous l'auriez vu bâiller !

— Quelle horreur ! Comment peut-on avoir aussi peu de pudeur ? Tu es sûre de ne pas te tromper ? Tu lui voyais bien tout ? Même son... son petit bouton ?

— Il était énorme, son bouton, gros comme un radis, et quand je lui touchais...

— Comment ? Tu... tu le lui touchais donc ?

— Pourquoi qu'elle me l'aurait montré, si c'était pas pour que je lui touche ?

— Mais, enfin... pourquoi acceptais-tu ? C'est dégoûtant de faire des choses pareilles. Surtout entre filles !

— Est-ce j'avais le choix, Mademoiselle ? J'avais pas envie qu'elle m'envoie en colle tous les samedis, comme les filles qu'elle avait dans le nez. Et puis, faut que je vous avoue... à cette époque...

— Mais parle !

— Vous le répéterez pas, hein ? Surtout à Madame votre mère ?

— Est-ce qu'on parle de ces choses à sa mère. Tu disais donc ?

— Eh bien, pour ne rien vous cacher, j'étais aussi vicieuse qu'une guenon, à douze ans ! Ça ne me déplaisait pas du tout ! Et même, quand elle me tirait par les cheveux pour que je la suce... je faisais semblant de résister, bien sûr, mais... autant vous l'avouer, j'aimais ça !

— La sucer ? Oh... mais comment pouvais-tu faire une chose aussi dégoûtante ?

Sa voix prenait une intonation rêveuse.

— Tu la suçais vraiment ? Enfin, je veux dire...

— Bien sûr, que je la suçais vraiment ! Elle se serait pas contentée d'une imitation !

Si je vous rapporte aussi longuement ces conversations, c'est qu'elles se sont si souvent répétées que je m'en souviens comme d'une pièce de répertoire. Edwige avait beau jouer les amnésiques, et faire chaque fois comme si c'était la première, elle connaissait son texte sur le bout des doigts et en savourait en connaisseuse tous les méandres. Elle en raffolait, de ces séances de cirage et d'évocation du collège. A un point tel qu'il lui arrivait de me convoquer dans sa chambre trois ou quatre matins d'affilée.

— Je sais que tu me les as cirées hier, mais regarde dans quel état elles sont !

Ça ne ratait pas : chaque fois qu'elle me sonnait, j'avais droit aux commentaires fielleux de Maria.

— Tou va manger de la moule de bon matin, Victourine ? Tout dé souite après le café ? Tou n'a pas peur que ça te reste sur le stoumac ?

Je l'aurais tuée, cette grosse pouffiasse. Au lieu de ça, je prenais l'intonation snob de Madame :

— N'oublie pas que tu as la lessive à faire, Maria. Ne mélange surtout pas le blanc et les couleurs ! Et après, « ma fille », faudra passer l'aspirateur, tu y penses ? Et puis tu devrais changer de sous-vêtements plus souvent, parce que, pardon, tu ne sens pas Chanel n°5 ! Tchao, chérie, travaille bien !

La haine, dans ses yeux ! La haine de la prolo pour la pute de luxe, une qui trime de l'aube au crépuscule comme une bête de somme, et l'autre qui a juste à écarter ses jolies cuisses.

Pendant qu'elle se vengeait sur la vaisselle (elle cassait bien deux ou trois assiettes chaque matin), je montais réciter une fois de plus l'histoire de Carabine à Mlle Edwige qui ferait comme si elle l'entendait pour la première fois. C'était comme si on avait joué dans une pièce de théâtre. Faut préciser que tout en lui parlant, je n'arrêtais pas, mine de rien, de lui toucher les jambes et les cuisses sous des prétextes bidon...

— Oh, votre chaussette fait un pli ! Permettez...

Je lui prenais le mollet pour bien tirer la chaussette. Sa

jambe s'abandonnait, alanguie, et quand je lui soulevais un genou pour regarder sous sa jupe, elle respirait plus vite. Je me rinçais bien l'œil, tout le devant de sa culotte était humide, ça lui entrait dans la fente, les poils dépassaient sur les côtés. J'avançais mon nez pour lui flairer la motte.

— Qu'est-ce que tu fais ? chuchotait-elle. J'espère que tu n'es pas en train de te rincer l'œil, hein ? Je ne suis pas Carabine !

Je ne répondais pas vraiment.

— Tiens, que je faisais, vous avez une petite rougeur sur la cuisse, Mademoiselle.

— Ah bon ? Où ça, exactement ?

— Ici... tout en haut... vous sentez ?

Du bout du doigt, j'effleurais la chair si sensible de l'intérieur de la cuisse, au bord de l'aine, en bas, à l'endroit où la cuisse devient la fesse. Elle en tressaillait de bonheur.

— Mon Dieu... mais tu vois donc mes cuisses ?

Sans répondre, je rapprochais mes doigts du tabernacle. De longs frémissements nerveux couraient sur sa peau tiède.

— C'est pas bien, chuchotait-elle, de regarder sous la robe des filles.

Que j'aimais le ton scélérat, faussement enfantin, qu'elle prenait alors !

— Et pourquoi que je regarderais pas, si ça me plaît ?

— En tout cas, moi, j'ai une culotte. Tu peux rien voir.

(Na !)

— Même qu'elle est toute mouillée, que je gloussais en me décidant enfin à lui effleurer la fente du bout de l'ongle.

Elle en bondissait sur sa chaise avec un miaulement énervé.

— C'est pas vrai ! Oh... Comment peux-tu dire...

— D'ailleurs, si je voulais tout voir, ce serait facile. Il suffirait de...

— Oui ? haletait-elle. Il suffirait de quoi ?

Elle était mûre, maintenant, prête à tout pour que je lui tripote sa moule ; de le savoir me serrait la gorge ; quelle revanche de la sentir à ma merci, réduite à n'être plus qu'un trou baveux et sensible, un clitoris exaspéré par l'attente.

— Toutes les pionnes n'étaient pas aussi impudiques que Carabine, vous savez, murmurais-je.

Et je reprenais mon récit, en lui faisant entrer du bout du doigt la culotte dans le vagin.

— La plupart gardaient leur culotte, quand je leur cirais leurs godasses. Mais quand je voyais qu'elles étaient mouillées, comme la vôtre, en ce moment, eh bien...

— Oui ? Qu'est-ce que tu faisais ?

L'impatience faisait chevroter sa voix.

— Je vais vous montrer, si vous le permettez. Avancez-vous au bord de la chaise, Mademoiselle.

Elle s'empressait, vous pensez bien ! Alors, la tenant sous les genoux, j'en profitais pour lui faire écarter les cuisses le plus que je pouvais...

— Comme ça ?

— Voilà, c'est parfait. Vous voyez, ça fait entrer la culotte dans la fente sexuelle... si bien qu'on voit presque tout...

— La fente quoi ? Où as-tu pêché ce mot barbare ?

— La fente sexuelle ? J'ai dû lire ça dans un des romans de Mademoiselle votre tante...

— Tu m'en diras tant ! Mais... tu as bien dit :

« presque », tu ne la vois donc pas tout entière, ma « fente sexuelle » ?

— Pour tout voir, Mademoiselle, suffirait d'un simple geste... voyez...

J'attrapai son slip devant et je l'extirpais. C'était pour nous deux le moment le plus « sale », et partant, le plus excitant. L'empiècement écarté sur le côté, elle ne pouvait ignorer que je voyais son con presque entièrement. Les grandes lèvres bâillaient dans un réflexe d'offrande et je l'entendais soupirer. Alors (je suis garce, quand même !), je feignais soudain d'hésiter, comme prise d'un scrupule, pour bien lui faire sentir à quel point elle était à ma merci. Je voulais lui entendre dire de sa bouche que je devais aller plus loin, pour une vaniteuse comme elle, c'était affreusement humiliant, mais à cause de ça, justement, c'est ce qui lui faisait le plus d'effet.

— Oh vraiment, Mademoiselle, je ne sais si je dois...

— Si tu dois quoi ?

— Continuer à montrer à Mademoiselle comment je m'y prenais, avec ces filles...

— Mais si, Victorine ! Montre-moi... Tu sais à quel point je suis curieuse !

— C'est que... ça risque de ne pas épargner votre pudeur, Mademoiselle !

Elle ruminait ça, je voyais les lèvres de sa « fente sexuelle » se refermer et s'ouvrir, la mouille perler hors du vagin.

— Je pourrais peut-être me contenter de dire à Mademoiselle ce que je faisais ? Ce serait moins blessant pour sa pudeur ?

— Mais ce ne serait pas pareil !

Honteuse de son aveu, elle se reprenait.

— Je veux dire... Je ne me rendrais pas compte aussi bien !

— Si Mademoiselle insiste, je veux bien le faire. Mais Mademoiselle est prévenue...

— Tant pis, Victorine... tant pis...

Sa voix n'était plus qu'un souffle. Elle devait être rouge comme une pivoine, avec une sale petite lueur trouble dans les yeux, la bouche entrouverte. C'est la tête que je faisais moi-même quand je me branlais devant une glace.

Sans plus tergiverser, j'écartais complètement l'empiècement. Mon cœur bondissait chaque fois ! Spectacle dont je ne me lassais jamais, voir bâiller comme un gros mollusque la large blessure rose entre les lèvres poilues.

— Oh, vraiment... tu es une vilaine fille, Victorine, se plaignait-elle alors. (Sans pour autant refermer les cuisses !) Si je m'étais doutée que tu allais faire une chose pareille... Mon Dieu, mais tu dois tout me voir, maintenant, hein ?

— Alors là, Mademoiselle, je ne peux pas dire le contraire. Sauf votre respect, je vois même le trou du cul de Mademoiselle. Il est charmant, Mademoiselle, votre trou du cul. Et celui du vagin... il est tout rouge, tout mouillé... Aussi mouillé que celui de ces filles vicieuses dont je parlais à Mademoiselle ! Peut-être même davantage !

— Comment peux-tu dire de pareilles horreurs ? s'offusquait-elle. Si tu savais comme je suis honteuse à l'idée que tu regardes entre mes cuisses, en ce moment... Mais, dis-moi, Victorine, j'y pense... tu me vois vraiment tout ? Même mon... mon bouton ?

— Et comment ! Il est drôlement rouge, le coquin ! Et, tenez, je le verrai encore mieux quand j'appuierai ici... voilà, comme ça, ça le fait sortir de son petit capuchon, vous sentez ? C'est exactement ce que je faisais à Carabine... avant de la sucer.

Entre deux doigts, je lui écarquillais les nymphes, et j'appuyais sur la muqueuse congestionnée pour bien faire s'ériger son clitoris.

— Mais c'est dégoûtant, Victorine ! Et tu dis que tu le lui suçais ?

— Pas seulement à elle, Mademoiselle. A toutes les surveillantes... Vous voulez que je vous montre ?

— C'est que... je ne suis peut-être pas très propre... Tu comprends, je ne m'attendais pas... bref, ma toilette du matin n'est pas finie...

Je collais mon nez à son con ouvert et j'aspirais les effluves. Elle sentait un peu la pisse, bien sûr, comme toutes les filles jeunes, mais outre qu'il n'y a rien qui m'excite davantage que l'odeur du pipi de fille, elle dégageait d'autres parfums. Et notamment, cette senteur de femelle échauffée, si particulière, odor di femina, comme l'appelaient les filles qui faisaient du latin, qui est sécrétée par de minuscules glandes tapies dans la muqueuse quand la femme est en rut ; Mlle Aude qui en connaissait un rayon sur la question m'avait expliqué qu'il s'agissait de phéromones, vous parlez d'un nom à coucher dehors ; des espèces d'hormones qu'excrète la femelle avant la pénétration, comme les exhalaisons qu'émettent les fleurs pour attirer les insectes qui vont les féconder. Pour mon compte, il n'y a aucune fleur dont l'odeur me plaise autant que celles d'une chatte de femme excitée, ce relent de cannelle, d'eau croupie, de macération qui devient si fort quand elles jouissent que ça vous monte à la tête comme un vieil armagnac.

— Il sent meilleur qu'une rose, pour moi,

Mademoiselle, votre joli con... Avancez bien le ventre, poussez comme pour pisser. Voilà, comme ça, ça le fait se déplier comme une fleur, et tout le bouton est dehors... Il ne me reste plus qu'à le prendre dans ma bouche, comme ça, comme une pointe d'asperge...

Et je lui aspirais le clitoris, lui arrachant le même cri ravi et scandalisé. Après, plus question de faire la conversation ! Moi, d'abord, j'avais la bouche pleine. Et elle, je vous jure qu'elle ne se prenait plus pour une princesse lointaine, notre snobinette joueuse de tennis, elle était bien trop occupée à soupirer et à se tortiller, en se mordant la main pour ne pas gémir trop bruyamment, des fois que sa mère nous entendrait.

Mlle Edwige, c'était vraiment ce qu'elle préférait, se faire brouter la moule. Une fois, elle m'a confié que son petit ami, le fils Mardrus, ne lui faisait pas minette aussi bien que moi.

— Toi, tu es une artiste, Victorine !

Croyez-vous qu'elle m'en aurait témoigné pour deux sous de reconnaissance ? Mon œil ! Dès qu'elle avait pris son pied, « Mademoiselle » regagnait les hauteurs de l'Olympe et je me retrouvais dans mon cul-de-basse-fosse, la cuisine, vouée aux relents d'évier et de poubelle et au compagnonnage de l'esclave portugaise.

On comprendra mieux le mécanisme de ses sautes d'humeur si on se souvient du rouquin Alexandre, le futur séminariste. Vu que souvent, c'est après avoir amusé sa libido avec les attributs sexuels de ce pitre qu'elle me demandait de prendre la suite, pour finir ce qu'elle avait commencé avec lui. Après s'être bien échauffée avec son pantin, elle se retrouvait en effet dans un tel état de lubricité qu'une branlette solitaire n'aurait jamais pu l'assouvir. En revanche, ma langue, oui.

Certains matins, faute de temps, il n'était même plus question de finasser ; on attaquait d'emblée par le plat de résistance. Outre que le coup des godasses avait fini par s'éculer, nous en étions arrivées à un point d'intimité tel que ces astuces ne pouvaient plus agir. Finies les lentes approches :

— Regarde sous mon bureau, Victorine, me lançait-elle en remontant du jardin, j'ai dû faire tomber mon petit crayon rouge ! Cherche bien, je suis sûre qu'il est quelque part.

Dès que je suis à genoux sous la table, la première chose qui me saute aux yeux, c'est la gueule béante de sa motte blonde. J'avais beau m'y attendre, chaque fois, les paumes de mes mains devenaient moites, une grosse boule se formait dans ma gorge.

— Tu le vois bien ?

— Je crois que j'aperçois la mine, Mademoiselle !

Je lui caresse les poils du bout des doigts, en appuyant doucement sur les lèvres pour les faire bâiller. Quelle merveille, un con de fille ! Surtout quand il est en rut ! Elle a dû drôlement s'exciter en branlant l'autre sagouin, parce que ça dégouline déjà. Quant à son « petit crayon rouge », il pointe comme une fraise des bois. Avec une délicatesse infinie (surtout, ne l'effarouchons pas), je le cueille entre mes lèvres.

— Oui, suce-le... suce-le bien !

Je colle ma bouche en ventouse à sa fente et j'aspire le contenu, comme si je gobais une huître. Elle pousse bien ses muqueuses entre les lèvres.

— Tu te régales, hein, sale lesbienne !

Agrippée à ma nuque, elle fait des bonds nerveux à chaque coup de langue.

— Mâche-moi la pointe... supplie-t-elle. Mais doucement, hein ? Juste avec le bout des dents...

C'est un truc qui la rend carrément hystérique, je l'entends faire de drôles de bruits avec sa bouche, ses ongles me griffent, elle expédie des ruades désordonnées dans le vide.

— Oui, oh oui, mâche-le bien... et le doigt... le doigt...

Je le lui fourre ; elle est étroite, comme toutes les pucelles, mais quand elle est excitée, ça entre comme dans du beurre.

— Rhhha... Rhhha... fait-elle, avec de grands coups de reins, en m'appuyant la tête de toutes ses forces contre son con ouvert, comme si elle voulait me la faire entrer tout entière dedans.

Et vlan, elle me lâche dans la bouche une lampée de jus tiède. Mais pas question qu'on s'arrête, elle m'enserre la tête entre ses cuisses, et je dois rester ainsi, la bouche collée à sa moule ouverte, la langue fourrée dedans, avec ses poils qui me piquent les lèvres. Je l'entends reprendre son souffle. Au bout d'un siècle, elle desserre son étreinte... Sa main me caresse la nuque.

— Encore... cherche encore... mais doucement, maintenant... rien qu'avec la langue...

Certains matins de bruine, s'il pluvinait trop pour qu'elle descende se mettre en appétit au jardin, quand je me glissais sous son bureau, je voyais qu'elle avait gardé sa culotte. Ça voulait dire que je devrais faire tout le travail, y compris l'allumage qu'elle réservait d'habitude au rouquin. J'aurais donc besoin d'être doublement vicieuse. Dans ces cas-là, au début, elle ne disait pas un mot ; elle se contentait d'attendre, les cuisses bien ouvertes. Pendant de longues minutes, sans que nous échangions un mot, je lui lissais la culotte de bas en haut, du bout des doigts, l'effleurant à peine, au début, puis, appuyant progressivement, peu à peu, je la faisais entrer dans la fente. C'est seulement quand elle s'imbibait de mouille, que le jus suintait à travers l'étoffe, que je me permettais de la lui tirer sur le côté pour découvrir sa fente baveuse qu'avait irritée le frottement du tissu.

Je lui passais le doigt de bas en haut, pour bien séparer les lèvres. Puis je la branlais en lui tapotant le clito. Quand il était bien raide, je lui enfonçais un doigt, puis deux, dans le trou du cul, et tout en faisant tourner mes doigts au fond d'elle, je la léchais de bas en haut, à grands coups de langue réguliers, toujours pareils, comme un chien qui lape. Quand je l'entendais respirer plus fort, je lui aspirais le clito, le gonflant de sang, jusqu'à ce qu'il prenne la consistance d'une nouille tiède, après quoi, je le faisais durcir en le martelant de petits coups de langue.

— Oh oui, oh oui... qu'elle disait enfin. (Jusqu'à ce moment, elle était restée parfaitement muette.) Oh oui, salope, continue, continue ! Ne t'arrête pas, surtout ! Je te donnerai cinquante francs !

Mais ces jours-là, dès qu'elle avait joui, elle me punissait.

— Sale cochonne, qu'elle m'insultait. Pourquoi tu l'as fait ? J'avais ma culotte, je ne voulais pas. Est-ce que je t'ai demandé quelque chose ? Tu me prends pour une gouine comme toi ? Je vais t'apprendre à faire des saletés entre filles, moi. Va te mettre sur le lit, à quatre pattes, et baisse ta culotte !

Elle me fessait de toutes ses forces, me rougissait le cul comme une furie, s'acharnant sur ma fente, et bien sûr, ça me faisait jouir. Alors, elle frappait encore plus fort et riait comme une folle en m'entendant gémir. Puis, pour m'ôter mes sales envies de lesbienne, comme elle disait, elle m'enfonçait son porte-bonheur dans le vagin, une grosse patte de lapin, et elle me branlait avec ce truc poilu.

Après quoi, je regagnais la cuisine où la moustachue m'accueillait avec les compliments d'usage.

— Il y en a qui travaillent avec leurs mains, d'autres, avec leur tête. Toi, il suffit de te regarder pour savoir avec quoi tu travailles !

Tout s'use. Le jeu du crayon rouge lui-même deviendrait obsolète. Il ne serait même plus question de « jeu », d'ailleurs. Le plaisir viendrait de nommer les choses par leur nom, crûment.

— Monte me sucer la moule, me téléphonait-elle. J'ai pas le temps de faire ma toilette intime. Grouille-toi.

Quand j'arrivais, je la trouvais en train de lire sur son le lit, les genoux pliés, la chatte béante.

— Fais voir ta langue... beurk, elle est un peu blanche, mais ça ira... Lave-toi quand même les dents, et rince-toi la bouche avec du Synthol. J'ai pas envie que ta flore microbienne me fiche une vaginite...

C'était comme le mariage après les fiançailles ; finie la poésie, nous entrions dans le temps de la prose.

*

* *

Je sais ce que vous allez me dire, qu'on ne voit pas où je veux en venir. Que ce n'est pas clair du tout, ce que j'écris. Tantôt je me plains, tantôt je me réjouis. Et si je m'expliquais ?

Comme si c'était facile, de s'expliquer, dès qu'il s'agit de cul.

Cela dit, je suis la première à reconnaître que je suis tordue. Qu'en moi, un je ne sais quoi éveillait l'envie de me traiter comme ils le faisaient tous. Etait-ce une odeur qui émanait de mes organes ? Etait-ce plus subtil ? Phéromones ou atavisme de soumission, le docteur lui-même, quand il m'enculait devant la télé, n'était pas très fixé.

— Ce qu'il y a de certain, disait-il, c'est que dès qu'on te voit, on ne pense qu'à ça.

A l'internat, les surveillantes gouines et les grandes de terminale l'avaient perçu comme lui, cet appel du cul. Et m'avaient, en y répondant, donné des habitudes dont il est dur de se délivrer. Quand on m'a virée du bahut, il était trop tard, le pli était pris ; j'étais devenue la chienne de dortoir que Madame avait flairée d'emblée.

— J'ai jamais vu une fille plus tordue sexuellement que toi, ma chérie, me disait-elle souvent, pendant que je lui léchais le troufignon après qu'on s'était bien roulées dans la pisse.

Tordue, elle ne l'était pas moins que moi. C'est bien pourquoi nous nous entendions. Et sa sœur ? Et sa fille ? Elles étaient « normales », peut-être ? Saines ? Equilibrées ? Ne me faites pas mal aux ovaires.

Et vous qui me lisez ! Vous en connaissez beaucoup, vous qui me lisez, des gens qui ne sont pas tordus, sexuellement parlant ? Je parle de ceux qui aiment le cul, bien sûr.

Pas de ceux qui ont fait une croix sur ce qu'ils ont entre les cuisses et ne s'en servent que pour faire pipi caca ou pondre de la marmaille. Ceux-là, laissons-les se consoler comme ils peuvent, avec la bouffe et le pinard ou avec les collections de timbres, la politique, le bon Dieu, le bouddhisme, les matchs de foot et Radio Nostalgie. Sans oublier la télé pour se farcir la tête de feuilletons à la noix. Ni leur chien qu'il faut aller faire pisser sur le trottoir. Laissons-les donc de côté ceux qui, les yeux fixés sur la courbe de natalité de notre beau pays, n'ont qu'une idée en tête quand ils se montent dessus, faire casquer la caisse des allocations familiales, et venons-en à ceux qui aiment le cul pour les plaisirs qu'il donne. Eh bien, ces derniers, dont vous faites nécessairement partie si vous lisez les bouquins du genre de celui que je suis en train d'écrire, laissez-moi vous confier dans le tuyau de l'oreille un secret que vous répéterez à tout le monde : ils sont tous tordus, sans exception. Le sexe, c'est seulement quand c'est tordu que ça donne de vraies satisfactions, vu qu'il n'y a rien de plus emmerdant quand ça ne l'est pas.

Le « devoir conjugal », ça ne vous donne pas froid dans le dos, ces mots, quand vous les lisez ? Madame sur le dos, appétissante comme un plat de nouilles tièdes avec ses bigoudis et sa crème de nuit sur la tronche, qui écarte les guibolles, et Monsieur, avant de ronfler, qui lui envoie sa giclée du soir avec autant de passion que s'il graissait le moteur de sa tondeuse à gazon. Parlez d'une extase ! Une fois qu'elle a reçu son injection, elle n'a plus qu'à aller se laver les fesses et revenir écouter ronfler Jules en lisant un Harlequin de la série pourpre.

Pour moi, faire l'amour de cette façon (outre que c'est obscène, ça, vraiment), ce serait comme manger des haricots verts bouillis sans bifteck à côté. Pas de danger que ça m'arrive jamais !

TROISIÈME PARTIE

MONTREZ-NOUS VOTRE ROSE, MA CHÉRIE

1

LES MAINS DE PHILIBERT

Mai touche à sa fin. Depuis que je suis au Bertranet, jamais encore je n'ai traversé des journées aussi vides. Et l'odeur des roses qui entre par les fenêtres (je ne sais rien d'aussi sexuel que l'odeur des roses au printemps) ne fait rien pour les remplir. Pour les remplir, il faudrait qu'on s'occupe de ma petite personne, ou qu'on la laisse s'occuper de celles de Madame ou de sa fille, mais voilà, le printemps qui vide mes journées emplit à un tel point les leurs qu'il ne leur en reste plus la moindre miette à m'accorder. Plus question de sucer des crayons rouges ou de froufrouter avec mon plumeau au salon d'hiver. Je pourrais tout aussi bien être invisible. Tennis, excursions, promenades à cheval, boîtes de nuit, Edwige n'en a que pour son « cachet d'aspirine » (c'est ainsi que Madame surnomme le fils Mardrus – le fait est qu'il est assez incolore). J'ai beau me placer sur son chemin, tout ce qu'elle consent à faire, quand je mets trop de temps à lui céder la place, c'est de me pincer jusqu'au sang en me demandant de décaniller.

Quant à Madame, elle s'est dégotté un nouveau sigisbée, un freluquet plein de morgue qui cherche à entrer dans les faveurs du député en couchant avec sa femme. Ce n'est pas un mauvais calcul, vu que Monsieur la trouve un brin collante et n'est pas fâché que quelqu'un d'autre se la coltine à sa place. « Je délègue », dit-il. De cette façon, lui peut sauter, l'âme en paix, ses stagiaires ou les rombières de ses collègues. Comme il cherche à se faire mousser, le jeune arriviste se montre très assidu auprès de Madame.

— Il a les dents qui rayent la moquette, m'a-t-elle confié, et il est loin de sucer aussi bien que toi, mais que veux-tu ? A mon âge, on ne peut plus se montrer trop difficile.

Il doit quand même se démerder au plumard, vu qu'elle ne m'invite plus jamais à pisser dans le sien.

Quant au toubib, fini les enculages télé, il se couche avec les poules, ses patientes le mettent sur les genoux. Je l'ai entendu s'en plaindre à sa sœur.

— Elles auront ma peau, ma pauvre Fernande, soupirait-il. J'aurais dû me faire gériatre !

Il me reste Mlle Aude, me direz-vous ? Même pas. A part sa toilette matinale à la salive naturelle – mais c'est peu pour emplir une journée – elle ne m'accorde plus que l'attention distraite de celle dont les pensées voguent au loin.

Alors, je me traîne. Armée de mon plumeau inutile, j'erre comme une âme en peine dans la grande maison au bord du fleuve. Je me vernis les ongles. Je m'épile les jambes. Je lis les douceâtres romans d'amour que me prête Mlle Aude. Je vais fumer un joint dans la cabane du jardinier. J'écoute les tubes de NRJ en me dorant au soleil sur la terrasse. Je pousse même jusqu'à la cuisine faire un brin de causette avec Maria. Bref, j'ai beau m'efforcer de tuer le temps, le temps a la vie dure, je ne sais littéralement quoi faire de ma peau.

Entendons-nous, je ne cherche pas à me faire passer pour une martyre. Je m'ennuie, certes, mais comparée à celles qui pointent à l'usine, je ne suis quand même pas trop à plaindre. Et pensez aux malheureuses qui travaillent dans les assurances, il paraît que c'est l'enfer. C'est la bonne d'une élève de Mlle Aude qui m'a raconté ça, toutes les filles en rang d'oignons devant leurs calculettes, huit heures par jour, et défense de dire un mot à sa voisine. Quand elles veulent faire pipi, elles doivent demander la permission au chef de rang. Et si elles y vont trop souvent, on leur fait des remarques ! Non, j'en conviens, ça pourrait être pire.

Toute venimeuse, l'autre jour, Maria m'a parlé des filles qui vendent leurs fesses derrière la gare des autobus ; qu'il pleuve ou qu'il vente, elles sont là, et il faut monter avec n'importe qui, les vieux, les Arabes, les Nègres, des gens qui ne se lavent que le trente-six du mois, et il faut les sucer, pouah...

— Tou es quand même mieux ici ! qu'elle m'a envoyé dans les gencives.

Comme si c'était comparable. Soit dit en passant, ne croyez pas que j'en veuille à cette pauvre Maria, il faut se mettre à sa place, elle est moche, je suis jolie, elle s'appuie les corvées, je tire ma flemme, son mari (quand il n'est pas sur un chantier à Pétaouchnoc) ne la touche qu'avec une pince à sucre... moi, en temps normal, je m'envoie en l'air du soir au matin. Je comprends qu'elle l'ait amère. D'ailleurs, quand j'ai un coup de bourdon, je vais la regarder suer sur une de ses besognes d'esclave, tout de suite, ça me requinque. Me voilà remontée comme un réveil... pour un bon quart d'heure.

Mais à peine écoulé ce quart d'heure, ça me reprend. « Et maintenant, qu'est-ce que je pourrais bien faire ? » Je choisis au hasard un roman dans la pile de Mlle Aude, je me jette sur mon lit, je lis :

« Au bord de la piscine de l'hôtel Sheraton, à Rio de Janeiro, Roselinde, la jeune secrétaire française de la comtesse Barbiéri, était en train de prendre un Martini avec le marquis de Carabas... »

Croyez-moi si vous voulez, le livre ne me tombe pas des mains. J'ai beau savoir que c'est de la bouse, je gobe ça comme du yaourt à la vanille. J'en deviens aussi idiote que Mlle Aude. Et quand j'ai fini le dernier chapitre, j'ai la bouche tout amère, comme si j'avais mangé trop de bonbons.

Une à qui Madame ne manque pas du tout, à propos, c'est sa sœur, justement. Il faut dire qu'en temps normal (quand ses fureurs utérines ne la propulsent pas au diable vauvert), Mme Fernande se montre assez vache avec sa cadette. Ce qui se comprend, vu qu'Aude n'a pas pour deux sous de jugeote. Ainsi, Madame lui interdit de recevoir des visites dans sa chambre. Oh, pas pour ce que vous vous figurez... Mais à cause des aigrefins dont Mlle Aude aurait une fâcheuse tendance à s'enticher. Dès qu'il y a une secte de tarés dans les environs, vous pouvez être sûr que leurs émissaires viendront la flairer. Une poire aussi juteuse, on n'en trouve pas tous les jours. Si Madame ne veillait pas au grain, il y a longtemps que cette idiote se serait fait plumer. En ce moment, et toujours sous le même prétexte (entrer en contact avec le défunt Philibert), c'est la Raffiani qui a une longueur d'avance sur la meute.

Chaque fois qu'elle parvient à déjouer la surveillance de son aînée, Mlle Aude introduit la voyante dans sa chambre pour essayer d'entrer en communication avec le fade dadais dont les photos tapissent les murs. A ce que prétend la Raffiani, cette chambre (le Mausolée, comme l'appelle Monsieur qui ne donne guère dans ces fariboles) est le meilleur endroit pour y parvenir, vu qu'elle est tout imprégnée de la présence du mort.

L'autre après-midi, donc, pendant que Maria tuait le temps en passant le plancher du salon à la paille de fer, Mlle Aude, profitant de ce que Madame courait le guilledou en ville, a une fois de plus reçu en douce la Raffiani. Elles se sont bouclées pendant près de deux heures, et à un moment donné, une drôle d'odeur s'est répandue dans la maison. Elles faisaient brûler des parfums hindous. Je me suis dit que Madame allait certainement faire des réflexions, quand elle rentrerait, et je suis allée frapper à la porte pour lui demander d'y aller mollo.

— Entrez donc, Victorine ! m'a dit Mlle Aude. Vous avez fini votre roman, vous en voulez un autre ? Choisissez dans ceux qui sont au pied du lit, j'en ai tiré tout le jus, je les ai lus au moins deux fois...

J'ai vu que la voyante était partie. On ne l'entend jamais marcher, cette femme, on croirait un fantôme. Mlle Aude, assise au bord du lit, habillée de noir, mangeait des chocolats. Quand elle évoque le cher disparu, elle s'habille en veuve, comme la Raffiani.

— Tu ne le croiras jamais ! Madame Raffiani est parvenue à faire se matérialiser Philibert quelques secondes, j'en suis toute renversée.

Un frisson m'a léché l'échine ; j'ai horreur de ce genre de trucs.

— Vous vous faites des idées. Les morts ne reviennent jamais... Cette Raffiani vous vend des salades.

— Je t'assure, je l'ai senti, Victorine, j'ai senti ses mains sur moi... ici...

Elle s'est pris les nichons à pleines mains.

— Quel coquin, ce Philibert ! a-t-elle minaudé. Il n'a pas changé ! Tu imagines ça ?

J'étais de plus en plus mal à l'aise. Mais en même temps, vu que j'étais plutôt sevrée sexuellement, ça m'a chatouillée de la voir se peloter. Elle a dû s'en apercevoir, ses paupières se sont abaissées.

— Nous sommes seules, je crois ? a-t-elle chuchoté en regardant ses ongles.

— La Portugaise astique le plancher du salon...

D'un haussement d'épaule, elle m'a fait comprendre que ça ne comptait pas.

— Votre frère est en consultation... Edwige joue au tennis chez sa copine Marjorie. Et Madame ne rentre qu'après dîner...

— Donc, nous sommes seules.

Elle m'a décoché son petit regard coquin.

— Et pourquoi donc, méchante, cherches-tu à m'ôter mes illusions quand je te dis que j'ai senti sur moi les mains de Philibert ?

— Parce que ça n'existe pas, ces conneries, Mademoiselle ; Monsieur a raison quand il se moque de vous, c'est des idées que vous vous faites, et la Raffiani en profite pour vous escroquer vos économies...

— Mais je les ai senties, je te jure ! Ici...

Elle a repris ses nichons (et la voix molle des soirs où je lui montais sa tisane).

— Qui vous dit que c'était vraiment ses mains, d'abord ?

— A qui voudrais-tu qu'elles soient ? Nous étions seules, Madame Raffiani et moi...

— Et elle vous faisait brûler ces saloperies de parfums qui empestent encore la chambre... je parie que la pièce était pleine de fumée. Et que vous fermiez les yeux...

— Je n'avais pas besoin de les fermer les yeux. Madame Raffiani m'avait mis un bandeau dessus pour que je me concentre mieux.

Je n'en revenais pas qu'elle soit aussi conne.

— Comme ça... il m'a pris la poitrine comme ça... et... et... il a passé ses doigts sur les bouts, ici...

Elle se frottait la pointe du sein à travers le voile noir du chemisier.

— Alors... oh, je rougis de te dire ça... j'ai senti mes tétons durcir, durcir... et j'avais chaud partout... je... je connaissais les émotions de la femme qu'on touche, Victorine... je n'osais plus rien dire à Madame Raffiani, c'est si intime... tu comprends...

Quelle salope, cette cartomancienne !

— Tout à coup, j'ai senti qu'il déboutonnait mon chemisier...

Et la voilà qui dévoile ses gros seins aux larges tétines roses. Le soutien-gorge défait pendait dessous

— Il a défait mon soutien-gorge... et il me les a sortis... j'étais morte de honte à l'idée que Madame Raffiani aurait pu nous voir... tu sais à quel point je suis pudique ! Il me pinçait les bouts, le coquin, il s'amusait à bien me les faire durcir, je ne savais plus où me fourrer... et... te ferais-je un aveu, Victorine ? (Elle baissa la voix.) J'étais toute mouillée... Je ne l'ai pas dit à Madame Raffiani, bien sûr...

— Bien sûr. Et... vous n'avez pas senti ses mains ailleurs ?

Je lui ai montré où.

— Oh, que vas-tu penser !

Outrée, qu'elle était. Comment osais-je...

— Tu penses bien que je n'aurais jamais toléré une chose pareille ! Même de la part d'un mort !

— Et après ? ai-je demandé. Que s'est il passé ?

— Mais rien ! Ce n'était qu'une première matérialisation, tu comprends ? Tout à coup, je n'ai plus senti ses mains... « Il est parti, m'a dit Madame Raffiani... Je ne sens plus son fluide... je vais ouvrir les yeux... je vais me déconcentrer ! » Sa voix venait de l'autre bout de la chambre où elle s'était tenue, pour ne pas se trouver en tiers entre Philibert et moi quand il se manifesterait...

— Parce qu'elle aussi, elle avait fermé les yeux, bien sûr ?

— Evidemment... il fallait bien qu'elle se concentre, on les ferme toujours, pour ne pas se laisser distraire par les apparences... J'ai vite refermé mon chemisier, puis j'ai retiré mon bandeau... Soulagée, j'ai vu qu'elle avait encore le sien... elle n'arrivait pas à le dénouer...

Tu parles !

— Je suis allée l'aider... Alors ? m'a-t-elle demandé. Vous avez bien communiqué ? J'ai dit que oui, sans entrer dans les détails. Si vous voulez, m'a-t-elle proposé, à la prochaine séance, je m'arrangerai pour que vous communiquiez encore plus intimement. J'en ai eu un coup dans le ventre, Victorine. Que voulait-elle dire par là ? Moi, il me semble que c'était déjà assez intime !

— Ce qu'elle veut dire, c'est que si vous la payez plus cher, Philibert vous enlèvera votre culotte.

— Comment peux-tu dire des horreurs pareilles ? Tu as vraiment l'esprit mal tourné ! C'est de nos âmes, voyons, que parlait Madame Raffiani ! Rien n'est plus intime que la fusion des âmes, tu devrais pourtant le savoir, non ?

2

Les jeux de la bonne

Pendant que nous papotions, le soir était tombé. Ça s'entendait au bruit des voitures. Dans cette rue écartée qui longe la berge, il n'en passe pour ainsi dire jamais, sauf le soir, justement, quand celles des voisins rappliquent après leur journée de travail et qu'on entend claquer les portières. Aussitôt, M. Léon se précipite pour faire ses salamalecs et porter les paquets.

« Bonsoir, Monsieur l'architecte, mes respects, mon colonel, mes hommages Madame... Alors, Docteur, pas trop fatigué ? Laissez donc, je vais m'en occuper... Permettez... »

Ils sont tous architectes, avocats, médecins, présidents de ceci ou de cela, il n'y a que des huiles dans ce coin, et Léon se plie devant eux comme une carpette, à l'affût d'un pourliche. Il a beau les détester du fond de l'âme, il n'arrête pas de leur passer la brosse à reluire. Mais assez parlé de ce fumier.

Ai-je mentionné les bougies ? Il devait bien y en avoir une trentaine dans la chambre, fichées sur des candélabres d'argent. Lorsque Mlle Aude et la voyante évoquent le défunt, elles en allument toujours des flopées. Moi, je trouve ça macabre, mais justement... Les morts aiment les bougies, prétend Mme Raffiani, ils ont besoin de leur intimité, la lumière électrique les empêche de se matérialiser.

— Que penses-tu de tout cela ? m'a demandé Mlle Aude. Donne-moi donc ton avis franchement, Victorine, de femme à femme.

Ses yeux qui m'interrogeaient avec candeur se sont vite détournés : quand elle emploie cette expression, « de femme à femme », c'est sa façon de me laisser entendre qu'elle est ouverte à toutes propositions.

— J'en pense que c'est la Raffiani qui vous a pelotée pendant que vous aviez les yeux bandés.

— J'étais sûre que tu dirais ça, s'est-elle exclamée. Tu n'es qu'une mécréante ! C'est bon, n'en parlons plus. Veux-tu un chocolat à la liqueur ? C'est Madame Raffiani qui me les a offerts, ils sont délicieux.

J'ai refusé poliment.

— Qu'est-ce que tu veux, alors, de l'argent ? Eh bien, tiens, sers-toi ! Puisqu'il n'y a que ça qui t'intéresse...

Elle a fouillé sous l'oreiller pour prendre son rouleau de billets de banque. La première chose que j'ai remarquée, c'est qu'il avait drôlement maigri. La Raffiani avait dû opérer un sacré prélèvement. J'ai défait l'élastique, j'ai pris un billet de deux cents francs. Elle me surveillait, en suçant son chocolat. Elle avait beau faire sa dépitée, la sale petite lueur, dans ses yeux, n'était pas seulement due aux reflets des bougies.

Je lui ai rendu la liasse. Deux cents, c'est le tarif habituel. On n'en a jamais parlé, ça c'est fait comme ça ; en théorie, il n'y a aucun lien entre les deux choses ; d'une part, elle m'offre généreusement de l'argent pour que je m'achète une babiole ; et comme par hasard, un moment plus tard, elle se retrouve les pattes en l'air. L'idée qu'elle me paie pour que je la broute ne semble même pas l'effleurer.

La voici qui se lève. Elle respire plus vite. Son sein se soulève. Maintenant qu'elle sait qu'on va le faire, elle est tout impatiente. Pour se déshabiller devant moi, pas besoin de prétexte ; je suis la bonne, c'est normal qu'on se déshabille devant sa bonne.

— Il faut que je me change avant que Fernande revienne. Elle n'aime pas que je sois en noir... Aide-moi, veux-tu ?

— Que Mademoiselle me laisse faire...

Elle ne demande que ça. Je commence par dégrafer les boutons-pressions sur ses hanches, puis je m'agenouille et je fais descendre la jupe noire. Elle soulève un pied après l'autre pour que je fasse passer la jupe dessous. La voici vêtue de son chemisier noir transparent, de ses bas blancs qui lui montent à mi-cuisses et qui sont fixés par un porte-jarretelles blanc, également, par-dessus lequel elle a passé sa culotte. Entre ses cuisses, sous la cotonnade rose, le triangle des poils met une tache sombre où affleure un soupçon d'humidité. En prenant tout mon temps, je plie soigneusement la jupe sur un cintre, je l'accroche dans la penderie. Elle attend, le souffle court.

— Je vais d'abord enlever votre culotte, Mademoiselle...

Elle me fait oui de la tête. Je me remets à genoux, je pose les mains sur ses hanches. Doucement, tout doucement, je fais descendre la sage culotte rose... Voici paraître le ventre rond, le nombril... je descends encore... Mademoiselle soupire.

— Il faudra que je pense à téléphoner à Madame Chambry pour reporter la leçon de son fils… je suis trop chargée, demain…

Quand je la déculotte, elle parle toujours de tout et de rien, d'un ton préoccupé, comme si ça ne tirait pas à conséquence. Je fais rouler l'élastique au niveau des poils. L'odeur de son sexe m'arrive, dans une bouffée.

— Oui, fait-elle, il ne faut pas que j'oublie… tu m'y feras penser, hein, Victorine ?

La culotte est à mi-cuisses, maintenant, elle a toute la moumoute à l'air. Les poils sont hérissés, la fente bâille, on devine le rose du dedans à la commissure, mais comme les cuisses sont serrées, c'est tout ce qu'on voit, une virgule rose bordée de poils. Je me rapproche d'elle pour faire glisser la culotte aux chevilles. Je lui soulève un pied et, comme un fruit blet, le con s'ouvre. Mais ça ne dure qu'une seconde. Elle a reposé son pied. Recommençons… L'autre pied… Je lui lève le genou nettement plus haut, elle pose une main sur ma tête pour ne pas perdre l'équilibre. Et je lui dis :

— Les chairs intimes de Mademoiselle sont irritées…

Elle fait celle qui n'a pas entendu. Je regarde à l'intérieur de son con et elle me laisse regarder. Et, d'une voix haut perchée :

— Tu n'oublieras pas, hein, de m'y faire penser… de lui téléphoner… à Madame Chambry… Je suis si tête en l'air… J'oublie tout !

— Bien sûr, Mademoiselle…

Je me relève, la culotte à la main. Je la balance dans un coin.

— Elle était trop serrée, cette culotte, je lui dis. Voyez… l'élastique vous a fait des marques…

Je lui retire sa ceinture porte-jarretelles. L'élastique de

celle-ci a également imprimé des sillons roses dans la chair blanche. Je les souligne du doigt. Chatouillée, elle essaie de rentrer coquettement son petit ventre dodu. Perdre quelques kilos ne lui ferait pas de mal, mais elle est excitante à regarder, avec ses bas blancs sur ses cuisses roses, les marques des élastiques imprimées sur son ventre, la touffe à l'air, la fente entrebâillée, et sous le voile noir du chemisier, le bout tendu d'un sein qui sort du soutien-gorge...

— Je vais vous mettre toute nue, Mademoiselle... Si vous le permettez ? Pour que vous puissiez passer autre chose...

Elle me permet, d'un signe de tête. Je lui retire son chemisier, puis son soutien-gorge. Ses seins lourds ballottent sur son buste ; sur leur chair blanche aussi, les baleines du soutien-gorge ont imprimé des ornières roses. Je passe mes doigts dessus.

— Il faudra que vous preniez des soutiens-gorge plus grands... ou que vous mangiez moins de chocolats...

Les grosses pointes marron sont toutes raides.

— Ne me regarde pas comme ça, quand je suis toute nue... Tu sais combien ça me gêne... passe-moi vite un vêtement d'intérieur.

Je me dirige vers la penderie. Mademoiselle s'observe sournoisement dans la glace de l'armoire. Je reviens avec le déshabillé rose ; une chose arachnéenne, aussi légère qu'un brouillard matinal.

— Oh, celui-là est trop indiscret, proteste Mademoiselle sans conviction... il laisse tout voir...

Je déploie le vêtement coquin devant elle.

— Il fait chaud... ce sera parfait... Vous n'aurez qu'à rester dans votre chambre... je vous monterai un plateau...

En soupirant, elle tend un bras, je lui passe une manche, puis l'autre, je referme le déshabillé sur elle, je noue la ceinture. C'est beaucoup plus cochon que si elle était à poil, elle ressemble à un gros bonbon rose et noir dans de la cellophane.

Le souffle court, elle glisse un regard vers les photos de Philibert.

— J'ai l'impression qu'il me regarde... Tu crois qu'il peut me voir ? Oh, l'idée qu'il me regarde quand je me déshabille... comme autrefois... ça me donne la chair de poule.

— C'est la faute aux bougies, Mademoiselle. Ce sont elles qui vous mettent des idées dans la tête.

Je vais les souffler, une à une. La pièce s'assombrit. Quand il n'y en a plus qu'une d'allumée, je me dirige vers l'interrupteur.

— Oh, fait Mlle Aude... je ferme les yeux, tu permets ? La lumière du plafonnier va m'éblouir... et j'ai un début de migraine.

Dès que j'allume, les idées macabres s'envolent, il ne reste plus que les cochonnes. Prise d'une soudaine lassitude, Mademoiselle s'assied sur son lit pour que je lui retire ses bas.

Elle me tend un pied à l'aveuglette. La tenant par la cheville, je lui replie le genou ; entre les pans du déshabillé sa chatte s'ouvre jusqu'au cœur. Les yeux fermés, Mademoiselle n'est pas censée s'en apercevoir. Je laisse mes doigts appuyer sur la chair de sa cuisse, pour enrouler le bas blanc et j'épluche sa peau moite. Quand le bas descend sous le mollet, je lui remonte le genou d'une bonne vingtaine de centimètres. Entre ses fesses, fleurit le trou de son cul. Le bas du con est déformé par la position, les lèvres bâillent, les muqueuses, mauves aux racines des poils, prennent des reflets rosâtres dans les replis, les lèvres du dedans débordent comme un calice déchiré.

Je fais passer le bas roulé sur lui-même sous le talon. En principe, elle devrait reposer son pied par terre, et je devrais m'attaquer au suivant. Mais si nous procédions de la sorte, il y aurait un laps de temps où elle cesserait de me montrer ce qu'elle me montre. Aussi, pour « jouer », elle met son pied sur mon épaule. Cette espièglerie lui extirpe un petit rire. Elle a décidé de faire la petite fille qui se laisse déshabiller par maman. C'est un jeu auquel nous jouons très souvent, elle en raffole. Aussi, j'entre dans son caprice.

— Oh le joli petit peton ! que je m'exclame, en prenant la voix baveuse qui convient.

Nouveau rire sucré de Mlle Aude. Comme elle n'a toujours pas ouvert les yeux, elle ne peut pas remarquer que son déshabillé s'est ouvert et que sa chatte rose bâille sous mon nez. Si elle s'en apercevait, comme elle est très pudique, elle serait obligée de reprendre une pose décente.

Pourquoi le cacher ? Ses simagrées m'affriolent. Et la grande chatte qui s'écarquille à vingt centimètres de mes narines est loin de me laisser impassible. Je continue à jouer à la maman :

— L'autre jambe, maintenant, petite friponne !

Je soulève son autre pied et je lui replie le genou. Pour ne pas tomber à la renverse, elle envoie ses mains derrière elle, sur le matelas ; elle ne pourrait s'ouvrir plus profondément sans qu'on lui voie l'utérus. La viande rose, très brillante, est voilée d'une très fine pellicule d'écume, et monsieur clito pointe son petit crâne rouge comme l'extrémité d'un doigt qui repousse une membrane de caoutchouc ; tout autour, se déploie l'écrin des poils ; l'ensemble évoque un mulot écrasé d'un coup de bêche avec toutes les tripes qui débordent.

Tout en me rinçant l'œil, je la dépouille de son autre bas. Elle a maintenant replié les deux genoux. Sous la chatte éventrée, le trou du cul, mauve, cerné d'une auréole sépia, fait la moue.

— Voilà, maman a fini !

Je dépose un autre baiser sur l'autre petit peton. Ainsi s'achève le prélude. Progressivement, Mademoiselle revient sur terre. Elle pose un pied sur la descente de lit, puis l'autre. Le sourire vertical de son con s'enfouit pudiquement sous les poils. Elle voile sa pudeur avec son déshabillé transparent et soupire.

Les yeux papillotants, elle se tamponne poliment les lèvres du dos de la main.

— Merci, Victorine. C'est gentil de m'avoir aidée à retirer mes bas...

Elle m'effleure la joue d'une caresse légère. Et attaque :

— Tu n'en as pas marre, des fois, ma pauvre Victorine, de nous aider à nous habiller... ou à nous déshabiller, ma sœur et moi ? Je t'assure que par moments, ça me rend confuse...

— Mademoiselle a tort de se mettre martel en tête, les bonnes sont faites pour ça !

— Eh bien non, se récrie-t-elle ! Cent fois non ! Les bonnes sont des êtres humains ! Souvent, vois-tu, Victorine, j'éprouve des remords d'abuser de ta gentillesse pour te faire faire des choses que je pourrais parfaitement faire toute seule si j'étais moins paresseuse.

S'il s'agit de se masturber, ce n'est pas faux : elle pourrait très bien le faire toute seule ; mais ce ne serait pas aussi satisfaisant.

— Je suis payée pour ça ! Les gages qu'on donne à une domestique, c'est en échange des services qu'elle rend à sa patronne !

— Et par moments, il ne te vient pas comme des idées de revanche ? Tu ne souhaiterais pas que ce soit le contraire ? Qu'à la suite d'une révolution, par exemple, tu deviennes la patronne, et que la patronne devienne la bonne ?

— Oh, je ne dis pas que je n'y ai jamais songé... tout le monde rêve. Madame est un peu rude, parfois. Mais Mademoiselle, elle, est si gentille avec moi !

Surtout quand elle me refile deux cents balles pour que je lui suce le bonbon et qu'ensuite, elle me renvoie à mes fourneaux comme un chien à sa niche.

— Tu es trop indulgente ! fait-elle. Edith, n'était pas du tout comme toi. Elle avait des idées très révolutionnaires. Aussi, certains soirs, pour lui faire plaisir, on changeait de rôle. On faisait semblant qu'elle était la patronne, elle, la bonne, et que moi, la patronne, j'étais la bonne. Tu saisis ? C'est elle qui me l'avait proposé, pour que je me rende bien compte de ce que c'est d'être la bonne de quelqu'un. Chaque fois que je m'étais montrée trop impatiente avec elle, ou désagréable, que je l'avais rembarrée, elle notait tout dans un carnet spécial qu'elle avait toujours sur elle. Dès que je la voyais sortir ce carnet de son tablier, ça me faisait frais dans les reins. C'est qu'une fois par semaine, nous soldions nos comptes, tu comprends ? Et ce jour-là, ce jour où je faisais la bonne et où elle devenait la patronne, elle me faisait payer avec usure tout ce que je lui avais fait. Elle se remboursait, comme elle disait.

Mademoiselle se frotte songeusement les fesses, les yeux perdus dans ses souvenirs.

— Tu ne peux savoir comme elle savait se montrer sévère ! Ainsi, en remboursement d'une simple gifle que je lui avais envoyée dans un moment d'énervement, elle m'en rendait dix ! Et pas sur les joues...

Et voilà ! Comme si l'idée venait seulement de l'effleurer, elle frappe dans ses mains.

— J'y songe ! Si on faisait un essai ?

— Un essai, Mademoiselle ?

— Mais oui... Si tu faisais semblant d'être la patronne et moi la bonne ? Pour voir l'impression que ça te fait ? Tu vas passer mon déshabillé. Et moi, je vais mettre ta tenue. Qu'en dis-tu ?

Ça ne traîne pas. Elle court fermer la porte à clef, retire son déshabillé, me le tend.

— Donne-moi ta jupe, vite... je ne peux pas rester toute nue, tu le sais bien... ça me gêne.

Nous procédons à l'échange. Pendant qu'elle noue tant bien que mal les brides du tablier d'où débordent ses nichons, j'enfile le déshabillé et me faufile dans le lit.

— Attendez, dit Mlle Aude, entrant dans la peau de son personnage, attendez, Mademoiselle... les draps font des plis... Que Mademoiselle permette...

Elle rabat le drap que j'ai tiré sur moi. En me mettant au lit, je me suis arrangée pour que le déshabillé se retrousse. Elle peut donc admirer mon cul à son aise, vu que lui tournant le dos, je feins de lire un de ses stupides bouquins. Je la sens passer sa main sur le drap de dessous, pour bien le lisser. Mine de rien, sa main se rapproche, la voici sur ma cuisse.

— Que Mademoiselle a la peau douce !

Sa main frôle mes poils.

— Et ici... c'est encore plus doux... Mademoiselle permet-elle que je vérifie ?

— Faites, faites, Victorine, dis-je, d'un ton grognon, et laissez-moi lire tranquille. Ce roman de Mazo de La Roche est passionnant !

Elle m'ouvre le fessier pour me lorgner l'anus. Dans mon ventre, un gros serpent tiède se gonfle. Je tourne fébrilement les pages du livre.

— Mademoiselle est un peu irritée... ici...

Son doigt me frôle la corolle ; je me crispe.

— Mademoiselle est nerveuse !

La fausse Victorine me lisse la pastille. C'en est trop, le livre me tombe des mains, j'enfonce mon front dans l'oreiller, je lève la croupe. Elle a dû mouiller son doigt de salive, car il franchit la barrière élastique et remonte dans mon cul comme un suppositoire.

— Mademoiselle est fiévreuse, chuchote la fausse bonne... Mademoiselle ne prend pas assez d'exercice... Mademoiselle devrait sortir plus souvent, c'est très mauvais pour elle de rester dans cette chambre, à ruminer des idées noires... Oh ! Mais qu'est-ce que je sens là... Mademoiselle est toute mouillée...

Elle a retiré son doigt de mon cul et me taquine la fente.

— Mademoiselle se serait-elle amusée toute seule, comme une collégienne ?

Elle me pince le bouton, le relâche, vite, de plus en plus vite, et ça monte, ça pointe, j'entends sortir de ma bouche qui mord vainement l'oreiller les ridicules glapissements que nous émettons dans ces moments-là, j'en bave et me tortille comme une idiote.

— Oh, Mademoiselle Aude... que je fais. Oh, Mademoiselle Aude...

J'en oublie qu'elle est devenue Victorine. Elle aussi, apparemment :

— Voui ? Tu dis ?

Sans le moindre respect humain, je lui mouille copieusement les doigts en mordant l'oreiller à pleines dents. Me laissant sangloter comme une idiote, elle se couche contre mon dos. Quand j'ai joui aussi fort, je n'ose pas montrer mon visage, j'ai honte de m'être comportée comme une bête. Elle se colle à mes fesses, me prend un nichon, me flatte le tétin, son autre main est toujours entre mes cuisses, avec le doigt qui se balade de bas en haut dans le déluge. Nous restons comme ça de longues minutes...

3

Les souvenirs de Mlle Aude

— Je t'ai déjà raconté comment ça se passait, entre Philibert et moi, du temps de nos fiançailles ? me demande-t-elle soudain (oubliant totalement le jeu de la boniche). Comment je lui montrais mes seins en cachette de mes parents, dans le salon, ou au jardin ? Et puis comment il est devenu plus exigeant et comment il a fallu que je lui montre mon... mon buisson ardent, tu te souviens ?

— Oui, Mademoiselle, je me souviens très bien.

— Eh bien, figure-toi qu'un beau jour, Philibert est venu avec un ami. Te dire la surprise de mes parents ! Un fiancé ne rend pas visite à sa future avec un ami ! Et puis, ils se sont habitués. Pour tout dire, ça les a même rassurés. Du moment que nous étions trois, nous ne pouvions pas faire mal, tu comprends ? Cet ami nous servait de chaperon, il avait l'air si comme il faut ! Schombert... il s'appelait Schombert... Schombert plaisait beaucoup à ma mère. Alsacien, l'air timide, les joues roses, moustaches blondes...

— On sent qu'il a été éduqué dans un excellent milieu, disait-elle.

Papa était du même avis. Si bien que lorsque Schombert était là, maman ne venait plus voir à tout propos ce que nous fabriquions. Un jeune homme si bien... Moi, je t'avouerai que c'était le contraire. Je l'avais pris en grippe. Quand Philibert m'embrassait sur la bouche, Schombert nous regardait en souriant d'un air niais. Je l'aurais pilé. C'est gênant, tu avoueras, de se faire brouter le museau par son fiancé devant un grand nigaud d'Alsacien, qui écarquille les yeux pour ne pas en perdre une miette. Dès que Philibert m'asseyait sur ses genoux, tout en parlant avec lui, et qu'il mettait ses mains sur moi...

— Comment ? Mais, Mademoiselle, vous m'aviez dit qu'il ne vous avait jamais touchée...

— Je t'ai dit ça ? Oh, c'était une façon de parler. En outre, tu venais de débarquer, nous n'étions pas encore assez intimes pour que je te parle de certaines choses, tu comprends ?

Vu que maintenant nous sommes assez « intimes », elle m'enfonce délicatement deux doigts dans le vagin.

— Et puis, ne m'interromps pas tout le temps, quand je parle ; ça me fait perdre le fil de mes idées... Je ne sais plus où j'en suis !

Dans mon trou du cul, voilà où elle en est ! Elle vient d'y glisser un autre doigt. Ça en fait trois, deux devant, un derrière, qui gesticulent en moi comme des crabes dans une nasse...

— Vous... vous en étiez... quand Philibert vous asseyait sur ses genoux... et qu'il vous mettait les mains...

— Voilà. Et laisse-moi parler, hein ? Au début, donc, comment te dire, quand il me touchait les seins, en m'embrassant dans le cou... dis donc, tu mouilles drôlement, petite coquine, ça te plaît, hein, ce que je te fais... ça te rappelle des souvenirs...

— Vous voyez, Mademoiselle, c'est vous, maintenant, qui parlez d'autre chose...

— Que veux-tu, ce n'est pas facile de suivre deux lièvres à la fois ! Bon, quand il me tripotait devant Schombert, je lui tapais sur les mains... Si nous avions été seuls, il aurait pu toucher tout ce qu'il voulait... mais pas devant ce maudit Alsacien planté devant nous comme un poteau indicateur. Je dois dire que Philibert n'insistait jamais... comme s'il comprenait ma pudeur... Pourtant, quelques minutes après, c'était plus fort que lui, il revenait à la charge. Nous étions en train de parler, et sa main me prenait machinalement un sein. J'avais beau trouver ça déplacé, ça me faisait quand même de l'effet, et si je lui tapais toujours sur les doigts, c'était de plus en plus mollement. Si bien qu'un jour, j'ai oublié de la repousser, sa main. Il faut dire que la conversation était passionnante, j'argumentais avec Schombert sur les trois ordres de connaissance chez Spinoza et dans le feu de la discussion... bref, Philibert me tenait carrément un nichon et, tout en mettant son grain de sel dans la polémique qui m'opposait à son ami, il me le palpait sans vergogne. Je voyais les yeux de Schombert se baisser sur ma poitrine. Il était tout rose, et il bafouillait un peu, en parlant. A un moment, il s'est tu, et il a sorti son mouchoir pour s'essuyer le front.

— Il fait chaud, a dit Philibert. Tu ne trouves pas, Aude ?

— Très chaud, c'est vrai... je suis toute moite...

— On serait mieux en maillot de bain, hein ? Pas vrai, Schombert ? Quelle canicule !

« Il me tenait toujours par le nichon, croit devoir m'expliquer Mlle Aude, et, tout en parlant, il me bécotait dans le cou, près de l'oreille ; ça me rendait toute coquine... Bizarrement, ça ne me dérangeait plus que Schombert soit là ; au contraire...

— En maillot ou tout nus, a ajouté ce scélérat de Philibert, en me mordillant l'oreille.

« Un grand frisson m'a parcourue. En face de moi, Schombert est devenu cramoisi et, vu qu'il n'avait rien d'autre à mordiller, lui, il a mordillé sa moustache blonde.

— Oh, Philibert... voyons ! Tu n'y songes pas !

— Si tes parents n'étaient pas là, on pourrait prendre un bain de soleil tous les trois, a fait Philibert. Tout nus dans l'herbe... comme Adam et Eve au jardin d'Eden... ce serait bucolique, non ?

« Schombert s'est mis à tousser. Il était aussi rouge qu'une pivoine. Je n'avais pas pris garde qu'en me pelotant, Philibert avait fait remonter ma robe. Je n'avais pas de bas, c'était l'été. Quand je m'en suis aperçue, j'ai vite baissé ma robe sous mon genou. Philibert a éclaté de rire.

— Tu as vu, Schombert, comme elle est pudique, ma fiancée ? (Je lui ai pincé la main, parce qu'il me remontait à nouveau ma robe). Allez, quoi... juste la cuisse... montre ta belle cuisse à Schombert...

— Mais tu n'y songes pas...

— Et pourquoi donc ?

« Et le voilà qui se penche pour jeter un coup d'œil par l'ouverture de la tonnelle. Nous avions un grand jardin, ce n'était pas ici, au bord du Lot, mais dans notre maison de campagne, à Pujols. C'était l'après-midi, au mois d'août, les cigales criaient. De la musique arrivait de la maison dont les persiennes étaient tirées pour faire de la fraîcheur dans les pièces. Mes autres sœurs, Charmaine et Fernande, étaient sorties. Charmaine, qui faisait le désespoir de maman, était en instance de divorce. Elle fréquentait un avocat, en ville, avec lequel elle allait se remarier, deux ans plus tard. Et Fernande était fiancée, comme moi, avec celui qui allait devenir Monsieur. Je t'explique tout ça pour planter le décor. L'été, tout le monde venait à la maison de Pujols, dans la garenne. Mais mes sœurs et moi, nous nous arrangions pour ne pas nous déranger les unes les autres dans nos amours respectives. Ainsi, chaque fois que Philibert me rendait visite, elles nous laissaient le champ libre, ou elles occupaient maman pour qu'elle ne soit pas sans arrêt dans nos jambes. Donc, ce jour-là, sous la tonnelle, j'ai tout de suite su que Philibert avait une idée en tête quand je l'ai vu regarder dans le jardin.

— Nous sommes tranquilles, qu'il a fait, dans cette tonnelle, personne ne peut nous voir...

« Mets-toi à ma place, Victorine, que pouvais-je dire ? C'était la vérité, non ? En face de moi, Schombert, rouge jusqu'aux oreilles, s'est gratté la gorge. Ça aurait dû me mettre la puce à l'oreille. Que mijotait donc Philibert ? Je te rappelle que depuis que Schombert l'accompagnait, je n'avais plus jamais eu l'occasion de lui faire admirer mes appas. Et ça me manquait, pourquoi le cacher. C'est bien sur ça qu'il comptait, le filou. Et de s'embarquer dans tout un discours, comme quoi Schombert et lui étaient pour ainsi dire comme deux frères, ils partageaient tout...

— Pauvre Schombert ! me dit-il. Tu imagines comme c'est frustrant pour lui de nous regarder nous amuser ensemble... et lui, obligé de faire ceinture !

« Je n'osais pas comprendre. Enfin, quoi, j'étais sa fiancée ! C'était officiel. Je portais la bague qu'il m'avait offerte. A l'époque dont je te parle, surtout dans nos campagnes reculées, on ne connaissait pas toutes ces choses qui sont monnaie courante de nos jours, échangisme, triolisme, partouze.

— Tu ne voudrais pas me les montrer un peu ? a demandé Philibert, en me soupesant les seins. Cela fait si longtemps...

— Devant lui ? (Ça m'est sorti du cœur.)

— Et pourquoi pas ? Puisque c'est comme un frère !

L'idée m'a fait chaud dans tout le corps.

— Ce serait si gentil pour lui, continuait Philibert, en me léchant le trou de l'oreille. Cela fait si longtemps qu'il n'a pas vu une femme nue. Sa fiancée est en Alsace...

— Voyons, Philibert... tu n'y songes pas...

— Oh, a fait Philibert, en joignant les mains, je t'en supplie, chérie... rien qu'une minute... Schombert a tellement envie de les voir... tes petites colombes blanches au bec rose !

« Que te dire, j'étais tellement sidérée que je n'ai pas eu la force de me défendre quand Philibert, tout en me mordillant la nuque a baissé traîtreusement les bretelles de ma robe d'été sur mes bras ; en un rien de temps, profitant de mon désarroi, et aussi, il faut te l'avouer, de ma langueur... ce diable d'homme a fait passer les bretelles sous mes coudes. Et je me suis retrouvée les seins à l'air ! Vois-tu, je n'avais pas mis de soutien-gorge à cause de la chaleur, et à cet âge, j'en avais pas vraiment besoin, vu que mes seins ne tombaient pas comme maintenant. Morte de honte, j'ai baissé les yeux sur eux, parce que ça me gênait de regarder Schombert. Elles étaient toutes roses d'émotion, mes colombes et leurs becs se dressaient avec effronterie. Le doigt de Philibert s'est posé sur une de leurs pointes.

— Tu as vu, Schombert, je ne t'avais pas menti, vois comme elle a de gros bouts de sein pour une fille aussi jeune...

— C'est vrai, a dit Schombert.

« Il est venu les admirer de plus près, son verre de thé glacé à la main.

— Les mamelons de Roberta, ma fiancée, ne sont pas aussi développés...

— Et vois, a fait Philibert, comme ils sont sensibles... je vais les faire pointer.

« Je ne savais plus où me mettre, j'avais le corps tout chaud. Philibert s'est mis à me tripoter le bout d'un nichon, et bien sûr, ça l'a fait se raidir. Une fois que la pointe a été bien sortie, il a fait pareil avec l'autre.

— Ta fiancée est plus sensuelle que la mienne, a dit Schombert, en étudiant attentivement le phénomène.

Philibert, debout derrière ma chaise, me soulevait les seins comme pour les lui offrir. J'étais si honteuse que j'ai tourné la tête pour ne pas voir ce que Schombert allait faire.

— Elle a vraiment la peau aussi douce que tu le dis ? a-t-il demandé.

« Du coin de l'œil, j'ai vu qu'il posait son verre.

— Touche, a fait Philibert, tu vas bien voir...

— Vous permettez, Aude ?

« J'ai battu des paupières. Timidement, ses mains se sont avancées et il a pris mes seins de celles de mon fiancé. J'ai tressailli malgré moi et je me suis mordu la lèvre.

— Rien qu'un instant, Aude... a supplié Schombert.

« Il s'est mis à me les caresser si doucement que ça me

donnait la chair de poule. Quand il m'a touché les pointes (elles étaient si raides que j'en mourais de honte), je n'ai pu retenir un soupir.

— Ils sont vraiment très doux... plus doux que ceux de Roberta.

— Qu'est-ce que je t'avais dit, a triomphé Philibert.

— Vous permettez, chère Aude, a répété Schombert, en me les prenant à pleines mains, juste pour vérifier leur élasticité...

« Tout en me les palpant amoureusement, il a laissé glisser sa main tout du long, pour bien en épouser la forme ; et quand il est arrivé au bout, il m'a pincé les mamelons entre le pouce et l'index. Laisse-moi te dire que sa timidité était bien oubliée. Et voilà qu'il nous déclare :

— Roberta... ce qu'elle préfère... c'est que je lui suce les bouts, comme un petit bébé !

— Oh, c'est marrant, ça ! a dit Philibert. Aude aussi, figure-toi ! Ça tombe bien, tu ne trouves pas, chérie ?

« J'étais trop dépassée par la situation pour réagir comme j'aurais dû. Sans force, je les ai laissés s'agenouiller devant moi, et m'en prendre chacun un qu'ils se sont mis à téter voracement. Cela s'est fait si vite que je n'ai pas eu le temps de les en empêcher. Et maintenant, c'était trop tard, j'étais là, sur ma chaise, les bras derrière le dossier, et eux, à genoux, qui me tétaient ! Te l'avouerai-je, Victorine, ces deux bouches d'homme, chaudes et gourmandes, en train de m'aspirer les bouts des seins, ça me faisait des sensations affolantes... ma culotte était trempée... Ils suçaient de plus en plus fort, et par moments, ils avalaient à moitié mes seins, me les mordaient, puis ils reculaient la tête et se remettaient à me mignarder les pointes, à les mordiller, les suçoter. Et ils s'y prenaient tellement de la même manière qu'un soupçon m'est venu ; très vite, ce soupçon s'est transformé en certitude. Ils l'avaient déjà fait ! Tous les deux ! Avec une autre fille ! C'étaient les mêmes frétillements du bout de la langue, les mêmes mordillements à peine appuyés, les mêmes suçons voraces... Peut-être même l'avaient-ils fait avec cette fameuse Roberta, et Philibert ne me partageait-il avec Schombert que parce que Schombert avait déjà partagé Roberta avec lui ! Eh bien, loin de me rendre jalouse (c'est te dire à quel point ils m'avaient perturbée !), cette idée m'excitait à un tel point qu'ils l'ont senti. Je ne me prêtais plus, je m'offrais, j'avais posé mes mains derrière leur nuque, comme si je soutenais deux gros nourrissons, et mes ongles se plantaient dans leur crâne chaque fois qu'ils m'arrachaient un frisson trop voluptueux.

« Oh, Victorine... je ne sais si je dois te raconter le reste. Ces deux cochons m'avaient mise dans un tel état que je n'étais plus capable de m'opposer à rien. Sais-tu ce qu'ils ont exigé, ensuite ? Que je leur serve le thé avec les seins nus !

— A San Francisco, je suis allé dans un bar où il y avait des serveuses topless ! C'était fort stimulant... a dit Schombert. Est-ce que ta fiancée ne voudrait pas nous servir ainsi ? Quand tu viendras à Strasbourg, je demanderai à Roberta de nous servir le café la poitrine nue...

« Encore tout énervée et alanguie d'avoir été tétée par ces vauriens, je leur ai donc servi le thé avec le devant de ma robe baissé. J'avais les bouts des seins luisants de salive, jamais ils n'avaient été aussi gros. Tu imagines le spectacle ? La jeune fille de la maison en train de servir les invités avec les nichons dehors ?

Comme une vulgaire pouffiasse de bastringue ! Ensuite, il a fallu que je leur allume leur cigare.

— On est vraiment comme des pachas, hein, Schombert ? faisait Philibert en me pelotant un sein. On est mieux ici qu'à crapahuter dans le djebel, hein ?

— Tu verras, avec Roberta, ce sera pareil, a répondu Schombert qui me pelotait l'autre. Et même, elle t'en montrera davantage, Roberta, elle n'est pas aussi pudibonde qu'Aude... c'est une fille du nord...

— Aude n'est pas pudibonde, a protesté Philibert, elle est réservée, c'est différent. Tu veux parier qu'elle va nous montrer tout ce que Roberta nous a... nous montrera ?

— Je ne crois pas qu'Aude en soit capable, a fait Schombert, dont les yeux suivaient avidement les balancements de ma poitrine... Elle a reçu une éducation beaucoup trop stricte. Elle est charmante, je n'en disconviens pas, mais sur le plan sexuel, elle est plutôt coincée...

« Il aurait fallu que je sois bouchée à l'émeri pour ne pas voir où ils voulaient en venir ! L'idée avait beau me scandaliser, elle m'émoustillait d'autant plus.

— Montre-lui, chérie, que tu n'es pas aussi coincée que ça, m'a dit alors Philibert. Fais-lui voir tes parties sexuelles...

— Oh, Philibert, mais c'est l'ultime refuge de la pudeur d'une jeune fille... voyons, tu n'y songes pas !

— Tu vois qu'elle est coincée ! ricanait Schombert.

— Non, je ne suis pas coincée ! (Il m'agaçait, à la fin !)

— Alors, montre-nous ton vagin. Sois moderne, quoi, songe que la fiancée de Schombert, qui est alsacienne, n'a pas les mêmes préjugés que toi... Tu ne voudrais pas passer pour une sotte provinciale ?

« Il a bien fallu que je cède, si je ne l'avais pas fait,

Philibert m'aurait fait la gueule ; quand je le contrariais, il me boudait pendant des semaines entières.

— Viens dans ce fauteuil, ce sera plus commode, il y a des accoudoirs...

« Philibert m'a ôté ma culotte et m'a assise dans le fauteuil d'osier après m'avoir remonté ma robe au-dessus du nombril. Puis il m'a pris une jambe et me l'a fait passer par-dessus l'accoudoir. Schombert a fait la même chose avec l'autre jambe. (On voyait qu'ils avaient l'habitude, ces salopards !) J'étais donc dans la position de la grenouille qui replie ses jambes en losange avant de sauter. Et eux, assis par terre, sur des coussins, mon sexe et mon trou du cul sous le nez.

— C'est mieux que la télé, hein ? a plaisanté Philibert.

— Tu l'as dit !

— Et tu remarqueras qu'elle n'est pas du tout coincée, regarde comme elle mouille !

— C'est vrai... encore plus que Roberta !

« Philibert a écarté mes poils et m'a passé le doigt dans la fente.

— Tu as vu comme l'ouverture du vagin est bien dégagée ?

— Oui, a fait Schombert... mais ne pourrais-tu pas lui faire sortir son clitoris, on ne le voit pas bien...

— Attends... voilà...

« Philibert m'a ouvert les petites lèvres et il a appuyé pour faire gicler mon bouton. Il était tout énervé, mon bouton. Philibert le pinçait entre le pouce et l'index pour bien le tirer dehors et le montrer à son copain. Par jeu, il a fait comme si Schombert n'en avait jamais vu et il a pris le ton pédant d'un professeur pour lui décrire toutes les particularités de l'anatomie féminine.

— Ces petites lamelles, tu vois, ce sont les nymphes,

ou les petites lèvres... elles sont très douces, très fines, très sensibles... tu remarques comme ma fiancée se tortille et comme ça la fait mouiller quand je les lui manipule... elle aime beaucoup ça. Ici, c'est le vestibule... on l'appelle vestibule parce que c'est une sorte d'antichambre triangulaire délimitée par les petites lèvres, le clitoris et l'entrée du vagin... le vagin lui-même, tu le remarques, est très souple... sans doute à cause de la posture que nous avons fait prendre à ma fiancée, cela lui dilate l'ouverture... vois comme le doigt y pénètre sans forcer...

« A l'appui de ses dires, il m'a enfilé son doigt tout au fond. Schombert a voulu faire pareil. Or, c'était la première fois que mon fiancé me mettait son doigt dans le trou et pour une première fois, voilà qu'ils étaient deux à me le faire ! Il faut dire que nous avions tous perdu la tête. Je crois bien que j'ai joui quand Schombert m'a mis son doigt dans le trou sous les yeux de mon fiancé.

— Qu'elle reste comme ça... surtout qu'elle reste comme ça ! a supplié Schombert, en se relevant.

« Je suis donc restée comme ça, devant eux, ma chatte grande ouverte. Ils ont ouvert leur pantalon et sorti leur attribut. Celui de Schombert, très blanc, ressemblait à une grosse endive, le bout, quand il a tiré sur la peau, était d'un rose fade. Celle de Philibert, plus étroite, plus brune, avec un bout très rouge. Ils ont continué leur numéro...

— Vous voyez, Aude... a péroré Schombert, en se décalottant, ceci s'appelle le gland... là-dessous, ce filet, c'est le frein...

« Il a soulevé son gros engin pour me montrer le minuscule filament de chair qui rattache le gland au prépuce.

— Et ça, a dit Philibert... c'est le méat...

« Il avait pincé son gland pour faire bâiller la petite fente verticale, à l'extrémité. Une goutte transparente a perlé hors de l'orifice et a coulé.

— Je commence ? a proposé Schombert.

— A toi l'honneur... mais attention... c'est une pure jeune fille, hein ? Une vierge...

« Avant que je sois revenue de ma surprise, Schombert est tombé à genoux et m'a passé le gros bout rose de sa verge dans la fente. A plusieurs reprises, il l'a fait glisser de bas en haut.

— Cela s'appelle un badigeonnage, Aude...

— Autrement dit, est intervenu mon fiancé, il te passe le pinceau !

« Ensuite, tenant son pénis à la main, Schombert s'est mis à me tapoter sur le clitoris avec le dessous du gland. A chaque tapotement, je ressentais comme des décharges électriques dans tout le corps. J'avais pris la main de Philibert et mes ongles s'enfonçaient dans sa paume chaque fois que c'était trop bon.

« Il souriait encore, Philibert, mais jaune, j'avais l'impression qu'il n'était plus aussi ravi que ça de voir son ami me passer son pinceau entre les poils. D'autant plus que je m'ouvrais de plus en plus et que j'étais inondée...

— Juste le bout, vous permettez, Aude, pour goûter...

— Juste le bout, hein ! a grogné Philibert, en se penchant pour vérifier qu'il n'allait pas trop loin.

« Schombert tenait sa grosse tige entre le pouce et l'index.

— Voilà, ça s'ajuste parfaitement, vous voyez, Aude ?

« En effet, j'étais si mouillée que son gros gland est entré sans problème.

— Tu es sûr qu'elle est vierge, Philibert ? s'est-il étonné.

« Je sentais qu'il poussait sournoisement, et ça entrait. Philibert a ouvert la bouche, comme un poisson. L'instrument de Schombert était déjà plus qu'à demi entré, et rien ne s'opposait à son intrusion.

— Je vous fais mal, Aude ?

— Pas du tout.

(Au contraire !)

— Elle nage la brasse papillon... a bredouillé Philibert, c'est peut-être pour ça.

« J'ai eu le sentiment qu'il était honteux, par rapport à son ami, de ce que je sois aussi peu étroite, et qu'il m'en voulait de lui avoir caché cette particularité, qu'il se disait qu'il aurait pu profiter plus tôt au lieu de me respecter sottement. Schombert a paru deviner ce qu'il éprouvait, et pour le consoler, il lui a dit :

— Roberta, c'était pareil... j'ai pas eu besoin de forcer la première fois, c'est entré comme une lettre à la poste ! Il faut dire qu'elle fait beaucoup d'équitation, elle. Les filles qui font du cheval, ou du vélo, c'est connu, elles se sont souvent ouvertes toutes seules... c'est la position qui veut ça, et le frottement de la selle sur les organes.

« Pendant qu'ils échangeaient ces considérations anatomiques, Schombert continuait à me pousser sa flamberge dans le vagin. Et voilà qu'au grand dam de mon fiancé qui aurait sans doute préféré être le premier à m'honorer, l'Alsacien a fini par se retrouver entièrement logé, et je n'avais pas eu mal du tout. Ses grosses couilles tièdes, dont les poils me chatouillaient, reposaient contre mes fesses.

— Eh bien, a fait Philibert, si j'avais su ça !

« Il avait l'air salement contrarié. Schombert, lui, était aux anges, avec toute sa grosse queue qui baignait dans mon jus.

— Ta fiancée est vraiment charmante, Philibert... tu n'avais pas menti... Dimanche prochain, nous irons à Strasbourg, et ce sera ton tour de t'amuser avec la mienne. Roberta te trouve très sympathique.

« La perspective de faire à Roberta ce que Schombert m'avait fait a allumé une petite lueur dans les yeux de Philibert. Du coup, il a cessé de faire grise mine et il a demandé à Schombert de se retirer, pour me la mettre lui aussi. Il devait quand même l'avoir saumâtre de m'avoir vu céder si facilement à son ami (alors que, n'était-ce pas un comble ? c'est lui qui avait insisté pour que je le fasse !) car il m'a introduit son instrument avec beaucoup plus de brutalité que nécessaire, ce qui fait que j'ai poussé un petit cri. Du coup (où la vanité va-t-elle se nicher ?), il a eu l'air tout glorieux, car Schombert ne m'avait pas fait crier, lui. L'honneur était donc sauf.

« Il s'est retiré, avec un petit sourire fat, et, comme il n'était pas question qu'ils me fassent ça dedans, à cette époque, les jeunes filles ne prenaient pas la pilule, ils ont expédié leur affaire à la main, en regardant ce que je leur montrais. Moi, de les voir faire, j'en aurais bien fait autant, tu t'en doutes, ce n'était pas l'envie qui me manquait, mais j'étais bien trop pudique, en ces temps lointains, une jeune fille bien élevée ne se masturbait pas en public. Je les ai donc regardés arroser le feuillage de la tonnelle en faisant toutes leurs grimaces, ensuite, on s'est rhabillés en vitesse, car l'heure approchait où mes sœurs allaient revenir.

« Ils sont revenus encore deux ou trois fois, et à chacune de leurs visites, Philibert insistait pour que je m'amuse avec Schombert, ou plus exactement, que Schombert s'amuse avec moi. Je me souviens qu'à notre dernière rencontre, les choses ont failli aller plus loin que la bienséance l'autorisait. Schombert ayant expliqué que souvent Roberta et lui le faisaient par-derrière, Philibert a voulu voir si c'était possible. Et son ami m'a introduit le bout du pénis dans le trou du cul, après l'avoir mouillé de salive. Il ne m'a rentré que le gland, parce que ça me faisait trop mal, mais j'étais morte de confusion.

« Figure-toi qu'ils m'avaient mise à quatre pattes sur la table du jardin, ma robe d'été relevée me retombait par-dessus la tête, et Schombert m'enfonçait son dard dans l'anus en expliquant à Philibert comment il fallait s'y prendre pour bien sodomiser une fille encore novice.

— Tu vois, qu'il disait, quand ça se contracte, comme ça, il faut leur tripoter le bouton... Elle se crispe moins...

« Philibert s'était baissé pour le voir opérer et forcément, quand Schombert me masturbait mon petit bourgeon, je ne pouvais faire autrement que de m'ouvrir, c'est un réflexe qu'on ne domine pas, et il en profitait pour se pousser dans le boyau. Mais il a eu beau faire, il n'est pas arrivé à me le mettre tout entier, car on a entendu le bruit d'une voiture, Charmaine revenait avec l'avocat qu'elle fréquentait. Vite, nous avons remis de l'ordre dans nos vêtements. J'ai remarqué que Schombert et Philibert avaient l'air tout gêné, ensuite, sans doute à cause de ce qui venait de se passer. Moi, je m'en voulais aussi, tu dois t'en douter, et je leur en voulais encore plus. C'est une chose de jouer avec l'ami de son fiancé avec les orifices qui sont faits pour ça. Mais par-derrière ! N'est-ce pas un acte contre-nature, un péché mortel, condamné comme tel par l'Eglise ? »

4

Les photos de Roberta

« Pendant des années, a poursuivi Mlle Aude, je n'ai pu m'empêcher de penser que le bon Dieu avait puni Philibert d'avoir toléré que Schombert me fasse une chose pareille. Quoi qu'il en soit, c'est peu de temps après cet acte contre-nature que l'hélicoptère que pilotait Philibert, le fameux Alouette, s'est écrasé dans un djebel.

« Quelques mois plus tard, au cours d'une permission, Schombert est venu m'apporter les affaires personnelles que Philibert m'avait léguées. C'est ce jour qu'il m'a remis toutes les photos que tu vois sur les murs. Nous étions seuls, au salon, car mon père venait de mourir et ma mère, très éprouvée, avait dû s'aliter. La mort de Philibert lui avait donné un choc, elle l'aimait comme un fils. Fernande venait de se marier avec Bergeret, elle était en clinique à Toulouse où ils vivaient alors, sur le point d'accoucher d'Edwige, mon frère achevait ses études de médecine à Paris, et Charmaine était en Corse, avec son second mari. Bref, nous étions seuls, au salon d'hiver, et j'étais en train de pleurer dans les bras de Schombert après avoir regardé les photos de Philibert.

« Il me caressait les cheveux et me consolait du mieux qu'il pouvait. Pour me changer les idées, il m'a montré une photo de sa fiancée, Roberta, une grosse joufflue qui n'avait vraiment rien de particulier. A l'idée que Philibert s'était amusé avec ce gros boudin, j'ai senti une sorte de rancune, et mes larmes ont séché d'un coup.

— J'ai d'autres photos d'elle... m'a dit Schombert. Je les montrais souvent à Philibert... au début qu'on se connaissait, lui et moi, c'est comme ça qu'on est devenus copains. Il était le seul, au régiment, à qui je les ai montrées.

« A la façon dont il avait dit ça, j'ai dressé l'oreille.

— Ce sont des photos assez... comment dire, qu'un esprit étroit pourrait trouver... indécentes... si vous voyez ce que je veux dire... des sortes de nus artistiques... Philibert les aimait beaucoup. Il m'encourageait à en prendre de nouvelles, chaque fois que j'allais en permission à Strasbourg.

« Comment ma curiosité ne se serait-elle pas éveillée ?

— Si vous voulez... a proposé Schombert (comme s'il cherchait à me distraire de mon chagrin), je peux vous en montrer deux ou trois... j'en ai toujours quelques-unes sur moi. Je les regarde quand je suis loin de ma fiancée ; ça me rappelle les doux moments passés ensemble...

« J'ai fait signe que je voulais bien. Schombert s'est assis à côté de moi, sur le canapé. Il a sorti un gros portefeuille bourré à craquer. Il en a retiré plusieurs enveloppes qui contenaient des photos.

— A chaque permission où Roberta et moi nous nous rencontrons, nous en profitons pour faire des nus artistiques.

« Je l'ai vu trier les photos, en se tournant pour les cacher. Il a fait deux petits paquets et m'a tendu le premier. J'avais beau m'y attendre, ça m'a fait un drôle d'effet de la voir toute nue, sa fiancée, alors que lui était là, à côté de moi. Elle était vraiment bien en chair, cette Roberta, avec une paire de mamelles impressionnantes. C'était une fausse blonde, ça m'a choquée de voir cette touffe de poils noirs entre ses cuisses. Elle souriait d'un air stupide, en prenant des poses de mannequin. Je ne la trouvais pas sympathique, cette génisse, surtout à l'idée qu'elle avait dû servir le café à Philibert, avec ses grosses mamelles dehors. Et bien pire, sans doute, s'ils avaient fait avec elle ce qu'ils avaient fait avec moi.

— Elle est très jolie, ai-je menti effrontément. Mais comment peut-elle se laisser photographier nue ? Je n'oserais jamais !

— Oh, a fait Schombert, c'est une question d'habitude. Et puis, nous sommes fiancés, c'est normal qu'une fiancée se mette nue devant son futur mari.

« Il s'est gratté la gorge.

— Vous allez lui rendre visite, après m'avoir quittée ?

— Eh bien non, figurez-vous, ma permission était trop courte. J'ai préféré venir remplir le devoir sacré de l'amitié en vous rendant visite...

« J'ai posé ma main sur la sienne.

— Oh merci, Schombert, cela me va droit au cœur !

« J'ai essuyé une larme, lui aussi. Mais il a gardé ma main dans la sienne. Vu le moment d'émotion que nous venions de partager, je n'osais pas la retirer.

— Et... les autres photos... ai-je dit pour meubler le

silence qui devenait embarrassant. Celles que vous avez mises à part... elles étaient moins réussies ?

« Sa main a serré la mienne.

— Ce n'est pas ça... mais... elles sont... comment dire... bref... très audacieuses, vous comprenez... Je n'osais pas vous choquer...

— Voyons, Schombert, je suis une femme, ce n'est pas comme si les montriez à un homme !

« Il a fait un peu de difficultés, mais il a fini par me les passer. Il n'avait pas menti ! Pour être audacieuses, elles l'étaient. Leur “audace” était telle que le rouge m'en montait au front. Cette Roberta ne cachait vraiment rien, sur ces clichés, de ses parties les plus intimes. Le plus gênant, c'était le sourire idiot de l'Alsacienne, en train d'ouvrir son vagin pour que son fiancé le photographie. Il y avait même des clichés où Roberta se masturbait. Elle ne trichait pas : son clitoris était tout gonflé.

— Je vous avais prévenue... Elles sont vraiment audacieuses...

« En les lui rendant, je ne savais plus où me mettre. Je n'osais pas le regarder. Il les a rangées dans son portefeuille et s'est levé pour prendre congé. Au moment de nous quitter, j'ai fondu en larmes, et il m'a prise dans ses bras. J'ai bien remarqué qu'il me serrait contre lui plus que nécessaire, mais j'avais tellement de chagrin.

— Vous ne reviendrez donc plus, Schombert ? C'est la dernière fois que nous nous voyons ? Oh, il me semble que Philibert est bien mort, maintenant !

— Si vous voulez... avant de nous quitter pour toujours... on pourrait peut-être... en souvenir de Philibert, justement...

« Je n'osais pas comprendre, et je me suis reculée, toujours dans ses bras, pour le regarder interrogativement, à travers mes larmes ; mais, non, je ne m'étais pas trompée. J'étais trop renversée par l'énormité de la chose pour pouvoir réagir. En même temps, une chaleur suffocante montait dans mon corps. Je revoyais les photos de sa fiancée nue, je me souvenais des scènes sous la tonnelle...

— Voyons, Schombert, vous n'y songez pas...

— La poitrine, une dernière fois... comme du temps de Philibert...

« Il a commencé à déboutonner le devant de ma robe, j'étais sans force, j'essayais de résister, mais si faiblement. Il n'a eu aucune peine à me mettre les seins dehors. Il était si impatient qu'il a brisé les bretelles de mon soutien-gorge. Moi, je pensais à ma mère couchée, dans sa chambre, juste au-dessus de nous, je ne pouvais pas crier, elle aurait entendu.

— Les revoilà, ces belles colombes, avec leurs jolis becs roses... Oh, comme elles nous ont manqué, à Philibert et à moi, on en parlait tous les soirs, dans le djebel...

— Et vous lui montriez les photos de Roberta !

« Je ne pouvais cacher ma jalousie. Mais quand il a commencé à me sucer les bouts (tu me connais, Victorine), je n'ai plus été capable de m'opposer à rien.

— Est-ce que vous avez une culotte, sous votre robe, Aude ?

— Evidemment... votre fiancée n'en porte donc pas ?

— Pas quand je lui rends visite... Ne bougez pas, je vais vous l'enlever, ce sera plus facile...

« Il m'a poussée contre la table, les fesses sur le bord, et il est tombé à genoux.

— Mais Schombert, vous n'y songez pas ! Pensez à Philibert qui nous voit peut-être, d'où il est...

— Justement... je suis sûr qu'il serait d'accord !

— Non, non... il ne faut pas... Oh mon Dieu...

« Je chuchotais pour que maman ne puisse pas nous entendre. Schombert m'a relevé ma robe et m'a baissé ma culotte.

— Faites-moi voir votre joli vagin une dernière fois, ma chère Aude... ouvrez-le bien...

« Tu t'en doutes, il n'était pas question que je fasse une chose pareille. Me prenait-il pour sa pouffiasse de Roberta ? Aussi, comme je me refusais à l'ouvrir moi-même, il l'a fait. Il m'a soulevé une jambe et a fait passer mon genou par-dessus son épaule. Moi, j'avais les deux mains appuyées derrière moi, sur la table. Lui, du bout des doigts, il m'ouvrait le vagin comme une fleur. Quand il a vu que j'étais mouillée (que veux-tu, ça m'avait fait de l'effet de regarder ces photos), il a poussé un petit cri ravi.

— Oh, la coquine, c'est pour ça qu'elle ne voulait pas enlever sa culotte !

« Il s'est mis à me passer le doigt de bas en haut et ça m'excitait de plus en plus, forcément ; je sentais mon bourgeon sortir et mon trou s'ouvrir.

— Oh, les jolies petites lèvres... Oh, le mignon clitoris... Oh l'adorable vagin ! Oh, c'est si charmant, tout ça, que je vais l'embrasser...

— Oh, vous n'allez pas faire ça, ce serait dégoûtant...

« Mais il l'a fait, j'ai senti sa bouche chaude se coller à ma fente, et il m'a enfoncé la langue dedans. J'ai cru mourir de honte, mais c'était si bon, tellement meilleur que tout ce qu'ils m'avaient déjà fait, Philibert et lui, que je n'ai plus rien dit.

« Il m'a sucée et léchée ainsi pendant un long moment, et moi, je lui tenais la tête. Il avait les cheveux coupés presque ras, comme tous les militaires, ça me faisait un drôle d'effet de sentir son crâne rond dans mes mains pendant que sa langue me faisait toutes ces choses. A la fin, n'en pouvant plus, il s'est relevé et a ouvert son pantalon. Il a tout sorti, les couilles, sa grosse endive. Je regardais ça, c'était laid comme tout, et pourtant ça me faisait trembler de convoitise. Il m'a fait m'asseoir sur la table, puis il m'a renversée sur le dos. J'étais couchée sur les photos de Philibert, et il me relevait les jambes.

— Oh non, non... vous n'y songez pas... je pourrais tomber enceinte ! Pensez au scandale !

— Tenez vos jambes vous-même, ma chère Aude... j'ai apporté ce qu'il faut.

« J'ai donc pris mes jambes sous les genoux. Il a ouvert un petit paquet et il a pris un préservatif. C'était la première fois que j'en voyais ; Charmaine m'avait expliqué que ça existait, que les hommes en mettaient quand ils allaient avec une prostituée pour ne pas attraper de maladie, mais je n'en avais jamais vu. L'idée que Schombert allait se comporter avec moi comme avec une putain m'a mortifiée. Mais je le regardais faire avec curiosité. Il a posé le petit chapeau sur le bout de son pénis, et il a fait glisser toute la membrane élastique, blanche et brillante, à travers laquelle on continuait à voir, par transparence, le rouge du gland. Et c'est avec ça qu'il m'a pénétrée. Je n'ai pas senti de différence. C'était doux, ça glissait bien. Pendant qu'il s'agitait, j'avais vraiment le sentiment d'être une putain, c'est peut-être ce qui m'a fait le plus jouir.

« Après, il a retiré son truc et il s'est essuyé. Puis il l'a enveloppé dans un mouchoir et il a fourré le tout dans sa poche. Je l'ai raccompagné sur le seuil. C'est là, au moment de partir, qu'il m'a demandé la permission de revenir de temps en temps, pour qu'on parle de

Philibert. Je lui ai dit que ça me ferait beaucoup plaisir. On s'est embrassés comme un frère et une sœur et il est parti.

« Il est revenu me rendre visite, à chacune de ses permissions. Je n'étais pas fâchée qu'il néglige Roberta pour moi. Ma mère était remise, mais elle nous laissait seuls pour qu'on puisse parler du défunt, elle, ça la remuait trop. Dès qu'elle sortait du salon, après nous avoir servi le thé, je relevais ma robe pour montrer mon vagin à Schombert et il tombait à genoux pour l'adorer avec sa langue jusqu'à ce que je gigote en poussant des petits cris, ce qui le faisait rire. On passait alors aux choses sérieuses. Maintenant, pour qu'on le fasse, il restait assis, comme un pacha, c'est moi qui l'enfourchais. A califourchon sur lui, je le prenais par la nuque, et il me le rentrait tout au fond. Puis il me claquait la croupe pour que je prenne le trot. J'avais toujours peur que maman nous entende, aussi nous avions pris l'habitude de mettre de la musique sacrée (elle détestait ça) et il pouvait donc me fesser de plus en plus fort. A la fin, j'avais le cul tout brûlant et plus j'avais mal aux fesses, meilleur c'était de le sentir s'enfoncer tout au fond. Il s'arrêtait quand il sentait que ça venait, et me disait :

— Si Philibert nous voyait, Aude, il serait charmé par vos progrès. Vous qui étiez si coincée, vous êtes devenue drôlement moderne ! L'œuvre de chair est beaucoup plus satisfaisante avec vous qu'avec ma fiancée...

« Cela m'affolait de l'entendre dire des choses pareilles, surtout qu'en les disant, il me mettait son doigt dans l'anus, ce qui, au début, m'avait profondément choquée. Mais j'y prenais goût. Souvent, lors de ses dernières visites, c'est par là qu'il m'honorait, après m'avoir utilisée par-devant.

— Nous n'aurons pas besoin de capote, par-derrière... ce sera plus naturel.

« Je me mettais à quatre pattes sur le canapé, et mon cœur battait très fort, j'étais très consciente que, contrairement à ce qu'il disait, nous commettions un acte contre-nature.

« Pour me mettre dans l'état d'esprit voulu, il me donnait des photos de Roberta en train de le faire avec Philibert, et je les regardais pendant qu'il le faisait avec moi. J'avais l'impression que c'était Philibert qui m'enfonçait son gros dard dans le cul en le regardant le planter dans celui de Roberta (infiniment plus joufflu que le mien). Bref, c'était une situation pas très naturelle, j'en conviens, mais sur le plan sexuel, très “satisfaisante”, pour parler comme Schombert. Quand il m'envoyait la sauce dans les intestins, je froissais les photos de Roberta dans mes mains et je bavais dessus, comme un bébé ; ça me faisait un effet incroyable, je me sentais salie et j'étais heureuse de l'être.

« Chaque fois qu'il me quittait, j'étais bourrelée de remords et, pendant des semaines, j'allais faire brûler des cierges à l'église pour obtenir le pardon de Philibert. Je me jurais que je ne ferais plus rien avec Schombert, que je lui interdirais ma porte. Mais dès qu'il venait, je lui cédais avec un empressement horrible dans les entrailles. Te l'avouerai-je, Victorine, ça m'a plutôt soulagée qu'il épouse enfin sa grosse Roberta, une fois démobilisé, et qu'il fasse sa vie en Alsace. Pendant quelques années, il m'a envoyé des cartes de vœux, pour la nouvelle année. Et puis il a cessé. Ainsi va la vie... »

*

* *

Après ce long récit de ses doubles amours que je vous ai transcrit le plus fidèlement possible, nous étions si excitées, Mademoiselle et moi, qu'il a fallu que je lui donne enfin la fessée qu'elle attendait. Seulement, au lieu de jouer à la bonne et à la patronne, comme il en avait été question, nous avons joué à Schombert et Aude. Mademoiselle m'a fait revêtir un costume d'homme qu'elle cachait au fond de son armoire, c'était l'uniforme de sous-lieutenant de feu Philibert, et elle m'a dessiné des moustaches avec un morceau de charbon...

Cela nous entraînerait trop loin que je vous raconte en détail tout ce qu'elle m'a demandé de lui faire. Et pour tout dire, je commence à être fatiguée de vous parler de Mlle Aude. J'ai envie de passer à d'autres choses.

A Monsieur, par exemple, qu'on a juste entrevu. Or, c'est un personnage qui tient de la place, pas seulement à la Chambre des députés et dans la vie de Madame, mais aussi, il est peut-être temps d'en parler, dans la mienne. Un personnage « haut en couleur » comme disait le Gustave (qui ne l'était pas du tout, lui, ce grisâtre), qui, sous des dehors plutôt tonitruants, ne manquait pas de finesse. Je ne vous ai encore donné de lui qu'un faible aperçu. Il est temps que vous fassiez plus ample connaissance.

Interlude

SOUVENIRS DE COLLÈGE

Avant d'en venir à Monsieur, permettez-moi d'ouvrir une dernière parenthèse sur les jeux de dames. Après avoir lu les pages qui précèdent, vous n'êtes pas sans avoir remarqué que j'ai un faible pour le cunnilingus (pour parler comme le docteur). Je serais la dernière à en disconvenir. Cela étant, je vous rassure, dans les pages qui vont suivre je ne me contenterai pas de lécher les personnes de mon sexe ; au voisinage des Bergeret (et notamment de Monsieur, grand adepte de la turlutte), la palette de mes talents va sérieusement s'enrichir.

Il n'empêche que (ceci vous aidera sans doute à comprendre le pouvoir qu'Edwige exerçait sur moi), maintenant encore, lécher une femme est une de mes friandises favorites. Ce goût pour le con des filles, c'est au pensionnat que je l'ai attrapé. J'avais quoi, douze, treize ans, quand Olga m'a refilé le virus ? Guère plus, en tout cas, je devais être en quatrième, si ma mémoire ne me joue pas des tours. Elle, Olga, elle était en terminale. C'est à l'étude du soir que je la retrouvais, parmi la petite trentaine de pensionnaires qui y attendaient, toutes classes mêlées, la triste pitance du réfectoire.

C'est elle, Olga, qui m'a initiée aux jeux de langues vivantes. Avant elle, j'avais déjà pas mal joué à touche-pipi (c'était notre distraction favorite, dès la sixième), mais il ne m'était même pas venu à la tête qu'on pût se pourlécher ces orifices qui, surtout à cet âge, sont loin de sentir toujours la rose. Même le con des grandes, qui pourtant étaient plus portées sur la toilette intime que nous, les petiotes, et qui se parfumaient, avait toujours un arôme pisseux qui jouait un grand rôle, soit dit en passant, dans les « plaisirs sales » que nous éprouvions à le tripoter.

Dire qu'il y a déjà presque trente ans de ça ! Oh, ce n'est pas si lointain, remarquez, les années soixante-dix ! Les seventies comme disent les gens branchés. Le papier de mes cahiers d'écolière sur lesquels chaque soir j'écrivais ce qui m'était arrivé dans la journée, ce papier n'a pas même jauni. Il a conservé l'odeur qui me faisait trembler le cœur, au collège, et me rendait les mains moites quand je recevais à l'étude, sous forme de boulette, un mot doux d'une grande me donnant rendez-vous aux chiottes.

Comment oublier ça ; le cœur qui se met à cogner, l'impression que toutes les filles vous épient en riant sous cape, et vous qui dépliez la boulette de papier, qui lisez les mots qui s'impriment en vous :

« Salut, Victorine, c'est moi, Olga. Je suis une copine de Marie. Qu'est-ce que tu dirais d'un petit rencard derrière les poubelles ? »

« Derrière les poubelles », dans l'argot du collège, ça voulait dire dans les chiottes des professeurs, les seules dont les portes montaient jusqu'en haut. Il y en avait trois, qui fermaient toutes à clef. Quelques grandes qui se gouinaient avec des pionnes d'internat s'étaient procuré un passe, voilà comment nous avions trouvé un nid pour abriter nos amours coupables. Les grandes se refilaient le passe chaque fois qu'elles avaient envie de s'envoyer en l'air.

Je l'ai dit, j'étais encore jeunette, mes poils commençaient à peine à pousser, mais j'étais déjà vicieuse dans l'âme et plus d'une du dortoir des grandes m'avait déjà tâté la fente et sucé les bouts des seins pour les faire durcir. Ce qui me faisait le plus d'effet (même si je prétendais le contraire, pour inciter ces garces à me le faire de force), c'était quand elles me mettaient le doigt dans le cul, tout au fond, et me serraient contre elles en se tordant, parce que je me débattais, à cause que j'avais honte. Elles gloussaient, les grandes sales, en m'enfilant leur doigt dans l'anus !

— Allez, quoi, donne-le bien ! Que je voie si t'as l'œuf ! Oh, la coquine, comment qu'il est déjà ouvert son trou ! Je parie que tu te mets des bougies dedans, pas vrai ?

Et aussi, les baisers sur la bouche dans l'odeur de créosote des chiottes. Les leçons de baisers. Qu'est-ce que j'adorais ça !

— Mais non, triple idiote, avec la langue ! T'es conne ou quoi ? Fais-la bouger dans ma bouche... attends, je vais te montrer...

Le goût de cachou de la salive, cette délicieuse moiteur au creux des reins, les jambes qui deviennent toutes molles, et après, la grande n'a plus qu'à vous baisser votre culotte et retirer la sienne et alors, les odeurs, le contact, les fentes qui s'ouvrent, toutes mouillées, les frissons, les soupirs. Que tout le reste paraît fade quand on a connu ça !

Mon premier rencard avec Olga, comment l'oublierais-je jamais ? Une « grande » me faisait des avances, et pas n'importe quelle grande, une vraie, une avec des seins et poilue de l'entrecuisse, une qui « l'avait déjà fait » avec des garçons ! Cette Olga jouissait au collège d'une réputation sulfureuse. Et voilà qu'elle m'envoie un mot. A moi ! C'est simple, tout d'abord je n'y ai pas cru, je me suis dit qu'une copine me faisait une farce. J'ai refroissé la boulette de papier qui venait d'atterrir sur mon cahier, je l'ai fourrée dans la poche de mon tablier. J'ai haussé les épaules, pour bien montrer que je ne marchais pas. Et je me suis remise à mes maths.

Pourtant, ça me tarabustait. « Et si c'était vraiment elle ? » que je me disais. J'avais beau en douter sérieusement, je me suis quand même arrangée pour jeter un coup d'œil discret, vers le fond de la salle d'études, où se tenaient les filles de terminale. Or, Olga me regardait bien ; moi, pas une autre ; droit dans les yeux, en suçant le bout de son stylo. Et il y avait comme une question, et même une question assez insistante, dans sa façon de me rendre mon coup d'œil !

Je n'en revenais pas. Je me suis retournée, j'avais le cœur qui battait la chamade. Et brusquement, je me suis jetée à l'eau, j'ai levé le doigt. Par chance, ce soir-là, la pionne qui nous surveillait n'était pas une peau de vache dans le genre de cette sale gouine de Carabine, mais une de ces braves binoclardes qui sont toujours plongées dans un bouquin. Je me suis tortillée, la main sur le ventre et elle m'a fait signe de sortir.

Il faisait déjà nuit, dehors, à six heures ; on était en plein hiver. Et salement frisquet. J'ai traversé la cour au pas de course jusqu'à la rangée de cabanes... Puis j'ai poireauté. Je me trouvais conne. Les trois portes des

W.-C. des profs étaient fermées. C'est alors que j'ai vu la grande Olga s'amener sans se presser. Moi, je m'étais adossée au tronc d'un platane. Ah, je devais avoir l'air fine ! Vous ne pouvez pas savoir comme j'étais mal, j'étais sûre qu'elle allait m'envoyer paître. Mais non. Un clin d'œil au passage, puis elle tire le passe de sa poche, ouvre la porte de la première chiotte, me fait signe d'arriver. Plus morte que vive, je fais un pas, puis deux... J'en avais le cœur qui cognait dans les oreilles ! Je me trouvais moche, je pensais à ce bouton de fièvre qui m'était venu sur le menton, je me disais... Oh, toutes les conneries qu'on peut se dire, dans ces cas !

Alors, elle, calmement, m'attrape par le coude, me pousse dans la chiotte, referme la porte, tire le verrou. Il faisait noir, là-dedans, car, bien qu'il y eût l'éclairage électrique, les ampoules étaient toujours brûlées. Heureusement, Olga en avait une de rechange dans sa poche, elle attrape le fil qui pend, elle retire la mauvaise, visse la bonne, et la lumière nous fait cligner des yeux. Là, j'ai vu qu'elle était aussi rouge que moi, cette grande, malgré ses seins de femme, elle non plus n'avait pas l'air très à son aise. La première fois que deux filles se donnent un rencard dans les chiottes, au début, il y a toujours un moment de gêne, c'est normal. On sait qu'on va se branler, mais quand même, vu qu'on ne se connaît pas encore très bien, on a du mal à briser la glace.

— T'as encore mon mot ? qu'elle me fait. Aboule.

Elle me tend la main, je le lui remets, elle l'ouvre, vérifie que c'est ça, et le laisse tomber dans la cuvette.

— Jamais garder les billets des copines ! Tu sais pas encore ça ? C'est comme ça qu'on se fait virer du bahut !

Je me suis sentie toute flattée qu'elle ait couru ce risque pour moi. Elle m'a caressé la joue.

— T'es vachement jolie, tu sais, Victorine. T'es la plus jolie des petites. T'as la peau si douce... ça faisait longtemps que j'avais envie de te donner rendez-vous !

Mon cœur fondait. Et pas seulement mon cœur. J'aurais fait n'importe quoi pour cette fille. Une grande, avoir la modestie de me dire ça, elle qui était superbe ! A moi, une pisseuse qui lui arrivais à peine à la poitrine.

— C'est vrai que Marie et toi, vous vous êtes gouinées ?

Pour le coup, je suis devenue aussi rouge qu'une tomate de serre. Je ne pouvais pas le nier. On s'était branlées, Marie et moi ; au réfectoire, un soir où on était de desserte, elle m'avait coincée dans le réduit où on rangeait les serpillières et les seaux. Je m'étais laissé faire, bien sûr ; quand une grande voulait me tripoter et que je la tripote, je ne disais jamais non ; pas seulement parce que ça me flattait, mais parce que j'en avais envie ; à douze ans, j'en avais toujours envie. Je ne pensais qu'à ça, me le faire toucher, ou toucher celui des copines. Et les autres filles étaient comme moi (même les plus bêcheuses). Avec cette Marie, on avait dû le faire trois ou quatre fois, mais ça ne m'avait pas laissé une impression impérissable. En dehors d'elle, et de deux ou trois grandes qui m'avaient repérée et qui me coinçaient dans le gymnase, je ne le faisais qu'avec mes copines du dortoir des petites, c'était plus facile, vu la promiscuité ; presque toutes des filles de mon âge, on allait de lit en lit. Ces orgies de branlette ! On s'en rendait malades !

Mais Olga, c'était autre chose. Elle était en terminale, c'était une fille du dortoir des grandes, autant dire une femme, elle sortait avec des types. J'avoue qu'elle m'impressionnait !

— Oui, c'est vrai, je lui ai répondu. Je l'ai fait avec Marie. Mais c'est elle qui a voulu, pas moi.

— T'as pas dit non, en somme ? T'es pas la fille contrariante, quoi ? Suffit qu'on te le demande, si je comprends bien, et tu baisses ta culotte ?

Comme je restais sans rien dire parce que c'était vrai, en un sens, c'était rare que je refuse, fallait vraiment que la fille soit moche, ou qu'elle pue, ça l'a fait rigoler, Olga.

— Allez, fais pas la gueule ! Je te fais pas une scène, c'est pas mon style. Mais dis-moi, ça t'a plu, non, avec Marie ? Elle m'a dit que tu miaulais comme une chatte quand tu jutais !

Je suis devenue encore plus rouge et je l'ai regardée d'un sale œil. Est-ce qu'elle me mettait en boîte ? Pas du tout, elle se renseignait.

— Je préfère tripoter les filles qui aiment ça, tu comprends. Qu'est-ce que tu préfères, que je t'enlève ta culotte ou que je te branle à travers ?

J'aimais bien les deux façons, du moment qu'on s'occupait de ma fente, je buvais du petit lait. Mais à elle, j'ai tout de suite eu envie de me montrer.

— Je préfère que tu me l'enlèves !

Elle a fait oui de la tête pour dire qu'elle aussi, elle préférait. Elle s'est accroupie devant moi, j'ai relevé mon tablier et ma jupe, elle m'a baissé ma culotte aux chevilles, elle m'a soulevé un pied, puis l'autre. J'ai écarté les cuisses. Elle m'a regardé la fente, et moi, je l'ai regardée, elle, pendant qu'elle me reluquait. Je voulais savoir si mon bonbon lui plaisait, j'ai vu que oui à la façon dont ses yeux brillaient. Elle me l'a touché doucement, très délicatement, sur les bords des lèvres, et ça, ça m'a plu ; ça me changeait des filles qui vous mettent tout de suite le doigt dedans ! J'ai senti que ça s'ouvrait tout seul, ce qui voulait dire que j'allais avoir beaucoup de plaisir et je le sentais aussi à mon odeur, parce qu'elle changeait, l'odeur de ma fente, quand j'étais vraiment excitée. Et je l'étais. C'est fou l'effet que ça me faisait de me montrer à cette grande.

— Tu veux que je te lèche, Victorine ? qu'elle me demande une fois qu'elle a eu fini de bien m'ouvrir la fente et de faire sortir mon bouton.

Alors, là, le plafond me serait tombé sur la tête ! Bien sûr, comme tout le monde, j'avais vu des femmes le faire sur les photos en couleurs des magazines pornos qu'on se refilait au dortoir, mais comme les copines, je m'étais dit, elles ne font pas ça pour de bon, elle font semblant, c'est de la frime, pour exciter les branleurs qui achètent ces revues. Et voilà que...

— Tu... tu as envie, toi ?

J'avais du mal à y croire. Et j'étais honteuse, en plus, parce que je n'avais pas changé de culotte après la gym, et mon odeur lui arrivait en plein dans les narines ; or, quand j'avais envie de me branler, je sentais toujours assez fort ; ce soir, c'était vraiment le bouquet ; Olga, ça n'avait pas du tout l'air de la déranger.

— Bien sûr, que j'ai envie... j'aime ton odeur... tu sens la petite putain... la fille facile... la vicieuse... la salope... tu sens la chienne de dortoir... la poupée pour gouines...

Ces mots, c'était mieux que des mots d'amour, ça chantait à mes oreilles, ça m'affolait, ça entrait en moi ; ça me donnait envie de pleurer et de rire, en même temps. J'ai rien dit, j'avais trop peur, mais j'ai bien écarté ma fente, pour qu'elle voie le rouge, dedans... là où ça ressemble à de la viande crue... Et j'ai vu qu'elle tirait la langue. Bon Dieu ! Quand j'ai senti cette chose chaude et mouillée qui se collait à ma fente et qui remontait, j'ai cru que je m'envolais !

Elle m'avait prise par les fesses et me léchait à longs coups, je n'en revenais pas, elle me léchait même le trou du cul, et elle aimait ça, on le sentait, ce n'était pas par politesse, elle collait bien la langue, ne trichait pas, en plein sur le trou par où sort la crotte !

— Ton petit cachou, disait-elle, donne bien ton petit cachou, ma mignonne, donne-le à maman...

Après me l'avoir bien nettoyé, elle faisait remonter sa langue jusqu'au bouton, et alors, c'était comme si ma vie sortait de moi par ce petit bout de viande ! Je poussais un petit cri, je ne pouvais pas m'en empêcher. C'est de cette manière qu'elle m'a fait jouir. Juste avant, elle m'a dit :

— On dirait que t'aimes ça, les papouilles, hein ? Allez, mets ton mouchoir dans ta bouche et mords dedans ! Des fois que Carabine se pointe pour pisser à côté, faudrait pas qu'elle t'entende gueuler !

Elle se marrait en me disant ça, et elle me chatouillait le bouton. J'ai donc mordu dans mon mouchoir, et alors... Je ne vous dis que ça ! Quelle secousse ! Comme si je tombais du sixième étage ! Après, ce n'est pas compliqué, j'étais à elle. J'étais sa chose.

J'en pleurais, tellement ça avait été fort, elle rigolait, en me serrant contre elle, en me berçant.

— T'as juté, hein, cochonne ? Tu m'en as mis plein la bouche !

Elle me donnait la fessée pour rire, à cul nu, et ça aussi, c'était délicieux. Je sais pas combien de temps on est restées comme ça, blotties l'une contre l'autre. Et après, elle a voulu que je la lèche, moi aussi.

— A ton tour de manger de la moule crue. Tu sais comment on fait, maintenant.

Eh bien, j'en ai eu envie ! J'étais heureuse comme tout qu'elle me le demande. J'ai tenu à lui baisser sa culotte moi-même, comme elle m'avait fait. Et j'ai vu apparaître les poils, la fente... L'odeur m'est entrée dans les narines. Tout de suite, je la lui ai ouverte, parce que j'avais furieusement envie de voir comment elle était fichue, dedans. Et elle m'a montré son trou, le trou par où les garçons lui avaient fourré leur queue.

— Tu vois, Victorine, je suis déjà ouverte... Tu peux rentrer tes doigts, ma chérie... n'aie pas peur ! Et après tu me suceras le bouton, comme je t'ai montré !

J'y ai fourré mes doigts, bien sûr, mais ce que je voulais surtout, vu que je ne l'avais encore jamais fait, c'était y mettre le nez et la bouche. Et je l'ai fait... Elle avait une vraie moule de femme, une grosse, bien poilue, qui débordait dehors, avec une fente couleur de pruneau mouillé et un clito qui dépassait comme un petit mégot rose. Elle sentait la femelle à plein nez malgré le parfum qu'elle s'était mis dans les poils, comme toutes les grandes, pour que les garçons qui les branlaient au cinéma n'aient pas les doigts qui puent. Sa vraie odeur me plaisait encore plus que le parfum ! J'en pleurais de bonheur en la lui embrassant, sa belle chatte dodue, et elle l'écartait, avec ses doigts, pour que je l'embrasse dedans ; au début, je n'osais pas m'enfoncer trop loin, à cause de l'odeur de pipi, puis j'ai goûté... Et alors ! Oh, alors... J'ai compris que je venais de découvrir ma vocation ! Je serais une lécheuse !

La première chatte de femme que j'ai goûtée, ce fut donc celle de cette grande fille de dix-sept ans, qui était déjà ouverte, qui s'était fait enfiler par des garçons et même par un de ses oncles qui mettait un préservatif. Elle m'avait prise par la nuque et elle se frottait sur ma bouche, les poils me brûlaient les lèvres, à cause du frottement, et moi, j'enfilais ma langue dans le gluant, dans son goût de poisson cru mêlé de parfum, et j'étais si excitée que j'en ai pissé par terre...

— Oh, tu m'as bien fait jouir, qu'elle me disait après. Tu m'as fait jouir comme une vraie salope !

On pataugeait dans ma pisse et elle riait d'une façon un peu sale, en me disant des cochonneries, on avaient retroussé nos jupes et j'avais ma cuisse entre les siennes et la sienne entre les miennes, on sentaient nos moules mouillées s'écraser, se fendre et se frotter sur notre peau, on se tortillaient, on s'embrassaient sur la bouche, elle me renversait dans ses bras vu qu'elle était plus grande que moi, et je lui touchais les seins...

— Oh, qu'est-ce que tu m'as fait jouir, salope, qu'elle répétait. Tu lèches encore mieux que Marie... Mieux que Carabine ! Et même mieux que la mère Ziffresco !

La mère Ziffresco, c'était une prof de chimie, une trotskiste qui vendait *Rouge* devant l'église, tous les dimanches matin, une grande goudou qui militait au M.L.F. Elle et Carabine, une pionne d'internat, faisaient la plus belle paire de gouines qu'on avait jamais vues.

— On le fera encore, hein ? On le fera tous les jours, tu veux ? Dans les chiottes, d'accord ? Je préfère dans les chiottes, ça sent la pisse, c'est plus sale... Et faudra pas te laver, je veux que tu gardes tes odeurs naturelles. Ne change pas de culotte tous les jours, non plus. Faut que ça soit jaune, devant, là où ça frotte sur la fente, tu vois ? Et dans la fente aussi, si tu as un peu de blanc, tu sais, du blanc qui sent fort, qui sent le fromage, faudra le garder... je te le nettoierai avec ma langue ! J'aime ton goût, Victorine ! Il me rend folle, ton goût !

J'aurais jamais cru qu'une grande qui avait déjà fait l'amour avec des hommes pouvait être aussi vicieuse qu'une petite, et même davantage. Après, je ne vous dis pas, quand je suis retournée dans la salle d'étude ! Marie avait dû le dire aux autres, elles me regardaient toutes en se marrant en douce, je savais plus où mettre mes yeux. Puis Olga est rentrée un peu après moi, et une petite a pouffé, malgré elle. Elle s'est vite reprise. Après ça, on aurait entendu voler un moucheron.

— Alors, m'a fait ma copine de banc, tu l'as fait avec Olga ? Elle a beaucoup de poils ? Et sa moule, elle est comment ! Elle mouille bien ? Raconte, quoi !

— Je l'ai sucée, que je lui ai dit, comme sur les photos, ma vieille, et elle aussi, elle m'a sucée !

La copine ne voulait pas me croire, alors, le soir, au dortoir, pour lui prouver que je ne mentais pas, je l'ai léchée, elle aussi, et cette fois encore, ça m'a plu. Pas autant qu'avec Olga, parce qu'avec Olga, c'était de l'amour, mais ça m'a plu quand même. Du coup, pour voir comment ça faisait, elle a voulu essayer à son tour, et finalement, elle aussi, elle y a pris goût. La moule de femme, voyez-vous, c'est comme les huîtres, ou les vraies moules quand on les mange crues : au début, ça soulève un peu le cœur, mais on s'habitue vite, et l'appétit vient en les mangeant.

Au bout d'une semaine, dès l'extinction des feux, toutes les filles de notre dortoir se broutaient tête-bêche ! On n'entendait plus un mot, rien qu'un bruit de mastication et des soupirs. Elles n'en revenaient pas de ne pas y avoir pensé plus tôt !

Voilà, vous savez tout, maintenant. Je vous ai montré le fond de mon sac (et de mon cœur). Vous ne serez donc pas surpris en lisant les pages qui suivent de découvrir qu'une chienne de dortoir puisse ouvrir autre chose que son cul et son vagin.

Quatrième partie

MONSIEUR S'AMUSE

1

Le mari, la femme et l'amant

Un matin, à la cuisine, j'épluche des oignons pour la salade niçoise quand Madame entre comme une furie.

— Tu me feras le plaisir dorénavant de t'habiller de façon décente, lance-t-elle. On n'est pas au bordel !

Et la voilà qui se met à faire les cent pas en dévorant ses ongles. J'en reste pantoise : on était le 1er juillet, il faisait au moins trente degrés et je n'étais même pas toute nue, j'avais mon tablier ! Quand nous étions seules, les jours où la Portugaise ne venait pas, ce qui était le cas, c'était toujours elle, Madame, qui m'encourageait à retirer mes vêtements. Elle trouvait amusant de me voir vaquer à poil aux travaux du ménage.

— Mets-toi à l'aise, disait-elle, on est en été, non ? Tu ne crèves pas de chaud, dans ton uniforme ? Tu te rhabilleras quand Edwige rentrera.

Quand le Gustave était là, à noircir du papier pour la prochaine intervention de Monsieur à la Chambre, elle le prenait à témoin.

— Qu'en pensez-vous, Gustave ? Ne croyez-vous pas qu'elle serait plus à son aise si elle était toute nue, pour passer l'aspirateur ?

L'Olibrius faisait mine de réfléchir en suçant son crayon.

— Vous avez sans doute raison, Fernande, ce serait plus pratique pour elle, disait-il enfin.

Et bien sûr, Madame faisait machine arrière.

— Comme ça, vilain verrat, vous pourriez voir son cul, hein ? Au lieu de travailler...

Le secrétaire s'arrachait un sourire atrophié.

— Voyons, Fernande, vous savez bien que j'ai ce discours à finir pour ce soir. Je dois l'envoyer par télex à Monsieur. Il en a besoin pour demain.

Madame, goguenarde, arquait ses sourcils.

— Je ne vois pas le rapport qu'il y a entre votre discours et le cul de Victorine !

Le secrétaire s'énervait ; certains jours, il ne supportait pas trop qu'elle le traite en demeuré.

— Il n'y en a pas, justement ! Ce que je voulais dire, c'est que j'ai d'autres idées en tête que... que les fesses de votre bonne ! Je travaille, moi. Je ne suis pas une riche femme oisive...

Quand il prenait son ton vertueux, Madame s'en fichait des claques sur les cuisses.

— Tu entends ce feignant, Victorine ? Il travaille ! Ecrire ses conneries, il appelle ça travailler !

Elle soufflait sur son vernis et agitait ses doigts pour le faire sécher.

— Retire ta jupe. Et mets tes nichons dehors... tu peux garder ton tablier. Nous allons voir si ce travailleur a autant d'esprit de concentration qu'il le prétend !

Je m'empressais d'obéir, et cul nu, nénés à l'air, je me plantais devant Madame, mon plumeau à la main. Elle m'inspectait d'un œil critique.

— Je me trompe ou tes nichons ont encore grossi ?

Elle soulevait mon tablier pour regarder mes poils.

— Vous ne trouvez pas qu'elle est trop poilue, Gustave ? Montre-lui tes poils, Victorine.

Je me tournais vers le secrétaire et j'écartais les cuisses pour qu'il puisse voir toute la boutique. Il haussait les épaules et feignait de n'y accorder qu'une attention polie.

— Peut-être bien. Je ne suis pas orfèvre en la matière. D'ailleurs, si ma mémoire est bonne, vous êtes encore plus poilue qu'elle, ma chère !

Après avoir jeté cette pierre dans le jardin de Madame, en lui rappelant qu'elle avait beau le traiter comme un débile, il ne se la farcissait pas moins, à l'occasion, il se remettait à gribouiller.

— Les hommes sont des ingrats, soupirait Madame... Mets-toi donc toute nue, Victorine, réflexion faite, puisque ça ne dérange pas Gustave dans son travail...

Je retirais le dernier rempart de ma pudeur, et en tenue d'Eve, j'attendais la suite.

— Tu es vraiment à croquer, me complimentait Madame, en me tirant sur les bouts des nichons pour les faire durcir. Un vrai bibelot... tiens, ça me donne une idée. Si tu allais faire le tableau vivant sur la table de Gustave ?

Rien que ces mots, ça faisait tilt ; c'était rare, quand je faisais le « tableau vivant », qu'elle ne me fasse pas enculer par lui. Du coup, il écrivait à toute allure, comme s'il mettait les bouchées doubles pour rattraper à l'avance le temps que nous allions lui faire perdre. Madame m'aidait à me jucher sur la table. C'était une table immense, on aurait pu y faire atterrir un hélicoptère. Une fois là-haut, elle me faisait prendre des poses artistiques, et je ne devais plus bouger, faire la statue. Puis elle demandait son avis à Gustave. Il le donnait, d'un ton pincé, sans cesser d'écrire. Les poses artistiques que Madame me suggérait devenaient de plus en plus scélérates. Ainsi, je m'accroupissais en face de Gustave, comme si je m'apprêtais à pisser sur la feuille de papier qu'il couvrait de ses pattes de mouche. Je devais me mettre si près de lui que son porte-plume ou son crayon effleurait mes poils. Lui s'efforçait de rester stoïque, mais la sueur perlait sur son front, et ça m'émoustillait salement, l'idée que j'avais ma boutique ouverte et qu'il voyait tout ce qui était en vente, au point que parfois une goutte de mouille tombait sur son brouillon.

— Ce n'est plus possible ! s'emportait-il. Comment voulez-vous que je travaille, dans ces conditions ! Monsieur n'aura qu'à improviser son discours, j'y renonce !

— Là, là, ne nous énervons pas, mon ami, disait Madame. Ecrivez-le, votre laïus ! Retourne-toi, Victorine, et boude-le ! Puisque le devant ne l'intéresse pas, fais-lui admirer ton derrière.

Pour « bouder », je me mettais donc dans l'autre sens, prosternée, le derrière tourné vers Gustave, avec mes mollets de chaque côté de sa feuille de papier, le front sur la table. Vous vous peignez le tableau ? J'avais le cul grand ouvert juste sous son nez. Madame venait me taquiner l'anus, elle m'écartait les fesses pour qu'il s'arrondisse bien.

— Comment trouvez-vous sa pastille, mon cher Gustave ? Vous ne voulez pas lui donner une lichette ? Je vous y autorise...

Il ne résistait pas longtemps à la tentation. Quand Madame prenait sa voix alléchante, c'est qu'elle était d'accord pour lui donner mon cul. Il me léchait donc le troufignon sans se faire prier, et Madame, en riant, lui flattait la tête et l'appelait Médor.

— Brave chien ! Lèche bien le cul de ma bonne... Lèche bien, brave Médor !

Et il m'enfonçait sa langue dans l'intestin. C'était absolument cochon comme situation et j'étais dans tous mes états.

— Allez, Médor, qu'elle disait enfin, enculez-la, votre chienne, je vous y autorise, vicieux toutou !

Je l'entendais déboutonner son falzar.

— Recule un peu, ma chérie, me disait Madame, en me posant un petit baiser sur la joue, que tes pieds dépassent de la table, ce sera plus pratique pour qu'il te la mette !

De la sorte, mon trou du cul était juste à la bonne hauteur. Gustave crachait dans sa main pour se mouiller le gland et le posait sur ma pastille...

— Voilà, approuvait Madame, en me caressant la tête, comme ça, ouvre bien le cul !

En proie à la plus grande confusion, je dilatais mon anus et (hop !) ça remontait d'un coup dans mes boyaux. Quand ses couilles pendaient entre mes cuisses, Gustave implorait Madame d'une voix mourante, pour le supplément d'âme.

— Votre bouche, Fernande... donnez-moi vos lèvres, ma chérie... et votre poitrine...

Coquette, Madame, ouvrait son déshabillé et lui poussait ses avantages à la figure, pour qu'il les suçote pendant qu'il se servait de mon cul. Ils se mignotaient donc et s'embrassaient jusqu'aux amygdales, et tout ce temps, sa grosse bite coulissait dans mon cul.

— Oh, Gustave, roucoulait Madame entre deux baisers, vous devez me trouver bien taquine, par moments, hein ?

Assez sur ce chapitre, si je fais sans arrêt des digressions, nous n'en viendrons jamais au retour de Monsieur. Tout ça, pour vous dire à quel point j'étais surprise que Madame m'engueule parce qu'elle m'avait trouvée en petite tenue à la cuisine. Je me dépêche donc d'enfiler ma jupe.

— Nous avons des invités ?

— La session parlementaire est finie, imbécile ! Mon mari revient. Je veux que tu perdes l'habitude de te balader à poil dans la maison. Monsieur est un homme, figure-toi. Et tu me feras le plaisir de mettre une culotte sous ta jupe, à partir d'aujourd'hui. Quand tu montes l'escalier, on te voit les ovaires !

Au moment de sortir, elle se retourne :

— Tâche de pas coucher avec mon mari, Victorine, tu m'entends ? Même s'il te le demande ! Sinon, tu prendras tes cliques et tes claques, comme Edith ! Je n'ai pas beaucoup de principes, mais celui-là, j'y tiens. Mon-mari-ne-couche-pas-avec-mes-bonnes !

Et vlan, de claquer la porte derrière elle. Deux minutes après, un taxi s'arrête et Monsieur rapplique, suivi du brave Gustave chargé comme un baudet. Cette journée-là, ce fut une tornade. A tout moment, des barbus bedonnants débarquaient pour s'entretenir avec le député. Je n'arrêtais pas d'aller leur porter des rafraîchissements sur la terrasse. Pour l'occasion, Madame m'avait fait revêtir une tenue de bonne tout ce qu'il y a de plus classique, je me sentais godiche comme tout, là-dedans, avec mes cheveux bien tirés, sans un soupçon de maquillage. Elle m'avait même fait mettre un soutien-gorge, c'est vous dire, pour que mes seins n'attirent pas l'attention en se balançant quand je marchais. Aucun des visiteurs ne leur accordait d'ailleurs le moindre regard. Ces gens avaient d'autres idées en tête que mes nichons, ce qui les intéressait, c'étaient les magouilles qu'ils venaient combiner avec le député.

Le soir, Monsieur s'est mis en frac et Madame en grand tralala, robe du soir, pelisse d'hermine sur les épaules malgré la chaleur. Ils devaient dîner à Agen et finir la soirée dans un nouveau cabaret olé olé où des filles se mettaient toutes nues.

— Un petit strip-tease, dit Monsieur, en nouant son papillon, ça nous aidera à digérer.

— Oh, Noël ! gloussa Madame.

— Et vous me présenterez votre nouvel amant, ajouta nonchalamment Monsieur. Je verrai ce que je peux faire pour lui !

Madame était radieuse. Ils partirent, Gustave leur servait de chauffeur.

Je range la vaisselle, je mets de l'ordre. Il devait être dix heures du soir, quand Mlle Aude à qui j'avais monté une assiette anglaise m'appelle sur l'interphone.

— Viens me tenir compagnie. J'ai mes idées noires.

Je n'avais vraiment pas la tête à écouter ses conneries, j'étais moulue de fatigue ; toute la journée, je n'avais pas arrêté de monter et de descendre les escaliers. Moi qui tirais ma flemme, quand nous étions en tête à tête, Madame et moi, et qui travaillais plutôt avec mes fesses, comme le remarquait fielleusement Maria, ça m'avait mise sur les rotules. Je monte donc chez Mademoiselle, d'assez maussade humeur. Je la trouve au plumard, dans sa chemise de nuit la plus coquine, la rose à froufrous qui laisse voir les bouts des seins à travers la dentelle. En avisant le rouleau de billets dans sa main, je devine comment elle compte se défaire de ses idées noires.

— Assieds-toi là ! soupire-t-elle, en tapotant le matelas.

C'est clair comme de l'eau de roche, elle a dû se masturber comme une malade et maintenant, elle a envie qu'on lui suce le bouton.

— Que je te raconte ce que m'a dit Madame Raffiani. Figure-toi qu'elle a trouvé un excellent médium, un jeune homme très bien de sa personne, et que par son truchement, elle va faire se matérialiser entièrement Philibert. Pas seulement ses mains, tu comprends ? Lui, tout entier...

Comment peut-elle marcher dans une combine aussi foireuse ? Pendant qu'elle me débite ses sornettes, je me remémore la conversation que j'ai surprise il y a quelques jours en écoutant derrière la porte.

— Attendez-vous à ce qu'il vous donne la fessée que vous méritez pour l'avoir trompé avec Schombert ! chuchotait la Raffiani.

Je n'avais pas besoin de la voir, Mlle Aude, pour savoir qu'elle avait rougi jusqu'aux oreilles.

— Comment ? Il oserait ? Ce... jeune homme dont vous me parlez ?

— Pour vous, ce sera Philibert ! Ne commencez pas à faire des chichis, sinon ça ne marchera jamais !

— Mais, avait objecté Mlle Aude, je ne comprends pas pourquoi il serait furieux, Philibert, puisque c'est lui qui voulait, pour Schombert !

— Il voulait de son vivant, chère Mademoiselle ! Rien ne dit que ça ne l'a pas contrarié de vous voir continuer après sa mort.

— Eh bien qu'il me punisse ! avait soupiré Mademoiselle. Mais au moins, vous resterez près de moi, hein ? Vous ne me laisserez pas seule avec Phi... avec ce jeune homme ?

— Rassurez-vous, je serai là pendant toute l'évocation. Et maintenant, excusez-moi d'aborder une question aussi triviale, mais pour la somme dont nous avions convenu, il y aurait un léger dépassement. Ce médium, par le truchement duquel votre fiancé va ressusciter, exige de gros émoluments. Il est très demandé, figurez-vous, toutes les veuves de la ville se l'arrachent !

Que c'est une arnaque et que la Raffiani va la faire sauter par un type qui fera semblant d'être une réincarnation de Philibert, c'est gros comme une maison. Etant parfaitement au courant, je n'écoutais donc ce qu'elle me disait que d'une oreille fort distraite. Mais cela lui prit bien une heure. J'attendais patiemment qu'elle en vienne au quart d'heure polisson pour pouvoir enfin me coucher, quand nous entendîmes une voiture s'arrêter, puis des rires dans le jardin.

— Mon Dieu, fait Mademoiselle, c'est mon beau-frère et ma sœur qui reviennent !

Elle fronce les sourcils et tend l'oreille ; tout à coup, son visage s'empourpre.

— Il a bu ! Tu entends comme il parle fort ? J'espère que ça ne va pas lui donner des idées. Quand il a bu...

Quelles idées ? Elle refuse d'en dire plus long.

— Va voir ce qu'ils font... et viens me tenir au courant. S'ils vont se coucher, reviens ensuite, nous dormirons ensemble, toi et moi, comme deux sœurs...

— Comme deux sœurs ?

Elle prend un air coquin et me montre son rouleau de billets.

— Comme deux collégiennes, si tu préfères !

Je descends donc sans bruit. Ils étaient au salon. Et pas seuls. Une voix d'homme, assez jeune, prétentieuse, fait des phrases et Madame rit. Un bruit de verre. J'écoute de l'escalier, la porte du salon est entrouverte.

— Alors, vous êtes l'amant de ma femme, jeune homme ? fait le député.

Rire offusqué de Madame.

— Oh, tu le gênes, voyons... ce ne sont pas des choses à dire ! Hector n'est pas un blasé comme toi !

— Et comment avez-vous trouvé ce numéro de strip-tease, cher ami ? demande Monsieur.

— Mais... pas mal du tout ! répond le freluquet, en essayant de se mettre au diapason.

— Moi, ça m'a donné des idées coquines, pas vous ?

— Je dois avouer...

— Comment faire ? Nous sommes deux et nous n'avons qu'une femme sous la main.

— Noël, vraiment, j'espère que tu n'as pas l'intention...

Madame a pris sa voix pointue.

— Si nous la partagions, cher ami, à la fortune du pot ?

— Noël, cesse de plaisanter ainsi, tu n'es pas drôle du tout !

— Eh bien, quoi, c'est ton amant, je suis ton mari, ça te dérange à ce point l'idée d'avoir deux hommes dans ton lit ? Dois-je te rafraîchir la mémoire ?

Madame reste silencieuse. Curieuse, je descends l'escalier sur la pointe des pieds. Le couloir est dans le noir, ils ne peuvent pas me voir, mais je les vois, moi. Le merdeux que s'envoie Madame est assis du bout des fesses sur un fauteuil, un ballon de cognac à la main. Il est en frac. C'est un jeune très bien, comme on dit dans le Lot.

Autrement dit, un con fini. Madame est sur les genoux de Monsieur, dans un autre fauteuil. Elle est toute rose et le député a du rouge sur les lèvres. Sans doute vient-il de lui rouler une pelle devant l'amant, qui est un peu pâle. La situation doit être gênante, pour un amoureux officiel, de voir sa maîtresse se faire brouter le museau devant lui. Il s'arrache un drôle de sourire, le merdeux, et Madame le lorgne par-dessous, pour voir comment il réagit. Monsieur, lui, a sa trogne de bon vivant, il ricane, l'air plutôt mauvais.

— Et comment la trouvez-vous, ma femme, au lit ?

L'autre se gratte le nez. Monsieur saisit le haut de la robe du soir de Madame et l'abaisse. Voilà les nichons de Madame dehors.

— Oh, Noël, il faut que tu gâches toujours tout ! gémit-elle en regardant hypocritement son amant.

Monsieur lui empoigne les mamelles. Un bras autour du cou de son mari, elle s'efforce de prendre un air profondément choqué. Mais je vois bien que ça l'excite de se faire tripoter devant le dadais.

— Alors, c'est dit ? fait Monsieur, en tirant sur les grosses pointes brunes, vous dormez avec nous, cher ami ?

Pâle sourire de l'amant qui ne sait sur quel pied danser.

— Ne craignez rien, plaisante jovialement le député, je ne vous enculerai pas, ce n'est pas mon genre !

L'amant fait mine de trouver la plaisanterie très drôle. Madame, toute rouge, a baissé les paupières. Les bouts de ses nichons sont devenus aussi gros que des petits cornichons.

— C'est vous qui enculerez Fernande, nous la prendrons en sandwich...

— Noël ! proteste Madame.

Après avoir baissé le haut de la robe, son mari lui

retrousse le bas. Paraissent les jambes superbes, gainées de soie noire jusqu'à mi-cuisses, puis la chair blanche, et enfin la tache noire du triangle poilu, car elle n'a pas de culotte.

— Tu me gênes, vraiment, minaude Madame... que va penser ce monsieur... qui n'est pas mon amant, je t'assure, mais un ami très cher... une âme d'élite... un confident...

Monsieur l'assoit sur lui, à califourchon, le cul de son côté, le con, bien ouvert, face au « confident ». Lequel ne peut s'empêcher de regarder ce qu'on lui montre.

— Vous en voulez un morceau ? demande Monsieur, en passant ses doigts dans les poils. Approchez, elle n'attend que ça !

L'amant se lève, embarrassé, son verre à la main.

— Vraiment, monsieur le député, bredouille-t-il, c'est trop d'honneur que vous me faites... mais... mais...

— Encore un impuissant ! ricane Monsieur. Décidément, ma chère, tu choisis toujours le même genre de puceaux montés en graine... serait-ce l'instinct maternel qui se réveille ?

Il lâche la cuisse de Madame et se lève, furieux. Madame, tant bien que mal, rentre ses seins dans sa robe et regarde son amant en pinçant les lèvres. Celui-ci ne sait plus ou se mettre.

— Ne faites pas attention à mon mari, Hector. Quand il a bu, il est toujours odieux...

L'amant s'approche pour baiser la main que Madame lui tend, Monsieur, maussade, les observe, les pouces dans les poches de son pantalon.

— Ne partez pas si vite, cher ami... je m'excuse, je me suis montré un peu vulgaire, c'est un fait. Mais il me vient une idée... Si nous rendions visite à ta sœur, ma chérie ?

— Voyons, Noël, tu n'y songes pas ! (Pour le coup, elle a l'air vraiment contrariée.) Il est presque minuit... Tu sais très bien que mon frère lui donne des pilules pour qu'elle dorme...

— Si elle dort, nous ne la dérangerons pas, nous ferons juste visiter le mausolée à ton amant...

— Le mausolée ? s'étonne poliment celui-ci.

Madame lui explique alors qu'il s'agit de la chambre de sa sœur que Monsieur surnomme ainsi, à cause des photos du fiancé mort qui tapissent les murs.

— Vous connaissez ma belle-sœur, je crois ? demande Monsieur.

— Votre épouse nous a présentés, en effet. Une personne bien mélancolique, à ce qu'il m'a paru...

— On a parfois des surprises avec les mélancoliques, dit le député. Venez. Vous aurez l'occasion de la voir au lit, peu d'hommes peuvent s'en vanter ! Je parle des vivants, bien sûr...

Madame écarte les bras d'un air de dire qu'il n'y a rien à faire, qu'il faut en passer par le caprice de Monsieur et entraîne l'amant derrière le député qui a mis le cap sur la porte du salon, son verre de cognac à la main.

Je n'ai fait qu'un bond jusqu'à l'escalier ; pieds nus, je grimpe jusqu'à la chambre de Mademoiselle.

— Eh bien ?

— Ils montent vous voir. L'amant de Madame est avec eux !

— J'en étais sûre, dit Mademoiselle, qui est devenue toute rouge. Il fait chaque fois le même coup !

— Voulez-vous que je ferme à clef ?

— Non, non, inutile, dit Mademoiselle, en prenant son air faux jeton. Ne te mêle pas de ça, ce sont des affaires de famille ! Ne crains rien. Ils ne resteront pas longtemps. Je vais lui dire ma façon de penser !

Nous entendons les voix des deux hommes dans l'escalier et le rire énervé de Madame.

— Cache-toi dans la penderie ! Je préfère qu'ils ne te trouvent pas ici !

Je cours au placard, m'y faufile, tire sur moi la porte à glissière, mais je laisse un espace suffisant pour voir ce qui se passe. Il était temps. On frappe.

2

MONSIEUR BAISE LA SŒUR DE MADAME DEVANT L'AMANT DE MADAME QUI BAISE MADAME DEVANT MONSIEUR

— Aude ! tonne Monsieur, c'est nous. On est avec un ami, on voudrait vous dire un petit bonsoir. Vous m'entendez, Aude ?

Mademoiselle se garde bien de répondre ; elle a tiré le drap sous le menton et fait semblant de dormir. Cette idiote a gardé ses lunettes, comment voulez-vous que ça marche !

— Les lunettes ! Mademoiselle ! Les lunettes ! que je lui souffle de ma cachette.

— Tu m'embêtes, à la fin, mêle-toi de tes affaires ! qu'elle me chuchote.

Elle les retire néanmoins, les pose sur la table de nuit et renfonce la nuque dans l'oreiller. Dans sa précipitation, elle en oublie de remonter le drap et on voit ses seins à travers sa chemise transparente. Une fois de plus, je me crois obligée (c'est vous dire à quel point je peux être conne) de voler à son secours.

— Vos nénés ! Remontez le drap !

Vous verriez le regard noir qu'elle me balance, mais enfin, elle le fait.

— Aude ? Tu m'entends ? fait Madame.

On dirait qu'elle se retient pour ne pas rire, m'est idée que Monsieur la lutine.

— Mais arrête, tu me chatouilles... Aude ! qu'elle fait, en élevant le ton, tu nous entends, ma sœur ? Ou dors-tu ?

Je me renfonce dans la penderie. Dans son lit, Mademoiselle replie un bras devant ses yeux.

— Hector est avec nous ! Il voudrait voir ta chambre ! Tu permets ? Elle doit vraiment dormir, fait Madame, comme sa sœur garde le silence.

Et voilà la porte qui s'ouvre. De la penderie, je les aperçois en rang d'oignons dans le couloir, Madame en tête, Monsieur derrière, l'amant, tout dernier, qui se démanche le cou pour tâcher de voir dans la chambre. La lumière qui sort de chez nous éclaire leurs visages ; je vois s'écarquiller les yeux du freluquet. Il vient d'apercevoir Aude dans son lit.

— Elle a vraiment l'air de dormir ! chuchote-t-il, ne croyez-vous pas qu'il vaudrait mieux... c'est excessivement gênant ! Nous violons son intimité...

— Tiens, glousse Monsieur, c'est une idée. Qu'en dis-tu, Fernande ? Si nous allions violer son intimité ? Vous avez de ces formules, mon cher ! Il faudra que je vous demande d'écrire mon prochain discours, Gustave commence à se répéter...

Tout en parlant, il est entré dans la chambre, Madame pendue à son bras cherchant en vain à le freiner.

— Tu ne vas pas recommencer comme pour la fête

des prunes, Noël, qu'elle lui chuchote. C'est ma sœur, je te le répète ; ce n'est pas une de tes pouffiasses...

— Voyons, chérie, pourquoi t'énerves-tu ? fait Monsieur.

— On n'est même pas sûr qu'elle dort pour de bon ! dit Madame, en lançant un regard venimeux à sa sœur.

— Chut ! fait Monsieur, tu vas la réveiller.

Il flaire le contenu du verre sur la table de nuit.

— Du whisky... elle a bu du whisky ! On est tranquilles. Si elle a bu du whisky avec son somnifère, on peut violer tranquillement son intimité ! Surtout si ce sont ces petites capsules violettes que ton frère lui donne pour ses nerfs. J'en ai pris, une fois, tu t'en souviens, Fernande, après cette intervention délicate à la Chambre ? J'étais énervé comme une puce, persuadé que j'allais passer une nuit blanche ! Eh bien...

— Vous l'auriez entendu ronfler, Hector ! J'ai cru qu'il s'étranglait. Impossible de le réveiller, j'avais beau le secouer...

Encouragés par l'immobilité de Mademoiselle, ils parlent à voix haute, sans se gêner. Le freluquet regarde avec stupéfaction les épais rideaux noirs devant les fenêtres, les candélabres, et toutes les photos sur les murs. Malgré lui, ses yeux reviennent sur le corps de la dormeuse. Comme elle est nue dans sa chemise transparente et qu'elle n'a que le drap sur elle, vu la chaleur, on distingue nettement ses formes généreuses.

— C'est pourtant une très belle femme ! fait-il. Comment peut-elle vivre ainsi, en recluse, comme une nonne ?

Madame a pincé les lèvres.

— Oh, elle a ses compensations, fait le député, avec un rire sonore.

Il se suce le bout de l'index, il l'agite en l'air.

— Elle ne manque pas de lecture ! Et elle mouille bien son doigt pour tourner les pages...

— Dégoûtant, pouffe Madame, tu n'as pas honte de dire des horreurs pareilles...

— Vraiment, fait le freluquet, qui se dessale visiblement (vu que Madame lui pousse son cul dans le giron), vous croyez qu'elle se...

— Evidemment, qu'elle se... fait le député en haussant les épaules. Et avec les bonnes, elle ne s'emmerde pas non plus, allez !

Ça me donne un coup ! Moi qui me figurais que personne n'était au courant, sauf Madame.

— Toutes les femmes sont des gouines... déclare Monsieur. La mienne comme les autres !

Madame se garde bien de le contredire. Encouragé par l'approbation tacite du mari, l'amant, collé à elle, a passé ses bras autour de sa taille et lui caresse les seins. Elle lui tape mollement sur les doigts, mais se laisse faire.

— Qu'est-ce que je vous disais, mon cher Hector ! s'exclame le député. Regardez ce qu'elle lisait, la coquine... Elle a dû faucher ça dans ma bibliothèque !

Il brandit le livre qu'il vient de ramasser sur la table de nuit.

— Oh, fait Madame, avec un petit rire choqué. Quelle sournoise, cette Aude !

C'est un de ces bouquins cochons pleins d'illustrations. Le député l'ouvre pour montrer une gravure à Hector dont les mains se resserrent autour des nichons de Madame.

— Hein, que ça donnerait des idées à un mort ? fait Monsieur. A propos de mort ! qu'il ajoute, en refermant le livre, j'espère que le Philibert ne nous voit pas, en ce moment. Je ne voudrais pas qu'il se retourne dans sa tombe !

— Tu es monstrueux, chéri, dit Madame. Mais qu'est-ce que tu fais... Non, je t'interdis ! Tu ne vas pas recommencer comme pour la fête des prunes !

Penché sur le lit, il fait glisser le drap. Il me semble que Mademoiselle s'est raidie.

— Il fait si chaud... dit Monsieur. Nous allons lui donner un peu d'air.

Il abaisse le drap sur le ventre de Mademoiselle. La lampe de chevet éclaire en plein ses beaux gros seins bien étalés sur son buste, avec leurs pointes roses qui soulèvent le voile.

— Oh, la belle chemise de nuit ! Vous avez vu tous ces froufrous, Hector ?

Du bout des doigts, Monsieur effleure les pointes des nichons de Mademoiselle.

— Vous croyez qu'elle dort pour de bon ? demande Hector, qu'un doute semble effleurer.

— Evidemment, qu'elle dort ! Vous croyez qu'elle me laisserait lui mettre les nichons à l'air, si elle ne dormait pas ? Pudique comme elle est...

— Tu ne vas pas faire ça, Noël ! Ce ne serait pas bien du tout, abuser ainsi de son sommeil !

Pour toute réponse, Monsieur tire sur le ruban qui ferme le col de la chemise de nuit.

— Et hop, fait-il, faites-vous admirer, mes gros mignons...

Il écarte l'échancrure pour découvrir les glorieuses mamelles, avec leurs larges pointes effrontées. Hector se colle derrière Madame pour les admirer.

— Qu'en pensez-vous, Hector ?

— Ils sont un peu gros, qu'il dit, mais ils sont superbes...

— Fais voir les tiens, Fernande, qu'on compare !

— Noël ! Tu ne vas pas recommencer !

— Baissez-lui son bustier, Hector !

Après une hésitation, Hector abaisse le décolleté de Madame (qui ne lève pas le plus petit doigt pour l'en empêcher) et ses seins s'échappent comme deux gros pigeons blancs qui sortent du colombier. Madame se cambre coquettement pour les faire saillir. Ses pointes sont toutes gonflées. L'amant lui en attrape un pendant que Monsieur pelote sans vergogne ceux de la dormeuse.

— C'est de la belle bidoche, y a pas à dire ! fait-il en les malaxant. Je ne sais pas si vous êtes comme moi, Hector, mais j'ai un faible pour les femmes bien en chair...

— Je ne te le fais pas dire, fait Madame, acerbe. Il n'y a qu'à voir les secrétaires avec qui tu sors... On le sait, que tu aimes les gros culs !

Le député se rengorge.

— A propos de gros cul, si on s'occupait du sien ? Qu'en pensez-vous, mon cher Hector ? Vous voulez le voir ?

Il retrousse la chemise de Mademoiselle. Les yeux d'Hector s'arrondissent de stupeur, puis se jettent par-dessus l'épaule de Madame sur la fente d'un rose pâle qui partage le con de la dormeuse.

— Elle vous plaît, sa cramouille ? demande le député. Peut-être que vous ne la voyez pas bien ? Aide-moi, chérie, faisons visiter les lieux à ton petit ami...

Il attrape Mademoiselle par une épaule, Madame (chose insolite, elle ne songe plus du tout à protester) prend sa sœur par une jambe. Ils la tirent vers le bord du lit. Elle se laisse faire, inerte, le bras toujours replié devant le visage. La voilà avec les cuisses écartées, face aux spectateurs. Cette fois, le con est grand ouvert, les petites viandes roses de la fente luisent entre les poils enchevêtrés.

— Regardez son machin... dit le député, en fourrant ses doigts dedans.

Il dépiaute le clito. La pointe de chair rouge s'érige entre les gros doigts de Monsieur comme un pénis de bébé.

— Vous avez déjà vu un attribut pareil ? Même celui de Fernande n'en fait pas la moitié. C'est à force de tirer dessus, qu'elle l'a fait grossir comme ça... Et regardez si ça lui plaît, à cette coquine... Comme elle réagit au quart de tour !

Il ouvre des deux mains la grande chatte poilue et répète de l'index le geste qu'il a eu tout à l'heure, comme pour feuilleter un livre, sauf que c'est le clito qu'il feuillette, et vous verriez comme il grossit, c'en est vraiment indécent. Hector, qui n'y tient plus, décide de s'intéresser à celui de Madame tout en regardant Monsieur s'évertuer sur celui de Mademoiselle. Toute pudeur abolie, Madame a troussé sa robe au-dessus de son ventre pour lui laisser le champ libre, elle écarte complaisamment les cuisses. Dans le miroir de l'armoire, je vois la main du freluquet fouiller hâtivement dans sa petite forêt.

— Plus haut, Hector... plus haut... le conseille Madame. Combien de fois faudra-t-il vous le dire ? Regardez donc comment fait mon mari...

— Que veux-tu, ricane Monsieur, à l'ENA, ce n'est pas encore au programme, le con de la femme !

Hector salue cette gaudriole d'un petit rire peu

convaincant, et finit pas débusquer le clito de Madame.

— Z'avez vu comme elle jute ? dit Monsieur. Elle doit rêver qu'elle se fait mettre par son Philibert...

Chaque fois que ses doigts ressortent du vagin pour écraser le clito, Mademoiselle se cambre imperceptiblement. Quant à Madame, vous la verriez se tortiller, pour accompagner la branlette d'Hector.

— C'est divin, soupire-t-elle. Ah, les plaisirs de la chair... Je suis honteuse... Oh, Noël, on ne devrait pas... faire des choses pareilles... Continuez, Hector, continuez... Vous faites des progrès, mon ami... Ah ! Ça vient, ça vient !

— C'est bien joli, tout ça, fait Monsieur. Mais nous ? Nous n'allons quand même pas rester le bec dans l'eau ! Qu'en dis-tu, chérie, si je lui en mettais un coup ?

— Oh, quand même, minaude Madame, ne serait-ce pas pousser la chose trop loin ? Souviens-toi du scandale qu'elle t'a fait, pour la fête des prunes ! Elle ne t'a pas adressé la parole pendant toute une semaine !

— Mais elle dort, aujourd'hui. Motion adoptée ! Je vais baiser ta chère sœurette. Et pendant ce temps, Hector te baisera... avec ma bénédiction. On est bien d'accord, Fernande ? Je ne voudrais pas te faire violence !

— Tu sais que je t'ai juré obéissance à l'église ! dit avec un rire crapule Madame qui laisse tomber sa jupe à ses pieds.

Du coup, Hector se déboutonne. Il a une toute petite bite délicate. Raffinée, dirais-je. Une friandise, vous voyez ? Avec un gland d'un rose nacré qu'on aurait plutôt envie de sucer qu'autre chose. Pour sûr que ça doit changer Madame du gourdin que Monsieur présente à la bouche de Mademoiselle. Pour avoir ses aises, il lui a soulevé le bras avec lequel elle cachait son visage. Les joues rouges, mouillées de sueur, elle ferme désespérément les paupières et semble faire la moue.

Le bout du gland passe et repasse entre ses lèvres ; peu à peu, comme si la résistance qu'elles opposaient cédait, elles s'entrouvrent, comme celles d'un enfant à qui on veut faire manger sa soupe et qui refuse la cuiller.

— C'est chaque fois pareil, grogne le député, en lui promenant son dard entre les lèvres ; au début, elle fait des chichis... et après, elle ne veut plus la lâcher. Je crois que je vais lui pincer le nez, si elle veut pas l'ouvrir, sa bouche...

Aussitôt, la bouche de Mademoiselle s'ouvre et le député lui fourre son dard dedans. Madame s'agrippe à lui, nerveusement ; il se retourne, surpris, et l'interroge du regard.

— Excuse-moi, chéri... il vient de me... de me... le mettre...

Hector se colle à elle comme un chien. J'ai pas bien vu dans quel trou il a fourré son instrument. Avec une bite aussi petite, ça pourrait aussi bien être dans l'anus.

— Ne t'énerve pas, Noël, surtout ne t'énerve pas, dit Madame. Tu ne voudrais pas qu'elle nous fasse un caca nerveux, comme l'année dernière ?

— Tu as raison, dit Monsieur...

Il se retire à regret de la bouche de Mademoiselle. Il lui ôte l'oreiller de sous la tête et le lui glisse sous les fesses.

— Ce qui m'excite ! dit-il d'une voix épaisse, c'est qu'on dirait une morte...

Il écarte les cuisses de Mademoiselle, lui soulève un genou.

— C'est moi, Philibert, ma chérie... Tiens, cochonne, voilà un beau rêve pour toi...

Il lui loge son gros gland entre les poils, et pousse sa vaste bedaine vers l'avant. L'épais pilon disparaît dans le vagin de Mademoiselle.

Qu'est-ce qu'il lui met ! Je ne vous dis que ça ! Comment ose-t-elle prétendre qu'elle dort ? Ses nichons se balancent dans tous les sens, elle râle, elle suffoque. Monsieur lui tient les pattes en l'air et la fourre jusqu'à l'os. Quand il lui envoie enfin la sauce, il y a longtemps que le freluquet et Madame ont fini leur petite affaire. Madame a l'air frustrée, sans doute n'a-t-elle pas eu son compte.

Monsieur s'essuie le front et range son fourbi dans son pantalon. Il ressemble à un gros bouledogue, tout à coup, avec ses bajoues qui pendent de chaque côté de son faux col.

— Bon, voilà une bonne chose de faite. Allons-nous coucher, maintenant. Vous dormez avec nous, Hector, bien sûr ?

Hector fait oui de la tête, après avoir consulté Madame du regard.

— J'ai l'impression que vous n'avez pas été à la hauteur, le raille Monsieur, Fernande fait sa tête des mauvais jours. Va falloir vous rattraper, mon vieux !

— C'est de ta faute, dit Fernande. C'est de te voir faire, ça l'a excité... d'habitude, il se retient plus longtemps !

A peine sont-ils au bout du couloir, Mademoiselle se dresse dans son lit. Je sors de ma cachette.

— Tu as vu, comme ils m'ont traitée, s'indigne-t-elle. Ma propre sœur et son mari... me faire voir ainsi, toute nue, par un étranger ! J'ai cru en mourir de honte ! Oh vraiment... qu'en penses-tu ?

Je me garde bien de le lui dire.

— Tu as vu comme il a abusé de moi ? insiste-t-elle.

Elle a du mal à dissimuler la lueur réjouie de ses yeux.

— Et tu sais, Victorine, à la fête des prunes c'était encore pire ! J'avais mes règles, mais il me l'a fait quand même, par-derrière, lui qui n'aime pas ça ! Ma propre sœur lui a passé la vaseline ! Aussi, ils m'ont entendue, le lendemain !

— Mais enfin, que j'explose (faudrait quand même pas qu'elle me prenne trop pour une prune d'ente), pourquoi acceptez-vous ? Tout à l'heure, pourquoi ne vous êtes-vous pas réveillée ?

Elle pince les lèvres et me jette un sale regard.

— Voyons, es-tu idiote ou quoi ? Devant Hector ? Songe au scandale que ça aurait fait ! Comment aurais-je pu continuer à habiter ici ? C'est la demeure familiale, cette chambre m'appartient ! J'y suis née, j'y mourrai. Que ferais-je, fragile comme je suis, si je devais vivre comme les gens normaux ?

Je la trouve désarmante, pas vous ?

— Sans compter que vous avez pris votre pied, non ?

Elle ne peut s'empêcher de glousser.

— Que veux-tu... tant qu'à faire, autant en profiter, non ?

Elle reprend son sérieux et jette un coup d'œil vers les photos.

— Quand je pense que mon pauvre chéri a dû tout voir ! J'espère qu'il ne me punira pas trop, quand Madame Raffiani le rematérialisera...

Ces émotions lui ont donné faim, elle ouvre une boîte de chocolats, s'en fourre deux dans la bouche, m'en offre un. Je me couche à côté d'elle, après avoir revêtu une de ses chemises transparentes.

— C'est vrai que j'ai grossi, dit Mademoiselle, en soupesant ses seins. Mais ça lui plaît, à ce gros cochon !

Elle pouffe. On entend Fernande gémir, dans la chambre conjugale. Est-ce Monsieur qui remplit son devoir conjugal, ou le freluquet qui cherche à se faire pardonner ?

— Tu as vu les gros testicules qu'il a ? fait Mlle Aude, en mâchant son chocolat. On dirait des melons. C'est un bon vivant, un mangeur de viande, il a de la réserve. Sais-tu qu'il couche avec toutes ses employées ? C'est Gustave qui l'a dit à ma sœur. Il exerce le droit de cuissage, qu'il dit. Dès qu'il a un coup de sang, il convoque une dactylo et lui fait ça sur son bureau. Elles sont habituées, elles n'ont jamais de culotte. C'est pour ça que ma sœur est si aigrie...

Je somnole, je suis bien, Mademoiselle me branle, une crotte de chocolat fond dans ma bouche. Madame s'est tue. On entend Monsieur ronfler. Et l'amant ? Qu'est-ce qu'il fait ? Mademoiselle me met un doigt dans le cul. Je me laisse glisser doucement dans ses bras, contre sa chair, dans son odeur ; ça me rappelle le dortoir. Et juste au moment où je vais trouver la paix :

— Et si tu me léchais ? me demande-t-elle. Ça m'a mise dans tous mes états, d'être traitée ainsi. Je sais que tu es fatiguée, je te paierai double. Je te donnerai quatre cents francs...

Elle m'enfonce la tête sous le drap. Soûle de sommeil, je descends au sous-sol. Son gros con brûlant est déjà tout écarquillé entre les poils humides.

— J'avais un petit chien... quand j'étais petite, un bichon maltais, il me léchait ! Comme il me léchait bien, le coquin. Je me mettais de la confiture...

Elle se tait, je viens de lui écarquiller la fente, je respire l'odeur saline de son cul, elle sent fort, la femelle en rut. J'envoie un coup de langue là-dedans, je mordille un des morceaux qui dépassent, c'est élastique et chaud, ça résiste sous la dent comme un bout de tripe pas assez cuit.

— Touche-le avec tes doigts en même temps ! fait Mademoiselle, qui se tripote le bout des nichons.

Je lui astique donc le clito tout en lui enfournant la langue dans le trou. Prise d'une inspiration, je descends plus bas, et je lui pourlèche le trou du cul. Elle pousse un cri ravi, se soulève pour mieux me l'offrir.

— Oh oui... Oh quelle bonne idée ! Je te donnerai six cents francs, Victorine, fais-moi-le ici... Oh, la vilaine fille... Oh, la coquine... Il n'y a que Schombert qui m'a fait ça, mais tu le fais mieux que lui... Oh, la sale !

Elle me pousse son anus dans la bouche. Elle se branle. Son gros cul blême qui sent la sueur et le pipi s'agite. A nouveau, je lui dévore le con de baisers, je lui mâche sa viande. J'en suis folle, de sa cramouille, j'en suis dingue, allez comprendre pourquoi. Quand elle jouit, dans ma bouche, c'est épais et fade comme du blanc d'œuf, sans doute du sperme de Monsieur se mêle-t-il à sa mouille. J'avale tout, ça ne me dégoûte pas. Je ne sens plus la fatigue de cette folle journée, tous ces va-et-vient, les escaliers montés et descendus, il n'y a plus que cette grosse bouche poilue, chaude et mouillée, dans laquelle j'enfonce mon visage... comme autrefois, au dortoir, et les miaulements hystériques de Mademoiselle.

— Oh là là ! qu'elle soupire. Oh là là ! On s'entend bien, toutes les deux, hein, Victorine ?

3

Monsieur baise la bonne

Moulue de fatigue après cette nuit d'excès et la folle journée qui l'avait précédée, j'ai bien failli ne pas me réveiller, le lendemain matin. Tout à coup, j'entends sonner les cloches de Sainte-Catherine. Huit coups ! Bon Dieu ! Je ne fais qu'un bond hors du lit.

Affolée, je cherche mes vêtements dans le noir. Dans ce maudit mausolée, à cause des rideaux opaques devant les fenêtres, on ne sait jamais s'il fait jour ou s'il fait nuit. J'allume la lampe de chevet ; j'ai encore un goût de pipi sur la langue et des poils entre les dents. L'autre garce ronfle les bras en croix, nichons à l'air. Saloperie de riches, ils n'ont pas de problèmes, eux, ils peuvent se lever quand ça leur chante ! Au moment de sortir, je me ravise, j'allais oublier l'essentiel ; je soulève l'oreiller, je prends le rouleau, et je prélève mon dû.

Pourvu que Monsieur ne soit pas réveillé. Je descends à la cuisine. Personne. Ouf ! Vite, je mets la machine à café en marche. C'est une machine italienne, dernier cri, rouge vif, qui ressemble à un petit tracteur, elle fait un boucan pas croyable, ça chuinte, ça siffle, la vapeur fuse dans tous les sens comme d'une locomotive, le café qui en sort, si vous voulez mon avis, est franchement dégueulasse, noir comme de l'encre, amer à ne pas croire, une purge, imbuvable. C'est comme ça qu'on l'aime au Bertranet. Je suis donc là à me gratter le derrière en observant la mécanique qui trépigne quand j'entend un grognement.

Je me retourne. C'est Monsieur. Vous ne le croirez pas, après la nuit d'orgie qu'il vient de passer, il est frais comme un gardon. Il m'observe, ironique, dans son peignoir de bain en tissu éponge. Il sent le savon et l'after-shave de luxe ; on voit ses poils d'ours sur sa poitrine.

— Alors, tu as quand même fini par te réveiller. Tu te la coules douce, hein, dans cette maison ? C'est une bonne place !

— Oh Monsieur ! Que Monsieur me pardonne, cela ne m'arrivera plus !

— Et où étais-tu ? Je suis monté dans ta chambre, le lit n'était même pas défait !

Moi, bien sûr, je pique un fard. Sans rien dire, je lui sers une tasse du noir breuvage. Il la porte à ses lèvres, fait la grimace.

— Pas assez fort, qu'il décrète. C'est de la gnognote. Je vais t'apprendre, moi, à faire le café !

Il s'approche, je m'écarte, il me retient.

— Eh là ! Je te fais peur ?

— Oh non, Monsieur, ce n'est pas ça !

— Je me disais, avec des yeux pareils tu n'es pas du genre à avoir peur des hommes. Tu as déjà vu le loup, non ?

— Monsieur me gêne.

— Pourquoi tu t'éloignes quand j'approche ? Je sens mauvais ?

— Oh non, Monsieur, ce n'est pas ça, mais Madame...

— Ah, je vois, elle t'a menacée de te mettre à la porte si tu étais trop gentille avec moi ?

De la tête, je fais signe que oui, et je tortille le bas de ma jupe.

— C'est une bonne place, ici, que je lâche, j'ai pas envie de me retrouver à l'usine.

Ça le fait rigoler.

— Elle aurait pas besoin de le savoir, dit-il.

Mlle Aude avait raison, ça ne traîne pas, avec lui. Je me sens devenir toute moite.

— Monsieur n'y songe pas... Madame sait toujours tout !

— On sera prudents, qu'il fait, comme si l'affaire était entendue (il n'a pas lâché mon bras). Le matin, par exemple, je me lève toujours aux aurores ; je suis un bûcheur, c'est le matin que je travaille le mieux. Elle, Fernande, tu la connais. Elle n'émerge jamais avant dix heures...

Le gros salaud a oublié d'être con ; le matin, en effet, ce ne serait pas impossible : il y a un créneau d'une petite heure avant que Maria arrive et qu'Edwige me sonne pour son thé.

— C'est joli, tout ça, qu'il me fait. C'est à toi ?

Il tire sur mon décolleté.

— Monsieur !

Il tire davantage. Je rentre un peu le ventre pour qu'il puisse mieux reluquer.

— Ouvre ça, qu'il fait, mets-les dehors, ils étouffent là-dedans !

— Monsieur... ce n'est pas bien ! Abuser d'une pauvre fille...

Il se contente de ricaner ; je renifle une larme imaginaire, j'ai la main qui tremble en me déboutonnant. Il m'aide à ouvrir mon corsage, abaisse le soutien-gorge.

— Eh bien, coquine, tu cachais bien ton jeu.

Il siffle entre les dents et les prend à pleines mains.

— Tu m'as l'air d'une bonne luronne, toi ! Dis-moi, tu as une culotte sous ta jupe ?

Je fais signe que oui.

— Pas de culotte quand je suis à la maison !

— Mais, que je bêle, Madame...

— Bon, tranchons la poire en deux. Pas de culotte le matin, avant qu'elle se lève. Tu la garderas dans ta poche. Et pas de culotte non plus chaque fois que je te sonnerai pour que tu me montes du café, dans mon bureau. On est bien d'accord ?

Il me pince les bouts très fort ; ça me fait vachement mal, et pourtant, allez comprendre, j'adore ça.

— Enlève-la, vite ! Fais voir ton petit poilu !

Je retrousse ma jupe, je baisse mon slip. Tout de suite, il me met la main. Il m'écarte les poils, m'ouvre la fente. Il m'a poussée contre la cuisinière. Son doigt s'enfonce ; je suis déjà toute mouillée.

— Ouais, qu'il fait, en me fouillant... Tu as le con bien ouvert, ça vaut mieux, j'ai une grosse bite. Fais voir ça ?

Il me soulève une patte et se baisse.

— Les chairs ont l'air saines. Je voudrais pas attraper une chaude-pisse, tu comprends ?

— Oh, Monsieur n'a rien à craindre !

Il fait pointer mon petit fripon de l'index.

— Un peu gouine sur les bords, mais tu ne craches pas sur les messieurs, hein ?

Preuve à l'appui, il me fourre deux doigts dans le trou. Il se relève, son peignoir s'est ouvert, je vois son ventre d'ours tout poilu, et deux grosses aubergines qui se balancent dessous. La bite est toute recroquevillée sur elle-même, épaisse, on dirait un citron.

— Suce ! Fais sortir le moineau de son nid !

— Monsieur !

— Tu tiens à me contrarier ?

— Non, Monsieur...

Je me mets à genoux, je prends son citron, je le presse, miracle, le gland sort et le citron se transforme en boudin. Il pue salement, son gland, ça m'étonne, car il vient de prendre son bain, ça doit être son odeur naturelle. Je le goûte du bout de la langue.

— Allez, allez, ne chipote pas.

Il me fourre sa saucisse dans la bouche. C'est encore mollasson, mais ça gonfle, je mâchonne, ça durcit, ça s'allonge, je me recule. Il me prend par la nuque.

— C'est bien, tu es une bonne fille, je te donnerai un petit supplément... suce bien, mets-moi en train, j'aime bien commencer ma journée par une pipe.

Vu le peu de temps dont nous disposons, pas question de fignoler. Sa grosse queue coulisse allègrement. La saveur âcre m'empuantit la bouche, mais ça me déplaît de moins en moins. De temps en temps, il me pince un nichon.

— Qu'est-ce que tu préfères ? demande-t-il. Finir comme ça ? Ou que je t'en mette un coup ? Moi, ça m'est égal, du moment que je me vide les couilles.

Il palpe avec orgueil ses pendeloques. Effarée de l'entendre employer un tel langage, lui, un député, je me lève pour lui faire comprendre ma préférence.

— Tu as raison, se marre-t-il, c'est quand même

meilleur dans le trou poilu...

Je relève ma jupe, il m'embroche sans finasser. Dieu du ciel ! J'ai l'impression qu'il m'empale jusqu'au cœur, je m'agrippe à ses épaules, terrifiée ; j'ai jamais rien eu d'aussi gros et d'aussi long dans le ventre, ça me fait peur, pourvu qu'il ne me bousille pas les organes. Mais qu'est-ce que c'est bon, la vache, j'en reviens pas ! Je comprends pourquoi Madame en est folle, de cet homme. C'est un vrai taureau de Camargue. Il me remonte toute ma viande vers le haut, il me dépenaille, il m'étripe, et j'en redemande. J'ai planté mes dents dans son épaule poilue pour ne pas crier, lui me tient à pleines mains par les fesses (je n'ai pas de petites fesses, mais il a de grandes mains) et les écarte en me ramonant à fond la caisse.

— Toi, alors, on peut dire que tu aimes la bite !

Il m'a repoussée pour bien me voir jouir. Son visage est gonflé de sang, ses yeux sont minuscules, comme deux pépins de raisin, et ils ont une petite lueur malveillante.

— Dis-le, que ça te plaît qu'on te bourre, salope ! Allez, dis-le !

— Oh oui, Monsieur, ça me plaît... Monsieur le fait si bien !

Flatté, il ricane.

— Vas-y ! Fais-toi plaisir. J'enverrai la purée quand tu auras pris ton pied.

Je me laisse donc aller, je l'ai agrippé par les épaules, un vrai charretier, pas comme cette mauviette de Gustave. Il n'a pas besoin de toutes ces mises en scène tordues pour prendre son pied, c'est un homme, un vrai. Quand il voit que je vais perdre la tête, il me fourre une serviette dans la bouche.

— Ne gueule pas, surtout ; mords là-dedans. Faudrait quand même pas réveiller la bourgeoise !

Je mords dans le chiffon et la marée m'emporte, j'ai jamais connu ça, jamais, quand il largue tout, c'est comme si on avait ouvert à fond un gros robinet à sperme qui m'envoie au nirvana.

Quand je sors des vapes, je suis couchée sur la table de la cuisine, et lui est en train de tapoter du doigt sur la putain de machine. Je vois le café monter en glougloutant dans le cylindre transparent.

— On ne fera plus ça ici ! dit-il sans se retourner. Tu m'apporteras le café dans mon bureau. Arrange-toi pour le faire quand la voie sera libre. Compris ?

— Oui Monsieur.

— Essuie-toi, tu ne vois pas que ça coule ?

Il me lance un torchon, je descends de la table et je m'étanche.

— Souviens-toi, dit-il en emportant sa réserve de café dans le grand ballon de verre. Jamais de culotte !

4

LE MALAISE VAGAL

En conséquence de quoi, retirer ma culotte, c'est la première chose que je faisais dès qu'Edwige partait au lycée ; cul nu sous ma jupe, un ballon de café à la main, je montais rejoindre Monsieur, en frétillant comme une pouliche en rut. Nous avions vite pris nos habitudes. Pendant qu'il buvait son café en compulsant ses paperasses, je lui en taillais une minutieuse sous le bureau. Au bout d'un petit quart d'heure, quand j'estimais l'avoir suffisamment régalé, je lui demandais poliment :

— Et maintenant, Monsieur, je peux ? En vitesse ? Madame dort encore...

Troussée jusqu'aux aisselles, je m'empalais à reculons. Lui m'attrapait les nichons, et en route pour Cythère, au grand galop, avec son gros pilon qui coulissait dans mon vagin pendant que je mordais ma culotte pour ne pas ameuter la maison.

Cette première escarmouche était quand même assez bâclée, nous devions l'expédier à la va-vite avant que Madame se réveille. Dieu merci, il y avait souvent une deuxième passe d'armes, au cours de laquelle nous avions tout le temps de nous en mettre plein le cul. En juillet, Madame écumait les brocanteurs des environs et nous laissait le champ libre.

Dans ma mémoire, ces secondes séances de baise sont associées à l'odeur du porto. Vers dix heures, en effet, je devais monter à Monsieur son « reconstituant », six jaunes d'œuf battus dans du sucre noir et arrosés de porto. Je dis bien six ; il n'en fallait pas moins à ce taureau, n'en déplaise au toubib qui le mettait en garde en vain contre les « nourritures trop riches ».

— Comme si vous aviez besoin de ça, Noël ! Un reconstituant ! Je rêve ! Vous avez vu vos dernières analyses ? Il faudrait plutôt vous saigner, oui !

— Taisez-vous, oiseau de mauvais augure, rétorquait le député. Je sais ce qui est bon pour moi. C'est ma potion magique !

C'est en l'ingurgitant qu'il m'en mettait vraiment un coup dans les règles de l'art, vu que nous avions tout le temps, maintenant.

Ces œufs du jour, j'allais les chercher chez Maître Mardrus qui avait un poulailler. Son dada, à l'avocat, c'était de jouer au « gentleman-farmer » ; dès le lever du soleil, vêtu d'un vieux pantalon de velours qui faisait des poches aux genoux, d'une chemise de cowboy à carreaux et d'un chapeau de paille cabossé, il sarclait son fumier biologique dans les plates-bandes de son potager. J'ai remarqué que les gens riches aiment bien se déguiser en paysans quand ils font du jardinage.

Il choisissait lui-même les œufs les plus gros pour le député

— Voilà qui le ragaillardira, me disait-il avec un clin d'œil complice !

Il devait bien se douter que je passais à la broche.

Je me souviens du plaisir que j'avais déjà, sans culotte, en faisant tourner la cuiller dans le bol que je serrais entre mes cuisses, contre ma chatte qui y laissait des baisers baveux ; pas question d'utiliser le fouet, rien ne vaut l'huile de coude, je touillais comme il touillerait tout à l'heure dans mon vagin...

Avec l'alibi au porto sur mon plateau, j'ouvrais sans frapper, je passais mon museau dans le bureau, et, l'air innocent, j'annonçais la couleur.

— J'apporte le remontant de Monsieur. Et je viens voir s'il n'a besoin de rien...

Je précisais :

— Madame est chez l'ébéniste... Mademoiselle joue au tennis avec Marjorie chez les Mardrus.

— Je vois, disait Monsieur, en remontant ses lunettes sur son nez, et il ouvrait sa braguette.

Mais ne voilà-t-il pas qu'un matin où je m'amenais le bec enfariné avec mes œufs battus, j'eus la détestable surprise de tomber sur le Gustave qui d'ordinaire ne venait que l'après-midi. Vous dire l'horrible déception que j'éprouvai ; incapable de la déguiser, je posai, de fort mauvaise humeur, le verre de porto devant Monsieur et tournai les talons.

— Holà, me lança-t-il. Et Popaul, on l'oublie ?

— Mais Monsieur, fis-je...

— Tu as tes règles ?

Le « triste sire », comme l'appelait Monsieur, se libéra d'un gloussement salace.

— Je crois que c'est moi qui la gêne, Noël.

— C'est vrai, ça ? demanda Monsieur. Allons, ne joue

pas les rosières, il y a longtemps qu'il est au courant.

Je dus donc lui donner mon cul devant l'Olibrius. Monsieur, eu égard à sa présence, jugea plus courtois de me faire ça debout, à la hussarde, moi à plat ventre sur les paperasses du bureau. Tout en me ramonant, il ingurgitait sa mixture et commentait les dernières nouvelles avec le sigisbée de sa femme. Dire que je n'y pris pas de plaisir serait mentir, mais je ne me laissai pas aller avec autant de candeur que lorsque nous étions seuls. Lui, du moment qu'il se vidait les couilles, ne voyait pas trop la différence.

Je finis néanmoins par m'habituer à la présence fantomatique de l'éternel second, il faut lui rendre cette justice, il savait se rendre incolore ; quand il était là, maintenant, je retroussai ma robe sans me gêner et j'enfourchais Monsieur.

— Vous permettez, Gustave, disait-il, une petite ponction spermatique, j'en ai besoin pour m'éclaircir les idées...

— Faites, nous avons le temps.

Pendant que nous nous en donnions, l'Olibrius corrigeait un brouillon ou flairait avec curiosité la mixture de Monsieur.

— Toujours six œufs, Noël ? Est-ce bien raisonnable ?

Monsieur lui répondait en me défonçant la matrice.

— Ne jouez pas au croque-mort, vous aussi ! Il y en a assez d'un avec mon beau-frère...

— Quand même, six œufs tous les matins, et tout ce sucre... ne craignez-vous pas un trop-plein d'énergie ?

— Jamais trop, très cher. Voyez le résultat vous-même... Hue, cocotte, la ligne d'arrivée approche, ne te laisse pas distancer !

N'allez pas croire que cette brute manquait de délicatesse ; pour se faire pardonner la façon cavalière dont il me traitait devant son subordonné, il se montrait d'une gentillesse bourrue qui m'allait droit au cœur.

— Je t'ai bien graissé le moteur, hein ? se félicitait-il. Allez, fais la bise à papa, tu es une bonne fille...

Ce n'était pas grand-chose, mais je sortais toute guillerette et si d'aventure, je tombais sur Mlle Aude dans ma jupette chiffonnée, elle entendait parler les deux hommes et je pouvais passer près d'elle impavide, mon verre à porto vide sur le plateau sans qu'elle fronce les narines d'un air suspicieux...

Ce n'était pas tant d'elle (toujours perdue dans ses songes) dont nous devions nous méfier, ni même de Madame, que la présence de Gustave tranquillisait, mais de Mlle Edwige qui n'avait pas les yeux dans sa poche.

Or, comme juillet avançait, elle n'allait presque plus jamais au lycée.

— C'est la barbe, disait-elle à sa mère... on ne fait plus que des examens blancs ou des activités dirigées. Je suis assez grande pour diriger mes activités comme je l'entends.

Et elle se faisait dorer en bikini sur la terrasse. Un matin où je sortais du bureau de Monsieur, je la trouvai sur le palier, en maillot. Ses yeux sautèrent sur le plateau et le verre vide.

— Tu es restée bien longtemps, dit-elle. Tu fais des trucs avec lui ?

— Avec Monsieur ? Oh, Mademoiselle ! Mais j'existe pas, pour lui... Comment pouvez-vous seulement imaginer qu'il abaisserait les yeux sur moi...

Nous entendions son père discuter avec le secrétaire.

— Il n'est pas seul ?

— Il y a Gustave, Mademoiselle.

Cela dut détourner ses soupçons. Machinalement, elle flaira le verre vide et fit la grimace.

— Du porto et des œufs ! A dix heures du matin ? Mais il est fou, il n'a pas entendu mon oncle... C'est plein de cholestérol et de triglycérides, cette saloperie !

Elle ouvrit la porte d'autorité.

— Tu n'es pas raisonnable, Papounet, cria-t-elle, en brandissant le verre vide ; et d'enguirlander son père.

J'en aurais bien profité pour m'esquiver, mais elle tenait l'autre bout du plateau. Ses soupçons se rallumèrent dès qu'elle eut refermé la porte.

— Pourquoi es-tu rouge comme ça ?

Parce que je pétais de trouille, pardi, le sperme de son « Papounet » descendait le long de mes cuisses. Je fondis en larmes, à bout de nerfs, et lui arrachai violemment le verre.

— Parce que Mademoiselle me parle, lui criai-je en fuyant vers l'escalier. Ça fait un mois qu'elle ne me parle pas... qu'elle me traite comme un chien...

Je m'abandonnai voluptueusement à l'ivresse des larmes et au sourire satisfait qui fleurit sur ses lèvres, je sus que j'avais trouvé la parade.

Sauvée par le gong ! Mais j'avais eu chaud. Suite de quoi, j'informai Monsieur que ce n'était pas de sa femme que nous devions nous cacher, mais de sa fille. Savoir qu'elle minutait le temps que nous passions ensemble, nous contraignit à expédier notre affaire à toute berzingue, et tout en me bourrant, Monsieur élevait la voix comme s'il enguirlandait Gustave, pour qu'elle l'entende de la terrasse et ne s'étonne pas que je reste le temps qu'ils aient fini de s'expliquer.

Mais il ne pouvait pas engueuler le Gustave chaque fois que je lui montais son porto, elle aurait trouvé ça louche, aussi nos contacts se réduisaient-ils comme la peau de chagrin au temps voulu pour qu'il se vide les couilles. Gaillard comme il l'était, avec tous ces œufs crus, ça fusait en trente secondes comme un geyser et je sortais de là, le vagin encore plus affamé qu'en entrant. Voilà comment, pour ne pas devenir folle, j'en vins à assouvir à nouveau mes fringales vaginales avec le « vide-ordures ».

Avais-je le choix ? Il ne me restait que lui. A errer le matin dans les arrière-cours, à l'affût de tous les culs de boniches en rut. Je me montrais à la fenêtre de la cuisine, et j'allais l'attendre dans la cabane du jardinier, une minuscule construction en bois peint, une sorte de guérite où s'empilait tout un foutoir, brouettes, râteaux, pelles, binettes, sacs de produits pour le gazon, et tous ces petits piquets qui servent à entourer les plates-bandes. Il y avait aussi un établi, dans un coin, avec une meule à aiguiser, c'est là-dessus que j'appuyais mon buste pour donner mon cul à Léon, ledit cul tourné vers la porte, à genoux sur deux tabourets, agrippée aux étagères, surveillant les araignées qui infestaient l'endroit. On ne faisait pas dans la dentelle ; à peine entré dans ce clapier, il avait déjà la queue à la main comme un mec qui va pisser.

— Devant ou derrière ?

— Devant, et grouillez, on a vingt minutes à tout casser avant que Madame descende.

— Donne-le bien, salope ; on va te la remonter, ta matrice !

Voilà à quoi se réduisait la carte du tendre. Il me fourrait son dard dans le vagin sans émettre la moindre réflexion s'il me trouvait encore dégoulinante de sperme. Pourquoi me serais-je gênée, ce n'était pas un homme, juste une bite ambulante, un gode sur lequel je me branlais en pensant que je le faisais avec Monsieur...

L'un dans l'autre (Monsieur dans ma tête, lui dans mon vagin), ils me faisaient miauler le temps nécessaire. Après quoi, j'avais ma crise de larmes rituelle ; il ressortait et finissait dans le cul (le troufignon, c'était sa faiblesse). Pourquoi le nier, c'était loin de me déplaire, une sorte de dessert. En fourgonnant dans mon rectum, il me servait les derniers potins du quartier que récoltait sa sœur la voyante. Ou encore, *Paris-Turf* à la main, sans cesser de m'aléser l'anneau (comme il disait), cochait les outsiders qu'il jouerait le lendemain.

Divertissement on ne peut plus vulgaire, comme vous le voyez, et néanmoins, d'être ouverte par le cul, bourrée jusqu'au « pylore » (une expression à lui), après avoir été défoncée devant, comblait le vide qu'avait laissé en moi la trop rapide pénétration de Monsieur, et j'en éprouvais une satisfaction bestiale.

Dès qu'il m'avait graissé les boyaux, j'allais pondre ma crotte aux cabinets extérieurs, qui se trouvaient derrière la cabane, évacuant par la même occasion une progéniture qui ne méritait pas un autre sort et je rentrais à la maison avec un bouquet de fleurs des champs (mon alibi).

Vous allez vous poiler. Vous savez combien me coûtaient ces fantaisies matinales ? Deux cents balles ! Que je refilais à la Maria pour qu'elle ne cafte pas à Madame.

— Tu veux que j'y dise à la patronne ce que tu fais avec Monsieur Poubelle ? Qu'on t'entend gueuler de la cuisine comme une truie !

Pour que la grosse vache taise sa gueule, je devais lui graisser la patte. Chaque fois que j'allais me faire arrondir le fion par le chien à casquette, je casquais, elle me taxait exactement du prix que je prenais à Mlle Aude pour lui faire sa toilette de chatte du matin (j'en avais encore le goût plein la bouche en me faisant enculer), le prix d'une leçon de piano. Imaginez le circuit de l'argent : le chérubin qui venait faire ses gammes payait le coup que le chien botté tirait dans mon cul. Faut que l'argent circule, disait Monsieur. Je l'avais plutôt amère. Cela étant, le soir, pas besoin des petites pilules du Dr Lépine pour dormir ; je ne faisais qu'un somme ; au matin, j'étais aussi fraîche qu'une rose qui vient d'éclore. Il ne me manquait pas même la rosée sur les pétales.

Depuis que je baisais avec Monsieur (prétentieuse ! disons : depuis que Monsieur me baisait), j'étais tellement obsédée par la peur que Madame m'éjecte comme Edith, que mon amourette pour Edwige passait au second plan. Outre que, comme on vient de le lire, j'avais plus que ma ration de cul avec le vigile... Cette aura de luxure qui émanait de ma chair enfin comblée envoya-t-elle des ondes jusqu'à « Mademoiselle » ?

Toujours est-il que j'attirais à nouveau son attention – ce dont je ne m'aperçus pas tout de suite.

C'est le matin que se déroulaient les faits d'armes que je viens de décrire. L'après-midi, le Bertranet se vidait de ses habitants qui ne revenaient qu'à la brune ; n'y restait que la valetaille. Je vous ai déjà parlé de ces heures mortelles qui traînaient jusqu'au soir, quand les romans de Mlle Aude me tombaient des mains, que j'avais même la flemme d'aller fumer un joint dans la cabane du jardinier, armée d'une bombe insecticide pour exterminer les araignées dont j'avais une sainte frousse.

Souvent, réfugiée dans la chambre de Madame, je fouillais dans ses affaires, j'essayais ses dessous, ses robes, je lisais ses lettres d'amour (elle en avait toute une collection, drôlement gratinées, ornées de petits dessins), je lui volais un peu de ces crèmes de beauté et de ses parfums, bref, je tuais le temps. Un de ces après-midi, vautrée sur le lit conjugal, je venais de me mettre deux larmes de son parfum sur les poils, quand j'ai entendu grincer le portail du jardin. Vite, je rebouche le flacon et je cours à la fenêtre voir qui rappliquait si tôt.

Stupeur ! C'était Edwige, en tenue de tennis, avec une mine longue d'une aune, qui smashait furieusement dans le vide de sa raquette en remontant l'allée. Je dévale l'escalier, mais pas assez vite, on se trouve nez à nez au bas des marches.

— Tu es toujours vivante, toi ? aboie-t-elle. Qu'est-ce que tu as à me regarder comme ça ?

— Mais, rien, Mademoiselle.

Comme elle lève une raquette menaçante, je lui cède le passage. Elle fonce dans l'escalier. Elle est presque au premier quand elle s'arrête pile et redescend. Je n'ai toujours pas bougé, médusée par son irruption. Et que fait-elle ? Elle me flaire...

— Je ne rêve pas ! Tu t'es parfumée ?

Avant que j'aie trouvé quoi répondre, elle me flanque un coup de raquette sur la tête (pas vraiment méchant, avec les fils) et je remarque qu'elle a les yeux rouges, comme si elle venait de pleurer.

— Je t'interdis de te parfumer, tu m'entends ? Soulève ton bras !

Heureusement que ce sont les poils de la chatte que je me suis parfumés ; je lui présente mon aisselle. Elle la flaire si goulûment que ça me coupe les jambes de peur – mais pas seulement de peur...

— Plus jamais de parfum, Victorine, compris ?

— Oui, Mademoiselle. Plus jamais...

Elle frappe du pied et m'assène un deuxième petit smash.

— Quand je passe près de toi, c'est l'odeur de ta transpiration que je veux sentir, pas ces saletés de parfums de pouffiasse de luxe ! Maintenant, dégage !

Ahurie (j'existe donc à nouveau pour qu'elle remarque mes odeurs ?), j'emporte à la cuisine l'os qu'elle vient de me jeter. Je n'ai guère le temps de l'y ronger, Maria qui vient de raccrocher l'interphone m'accueille en secouant ses doigts.

— Elle veut que tou remontes. Tartare, qu'elle m'a dit. Sans perdre oun instant !

Lorsque j'arrive en haut, Edwige est en train d'arpenter sa chambre, une cigarette aux doigts.

— Je ne te rencontre plus aussi souvent dans l'escalier, m'envoie-t-elle. Qu'est-ce qui se passe ? Tu n'es plus amoureuse de moi ?

Pas agressive pour deux ronds ; intriguée, disons. Que répondre ? Je baise avec votre père et Léon m'en met plein le cul ? Je reste coite, bien sûr.

— Décidément, tout le monde me largue ! C'est la journée...

Elle balance sa cigarette par la fenêtre et me fait signe d'approcher, du doigt pointé au sol, comme à un chien.

— Surtout, ne te fais pas d'idées, dit-elle, ça n'a rien à voir avec ce que je viens de dire. Et ça n'est pas non plus parce que tu fauches les parfums de ma mère. C'est clair ? Donne ton bras...

Je sais qu'elle va me pincer jusqu'au sang, ce n'est pas la première fois. Elle choisit l'emplacement, au creux du coude, là où la chair est si douce (cette partie d'elle que j'aime tellement embrasser). Elle y enfonce ses ongles...

— Excuse-moi, dit-elle, mais il faut que je te fasse mal. Tu n'y es pour rien, c'est juste parce que je suis contrariée.

A peine a-t-elle saisi une portion de peau entre deux doigts qu'elle la lâche.

— Pas ici, ça va faire un bleu. Soulève ça, là, ça ne se verra pas.

Je retrousse ma jupe. Elle attrape un gros repli de viande en haut de la cuisse, à l'intérieur, et commence à le tordre en y plantant ses doigts. Elle ne plaisante pas, elle pince de toutes ses forces, les dents serrées par l'effort, et ses yeux m'observent ; on n'y lit aucun plaisir, juste une curiosité détachée. En fait, ce n'est pas moi qu'elle pince, je paie pour quelqu'un d'autre.

— Ça fait mal ?

— Oui, Mademoiselle.

— Très mal ?

— Oui, Mademoiselle, très mal.

Elle tord plus fort, enfonce les ongles.

— Qu'est-ce que tu attends pour pleurer ?

Il suffit qu'elle le dise, le sanglot que je retenais remonte comme une nausée et les larmes fusent de mes yeux. Dans l'escalier, après qu'elle m'a congédiée, je vérifie les dégâts. Le pinçon vire déjà à l'ecchymose. Je crache dans ma main et m'enduis de salive, doucement, pour calmer la douleur cuisante. J'essuie mes yeux pour ne pas donner à l'esclave la satisfaction de voir que j'ai pleuré.

Attablée, elle mâche son chorizo de quatre heures en frottant du pain dans de l'huile d'olive.

— Ma pouvre... m'envoie-t-elle, après avoir roté délicatement derrière ses doigts, tou n'as pas fini de dégouster... elle s'est engoulée avec le Jean-Philippe, tout à l'oure...

— Enculée ? Comment tu le sais ?

— Engoulée... (elle montre sa gueule, et l'odeur d'ail

de son rot atteint tardivement mes narines). Dispoutés, ils se sont, dans la roue...

Elle fait descendre le chorizo avec un fond de médoc. Se torche les bacchantes.

— Elle demande que tu remontes, ta chérie, m'annonce-t-elle. Mais pas tartare cette fois. Il n'y a pas le fou. Quand tou auras le temps, on dirait qu'elle s'est calmée...

J'y vais néanmoins sans attendre. Ou plus exactement, en m'attendant au pire.

— Excuse-moi pour tout à l'heure, me dit Edwige, j'étais vraiment énervée. Fais voir... De toute façon, tu n'as pas besoin de montrer tes cuisses...

Elle tâte du doigt la boursouflure mauve en haut de ma cuisse et grimace. Puis elle se dépouille de sa chemise Lacoste, la voici devant moi, en jupette de tennis, torse nu. Ses petits seins sont luisants de sueur, l'odeur fauve de ses aisselles me monte à la tête.

— Enlève ta culotte, je vais te branler. Tu veux ? En souvenir du temps passé. Pour me faire pardonner... O.K. ?

Je fais signe que oui en me déculottant. Jupe relevée, j'écarte les cuisses. Elle s'agenouille pour flairer mon sexe.

— Alors, c'est ça que tu parfumes ? Tu es conne ou quoi ?

— Je ne le ferai plus, Mademoiselle.

— Ça ne t'ennuie pas, au moins, que je te masturbe ?

— Non, Mademoiselle, ça ne m'ennuie pas.

— C'est juste pour tuer le temps, tu comprends ?

— Oui, Mademoiselle.

Ça lui est déjà arrivé, dans le temps, de se montrer d'une politesse exquise en me branlant.

— Ouvre-le bien... avec les mains...

Elle le flaire longuement.

— C'est encore heureux que tu n'aies pas mis du parfum dedans. Et ton trou du cul, tu l'as parfumé ?

— Non, Mademoiselle.

— Je te mettrai peut-être mon doigt dans l'anus, tout à l'heure. Il est propre, au moins ?

— Je le lave toujours quand j'ai...

— Ça va, épargne-moi les détails.

Debout en face de moi, ses yeux dans les miens, elle commence à me chatouiller le clito.

— C'est agréable ?

— Oui, Mademoiselle.

Elle me le pince tendrement, le relâche, le repince...

— Comme ça ?

— Oui, Mademoiselle. Comme ça...

— Tu as du plaisir ?

J'acquiesce et je baisse la tête pour regarder ses doigts me toucher ; ça m'excite toujours de la regarder me toucher le con. Elle manipule mon clitoris et mes petites lèvres, leur accorde de légers frottements...

— Ça vient ?

— Oui, Mademoiselle... ça commence... si... si Mademoiselle continue, je vais en avoir...

— Tu veux que je te mette le doigt dedans, aussi ? Dans le vagin ?

— Oui, Mademoiselle...

Elle continue à me titiller le clito et de l'autre main me glisse doucement deux doigts dans le trou. D'un seul coup, ses yeux changent d'expression, la dureté minérale qui les pétrifiait disparaît, une légère rougeur colore ses joues.

— C'était pour te faire plaisir, murmure-t-elle, mais ça commence à me plaire... Mets-toi toute nue, vite...

On va en profiter, tant qu'à faire. Dépêche-toi... Toute nue...

Elle frappe du pied. Lorsque je suis nue, elle flaire mes seins et se remet à me branler, d'une seule main, en me les pelotant.

— Il faut vraiment que tu sois conne pour te parfumer cet endroit. Tu ne le feras plus, hein ?

— Plus jamais, je vous le jure. Oh, Mademoiselle... Mademoiselle... pas si vite...

— Pourquoi ?

— Je vais...

Elle continue quand même, en épiant mon visage. Et je « jouis », connement, debout en face d'elle, en me tortillant le moins possible, en me mordant les lèvres pour ne pas lui donner la satisfaction de m'entendre suffoquer, avec un sentiment de gâchis parce qu'elle m'a pas laissée profiter de mon plaisir, contrairement à ce qu'elle avait annoncé. Dès que c'est fini, je me penche pour récupérer ma jupe parce que je m'attends à ce qu'elle me vire. Elle fait signe que non, que je dois rester nue.

— Et moi ?

Je n'ose pas y croire. Elle va s'étendre sur le lit, retire sa culotte, écarte les cuisses.

— Tu veux bien me masturber, moi aussi ? Ce n'est pas une corvée ?

— Non, Mademoiselle, ce n'est pas une corvée.

Elle bâille, s'étire en bombant le torse pour faire saillir coquettement ses petits seins en forme de citron et plie les genoux en écartant les cuisses pour faire bâiller la fente rose de son con. S'en échappe un parfum encore plus fauve que celui de ses aisselles. Je m'agenouille au pied du lit pour m'en gorger. Je fais durer le plaisir de l'attente.

— Eh bien ? Tu te décides ?

— A toute vitesse, comme Mademoiselle ? Ou bien...

Elle fait mine de réfléchir.

— Et toi ? Qu'est-ce que tu préfères...

Elle le sait, ce que je préfère ; mais ça l'excite que je le dise.

— Je préfère que ça dure longtemps... Et même...

Je lui montre ma bouche.

— Tu veux me lécher ? (En soupirant, elle fait mine de vouloir se lever). Il faut que j'aille me laver, alors... j'ai transpiré et j'ai pissé avant de venir... je dois puer la crevette...

Je la repousse sur le lit, doucement.

— Non, Mademoiselle, surtout pas... Je préfère comme ça...

Du bout des doigts, j'ouvre délicatement la fleur qui m'a tant manqué. Les effluves me soûlent.

— Tu es sûre ? J'ai transpiré au tennis, ça ne doit pas sentir la rose. Va mouiller un gant de toilette, j'ai la flemme...

Sans l'écouter, je colle ma bouche à son con et j'y plaque bien ma langue, pour aspirer tout son goût ; elle est salée de sueur et de pisse, c'est à mourir de bonheur. Ma langue sépare les petites lèvres et j'aspire le clitoris. Mais à peine l'ai-je mordillé qu'elle se cambre sauvagement sous moi en criant et me plante ses ongles dans les épaules.

— Ça suffit, crie-t-elle, arrête... J'ai joui...

Déjà fini ? Impossible. Je ne peux tout simplement pas décoller ma bouche de son con.

— Je t'ai dit d'arrêter, Victorine ! Tu es sourde ?

Chante, Fifi ! Ça fait trop longtemps. Qu'elle me tue après, si elle veut, tant pis. Je me remets à la bouffer, en lui bloquant les cuisses. Je suis plus forte qu'elle, et d'ailleurs, elle ne résiste pas vraiment. Je sais qu'elle peut encore jouir, je connais son con mieux qu'elle ne le connaît elle-même. La preuve, elle ne bouge plus. Je lui fais sentir mes dents et ses mains me caressent peureusement la nuque. Oui, disent ses mains, oui. Je l'empoisonne avec une ignoble douceur, je lui fais le grand jeu, je décolle ma bouche, je souffle, je darde des petits coups de langue, puis à nouveau un gros baiser baveux, je suçote, je mordille...

Et ça monte, en elle et en moi en même temps, je serre mon plaisir entre mes cuisses et j'avale le sien, je voudrais la manger toute, et quand elle jouit, c'est moi qui me mets à sangloter. Ma bouche collée à la plaie de son con, je pleure dans ses poils. Elle m'écoute pleurer et ses mains me tiennent les épaules.

— Tu es contente ? Tu m'as fait jouir ? Essuie-toi la bouche, tu en as partout... et mouche-toi !

Elle effleure ses petites lèvres du bout des doigts comme si elles lui faisaient mal. Puis elle bondit du lit et va se doucher. Elle revient, enveloppée de son peignoir de bain et observe par la fenêtre le paon de Maître Mardrus qui se promène dans la rue. Entre-temps, je me suis rhabillée. Comme je vais pour sortir, elle me rappelle, et, posément, me gifle.

— Tu sais pourquoi, hein ?

— Parce que je n'ai pas obéi, tout à l'heure... quand Mademoiselle ne voulait plus.

— Et pourquoi ?

— Je ne pouvais pas, Mademoiselle. J'aimais trop ça...

Je ne peux pas m'en empêcher, avant de sortir, je lui lance :

— Je ne suis pas une machine, figurez-vous !

Et toc ! Sans attendre qu'elle rétorque, je fonce en bas. Le temps de descendre, elle a déjà téléphoné à la cuisine.

— Ça continoue, rigole la vache (le gag a l'air de lui plaire). Fou que tu remontes encore ! Tartare !

— Qu'elle aille se faire dorer. Tu n'as qu'à y aller à ma place. Mais je te conseille de te laver la chatte.

J'enfile le petit imper d'été avec lequel je protège ma pudeur, le matin, quand je vais chercher des œufs chez les Mardrus, et je me rue au jardin. Sidérée, la vache m'a suivie.

— Mais où tu vas, comme ça ?

— Changer d'air, on étouffe, ici !

Quand on veut faire un tour en sortant du Bertranet, il n'y a pas trente-six possibilités, on va en ville (mais je ne suis pas habillée pour), on prend le sentier des amoureux, sur la berge du Lot (mais il y a les amoureux, justement, toujours à se brouter le museau, c'est la barbe, quand on est seule), ou on monte au moulin. En cas de panique, on peut aussi traverser le Lot par le pont et se perdre dans la cambrousse sur l'autre rive, mais je ne suis pas énervée à ce point. Le moulin fera l'affaire. C'est un but de promenade qui en vaut un autre, et souvent les touristes le choisissent, à cause des pigeons et de la vue. Si vous êtes déjà venu à Villeneuve, vous voyez certainement de quoi je parle, c'est un endroit très pittoresque, on le photographie souvent sur les cartes postales. Je suis la première à reconnaître que c'est très joli, surtout au coucher du soleil, quand les ailes du moulin se détachent sur le ciel rouge et se reflètent dans les eaux tranquilles de la rivière, et qu'il y a tous ces pigeons qui voltigent aux alentours. Mais pour moi, c'est avant tout la tanière du vigile.

Le rez-de-chaussée, tout au moins, vu que l'étage est squatté par les ramiers. Ils sont bien une centaine à y chier, vous verriez ces fientes, de vraies bouses, ça pue à n'y pas tenir, mais Léon s'en fiche des odeurs, et le bruit ne le dérange pas. Il prétend même que les pigeons lui tiennent compagnie. Personnellement, je m'en passerais volontiers, de leur compagnie. Un matin où je sortais de chez les Mardrus avec mes œufs, le Léon m'a entraînée au moulin pour m'en mettre un coup sur son lit pliant, et quand j'ai commencé à manifester mes sentiments, effrayés par mes cris, ils se sont envolés tous ensemble dans un grand vacarme d'ailes et ont fait trois fois le tour du quartier pour annoncer la nouvelle aux voisins. Bonjour la discrétion !

Cela dit, remontée comme je l'étais ce soir-là, je n'aurais pas été fâchée de les faire s'envoler à nouveau, en profanant par un enculage bien vulgaire le souvenir de mes mignardises avec Edwige, mais Léon n'était pas dans les parages. Je m'en suis donc revenue aussi vertueuse que j'étais partie, mais calmée, marcher m'avait fait du bien.

N'empêche que j'ai tressailli de peur quand, rentrant du jardin, j'ai croisé dans le vestibule Mademoiselle qui débouchait de l'escalier. Le coude levé, je me suis plaquée au mur pour la laisser passer. Eh bien non ! Pas le moindre éclat. Elle m'a menacée du doigt, comme si j'avais sept ans :

— Tu sais que tu es une petite vilaine ?

Et elle m'a caressé la joue au passage, comme on caresse un chat ou un chien, et m'a même souri avec une ombre de tristesse.

Sa mère l'attendait sur la terrasse, pour l'apéritif du soir.

— Alors, a-t-elle lancé. C'est oui ou c'est non ? Chéri vient en vacances avec nous ?

— C'est non, a dit Edwige. Monsieur veut faire son service comme aspirant, il a un stage de formation militaire. Et ensuite, un autre stage, chez son papa.

— C'est un bûcheur, tu l'as toujours su, non ?

— Tu parles ! Tu oublies la stagiaire au gros cul qui doit travailler chez le vieux Mardrus, elle aussi...

— Que veux-tu, a soupiré Madame. C'est un homme, ma chérie. Si je te disais tout ce que ton père a pu me faire voir, quand nous étions fiancés...

Je n'en ai pas entendu davantage, vu que Monsieur et le Gustave rentraient de leur club de mise en forme après leur partie de squash, mais j'en avais assez appris. Voilà pourquoi elle était furax, le Jean-Philippe ne partirait pas en vacances avec elle.

Ce qui s'était passé dans sa chambre n'avait donc été qu'une foucade due à un mouvement d'humeur. Du moins en étais-je persuadée, d'où ma surprise, le lendemain, quand elle m'a convoquée en revenant du tennis.

— J'ai gardé mes odeurs de sueur pour toi, m'a-t-elle lancé, puisque tu aimes ça.

Je n'ai pas pu me retenir :

— Mademoiselle aussi aime les miennes, non ? lui ai-je renvoyé.

Ça la fit rire.

— Se rebellerait-on, Victorine ? Oublierais-tu que je suis la Tsarine et que tu n'es qu'une moujik ? Assez déconné, tu vas bien me sucer, d'accord ? Comme hier...

Nue, elle m'a fait signe de fermer à clef. Elle en avait vraiment envie, cette fois, ce n'était pas pour se calmer les nerfs, comme la veille.

Voilà comment, du jour au lendemain, Monsieur a cessé d'occuper mes pensées, il n'y en avait plus que pour la Tsarine. Et pour les divins caprices de son cul. Quand elle revenait du tennis, elle allait prendre un jus d'orange dans le frigo et d'un simple regard m'expédiait en haut. Pendant qu'elle se désaltérait, je devais me mettre nue et me coucher sur le plancher.

Elle se déculottait dans l'escalier et quand elle entrait dans la chambre, après avoir donné un tour de clef, elle n'avait plus qu'à s'accroupir au-dessus de mon visage, comme sur une cuvette de cabinet, et me poser son con sur la bouche.

Je précise : elle avait le trou du cul sur mon nez et le con sur ma bouche, vu qu'elle était tournée dans l'autre sens, afin d'avoir mon con sous les yeux et sous les doigts. Ses fesses en sueur s'écrasaient sur mes joues et l'odeur amère de son anus m'enivrait ; en même temps, j'avais toute sa viande pisseuse et baveuse dans la bouche, et ses doigts me branlaient délicieusement – plus question de bâcler le travail, maintenant, elle jouait avec mon clito, mon vagin et mon anus comme une harpiste avec son instrument. J'en sanglotais de bonheur, au bord constamment de l'hystérie, je donnais des ruades, je me cambrais, je m'ouvrais. J'aurais voulu qu'elle m'étripe. Elle aurait pu me pisser dessus, me chier dessus, j'aurais tout accepté, mais nous étions encore trop naïves pour de tels raffinements, baigner dans sa mouille était déjà sublime.

C'est elle qui régnait sur nos plaisirs, elle qui les dosait, soulevant son cul quand elle voulait différer l'orgasme, ou l'aplatissant sur ma bouche pour s'en approcher. Je l'entendais rire quand je me tortillais trop, ou quand je m'ouvrais d'une façon trop obscène.

— Dans le cul aussi ?

— Oh oui, s'il vous plaît !

Mais elle savait aussi être salope, comme au temps du crayon rouge. Durant les deux semaines qu'a duré notre amourette, je n'ai pas cessé de passer par des hauts et des bas. Nous étions retombées dans le cycle infernal. Certains jours, après la jouissance, elle se couchait sur moi et nous restions bouche à bouche, elle buvait mes larmes, me chuchotait ces mots idiots qu'on dit alors. Et le lendemain, alors que nous avions partagé le même plaisir, elle me repoussait brutalement, le dégoût s'allumait dans ses yeux.

— Sale gouine, tu crois que c'est arrivé, hein ? Ce n'est que du cul, ne te fais surtout pas d'illusion.

S'en voulait-elle parce que j'étais une fille ? Ou parce que j'étais une boniche ? D'un instant à l'autre, je redevenais invisible, ses yeux passaient sur moi sans me voir.

Une nuit où elle était au ciné avec Chéri, je guettais en vain le sommeil dans ma chambre en feuilletant un des magazines pourris avec lesquels Mlle Aude trompait sa faim quand elle ne trouvait pas de romans à son goût au kiosque. Il y avait trois jours qu'Edwige me snobait, et tout me disait que c'était parti pour un bon bail. Tout en me gorgeant des effluves d'une culotte sale récupérée dans sa chambre, je me branlottais tristement.

Après le cinéma, ils iraient sans doute danser en boîte, à Agen. C'était à nouveau les grandes amours avec son dadais. Voilà ce que je me disais, en me tripotant le bouton, et j'étais sur le point de me procurer un de ces petits orgasmes larvés qui ne font que vous frustrer davantage, quand elle entra dans ma chambre. J'en bondis de trouille sur le lit. Je n'avais pas entendu la voiture de Chéri, ni grincer les marches : les grenouilles en rut menaient leur sabbat des nuits d'été.

— Qu'est-ce que tu fais ?

— Mademoiselle le voit, je tue le temps.

Elle m'arracha la culotte.

— Alors, c'est toi qui me les chipes, hein ? Tu ne les mets pas, au moins ?

— Non, Mademoiselle, c'est juste pour me branler en sentant votre odeur.

— Elle te plaît tant que ça, l'odeur de mon cul ?

— C'est comme une fleur pour moi.

Elle me tendit la main.

— Sors du lit. Allons régler ça dans ma chambre. Non, reste nue, marche devant moi, j'aime bien voir bouger tes grosses fesses.

Sale petite garce qui me prenait dans sa jolie gueule comme un chiot une vieille pantoufle.

Assise au bord du lit, elle retire ses godasses, m'invite à m'asseoir près d'elle.

— Je t'ai manqué ?

— Oui, Mademoiselle.

— Et tu te consoles avec mes culottes sales ?

Elle sourit du bout des lèvres.

— Voilà que même les gouines sont amoureuses de moi. Je suis très flattée, sais-tu. Mais au fait, c'est de moi que tu es amoureuse, ou de ça ?

Elle touche le bas de son ventre. Bonne question. Comment lui expliquer. « Ça », j'en ai toujours envie ; c'est ce qu'elle a de meilleur, parce que ça ne ment jamais, « ça » ; mais « ça », sans elle, sans la chipie qu'elle est, est-ce que ça suffirait à faire mon bonheur ? Pas sûr du tout ! « Ça », en tout cas, je ne le déteste jamais. Elle, oui, et si souvent que parfois, pour me libérer d'elle, je voudrais...

Je le lui dis, ce que je voudrais :

— Des fois, je voudrais vous voir morte.

On ne plaisante plus, là. Sa main serre la mienne, puis l'appuie entre ses cuisses, après avoir remonté sa robe.

— A ce point ? Dis donc, c'est la grande passion ! Mais si j'étais morte, tu ne pourrais plus avoir « ça » ?

— C'est bien pour ça que je ne vous ai pas encore étranglée.

Elle éclate de rire, moi aussi, et on s'embrasse à bouche que veux-tu, couchées sur le lit, et retour à la case départ, en route pour les mamours.

— Je suis salope avec toi, je sais, je sais.

J'ai ma main dans sa culotte qui tient le petit morceau de viande poilue. Il est tout moite, son morceau de viande poilue, elle a dû se faire tripoter par Chéri, dans la voiture. L'idée me traverse que c'est à lui, Chéri, que je dois sa visite nocturne, elle est venue me voir, cyniquement, pour que je la finisse. Mais à jument donnée, on ne regarde pas le vagin, elle me le donne, je le prends. C'est mon tour de la tenir dans ma gueule et de la faire pleurnicher.

— Oui, oui, bouffe-moi la moule... Oh oui, le cul aussi... bouffe tout... tout est à toi...

Après qu'elle a joui, on reste longtemps sans bouger, ma bouche contre son con, ses bras autour de mes jambes, à attendre que s'apaisent les battements de cœur. J'ai joui, moi aussi, sans même qu'elle me touche. J'attends avec l'inévitable tristesse le moment où elle va me repousser, se dégager, maintenant qu'elle a pris son pied. Mais non, elle reste, elle pose un petit baiser sur ma cheville, je le lui rends sur le clito, et s'allume entre nous un de ces chuchotements de dortoir où les mots sales qu'on échange prolongent l'intimité des plaisirs défendus qu'on vient de partager en cachette des adultes, dans la complicité de deux petites filles vicieuses qui ne veulent pas grandir...

— Tu sens fort, Victorine. Tu as transpiré en me suçant, hein ? Tu sens la femme... je le sens d'ici. La femme qui a chaud... Tu avais pris une douche, quand je suis entrée dans ta chambre ?

— Pas encore, Mademoiselle, j'allais le faire... après...

— Tu attendais d'avoir joui ? Tu as beaucoup transpiré, en te branlant ? Tu t'es branlée longtemps ? Réponds !

— Oui, Mademoiselle... ça ne voulait pas venir...

— A quoi tu pensais en te branlant ?

— A vous... à ça... (petit coup de langue à son con)... en me tripotant, je pensais que c'était le vôtre, que je tripotais...

— Je t'ai entendue pisser, la nuit dernière... Tu pissais comme une vache... On ne t'a pas appris qu'il faut viser la porcelaine, quand on est bien élevée, de façon à ne pas faire de bruit...

— Et moi, je vous ai entendue marcher... vous arriviez pas à dormir ?

— Qu'est-ce que tu sens fort...

Voilà qu'elle m'a retournée sur le dos, qu'elle m'écarte les cuisses, qu'elle flaire mon sexe.

— Tu sens la bête...

Je sens qu'elle écarte les lèvres.

— Alors, c'est avec ce truc infâme que tu fais pipi ? Et que tu baises ? Et par ce trou que tu chies ?

Elle s'approche pour bien flairer. Renifle.

— Non, ça ne sent pas la rose.

— Je peux me laver, si...

— Non, tes odeurs, c'est toi... des particules de toi... si je les sens, c'est qu'elles se sont déjà déposées sur mes muqueuses... Alors, tant qu'à faire...

— Mademoiselle, qu'est-ce vous faites ? Non, pas ça... je suis sale...

— C'est moi qui décide, Victorine. Tu es à moi, tu comprends, sale petite conne ! Tu es mon jouet, moi seule, j'ai le droit !

Pour la première fois, sa bouche... sur mon trou qui pisse ! Sa bouche de rose... ses dents de porcelaine...

— Ferme les yeux. Je t'interdis de regarder, sale voyeuse...

Sa langue ! Je rêve ! Sur mon trou du cul. Son délicat groin qui fouille mes poils. Elle aspire, elle mordille, elle lèche, elle me fait tout ce que je lui ai fait cent fois. Elle me mange !

Je n'en revenais pas. Moi, la bonne, Edwige me léchait ! Elle n'était pas moins effarée.

— Tu te rends compte, je t'ai bouffé la chatte. Ça t'a plu, au moins ? Tu ne miaulais pas par politesse ?

— Oh, Mademoiselle... Mademoiselle...

— Edwige. Pas Mademoiselle... Edwige... Si je te bouffe le cul, tu peux m'appeler Edwige. Ça faisait longtemps que j'en avais envie, tu sais ? En tout cas, moi, j'ai aimé. C'est bizarre, tu trouves pas, le cul ?

Elle en avait eu envie ! Elle n'avait pas osé ! Le plafond me tombait sur la tête ! Ses mains légères couraient sur mon ventre, mes seins.

— Tu as la peau encore plus fine que moi. J'ai tout d'une roturière comparée à toi... et tu sens si bon... je te mentais, tout à l'heure... j'adore ton odeur... ton con sent le lilas... ton trou du cul sent la pomme mûre... je suis sûre que même tes pets doivent être délicieux !

Je tremblais de peur pendant qu'elle me versait ce poison.

— Qu'est-ce qu'on va devenir, Mademoiselle ?

— Edwige. Pas Mademoiselle.

— Qu'est-ce qu'on va devenir… Edwige ?

— Si seulement je le savais.

— Quand vous êtes gentille comme en ce moment, je tremble de frousse ; le lendemain, vous me le faites payer… plus vous êtes gentille, pire c'est ensuite…

— Crois-tu m'apprendre quelque chose ? Est-ce que ça se commande, les mouvements… les mouvements… (cherchant le mot) : les mouvements intérieurs ?

Voici ce qu'ils lui firent cracher, le lendemain, ses « mouvements intérieurs ».

— J'ai bien réfléchi, Victorine. Ce n'est pas parce que je t'ai bouffé le cul qu'il faut t'imaginer que c'est arrivé. C'était juste une envie, je me la suis passée, maintenant c'est fini. O.K. ? On arrête ces conneries, O.K. ? Et pour de bon, cette fois, O.K. ?

— Bien, Mademoiselle…

— Reste à ta place. Ne t'avise plus de prendre tes airs de chienne battue. De m'envoyer tes petits signaux de détresse… Et ne mets plus les pieds dans ma chambre. MEME SI JE TE LE DEMANDE ! Je ne suis pas une gouine, moi ! Ce sont les hommes que j'aime, moi, les bites ! Sors de ma vie !

Ça, c'était le 13 juillet. Pendant qu'elle m'envoyait ces douceurs, je pouvais voir par la fenêtre les employés de la voierie accrocher des lampions aux ailes du moulin à vent, et sur la berge du Lot, les préparatifs des feux d'artifice qu'on lancerait le lendemain. Le quartier était en révolution, les gosses faisaient éclater des pétards, toutes les boniches (même Maria, qui s'inondait de patchouli !) se pomponnaient pour le bal des pompiers.

Toutes les boniches, sauf une…

Vu que les liesses publiques ne sont pas trop ma tasse de thé, j'ai fêté la prise de la Bastille en tête à tête avec moi-même. Pour faire descendre les blinis au caviar de la Caspienne qui restaient de la dernière réception, j'avais vidé une demi-bouteille de Moët oubliée au frigo. Et maintenant, à poil sous l'obscure clarté des étoiles, je me chatouillais rêveusement la moule dans la chaise longue de Madame. Il faisait un temps suffocant d'avant l'orage, et je transpirais comme une vache.

C'est très érotique de transpirer en se branlant, les gouttes de sueur dégoulinent entre les seins, descendent jusqu'au nombril, y forment une petite mare qui finit par déborder, et on en a bientôt plein la chatte, on ne sait plus trop si c'est la mouille ou la sueur qui vous inonde le vagin, mais sur le trou du cul, c'est sublime, ça picote juste ce qu'il faut pour marier l'indispensable agacement des muqueuses aux élancements électriques qui partent du clito. De temps en temps, on pisse un petit coup, trois fois rien, juste une giclée, et on se barbouille toute la moule, le ventre, la bouche, même (on suce ses doigts), avec ce mélange. C'est divin !

J'attendais donc le feu d'artifice en me branlant comme une reine, avec sous le nez une culotte qu'Edwige avait retirée en revenant du tennis : je me gavais les sinus de ses arômes en me souvenant de ce qu'elle m'avait dit (que c'étaient des particules d'elle qui se déposaient sur mes muqueuses comme du pollen), et ça valait tous les patchoulis de la terre...

J'avais décidé de m'envoyer en l'air à minuit pile, quand les premières fusées du feu d'artifice illumineraient le ciel, et je surveillais ma montre en me maintenant constamment au bord du plaisir, pour n'avoir plus qu'une petite impulsion à m'accorder pour prendre mon essor au moment voulu. Au quart de poil, à minuit pétant, alors que les roues de feu répandaient leurs flammèches dans tous les sens et que sur la rive barrissait la viande soûle des Villeneuvois, je me suis catapultée au septième ciel.

Au même instant, au banquet des édiles et des trafiquants immobiliers que donnait Monsieur le Maire, Monsieur (notre Monsieur), qui s'apprêtait à pondre le discours de remerciement que lui avait concocté Gustave, ouvre un large bec, devient blanc comme un pet, et pouf ! – pique un plongeon dans la crème anglaise qu'on venait de déposer sur la table (il en avait encore dans les oreilles quand on l'a ramené, il a fallu la lui retirer avec des cotons-tiges). Brouhaha, on se lève, on l'entoure, on l'emporte, on l'étale sur le bureau du Maire, on l'ausculte.

— Malaise vagal ! énonce le toubib de service.

A ce que j'ai cru comprendre, il s'agit d'un malaise dû à un « réflexe neuro-cardiovasculaire qui associe un ralentissement du rythme cardiaque à une chute de tension artérielle » (J'ai noté ça sur un bout de papier, quand le frère de Madame a confirmé le diagnostic de son confrère de la Mairie.)

Quand ils ont rapporté Monsieur sur une civière, j'émergeais à peine de la torpeur qui succède aux branlettes réussies, tout juste si j'ai eu le temps de me planquer, à poil, derrière la haie de lauriers roses. Pensez si je pétais de trouille, j'aurais eu l'air fine, à poil ! Comme une conne, j'avais laissé toutes mes affaires à la cuisine. Mais, on n'en avait que pour Monsieur. Alors que j'essayais de me faire aussi petite qu'une vache qui veut passer pour une grenouille, les commentaires allaient bon train.

— Malaise vagal, malaise vagal, je veux bien, pérorait Maître Mardrus, (les avocats, ça pérore même pour demander l'heure), mais croyez-vous que c'est raisonnable de se taper six œufs du jour tous les matins ?

— Comment, il continue ? s'indignait le frère de Madame. Mais il cherche quoi, au juste, ton cher époux, à se suicider ? Tu sais quel taux de triglycérides il se paye ? Il veut finir tétraplégique ? Plus d'œufs du jour, tu m'entends, Fernande, c'est du poison, pour lui ! Mettez-lui les pieds plus haut que la tête pour le sang irrigue le cerveau...

— Et ces fromages qui puent, a lancé Mlle Aude, croyez-vous que ce soit indiqué ?

— Plus de fromages gras ! a dit le docteur. Plus de plats en sauce. Plus de vin. Des grillades, de l'eau, du repos. Quand je dis, du repos, c'est du repos, hein ? Que ce soit clair, Fernande, jusqu'à nouvel ordre, on évite tout ce qui congestionne : plus de contrariétés, plus de disputes, plus de sexe !

— Plus de sexe ? a gémi Madame.

— Plus de fromage, plus de vin, plus de sexe, a murmuré Monsieur, qu'est-ce qu'il va me rester, alors ?

De la dizaine de jours qui suivirent je me souviens comme des jeunes mariés doivent se souvenir de leur lune de miel à Venise. Ce fut certainement une des périodes les plus heureuses de ma vie.

Cette nuit du 14 Juillet, après qu'on eut monté le député dans sa chambre et que j'eus récupéré mes frusques à la cuisine, comme je m'introduisais prudemment dans ma chambrette, quelle peur fut la mienne de sentir une main me saisir dans le noir.

— Ne crie pas, idiote, c'est moi. Tu as vu ce qui est arrivé à papa ?

Plus morte que vive (j'avais bien failli en avoir un, moi aussi, d'accident cardiovasculaire !), je la laissai m'attirer dans mon lit.

— Je te déteste toujours autant, me dit-elle, après m'avoir fourré hâtivement sa langue dans la bouche, mais je flippais trop. Je n'arrête pas de penser à lui. Qu'est-ce qu'on deviendrait, tu peux me le dire, s'il mourait ?

Ses mains me débarrassèrent de mes vêtements, elle colla son corps moite au mien.

— Surtout, ne te fais pas d'idées, c'est juste pour ne pas être seule, je flippe trop.

L'orage qui avait couvé toute la soirée venait enfin d'éclater et les éclairs rendaient inutiles les derniers feux de Bengale foireux que s'entêtaient à lancer les artificiers. En un instant, la ville ne fut plus qu'une débandade de fêtards qui fuyaient la pluie. Par la fenêtre ouverte, la fraîcheur entrait enfin. Sous le plancher, nous entendions Madame discuter avec son frère au chevet de Monsieur.

Je rêvais que j'étais au dortoir et qu'Olga me léchait, quand un volet que le vent faisait battre m'a réveillée en sursaut ; une langue frétillait bien dans ma chatte, mais ce n'était pas celle d'Olga.

— Mademoiselle, lui dis-je... ne vous croyez pas obligée... je dois être sale...

— Et alors ? Tu renifles bien mes culottes, toi ! C'est meilleur quand c'est un peu sale... donne-le bien... oui, oui, ouvre tout... Qu'est-ce que j'aime ça, te bouffer le cul, Victorine... tu ne peux pas savoir comme il est bon, ton con... Non, ne me touche pas, c'est moi qui te fais jouir... Pourquoi tu pleures ? Ce n'est pas pour te faire plaisir, tu sais ? C'est égoïste, ça me calme, moi, quand j'ai ton goût dans la bouche... je ne pense plus au reste. Il n'y a plus que ta chatte...

— Et demain matin, vous direz que je suis une salope.

— Je peux même te le dire tout de suite... donne ton clito, enlève ta main de là... Evidemment que tu es une salope ! Tu crois que tu plairais autant si tu n'en étais pas une ?

Les matins suivants, Monsieur descendait s'étendre au jardin à l'ombre d'un tilleul. Madame et Edwige se relayaient auprès de lui. Personne d'autre (sauf le toubib) ne l'approchait. Elles le surveillaient, l'empêchaient de fumer ses barreaux de chaise, de boire autre chose que de l'eau minérale, lui faisaient la lecture, jouaient aux échecs avec lui. A midi, avant de passer à table, le toubib venait lui faire la morale.

— Je vous avais prévenu, Noël. Ce petit accident était un coup de semonce ! Le prochain ne sera pas aussi anodin. Estimez-vous heureux de vous en tirer à si bon compte. La machine est solide, mais pas incassable. Vous savez quelle tension vous avez ?

C'était la dernière chose que Monsieur voulait savoir.

— Et le taux de triglycérides que vous vous payez ? C'est carrément du T. N. T. que vous charriez dans vos veines. Nourriture trop riche, régime de moteur trop poussé. Cessez de bouffer comme un chancre, arrêtez de boire, de fumer, de vous agiter. Laissez-vous vivre...

— Vous appelez ça vivre ?

— Tu ne crois pas que tu exagères ? disait Mme Fernande à son frère.

— Quand vous le pousserez dans une petite voiture nous verrons si j'exagère !

Pour mon compte (le bonheur rend égoïste), je ne

souhaitais qu'une chose, c'est que le taux de triglycérides de Monsieur soit encore plus élevé, de façon que Mademoiselle reste clouée auprès de son père, à s'inquiéter pour lui. Plus elle se faisait du mouron pour lui, plus elle avait besoin de se changer les idées, et rien, la nuit, ne les lui changeait autant que se « vautrer dans ma bauge », comme elle disait.

Elle arrivait entre minuit et une heure, quand tous dormaient.

— C'est moi, chuchotait-elle dans le noir, je viens me vautrer dans ta bauge. Tu es là, ma petite truie ?

— Je suis là, Mademoiselle... je croyais que vous n'alliez pas venir...

— Tu plaisantes... Et me branler toute seule, aussi, peut-être ? Pousse ton cul...

Depuis le malaise de Monsieur, Maria, qui venait à plein temps, dormait dans la chambre voisine. Comme elle aurait pu nous entendre à travers la cloison, on était obligées de chuchoter. Et d'être obligées de chuchoter nous donnait immanquablement envie de faire ces choses défendues qui ne supportent pas d'être « dites » à voix haute ; nous redevenions avec délices deux petites salopes qui se susurrent des mots sales et se tripotent en cachette.

C'en était venu à un point que nous ne comprenions plus comment nous avions pu nous en passer si longtemps, c'était pathologique, nous avions physiquement besoin de nous lover dans les odeurs de cul de l'autre ; sans elles, impossible de trouver le sommeil. Cela étant, je ne me faisais aucune illusion, je savais qu'Edwige s'accrochait à moi parce qu'elle ne pouvait pas s'accrocher à sa mère, mais n'était-ce pas mon cas ?

— Dans toute lesbienne, me dirait le docteur, il y a

une orpheline qui cherche à téter sa mère. Pourquoi crois-tu qu'elles se sucent ?

— Mais qu'est-ce qu'on va faire, me chuchotait Edwige, je ne peux tout de même pas vivre avec ma bonne ?

Etait-ce l'amour, cette faim maladive de l'autre ? Est-ce parce que nous la trouvions trop tyrannique que nous avons voulu la salir ?

Jamais nous n'avions été aussi amoureuses que le matin du départ d'Edwige pour Formentera. Toute la nuit, nous nous étions mangé la moule à en avoir des crampes à la mâchoire.

Avait-elle voulu me donner des provisions pour les semaines qui venaient ? Nous devions nous séparer pour un mois, en effet ; le docteur avait donné son feu vert à Monsieur.

— Il reprend du poil de la bête, un séjour au bord de la mer achèvera de le requinquer.

Le député, Madame et fifille partaient donc aux Baléares. Moi, je restais au Bertranet pour m'occuper de Mlle Aude et de son frère ; et l'après-midi, je remplacerais la réceptionniste du docteur, Elizabeth, qui prenait ses congés payés. Lui, le toubib, ne prenait jamais de vacances en été, il prétendait que c'était la meilleure saison pour la bagatelle.

— Au mois d'août, à Villeneuve, elles sont toutes en rut. Je vous garantis que je n'ai pas besoin d'aller aux Baléares pour voir des femmes à poil. Elles se précipitent pour retirer leur culotte dans mon cabinet !

Les préparatifs du départ avaient mis toute la maisonnée sur les nerfs.

— On emporte toujours trop de choses, bougonnait

Madame en bourrant ses malles d'un tas de conneries inutiles.

Elle emportait même son amant, soit dit en passant, le freluquet aux dents longues ; officiellement, pour qu'il serve de secrétaire à Monsieur, officieusement pour se le taper pendant que Monsieur ferait sa sieste ; vu que lui, Monsieur, était toujours à la diète du cul.

— Pas de sexe, Noël, avait répété le docteur. Pas d'émotions. Pas de sentiments. Le repos absolu.

Maria n'arrêtait pas de trimballer les valoches d'une pièce à l'autre. Au salon d'hiver, Mlle Aude attendait le départ de sa sœur avec une impatience qu'elle avait du mal à cacher ; énervée comme une chatte sur un toit brûlant, elle n'arrêtait pas de jouer des mazurkas. Je surpris quelques mots que Madame glissait à Monsieur.

— J'ai bien peur qu'elle ne profite de nos vacances pour faire une connerie avec cette Raffiani.

— Ma chère, ta sœur est adulte, non ? Qu'est-ce qu'elle risque, à part se faire ratiboiser ses économies ?

— Dans une maison de santé, voilà où il faudrait la mettre, elle est de plus en plus déjantée.

Le docteur n'était pas de cet avis. La Raffiani, assurait-il, n'était pas aussi mauvaise que le prétendaient les racontars. C'était, selon lui, une bricoleuse de thérapies qui ne manquaient pas d'efficacité, une manière de rebouteuse des âmes bancales.

— Les mises en scène qu'elle organise donnent parfois des résultats surprenants.

J'avais entendu ça sans y accorder d'importance, vu que dans ma tête, il n'y en avait que pour Edwige. L'idée que nous allions être séparées pendant un mois me rendait malade.

— Ce n'est pas long, un mois, me disait-elle ce matin-là, en se pommadant les lèvres qu'elle s'était irritées sur mes poils à force de me brouter. Songe plutôt à ce qu'on va faire quand je reviendrai... Et puis tu te marreras, en travaillant pour mon oncle. Tu verras les farfelues qui viennent se faire soigner chez lui, Elizabeth, la réceptionniste, me disait que c'était à pisser de rire.

Elle devait aller faire ses adieux à chéri, ils mangeraient en amoureux au *Roi René*, le restaurant chic de la ville, et sur le coup de deux heures, départ général de toute la smala ; au volant de la Rolls de papa Mardrus, Chéri les conduirait à Agen d'où les emporterait aux Baléares en moins d'une heure le jet privé d'un marchand de béton qui subventionnait la carrière de Monsieur en échange de menus services.

— Ne bouge pas, ma chérie, me dit-elle, en me menaçant avec son tube de vaseline parfumée, ce matin, c'est moi, la bonne, d'accord ? Tu restes au lit et Mademoiselle va t'apporter ton petit déj. Veinarde que tu es !

Une menace mutine du doigt : je t'interdis de sortir de ton lit, vu ? Et la voilà qui file.

Mélancolique, je m'étire dans le lit qui a gardé l'odeur de nos amours, et j'imagine Edwige en train de préparer le petit déjeuner, à la cuisine ; je me doute que c'est Maria qui se tapera tout le boulot pendant qu'elle, Edwige, jouera la mouche du coche...

— Je veux un petit déj pour deux, Maria, ce matin, j'ai une faim de louve. Laissez, je le monterai moi-même.

Comment la grosse vache serait-elle dupe après nous avoir entendu miauler toute la nuit ? Je l'entends pester dans sa barbe pendant qu'Edwige...

Pendant qu'Edwige... au fait, que fait-elle, pendant ce temps ?

Pourquoi suis-je sortie du lit, pouvez vous me le dire ? Pourquoi ai-je remonté le couloir. Pourquoi... oui, pourquoi, comme au premier matin de mon arrivée au Bertranet, ai-je ouvert l'œil-de-bœuf et me suis-je penchée sur le jardin ?

C'est l'heure paisible où l'on n'entend encore que les oiseaux. Il fait frisquet et je me caresse les bras, pour les réchauffer. Sur le toit du moulin, là-bas, les pigeons de Léon se chauffent aux premiers rayons. Les rosiers sont couverts de rosée. Devant la grande baraque prétentieuse de Maître Mardrus, ce lèche-cul de Léon bichonne la Rolls de l'avocat. Avec son uniforme sombre et ses bottes de cuir, il a tout d'un S.S. On sent l'odeur fade des eaux du Lot, toutes proches, qui poussent leurs brumes sur la rive ; en tendant bien l'oreille, on peut même entendre leur discret clapotis.

Alors que je rêvasse, la porte d'entrée s'ouvre sans bruit, juste sous moi, et la fille de la maison paraît, ses petits seins pointant sous son peignoir. A peine a-t-elle montré son frais minois que, comme un coucou d'une horloge suisse, sort de la maison voisine ce grand dadais d'Alexandre ! Dire que je l'avais oublié, ce pitre !

Encore en pyjama, avec juste une sorte de poncho enfilé par-dessus, il souffle sur ses lunettes pour les nettoyer. Voilà, c'est fait. Il les essuie, les met sur son nez, et braque ses phares du côté de chez nous ; ça y est, il a repéré la petite voisine. Arborons notre air le plus indifférent et, mine de rien, descendons nous dégourdir les pattes au jardin. Tout juste s'il ne sifflote pas pour se donner l'air dégagé !

Quel clown ! Ne me dites pas qu'Edwige daigne encore abaisser les yeux sur cette erreur de la nature ? Regardez-le, ce chien qui vient chercher son susucre à grands pas, qui s'arrête devant le grillage mitoyen pour faire le beau. Ce n'est pas possible, je rêve : il ne soulève pas son poncho, il n'ouvre pas son pyjama, il ne fait pas passer par le trou du grillage son ignoble bite ! Ne me dites pas qu'Edwige est déjà à genoux dans l'herbe, ce n'est pas elle qui s'empare avec une avidité horrible du hideux morceau de bidoche blafarde, qui fait reculer le prépuce, dégage le hideux pompon rougeâtre, le pourlèche...

Mais il faut faire vite, on n'a pas beaucoup de temps, n'oublions pas, chère Edwige, que notre petite amoureuse nous attend dans son lit douillet. Elle tire de sa poche le tube de vaseline qu'elle a emporté, elle en envoie une giclée dans sa main. Et cette vaseline qu'elle se passait sur les lèvres après m'avoir broutée, elle en graisse la grosse queue de l'imbécile qui n'a pas l'air surpris le moins du monde. Et qui trouve tout aussi normal qu'Edwige se retourne pour lui donner son troufignon avec un empressement... irais-je jusqu'à dire : conjugal ? Ce qu'il y a de certain, en tout cas, c'est que ce n'est pas la première fois !

Elle a retroussé son peignoir sur ses reins et le tient roulé autour de sa taille, elle plie les genoux en reculant pour coller son cul au trou, et lui, le chien aux cheveux rouges, il appuie son gros gland vaseliné sur l'anus délicat que j'ai pourléché comme une friandise cette nuit. Et il pousse... Les yeux écarquillés, cramoisie, défigurée par une grimace qui n'est pas sans évoquer celle d'une constipée qui force pour expulser un étron trop gros (sauf qu'ici, c'est le contraire), Edwige contemple le pied du rosier. Un premier sursaut. Voilà, le gland a franchi le sphincter, il est dans le cul, maintenant, poussons encore un peu en tenant notre chienne par les fesses. La bouche d'Edwige s'ouvre sur une extase muette... ah mon Dieu, comme ça fait du bien quand ça sort (pardon, quand ça entre) ! Comme elle savoure !

Je contemple ce visage rouge que je ne lui ai jamais vu, ces yeux hallucinés... Qu'elle est laide ! Mon Dieu, qu'elle est moche ! Est-ce que je fais la même tronche quand Léon m'encule, moi ?

Qu'elle était jolie, pourtant, quand elle est entrée dans ma chambrette avec le plateau, précédée de la bonne odeur du café et des toasts. Cette mièvre et rosissante amoureuse, cette âme sœur enfin trouvée, qui me tendait les lèvres, était-ce la même que j'avais entendue caqueter d'un rire débile quand le rouquin lui avait expédié sa giclée dans le cul ?

A l'instant, où elle me servait (Non, Victorine, tu ne bouges surtout pas, c'est moi, la bonne, ce matin !), elle avait encore le trou du cul irrité, j'en suis persuadée, et la tripe pleine de sperme. Elle n'était pas allée aux toilettes avant de revenir me voir.

— Laisse tes seins dehors, Victorine, je veux les voir en trempant mes mouillettes...

J'en avais les larmes aux yeux de tant de duplicité. Elle, croyant que je pleurais son départ, était toute remuée. Cherchant à me distraire, pépiant, me disant n'importe quoi. Et par exemple, ceci :

— Oh, tu ne sais pas qui est revenu ? Le rouquin. Il était en pension, figure-toi. Cette fois, c'est confirmé, il entre au séminaire ! Je l'ai vaguement aperçu, de loin... Mon Dieu, Victorine, que ce pauvre garçon est laid !

Et ses yeux de s'arrondir sur une immense stupéfaction :

— Mon Dieu, tu te souviens quand je jouais avec son

pénis ? Je me demande comment je pouvais faire ; j'étais vraiment folle, non ? Pouah... rien que d'y penser, ça me donne envie de vomir. Heureusement, je t'ai, maintenant, ma petite moujik !

Un peu plus tard, quand je l'ai raccompagnée au portail jusqu'à la décapotable de Chéri, elle n'arrêtait pas de me presser la main en douce, en descendant l'allée du jardin. Je ne savais plus ce que j'éprouvais. Je regardais l'autre cocu au volant de son joujou, je regardais le rouquin faire les cent pas dans son jardin (il avait peut-être encore de la merde d'Edwige sur la queue – une fois où je lui caressais le fion, j'en avais ramené sous mon ongle)...

Ce serait trop facile de dire que je voulais me venger, et que la vengeance est meilleure quand on la mange chaude. Ou que c'est double plaisir que de mentir à une menteuse. En fait, je ne sais pas moi-même pourquoi, après le départ des amoureux, j'ai fait signe à Léon de cesser de dorloter la Rolls.

Toujours est-il que notre belle histoire d'amour finit en eau de boudin dix minutes après, à l'instant précis où, dans la cabane du jardinier, le Léon, son fute en accordéon sur les bottes, après m'avoir remonté les organes et fait miauler tant et plus, se décide à prendre son dessert et descend d'un étage pour me « défoncer la rondelle » (comme il dit).

La porte s'ouvre et qui vois-je ?

Edwige.

— Changement de programme, m'annonce-t-elle en souriant. Je ne dîne pas en ville. Jean-Philippe a eu un empêchement de dernière minute. Alors, je me suis dit, et si je retournais voir Victorine, la pauvrette... elle avait l'air si triste quand nous nous sommes quittées.

Avouez que j'avais l'air fine, avec la queue du chien à deux pattes dans le cul, et Mademoiselle, toute minaudante, en face de moi.

Vous auriez fait quoi, vous, à ma place ? Fondu en larmes ? Alors, là, minute papillon !

Quand elle m'a demandé :

— Excuse-moi de te poser une telle question, c'est sans doute indiscret, mais... tu ne pouvais pas attendre que je sois partie ?

Figurez-vous que ce matin, pour changer, le Léon m'avait mise à quatre pattes sur l'établi, et sous moi, il y avait un gros débris de miroir dans lequel je voyais mon vagin écarquillé et la grosse tige qui s'enfonçait dans mon cul. C'est en voyant l'air dégoûté qu'elle a cru devoir prendre devant ce spectacle que le foutre m'a prise.

— Et vous, lui ai-je crié, il vous a bien enculée, le séminariste ?

Ça, je savais qu'elle ne me le pardonnerait jamais.

Savez-vous le fin mot de l'affaire ? C'est Maria qui m'avait dénoncée. Ce matin-là, dans un accès de pingrerie, j'avais voulu économiser les deux cents balles que je lui refilais chaque fois que j'allais me faire mettre dans la cabane.

— Mademoiselle Edwige... j'ose pas le dire à Madame, mais l'autre bonne, elle n'arrête pas de faire des bêtises avec le videur de poubelles... Au moment où je vous parle, ils sont en train de faire leurs saletés dans la cabane du jardinier !

Avec son air béat et vertueux...

5

Le retour de Philibert

Le lendemain du départ en vacances de la famille, alors que je traînais comme une âme en peine en remâchant la trahison d'Edwige (et ma lamentable vengeance), le toubib, qui ne quittait quasiment jamais son antre, nous apprit qu'il était obligé de se rendre à Toulouse, où se tenait un congrès de sexologie de la plus haute importance. Il venait de prendre la route quand la Raffiani débarqua. Admirez le « timing », comme on dit maintenant. Juste ce week-end où le Bertranet serait vide... Philibert, qui se faisait prier depuis une éternité, consentait à ressusciter ! Il avait le nez creux, non, ce mort ? J'avais beau flairer du mien la plus sordide entourloupe, que pouvais-je faire ?

— C'est aujourd'hui ou jamais, annonça la voyante. Il m'est apparu en songe, ma chère ; sauf que ce n'était pas un songe comme les autres ; je le voyais comme je vous vois. C'était lui, tout craché, exactement comme sur ses photos. Il n'a pas changé d'un poil. Les morts ne vieillissent pas, vous ne l'ignorez pas.

— Mais j'ai vieilli, moi, s'écria Mlle Aude. Vous croyez qu'il va me reconnaître ? Que je lui plairais encore ?

— Nous le saurons toujours assez tôt, répondit la voyante. Et n'oubliez pas qu'il est mort, il ne peut pas se montrer trop difficile !

Cela dit, s'il voulait bien se réincarner, le mort y mettait des conditions très spéciales.

— J'ai cru bien faire, Mademoiselle, en me pliant à ses désirs.

— Evidemment ! dit Mademoiselle en jetant un coup d'œil sur les paquets que la veuve avait apportés. Et qu'est-ce qu'il y a, là-dedans ?

Elle brûlait de curiosité.

— Votre tenue de veuve. Philibert m'a fait la liste de ce que vous deviez porter pour qu'il daigne reparaître.

Voilà pourquoi, ce samedi de juillet la voyante et moi aidions Mlle Aude à s'attifer avec des dessous particulièrement croquignolets. Sur les indications de Philibert, Mme Raffiani s'était rendue pour faire ses achats dans une boutique de lingerie d'Agen fréquentée par une clientèle aux goûts bien spéciaux. La pièce la plus surprenante du harnachement était un corset à l'ancienne, d'une découpe on ne peut plus coquine ; il serrait la taille au-dessus du cul et remontait jusque sous les nichons. Nous conjuguâmes nos efforts, la voyante et moi, pour resserrer ce carcan autour du petit bedon de Mademoiselle. Il s'agissait de lui fabriquer la silhouette en sablier des élégantes du siècle passé. Nous tirions donc à hue et à dia sur les lacets, et Mademoiselle de son côté rentrait son ventre, si bien que plus nous lui étranglions la taille, plus ressortaient les rondeurs de sa croupe et ses nichons.

— Vous êtes sûre que Philibert a exigé ça ? Vous n'avez pas confondu avec un autre mort ?

Toute rose, une main en éventail devant ses poils, elle contemplait le côté face et le côté pile de son anatomie dans les deux miroirs entre lesquels nous l'avions placée. L'importance scandaleuse de son cul ne laissait pas de la chagriner.

— Il m'a même indiqué le numéro du corset, ma chère. Je n'ai pas rêvé...

— Mais si, justement, vous avez rêvé ! Comment savoir que ce n'était pas un rêve comme les autres ? Que c'était vraiment lui qui vous parlait ?

— Ne m'interrompez pas sans cesse !

— Vraiment, je ne comprends pas pourquoi je dois revêtir cet instrument de torture pour une première rencontre. Vous m'aviez dit qu'il s'agissait d'une simple prise de contact... avec ce jeune homme qui est censé représenter Philibert !

Vous pensez si j'ai dressé l'oreille ; quand Mademoiselle m'avait parlé de cette mascarade, la nuit où Monsieur l'avait sautée, je l'avais crue sans la croire. Elle n'avait rien inventé, il y en avait bel et bien un « jeune médium » dans l'affaire. Contrariée qu'elle en parle devant moi, Mme Raffiani lui fit les gros yeux. Prenant mon air le plus con, je tirai de plus belle sur les lacets du corset.

— Aïe ! cria Mademoiselle. Au moins, larmoya-t-elle, est-il bien de sa personne ?

— Aucune de ces dames ne s'est jamais plainte ! maugréa Mme Raffiani, en tirant de son côté.

Nous parvînmes enfin à boucler le maudit corset. On aurait pu tenir la taille de Mademoiselle entre les mains. Mais son cul et ses nichons, pardon ! C'est à ces derniers que nous devions nous attaquer maintenant. En les enfermant dans un soutien-gorge d'une matière élastique transparente comme de la cellophane dont les bonnets étaient troués au bout pour laisser dépasser les tétons. Par-dessus, Mme Raffiani lui fit passer un chemisier de satin noir si collant qu'il adhérait aux nichons comme une membrane adhésive. Mais le plus inconvenant, c'était encore la culotte. Un pantalon de dentelles terriblement moulant, pas un panty, un vrai caleçon pour dames, à l'ancienne, en satin noir, comme en portaient les élégantes de la Belle Epoque.

— Vraiment ! fit Mademoiselle. Cela m'étonne de Philibert, il ne m'avait jamais fait part de goûts pareils !

— Vous étiez sa pure et chaste fiancée, il n'a pas dû oser !

Avec une moue sceptique, Mademoiselle enfila néanmoins le coquin caleçon. Cela lui épousait le pétard comme une culotte de cycliste.

— Mais... mais c'est affreusement indécent... Ça moule d'une façon...

Le fait est que devant, ça lui comprimait la chatte à un tel point qu'on voyait les lèvres s'écarter sous la pression du satin. La forme du con était nettement visible, sauf la partie du milieu, à cause de deux rubans roses verticaux dont je ne compris pas tout d'abord la raison d'être. Je n'allais pas rester longtemps dans l'ignorance. Mme Raffiani fit se pencher Mademoiselle et tira sur un ruban ; les deux moitiés arrière de la culotte s'écartèrent comme des rideaux sur la scène d'un théâtre, et nous pûmes voir le sillon moite entre les fesses de Mademoiselle, et la petite tache grise de son anus.

— Voyons devant, maintenant !

Mademoiselle se retourna, la voyante tira sur l'autre

ruban, et toute la boutique poilue se retrouva à l'air.

— Oh ! s'écria Mademoiselle. Mais c'est dégoûtant !

Rouge comme une pivoine, elle se hâta de refermer sa culotte.

— Pourquoi mettre une culotte, si elle est ouverte ! s'indigna-t-elle.

La Raffiani lui expliqua que c'était pour pouvoir faire pipi et caca (et au besoin autre chose) sans baisser le caleçon. On passa à la jupe. Une jupe assez courte, en satin noir, elle aussi. Dessous, Mademoiselle dut enfiler des bas noirs. Elle n'arrêtait pas d'accabler son habilleuse de questions sur les singulières conditions de la réincarnation.

— Mais enfin, Madame Raffiani, ce corps... ce sera vraiment le corps de Philibert, en chair et en os ? Ce ne sera pas un fantôme immatériel ? Un ectoplasme ?

— Un corps en chair et en os, ma chère, je ne suis pas une marchande de brouillard !

— Mais ce sera celui de Philibert ?

— Ce sera Philibert... à l'intérieur d'un corps. Je vous l'ai expliqué cent fois ! Un corps n'est qu'un vêtement, on peut emprunter celui d'un autre quand on a perdu le sien. C'est à ça que servent les médiums, ils fournissent leur corps à ceux qui n'en ont plus.

Mlle Aude réfléchissait dur.

— Donc, en réalité, ce sera le corps de ce jeune homme !

— C'est quoi, la réalité ? s'énerva la Raffiani. Vous pouvez me le dire ? Si vous voulez tout savoir, ce sera un mélange, l'âme de Philibert incorporée dans la chair du médium.

— Mais comment pourrais-je en être sûre ?

— Ah, dame, il faudra que vous fassiez un petit effort d'imagination, bien sûr !

Dernière touche de ce déguisement en veuve de bordel, une incroyable paire de bottines à lacets, qui montaient jusque sous les mollets, avec des talons aiguilles démesurés.

— Mais je ne pourrai jamais porter ça ! s'horrifia Mademoiselle.

Il fallut bien qu'elle les chausse, cependant. Après quoi, vint le maquillage. La Raffiani s'en chargea, lui rougissant outrageusement les lèvres, lui talquant les joues de poudre de riz blanche, lui noircissant les paupières. Quand elle vit le résultat, Mademoiselle poussa un cri outragé !

— J'y renonce ! C'est une putain qu'il veut voir, ce n'est pas possible ! Comment voulez-vous que je traverse la ville attifée de la sorte ?

— Vous oubliez le voile de veuve ! dit la Raffiani, lui posant un immense galurin sur la tête.

En effet, derrière les épais voiles noirs qui en descendaient, Mademoiselle devint pratiquement invisible. Ajoutez un manteau d'été, un énorme bouquet de lys. Et l'on n'avait plus qu'une de ces veuves éternelles qui hantent les cimetières et les églises.

— De cette façon, vous pourrez prendre le car sans qu'on vous reconnaisse ! dit Mme Raffiani.

*

* *

C'est au cimetière de Saint-Antoine, petit village qui se trouve à une dizaine de kilomètres de Villeneuve que les Lépine ont leur caveau de famille. Et juste à côté est enterré Philibert ! Qui avait exigé (à en croire son porte-parole) que Mademoiselle arrive par le car, toute seule.

La prise de contact avec le médium aurait lieu à la buvette du village, si Mademoiselle et lui se découvraient assez d'affinités, on se rendrait dans le mausolée du cher disparu pour procéder à « l'opération ».

Qu'auriez-vous fait à ma place ? Je ne pouvais pas laisser cette linotte se fourrer toute seule dans un pareil guêpier. S'il lui arrivait quoi que ce soit, c'est sur moi que Madame tomberait. Le rendez-vous était pour le milieu de l'après-midi, j'avais donc deux heures devant moi. Laissant la Raffiani recoudre l'ourlet de la jupe de Mademoiselle, je sollicitai la permission d'aller me promener en ville.

Permission qu'on m'accorda distraitement, vu qu'on avait bien d'autres choses en tête. J'avais décidé de la précéder au village pour épier ce qui s'y tramerait. Pour cela, je me déguisai en espionne. Une perruque blonde appartenant à Madame, souvenir d'un déguisement de carnaval, une robe indienne d'Edwige firent l'affaire. Des lunettes noires, comme une star qui voyage incognito (celles que Madame mettait quand elle avait les yeux cernés). Enfin, les souliers de tennis d'Edwige, pour ne pas faire de bruit en marchant.

Pour éviter Léon, je sortis par-derrière et rejoignis le pont par le sentier des amoureux. A la gare, j'attrapai un car qui démarrait. J'arrivai donc à Saint-Antoine avec près d'une heure d'avance sur Mademoiselle.

Le village était désert et silencieux. C'était l'heure de la sieste. Il régnait une canicule incroyable. La vapeur tremblait sur le goudron de la grand-rue que j'ai remontée sans rencontrer âme qui vive, baignant dans l'odeur d'Edwige que ma sueur faisait ressortir de sa robe. Si bien qu'elle est entrée avec moi dans la buvette qui se trouve juste en face du cimetière (et qui, bien sûr, s'appelle *Au bon coin* !). Je n'étais donc pas d'une folle gaieté en écartant le rideau de plastique pour y entrer. Cette buvette qui tient aussi les journaux fait restaurant à la saison touristique. Derrière les volets clos, quatre tablées de touristes allemands et hollandais s'en mettaient plein la panse. Aucun de ces lourdauds qui s'empiffraient de confit d'oie et s'imbibaient de vin de Cahors ne m'accorda la moindre attention, les blondes décolorées à lunettes de soleil, on marche dessus, en été, dans le Lot-et-Garonne.

Assise à une table isolée, planquée derrière le dernier *Paris Match* consacré aux frasques d'une princesse que des paparazzi avaient photographiée à poil avec son palefrenier dans une crique isolée, je n'eus aucune peine à repérer le « médium ». Un pâle voyou, vaguement pédé sur les bords, blouson de cuir de motard. La grosse Kasawaki que j'avais vue dehors devait lui appartenir. Il avait des lunettes noires, lui aussi, et paraissait très énervé. Il n'arrêtait pas de regarder sa montre et de boire des Kronenbourg. En une demi-heure, il en liquida six ! Ce qui me frappa, c'est qu'il se grattait les bras sans arrêt. Quand la Raffiani descendit d'une Dauphine qui s'était garée sur le terre-plein, je faillis ne pas la reconnaître, elle avait troqué sa tenue de punaise de sacristie contre une robe blanche toute simple, avec des rayures bleues verticales, qui la mincissaient, et elle s'était maquillée. Du coup, je vis qu'elle était encore assez comestible. Elle s'assit à la table du jeunot qui se grattait de plus belle, et les voilà qui commencent leurs messes basses. Autour de nous, ça braillait en germanique. Cela me donna une inspiration.

Leur table se trouvait à l'entrée, près du tourniquet des cartes postales et des journaux. Planquant mon

Match sur ma chaise, j'allai prendre un journal allemand, une sorte de *Match*, ça s'appelait *Stern*, je crois, et je vins tout près d'eux contempler les cartes postales. Ils s'étaient tus à mon approche ; mais en voyant le titre du journal, ils se remirent à parler.

— Une boche ! fit le petit mec. Il n'y a que ça, en ce moment. Si ça continue, ils vont nous coloniser !

— On n'est plus chez nous, mon chéri, tu as raison ! répondit la Raffiani toute mielleuse en pelotant les mains du jeune motard.

Il se dégagea, agacé. Tiens, tiens, me dis-je, la Raffiani a donc entre les cuisses quelque chose qui ne lui sert pas qu'à pisser.

— Voici la clef, dit-elle... Va te maquiller dans la chapelle. Il y a tout le nécessaire dans la malle arrière.

Le petit mec repoussa la clef.

— Elle marchera jamais !

— Et comment, qu'elle marchera ! Dès qu'elle verra ta jolie gueule, elle foncera tête basse.

— Pas sûr ! C'est vachement risqué. On n'a encore jamais fait ça dans un cimetière.

— Ne cherche pas midi à quatorze heures, Bobby ! (Bobby ! Il avait une tête à s'appeler Bobby comme moi Ghislaine, ce jeune truand !) A condition d'y mettre les formes, elle gobera tout. Elle a le feu au cul. Enfin, tu n'as plus confiance dans ta petite maman chérie ? On croirait que c'est la première fois que je te fais jouer le mort chez une veuve !

— Donne-moi ma part maintenant, alors ! fit le Bobby en se grattant furieusement les coudes.

— Tu auras ta part quand tu auras fait ton boulot. J'ai pas envie que tu files sur ta moto t'acheter une dose à Agen ! Décampe, abruti ! Le car arrive...

Sans insister, le pâle lascar décanilla. Mme Raffiani se composa un air de circonstance, la bouche en cul de poule, les paupières baissées. Arrive Mademoiselle, dans ses voiles noirs, son bouquet dans les bras. Elle paraît effarée de voir toutes ces trognes de bons vivants allumées par la vinasse. On la regarde à peine ; une femme en grand deuil, à côté d'un cimetière, quoi de plus banal. Elle s'attable en face de la Raffiani. De l'autre côté du tourniquet, je n'arrête pas de prendre des cartes postales et de les admirer.

— Pourvu que ça marche, soupire Mademoiselle.

— Ça marchera, ma belle. Tout dépend de vous... si vous voulez que ça marche, ça marchera !

Et voilà le zigoto qui rapplique dans un costume d'été à rayures, noir et blanc, coiffé d'un coquin petit canotier de paille comme Maurice Chevalier. Mademoiselle soulève son voile de veuve pour mieux le voir.

— C'est le médium, dit la Raffiani, il est jeune, mais il a le don !

Elle fait les présentations. On se serre la pogne. Mademoiselle, minaudante, a vite remis son voile pour cacher son maquillage criard.

— Vous croyez que ça va marcher, Monsieur ?

— Je sens de bonnes vibrations ! répond le « médium ».

Mademoiselle semble sur des charbons ardents. Elle s'adresse à la voyante.

— Il ne ressemble pas du tout à Philibert !

— Faites un effort d'imagination ! Vous n'en manquez pas, quand vous voulez.

— Je suis si nerveuse, objecte Mademoiselle.

Elle baisse la voix :

— Et j'ai atrocement besoin d'aller au petit coin, si

vous voulez tout savoir. C'est toute cette eau de Vittel que vous m'avez obligée à boire.

— Pas question ! Les ordres de Philibert sont formels ! Il n'accepte de s'incarner dans la personne de notre ami que si...

Elle se penche pour parler à l'oreille de Mademoiselle. Qui a un haut-le-corps.

— Dans le mausolée ! Vous n'y songez pas !

— C'est une condition expresse. Et maintenant, vous allez boire un double whisky, pour vous mettre en condition.

— Mais je vais être soûle ! Je ne supporte pas l'alcool !

— Nous serons là, ma chère... Philibert l'a exigé, un double whisky ! C'est une épreuve qu'il vous inflige !

Je connais Mademoiselle, dès qu'elle a un verre dans le nez, ça lui descend dans le cul ! En aurait-elle parlé à la voyante, puisqu'elle lui raconte tout ? Dès qu'elle a vidé son verre, elle a le petit rire confus que je connais bien.

— Oh, j'ai déjà la tête qui tourne !

Elle n'arrête pas de guigner le bellâtre. Comprenant qu'ils vont lever l'ancre, je vais payer mon coca au comptoir où le patron arbore une gueule de constipé parce que j'ai remis le *Stern* et les cartes postales sur les tourniquets.

— Sale boche, qu'il me susurre, avec son plus suave sourire, en me rendant la monnaie. Retourne donc dans ton pays à la con.

— Merci bien, que je lui réponds, et toi, va donc te faire enculer chez les Grecs, connard.

Vous l'auriez vu verdir, ça valait dix !

6

PUNITION D'UNE FIANCÉE INFIDÈLE

C'est tout au fond de l'allée A, derrière les cyprès, dans le quartier riche du cimetière, que les Lépine ont leur caveau de famille. C'est un mausolée qui ressemble à une chapelle gothique, assez vaste pour qu'on puisse y loger à l'aise une famille de Portugais. Et juste à côté, collé contre, il y a celui de Philibert, que Mademoiselle a fait bâtir avec l'argent qui lui venait de l'héritage de sa grand-mère.

— Comme ça, quand j'irai reposer auprès de Philibert, m'a-t-elle expliqué, je resterai quand même à proximité de ma famille.

C'est chez les Lépine que j'entre avec la clef du trousseau des domestiques que j'ai emporté en douce. Je me doute que la réincarnation va s'opérer dans le caveau de Philibert, et de chez les Lépine, je sais qu'on peut voir tout ce qui s'y passe. Cette clef permet aussi d'ouvrir la porte qui sépare les deux caveaux. Maria et moi sommes venues plusieurs fois faire le ménage. On doit passer un linge humide sur le marbre, à cause de la poussière, retirer les toiles d'araignée dans les coins sombres, astiquer les vitraux au Glassex et faire briller l'auréole dorée de la vierge avec du Miror. A cet usage, caché derrière sa statue, il y a un escabeau et tout le matériel nécessaire.

La première chose que je fais, c'est de refermer la porte à clef et de dresser l'escabeau contre le mur mitoyen qui sépare les deux caveaux. Je viens à peine d'y grimper que j'entends grincer le portail du cimetière.

Je ne sais pas si c'est la couche d'ozone qui déconne, mais on étouffe, et d'autant plus qu'en préparation de la cérémonie, on a allumé chez Philibert trois douzaines de cierges. La chaleur qu'ils dégagent dans ce lieu clos monte au plafond, avec l'odeur des roses pourries qui s'effeuillent dans de grands vases, et ça vous prend la tête. Baignant dans ma sueur, j'écoute les cigales. Quand elles se taisent, je vois à travers un des vitraux le trio déboucher entre les cyprès.

Visiblement pompette, Mlle Aude titube sur ses talons aiguilles, les deux autres la soutiennent. Le petit mac a retiré son galurin à Mademoiselle et se fait du vent avec. La Raffiani l'a dépouillée de son manteau d'été. Maquillée comme une affiche de cinéma, court-vêtue, avec ses nichons qui oscillent devant elle, balançant sa croupe de jument que moule la jupe noire, Mademoiselle a tout d'une pute déguisée pour un amateur de scènes nécrophiles.

— Quelle chaleur, gémit-elle. Et ce noir qui attire le soleil, je suis en train de cuire.

— On arrive, ne vous impatientez pas, ma chérie ! dit la Raffiani.

Mademoiselle piaffe, une main sur son ventre.

— Oh ! là, là ! Vite, vite ! Je n'en peux plus !

La Raffiani ouvre et je les vois entrer à la queue leu leu. Ils font le signe de croix.

— Toutes ces roses ! s'extasie Mademoiselle. Vous avez bien fait les choses, Madame, je vous remercie.

— Ça, je n'ai pas regardé à la dépense ! se rengorge la Raffiani.

— Mais l'odeur me monte à la tête... je me sens comme soûle !

— Cela ira mieux quand vous aurez fait votre pipi !

— Oh ! fait silencieusement la bouche de Mademoiselle.

Elle se tourne vers le petit mec.

— Sans vous commander, est-ce que vous pouvez sortir un instant, monsieur Bobby ? Cela presse vraiment... minaude-t-elle en comprimant sa vessie de ses mains.

Indécis, le gigolo consulte du regard la Raffiani qui s'indigne :

— Vous voulez donc qu'il attrape une insolation ?

— Mais voyons, je ne peux tout de même pas faire devant lui !

— Lui ? Qui ça, lui ? Ne vous ai-je pas dit qu'il cesserait d'être lui-même dès qu'il serait chez Philibert ?

Instantanément, les bras de Bobby tombent le long de son corps et son visage se vide de toute expression.

— C'est plus qu'un corps, dit la Raffiani. Voyez vous-même...

Elle passe sa main devant les yeux de Bobby qui ne cille pas.

— L'âme s'en est allée ! Qu'est-ce qu'un corps ? Une vaine apparence, une écorce vide !

— A moi, dit Mademoiselle, il paraît tout à fait plein !

— Illusion ! Son énergie vitale s'est évaporée à l'instant où il est entré ici. Philibert l'a chassé de son corps. Mais regardez donc !

La Raffiani prend un bras inerte de Bobby et l'élève à la verticale dans une parodie de salut hitlérien. Elle le lâche. Impavide, Bobby garde son bras en l'air. Sceptique, Mademoiselle pince les lèvres.

— Vous ne me croyez pas ? Regardez ! Regardez bien !

Sous les yeux effarés de Mademoiselle, la Raffiani s'assied sur un coin du tombeau, en face de Bobby qui fait toujours le salut hitlérien, et s'attaque à sa braguette. La bouche de Mademoiselle s'arrondit de stupeur quand elle voit la verge qui surgit entre les doigts de la voyante. Celle-ci déloge à leur tour les couilles. Je dois convenir que l'ensemble est appétissant. Ce Bobby est joliment outillé.

— Vous êtes convaincue, maintenant ? Est-ce que vous croyez qu'un homme accepterait qu'on s'amuse avec sa virilité comme je fais ?

Elle fait jaillir le gland, le recouvre avec le prépuce, palpe les couilles.

— Je peux lui faire ce que je veux ! Il ne sent rien... La manipulation du pénis, c'est le test ultime pour vérifier la vacuité transitoire du médium de sexe mâle. Chez les médiums féminins, c'est le vagin. Il n'y a plus que la bête, ici, l'âme est partie. Voulez-vous vérifier vous-même ?

— Oh non, dit Mademoiselle.

— Allons, pas de sotte pudeur. On est au vingtième siècle... donnez votre main !

Timidement, Mademoiselle tend sa main à la Raffiani qui la lui retourne et y dépose les couilles de Bobby, comme deux oisillons.

— L'autre...

Toute rose, Mademoiselle donne son autre main, et la Raffiani lui fait refermer les doigts autour du pénis. Bouche bée, Mademoiselle lève les yeux sur Bobby qui continue à faire le salut nazi.

— Comme c'est bizarre, dit-elle... On dirait vraiment...

— Comment trouvez-vous son pénis ? Il vous plaît ? Vous sentez comme il a la peau douce... De tous mes médiums, Bobby est celui qui a le pénis le plus doux...

— Oh mon Dieu, l'interrompt Mademoiselle, il... il est en train de...

— Il durcit ? C'est bon signe... c'est preuve qu'il n'y a pas de rejet de sa part... que le fluide passe... et vous, vous le sentez passer ?

— Le fluide ? demande Mademoiselle en dévorant des yeux le pénis qui s'érige. Comment le sentirais-je ? Comment s'aperçoit-on ?...

— Etes-vous mouillée entre les cuisses ?

D'un mouvement brusque, les yeux fixés sur le gland de Bobby, Mademoiselle acquiesce.

— Beaucoup ou un peu ? veut savoir la Raffiani.

— Beaucoup, murmure Mademoiselle, cramoisie.

Elle tient toujours à deux mains la verge en érection dont elle n'arrive pas à décoller ses yeux.

— Vous êtes vraiment sûre qu'il ne sent rien ? balbutie-t-elle, ce serait tellement gênant...

— Croyez-vous qu'il se laisserait faire, vaniteux comme il est ? Ce n'est plus qu'un corps, vous dis-je. Reste à voir si ce corps vous convient... Vous êtes sûre qu'il n'y a pas de rejet de votre part ? Son pénis ne vous dégoûte pas ?

Mademoiselle fait non avec la tête, les yeux fixés sur

le sexe qu'elle tient toujours. Elle jette un coup d'œil affolé à Mme Raffiani...

— Il... il durcit de plus en plus... et... il y a des saccades...

— C'est très bon signe ! Ne le lâchez surtout pas, c'est signe que Philibert est en train d'entrer en lui. D'ailleurs, il y a un moyen très efficace pour s'en assurer, faites sortir le gland, allons, allons, pas de sotte pudeur... Vous savez comment on fait, au moins ?

Officieuse, la Raffiani lui replie deux doigts à la base du gland, et les fait reculer pour tirer sur le prépuce.

— Serrez-le bien... voilà... et faites glisser la peau du prépuce vers l'arrière... n'ayez pas peur, tirez jusqu'au bout... ça y est... vous voyez, tout est sorti... c'est la partie la plus sensible du sexe masculin, je ne vous l'apprends sans doute pas...

Le feu aux joues, un sourire idiot sur les lèvres, Mademoiselle regarde le gland émerger. Elle tient la queue de Bobby par la base, comme une rose par sa tige.

— Reniflez-le... Il faut vérifier que son odeur ne vous rebute pas, avant d'aller plus loin...

Mademoiselle se penche et renifle le gland comme elle ferait d'un bouton de rose.

— Il sent... il sent l'homme...

— J'espère bien qu'il ne sent pas la femme ! Ça vous dégoûte ?

— Pas du tout... Mais c'est si bizarre... Et vous avez vu, il est tout à fait dur, maintenant !

Le fait est, Bobby bande comme un cerf en rut.

— C'est bon signe. Il réagit de façon positive. Reste à vérifier avec la langue !

— Oh, ça, alors, pas question, se gendarme

Mademoiselle, je ne pourrais jamais faire une chose aussi dégoûtante !

— C'est regrettable. Voyez-vous, chez Bobby, le gland est le point positif. Chaque médium a le sien. L'autre médium que je connais, celui d'Agen, son point positif est le gros orteil. Si vous préférez sucer un gros orteil... nous essaierons avec lui. L'ennui, c'est qu'il n'est pas très soigné de sa personne... Cela dit, le physique est secondaire, c'est l'âme qui compte...

Mademoiselle semble à la torture ; elle contemple le gland avec perplexité.

— Je vais vous montrer, dit la Raffiani.

Elle lui prend la queue des mains, tire le prépuce vers l'arrière pour bien décapuchonner tout le gland, et se fourre ce dernier dans la bouche, comme un bonbon. Elle fait bouger ses lèvres comme quelqu'un qui goûte du vin, puis se recule. Luisant de salive, le gland scintille.

— Personnellement, je trouve qu'il a plutôt bon goût.

A l'aide d'un mouchoir en papier, elle essuie la salive qu'elle a laissée sur le gland, puis le propose à Mademoiselle, comme un calumet. Sans se faire prier, Mademoiselle tire la langue et goûte légèrement le dessous du gland. Elle hésite, puis avance la tête, aspire tout le morceau. Brusquement, elle se rejette en arrière avec un petit rire idiot.

— Mon Dieu, qu'est-ce que vous me faites faire ! Si ma sœur me voyait !

— Le test est concluant, dit la Raffiani. Aucun rejet, ni de sa part, ni de la vôtre. Nous pouvons entamer la séance... Vous avez toujours envie de pisser ?

— Plus... plus que jamais... dit Mademoiselle, qui recommence à se tortiller, les yeux fixés sur le gland cramoisi de Bobby. Où... où faut-il que je fasse ?

La Raffiani désigne le tombeau.

— Sur la tombe ? s'écrie Mademoiselle. Vous êtes sûre ?

— Je sais que ça peut surprendre, mais Philibert s'est montré formel ! Vous devez, a-t-il dit, vous placer sur la dalle, en face du médium, et vous vider sous ses yeux... c'est le principe des vases communicants... pendant que vous vous viderez de votre énergie par le bas, lui se remplira par le haut de celle de Philibert...

En parlant, la Raffiani aide Mademoiselle à monter sur la tombe.

— Il vous a montré ses parties génitales, dit-elle, à votre tour de lui montrer les vôtres... N'oubliez pas que vous êtes fiancés... Les fiancés se montrent leurs parties génitales...

— Mon Dieu, proteste timidement Mademoiselle en retroussant sa jupe, qu'est-ce que vous me faites faire !

Elle s'accroupit en face de Bobby et son caleçon s'ouvre, dévoilant aux yeux de Bobby sa grosse figue béante dont la pulpe rose brille entre les poils. Elle est excitée comme une chienne, en dépit de ses minauderies. Son clitoris darde. Je ne sais si c'est la première fois qu'elle l'exhibe à la Raffiani, mais celle-ci se montre très intéressée.

— Oui, faites bien sortir votre petit machin. Je suis sûre que ça amusera Philibert !

Pour pisser, Mademoiselle pousse dans son ventre, et sa moule expulse les petites chairs fragiles, en forme de gros pétales de rose flétris, qui pendent comme deux fanons sous le pois rouge du clito. La bite de Bobby qui piquait du nez depuis qu'elle était livrée à elle-même se redresse.

— Oh, fait Mademoiselle, vous avez vu ?

— Oui, l'énergie commence à passer... videz-vous, vite !

Les yeux fixés sur le pénis de Bobby, Mademoiselle laisse échapper quelques gouttes.

— Allez-y, ma chère... pissez !

Un jet d'urine s'échappe avec violence du méat, asperge la dalle avec un bruit de robinet grand ouvert entre les bottines à talons hauts qu'elle éclabousse pendant que Mademoiselle gémit d'extase :

— Oh, oh, comme j'en avais envie... surtout, il faudra bien essuyer le marbre...

— Avec cette chaleur ? Ce sera sec dans un quart d'heure. Non, non, ne refermez pas votre culotte. Puisque le courant passe, autant en profiter... Retirez-la carrément, il passera encore mieux si vous avez le cul nu.

En un tournemain, elle aide Mademoiselle à se débarrasser de son sous-vêtement. Et dans la foulée, comme si c'était la chose la plus naturelle, elle lui retire aussi sa jupe. Mademoiselle se laisse faire comme une petite fille, les yeux fixés sur le pénis de Bobby.

— Vous n'allez quand même pas me mettre toute nue ? demande-t-elle.

— Juste les parties sexuelles et le cul. Nous allons prendre le thé, vous vous souvenez, comme autrefois, sous la tonnelle. C'est bien ce que vous lui montriez, non, le cul et le sexe ?

— On n'employait pas des mots aussi... aussi crus...

— Il faut, continue la voyante, que vous vous retrouviez exactement dans la même situation. Ainsi, quand il prendra possession de Bobby, Philibert ne sera pas dépaysé, la première chose qu'il verra sera votre vagin !

Cul nu, Mademoiselle regarde autour d'elle d'un air égaré ; c'est plus fort qu'elle ; à tout instant, ses yeux reviennent sur la queue de Bobby. Cependant Mme Raffiani a déplié une table de camping et trois tabourets pliants qui étaient dissimulés derrière une énorme corbeille de roses.

Guidés comme des enfants par la voyante, Bobby, la queue à l'air et le bras toujours levé, Mademoiselle, cul nu et cuisses écartées, s'asseyent l'un en face de l'autre.

— Vous êtes sûre que c'est mon vagin que je dois lui montrer ? C'est tellement gênant...

— Mais enfin, il l'a bien vu, quand vous pissiez !

— C'était différent... vous disiez que... ce n'était qu'un corps vide... mais si Philibert entre en lui...

— Eh bien, ne l'a-t-il pas déjà vu ? Ne soyez pas sotte ! Avancez bien au bord du tabouret... il faut que les petites lèvres soient décollées... qu'on voie l'entrée du vagin... le trou...

Mademoiselle opine du bonnet et fait en sorte de s'exposer le plus impudiquement possible.

— Vous êtes prête ? On y va !

La voyante claque des doigts sous le nez de Bobby qui se dresse en sursaut et laisse retomber son bras.

— Où suis-je ? demande-t-il.

Ses yeux éberlués vont de Mme Raffiani à Mademoiselle. Il semble voir pour la première fois le sexe de cette dernière et sa bouche s'ouvre de stupeur. Il se penche pour mieux voir.

— Aude ? demande-t-il. C'est bien toi ?

Eperdue, Mademoiselle referme les cuisses.

— Tu as grossi, Aude, dit Bobby. Ce sont tous ces chocolats...

Il se tait brusquement, comme un comédien qui a un trou de mémoire et jette un coup d'œil à la Raffiani qui tient sa tasse en carton, un petit doigt en l'air.

Discrètement, celle-ci passe sa main sur sa poitrine, comme pour lisser sa robe.

— Vos seins, Aude ! crie Bobby. Montrez-moi vos seins, comme autrefois, Aude, vous vous souvenez ? Sous la tonnelle... vos blanches palombes... pardon, je veux dire, vos blanches colombes...

— Eh bien, dit la Raffiani à Aude, qu'attendez-vous ?

Elle pose sa tasse et vient aider Mademoiselle à retirer son chemisier et son soutien-gorge. Privées de son armature, sa lourde poitrine s'affaisse souplement sur le buste. Bobby lui attrape les nichons et les palpe.

— Mais oui, ce sont bien eux... Ils sont plus mous qu'avant, mais je les reconnais quand même...

Il tripote les tétons entre ses doigts. Mademoiselle, les lèvres entrouvertes, le regarde faire. Ses bouts durcissent, bien sûr. Bobby ou Philibert, peu importe, elle est à poil devant un type qui lui tripote les nichons. Vu qu'elle n'est pas en bois, elle apprécie. Et le Bobby paraît apprécier lui aussi, à en juger par son érection.

— Et votre foufoune ? demande-t-il. Est-ce qu'elle a grossi, elle aussi ? Faites voir, Aude...

— Vous êtes sûr que c'est bien Philibert ? demande Mademoiselle. Il a toujours la voix de Monsieur Bobby... et Philibert ne me touchait pas les seins de cette façon...

— Levez-vous, dit la Raffiani, d'un ton sec. Et cessez de faire l'idiote. La reconnaissance ultime s'opère debout, face à face.

Aidée par Mme Raffiani, Mademoiselle se lève et livre son sexe à l'examen de Bobby. Elle se retient à la voyante pendant que Bobby le lui tripote. Malgré elle,

Mademoiselle a un haut-le-corps. Je n'ai pas vu ce que Bobby lui a fait...

— Mais ne bougez pas, dit la Raffiani. Vous allez tout faire rater...

Mademoiselle se raidit et baisse les yeux pour voir le doigt de Bobby entrer dans son vagin.

— Eprouvez-vous des sensations ?

— Je crois, oui...

— Vous croyez ou vous en êtes sûre ?

— J'en éprouve !

— C'est bon signe, dit la Raffiani ; ça veut dire que le courant passe entre vous. Et vous, Philibert... reconnaissez-vous ses parties sexuelles ?

— Le clitoris est plus gros, dit Bobby. Et le vagin est plus large...

— Que voulez-vous, s'énerve la Raffiani, vingt ans ont passé ! Goûtez-la, maintenant...

Bobby s'agenouille et enfonce sa langue dans le con de Mademoiselle. Celle-ci se cambre dans les bras de la Raffiani qui la maintient par-derrière.

— C'est bien le même goût un peu pisseux, dit Bobby, en se relevant ; ça, ça n'a pas changé...

Il prend son pénis dans sa main et le dirige vers le vagin de Mademoiselle à qui la Raffiani vient de soulever une cuisse. Il fléchit légèrement sur les genoux et s'introduit en elle.

— Ah mon Dieu ! crie Mademoiselle. Il est... il est dedans...

— Le reconnaissez-vous ? C'est bien celui de Philibert ?

La tenant par les nichons, Bobby la bourre à petites saccades.

— Ne me regardez pas comme ça, ça me gêne,

Monsieur Bobby, pleurniche Mademoiselle. J'ai beau savoir que ce n'est pas vous... Et puis, faire ça debout... comme des bêtes...

— C'est juste une prise de contact, dit la Raffiani, une présentation... Retire ta queue, Bobby... pardon, Philibert...Nous allons passer à l'ultime vérification... Retournez-vous...

— Que je me retourne... mais... pourquoi ?

— Vous ne devinez pas ?

A genoux derrière Mademoiselle que la Raffiani a prise dans ses bras, Bobby lui écarte les fesses. Mademoiselle pousse un cri aigu et cache son visage contre l'épaule de la maquerelle. Je ne vois pas ce que Bobby lui fait, mais ça doit être carabiné à la façon dont elle tressaille.

— Allons, s'énerve Bobby... Ouvrez-le plus que ça...

Il crache dans sa main, se relève.

— Et maintenant ! L'heure de vérité, ma chère Aude...

Il ajuste son gland à l'anus de Mademoiselle et lui agrippe les fesses.

— Mais que fait-il ? Il ne va quand même pas...

— Pratiquer Sodome ? J'en ai bien peur, dit la Raffiani.

— Oh mon Dieu, Sodome ? Vraiment ? Mais c'est dégoûtant...

— Les hommes sont des bêtes, ma chère.

Pendant qu'elles papotent, Bobby introduit son gland. Violent sursaut de Mademoiselle que la Raffiani est obligée de serrer contre elle.

— Ça rentre ? demande-t-elle.

— Oui, dit Mademoiselle, ça commence... Oh mon Dieu...

— Détendez-vous... si vous vous crispez, il va vous

faire mal. Voilà, comme ça, c'est mieux... La communication s'opère... Les ondes passent...

Bobby qui est tout entier dedans prend Mademoiselle à bras-le-corps et commence à faire le chien. Quant à elle, Mademoiselle, elle fait la tête que nous faisons toutes quand on nous encule ! Cette tête de constipée en proie à l'extase que j'ai vue à Edwige quand le rouquin lui ramonait les tripes à travers le grillage. Et celle que je faisais moi-même dans la cabane du jardinier ! La trahison, les femmes ont ça dans le sang, voilà ce que je me dis en regardant cette veuve éplorée se faire enculer par son médium de pacotille.

— Alors ? demande à celui-ci la Raffiani qui serre Mademoiselle contre elle (comme si elle avait envie de se débattre !). C'est comment ?

— Alors ? répond-il. Alors, ici aussi c'est plus large ! Infiniment plus large ! On a pratiqué Sodome ! C'est Schombert, n'est-il pas vrai ? Vous croyez que je ne le sais pas... Ne bougez pas, pécheresse...

— Là, là, petite fille... blottissez-vous dans les bras de maman pendant que le vilain garçon fait ses vilaines choses... ces hommes sont tous des porcs... mais il faut le comprendre, aussi, sa vanité est blessée... il vous fait mal au trou du cul, oh, c'est un vilain !

Muette, Mademoiselle commence à renvoyer la balle, je veux dire, à répondre à chaque pénétration en se cambrant, et en laissant filtrer des sons confus, des soupirs, des petits gémissements...

— On dirait que la mémoire vous revient, non ? demande la Raffiani.

— C'est... c'est encore très confus, chuchote Mademoiselle... mais il me semble bien que...

— Vous avez du plaisir ou vous n'en avez pas ?

— Ah, ce n'est pas si simple... D'une certaine façon, j'en ai, bien sûr... Nous savons tous que l'anus est une zone érogène... mais en même temps... comment dire...

Lui coupant la parole, Bobby presse le train. Il y va de bon cœur, le salaud. Les gémissements de Mademoiselle grimpent dans les aigus...

— Ah mon Dieu, crie-t-elle, ah mon Dieu, mon Dieu, mon Dieu...

— Vous entendez, Philibert, elle aime ça ! Vous criez bien parce que vous aimez, Aude ?

— Certes... Je ne le nierai pas... mon Dieu, mon Dieu...

— Et avec Schombert, demande Bobby, tu criais aussi fort ?

— Voyons, chéri, sont-ce des questions à poser ?

— Tu penses à lui, en ce moment, hein ? Tu penses que c'est lui qui te le fait. C'est commode, par-derrière, on peut imaginer ce qu'on veut... Il faut que j'en aie le cœur net !

D'un coup, Bobby se retire. Immense cri de déception de Mlle Aude. Je me mets à sa place, comme elle doit se sentir vide, tout à coup... Mais que fait donc Bobby ? A quoi veut-il utiliser ces rubans qu'il tire de sa poche ? Je vous le donne en mille ! Il veut faire un paquet-cadeau... avec Mademoiselle. Des explications qu'il fournit à celle-ci, il ressort que lorsqu'il accompagnait Schombert en Alsace, celui-ci attachait sa fiancée avec des rubans, afin que Philibert puisse faire ce que bon lui semblait avec son « cadeau ».

— Oh, tu ne m'avais pas dit ça, Philibert !

— Vous étiez si virginale, ma chérie... Donnez vos petites menottes... les chevilles, maintenant... Là, montez sur la table... Le cadeau qu'elle me donnait, c'était son trou du cul...

— Oh, mais c'est absolument obscène, mon chéri...

Ce que Philibert pratiquait en effet, avec l'enrubannée Roberta, c'était Sodome (le vagin était réservé au fiancé). Toute confuse, et dévorée de curiosité, Mademoiselle s'est donc laissé enrubanner en « paquet-cadeau ». Pour ce paquet-cadeau, elle dut poser son ventre sur la petite table de camping et laisser pendre son torse et ses épaules dans le vide d'un côté, ses cuisses et ses jambes de l'autre. Les bras et les jambes furent enrubannés aux quatre pieds de la petite table, et Mademoiselle elle-même transformée en une table vivante dont le cul se trouvait être le centre d'attraction. De l'endroit où j'étais, on ne voyait plus d'elle que ce cul écarquillé autour de l'anus et du vagin.

Vous l'avouerai-je ? Une qui brûlait de curiosité au moins autant que Mlle Aude, c'était moi, sur mon perchoir. Pourquoi diable avoir ligoté Mademoiselle alors qu'elle avait donné tant de preuves de sa docilité ? Que comptait donc faire les deux salopards ? Je vous le donne en mille. Et je laisse à Bobby le plaisir de l'annoncer :

— Et maintenant, la reconstitution du crime !

— Quel crime ? demanda (d'une voix étranglée) Mademoiselle.

— L'adultère, ma chère Aude. L'adultère que vous pratiquiez avec cette ordure de Schombert alors que mon cadavre était encore tiède ! Je veux vous entendre jouir avec cette crapule, ce faux frère, ce traître... De cette façon, je serai débarrassé à jamais de la question qui m'obsède outre-tombe : jouissait-elle davantage avec lui ou avec moi ?

— Mais Schombert est oublié depuis longtemps, mon chéri, pleurniche Mademoiselle. Vous savez bien qu'il n'y a que vous, Philibert.

— C'est ce que nous allons vérifier, femme impure, déclare Bobby en ouvrant la porte du mausolée.

Une silhouette sombre, immobile, se dessine à contre-jour sur la clarté solaire qui illumine le cimetière. Cri étranglé de Mademoiselle qui s'est tordu le cou pour voir entrer l'arrivant. Une qui est encore plus ahurie, c'est moi. D'où sort ce nouveau pantin ? Petit bonhomme sec et osseux, vêtu de noir... dont le visage est masqué par une cagoule rouge. A la main, il tient une petite mallette rouge, assortie à sa cagoule. A peine s'est-il glissé à l'intérieur que la Raffiani referme la porte du caveau. Quant aux yeux de l'arrivant, ils sont comme rivés à ce que lui présente le paquet-cadeau, l'anus et le vagin de Mademoiselle.

Terrorisée, cette dernière essaie de se libérer des rubans, mais ils tiennent bon.

— Ce n'est pas Schombert, crie-t-elle. Schombert était très grand. Qui est cet homme ? Détachez-moi immédiatement !

Philibert et l'homme masqué se tiennent devant la table.

— Comme vous le voyez, Docteur Schombert... je lui ai bien ouvert le cul, vous n'avez plus qu'à entrer dedans...

L'arrivant, sans répondre, pose sa mallette rouge sur la tombe, et du doigt, sonde les orifices de Mademoiselle qui s'égosille.

— Schombert n'était pas docteur... Je ne veux pas que cet homme me touche !

Sans se laisser démonter, ce dernier a ouvert son pantalon. En se disloquant le cou, Mademoiselle le regarde enfiler un préservatif.

— Non, crie-t-elle, je ne veux pas...

— Sodome ! dit Philibert ! Sodome et encore Sodome...

Décrirai-je de quelle façon le faux Schombert sodomisa Mademoiselle ? Quel plaisir non dissimulé (contrairement à son visage) il semblait y prendre. Et comme, à la grande hilarité de la Raffiani et de Philibert, les protestations outragées de Mademoiselle se transformèrent graduellement en cette plainte immémoriale de la femelle comblée. Le faux Schombert était indubitablement un virtuose de l'enculage, et Mademoiselle, sanglotante, ne parvint pas à cacher longtemps le plaisir qu'on lui imposait.

Pourquoi diable les hommes ne peuvent-ils comme nous, faibles femmes, se contenter des plaisirs du sexe ? Quelle rage les pousse donc à toujours vouloir nous outrager ? Au lieu de nous remercier, à nous punir ?

C'est bien ce que le faux Schombert avait en tête. Du moins, si j'en juge par les cris d'orfraie que se mit à pousser Mademoiselle quand elle vit le contenu de la mallette rouge que la Raffiani venait d'ouvrir sur la tombe.

— Que préférez-vous, lui demanda la voyante, le petit Corse ? Le grand Caucasien ? Le Sénégalais ?

Paroles qui resteraient longtemps pour moi une énigme, vu que pour corser son plaisir, devinez ce que venait de faire le faux Schombert ! Vous vous souvenez du chapeau de veuve avec sa longue voilette que Mademoiselle avait mis dans le car pour cacher son maquillage criard ? De ce chapeau, pendant que Mademoiselle hurlait en regardant le contenu de la petite valise rouge, le faux Schombert extirpa l'aiguille d'acier qui fixait le voile... Et, au moment même où, à en juger par ses contorsions saccadées, le plaisir arrivait en lui, il planta cette aiguille à chapeau dans la fesse de Mademoiselle ! Immédiatement, sans cesser pour autant de se démener à la poursuite de son plaisir malade, il retira l'aiguille et la planta dans l'autre fesse. S'ensuivit une minute de pure folie ; oublieux de tout, ivre de cruauté, le forcené lardait le cul de la femme qu'il sodomisait. Chaque fois qu'il poussait sa queue dans le rectum, il enfonçait l'aiguille arrachant un hurlement à Mademoiselle, tandis que lui se cambrait d'extase. Ces cris perçants, loin de contrarier son bourreau, paraissaient le réjouir, plus elle s'époumonait, plus cruellement il plantait son aiguille.

Eberlués, la Raffiani et le Bobby échangeaient des regards consternés. Ce fut seulement après avoir obtenu son misérable plaisir, que ce fou, encore tout secoué par les spasmes de l'orgasme, parut entendre ce que la Raffiani, Bobby et moi entendions déjà depuis un moment, en dépit des hurlements de Mademoiselle. Je veux parler des trois fossoyeurs et du gardien du cimetière, qui tambourinaient sur la porte d'acier du mausolée.

Occupés à creuser une tombe dans une autre allée, pour un enterrement qui devait avoir lieu le lendemain, ils avaient perçu les cris de Mademoiselle. Un cimetière est un lieu où l'on vocifère rarement. Ils accoururent voir de quoi il retournait.

— Ouvrez donc, bordel de merde. Qu'est-ce que c'est que ce tintamarre ? Vous êtes cinglés, ou quoi ? fulminait le gardien. Qu'est-ce que vous fabriquez, là-dedans ?

Terrorisée, Mademoiselle s'était tue. L'homme à la cagoule, tourné vers la porte, paraissait métamorphosé en statue.

— Il fallait s'y attendre, grommela la Raffiani. Avez-vous perdu la tête ? Ce n'est pas ce dont nous avions convenu... vous deviez seulement lui enfiler le Sénégalais !

L'homme pose un doigt sur ses lèvres. Sans s'émouvoir outre mesure, il rabat le couvercle de la mallette, tire une clef de sa poche et, contournant la tombe de Philibert, ouvre la porte de communication intérieure, avant que j'aie pu esquisser le moindre geste.

— Il a la clef ! crie Mademoiselle ! Comment a-t-il la clef ?

Pétrifiée sur mon escabeau, je me pose la même question. Cette clef, seul un familier du Bertranet peut l'avoir en sa possession,

Il était trop tard pour que je redescende de mon perchoir, je me suis donc figée sur place, essayant de me faire passer pour une statue. Je ne sais pas si j'y suis parvenue, je ne suis pas certaine qu'un des trois fuyards ne m'ait pas entrevue, en dépit de la pénombre, mais ils avaient d'autres chats à fouetter. Suivant l'encagoulé, ils ont traversé le mausolée des Lépine et sont sortis de l'autre côté.

Les deux mausolées s'adossant l'un à l'autre, leurs façades donnent dans deux allées parallèles. Les fossoyeurs qui étaient du côté Philibert ne purent donc pas voir s'enfuir la Raffiani et les deux sbires du côté Lépine. Comme on ne répondait pas à leurs appels, le gardien, pendant que les fossoyeurs faisaient le guet devant la porte de Philibert, alla chercher dans sa cahute le double de la clef du caveau.

Devinez ce qu'ils virent, en entrant dans le mausolée : le cul enrubanné de Mademoiselle, autour duquel ils s'attroupèrent, bouche bée, fascinés, sans accorder la moindre attention aux cierges allumés et à la profusion de roses.

— Un cul de femme !

— Un cul de femme à poil ! Je rêve, Balthazar...

— Si tu rêves, Tatave, je rêve avec toi !

— Vivante ou morte ?

— M'a l'air bien vivante, à moi... Elle pue pas, en tout cas !

— Elle est pas à poil, dit un petit teigneux qui louchait, elle a un corset.

— Et des bas noirs, ajouta le gardien.

— Ferme la porte, Tatave, j'ai comme l'impression qu'on va s'amuser tous les cinq.

— On est quatre.

— Avec elle, ça fait cinq, non ?

— Et les autres, où ils sont ? Elle ne s'est pas attachée toute seule, non ?

— Je vous en prie, Messieurs, les supplia alors Mademoiselle (qui devait être morte de confusion d'être surprise dans une telle posture), détachez-moi vite. Ne me laissez pas dans cette situation... Si vous saviez ce qui m'est arrivé !

— Justement, fit le bigleux, c'est ce qu'on aimerait savoir.

D'un geste, il retint le gardien qui s'apprêtait à détacher Aude.

— Laisse donc, Léonard, elle n'est plus à une minute près, la dame. Qu'elle nous raconte son histoire, d'abord. Moi, je trouve pas ça très catholique de se faire ficeler à poil dans un tombeau. On ferait peut-être bien d'appeler les flics, c'est louche, cette affaire.

— Non, cria Mademoiselle, éperdue d'horreur à l'idée du scandale. Surtout pas la police... Je vous donnerai de l'argent !

Les quatre hommes échangèrent des sourires entendus. Pensaient-ils à la même chose ? Une femme nue, attachée avec des rubans, le cul en l'air... qui a peur de la police ! Et personne pour voir ce qui se passe...

— Je vous en prie, messieurs, ne parlez pas trop fort... Je suis une personne respectablement connue à Villeneuve... on m'a fait une mauvaise plaisanterie !

— Une mauvaise plaisanterie ? s'esclaffa le premier fossoyeur, ça tombe bien, on adore les mauvaises plaisanteries.

— Quelle chance vous avez d'être tombée sur nous ! Des plaisantins comme nous, vous n'en trouverez pas souvent ! renchérit le second.

— On adore s'amuser avec les dames en corset de pute qui s'amusent dans les tombes, conclut le troisième.

Et nous sauterons à la fin de cette folle nuit : Mademoiselle, bras en croix, cuisses écartées, plus obscène que nue avec son corset de putain et ses bas noirs, entourée de roses et de bougies allumées, ronflant comme une toupie, soûle comme une grive, sur la tombe du défunt fiancé. Et nos quatre lascars qui jouent aux cartes pour savoir qui va la baiser, en finissant la bouteille de gnole dont ils ont fait ingurgiter une bonne moitié à Mademoiselle pour la « remonter ». Chaque fois qu'un des salopards se couche sur elle, elle referme les bras derrière lui.

— C'est qui, cette fois, bredouille-t-elle. Philibert ou Schombert ?

Restons-en là. Minuit approche. Nos quatre lascars sont des hommes mariés, obligés de rentrer chez eux à l'heure où ferment les cinémas et les bistrots. Ils finirent donc par lever l'ancre. J'entendis gueuler la femme du gardien qui l'avait cherché partout.

— C'est à cette heure que tu rentres, gros poivrot. Où es-tu allé traîner, encore ? Mais il pue la femme, ce cochon ! C'est encore ces fossoyeurs qui t'ont entraîné chez les putes de l'autoroute, hein ? Et après, tu me refileras une de leurs sales maladies...

*
* *

J'eus toutes les peines du monde à réveiller Mademoiselle. Et à la rhabiller. Je la fis vomir dans un vase de roses. Elle pissa aussi, un bon coup. Elle faisait celle qui était trop soûle pour se souvenir, mais je voyais bien qu'elle n'avait rien oublié.

— Oh, mon Dieu... je sais pas ce qui m'a pris... j'ai eu un malaise en priant sur la tombe de Philibert... heureusement que tu as pensé à venir me chercher, Victorine... quelle heure est-il ? Si tard que ça ! Et tu dis que j'étais toute nue ? C'est impossible, voyons...

Pour désarmer sa méfiance, je lui avais raconté que ne la voyant pas rentrer, prise d'inquiétude, j'étais venue en auto-stop après la fermeture des cinémas. Et je lui demandai comment avait tourné l'expérience spirite à laquelle s'était livrée la Raffiani.

— Mais justement, s'écria-t-elle, c'est ce que j'aimerais bien savoir ! Figure-toi que j'ai tout oublié ! Dans mon esprit, il n'y a plus qu'un grand vide...

Nous dûmes rentrer à Villeneuve à pied, il n'y a plus de car après minuit. La trotte la dégrisa. De Saint-Antoine à Villeneuve, il y a bien dix bornes. Et pas question de faire du stop, vous pensez bien, vu la tenue olé olé de Mademoiselle. On nous aurait prises pour des putes de l'autoroute ! Mutique, elle s'agrippait à ma main comme une petite fille qui aurait eu très peur et se planquait derrière un platane à chaque voiture.

Comme ce n'était pas commode de marcher sur le bas-côté avec ses talons de fantaisie, elle a fini par retirer ses bottines. Mais alors, au moindre gravillon, c'étaient des gémissements à n'en plus finir.

— Vous ne croyez tout de même pas que je vais vous porter sur mon dos ?

— Oh, si tu savais, Victorine, comme ils ont été méchants ! commençait-elle.

Puis elle se souvenait de son amnésie et se renfermait dans un silence hargneux. Ou alors, elle pestait contre le maudit corset que j'avais aidé la Raffiani à lui mettre, et qui l'étouffait ; je voyais le moment où ça allait être de ma faute, quand une voiture qui venait de nous dépasser alors qu'on se chamaillait freina bruyamment.

C'était le docteur qui revenait de son congrès de Toulouse et qui tombait de la lune en nous voyant au bord de la route, en pleine nuit.

— Mais oui ! Je n'ai pas la berlue ! Pouvez-vous me dire ce que vous fabriquez en rase campagne à minuit passé ?

— On se promène ! hurla Mademoiselle en brandissant une bottine. La nuit était douce, alors, Victorine et moi, on est allées faire une petite balade... On a le droit, non ?

Démonté par la violence hystérique de sa sœur, le docteur restait bouche bée.

— Et quelle tenue est-ce là ? s'effara-t-il. Pourquoi ce déguisement ?

Je crus que Mademoiselle allait l'assommer avec sa bottine ; je ne l'avais jamais vue dans un état pareil. Sans doute avait-elle besoin de se défouler sur quelqu'un. A grand-peine, elle se domina :

— Je suis allée faire mes dévotions à Philibert, lui

envoya-t-elle, mauvaise comme une teigne. Mon cher frère, je ne me mêle pas de la façon dont tu soignes tes malades, alors, ne te mêle pas de la façon dont je pratique le culte des morts !

Elle se précipita à l'arrière de la voiture et je montai devant pour donner au docteur la version que j'avais déjà servie à sa sœur. Inquiète, j'étais venue en stop sachant qu'elle était au cimetière... et je l'avais trouvée endormie dans le mausolée.

— Elle ne veut pas me dire ce qui lui est arrivé...

— Et comment le pourrais-je si je ne m'en souviens pas ? hurla-t-elle.

Vu son état, le docteur dut sans doute juger prudent de ne pas la contrarier, car, à ma grande surprise, il abonda dans son sens.

— C'est une crise d'amnésie. Sans doute une émotion trop forte... Ce sont des choses qui arrivent, après un choc... Souviens-toi de la petite Solange que madame Raffiani est obligée de suivre partout...

— Madame qui ? a fait Aude.

— Tu ne connais pas madame Raffiani ?

— Madame Fariani ? Ah non, c'est la première fois que j'entends ce nom. Je ne vois pas du tout de qui tu veux parler.

La crut-il ? Voilà une amnésie qui tombait rudement à pic ! Je ne sais ce qu'en pensait vraiment le docteur, il n'a plus desserré les dents. Arrivée au Bertranet, Mademoiselle a filé dans sa chambre et nous a claqué la porte au nez.

— J'ai besoin d'être seule, qu'on ne me dérange pas...

— Laissons-la ronger son frein, dit le docteur. Quant à nous, nous avons autre chose en tête. N'oublie pas que demain, tu fais tes débuts comme réceptionniste... Tu pourras te rendre compte que des cinglées comme ma sœur, ça pullule, à Villeneuve... A mon avis, il y a des exhalaisons qui se dégagent du Lot, c'est sans doute lié à la pollution, mais je n'ai jamais eu autant de farfelues parmi mes clientes. Et devine ce qui se détraque le plus chez elles, après la tête ? Le cul, Victorine. Toujours le cul !

Cinquième partie

LE DOCTEUR JOUE AU DOCTEUR

1

Victorine réceptionniste

Monsieur, Madame et fifille étaient donc partis aux Baléares, emmenant dans leurs bagages Hector, l'antipathique freluquet qui guignait la place de Gustave. Du jour au lendemain, Maria et moi nous retrouvions seules dans la grande maison du bord du Lot. Cela nous a fait un drôle d'effet ; on avait mis sous housse les meubles du salon d'hiver et tiré les persiennes ; dans le silence des grandes pièces vides, les pas résonnaient comme dans une église. Il y avait bien Mlle Aude, mais on ne l'entendait guère ; à la suite de sa mésaventure au cimetière, elle se terrait dans sa chambre, où elle passait ses journées à lire et s'empiffrer de chocolat. Pour s'occuper d'elle et de la cuisine, Maria avait emménagé à plein temps pour la durée des vacances – vu que moi, je devais remplacer Elizabeth, qui prenait ses congés d'été.

C'est de mes débuts comme réceptionniste que je vais vous parler maintenant. Je vous l'ai déjà dit, le cabinet médical du Dr Lépine occupait une aile de la maison, au rez-de-chaussée ; les patientes y accédaient par une entrée indépendante qui se trouvait sur le flanc du Bertranet, au fond d'une impasse qui mourait sur la berge. Mais on pouvait s'y rendre de l'intérieur, en traversant le salon d'hiver. Le lendemain du départ des Bergeret, c'est par là que je suis passée pour me présenter chez lui. Il était dans son bureau, à ranger des paperasses.

— Te voilà, m'a-t-il dit, malheureusement, je n'ai guère le temps de te mettre au courant aujourd'hui, car j'attends une patiente d'un instant à l'autre. Je te suggère avant tout de changer de tenue. Tu trouveras une blouse blanche dans l'armoire de ma réceptionniste, je pense qu'elle devrait t'aller, vous avez à peu près le même gabarit, ensuite, tu n'auras qu'à mettre un peu d'ordre dans son bureau et prendre les appels téléphoniques. Puis tu introduiras cette dame qui m'amène sa fille. Le cas de cette gamine exige un traitement très délicat qui réclame les plus grands soins, cela risque de me prendre tout l'après-midi. Aussi, tu veilleras à ce qu'on ne me dérange sous aucun prétexte.

Le laissant à ses paperasses, je suis allée me changer dans l'antichambre où se tient le bureau de la réceptionniste. Je venais de retirer ma tenue de bonne pour enfiler la blouse blanche d'infirmière, quand il est entré sans frapper. Ce n'est pas que je sois particulièrement pudique, surtout avec lui, mais chaque fois qu'on me surprend en petite tenue sans que je m'y attende, je réagis comme toutes les femmes. J'attrape n'importe quoi et je voile mon anatomie en poussant un cri indigné.

— Vous auriez pu frapper, Docteur, vous saviez bien que j'étais en train de me changer !

— Eh quoi, a-t-il grommelé, je suis médecin, j'ai déjà vu des femmes nues ! Ne sois donc pas sotte !

Cela faisait plusieurs semaines qu'il n'avait pas mis ses mains sur moi, car depuis que son beau-frère était revenu, nous n'avions plus eu l'occasion de nous retrouver en tête à tête au salon d'hiver que le député monopolisait et j'ai tout de suite vu à l'éclat fixe de ses yeux qu'il avait une idée en tête. J'ai donc lâché la blouse que je tenais devant moi et il m'a considérée un moment, avec un petit sourire crispé. J'étais en petite culotte et en soutif, sans bas, vu qu'on était en été.

— Tu me parais en bonne santé.

Il a jeté un coup d'œil sur son bracelet-montre.

— Madame Darbois et sa fille vont arriver d'un instant à l'autre ; je n'ai donc pas le temps de t'examiner en détail.

On sentait qu'il le regrettait.

— Tu vas juste me montrer tes seins et tes parties sexuelles ! Chez une femme, c'est l'essentiel !

— Mais docteur... je ne suis pas une de vos malades, je viens ici pour travailler !

— Disons que c'est un examen d'embauche... que je vérifie si tu fais l'affaire.

C'était du baratin, ce qu'il voulait, c'était me voir à poil. J'ai donc retiré mon soutien-gorge et je lui ai présenté mes nichons. Naturellement, les bouts pointaient, comme chaque fois qu'on me fait mettre nue.

— Tu permets ? Je vérifie si tu as des ganglions !

Et de me les peloter sans vergogne.

— La chair paraît saine, qu'il a marmonné, en les serrant très fort.

A travers ses lorgnons cerclés d'acier, ses petits yeux en boutons de bottine me fixaient méchamment. Il me serrait de plus en plus fort, et les bouts jaillissaient, élargis et gonflés.

— Bons réflexes mammaires ! Tout semble fonctionner correctement de ce côté. Voyons les parties sexuelles.

— Vous voulez que j'enlève ma culotte, Docteur ?

— Non, non, ce n'est pas la peine, pose un pied sur la chaise.

Il m'a tripoté le con à travers le slip.

— Sécrétions abondantes... et fluides : ça traverse le nylon... vois donc...

Il m'a obligée à baisser la tête pour le regarder me fourrer la culotte dans le vagin ; du coup, sur les côtés, on voyait sortir les grandes lèvres.

— Tu es excitée ? Sexuellement excitée ?

Vous parlez d'une question à poser à une dame ! Comme s'il ne pouvait pas s'en rendre compte tout seul ! Il me fixait à travers ses lorgnons. Il ressemblait à un hibou. Je me suis toujours demandé pourquoi, nous, les femmes, étions toujours plus excitées quand le type qui nous tripote n'est pas gâté par la nature. Le docteur n'a rien d'un Adonis, il serait même plutôt moche, dans le genre bourgeois péteux et constipé, avec le teint jaune, des poches d'hépatique sous les yeux, le nez crochu. Eh bien, de le voir farfouiller dans mon vagin avec un tel sans-gêne, vous ne pouvez pas savoir quel effet ça me produisait.

— Je ne peux pas te laisser dans cet état, qu'il m'a dit, ce ne serait pas charitable ! Sans compter que tu ne ferais rien de bon ! Et moi, c'est pareil, je préfère aussi avoir l'esprit libre pour m'occuper de cette gamine. Je vais donc me soulager dans ton vagin. A titre hygiénique, hein ? Rien de plus ! Je ne te drague pas !

— Faites...

Il a donc ouvert son pantalon. Sa bite était raide, avec le gland à demi sorti. Il a extirpé la culotte de mon vagin et l'a écartée dans l'aine pour bien dégager le trou.

— C'est drôlement congestionné ! qu'il a fait. Le sang irrigue les muqueuses. Tu remarques ?

Entre les poils, les nymphes se déployaient comme des nageoires de poisson chinois. Il les a disposées artistiquement de part et d'autre de la fente, les collant sur les grandes lèvres comme deux tranches de jambon.

— Je dégage l'orifice vaginal, tu vois ? Dès que j'aurais introduit mon pénis dans ton vagin, les grandes lèvres vont se rapprocher l'une de l'autre du fait de la pénétration, et les nymphes viendront se coller à ma verge. Le va-et-vient de celle-ci exercera une friction sur elles, et cela te procurera des sensations agréables. Ton clitoris, entraîné par les nymphes, émergera de sa gousse, et durcira sous l'afflux du sang. A chaque pénétration, je viendrai le comprimer avec les poils de mon pubis. Cela te causera des petites décharges électriques, à la fois énervantes et délicieuses...

Après m'avoir récité son laïus, il m'a fourré son engin dedans, et s'est mis à me faire tout ce qu'il venait de dire. J'étais si échauffée que j'ai eu un orgasme immédiatement. Mais j'avais encore de la réserve.

— Je me sers de ton vagin, tu sens ? Je m'en sers pour ma satisfaction personnelle, comme de celui d'une prostituée. Hop... hop... hop ! faisait-il, à chaque coup de bite.

— Ah... Oh... Ah... Ouh... Aaahhh... Mmmmm... Oh là là... Oh... Oui, oui... encore... plus fort... ah !...

Dans ces moments-là, on n'a pas beaucoup de vocabulaire.

— Je crois que l'émission de sperme est imminente, m'a-t-il annoncé. Tu prends toujours la pilule ?

Plutôt deux fois qu'une. Dans une famille de tarés pareils, la précaution s'imposait.

— Je vais te mettre un doigt dans l'anus, a-t-il alors ajouté. Tu vas voir, quand je t'aurai stimulé la région anale, ça t'aidera beaucoup pour obtenir ton orgasme.

— Faites, que j'ai répondu, faites, mais je vous en prie, Docteur, sans vous vexer, fermez-la une minute, d'accord ?

C'est vrai ça, il m'agaçait, à la fin, avec son blabla, j'arrivais plus à me concentrer.

Manifestement, il n'était pas habitué à ce que les dames lui parlent sur un ton aussi peu courtois en faisant ça, mais il se l'est tenu pour dit. Et il a gardé bouche close jusqu'à ce qu'on se soit envoyés en l'air tous les deux.

— Ouf, a-t-il fait alors, après que nous eûmes enfin cessé de nous secouer l'un contre l'autre comme des épileptiques, voilà une bonne chose de faite. Nous aurons l'esprit plus clair maintenant pour travailler.

Dans le tiroir du bureau, il a trouvé des compresses de gaze hydrophile.

— Mets-toi ça dans le vagin, ça absorbera le sperme. Et remets ta culotte. Tu n'as pas le temps d'aller faire ta toilette, madame Darbois arrive, j'entends son petit tacot anglais.

Il m'a aidée à enfiler ma blouse.

— Surtout, sois très polie avec elle, hein ? Fais-la attendre quelques minutes. Tu l'introduiras chez moi dès que j'aurais sonné. Compris ?

— Compris, Docteur.

— Et, bon après-midi, Victorine.

— Bon après-midi vous aussi, Docteur.

Voilà comment a commencé ma première journée de travail comme réceptionniste.

2

LA GRANDE FILLE QUI SUCE SON POUCE

Mme Darbois, de l'agence immobilière Darbois et Darbois fils, est une grande blonde décolorée, très maniérée, qui approche de la quarantaine. Je la trouve toute pimpante et parfumée, piaffant d'impatience sur le seuil.

— Je n'ai pas une minute à moi, m'annonce-t-elle. Il faut que je file à Agen, je dois visiter une maison à vendre. Je vous confie ma fille !

Et de pousser vers moi une de ces adolescentes qui ne veulent pas grandir, grande gamine à couettes, à l'air sournois, pâlotte, pas vraiment jolie mais intéressante.

— Assieds-toi dans la salle d'attente, ma chérie. Et surtout, tiens-toi convenablement. Quand le docteur t'aura examinée, tu n'auras qu'à m'attendre en lisant ton livre. Je ne tarderai pas trop.

Maussade, la grande fillette s'enfonce dans un des vieux fauteuils de cuir aux ressorts défoncés et, première chose qu'elle fait, après avoir ouvert son album, elle se fourre le pouce dans la bouche. Or, il y a déjà longtemps qu'elle n'est plus en âge de sucer son pouce : des petits seins déjà très prometteurs pointent sous son sage chemisier à col Claudine.

— Vous avez vu, soupire sa mère, en secouant sa toison oxygénée. Pas moyen de lui enlever cette sale manie ! J'ai beau lui mettre de l'aloès ou de la moutarde, rien n'y fait. Elle n'arrête pas de se le sucer. J'ai tout essayé : des acupuncteurs, des homéopathes, des radiesthésistes, des sophrologues... Même un lacanien, c'est vous dire ! Le docteur Lépine est mon dernier espoir...

Elle consulte son bracelet-montre, un bijou en or plutôt mastoc.

— Sans compter que ça lui déforme la bouche ! Et que ses dents vont avancer ! Tenez, c'est pour vous. Surveillez-la un instant, si je tarde. Godiche comme elle est, je préfère qu'elle ne traîne pas dans la rue. A tout à l'heure !

Elle me fourre un bifton de cinquante dans la main et se précipite au bas du perron en tortillant son popotin. M'est avis qu'en fait de maison à vendre, c'est une chambre d'hôtel qu'elle va visiter à Agen, et qu'elle ne la visitera pas seule ! Je la regarde trottiner sur ses talons hauts vers la mini Cooper qu'elle a garée à l'ombre d'un platane. Elle m'adresse un dernier signe d'adieu, et vroum, adieu Berthe. Je referme la porte et je gagne ma place derrière le bureau.

— Comment tu t'appelles ? je demande à la gamine.

Elle retire son pouce de la bouche et le considère, comme pour voir s'il lui en reste assez à sucer. Il est tout déformé, son pouce, très allongé, aplati, livide, et luisant de salive ; l'ongle est coupé ras. Mme Darbois n'a pas tort, la lèvre supérieure est retroussée, et les incisives avancent comme celles d'un lapin.

— Marie-Paule ! qu'elle me répond.

Elle me glisse une œillade sournoise et se replonge dans sa lecture. Long cou délicat, frêles épaules qui s'affaissent craintivement, seins minuscules, petite jupe à plis, chaussettes blanches jusqu'aux genoux. Les souvenirs de collège affluent... Mais nous n'avons pas le temps de lier connaissance, la sonnerie de l'interphone retentit, la grande gamine referme son Tintin et me suit chez le docteur.

— Madame Darbois n'est pas là ? s'étonne-t-il.

Je lui apprends qu'elle a dû s'absenter pour une course urgente. Cela ne semble pas trop le contrarier.

— Alors, fait-il à la gamine, tu suces toujours ton pouce ? Tu n'as pas honte ? Une grande fille comme toi ? Te voilà en âge de jouer à d'autres jeux, non ? Tu es bien pubère, si je ne m'abuse ?

A regret, vu que j'aurais bien aimé voir comment il allait la soigner, je regagne l'antichambre. A peine suis-je assise, le téléphone sonne. Voix de pimbêche, haut perchée.

— Je suis bien chez le docteur ?

— Voui Madame.

— Le docteur Lépine ?

— Lui-même.

— Je ne reconnais pas votre voix.

J'explique que je remplace la réceptionniste partie en vacances. On se radoucit.

— Ah oui, le docteur m'en avait parlé. Ici Madame Wesson ! Vous confirmerez au docteur que c'est d'accord pour vendredi. Je viendrai avec ma nouvelle dame de compagnie.

— Bien Madame Wesson. Et de quoi donc souffrez-vous ?

— Moi ? Mais je ne souffre de nulle part, petite impertinente ! Je suis en parfaite santé ! Je vous dis que c'est de ma femme de compagnie qu'il s'agit !

— Excusez-moi, Madame Wesson. Je n'avais pas saisi. Et alors, elle, cette dame, de quoi souffre-t-elle ?

— Savez-vous que je vous trouve bien curieuse, Mademoiselle je-ne-sais-qui ? A quel titre tenez-vous donc à le savoir ?

A dire vrai, je n'en sais rien, j'ai dit ça sans réfléchir, pour avoir l'air professionnel.

— Mais, pour... pour le mettre sur sa fiche, Madame Wesson !

— Sa fiche ? Et depuis quand fait-on des fiches ? Le docteur entendra parler de moi ! Quel toupet !

Comprenant que j'ai gaffé, je fais illico machine arrière.

— Excusez-moi, Madame Wesson. Je commence à peine à travailler, je ne suis pas encore au courant des usages.

— Jamais de fiche, idiote ! crie Mme Wesson. Il ne manquerait plus que ça !

Elle s'esclaffe.

— Mon Dieu, ma chère, dit-elle à quelqu'un qui est avec elle, vous vous rendez compte... cette sotte fille voulait vous mettre en fiche ! Comme une fille des rues !

Elle pouffe de plus belle, et quelque chose me dit que sa femme de compagnie ne doit pas se marrer, elle.

— Ma nouvelle dame de compagnie est très timide ! susurre moqueusement Mme Wesson. Timide et pudique ! ajoute-t-elle. D'une pudeur maladive !

J'imagine la malheureuse auprès d'elle, rougissante, affreusement mal à l'aise.

— Je compte beaucoup sur le docteur pour la guérir

de ces défauts... ajoute Mme Wesson avec un tremblement gourmand dans la voix.

Elle raccroche. La guérir de sa pudeur ? J'en suis toute moite. Qu'est-ce que je donnerais pour assister à leur visite. Ce frémissement suavement sadique dans la voix de Mme Wesson m'a fait passer un frisson hormonal.

Alors que je rêvasse, nouveau coup de fil. Voix à peine audible, cette fois, un souffle.

— C'est Madame Dupont de Velours...

Encore échaudée, je la renseigne illico.

— Bonjour Madame, vous êtes bien chez le docteur Lépine, à Villeneuve-sur-Lot. Je suis la nouvelle réceptionniste !

— Ah bon... ah bon ?... Euh... je voulais simplement savoir si le docteur peut me recevoir demain. Mon mari sera en déplacement.

J'ouvre le registre. La page du lendemain est vierge.

— Je préfère venir quand mon mari est en déplacement, ajoute Mme Dupont de Velours.

Je crois deviner pourquoi. Je lui dis que c'est d'accord et nous fixons une heure.

— Surtout, ajoute Mme Dupont de Velours, réservez-moi au moins deux heures... Il faudra bien deux bonnes heures...

Je la rassure ; elle disposera de tout le temps voulu pour se faire visiter à fond. Elle glousse nerveusement.

— Ce traitement est si... perturbant... Ensuite, j'éprouve toujours le besoin de me reposer sur place, vous comprenez, Mademoiselle ? Mademoiselle comment, au fait ?

— Mademoiselle Victorine.

— Victorine ! Quel prénom charmant ! Je parie que le reste est à l'avenant et que vous êtes très jolie, ça s'entend à votre voix... A demain, Victorine. Un dernier mot... Est-ce que... est-ce que vous aiderez le docteur à me soigner, comme l'autre demoiselle ?

— Tout dépend du docteur, Madame.

— Vous comprenez... soupire Mme Dupont de Velours, c'est si gênant d'être soignée de cette façon-là par un homme seul... Ah, notre santé nous donne bien du tracas, hein, Mademoiselle ? Le bon Dieu nous a faites si fragiles, nous autres femmes, nous nous détraquons pour un rien. Tantôt devant, tantôt derrière... tantôt en haut... tantôt en bas...

Ma main est si crispée sur l'écouteur que j'en ai une crampe au poignet. La voix de cette Mme Dupont de Velours descend directement de l'oreille au clitoris. Après un dernier soupir, elle raccroche et j'en fais autant. Pourvu que le docteur me demande de l'aider, je suis sûre que ça doit valoir le spectacle. Quelque chose me dit que c'est surtout « en bas », elle, qu'elle doit être « détraquée ».

A propos, que fabrique-t-il, ce brave toubib ? J'ai beau tendre l'oreille, rien ne filtre à travers l'épaisse porte capitonnée. Si ce n'est toutefois un léger chuchotis qui semble tomber du plafond. Intriguée, je lève les yeux, et qu'est-ce que je vois ? Un mince filet de fumée bleutée glisse tout là-haut, le long des antiques moulures... Cela vient bien de chez lui, sans doute fume-t-il son cigare. La fumée sort de son bureau par le vasistas de l'imposte qui se trouve au-dessus de la porte. L'imposte ! Sotte que je suis ! Le voilà, le moyen d'assouvir ma curiosité ! Toute frémissante, je traverse au galop la salle d'attente déserte et passe dans le couloir principal. Au fond, sous la cage d'escalier, se trouve le débarras où Maria range l'escabeau qu'elle utilise pour laver les vitres des hautes fenêtres. Il est lourd, mais je suis forte. L'étreignant, je passe sans bruit devant la seconde porte du docteur, qui donne dans le couloir. L'épaisse moquette étouffe mes pas. Intriguée par le murmure qui me parvient, je pose l'escabeau et colle mon oreille au trou de la serrure.

— Et à la selle ? demande le docteur. Tu y vas régulièrement, à la selle ?

— Oui, Docteur, tous les matins !

A l'intonation de Marie-Paule, on devine sa gêne. On n'aime pas trop parler de son caca à un monsieur, quand on a son âge.

— Raconte-moi ça en détail, dit le docteur.

— En détail ? s'horrifie Marie-Paule.

Sans attendre la suite, j'enlace mon escabeau à bras-le-corps et je file. L'impatience me donne des ailes. Après avoir traversé la salle d'attente au pas de charge, j'appuie mon fardeau contre celui des deux battants qui est fixe, et je grimpe tout en haut, sans reprendre mon souffle.

Heureusement que nous sommes en été, car le vasistas est en verre opaque, je n'aurais rien pu distinguer au travers, mais pour établir un courant d'air, on l'a fait basculer, une fente oblique surplombe le bureau comme une large meurtrière. J'ai toute la pièce en enfilade : le docteur juste sous moi, de profil arrière, et l'adolescente en face, tassée dans son fauteuil, les joues rouges, les mains crispées sur son album.

— C'est dur ou c'est mou ? demande le docteur.

Les mains sur le ventre, les pouces sous ses bretelles, il a un petit air anodin, un vague sourire benoît.

— Des fois, c'est dur, bredouille Marie-Paule, que cet interrogatoire incongru met visiblement à la torture.

— Et ça te fait mal au trou, quand ça sort ?

La donzelle, de plus en plus rouge, parcourt la vaste

pièce d'un regard égaré et porte son pouce à sa bouche. Elle se ravise, repose sa main sur l'album.

— Un peu, Docteur...

— Alors, fait le docteur, d'une voix amène, qu'est-ce que tu fais ? Tu pousses plus fort... ou tu le laisses remonter dans ton derrière ?

Marie-Paule devient cramoisie. Elle implore son tortionnaire du regard, au bord des larmes.

— Des fois, je le laisse rentrer... des fois, je pousse plus fort !

Elle baisse la tête pour ne pas voir le froid sourire qui accueille sa confidence.

— Tu la fais sortir un peu, puis tu la laisses rentrer, après quoi, tu la pousses de nouveau dehors... plusieurs fois de suite ? J'ai bien compris... en somme, tu élargis progressivement ton trou pour qu'il livre passage à ta grosse crotte ?

Elle fait oui de la tête, d'un mouvement presque furieux, et agrippe une de ses couettes.

— Et quand ça tombe enfin dans la cuvette... tu te sens drôlement soulagée, pas vrai ?

Pas de réponse ; la grande gamine mordille nerveusement l'extrémité de sa couette.

— Tu es une petite maligne, dit le docteur. Je l'ai vu tout de suite. Souvent les filles qui sucent leur pouce, comme toi, sont des petites coquines.

Marie-Paule a un vague trémoussement, elle serre son album contre son ventre.

— Et à quoi tu penses, quand tu joues ainsi avec ta grosse crotte ? demande d'un ton bénin le docteur.

La gamine en ouvre la bouche d'indignation.

— A rien... je pense à rien ! se défend-elle.

— C'est bien vrai, ce gros mensonge ? (Le docteur la

menace du doigt.) N'oublie pas que je lis dans les âmes !

— A quoi... à quoi voulez-vous que je pense ? fait pitoyablement Marie-Paule.

— Moi, je ne veux rien, ma chérie. Je cherche seulement à bien te connaître, pour te guérir de tes mauvaises habitudes...

— Quelles... quelles mauvaises habitudes ? bégaie l'adolescente.

— Eh bien, fait le docteur d'un ton bourru, sucer son pouce, par exemple. Rester trop longtemps au cabinet. Avoir de vilaines pensées...

Marie-Paule baisse la tête, accablée. La voici mûre pour l'estocade.

— Et quand tu te masturbes, envoie-t-il d'une voix suave, à quoi penses-tu ? A qui ?

— A personne ! Je pense à rien ! proteste Marie-Paule, en reniflant un sanglot. D'ailleurs, je fais jamais ça !

— Voyons, ne me raconte pas d'histoires ! Toutes les filles le font ! C'est la première chose qu'elles apprennent !

Marie-Paule écarquille les yeux, des larmes tremblent entre ses longs cils. Le désarroi la rend presque jolie, on dirait une biche aux abois.

— Toutes ?

Le docteur incline la tête.

— Particulièrement celles qui sucent leur pouce ! Sucer son pouce après l'âge, c'est un signe qui ne trompe pas.

Honteuse, l'adolescente replie son doigt déformé pour le cacher à l'intérieur de sa main.

— Combien de fois par jour le fais-tu ? On va compter ensemble, tu veux bien ? Voyons... Commençons par le soir. Dans ton lit. Avant de t'endormir... quand tu es toute seule. Tu mets ton pouce dans ta bouche... et... avec l'autre main ?

Comme un oiseau fasciné par un serpent, elle le dévisage, les yeux grands ouverts.

— C'est bien ça ?

Avec un soupir, elle acquiesce. Sa rougeur fait peine à voir, mais le docteur ne se laisse pas attendrir.

— Et quand tu vas au cabinet, bien sûr... Tu es bien tranquille, personne ne peut te déranger, tu es enfermée.

— Pas quand je fais caca ! dit Marie-Paule. Jamais quand je fais caca !

— Seulement quand tu fais pipi, alors ?

— Oui...

— Chaque fois ?

Réalisant qu'elle s'est enferrée, elle baisse les yeux, honteuse. Puis, très lentement, fait oui de la tête.

— En m'essuyant, dit-elle à voix très basse.

— Tu dois bien pisser une dizaine de fois par jour...

Long silence écrasant. Marie-Paule examine attentivement les pointes de ses souliers à bout rond en tendant les jambes devant elle.

— Et tu aimes ça, bien sûr. C'est ça que tu aimes, pas sucer ton pouce. Ton pouce, tu le suces seulement quand tu ne peux pas te tripoter. Parce que ton pouce, tu peux le sucer devant tout le monde, tandis que ça, tu ne peux le faire que lorsque tu es seule.

L'adolescente lui lance un regard méfiant, comme si quelque chose dans la voix du docteur lui révélait que sa curiosité n'était pas exclusivement médicale.

— Tu sais quoi ? dit-il en se levant.

Elle le regarde interrogativement.

— Si tu pouvais le faire devant quelqu'un, ça t'aiderait beaucoup à te guérir.

Marie-Paule a un étrange rire accablé, elle hausse les épaules.

— Vous dites des bêtises, ose-t-elle dire, comment voulez-vous que... (elle secoue la tête, fait voltiger ses couettes)... je pourrais jamais faire ça devant...

— Pas devant n'importe qui, dit le docteur, plein d'indulgence. Pas devant ta mère, bien sûr.

— Oh, pour sûr non !

— Mais devant un médecin, peut-être ?

Elle le dévisage d'un air effaré. Ses joues qui avaient repris leur couleur normale rosissent à nouveau.

— Oh, qu'elle fait, même devant un médecin...

— Un médecin très gentil ? Bon, assez bavardé. Mets-toi toute nue.

Elle sursaute de tout son corps.

— Toute nue ? Mais... pourquoi ?

— Comment, pourquoi ? Pour que je t'examine, pardi. Ne sais-tu pas que les filles se mettent toutes nues chez le médecin ? Pas seulement les filles... même les dames. Ta maman, chaque fois qu'elle vient, la première chose qu'elle retire, c'est sa culotte...

Marie-Paule ne peut retenir un gloussement.

— Elle se met toute nue, ma mère ? Toute nue devant vous ?

— Evidemment, ma chérie. Il faut bien qu'elle se mette toute nue pour que je puisse tout examiner.

Une expression rêveuse adoucit les yeux de la suceuse. Ses joues sont toujours aussi rouges, mais elle ne semble plus aussi horrifiée.

— Vous m'aiderez ? demande-t-elle, avec une sorte de coquetterie sournoise. Vous comprenez, c'est la première fois. J'ai pas l'habitude...

3

Le docteur joue au docteur

S'il va l'aider !

— Mais bien sûr ! Ne crains rien, ma poulette, je ne vais pas te laisser dans l'embarras. Tu te sens intimidée ? Quoi de plus naturel. Tu n'es pas encore habituée, comme ta maman !

Tout en badinant, il la fait descendre de sa chaise.

— Tu sais quoi ? Pour que tu sois moins gênée… C'est moi qui vais te déshabiller. Qu'est-ce que tu dis de cette idée ?

N'est-ce pas qu'il est gentil, le brave docteur Lépine ? semble-t-il dire.

— Lève les bras en l'air, ma jolie ! Tu vas voir, c'est très amusant, de se faire déshabiller par un monsieur !

Petit rire crispé de Marie-Paule, le docteur remonte son chemisier, épluche ses épaules dodues.

— Mais c'est mignon tout plein, ça ! fait-il en lorgnant le tricot de corps rose sans manche qui moule étroitement la poitrine déjà formée. On en mangerait !

Vivement, elle cache ses petits nichons sous ses mains

La voix du docteur s'est enrouée, sa main flatte le mollet, remonte, caresse l'intérieur de la cuisse. La bouche de Marie-Paule se crispe autour du pouce.

— Comme c'est tiède, là-dedans... fait le docteur, en tâtant la motte juvénile.

Son doigt erre, tâtonne, hésite ; les narines de Marie-Paule frémissent.

— Oui, oui... fait le docteur. On est impatiente, je sais...

Il retire sa main avec un petit rire entendu.

— Chaque chose en son temps ! Le tricot, maintenant...

D'elle-même, Marie-Paule lève les bras au plafond.

— On ouvre les yeux ! On est une grande fille...

Elle obéit à contrecœur. Une moue abaisse sa lèvre inférieure qui tremble légèrement. Le docteur l'épluche, laisse tomber le tricot sur le fauteuil, prend au vol les deux mains qui s'apprêtaient à remonter vers les jeunes seins. Ceux-ci, de l'importance de deux moitiés de gros citrons, sont très écartés, et les bouts, d'un rose tendre, pointent avec l'ingénuité de la première jeunesse.

— Les mains derrière toi. Il faut que je te visite, maintenant...

Les mains dans le dos, elle se cambre avec une coquetterie inconsciente.

— Adorables... ils sont adorables, dit le docteur. Et ces petites pointes !

Il l'empaume par les fesses pour l'attirer à lui. Elle écarquille les yeux.

— Un petit baiser, mendie le docteur.

Ses lèvres se posent sur un sein, couronnent la pointe menue, l'aspirent. De stupeur, Marie-Paule ouvre la bouche. Le docteur passe à l'autre sein.

— Tu as vu comme ils pointent, les coquins ? C'est amusant, hein, de se faire visiter par le docteur Lépine ? Tu raconteras pas ça à tes copines, surtout, elles seraient jalouses.

Marie-Paule fait non de la tête.

— Et maintenant, la culotte. Fini de jouer.

Il la fait pivoter pour qu'elle lui tourne le dos et lui abaisse sa culotte aux chevilles.

— Je vais examiner ton anus...

Elle remonte ses épaules, comme si soudain elle avait froid, et ses fesses se couvrent de chair de poule. Il la fait se courber vers l'avant. Les joues du fessier se séparent, révélant la petite fleur anale, d'un mauve pâle. Lui écartant une fesse, le docteur suce son doigt et le pose au creux de l'anus.

— Je vérifie que c'est assez large ! Fais comme si tu poussais ta crotte...

— Oh non ! fait Marie-Paule.

— Voyons, je ne joue plus, maintenant ; fais ce que je dis...

Avec un discret reniflement, elle obtempère. Le docteur pousse son doigt mouillé.

— Ahhh...

— Allons, allons... ce n'est pas si terrible que ça. Voilà, ça y est... Il est dedans... tu vois que ça ne fait pas mal. C'est beaucoup moins gros qu'une crotte, non ?

Il fait coulisser son doigt, le fait tourner sur lui-même.

— Accès souple... Bonne élasticité...

Il retire son doigt, le flaire, puis l'essuie avec un kleenex.

— Tu vas monter sur mon bureau, ce sera mieux pour que j'examine ton petit nid.

Il la prend par les hanches et la soulève sans effort.

— Ne bouge pas. Fais bien attention où tu poses les pieds. Tu vois le sous-main vert, là. Accroupis-toi dessus, les pieds de chaque côté, comme si tu voulais faire pipi sur le buvard. Tu as compris ?

Elle fait oui de la tête. Toute rouge de s'offrir ainsi en spectacle, elle se met à croupetons face au fauteuil, et la fente de son sexe s'élargit. Adorable petit con tapi sous le maigre gazon du pubis, de chaque côté de la fissure, les lèvres dodues sont aussi rondes et veloutées que les deux moitiés d'un gros brugnon. Pour ne pas perdre l'équilibre, elle s'appuie derrière elle, d'une main. Quand le docteur s'assied, ses yeux plongent directement dans la corolle de la vulve. Il ouvre un tiroir, en sort un miroir à barbe et le pose sous les fesses de l'adolescente. Elle devient cramoisie en voyant ce que réfléchit la glace grossissante : sa cramouille écartelée et la pastille effarée de l'anus.

— On voit tout, comme ça... dit le docteur.

Il éclaircit sa voix qui s'est enrouée.

— Tu vois ? Il est bien ouvert, hein, ton petit nid ? C'est là que les messieurs viendront pondre !

Il pose le bout de son doigt entre les lèvres vaginales. Dans le miroir, l'orifice rouge se crispe, puis se dilate.

— Ils enfonceront leur pénis dans ce trou rose, tu vois ? Il va s'élargir, bien sûr... maintenant, c'est à peine si on peut y mettre le doigt... mais c'est comme pour tes crottes... elles finissent toujours par sortir... les messieurs, c'est pareil, ils finissent toujours par entrer...

Tout en l'informant, il promène son doigt dans la fente, taquine le clitoris, redescend, frôle l'anus, remonte entre les lèvres. Marie-Paule, le front en sueur, toute rouge, le pouce enfoncé dans la bouche, regarde avec une sorte d'horreur fascinée, dans le miroir, sous elle, le doigt qui explore son intimité.

— Elle aime ça, hein, la grande coquine... qu'on lui tripote son abricot ? Pas vrai qu'elle aime ça ?

Marie-Paule se garde bien de répondre, mais ses frétillements à chaque passage du doigt dans sa fente le font pour elle.

— Tu fais comme moi, au cabinet ? Réponds...

— Pas... pas... pareil... souffle-t-elle, sortant son pouce un instant.

— Montre-moi comment tu fais...

Elle refuse d'un geste, le pouce dans la bouche.

— Allons, Marie-Paule. Tu veux bien guérir, non ? Il faut faire ce que te demande le docteur...

Elle soupire, hésite. Il lui prend la main, la lui fait descendre.

— Où est-ce que tu te touches, quand tu le fais ?

— Ici... souffle Marie-Paule.

Son index se pose sur le bouton dardé du clitoris.

— Tu appuies dessus ?

— Je... je le frotte un peu... comme ça...

Elle fait tourner son doigt autour du clitoris. Elle soupire.

— Oh, Docteur...

— Quoi ?

— Je peux pas faire ça devant vous, quand même !

— Voyons, petite sotte, il le faut bien, si tu veux guérir.

— Mais... Mais...

Le doigt tourne prudemment autour du bourgeon rouge.

— Je ne le dirai pas à ta mère, ne crains rien : secret médical. Toi non plus, hein ?

— Oh, je lui dis jamais rien, vous pensez...

Le doigt monte, descend, elle se masturbe avec une sage lenteur.

— Ma mère dit que c'est mal, de se toucher, que ça rend sourd... c'est vrai ?

— Est-ce qu'elle est sourde, elle ?

— Parce que... vous croyez... qu'elle le fait ?

— Evidemment.

— Mais plus maintenant ?

— Bien sûr que si. Dans sa baignoire, chaque fois qu'elle prend son bain !

— C'est pour ça qu'elle s'enferme ?

Le doigt de Marie-Paule se dégourdit singulièrement, comprime savamment le clitoris.

— Tout le monde le fait... les grands, les petits, les hommes, les femmes...

Tel que je le connais, je devine qu'il a une idée derrière la tête. Et ça ne rate pas :

— Pas... pas vous, quand même !

Son index s'est immobilisé entre les lèvres. Elle se l'applique, tout du long, par petites pressions. Dans le miroir, ses fesses se crispent et se relâchent, l'orifice marron de l'anus se fronce et se déplisse. La coquine n'est pas loin de jouir, c'est ce moment qui est le meilleur, quand on se retient, qu'on fait durer la chose le plus qu'on peut pour rester au bord... juste avant de tomber.

— Et pourquoi pas moi ? fait mine de s'indigner le docteur. Je ne suis pas infirme !

— Je vous crois pas... vous dites ça... pour que j'aie moins honte !

— Cette idée ! Tu veux voir ?

— Oh ! fait Marie-Paule. Vous... vous...

Sans attendre, il recule son fauteuil, ouvre sa braguette, extirpe sa verge et ses couilles, et se renverse pour qu'elle puisse tout admirer. Laissez-moi vous dire qu'elle ne songe plus à sucer son pouce. Ses yeux effarés contem-

— La cochonne ! La petite cochonne qui pisse sur mon bureau !

— Je l'ai pas fait exprès, Docteur, je vous assure... minaude Marie-Paule, tout émoustillée.

Sa timidité s'est envolée. Les yeux brillants, elle regarde le docteur s'essuyer le gland, puis rabattre la peau du prépuce.

— Tu veux que je rentre mon attirail, ou je le laisse pendre dehors ?

— Oh... laissez-le dehors, c'est plus drôle...

Ils sont tout à fait au diapason, maintenant. Avec un petit rire, le docteur se relève et se tient en face d'elle, la bite pendante et les couilles à l'air. Marie-Paule n'a pas changé de pose, elle tripote rêveusement sa fente mouillée, se procurant quelques ultimes sensations.

— La cochonne, dit le docteur... la cochonne qui a mouillé mon beau buvard neuf...

Elle comprend tout de suite que c'est un jeu et lui décoche un coup d'œil espiègle.

— Et vous, vous avez sali votre fauteuil !

— Et la voilà qui se fourre à nouveau son pouce dans le gosier ! fulmine le docteur. Elle mériterait qu'on lui fasse sucer quelque chose de bien dégoûtant, pour la guérir de cette manie.

Marie-Paule a parfaitement compris de quoi on la menace.

— Je me demande bien ce que je pourrais lui faire sucer ! dit le docteur, en se grattant les couilles.

Elle pouffe nerveusement, puis pointe son doigt vers la grosse verge.

— Pas ça, quand même, qu'elle minaude, c'est trop laid... et c'est trop gros...

— Tiens, fait le docteur. C'est une idée. Tu le dirais

pas à ta maman, hein, bien sûr, si je te faisais sucer ça ?

— Oh, ça risque pas !

— On s'amuse bien, hein, tous les deux... on s'amuse au docteur, en somme...

Il lui caresse les cheveux et lui présente sa grosse bite flasque.

— Enlève ton pouce et prends cette grosse guimauve...

— Pour de vrai ?

— Bien sûr... tu ne savais pas que les dames la suçaient aux messieurs ?

A notre grande surprise au docteur et à moi, ne voilà-t-il pas que la fausse ingénue s'avise de répondre :

— Bien sûr que si !

D'une main curieuse, elle attrape le pénis et fait adroitement coulisser le prépuce pour dégager le gland. Pas la moindre hésitation. Un qui en reste comme deux ronds de flan, devinez qui c'est ?

— Voyez-vous ça... fait-il, éberlué. Tu n'en aurais pas sucé toi-même, par hasard ?

— Bien sûr que si... celle de mon frère.

— Ton frère ? Eh bien, dis donc ! Et quel âge a-t-il, ce salopard ?

— Oh, il est grand, dit Marie-Paule, en manipulant curieusement les couilles du docteur, tirant sur les poils, soupesant les glandes. Il est marié, ajoute-t-elle, en revenant s'occuper du gland.

Comme toutes les filles, c'est ce qu'elle préfère, tripoter. Elle le tâte minutieusement. Et elle poursuit ses confidences.

— Quand il habitait encore chez nous, sa chambre était en face de la mienne. Il traversait le couloir dès qu'il entendait mon père ronfler. Tiens, qu'il disait, suce ça, c'est meilleur que ton pouce. Il restait debout près du lit, et moi, je le suçais.

— Tu aimais ça ?

— Pas tellement l'odeur... mais j'aimais bien quand ça devenait gros et dur... et doux en même temps... comme le vôtre, là, au bout... faites voir...

Elle épluche le gland du docteur et l'emprisonne dans sa main. Le salaud recommence à bander.

— Vous voulez que je le suce, c'est vrai ?

— Descends de cette table ! Tu vas voir, si c'est vrai !

Il l'aide à sauter sur la moquette. Il prend le coussin de son fauteuil et le pose par terre.

— Mets-toi là-dessus ! Tu auras moins mal aux genoux...

Elle approuve du bonnet et s'agenouille devant la bite qui commence à raidir.

— Mon frère aussi, il me faisait mettre à genoux, des fois, quand mes parents étaient sortis. On se mettait devant la fenêtre, et je le suçais pendant qu'il discutait avec ses copains qui étaient dehors.

Le docteur secoue la tête, désarmé par ces aveux. Elle l'enfourne et se met à l'œuvre. On voit tout de suite qu'elle connaît la musique. De temps en temps, elle recule la tête pour regarder le gros gland luisant. Le docteur bande maintenant allégrement.

— Vous voyez, elle est toute raide ! Ça me rappelle mon frère...

Elle se met à pourlécher les couilles mauves, l'une après l'autre.

— Mon frère, il veut toujours que je lui lèche les boules, il dit que sa femme le lui fait jamais...

— De mieux en mieux ! Parce que vous continuez ?

— Chaque fois qu'il nous rend visite avec ma belle-sœur... je vais dans ma chambre et il me rejoint, soi-disant pour vérifier si je fais bien mes devoirs. Il la sort tout de suite. « Vite, sœurette, qu'il me dit, en souvenir du temps passé ! »

Le docteur grogne.

— Et tu aimes ça, je parie ?

— J'aime beaucoup sucer, c'est vrai, admet-elle. Moi, quand je serai mariée, je ferai pas comme ma belle-sœur. Je le sucerai sans arrêt mon mari.

Elle se tait pour distribuer des petits coups de langue malicieux aux grosses couilles poilues du docteur, ou pour lui tétouiller le gland. Il la regarde faire avec une drôle de tête. Sans doute pense-t-il à ce qu'elle vient de raconter. Au bout d'un assez long moment, les épaules de la suceuse remontent nerveusement. Elle repousse les mains du docteur qui la tenaient par la nuque, et crache dans le cendrier qu'il lui présente d'épais filaments de sperme.

— Beurk... il est salé, le vôtre... je préfère celui de mon frère...

Elle s'essuie la bouche et se relève. Le docteur semble très pressé, tout à coup.

— Allez, dit-il, rhabille-toi. La visite est terminée. Ta maman ne va plus tarder... il vaut mieux qu'elle te trouve pas toute nue, tu comprends ?

— Oh, on a le temps, dit Marie-Paule.

Elle ouvre son petit sac et en sort un paquet de cigarettes. Elle en allume une et tire une bouffée. Cela fait une impression bizarre de voir cette grande gamine nue, qui fume, assise dans le fauteuil, les jambes croisées.

— Tu fumes ?

— En cachette, bien sûr. Comme le reste... dit Marie-Paule.

— C'est très mauvais pour la santé, bougonne le docteur, en refermant son pantalon.

Vu qu'il avait déjà tiré son coup avec moi, et qu'il a juté deux fois avec elle, j'ai comme idée qu'il n'est plus très branché cul. En outre, bizarrement, de découvrir que Marie-Paule est loin d'être l'ingénue qu'il croyait semble le contrarier.

— Mais ça ne rend pas sourd, ça non plus, se moque la gamine, en soufflant la fumée droit devant elle.

La mauvaise humeur du docteur ne l'impressionne pas pour deux sous. Il hausse les épaules, bougon.

— Allez, s'impatiente-t-il, ta maman va certainement venir d'un instant à l'autre... sois gentille, remets tes vêtements.

— Ma pouffiasse de mère ? Vous rigolez, marmonne-t-elle en se rhabillant. Elle viendra pas avant la nuit. Elle est avec un jules ! Chaque fois qu'elle m'amène chez un médecin, je dois l'attendre pendant des heures. Et avec les autres, je m'amuse pas au docteur, comme avec vous. Ils sont pas comme vous, les autres...

Une fois qu'elle a renfilé sa culotte et ramassé son album de Tintin, une idée semble la frapper.

— Puisqu'on se dit tout, Docteur, je vous le dis pour la prochaine fois ! Il y a un truc que je préfère encore à sucer... c'est qu'on me le mette ici.

Au docteur abasourdi, elle montre son derrière.

— Seulement, il faudra que j'apporte de la vaseline. C'est mon oncle qui m'a montré...

Je n'en ai pas entendu davantage, j'ai empoigné l'escabeau que j'ai juste eu le temps de porter dans le couloir.

Elle n'avait pas exagéré ; quand la mère revint, la nuit

tombait, il y avait déjà deux heures que la gamine poireautait dans la salle d'attente ; elle avait eu le temps de lire son album de Tintin et tous les *Marie-Claire.* Moi, j'aurais bien fait copain-copain avec elle, je suis sûre qu'on se serait entendues, mais le docteur veillait au grain. Il avait laissé sa porte ouverte, et faisait du rangement.

— Mon Dieu, je suis navrée, s'écria Mme Darbois, en déboulant dans l'antichambre. Il y avait une de ces circulations, à Agen. Alors, ça s'est bien passé, ma chérie ? Le docteur va te guérir de ta vilaine manie ?

— Ce sera long, dit Marie-Paule. Il faudra que je revienne plusieurs fois...

— Vraiment ! Mais c'est merveilleux... je veux dire... quel dommage... ça prendra donc beaucoup de temps ?

— Eh bien, toussota le docteur qui s'était pointé, cela dépend... ces manies sont parfois fort longues à déraciner... vous comprenez ?

— J'en profiterai pour aller faire les courses dans les magasins ! dit Mme Darbois, ravie que tout s'arrange si bien. Je la laisserai entre vos mains... je sais que je peux avoir confiance en vous.

Le docteur lui baise galamment le bout des doigts.

— Quelle cohue c'était, dans les magasins ! s'écrie Mme Darbois, oubliant qu'elle était censée visiter une maison à vendre. C'étaient les soldes, mais je n'ai rien trouvé qui m'intéresse. Ce sera pour la prochaine fois ! Je me sauve, j'ai encore mille choses à faire. A la prochaine, cher ami. Vous mettrez ça sur mon compte... Et toi, Marie-Paule, tu ne t'es pas trop ennuyée, au moins, chez ce docteur-là ? D'habitude, elle fait toujours la tête...

— Non, maman, le docteur m'a raconté des histoires ! On a beaucoup parlé...

Son album de Tintin sous le bras, elle descend sagement les marches derrière son évaporée de mère. Avec ses couettes, son pouce dans la bouche et son air étonné, on lui donnerait vraiment le bon Dieu sans confession.

4

L'ENTORSE

Maintenant que j'étais « réceptionniste », on aurait pu croire que Mlle Aude me sortirait de la tête. Eh bien, pas du tout, même quand j'étais au bureau, je n'arrêtais pas de penser à elle. Autant ses exigences avaient pu parfois m'exaspérer, autant qu'elle me bannisse de sa vie avec une telle désinvolture me mortifiait ! Depuis ce sinistre samedi, en effet, m'en voulant manifestement d'avoir été témoin de sa sottise, elle refusait tout contact avec moi et se faisait monter ses plateaux par la Portugaise. Une qui bichait, c'était cette dernière.

— On ne veut plus zouer avec toi ? On s'est fatiguée de tes charmes ? Si ça continoue, toun poupoutin va dévoir s'inscrire au choumage, le pouvre !

Je l'aurais étranglée, cette grosse vache. Avec la tronche qu'elle se payait, pas de danger, elle, qu'elle utilise le sien pour autre chose que pour chier.

— Tu me broutes, lui répondais-je. Va porter sa bouffe de merde à l'autre conne et lâche-moi les baskets ! Une corvée en moins, que ça me fait. C'est toi qui te les tapes, maintenant, les foutus escaliers !

Pas dupe, elle se pavanait avec son plateau comme si c'était le saint ciboire, et je remâchais mon fiel.

Et vlan ! Le soir même de mon premier jour de remplacement, alors que Moustaches-de-Sapeur venait de quitter la cuisine avec son plateau, un vacarme effroyable de vaisselle brisée et de jurons retentit dans l'escalier. Je me rue, et que vois-je ? La grosse vache, les pattes en l'air au bas des marches, et toute la bouffe qui dégouline sur l'escalier.

Le docteur est là, lui aussi, bien emmerdé. Ne voilà-t-il pas qu'il est la cause involontaire du désastre ? C'est lui, en effet, qui vient de percuter la mégère. Il était monté au grenier ranger une pile de vieilles revues médicales qui l'embarrassaient, et comme il n'avait pas allumé (ils sont radins comme des poux, dans ces vieilles familles de province) et qu'à l'instar de sa cadette, il se déplace sans faire de bruit, Maria l'a vu tout à coup surgir devant elle dans la pénombre, et cette superstitieuse a cru qu'il s'agissait d'un fantôme, ou d'un cambrioleur. Elle sursaute dans une grande clameur, son pied rate une marche...

— C'est une entorse ! dit le docteur, en lui palpant le paturon. Aide-moi à la porter sur le canapé... je vais lui faire un pansement de contention.

Pensez si je bichais. Je l'aide de mon mieux à la trimballer et pendant qu'il la panse, je nettoie le gâchis dans l'escalier. Je viens à peine de tout rapporter à la cuisine que l'interphone grésille.

— Eh bien, Maria, que se passe-t-il ? J'ai entendu un grand bruit. Et depuis, plus rien. Je commence à avoir faim. Allô ? Vous êtes là ?

— Elle s'est cassé les jambes, votre Maria ! que je clame joyeusement dans l'interphone.

Mademoiselle pousse un cri d'horreur.

— Mon Dieu, la pauvre ! C'est à ce point ? Je l'ai toujours dit à Fernande, il ne faut pas tant cirer les marches de l'escalier... Vous êtes sûre, Victorine, qu'il s'agit d'une fracture ?

— Votre frère est en train de la plâtrer. Il n'est pas dit qu'elle ne doive pas finir ses jours dans une petite voiture. Et ce sera votre faute, bien sûr. C'est vous qui obligiez cet hippopotame à monter l'escalier dix fois par jour... alors que vous aviez une Victorine qui ne demandait qu'à vous servir, comme elle l'a toujours fait fidèlement !

Un long silence suit ma diatribe. J'attends. J'ai tout mon temps. Les boudeuses finissent toujours par baisser pavillon.

— Je n'avais envie de voir personne, geint-elle. Ce n'était pas dirigé contre toi, Victorine, tu sais très bien que je t'aime... que je t'aime beaucoup... mais, je suis dans une période de mélancolie, je ne voulais pas t'imposer mes humeurs maussades.

— Ce qu'il vous faut, que je lui dis alors (en collant ma bouche à l'interphone pour que le docteur ne m'entende pas), c'est qu'on vous remue les sangs ! Vous vous écoutez trop ! Une bonne fessée, je vous garantis que ça vous guérirait de votre mélancolie !

— On ne peut pas parler sérieusement avec toi, ronchonne-t-elle. Tu tournes tout à la plaisanterie !

Je la connais, l'hypocrite garce. Il suffira de la laisser mariner dans son jus et quand je monterai, elle sera cuite à point. Attends, ma salope, je vais t'apprendre à faire la gueule. Tu vas voir comme le cul va t'en cuire ! Ce que tu as dégusté au mausolée, c'est de la gnognotte auprès de ce que je te réserve.

— Il faut pourtant que je mange !

— Il ne vous reste donc plus de chocolat ?

— Voyons, je ne peux pas m'alimenter exclusivement de chocolat !

— C'est vrai... ça constipe. Ne craignez rien, je ne suis pas rancunière, moi, je vous le monterai, votre plateau... dès que j'aurai une minute. A moins que vous ne préfériez dîner en tête à tête avec Monsieur votre frère.

La perspective n'a pas l'air de l'emballer.

— Non, non... dès que tu auras le temps, monte-moi donc un peu de jambon, du pain de mie, un œuf, de la salade... et un verre de lait...

— Du lait ? Vous ne voulez pas plutôt une bouteille de vieux bordeaux ?

Elle comprend que je la taquine et me récompense d'un petit rire étriqué.

— Et tâchez d'être dans une tenue décente, quand je monterai ! N'essayez pas de vous exhiber à demi nue, j'ai d'autres chattes à fouetter que la vôtre !

— Oh ! suffoque Mademoiselle. Oh ! Oh !

Je ne lui laisse pas le temps d'en dire plus, je rejoins son frère et la Portugaise au salon. Maria fait plutôt une sale gueule, avec sa patte pansée jusqu'au genou. Le toubib est en train de lui faire une piqûre calmante. Je grimace en le voyant planter l'aiguille dans une flasque fesse couleur de saindoux. Le spectacle ne l'allèche pas plus que moi. A en juger par sa trogne renfrognée, ce n'est pas comme avec Marie-Paule, ça ne l'amuse pas du tout de jouer au docteur avec celle-ci.

— Voilà. Maintenant, une bonne nuit de sommeil.

Demain, vous garderez la chambre. Il ne faut surtout pas marcher sur ce pied pendant au moins trois jours.

— Trois zours ! Doux Zézous ! Mais... comment allez-vous faire, sans moi ?

Le regard perfide qu'elle me décoche claironne qu'on sait fort bien à quoi je sers, en réalité, ici.

— On se débrouillera ! dit le docteur, en repliant sa trousse. J'irai au restaurant. Quant à ma sœur... Elle a un appétit d'oiseau ! Victorine s'en chargera.

La Portugaise ricane dans sa moustache.

— Tou es contente, hein, me souffle-t-elle, une fois que nous l'avons montée dans sa chambre (ce ne fut pas une sinécure, elle pèse son poids, la vache), tou vas pouvoir reprendre tes petites zabitoudes ?

— Voyons, Maria, que je susurre d'une voix sucrée, en faisant en sorte d'être entendue par le docteur, comment pouvez-vous dire des horreurs pareilles ? N'avez-vous pas honte ?

Elle paraît terrorisée par mon audace.

— De quoi s'agit-il encore ? grogne le docteur.

Je baisse les yeux, très mijaurée :

— Notre cordon bleu maison craint que je ne nourrisse pas Mademoiselle Aude de façon convenable.

Si les yeux d'une Portugaise qui vient de se faire une entorse pouvaient foudroyer, je serais du charbon à l'heure qu'il est. Nous la laissons ruminer sa rage dans sa chambre et redescendons de conserve.

— Va donc t'occuper d'Aude ! me dit-il. Je ne sais pas ce qu'elle a depuis son équipée, mais elle refuse de me voir. Essaie de lui remonter le moral. Je vais me faire un plateau télé... Tu m'apporteras un décaféiné dans ma chambre... quand le programme sera fini.

Je bats des paupières.

— Dans votre chambre, Docteur ? Quel honneur !

— Et pourquoi pas ? Tu n'es jamais entrée dans la chambre d'un monsieur ?

Et voilà-t-il pas qu'il m'empoigne les nichons.

— Vous n'avez pas honte. Lutiner la bonne, comme un vieux cochon !

Il laisse échapper un gargouillement égrillard.

— Nous sommes seuls, autant en profiter, non ? As-tu songé que nous allons nous retrouver en tête à tête, maintenant que Maria est clouée au lit et qu'Aude se cloître ?

Je ne réponds rien. Quand on me pelote, je me laisse peloter.

— Sais-tu, me confie-t-il, en déboutonnant mon bustier, que lorsque tu nous servais à table, dans ton affriolante tenue de soubrette, j'ai plus d'une fois rêvé que tu aurais pu le faire toute nue...

— Docteur !

Tout compte fait, ces vacances de Madame ne s'emmanchent pas si mal. Maintenant que j'ai les mamelles dehors, le docteur s'occupe du reste.

— Tu t'es lavé le cul, au moins ? demande-t-il en fourrageant dans les poils.

Je fais tout pour qu'il ait ses aises, j'ai même relevé un genou et posé un pied sur une marche plus élevée, pour mieux le laisser m'opérer. Malgré son avarice, il a allumé. Il aime bien voir ce qu'il fait, cet homme.

— J'ai souvent rêvé de te la mettre dans cet escalier, quand je te voyais monter avec ton plateau, en secouant ton gros popotin !

Je m'adosse à la rampe, il extirpe son instrument, me prend sous une cuisse, la soulève, descend d'une marche pour être au niveau.

— Mets-le-toi... comme une pute...

Je lui attrape la bite, je m'ouvre de l'autre main, je loge le gland à l'entrée du vagin.

— Poussez... vous y êtes...

Il me dévisage avec une expression vicelarde et, très lentement, fourre l'épée au fourreau. Il déclame :

— Le docteur Lépine baise sa catin de bonne dans l'escalier de la vieille maison ancestrale ! Les ancêtres doivent se retourner dans leurs cadres !

Le terme de catin me paraît vieillot – et exagéré : ce n'est pas parce qu'on aime le cul et qu'on se fait payer qu'on est putain pour autant, mais je suis trop excitée pour ergoter. A chaque coup de queue, mes seins bondissent devant moi, la rampe grince dans mon dos.

— Tu sais quoi ? dit-il en me pourfendant, maintenant que nous serons seuls, tu pourrais me servir toute nue... avec seulement tes souliers à talons hauts...

Je le laisse délirer. Je sais qu'il en a besoin, que ce n'est pas de la baise ce que nous faisons, rien que du vice ; après avoir juté trois fois dans la journée, il n'a certainement plus rien à cracher. On n'est plus tout jeune, on doit ménager sa petite santé ! Cela dit, l'idée de me balader à poil dans la maison me chatouillerait assez. Il a cessé de bouger, se contente de rester la queue au chaud, un doigt dans mon cul.

— Si vous voulez, je lui dis. Je le ferai... une fois...

Ce n'est pas par pudeur, mais ces trucs, ça ne marche qu'une fois. Ensuite, ça devient de la routine. Ses yeux s'allument. Un vieux fantasme, que je dois couronner ainsi.

— N'oublie pas ! Toute nue... Juste des bas noirs... et tes escarpins, tu sais, ceux qui ont ces talons si pointus...

Les bas noirs et les talons hauts, ils n'ont garde de les

oublier, ils sont bien tous pareils, les jeunes comme les vieux. Le cul nu, les nichons au vent, la chatte à l'air. Mais n'oublions pas les bas noirs, hein ? Leur plaisir serait incomplet. Il faut que nous ayons l'air bien pute, sans quoi ça ne serait pas aussi drôle.

Assez râlé, il est temps d'aller soigner les fesses de Mlle Aude.

5

Mademoiselle m'ouvre son... cœur

J'ouvre sans frapper. Assise dans son lit, adossée aux oreillers, une liseuse en laine sur les épaules, un livre devant elle, une boîte de chocolats fourrés à portée de main, l'air mécontent, elle m'observe par-dessus ses lunettes.

— Ta jupe est froissée, déclare-t-elle. Et ton chemisier n'est pas boutonné... Tu as tout d'une fille qui vient de...

Elle ne poursuit pas. Est-ce nécessaire ? Elle est fort capable de nous avoir épiés ! Je pose le plateau devant elle. Sur les murs, comme des spectateurs qui attendent le début de la représentation, les photos nous contemplent.

— Ainsi, fait Mademoiselle, en grignotant un blanc de poulet, te voici réceptionniste. Victorine ? Le travail n'est pas trop difficile ?

— Chatouillez-moi ! J'ai juste à répondre au téléphone et à ouvrir la porte quand on sonne !

— Et tu ne t'ennuies pas, toute seule dans ton bureau ?

— Que Mademoiselle se rassure, je me distrais à ma façon !

Elle rosit, et croque un cornichon du bout des dents.

— Tu es incorrigible ! On ne peut jamais parler sérieusement avec toi... tu déformes tout...

— Il faut bien que je m'amuse toute seule, puisque Mademoiselle ne veut plus jouer avec moi !

Elle me fusille d'un regard courroucé, en piquant une rondelle de tomate de sa fourchette. Les franches allusions, ce n'est pas le genre de la maison.

— Oh, vraiment... je n'ai pas le cœur à ces bêtises, en ce moment ! Je n'arrête pas de rêver à Philibert !

Elle enroule une feuille de laitue autour de sa fourchette et se la fourre dans la bouche. Je soupire :

— Et moi qui m'étais dit...

Tout en broutant sa salade, elle arque un de ses blonds sourcils.

— Oui ?

— Je m'étais dit... Maintenant que Madame et sa fille sont en vacances, Mademoiselle et moi, nous allons pouvoir nous amuser tranquillement...

Elle fait la moue et baisse les yeux sur son assiette.

— Vraiment... finit-elle par murmurer. C'est tellement inconvenant... Est-ce que tu ne pourrais pas oublier ces minutes d'égarement ?

— Comment pourrais-je les oublier ? Est-ce que Mademoiselle n'y pense pas, elle aussi ?

— Il ne faut pas... c'est mal. C'est... c'est contre la nature... les femmes... les femmes ne doivent pas faire ces choses-là entre elles...

— Et pourquoi non ? Quand on n'a pas un homme sous la main... se consoler entre femmes... c'est mieux que se le faire toute seule ! Il faut bien laisser parler la nature... Et celle de Mademoiselle, ne lui en déplaise, est souvent exigeante !

— A qui le dis-tu, soupire-t-elle. Mais ce n'est pas une raison. Il faut savoir... se contrôler.

— Et moi ?

— Toi ?

— Moi, parfaitement, Victorine, la bonniche, Mademoiselle a très bien entendu. Est-ce qu'il faut que je me contrôle, moi aussi ? Que Mademoiselle se contrôle tant qu'elle veut, c'est son affaire, je ne suis pas obligée de faire comme elle !

Elle me dévisage comme si j'avais perdu la raison.

— Mais... Bien entendu, Victorine... ça ne concerne que moi.

— Non pas ! Ce serait trop facile... fallait pas m'y faire goûter, à votre cul. Si vous n'en avez pas envie, faites-le pour me faire plaisir... par charité chrétienne !

— Ne blasphème pas, mécréante !

— Rien que cinq minutes...

— Tu dis ça chaque fois !

— Dix minutes, c'est juré ! Après, promis, je laisse Mademoiselle bouder autant qu'elle veut.

C'est sûr, mon insistance la travaille.

— Et qu'est-ce que tu suggères ? se résigne-t-elle à murmurer. C'est bien pour te faire plaisir, tu sais, soupire-t-elle. Je te jure que je n'ai vraiment pas la tête à ça....

Mais elle ne m'empêche pas d'abaisser le drap.

— Vite, en tenue... N'oubliez pas que vous êtes la bonne... allez, sortez du lit, paresseuse...

Elle se lève, toute rose, jette un coup d'œil au miroir de sa coiffeuse.

— Je m'étais pourtant juré que c'était fini, ces sottises,

fait-elle. Vivement que Maria se rétablisse, ce n'est pas elle qui me manquerait de respect comme toi !

— Avec ça, que ça vous déplaît, ma douce salope, qu'on vous manque de respect !

Elle tressaille sous l'insulte et prend le tablier que je viens de retirer. En deux temps et trois mouvements, me voici nue. Je m'étire, face au miroir, elle m'admire en silence.

— Tu es le diable, dit-elle, avant de retirer sa chemise.

Nue à son tour, elle est drôlement affriolante, surtout quand elle fait tous ces chichis... affecte de serrer les cuisses pour me dissimuler sa fente... replie un bras devant sa poitrine...

J'enfile sa chemise de nuit à froufrous.

— Voilà, dis-je, dès que j'ai noué le cordon à ma taille. Je suis devenue vous... et vous, vous allez devenir Victorine.

Elle file se mettre en tenue derrière le paravent, non sans que je lui aie envoyé au passage une claque aux fesses pour le plaisir de l'entendre piailler. Le plumard est encore tout tiède de sa chaleur. Je tire le drap, je feins de me plonger dans le livre qui traîne là, une douçâtre histoire d'amour à Tahiti. Comment peut-elle lire de pareilles conneries ? C'est encore plus sucré que ses immondes chocolats belges. Je l'entends s'attifer, derrière le paravent. Enfin, elle en surgit. Je l'inspecte d'un œil critique. Elle a tout d'une putain déguisée en chambrière dans ma jupe qui lui arrive en haut des cuisses. Elle a gardé ses mules à hauts talons, et le tablier qu'elle a noué derrière son cou ne parvient pas à contenir les nichons qui s'échappent à chaque pas, tantôt d'un côté, tantôt de l'autre.

— Alors, que je lui lance, du fond de son lit douillet, quel effet cela vous fait-il, de faire la bonniche ?

Elle se garde de répondre, et attend mes ordres, les yeux baissés. Ses joues sont rouges, le bout d'un de ses nichons qui dépasse du tablier est tout raide.

— Va jusqu'à la porte, Victorine !

Comme chaque fois, le tutoiement la fait sursauter, mais elle obéit.

— Quel gros cul tu as, ma fille, je persifle, en la regardant se trémousser.

Elle s'efforce en vain de le rentrer.

— Et ce plateau ? Il vient ?

— Tout de suite... Mademoiselle !

Entrant dans le jeu, elle s'empare du plateau et rapplique, les nichons ballottants.

— Quelle empotée !

Pour poser le plateau devant moi, elle doit se pencher. Un sein se balance au-dessus des restes de salade.

— Mais c'est quoi, ça ? (je tire sur sa mamelle comme si je trayais une vache). Ma parole, c'est un nichon ! La lubrique créature ose me servir nue sous son tablier ! Est-ce une tenue décente, gourgandine ? Et derrière, faites voir... tournez-vous !

Elle obéit, frémissante.

Sa jupe remontée, lui découvre à demi les fesses.

— Pas de culotte !

Elle sursaute en piaillant quand je lui mets la main entre les cuisses. Son con est déjà trempé.

— Je rêve ! On fait son service le cul à l'air ! Où vous croyez-vous ? Au bordel ?

Je lui claque les fesses sans douceur, imprimant la marque de mes doigts sur leur chair blanche. Elle piaille et se retourne, toute frémissante, tortille le bas de son tablier et me regarde d'un air avide et sournois. La grosse tétine mauve de son nichon pointe comme un doigt tendu. La garce n'a pas mis longtemps pour s'échauffer.

— Faites voir, remontez ce ridicule tablier !

Elle s'empresse. Dès que je lui mets un doigt dans la fente, elle ouvre la bouche.

— Et toute mouillée ! La vicieuse s'est tripotée, hein ?

Elle se dandine, affreusement excitée, pendant que je lui fouille le con d'un doigt sagace.

— Oh... Madame... Madame... que j'ai honte...

— Honte ? Il est bien temps d'avoir honte, fille impudique !

Chaque fois que je lui touche le bouton, elle sautille. Ah, ses belles résolutions sont bien oubliées...

— Combien de fois t'ai-je dit que tu ne devais pas te masturber ? Il n'y a que moi qui ai le droit de te le faire ! Tu seras punie !

— Oh... que Madame me pardonne... c'est plus fort que moi...

— Je veux bien te pardonner, mais à condition que tes fesses payent pour ton inconduite !

Ses cils palpitent d'extase.

— Je vais t'apprendre à bouder dans ta chambre, sale garce, que je lui case en passant.

Ça la décontenance, car je sors de mon rôle, mais je veux qu'elle comprenne bien pour quelle raison elle va déguster, que ce ne sont pas seulement les simagrées rituelles.

— Pardon, maîtresse ! Je ne le ferai plus...

Elle a pris sa voix sucrée de fausse ingénue, bien décidée, elle, à s'en tenir strictement au scénario.

— Es-tu prête à recevoir ton dû ?

Elle baisse exagérément les paupières.

— Mon dû... Madame ne veut quand même pas dire ?

— Si fait, si fait, Madame veut bien dire !

Je pointe un doigt vengeur sur ses fesses. Une bouffée de rouge lui monte aux joues, son œil s'emplit de béatitude.

— Oh, que Madame est sévère avec moi, s'extasie-t-elle. Oh que Madame est méchante !

Sa voix en tremble de bonheur.

— Alors ? On se décide, pétasse ?

— Tout de suite, Madame ! Tout de suite... je suis à la disposition de Madame. Comment... comment... (sa voix s'étrangle d'impatience) comment Madame veut-elle que je me dispose pour subir ma punition ?

Je fais mine de réfléchir.

— Avant tout, il convient de mettre votre joufflu à l'air, bien sûr !

— Mon... mon... mon joufflu ?

— Je n'aime pas me répéter, Victorine !

Elle tressaille d'aise chaque fois que je l'appelle par mon nom, tout émoustillée de se glisser dans ma peau.

— Que Madame m'excuse ! Voilà... voilà mon... mon joufflu...

Elle retrousse sa jupe au-dessus de ses fesses. Paupières baissées, bouche entrouverte, elle pivote coquettement sur elle-même pour me les présenter.

— Comme ça, Madame ?

— Penchez-vous vers l'avant ! Donnez-le ! Ne savez-vous pas que les filles comme vous doivent donner leur cul dès qu'on le leur demande ?

Plus je la rudoie, plus je la comble. Du fond de sa chair, son esprit malade appelle l'humiliation, réclame le châtiment. Elle se penche avec complaisance, pousse l'obligeance jusqu'à écarter ses fesses en tirant dessus des deux mains.

— Comme ça ? Le donner comme ça... Madame ?

Elle en bégaie. Dans la raie velue, tapi sous les poils comme celui d'un sanglier blond, l'œil sombre de l'anus s'arrondit.

— Encore plus ! Donnez-le mieux que ça !

— Oh ! qu'elle sanglote... Oh, oh, Madame... quelle honte...

Le moment est venu. Sortant du lit, je l'y pousse. Elle s'y prosterne avec un empressement horrible. Son con s'entrebâille, constellé de larmes de mouille ; une écume blanche s'accroche aux racines des poils qui bordent les lèvres, comme les cils chassieux de deux larges paupières enflammées.

— Comme ça ? Madame ? Comme ça ?

Elle répète bien cette question dix fois d'affilée, on dirait une litanie, et chaque fois, son con et son anus s'écarquillent. Mais voilà qu'à voir la fausse Victorine m'offrir son gros cul salace avec une avidité aussi goujate, j'ai soudain comme un étourdissement... Un instant, j'ai l'impression de voir la vraie Victorine, de me voir, moi, telle qu'Edwige ou sa mère me voient quand elles s'amusent avec mon cul à moi, comme en ce moment je m'amuse avec celui d'Aude. Suis-je donc aussi sordide ? Une rage glacée m'envahit.

— Vous le rentrez ! que je hurle. Espèce de chienne ! Ouvrez-le davantage. Il faut que votre honte soit visible à tous !

Pas besoin de lui faire un dessin pour lui expliquer ce que cette honte désigne. Elle fait le grand écart pour bien me l'exhiber. Son sexe déformé par la pose impudique évoque une blessure malade, avec ses petites tripes roses qui débordent, baignant dans une épaisse bave blanche. Le clitoris pointe comme le bout d'un pouce.

— Le front sur le lit, les mains derrière le dos !

Elle s'exécute. Je lui ligote les poignets avec la cordelière de son peignoir – ce que je ne lui ai encore jamais fait. Comment ne penserait-elle pas à la séance du cimetière, quand le gigolo de la Raffiani l'a ficelée avec ses rubans ? Va-t-elle enfin se révolter ? Tu parles ! Nous sommes bien pareilles, elle et moi. Deux chiennes d'appartement !

— Oh Madame... pourquoi Madame m'attache-t-elle... pleurniche « Victorine », que je sens trembler d'impatience et de bonheur.

Est-ce que je tremble aussi fort quand Madame donne mon cul à Gustave ? Comme un peintre qui retouche un dernier détail sur sa toile, je sépare du bout d'un ongle les nymphes qui étaient restées partiellement soudées l'une à l'autre par le jus poisseux qui suinte. Elle pousse un cri chatouillé.

— Oh Madame... Oh Madame... ne me touchez pas cet endroit !

— Je touche ce qu'il me plaît de toucher ! Ne perds pas de vue que je suis la patronne, et toi la bonne.

Je dispose artistiquement les petites guenilles de chair, je comprime le clito, pour bien le dégager de sa gousse. Cri strident de Mademoiselle. Ce n'est pas une comédie, elle est à deux doigts de jouir.

— Oh, Madame ! Madame !

Je lâche à temps son petit attribut, la laissant suffoquer, m'empare du martinet et, sans l'avertir, je lui cingle le cul de toutes mes forces. Pour le coup, ce n'est plus de la comédie, elle gueule pour de bon.

— Taisez-vous, sombre conne ! (On ne joue plus, c'est bien elle, Aude, et moi, Victorine, qui vais me payer de ses mépris passés.) Voulez-vous que votre frère vous entende ?

Elle mord l'oreiller en râlant, et je lui en envoie une autre volée. Quel bonheur sauvage j'éprouve à voir les lanières mordre son cul de bourgeoise ! Pour une fois que je la tiens à ma merci, j'ai décidé de m'en mettre plein la lampe. Aujourd'hui, Mme Fernande, c'est moi. Ivre de rage, je frappe à me disloquer l'épaule.

Elle a beau mordre l'oreiller, ce sont de véritables hurlements, des râles de bête, que la souffrance lui arrache.

— Ah, salope, que je lui fais... je vais t'apprendre, moi, à me faire la gueule... à te boucler dans ta chambre...

Elle s'époumone, me supplie.

— Arrête, Victorine, je ne joue plus...

— Tu ne joues plus ? Ce serait trop facile. Moi, j'ai encore envie...

Et je la cingle avec une froide cruauté. Dépassant la zone rouge de son cul, je lui flagelle le creux des reins et les hanches. Elle est comme folle, tout son arrière est écarlate, l'incendie l'embrase du bas des mollets jusqu'aux épaules. Je ne néglige aucune parcelle de sa peau, tout y passe, les bras, les avant-bras, les épaules, la nuque... Quand elle me paraît aussi cuite qu'un homard, je la fais basculer sur le côté... Elle sanglote à perdre haleine, les yeux fous.

— Es-tu devenue folle ? crie-t-elle. Détache-moi, je ne joue plus ! Tu m'entends, Victorine, je t'ordonne de me détacher !

— Victorine, c'est toi, et tu n'as pas d'ordre à me donner !

— Je te dis que je ne joue plus ! Détache-moi...

— Mais moi, je joue encore.

En me voyant lever le bras, elle pousse un cri de terreur.

— Non ! Pas devant...

— Et pourquoi ça ? Regarde comme ils sont pâles, ces deux-là !

Et je lui cingle la poitrine. Elle se cabre comme un poisson qu'on vient de lancer dans l'herbe. Je cingle à nouveau. Elle hurle, se contorsionne, hurle encore, n'arrête pas de hurler, les larmes ruissellent sur ses joues, ses yeux s'exorbitent. En peu de temps, sa poitrine est aussi rouge que son dos et son cul. Alors, je m'attaque à son ventre, à ses cuisses, et profitant de ses ruades, chaque fois que j'y parviens, chaque fois que dans un soubresaut, elle m'offre involontairement cette partie si sensible, à une vitesse folle, je lui lacère l'entrecuisse.

A la fin, Mademoiselle a tellement hurlé qu'elle en est aphone, elle se contente de râler... sa langue pointe hors de sa bouche ouverte... ses ruades se font de plus en plus molles... La sentant à point, je vise soigneusement son con, et je la cingle de bas en haut, en plein dessus. Elle se cabre sans crier, les yeux fous, et son vagin crache un filet de bave claire. Je sais dans quel état elle est, dans celui où Madame me met, quand elle me cingle avec la badine sur le bureau de Monsieur. Vient un moment où la souffrance est telle qu'on ne la sent plus, on se contente de brûler en enfer. C'est dans cette phase finale que Mademoiselle vient d'entrer. Sa monstrueuse jouissance est si forte qu'elle tourne de l'œil, comme cela m'arrive souvent, quand Madame a perdu le contrôle.

Cette dernière éprouve-t-elle alors les mêmes remords, le même sentiment d'abjection ? Je jette avec horreur le martinet dans un coin. Et je m'agenouille pour contempler mon œuvre. Voilà, me dis-je (comme si je voulais me justifier), qui lui ôtera l'envie de me tenir la dragée haute, à l'avenir. Je vérifie les dégâts. J'ai vraiment déconné. Toute la chair est boursouflée, lacérée, striée de profondes marques rouges ou bleuâtres... certaines virent même au vert... Quel désastre ! Je me sens vraiment dans la peau de Madame, ces fois où elle est allée trop loin.

Alors que je suis à me morfondre, quelque chose me dit, en dépit de l'immobilité de morte de Mademoiselle, qu'elle sort de son inconscience.

— Oh, la vilaine patronne ! que je dis, retournant dans le jeu. Elle a eu la main lourde, hein ? Elle a martyrisé tous les trésors de sa petite friponne chérie ! Mais c'est de ta faute, aussi, Victorine, pourquoi m'as-tu contrariée ?

Progressivement, Mademoiselle sort de sa transe. Ouvrant les yeux, elle me voit agenouillée qui tâte sa nudité. Elle a toujours les mains liées derrière le dos. Elle refuse de croiser mon regard. Les choses sont allées trop loin, elle se fait horreur, elle a envie de tout oublier, de revenir à la vie réelle, et qu'on ne parle plus jamais de ce qui vient de se passer.

— Détache-moi, maintenant, Victorine... cela suffit !

Je fais semblant de ne pas entendre.

— Oh, la vilaine patronne qui a puni sa gentille fifille... toutes ces marques... sur le joli corps sans défense ! Ces vilaines marques... ici... et là... et même ici...

Je couvre de baisers ses nichons cramoisis.

— Pardon, pardon, mes mignons... mon Dieu, dans quel état sont-ils !

Je suçote les pointes pour me faire pardonner. Elle se trémousse, mal à l'aise.

— Et en bas ? Ça doit être encore pire, non ?

— Ça suffit Victorine, pas... pas en bas...

Sa voix de pimbêche, sa voix de patronne s'adressant à sa bonne. Faisons semblant de ne rien remarquer. Jouons. Accroupie entre ses cuisses, je lui ouvre le sexe.

— Je t'interdis, crie Mademoiselle.

— Le pauvre petit nid d'amour... comme il a eu mal... On va bien le sucer, ça fera passer la douleur...

— Non !

Nue, je me couche sur elle, tête-bêche, et je pose ma bouche sur son con tuméfié. Je lui balaie la fente de la langue, j'embouche son berlingot.

— Arrête... Victorine... arrête... m'implore-t-elle. Je n'en peux plus... dormir...

— Mademoiselle veut rire... c'est maintenant que c'est le meilleur... donnez bien votre foufoune !

Son petit dard est tout ramolli, je le suçote, il ressuscite.

— Oh, Victorine, soupire-t-elle. Ce n'est pas dans nos conventions, ce que tu fais là. C'est donc pour ça que tu m'avais attachée ? Détache-moi, je ne veux plus jouer, te dis-je.

Nos conventions ? Jouer ? De quoi parle-t-elle ? Je lui enfile deux doigts dans le cul. Je vais lui en donner, moi, des conventions. Elle m'en dira des nouvelles. J'espère pour elle qu'elle n'est pas cardiaque. Ma langue s'enfonce de plus en plus. J'ai le goût de sang tiède de son con dans la bouche, j'avale ses poils, j'aspire, je mordille, je m'amuse avec sa viande...

Deux minutes de ce traitement, à peine deux minutes, et la voilà qui bascule à nouveau. On peut dire que je la connais ! C'était :

— Non, non ! Arrête, je te dis !

Et ça devient :

— Oui... (soupir) oui... (re-soupir) encore...

— Pardon ? Mademoiselle a dit ?

J'appuie sur le « Mademoiselle », il ne s'agit plus de comédie, mais d'elle, Mademoiselle, et de moi, Victorine. Elle saisit parfaitement la nuance.

— Je te donnerai deux cents francs... qu'elle me souffle, mais... continue ce que tu faisais...

— Vraiment ? Je ne sais si je dois, après la façon dont vous m'avez traitée...

— Je ne le ferai plus, promis...

— Quand je pense que vous vous faisiez monter vos plateaux par cette grosse vache à moustache... Je ne sais ce qui me retient de vous le mordre, oui !

— Mais tu t'es bien vengée ! Tu me l'as bien fait payer, non ?

— Peut-être... et peut-être que j'ai encore envie de vous tourmenter, pour vous apprendre la politesse ! Mais bon... pour cette fois, je veux bien faire un effort.

Et je lui accorde enfin ce que ses entrailles réclament. Je lui gobe son petit « crayon rouge », je l'aspire, il est tellement excité qu'il s'est allongé comme une petite bite de chérubin. J'ai l'impression sacrilège de sucer un très jeune garçon. Elle râle, s'abandonne, son vagin aspire mes doigts. Tout en lui suçant le bouton, je force un peu plus. Et comme je force, comme son vagin s'ouvre, brûlant, visqueux, insidieusement, sans l'avoir vraiment décidé, au lieu de m'en tenir là, comme les autres fois, je replie mon pouce à l'intérieur de ma main et je pousse de toutes mes forces.

Elle s'est raidie, attentive. Incroyable... mais vrai... ma main... ma main s'enlise en elle, absorbée... Ce n'est pas vrai, je rêve. Je me recule pour regarder, je ne rêve pas : les babines du con entourent ma paume. Je lui aspire le bouton et je pousse de toutes mes forces. Une brève résistance... puis plus rien. Ma main s'engloutit jusqu'au poignet ! Elle halète :

— Mais qu'est-ce... qu'est-ce... que se passe...

— Dedans, que je lui crie, dedans, Mademoiselle ! Toute... toute la main... dedans !

— Mais ce n'est pas possible !

— Que Mademoiselle constate !

Je m'écarte, elle baisse les yeux, une stupeur scandalisée les emplit. Vision bestiale : mon poignet émerge entre les poils, les grosses babines déformées du con arrondies autour, avec des petits haillons de chair rouge qui dépassent.

— C'est trop... non...

Je serre le poing. Transfigurée, comme une sainte qui vient d'avoir une apparition, elle ne peut arracher ses yeux de mon poignet. Je commence à la pistonner, je tire pour extirper mon poing, sa chair suit, les lèvres, les poils, tout... cela s'allonge hors d'elle... cela glisse... alors, je pousse mon poing, tout au fond... et je lui martèle l'utérus !

Ahurie, extatique, elle épouse le mouvement, ouvre les cuisses, les resserre, soulève le cul, le laisse retomber. C'est du délire. J'ai le bras à demi enfoncé en elle, ses poils me chatouillent. Elle part, elle part... Une noyée rejetée par le flot... éparpillée, bras en croix, cuisses ouvertes et ma main au fond d'elle.

Quand je la retire enfin, ça fait un bruit flasque de ventouse. Elle est à nouveau dans les pommes. Je récupère mes nippes ; inutile de les remettre, ne dois-je pas maintenant porter son café en tenue d'Eve à son frère ? Mademoiselle est plongée dans une profonde léthargie. Je la couche. Je prélève les deux cents francs dans le rouleau sous l'oreiller. Je remonte le drap après lui avoir délié les poignets. Au moment de sortir, je me retourne. La tête enfoncée dans l'oreiller, elle suce son pouce, comme la petite Marie-Paule.

6

L'ANUS DE MME DUPONT

Inutile de nous appesantir sur ce qui s'est passé ce soir-là dans la chambre du docteur ; lorsqu'un vicieux pareil exige qu'on soit nue comme un ver pour lui apporter son café, ce n'est pas pour vous faire faire de la gymnastique suédoise. A vrai dire, ce ne fut pas fracassant, le cher homme avait déjà beaucoup donné, mais enfin, il s'intéressa suffisamment à ma personne pour que le lendemain matin, je me permette de faire la grasse matinée.

Pas la moindre envie de me promener aux aurores dans le jardin ! Vautrée dans mon lit, j'écoutais les oiseaux chanter et craquer le gravier sous les pas furtifs de M. Léon. Il allait, venait, tournait en rond, énervé comme un chat en rut. Il devait s'étonner, pour sûr, sachant que j'étais seule. Pourquoi n'allais-je pas lui livrer mon cul sur la table de la cuisine ? Il pouvait toujours courir. Rassasiée, que j'étais. La chair en paix, je goûtais la douceur de vivre, et je me répétais les consignes du docteur, concernant sa clientèle féminine. « Règle n°1 :

ne jamais s'étonner de rien. Règle n°2 : ne jamais appeler un chat un chat. »

— Tu comprendras très vite, tu n'es pas sotte. Toutes ces perruches ne songent qu'à se faire mettre, et pour ça, un médecin est l'homme indiqué. C'est un monsieur chez qui on peut courir quand on a le feu au cul sans que ça fasse jaser le voisinage.

— Mais enfin, il y a d'autres médecins à Villeneuve. Pourquoi viennent-elles plutôt chez vous ?

— Pour une raison très simple. Les autres médecins ne songent qu'à gagner de l'argent. Du fric, moi, j'en ai à revendre. Je peux donc m'intéresser à autre chose. Et puis, tous mes collègues sont mariés, pères de famille, et même de famille nombreuse, les médecins sont prolifiques. Un médecin célibataire, comme moi, qui ne court pas après le fric, qui aime le cul, ça sort de l'ordinaire. Montrer ses fesses à un patriarche ventru qui ne songe qu'à gagner son bifteck pour nourrir sa marmaille, et les montrer à un célibataire endurci qui a une lueur égrillarde dans l'œil, même la plus bouchée fait vite la différence.

— Mais enfin... comment les recrutez-vous ? Vous ne passez quand même pas des petites annonces ?

— Le bouche-à-oreille, Victorine. Quand elles sont contentes de mes services, et assurées de ma discrétion, ces dames n'ont rien de plus pressé que d'en parler à leurs copines. Quand j'en vois débarquer une nouvelle et qu'elle m'annonce, toute sucrée : c'est mon amie Madame Unetelle qui m'a chanté vos louanges... Je sais tout de suite à quoi m'en tenir. Si elle vient me voir pour un prurit, il sera forcément placé à un endroit intéressant.

Voilà à quoi je songeais, blottie dans mon lit douillet,

en écoutant roucouler les pigeons de M. Léon. Perdant patience, ce dernier a jeté une poignée de gravier sur mes persiennes. J'en ai pouffé dans mon oreiller. Il n'aurait qu'à s'astiquer le manche, ce vieux sagouin, ou s'envoyer un de ses pigeons.

La matinée s'est écoulée sans que je la voie passer. A midi, le docteur est allé au restaurant, et comme Maria, qui faisait du zèle, était descendue à la cuisine, en s'appuyant sur une canne, je l'ai laissée nourrir Mademoiselle qui avait daigné quitter son cloître, et je suis allée tirer ma flemme sur la terrasse. J'avais pris la chaise longue de Madame, je m'étais mis du monoï partout, j'avais la rivière sous les yeux, le soleil tapait. Dire qu'il y en a qui vont s'emmerder aux Baléares, quand on est si bien dans le Lot-et-Garonne ! Je me la coulais si douce que j'ai failli oublier l'heure, m'étant assoupie. C'est la cloche de Sainte-Catherine qui m'a réveillée. Trois heures ! Bon Dieu ! Et Mme Dupont de Velours ! Je saute dans mes vêtements, je traverse le salon d'hiver au pas de course...

Elle est déjà dans la salle d'attente. Elle abaisse son *Marie-Claire*, m'adresse un sourire acide.

— Je me suis permis d'entrer... la porte était ouverte. J'ai préféré ne pas attendre dehors, vous comprenez ? Mon mari est si jaloux... Je préfère qu'il ne sache pas que je viens me faire soigner quand il est en déplacement. Quelqu'un aurait pu me voir dans la rue... et lui en parler.

— Vous avez très bien fait, Madame Dupont de Velours, c'est moi qui suis fautive !

— Appelez-moi Madame Dupont tout court. C'est plus intime.

— Bien, Madame Dupont de... Madame Dupont.

Nous nous contemplons, elle sur le canapé, moi au bureau. Mme Dupont n'est pas désagréable à regarder ; c'est une de ces bourgeoises toujours tirées à quatre épingles, style tailleur Chanel, sac en croco, maquillage discret, sortant du coiffeur. Elle sent bon. Quel âge peut-elle avoir ? Quarante ans ? Jolies mains bien soignées, pas de bagues, pas de bracelets, une simple alliance. Et de beaux yeux de génisse.

— Le docteur n'est pas encore arrivé ? que je lui demande.

Elle m'adresse un sourire complice.

— Non, Mademoiselle ! Je l'ai aperçu en venant, il lisait son journal au bar-tabac de la mairie. Est-ce qu'il y a d'autres rendez-vous, après moi ?

— Vous êtes la seule ! Il veut pouvoir se consacrer exclusivement à vous...

Elle rosit et change de conversation :

— Je faisais les mots croisés de *Marie-Claire*, me dit-elle en décroisant les jambes.

Avant qu'elle les recroise dans l'autre sens, le temps d'un éclair, j'entrevois un miroitement de chair blanche. Des bas, donc, pas des collants.

— Mon mari me laisse souvent seule... Nous n'avons pas d'enfants... Je m'ennuie beaucoup, alors, j'ai pris l'habitude de faire des mots croisés.

Elle soupire (j'apprendrai vite à classer les patientes du docteur en deux catégories principales : les effrontées, au verbe haut – comme Mme Wesson – et les soupireuses : Mme Dupont est une soupireuse).

— Dans une petite ville comme Villeneuve, se désole-t-elle, il n'y a pas beaucoup de distractions... pour une femme qui s'ennuie.

— Il y en a qui prennent des amants !

Elle en tressaute puis se fend d'un petit rire minaudant.

— Des amants ! Comme vous y allez, Victorine ! Vous permettez que je vous appelle Victorine ?

— J'allais vous en prier.

— Mon mari (soupire-t-elle) est très vieux jeu, il ne me permettrait jamais de prendre des amants !

Voyez-vous ça ! A-t-on idée d'être aussi vieux jeu ?

— Figurez-vous (soupire-t-elle) que même pour venir me faire soigner ici, c'est tout un tintouin ! Il faut que je lui mente... que je vienne en cachette...

Ses yeux luisent, elle décroise à nouveau les jambes... oublie de les recroiser... soupire longuement... reste ainsi, un doigt passé entre les pages de son *Marie-Claire*, l'œil rêveur, à suçoter la pointe d'un petit stylomine en or. Je plonge sous sa jupe Chanel. Les ressorts du canapé sont défoncés, ce qui fait qu'elle a les fesses enfoncées, et les genoux assez haut. J'ai tout le temps de vérifier qu'elle a une culotte rose pâle et des jarretelles assorties. Elle s'évente avec son *Marie-Claire*, en m'observant entre ses cils.

— Vous allez aider le docteur... à me soigner ?

Je fais oui de la tête. Nouveau soupir. Ses jambes s'écartent.

— Quelle chaleur, soupire-t-elle... on se sent toute moite...

— C'est vrai (je soupire à mon tour – c'est contagieux). On a envie de se mettre toute nue...

— Oh, Victorine ! me gronde-t-elle.

— Vous pouvez vous déshabiller, si vous voulez.

Elle écarquille les yeux, stupéfaite.

— Me déshabiller ? Dans la salle d'attente ?

— Et pourquoi non ? Il ne vous fait pas déshabiller,

le docteur ? (Alors ça, ma belle, ça m'étonnerait beaucoup !) Personne ne doit venir, si vous voulez, je peux fermer la porte de la rue à clef. Vous pourriez faire vos mots croisés toute nue, vous seriez plus à l'aise !

Deux taches rouges ornent ses pommettes.

— Vous n'y songez pas !

Et de rire, en secouant la tête.

— Toute nue dans la salle d'attente ! Alors, vous ! Savez-vous que vous êtes un numéro ?

— Vous ne vous mettez jamais toute nue, chez vous ? Quand il fait chaud et que personne ne va vous déranger ?

— Mon mari ne me le permettrait pas, vous pensez ! Quelle idée... vous le faites, vous ?

— Quand il fait chaud ? Très souvent ! Quand on est bien roulée, ce n'est pas déplaisant de se voir dans les glaces...

Mme Dupont soupire.

— Je suis bien trop pudique ! Même au plus fort de la canicule, je garde au moins ma culotte... et mon soutien-gorge. Nous n'appartenons pas à la même génération, Victorine. Les filles d'aujourd'hui sont plus libérées que nous !

Nous n'avons pas le temps d'épiloguer davantage, la porte de la rue s'ouvre et le docteur paraît. Avec un petit cri, Mme Dupont se redresse sur son canapé et referme les cuisses. Planté sur le seuil, le docteur nous observe, goguenard.

— On papotait ?

Son canotier en paille de riz incliné en arrière sur sa nuque, il tient un journal roulé ; sa cravate est de traviole, le col de sa chemise dégrafé ; ses joues congestionnées sont celles d'un homme qui vient de faire un repas bien arrosé.

— Oh, Docteur, vilain que vous êtes ! minaude Mme Dupont de Velours. Vous êtes en retard d'une demi-heure ! Heureusement que Mademoiselle Victorine m'aidait à prendre patience !

Il s'incline galamment pour lui baiser le bout des doigts.

— Victorine est une perle !

La prenant par le bras, il l'entraîne au pas de charge vers son bureau.

— Suis-nous, Victorine ! La fête ne serait pas complète sans toi !

— Docteur ! piaille Mme Dupont, tout offusquée. Comment pouvez-vous plaisanter ainsi... auriez-vous bu ?

Mais il est clair que ça ne lui déplaît pas d'être rudoyée. Ses yeux luisent comme deux morceaux de braise. Est-ce que je rêve ? Quand il s'efface pour lui laisser le passage, le docteur lui met carrément la main aux fesses. Mme Dupont pousse un cri strident et bondit en avant.

— Une vraie pouliche !

Il m'adresse un nouveau clin d'œil. La patiente nous observe d'un air hésitant, comme quelqu'un qui ne sait s'il doit rire ou se fâcher.

— Et comment va votre anus, chère Madame Dupont ? fait le docteur, avec un petit air rigolard.

Mme Dupont devient écarlate.

— Docteur... proteste-t-elle. Docteur...

— Eh bien, quoi ? N'est-ce pas pour votre anus que vous venez me consulter ?

Mme Dupont se trémousse vaguement. Le docteur m'expose son cas.

— Madame Dupont a des problèmes avec son trou

du cul. Il se crispe, et par moments, c'est très contrariant ! Quand elle va à la selle, par exemple...

Mme Dupont se résigne à s'asseoir, du bout des fesses, en face du bureau. Le docteur s'y adosse. Mme Dupont l'écoute m'exposer son cas, les yeux baissés.

— Aucun progrès, depuis la dernière fois ?

Mme Dupont fait non, tête basse.

— C'est encore pire, soupire-t-elle.

Discret appel de phares du docteur.

— Il va donc encore falloir procéder à une séance d'élargissement anal.

Les belles mains de Mme Dupont se crispent sur le fermoir de son sac.

— Il... il n'y a vraiment pas... d'autres moyens, soupire-t-elle. C'est tellement... embarrassant...

— Vous n'aurez qu'à fermer les yeux, dit le docteur. Mon assistante et moi, nous nous chargerons de tout.

Mme Dupont respire d'une façon précipitée et se laisse aller dans son fauteuil. Elle a pincé entre deux doigts son alliance et la fait tourner doucement autour de son annulaire. Au fur et à mesure qu'elle s'affale dans le fauteuil défoncé, sa jupe Chanel remonte, mais elle ne paraît pas y prendre garde.

— Et Monsieur votre époux ? demande le docteur. Se porte-t-il bien ?

— Il est en déplacement, ainsi que je l'ai déjà dit à votre assistante... murmure Mme Dupont. Il ne rentrera que demain...

— Parfait ! Nous allons donc pouvoir nous occuper de vous comme vous le méritez. Détendez-vous... laissez votre corps épouser la forme du fauteuil... Vous êtes aussi raide qu'une figure de proue ! Vous vous étonnerez après ça que votre anus se crispe !

Mme Dupont de Velours soupire et s'abandonne contre le dossier. Stupéfaite, je vois deux larmes trembler entre ses cils.

— Ce traitement... est si humiliant, Mademoiselle... si le docteur... s'il ne savait pas me mettre à l'aise en plaisantant comme il fait... jamais je ne pourrais... vous comprenez ?

— Mais voyons, fait rondement le docteur. C'est la moindre des choses... Sans compter qu'avec une femme aussi jolie que vous, c'est loin d'être une corvée...

— Vous l'entendez ! se scandalise Mme Dupont. Vous l'entendez plaisanter ! Si mon mari...

— Laissons votre mari où il est, détendez-vous. Allons... faites-vous molle...

Il se penche et la prend par les seins à travers son chemisier. Elle soupire et ses ongles griffent le croco.

— Sage ! fait le docteur, en lui pétrissant la poitrine. Vous êtes nouée ! Je sens votre chair résister... cela fait des nœuds, à l'intérieur... laissez-vous aller, bon sang ! Ecartez les jambes ! C'est un ordre !

Mme Dupont émet une sorte de sanglot et ses genoux se séparent.

— Là... là... vous êtes chez votre médecin... on ne va pas vous violer ! Et cessez de tripoter ce sac, c'est agaçant, à la fin !

Il le lui arrache et me le refile. Je le pose sur le bureau. Il prend les mains de Mme Dupont et les applique sur les accoudoirs du fauteuil.

— Quoi qu'il arrive, vos mains ne bougeront pas de là !

Elle fait signe qu'elle a compris.

— Déboutonne-la, Victorine. Il faut que sa poitrine respire... Elle est tout engoncée, là-dedans... comment veux-tu que son anus se détende ?

Mme Dupont enfonce ses ongles dans les accoudoirs et regarde fixement dans le vide. Quand son chemisier est ouvert, je le fais sortir de sa jupe et j'en écarte les pans. Une poitrine superbe, un peu lourde, s'offre alors à nos yeux.

— Le soutien-gorge se ferme par-devant, me dit le docteur.

Elle confirme, d'un hochement de tête. Je le dégrafe, les bonnets glissent, les seins s'échappent. Deux larges médailles brunes couronnent leurs extrémités, les tétins sont érigés. Le docteur me pousse de côté et les reprend en main. Du pouce, il sollicite les mamelons. Mme Dupont bat des paupières, ses yeux vont et viennent, évitant de me regarder.

— Vous voyez, dit le docteur. Regardez...

Il tire sur les tétins qui s'étirent comme deux gros élastiques rosâtres et les seins, suivant le mouvement, s'allongent, déformés.

— Cela fait mal ? demande le docteur.

Ses yeux sont minuscules derrière ses lorgnons cerclés d'acier. Il plante l'ongle du pouce dans la fragile chair du téton déformé.

— Docteur !

— J'attire votre énergie dans les seins... De cette façon, vos ouvertures se relâcheront...

Il m'ordonne de lui apporter deux bracelets élastiques. Sur son bureau, il y a un gros plumier de verre qui contient des trombones, des épingles et des élastiques.

— Bien épais... solides ! me dit le docteur.

— Oh, Docteur... pas les élastiques... ça fait trop mal !

— Allons, allons... Donne-moi ça, Victorine... et soulève-lui les nichons...

Il prend les élastiques et me passe les seins de Mme Dupont. Elle me regarde entre ses cils. Le docteur enfile ses doigts dans un bracelet élastique, le distend et (hop !) le fait passer autour du premier nichon. Il le lâche au milieu du sein et l'élastique se referme, garottant le globe charnu qu'il partage en deux masses oblongues du volume de deux grosses oranges. Il opère de même avec l'autre sein.

— Ça... ça me coupe la circulation... gémit Mme Dupont. C'est atroce... ça me picote à l'intérieur...

Les mains posées sur les accoudoirs, elle offre à notre regard l'insolite tableau de sa poitrine martyrisée. Ses seins étranglés en deux par les élastiques sont bicolores : une moitié très blanche, l'autre très rouge. Les aréoles sont monstrueusement dilatées.

— C'est une recette chinoise... me dit le docteur. Elle est obnubilée par son trou du cul... Avec ces élastiques autour des seins, ça l'oblige à se concentrer sur une autre partie de son corps, tu comprends ? C'est ingénieux, non ?

Tout en me fournissant ces explications, il tripote les mamelons.

— Eprouvez-vous des sensations aphrodisiaques ? demande-t-il. Pas de pudeur... vous êtes chez votre médecin !

— Un peu... surtout quand vous me touchez les bouts, Docteur... Oh, je suis si honteuse ! Si mon mari...

— Allons nous occuper de votre anus, chère amie, allez, debout...

La pinçant par le bout des seins, il la remorque à reculons jusqu'à la table d'examen. Mme Dupont se laisse guider, les bras ballants. Rouge, le front mouillé de sueur, elle n'arrête pas de mordre et de lécher ses lèvres. Quand ils arrivent à la table, le docteur la lâche. Elle gravit les échelons et une fois en haut, au lieu de s'allonger, elle s'agenouille, nous tournant le dos, puis se courbe vers l'avant et pose son front sur la serviette étalée là. De la main, au creux des reins, le docteur la force à se cambrer pour bien offrir son cul.

— Remonte-lui sa jupe...

J'attrape la jupe Chanel et je la retrousse en corolle au-dessus du fessier épanoui. Du fait de la posture, la culotte de Mme Dupont s'enfonce dans la vallée qui sépare les fesses. Il y a un sillon humide à l'endroit où elle est en contact avec le sexe.

— Surtout, dit le docteur, ne vous retournez sous aucun prétexte, c'est bien entendu ?

— Je sais, Docteur... je sais... ne craignez rien...

— Baisse-lui sa culotte, Victorine.

Petit soupir étouffé de Mme Dupont. Je lui abaisse le slip aux genoux, puis je le fais glisser aux chevilles et le retire. Le docteur me le prend des mains et le retourne pour me montrer l'intérieur qui est trempé.

— Oh, mon Dieu, soupire Mme Dupont. Si mon mari me voyait...

Contredisant ces timides protestations, son cul s'épanouit, exposant le troufignon crispé. La vulve bâille, toute rose, le bord interne des grandes lèvres est légèrement irrité. A voir cette inflammation, j'ai comme idée que Mme Dupont se masturbe en se servant de sa culotte, ainsi que faisaient certaines filles du collège. On saisit la culotte devant et derrière, par le haut, et on la tire dans un mouvement de va-et-vient, de façon à scier l'intérieur du con. Cela fait un peu mal, parce que le tissu irrite les chairs fragiles, et l'on n'arrive jamais à vraiment jouir, mais on peut se masturber ainsi beaucoup plus longtemps qu'à main nue.

— Comme tu peux le constater, Victorine, l'organe sexuel de Madame Dupont est congestionné.

L'anus se crispe puis se relâche ; on dirait un gros grain de raisin sec écrasé.

— Une clitoridienne... commente le docteur. C'est peut-être l'explication de ses problèmes d'ouverture anale...

Il glisse deux doigts entre les lèvres de la vulve et dépiaute le bouton rouge.

— Oh, mon Dieu... Docteur... et cette demoiselle... un examen d'une nature si intime... vraiment...

Sans tenir compte de ce qu'elle bafouille, le docteur continue :

— Tu as vu comme il grossit ? Une clitoridienne pure... Touche-la un peu, toi aussi... il faut bien que tu te mettes au courant !

Je farfouille dans les replis tièdes, Mme Dupont halète comme un chien qui a trop chaud.

— L'anus... Docteur... l'anus... gémit Mme Dupont.

— C'est ma foi vrai, glousse le docteur. Elle n'est pas là pour le clitoris, mais pour l'anus, ne nous égarons pas ! Vous permettez, chère amie ? Je vais procéder à l'élargissement. Etes-vous assez détendue ? Ces masturbations préliminaires, comme je vous l'ai déjà expliqué cent fois, n'ont pas d'autre but... Ne vous méprenez surtout pas !

— Oh, je sais, Docteur, je sais... Jamais il ne me viendrait à l'idée que vous... mais je suis si pudique...

— Allons-y. Ouvrez le cul ! Mieux que ça !

— Oh, mon Dieu, quelle honte !

— Ecarte-lui les fesses, Victorine, et regarde bien comme je procède, hein ?

J'attrape la belle lune de chair et je tire de chaque côté. L'embouchure du vagin s'ovalise. Le docteur y enfile son doigt et le mouille en le faisant tourner. Mme Dupont se contorsionne, son cul monte et descend.

— On ne bouge plus !

Il pose le bout de l'index au centre de l'anus et il pousse. Le doigt glisse sans effort. Dès qu'il est entré tout entier, il le retire et le remet.

— On dirait qu'il y a du progrès... C'est plus souple que la dernière fois... Essayons avec deux doigts.

Mme Dupont a replié un bras devant elle ; elle se mord le poignet. Ouvrant l'anus d'une main, le docteur y loge deux doigts réunis. Ils disparaissent. A l'étage du dessous, le vagin crie famine. En ricanant, il me le montre.

— Il faudrait quelque chose de plus gros, maintenant, dit-il, pour parachever la dilatation.

Il taquine la petite crête dardée du clito.

— Je dois avoir là tout ce qui convient, fait-il, en se déboutonnant.

Je n'en crois pas mes yeux.

— Ne vous retournez surtout pas, chère Madame... nous abordons la phase la plus délicate...

— Je sais, Docteur, ne craignez rien...

Nous la tirons vers le bord de la table jusqu'à ce que ses pieds dépassent. Le docteur grimpe sur un échelon et se place derrière elle. Guidant sa bite, il en balaie du bout le sillon baveux de la vulve.

— Ce n'est pas du caoutchouc, au moins, que vous allez m'introduire, Docteur ? Je vous rappelle que je suis allergique au caoutchouc.

— Non, non, ce n'est pas du caoutchouc, rassurez-vous, chère madame. Ni du plastique... c'est un composé entièrement organique...

Il fait remonter sa bite et pinçant l'anus entre le pouce et l'index pour le faire bâiller, il y visse son gland.

— C'est gros... dit Mme Dupont, en mordillant son poignet.

— Il faut ça... dit le docteur... il faut ça... Accueillez-moi... ouvrez-vous bien !

— Ah mon Dieu ! crie Mme Dupont.

— Voilà, le plus gros est fait, dit le docteur.

Ses couilles s'appliquent aux lèvres béantes de la vulve. La verge est plantée entre les fesses jusqu'à la garde. Pendant les minutes qui suivent, on n'entend plus que le grincement de la table métallique ; le docteur sodomise consciencieusement sa patiente et celle-ci s'ouvre à ses assauts sans protester. Elle ne soupire même plus !

— Et maintenant, dit le docteur... l'injection... je vais vous envoyer le gel décontractant...

— Envoyez, Docteur... envoyez...

Il m'agrippe par le bras et me le broie.

— Oh... je la sens... l'injection... je la sens... elle est forte ! crie Mme Dupont en se pâmant de bonheur.

— On ne bouge pas... surtout pas... Il faut laisser le médicament agir.

Il retire sa verge et l'essuie avec le tampon de gaze que je lui tends. Puis il referme son pantalon et descend de son échelle.

— Voilà... c'est fini pour aujourd'hui... Serrez bien les fesses, surtout, gardez bien mon injection à l'intérieur...

Les joues roses, Mme Dupont se retourne et s'assoit sur le bord de la table.

— Oh... je me sens nettement mieux... je ne sais pas ce qu'il y a, dans cette injection, mais c'est incroyable comme ça me détend !

Elle pépie comme une perruche, la jupe troussée, le con à l'air. Je l'aide à retirer les élastiques qui lui compriment les seins et elle les frictionne pour rétablir la circulation. Elle descend de la table et nous retournons vers le bureau du docteur. Détail significatif, Mme Dupont ne songe toujours pas à faire descendre sa jupe, ni à refermer son corsage, elle déambule ainsi, cul nu et seins dehors, comme si c'était tout à fait naturel. Les joues colorées, l'œil vif, elle nous communique ses états d'âme.

— Les premiers temps, savez-vous, Mademoiselle Victorine, j'avais affreusement honte quand le docteur me faisait cette injection. Eh bien, voyez, plus ça va, plus je m'habitue !

— Il faudra venir plus souvent, plaisante le docteur, je vous ferai un prix de gros !

Mme Dupont pouffe d'un rire strident d'écolière, comme s'il venait de dire quelque chose de particulièrement spirituel.

— Mon Dieu, s'écrie-t-elle. Est-il drôle, cet homme-là ! Et comme il a l'art de vous mettre à l'aise ! Mais il faudrait peut-être que je songe à reprendre une tenue plus décente, hein ? Maintenant que les soins sont finis...

Elle esquisse un geste vers sa poitrine, un autre vers sa jupe.

— Mais non, mais non, fait le docteur. Restez donc ainsi, vous serez plus à l'aise pour prendre le thé, nous sommes entre nous, je n'attends personne.

— Vous croyez ? Mais je vais froisser ma jupe.

— Enlevez-la carrément, dit le docteur, vous la mettrez bien à plat sur le dossier de la chaise.

— C'est vrai qu'il fait chaud. Tout à l'heure, Mademoiselle Victorine me disait que nous autres femmes devrions nous mettre nues plus souvent, quand il fait ce temps lourd...

— A qui le dites-vous, fait le docteur. Ah, si j'avais la

chance d'être une jolie femme, moi aussi, je ne me ferais pas prier pour retirer mon pantalon !

Nouveau rire strident de Mme Dupont. (Le temps des soupirs est bien fini.) Elle s'installe cul nu dans le fauteuil, et croise les jambes, comme une dame en visite. Ses seins se balancent sur sa poitrine.

Sur la prière du docteur, je leur sers le thé glacé et les biscuits anglais. Spectacle incongru, Mme Dupont, le bas du corps nu, les seins dehors, le petit doigt en l'air, buvant son thé. Elle s'exhibe avec une indéniable complaisance, le docteur et elle ont des relations communes, ce qui n'a rien de surprenant, Villeneuve-sur-Lot est une petite ville. Ils font la conversation.

— Si mes amies me voyaient, pouffe soudain Mme Dupont. Elles qui sont si collet monté... surtout Madame Mardrus, votre voisine, la présidente des Petits Lits blancs... et Mademoiselle Leriche, donc ! En train de prendre le thé toute nue avec un homme !

— Un médecin n'est pas un homme ! dit le docteur.

— C'est vrai, approuve hypocritement Mme Dupont, qui ouvre largement les cuisses en se penchant pour prendre un fourré aux amandes.

— Il va pourtant falloir que je songe à me rhabiller, soupire-t-elle, il va se faire tard.

— Rien ne presse, dit le docteur. Puisque votre mari ne rentre pas, restez encore un peu avec nous. Victorine va se mettre à l'aise, elle aussi. Allez, retire ça, tu vois bien que Madame Dupont est gênée d'être la seule à être à poil.

Je retire donc ma blouse et comme je n'ai rien dessous, me voici nue comme un ver (moi, je n'ai même pas de bas) ; je m'assieds.

— Encore un peu de thé ? Il est froid, mais justement, ça désaltère...

— Je veux bien.

Le docteur sert galamment les dames ; nous observons nos nudités respectives. J'écarte largement les cuisses. Mme Dupont abaisse les yeux et m'imite. Nous observons nos fentes. Je sens que je mouille, je vois qu'elle en fait autant.

— C'est... c'est fou... murmure Mme Dupont. Je n'aurais jamais cru que... voir le sexe d'une autre femme me...

Elle n'en dit pas plus long. Je remonte un genou pour bien lui faire admirer les secrets de ma moule.

— Oh... votre clitoris est sorti... qu'il est mignon ! susurre Mme Dupont en se penchant pour l'admirer.

— Vous permettez, fait le docteur. Je me sens ridicule, tout habillé. Je me mets à l'aise, moi aussi. Il fait si chaud !

Il retire son pantalon et son caleçon, qu'il jette sur le bureau, et se rassied, les couilles et la bite à l'air.

— Oh, Docteur, pouffe Mme Dupont. Que vous êtes drôle, ainsi, avec vos souliers... et tous vos... tous vos organes dehors... Si mon mari vous voyait !

— Ecartez les cuisses, Madame Dupont ! fait le docteur. Soyons cochons, bien cochons, tous les trois ! Montrons-nous réciproquement nos organes de reproduction... cela ne sortira pas d'ici, personne n'en saura jamais rien...

— Oh oui, faisons-le ! approuve Mme Dupont.

Elle replie ses genoux par-dessus les accoudoirs, nous exhibant sa boutique. Je fais de même. Le docteur soulève sa bite pour nous montrer ses bijoux de famille. Il se lève.

— Et maintenant... couchons-nous par terre, tous les trois, et forniquons comme des bêtes !

— Oh oui, approuve Mme Dupont de Velours ! Quelle bonne idée ! Forniquons, Docteur... forniquons...

Nous avons tout le temps, mon mari est en déplacement...

Nous avons forniqué tous les trois jusqu'à la nuit. Comme le brave docteur était fatigué, il a fini par s'assoupir, Mme Dupont et moi, tête-bêche, nous sommes longuement expliquées.

— Oh, soupirait-elle, entre deux coups de langue (ses soupirs n'avaient plus rien de triste)... C'est beaucoup plus amusant que les mots croisés, vous savez, Victorine... beaucoup plus !

7

La routine

N'allez pas croire que le docteur ne recevait que des nymphomanes en quête de turpitudes discrètes. Ne lui déplaise, en dehors des femelles en rut, il y avait le tout venant des catarrheux, des rhumatisants et des ventres ballonnés. Beau-frère du député, membre d'une des plus anciennes familles de Villeneuve, le Dr Lépine était un homme en vue, aussi pour désarmer les racontars, se voyait-il contraint de recevoir de temps à autre des patients qui le consultaient pour des raisons strictement médicales.

Dans les premiers jours de mon travail, il me fut parfois difficile de distinguer le bon grain de l'ivraie, à savoir les dames que ça démangeait de celles qui venaient vraiment se faire soigner. Je vais vous citer deux cas où ma perspicacité fut mise en défaut, vous pourrez juger vous-mêmes que ce n'était pas si facile que ça.

Le premier fut celui d'une mère accompagnant sa fille pour lui faire faire une piqûre. Je les connaissais de vue ; la mère, un hippopotame à moustache du style Maria, tenait un bureau de tabac près de l'église et sa fille lui donnait un coup de main en rentrant du collège ; elle était encore en plein âge ingrat ; figurez-vous une longue asperge étiolée, myope comme une taupe, affublée de binocles aux verres aussi épais que des phares de voiture. Avec ça, une vraie planche à pain, pas maquillée, coiffée à l'as de pique, et en plus, elle portait un jean et des baskets. Quand je vis entrer la grosse buraliste et sa triste progéniture, je fus à deux doigts de penser qu'il s'agissait d'une erreur de casting et que le docteur ne les recevrait pas.

— On vient pour la piqûre de fortifiant de la petite ! me dit la grosse virago d'une voix de baryton. Moi, je préfère pas voir ça, les piqûres, ça me retourne le sang. Allez, courage, poulette, fais pas cette gueule, c'est jamais qu'un mauvais moment à passer.

Pendant qu'elle casait ses fesses de pachyderme dans le plus large de nos fauteuils, je conduisis chez le docteur la grande asperge qui faisait vraiment une sale bobine. Il était en train d'écrire. De la main, comme je m'apprêtais à repartir, il me fait signe de rester. La gamine me jette un regard contrarié, puis, se mordant la lèvre, elle murmure au docteur :

— Faut que j'enlève quand même mon pantalon, Docteur ?

— Evidemment, je vais pas te faire ta piqûre dans le coude !

Elle glousse d'un rire sans joie et retire son jean. Aucune coquetterie. Comme si elle se changeait dans un vestiaire. La voici en culotte de coton et en baskets, longues cuisses de sauterelle, fesses déjà un peu molles, rien d'une sportive. Après une hésitation et un nouveau coup d'œil perplexe vers moi, elle baisse la culotte. Et là, j'ai un coup dans le ventre. Son sexe est complètement glabre, mais pardon, il n'a rien d'enfantin, une grosse moule proéminente, aux lèvres négroïdes, avec la gousse des nymphes, d'un rose terne, qui pendille comme un bout de chiffon hors de la fente. Je distingue les racines des poils tout autour du con, sur les bords des lèvres, sur le pubis. Elle s'est rasée depuis peu.

— C'est moi qui l'ai rasée ! dit le docteur. C'est plus hygiénique. Il y a une épidémie de morpions, en ce moment, au collège. Nous allons voir si tu n'en as pas chopé. Va montrer ta chatte à Victorine, elle va t'inspecter.

Voilà l'adolescente qui s'assoit cul nu sur le fauteuil et qui relève une guibolle en avançant le bassin. Je me baisse, j'examine la chose : une énorme moule bâillante d'une obscénité affolante. Le docteur nous rejoint.

— Tu te masturbes toujours autant ?

Il pose son doigt dans la fente, appuie, fait saillir le clitoris en forme d'olive. La fille me jette un coup d'œil et hausse les épaules. Le docteur lui triture distraitement le clito ; je le vois grossir et rougir et la mouille commence à suinter.

— Docteur, dit-elle, me faites pas ma piqûre, s'il vous plaît.

— Et ta mère ?

Il lui tire sur les petites lèvres, les froisse, les tournicote.

— Je lui dirai que vous l'avez faite, bien sûr. Soyez chic, j'aime pas les piqûres.

Le doigt du docteur descend vers le vagin, il vérifie prudemment que l'hymen est toujours là.

— Toujours pucelle, je vois.

Elle acquiesce. Derrière ses verres épais, ses yeux

paraissent énormes, comme ceux d'un poisson vu à travers un aquarium.

— Oui, Docteur... avec toutes ces maladies, vous comprenez, je préfère pas...

Elle baisse les yeux sur la main du docteur et murmure :

— Un peu plus haut, s'il vous plaît...

Le docteur obtempère et la branle du bout du doigt. C'est une rapide, en deux minutes, elle s'envoie en l'air.

— Ah ! qu'elle fait.

Et c'est fini.

— Et maintenant ? fait le docteur.

— Vous pouvez... comme la dernière fois, si vous voulez. Par-derrière ?

Il me prend à témoin.

— Elle adore se faire enculer. C'est marrant, non ? On dirait pas à la voir comme ça ! Tu préfères pas plutôt que Victorine te suce ?

Elle sursaute, effarée.

— Oh, non, Docteur... pas avec une femme, je suis pas gouine !

Je respire ; ça ne me mettait guère en appétit, après le repas, cette grosse moule qui pendouille.

— Va te mettre à quatre pattes sur le bureau !

Elle s'empresse. Entre les fesses blêmes, le trou du cul s'arrondit, glabre, d'un rose terne. Le docteur enfile un préservatif, y passe un peu de vaseline, et sans plus de fioritures, il la prend par les fesses et l'encule. Je remarque qu'elle se masturbe pendant qu'il fait ça. Sa bouche est ouverte, sa joue couchée sur le buvard, elle bave et fait des bruits avec sa bouche. Quand c'est fini, elle s'essuie le cul pour enlever la vaseline, puis se rhabille.

L'un dans l'autre, le tout n'a pas pris dix minutes.

— Oh, mamiche, qu'elle fait à son hippopotame, quand je la reconduis, le docteur m'a pas fait mal du tout. Il a vraiment des doigts de fée.

— Eh bien, tant mieux, grogne la grosse buraliste. Aide-moi donc à me lever... Ces ressorts sont d'un mou !

Il a fallu que je m'y mette, on n'a pas été trop de deux pour l'extirper du fauteuil. Elle doit bien peser son quintal et demi.

A Mlle Leriche aussi, on aurait donné le bon Dieu sans confession. Une vieille fille qui approche de la quarantaine, plate comme une sole meunière, pas maquillée. Prof de piano. Je l'avais aperçue deux ou trois fois au square, en conversation avec Mlle Aude. Elles parlaient musique. Une fervente de Mozart. Quand je l'ai vue s'amener avec son air pincé, je me suis dit que ça devait être pour des règles douloureuses. Pas du tout : elle venait se faire tirer sur les seins ! Petits seins presque inexistants, très pâles, minuscules mamelons, c'était là son triste lot, elle qui rêvait d'une paire de mamelles à la Marylin ! Du moins était-ce le prétexte invoqué pour se les faire martyriser par le docteur. Ils étaient couverts de bleus à force d'avoir été pincés et torturés.

Je la revois, assise en face du docteur, ouvrant son corsage, offrant son buste comme une martyre. De belles épaules dodues, une chair fragile et blanche, une peau très douce. Le docteur lui tordait méchamment les mamelons et tirait dessus de toutes ses forces, les petits seins s'allongeaient, blanchissaient. Des larmes aux yeux, la mozartienne gémissait :

— Vous me faites mal...

— Il faut souffrir pour être belle !

Les larmes ruisselaient sur son visage et je voyais qu'elle serrait les cuisses très fort sous sa jupe portefeuille. Une authentique masochiste.

Pour la deuxième phase du traitement, le docteur la poussait vers la table d'examen. Notre prof de piano se mettait à quatre pattes. Il lui fixait au bout des tétines des pinces métalliques auxquelles il suspendait des poids de laiton. Etirés, les seins pendaient comme des pis minuscules. Elle sanglotait, le front sur la table.

— Oh, Docteur... mais ils vont tomber si on les allonge trop...

— L'essentiel est de distendre la peau. Ensuite, on les rembourrera au silicone. Vous aurez une poitrine à la Jane Russell, ma chère.

Elle soupirait.

— Restez comme ça un petit quart d'heure, il faut que les poids aient le temps d'agir.

— Bien, Docteur.

Il passait derrière elle.

— Je vais en profiter pour vous faire un petit examen gynéco de routine !

Sans attendre sa réponse, il lui remontait sur les reins sa jupe portefeuille et lui baissait sa culotte. Dans la broussaille des poils châtain clair, la fente de la vulve criait famine, on pouvait dire qu'elle avait l'eau à la bouche, ça ruisselait. Des deux mains, il se mettait à l'œuvre, fouillant, touillant, pinçant, tripotant... J'ai jamais vu un type s'intéresser autant au sexe des femmes. On sentait que c'était son truc, dans la vie. Bien sûr, la prof de piano dégoulinait de plus en plus...

— Je vais vous faire un toucher ! Ne soyez pas surprise... disait-il dès qu'il la sentait au bord de l'orgasme.

— Faites...

Il ouvrait son pantalon et lui plongeait le dard dans les entrailles.

— Oh !

— Ça surprend, je sais... ouvrez-vous bien...

— Mais je suis ouverte, Docteur... oh... oh...

— Ouvrez-vous mieux que ça, je sais que vous pouvez le faire...

Au-dessus de la bite, l'orifice de l'anus se dilatait, petit zéro rose. Le docteur y fourrait son doigt et le faisait tourner.

— Je vérifie s'il y a des hémorroïdes. Simple contrôle...

La mozartienne jouissait avec des sanglots éperdus qui faisaient se balancer les poids suspendus à ses seins.

Il y a des bonnes femmes qui sont tordues, vous l'avouerez.

8

Initiation à l'impudeur et à la sodomie d'une demoiselle de compagnie trop pudique

Le vendredi, comme convenu au téléphone, nous eûmes la visite de la riche Mme Wesson et de sa nouvelle dame de compagnie, Gladys, une Anglaise à la peau de pêche. Mme Wesson est une superbe brune, bien en chair, au visage arrogant ; plutôt petite, mais très bien faite ; Gladys, blonde à taches de rousseur, est une grande jument à chair blanche.

L'Anglaise est sur des charbons ardents, elle rougit, tressaille, se ronge les ongles ; de Mme Wesson, en revanche, émane un petit air satisfait, une méchanceté joyeuse. Le docteur les laisse mijoter un bon quart d'heure, ça doit faire partie du scénario, car il n'a personne. Enfin, il sonne, j'introduis les dames dans l'antre du diable. L'Anglaise marche à la traîne.

— Est-ce bien nécessaire, *Madam ?* Je vous prie... je vous assoure je me sens très bien... je déteste visite médicale.

— Ne faites pas la sotte, Gladys ; vous ne voulez pas me contrarier, hein ?

— Non, *Madam.* Pardonne *me !*

— Bonjour, chère amie, toujours en beauté.

Galant, le docteur baise les ongles manucurés qu'on lui tend. Les deux femmes s'installent, l'Anglaise porte une robe d'été vaporeuse, qui moule sa poitrine avantageuse ; elle tire dessus, en s'asseyant, pour cacher ses genoux. Le docteur remonte ses lunettes sur son nez et l'observe.

— Voilà donc votre dernière acquisition, ma chère Wesson ?

— *I beg your pardon ?* demande l'Anglaise.

— C'est elle, en effet, Gladys... la voleuse dont je vous ai parlé !

— Je souis pas voleuse, c'est mensonge ! balbutie l'Anglaise. J'avais simplement emprunté, pour me voir dans la glace...

— Elle vole tout ce qui brille, poursuit impitoyablement Mme Wesson, c'est plus fort qu'elle, elle est comme une pie.

L'Anglaise baisse la tête, toute rouge, et se mordille nerveusement le gras du pouce.

— Un collier de perles que j'avais imprudemment laissé traîner...

— Imprudemment ? ricane le docteur, dont l'œil brille d'une lueur amusée. Cela ne vous ressemble pas, ma chère !

— Taisez-vous, vilain garçon ! Cette voleuse me l'a chipé, figurez-vous ! Je l'ai prise sur le fait !

— Oh, *Madam*... je faisais seulement essayage !

— Enfermée à clef dans sa chambre, toute nue devant sa glace, mon collier autour du cou ! Voilà comment je l'ai surprise. Je me doutais de la chose, je l'épiais par la serrure. J'ai ouvert avec un passe et je l'ai photographiée avec un polaroïd ! Elle pourra toujours nier, après ça ! Il suffirait que je montre cette photo à la police... J'avais porté plainte pour vol, bien entendu !

— Oh, *Madam... Oh, my God...* photo de moi toute nue... Oh, vous ne montrerez pas !

— Elle est tellement pudique, cette chère Gladys, se moque Mme Wesson.

— Si je comprends bien, vous la tenez ?

— Comme ça ! dit Mme Wesson. Elle est là-dedans, la petite Gladys, jubile-t-elle en montrant sa main fermée. N'est-ce pas amusant ? Naturellement, poursuit-elle, en allumant une cigarette (galamment le docteur lui avance un cendrier), j'avais laissé traîner ce collier exprès !

Elle éclate d'un rire argentin ; Gladys ouvre la bouche de stupeur.

— Naturellement ! approuve le docteur.

— Et les perles sont fausses ! poursuit Mme Wesson, riant de plus belle. Je ne suis pas idiote, vous comprenez !

— C'est la dernière chose dont on pourrait vous accuser.

— Mais, poursuit Mme Wesson, fausses ou vraies, c'est le geste qui compte, n'est-il pas vrai ? Une voleuse est une voleuse. J'ai renoncé à porter plainte à condition qu'elle m'obéisse au doigt et à l'œil. Pas vrai, Gladys ? Répondez quand je vous questionne.

— *Yes Madam,* c'est vrai...

— Parfait, dit le docteur en se frottant les mains. Par quoi commençons-nous ?

— Eh bien, ainsi que je l'ai expliqué à votre charmante réceptionniste, au téléphone, il s'agit avant tout de guérir cette gourde de sa pudibonderie surannée ! Comme beaucoup d'Anglaises, elle est, figurez-vous, d'une pudeur ridicule. Or, vous me connaissez, cher ami, je suis une femme très libérée...

— C'est le moins qu'on puisse dire.

— Il est hors de question que je tolère près de moi ce reproche vivant, qui tire sans cesse sur sa jupe pour qu'on ne voie pas ses genoux, qui refuse d'enlever le haut de son maillot à la piscine... De quoi ai-je l'air, moi, pouvez-vous me le dire ? D'ailleurs, c'est pour son bien, comment trouvera-t-elle un mari si elle ne montre pas la marchandise ? Voulez-vous rester vieille fille, Gladys ? Et transformer vos organes sexuels en selle de bicyclette comme le dit si bien cet écrivain anglais que vous aimez tant ?

L'Anglaise dont les joues veloutées ont adopté les tons chauds d'une pêche mûre fait non de la tête, très doucement. A quoi dit-elle non, au fait ?

— Vous allez commencer par la poitrine, dit Mme Wesson.

— La... *I beg your pardon ?*

— Les seins, Gladys, montrez-nous vos seins... *your tits !* Vous étiez moins pudique, devant la glace !

— Mais j'étais... seule... sanglote l'Anglaise, une main sur son col.

— Cessez de discuter, idiote. Et montrez vos seins au docteur ! Cela fait partie de ses attributions, de regarder les seins des dames qui viennent le voir ! Ne le faites donc pas attendre, sotte fille, *silly girl !*

— Je pourrais jamais... jamais...

— Et voilà, soupire Mme Wesson, les chichis recommencent. Laissez-moi faire, je vais vous aider.

Tirant sur le cordon qui ferme le col vaporeux de l'Anglaise, elle lui ouvre son chemisier. En somme, les rôles sont inversés, la patronne déshabille son employée.

C'est l'affaire d'un moment. Gladys, toute raide, n'ose pas faire un geste. La peau très blanche paraît, semée de taches de son. Soutien-gorge rose à baleines, très sage ; en revanche, poitrine voluptueuse, lourde mais superbe.

— Oh *my God*... soupire Gladys.

Mme Wesson la fait pivoter pour dégrafer le soutien-gorge ; elle abaisse les bonnets ; les belles cloches de chair, d'un blanc nacré, se répandent, les mamelons, couleur brique, sont érigés.

— Voilà, fait Mme Wesson. Ils sont beaucoup mieux dehors.

L'Anglaise sanglote sans bruit, les bras ballants. Tous ces yeux qui contemplent sa poitrine semblent la mettre à la torture.

— Permettez ? dit le docteur.

— Mais je vous en prie, cher ami, répond Mme Wesson. Je l'ai amenée pour ça. Le docteur va vous toucher les seins, Gladys, et vous allez vous laisser faire...

Le docteur cueille une des belles mamelles et la soupèse. Effarée, l'Anglaise regarde cette main d'homme palper sa plantureuse poitrine.

— Qu'en pensez-vous, demande Mme Wesson. Ce n'est pas déplaisant, cette chair blanche, c'est agréable à toucher... il y a quelque chose d'excitant dans sa mollesse...

— Les mamelons réagissent, en tout cas.

Il en a saisi un délicatement, comme un fruit par sa tige, et fait se balancer le globe élastique du sein. La pointe du mamelon s'avance entre ses doigts et son extrémité devient plus foncée. L'Anglaise bat des cils.

— Maintenant, je voudrais que vous lui examiniez la vulve, cher ami.

— Mais... très volontiers...

— La voulve ? dit l'Anglaise. Qu'est-ce que c'est ?

— Ici, *my dear*, cela, fait Mme Wesson en pointant son doigt vers le bas-ventre de l'Anglaise qui écarquille les yeux, incrédule. *Your cunt !* traduit vulgairement Mme Wesson.

Haut-le-corps de Gladys qui repousse la main du docteur.

— Oh non... non, non, non, je préfère prison... oh non...

Cramoisie, elle cherche à remonter son soutien-gorge. D'une tape sur les doigts, Mme Wesson l'en dissuade.

— Vous préférez que j'envoie photo à la police ? dit-elle, parlant comme elle, par moquerie.

L'Anglaise se met à tousser, comme si elle avait avalé de travers. Ses cils battent. Elle fixe le docteur d'un air affolé.

— Figurez-vous, dit Mme Wesson, qu'elle se masturbe comme une collégienne. Une femme de son âge, n'est-ce pas mauvais pour sa santé ? Elle fait ça devant le miroir, je l'ai vue très souvent par le trou de la serrure...

Humiliée, l'Anglaise sanglote, cela fait se balancer les lourds nichons aux bouts raidis.

— C'est mal d'espionner... c'est mal...

— Et voler, c'est bien ? Allez, nous avons assez perdu de temps. Remontez votre robe et montrez votre vulve au docteur.

Têtue, l'Anglaise fait non de la tête. Cette fois, elle semble bien décidée. Et là, surprise ! Changement à vue chez Mme Wesson. Alors que je m'attendais à la voir tempêter, menacer à nouveau, elle semble tout à coup en prendre son parti.

— Eh bien tant pis, soupire-t-elle. Cela m'aurait tellement fait plaisir. Je vous regretterai, ma chère. Je commençais à m'habituer à vous. Vous me manquerez, Gladys !

Elle exhume de son sac une enveloppe qu'elle tend à sa suivante. Etonnée, celle-ci l'ouvre. En tombent, une liasse de billets neufs... et un polaroïd. Gladys retourne la photo, y jette un coup d'œil et la remet dans l'enveloppe. Puis elle prend la liasse de billets et interroge Mme Wesson du regard.

— Votre compte, ma chère. Vous comprenez qu'il ne m'est plus possible de vous garder...

— Mais *Madam*...

— A moins que vous ne changiez d'avis. Vous ne voulez vraiment pas me faire ce petit plaisir ?

Les deux femmes se dévisagent ; le docteur et moi n'osons pas faire un geste. Il y a dans le regard qu'elles échangent longuement quelque chose qui m'échappe. Brusquement, je me souviens d'Edwige, et le regret me mord le cœur ; comme elle me manque ! Cependant, du bout des doigts, Mme Wesson dessine les contours de la bouche de Gladys.

— Vous aimiez ça, pourtant, me faire plaisir ! La bouche que voilà aimait ça, non ?

— Oh, *Madam*... soupire Gladys.

Deux larmes perlent au coin de ses paupières. Doucement, Mme Wesson se penche et, du bout de la langue, elle en cueille une. Avec un étrange sourire, Gladys tourne un peu la tête pour qu'elle puisse boire aussi l'autre. Et sous sa robe, ses genoux s'écartent.

— Je donne à vous... murmure-t-elle. A vous !

— Et moi, je le prête au docteur, Gladys. Nous sommes bien d'accord ?

Pour toute réponse, l'Anglaise saisit l'ourlet de sa robe et dévoile ses splendides cuisses blanches. Nous sommes en été, elle ne porte pas de bas. Sage culotte Mark & Spencer rose.

— Oh, *my God !* gémit l'Anglaise incapable d'aller plus loin.

C'est donc Mme Wesson qui la déculotte, comme une petite fille. Riant de plaisir, elle remercie Gladys d'un petit baiser sur la bouche, et lui soulève les pieds pour faire passer la culotte dessous. Nouveaux cris effarouchés de l'Anglaise, belle et large touffe de poils blonds, couleur de chaume. Ventre dodu, minuscule nombril, pubis très renflé.

— Ecartez les cuisses, *my dear !* dit Mme Wesson. *Be a good girl !*

L'Anglaise fait non de la tête.

— Préférez-vous aller là-bas ? demande courtoisement le docteur.

Il montre la table d'examen gynéco avec les étriers. L'Anglaise devient aussi rouge qu'une tomate.

— Je préfère... ici... réussit-elle à murmurer.

En fermant les yeux, elle se renverse contre le dossier et ses cuisses s'écartent. Sa lèvre supérieure, luisante de sueur, sautille comme si elle retenait une crise de fou rire ; mais elle n'a certes pas envie de rire.

Enorme, couvert de poils blonds très fins, doux comme un duvet de poussin, son con évoque le jabot d'un poussin obèse qu'on aurait ouvert avec un couteau : entre les lèvres gonflées de la plaie, d'un rose cru, s'avance comme un groin la gousse écarlate des nymphes. Elles sont accolées l'une à l'autre, cachant le clitoris et l'entrée du vagin. Sur les bords de la vulve, des poils plus longs, raides comme des cils, si blonds qu'ils paraissent albinos, font penser à des soies de porc. Ce n'est pas tant la honte de nous montrer ses attributs intimes qui fait trembler l'Anglaise, que celle d'avoir un organe aussi singulier.

— N'est-ce pas fascinant, murmure Mme Wesson. N'avais-je pas raison, Docteur ? Ne dirait-on pas la vulve d'une truie ?

Elle se penche de côté pour mieux voir l'entrecuisse de sa dame de compagnie. Le docteur, lui, s'est carrément agenouillé. Les nymphes émergent avec lenteur, on dirait une langue qui pendille hors de la bouche d'un idiot de village. Au fur et à mesure qu'ils sortent de la fente vulvaire, les deux minces feuillets de chair rose se séparent et libèrent un étroit interstice par où perle un suint translucide. Une grosse larme de mouille descend le long de la fissure et se perd dans les poils du périnée. A cause de leur blondeur exagérée, le rouge de la muqueuse interne paraît plus cru.

— Et vous verriez dedans, c'est encore plus curieux ! dit Mme Wesson. *Open your cunt, my dear...* ouvrez la vulve... Gladys, allons, *open it... Give it to us...*

— Je vais le faire... ne la brusquez pas, dit le docteur.

— Le docteur va ouvrir votre vulve, Gladys. *He is going to open your cunt !* Ne bougez pas surtout !

Gladys laisse retomber sa nuque contre le dossier du fauteuil et se mord férocement le pouce. Le docteur écarte les grandes lèvres pour leur faire expulser la gousse des nymphes. Il introduit son doigt dans l'orifice vaginal encore caché, et le fait remonter, séparant les fragiles membranes.

— Vous voyez ! triomphe Mme Wesson. Qu'est-ce que je vous avais dit ?

Il faut admettre que le clitoris de l'Anglaise a des dimensions peu communes, c'est un gros pistil obscène, si charnu qu'il pend légèrement au lieu de rebiquer.

— C'est lubrique, non ?

Lubrique est bien le mot. Le docteur saisit l'appendice luisant et le redresse ; le vagin bâille, baveux. Il y enfonce deux doigts qu'il fait tourner.

— Je sens les contractions. Vous aviez raison, elle est aussi vaginale.

Il fait aller et venir ses doigts. Gladys émet une plainte rauque et sa main agrippe celle de Mme Wesson. Nous dévorons des yeux son beau visage empourpré de femme au bord de l'orgasme.

— Tout semble fonctionner, dit le docteur. Elle est très clitoridienne comme les femmes qui se masturbent beaucoup, mais le vagin est très gourmand.

— Vous entendez le docteur, *my dear*. Votre vagin a faim. *Your cunt is hungry !* Il faudrait peut-être le nourrir avec autre chose que des carottes ou des bananes !

— Oh, *Madam !*

— J'aimerais bien examiner son anus, maintenant, dit le docteur.

— Vous avez entendu, Gladys ? Levez-vous, *lazy girl*. Et mettez-vous à quatre pattes sur le fauteuil.

— A quatre pattes ? fait l'Anglaise.

— *On your four... like a dog...* comme une chienne !

— Oh *Madam !*

Mais il est clair qu'on a franchi la frontière, toute velléité de résistance a disparu. En un instant, la voilà le cul en l'air, tête basse. Entre les fesses superbes, l'anus ressemble au bouton d'une de ces fleurs fanées qu'on a oubliées entre les pages d'un livre. Mais quand Mme Wesson lui fait creuser les reins, une étoile rose naît au sein de la tache violacée. Dessous, le vagin s'écarquille, d'un rose ardent.

— Plaisant tableau, dit le docteur. Savez-vous que je l'enculerais volontiers ?

— Pourquoi croyez-vous que je l'ai amenée ? Le docteur va vous sodomiser, Gladys. Surtout ne vous crispez pas, *darling !*

— *What ?*

Mme Wesson traduit : « *Doctor* Lépine *is going to bottom fuck you, my dear. You hear me, silly girl ? He is going to put his prick in your asshole...*[1]

— *My God !*

— Vous pourrez garder le collier, Gladys, si vous vous laissez bien enculer par mon ami, *you hear me ?* Vous l'avez excité en lui montrant vos trous, il est normal qu'il s'en serve, maintenant, non ?

— *Yes, Maam...*

L'énormité même de la chose a comme assommé Gladys. Mme Wesson lui écarte les fesses sans obtenir la moindre réaction. Le docteur n'a plus qu'à s'introduire dans le vagin, ce qu'il fait sans tarder.

Muette au début, Gladys se dégèle vite et bientôt se précipitent hors de ses lèvres ces onomatopées, ces soupirs, ces mots sans suite dont nous aimons bien, nous autres femelles, fouetter la libido des mâles pour qu'ils nous donnent notre dû.

— O*h yes... yes... yes... Oh gosh ! Wow... good... big prick... very good... Oh I enjoy, Madam...* j'en jouis beaucoup... oh *vow...* voui... oh, Doctor... *what a funny doctor...* quel bon docteur...

— Dans le trou du cul, maintenant, Gladys, *my dear.* I*n the asshole, O.K. ? You hear me, bad girl ?*[2] lui dit joyeusement Mme Wesson.

---

1. Le docteur Lépine va vous enculer, ma chère. Vous m'entendez, jeune idiote ? Il va mettre sa bite dans votre trou du cul.

2. Dans le trou du cul, O.K. ? Vous m'entendez, vilaine fille ?

— *Oh gosh... it's too big,* trop gros... j'ai jamais... Oh non, n'allez pas...

— Ouvre le cul, cochonne. Et ne discute pas !

— *Yes Maam !* Tout de souite ! Est-ce que ça souffit comme... comme ça...

L'anus s'étoile, d'un rose cru, la chair interne s'extériorise, fleurit, boursouflée, comme du dentifrice qui sort d'un tube ; elle pousse encore plus fort et la corolle s'épanouit comme celle d'une tulipe très claire. Le docteur n'a plus qu'à loger son gland dans le cratère qui s'est creusé, l'anus se referme dessus, l'épousant comme une bouche qui suce, et tout glisse onctueusement dedans.

— Ah... crie l'Anglaise... *Oh, my god...* Oh... Ah, mon Dieu, mon Dieu... vilain homme... Oh, quelle honteuse je suis, comme une vache.

Le docteur la ramone en profondeur ; tout en l'enculant, il lui claque les fesses, comme à une jument, et elle pousse des petits cris ravis.

— Oh, *Madam, Madam...* oh qu'est-ce que vous faites faire à *poor Gladys...* Oh, jé souis honteuse... *I feel like a cow, Maam...* je sens comme une bête... Si mon daddy me voyait, pauvre cher homme, il est pasteur, vous savez... Il nous interdisait de mettre en maillot de bain, mes sœurs et moi... Oh, *Doctor, Doctor... Oh, I come... I come... gosh !*

Elle jouit avec des sanglots voluptueux, en léchant le cuir du dossier auquel elle s'agrippe à deux mains. Le docteur lui jute dans le cul en plissant ses paupières comme un chat qui fait dans la braise ; chose faite, il se retire et vérifie que sa verge est propre.

— Vous voyez, idiote, que ce n'était pas terrible, dit Mme Wesson, pendant que l'Anglaise, encore engourdie par l'orgasme, remet paresseusement de l'ordre dans sa toilette. Quand je pense que vous vous en faisiez une montagne ! Avouez qu'on s'est bien amusées ! Mais il ne faudra rien dire à Monsieur, hein ? Il ne comprendrait pas !

— Oh, jé souis pas idiote, *Madam* chérie, vous pensez bien que je parle pas de nos choses à Monsieur.

— Parfait ; dans ces conditions, nous reviendrons pour une piqûre de rappel ! Le docteur s'occupera encore de votre gros cul !

— Oh *Madam*... pas si gros...

— Maintenant, au moins, vous savez ce que c'est, un *french lover.* Vous allez pouvoir en prendre d'autres, hein ?

L'Anglaise fait la moue, ses yeux luisants observent sournoisement l'insolite médecin qui vient de l'enculer de façon si agréable. Glissant timidement son bras sous celui de Mme Wesson, elle se laisse entraîner vers la porte.

— Vous savez quoi, nous dit Mme Wesson, en riant, au moment de sortir. Je vais de ce pas la faire enculer par mon amant du moment. Il sera ravi de la surprise ! Il faut battre l'affaire quand elle est chaude, pas vrai ? En route, Gladys... *Naughty girl, we are going to let another friend of mine fuck your big ass !*[1]

— *Oh Madam, Madam... it's impossible !*

— Impossible ? *Impossible is not a french word, my dear girl. Let's go !*[2]

---

1. Vilaine fille, nous allons laisser un autre de mes amis baiser votre gros cul !
2. Impossible n'est pas un mot français, ma chère ! Allons-y !

9

La visite prénuptiale

Un autre cas où j'aurais donné ma langue au chat fut la visite prénuptiale du fils Mardrus (Rodolphe, l'aîné de Jean-Philippe, le fiancé d'Edwige) et de sa future épouse, Victorine Taillefer. Eh oui, elle s'appelait Victorine, comme moi, j'y peux rien.

Rodolphe Mardrus venait de terminer ses études de droit, il allait s'associer à son père, qui comptait se lancer dans la politique avec l'appui de Monsieur. Son futur mariage faisait beaucoup jaser, à Villeneuve, car les Mardrus ont de la fortune, tandis que la fiancée n'était (comme dans les romans de Mlle Aude) qu'une simple secrétaire. Les Taillefer, ses parents, gens de peu, tenaient une boutique miteuse, une espèce de mercerie, dans le faubourg. Il va de soi que les parents de Rodolphe n'approuvaient pas son choix. J'avais entendu Madame en parler au député, un soir, à table. Ils auraient préféré, les Mardrus, que leur future gloire du barreau de fils épouse une fille d'une extraction sociale plus reluisante.

— Fais-en donc ta poule ! aurait dit le père. Paye-lui

un studio, et voilà tout. Dans un an, tu en auras marre, tu verras. Pourquoi engager tout ton avenir ?

Mais Rodolphe avait tenu bon. Et le mariage allait se faire. Donc, quand je vis entrer Maître Mardrus et sa dame, en compagnie du couple de fiancés, j'étais à mille lieues de m'attendre à la tournure qu'allait prendre cette visite prénuptiale. L'avocat est un petit homme très sec, qui se tient raide comme un passe-lacet, et qui porte des talonnettes pour se grandir. Sa femme, bien en chair, est plus grande que lui, et porte des talons sport pour se rapetisser. A part ça, ils ont l'air de gens très normaux ; riches, prétentieux et cons (normaux, quoi). Le fils, Rodolphe, lui, je dois avouer qu'il a dans le regard quelque chose qui intrigue, une espèce de fausse candeur ; on se dit, c'est trop beau pour être vrai. L'air franc du collier, vous regardant droit dans les yeux, poignée de main virile, énergique, un physique inspirant confiance, quoi ; mais les escrocs ont souvent cet air-là, soit dit en passant, et d'avocat à escroc, la différence n'est pas grande. Tous marchands de vent et compagnie.

Sa fiancée, Victorine Taillefer, est une de ces jolies poupées blondes au teint de porcelaine, aux traits délicats, qui n'élèvent jamais la voix, ont des gestes étudiés, sont sans cesse à se surveiller. Elle venait de décrocher le gros lot, avec ce mariage, elle le savait, et que ses beaux-parents ne lui feraient pas de cadeau, à l'affût de la moindre bévue. En leur présence, elle n'ouvrait la bouche que pour dire :

— Oh oui, mère... vous avez absolument raison... ah, c'est bien vrai, père...

Chaque fois que son futur beau-père tenait le crachoir, elle buvait littéralement ses paroles. Ces basses flatteries et le fait qu'elle portait la toilette avec énormément de chic avaient dû beaucoup l'aider à vaincre les préventions du couple Mardrus.

— Vous connaissez ma future belle-fille, je crois ? Victorine...

— Tiens, Victorine ? Ma bonne aussi s'appelle Victorine, avait répondu le docteur, pince-sans-rire.

Cela jeta un froid. Je vis se renfrogner la belle-mère et la fiancée me gratifia d'un regard peu amène.

— Nous vous les amenons pour la visite prénuptiale... nous sommes venus en passant, ensuite, nous devons aller faire notre tennis, tous les quatre... notre future bru est une très bonne joueuse. Et elle se défend aussi très bien au golf...

Modestement, la fiancée avait rosi, accueillant ces compliments comme des brevets de bonne future bourgeoise. Dans le milieu des Mardrus, il faut savoir jouer au tennis, au golf et au bridge. Cette minaudante aventurière avait dû cultiver tous ces talents dans l'espoir de faire un riche mariage. C'était sa dot, en quelque sorte.

Plutôt que de faire poireauter les Mardrus dans la salle d'attente, le docteur leur proposa de prendre le soleil sur la terrasse.

— Allez donc au bureau, mes enfants, dit-il aux tourtereaux, j'accompagne vos parents et je reviens vous examiner.

— Tous les deux ensemble ? s'étonna la fiancée.

— Evidemment, voyons ! Nous ne sommes plus au Moyen Age !

Victorine Taillefer est devenue toute rouge et j'ai surpris une étincelle dans les yeux du futur mari. Dès qu'ils eurent disparu derrière la porte capitonnée, je me mis en devoir de trier les paperasses de la sécu. Il n'y avait pas de rendez-vous, je comptais liquider toutes les corvées administratives. Mais à son retour :

— Laisse ces conneries, m'a dit le docteur. Nous avons mieux à faire.

Surprise, je l'ai suivi dans son cabinet où les fiancés, installés sur deux fauteuils, en face du bureau, fumaient en papotant comme au salon. Ils avaient dû s'embrasser, car Victorine n'avait plus de rouge à lèvres et ses yeux étaient pleins de langueur.

— Encore habillés ? bouffonna le docteur. Allez, à poil, à poil, que nous admirions ce que vous avez à proposer !

La future bru, interloquée, regarda son fiancé, pour voir si c'était du lard ou du cochon.

— Elle est pudique à ce point ? demanda le docteur.

— C'est-à-dire, fit Rodolphe, que nous pensions... enfin, que ce serait une simple formalité.

— Oh, si vous voulez, je vous signe vos paperasses et on n'en parle plus. Mais autant faire les choses dans les règles... allons, ne faites pas cette tête, ma jolie, je suis docteur... et vous, vous allez être mari et femme, il faut vous habituer à vous montrer nus l'un à l'autre... Il y a un paravent là-bas, allez vous déshabiller derrière si ça vous gêne de le faire devant nous. Quant à vous, Rodolphe, vous êtes un homme, pas de chichis. Comme à l'armée !

Surprenant le coup d'œil intrigué dont m'honorait le futur avocat, je m'assis sur un tabouret et ouvris mon calepin comme si je m'apprêtais à prendre les notes que me dicterait le docteur. Cela me rendit instantanément invisible, sans plus s'inquiéter de ma présence, Rodolphe s'est foutu à poil. Quand il retira son caleçon je vis qu'il avait tout ce qu'il fallait pour rendre une femme heureuse. Comme on dit, il ne se promenait pas tout seul.

Je fus charmée par les dimensions de son engin. Une belle bite bien musclée, épaisse, charnue, et deux couilles grosses comme le poing.

— Faut-il... tout retirer ? demanda la voix étranglée de l'autre Victorine, derrière le paravent.

— Evidemment, ma chère, et tout particulièrement votre soutien-gorge et votre culotte... C'est surtout ce qu'ils contiennent qui nous intéresse.

A ces mots, je vis osciller la grosse pine de Rodolphe. Le docteur lui adressa un clin d'œil.

— Alors, ça vient ? aboya-t-il.

Toute rose, en tenue d'Eve, la fiancée apparut, une main sur les poils, le bras replié devant les seins. Elle marchait sur la pointe des pieds, comme les femmes habituées à porter des talons. Voyant Rodolphe à poil, elle sursauta. Ses yeux s'abaissèrent sur la verge gonflée et se détournèrent pendant que ses joues rougissaient.

— Vous ne vous êtes jamais vus nus ? s'étonna le docteur.

— Pas... pas en présence d'un tiers, dit Rodolphe.

— Vous avez déjà eu des rapports, non ? Vous ne l'épousez pas vierge, quand même ? Cela ne se fait plus, vous savez ?

— Oh... (le jeune avocat toussota) certes... nous sommes comme tout le monde...

— Parfait. Mettez vos bras le long du corps et faites-nous admirer vos trésors, ma chère.

La fiancée obéit et pour ne pas croiser nos regards les dirigea sur une statuette de bronze qui ornait la cheminée. Elle avait un corps longiligne, très gracieux, avec des seins charnus aux bouts d'un rose délicat. Les poils du pubis étaient d'un blond de paille.

— Une blonde authentique, fit le docteur. Tournez-vous, ma chère, montrez votre derrière à votre mari. Il va s'en servir aussi, vous savez ?

Rodolphe fit entendre un rire étranglé. Quand sa future femme se tourna, nous montrant ses belles fesses rondes, je vis monter et descendre la pomme d'Adam du fiancé.

— Joli cul, approuva le docteur. Très racé. Voluptueux. Mes félicitations, mon cher, vous n'allez pas vous ennuyer.

La fiancée se trémoussa.

— Venez ici... plus près... J'ai dit : les bras le long du corps, ne vous occupez pas de vos seins, laissez-les bouger...

Cramoisie, elle obéit ; dès qu'elle fut devant les deux hommes, le docteur lui palpa les nichons. Rodolphe le regardait faire. Il bandait. La fiancée avait fermé les yeux.

— Ecartez les jambes, ma chère. Fermez les yeux, si vous voulez, mais écartez les jambes...

Elle obéit. La tenant toujours par un sein, le docteur laissa descendre son autre main et lui empauma la motte. Rodolphe se pencha pour voir le doigt du docteur se replier à l'intérieur du vagin.

— Elle est humide.

Rodolphe approuva de la tête.

— C'est... on s'est embrassés, c'est pour ça...

— Elle mouille toujours autant quand vous vous embrassez ? Vous ne lui auriez pas touché le sexe, pendant que je parlais avec vos parents ?

— Rodolphe ! fit Victorine.

— Allons, quoi... il est médecin. Un peu... je lui caresse souvent le sexe et les seins... nous sommes fiancés, après tout.

Le doigt du docteur bougeait lentement dans le vagin

et il palpait successivement les deux seins dont les bourgeons pointaient. La fiancée, les yeux fermés, se laissait faire.

— Et l'anus, demanda le docteur. Vous le lui touchez aussi ?

— Oh non ! cria Victorine.

— Non, Docteur, jamais... confirma Rodolphe, avec une nuance de regret dans la voix. Elle ne veut pas !

— Evidemment, que je ne veux pas !

— Il faudra bien, pourtant, fit le docteur, c'est une zone érogène comme une autre... Levez-vous, Rodolphe, et placez-vous en face de votre future épouse. Prenez-la dans vos bras, serrez-la contre vous, très fort... amoureusement.

Avec un soupir de soulagement, Victorine se blottit dans les bras de son fiancé. Leurs nudités étaient en contact. Je vis qu'elle se reculait un peu, gênée, en sentant l'érection contre son ventre.

— Embrassez-la sur la bouche et empêchez-la de se débattre sans arrêt, c'est ridicule !

— Bien, Docteur.

Leurs lèvres se scellèrent. Le docteur passa derrière la fiancée et lui écarta les fesses.

— Tenez-la bien, hein ?

Il s'accroupit pour lui regarder le trou du cul. Elle poussa un gémissement mais Rodolphe la bâillonnait de sa bouche.

— Je vais lui stimuler l'anus ! prévint le docteur.

Il suça son doigt et l'enfila dans le derrière de la jeune fille. Elle voulut se débattre, mais Rodolphe l'en empêcha. Le doigt entra et sortit à plusieurs reprises.

— Ne vous crispez pas, ne vous crispez pas... allons... relâchez-vous... tant que vous ne vous relâcherez pas, je continuerai... il faut vaincre vos défenses... là... voilà, comme ça... les femmes sont comme des fleurs, ma chère, elles doivent s'ouvrir... devant, derrière, partout... parfait !

Le docteur se releva et lui accorda une petite tape sur la croupe.

— La première fois que vous la sodomiserez, dit-il à Rodolphe, employez de la vaseline, elle est assez étroite. Mais vous verrez, ça deviendra de plus en plus facile. A cet âge-là, elles ont l'anus très souple !

Les deux fiancés ne s'embrassaient plus ; mortifiée, la jeune fille écoutait le docteur. Rodolphe, machinalement, lui caressait les seins.

— Prenez en main la verge de votre futur, maintenant... et masturbez-le... que je voie comment vous vous y prenez...

Toujours aussi rouge, l'air égaré, Victorine Taillefer obéit néanmoins, elle saisit le gros pénis et commença, mécaniquement, à branler son fiancé. Les yeux baissés, il la regardait faire et paraissait apprécier la chose.

— Masturbez-la, vous aussi, Rodolphe, ne soyez pas égoïste, rendez-lui la politesse...

Honteuse, à cause de notre présence, la fiancée cacha son visage dans l'épaule du jeune homme. Elle écarta une jambe, cependant, et Rodolphe lui mit le doigt dans le con. Il le fit aller et venir entre les lèvres. Elle lui mordit l'épaule.

— Elle va jouir, annonça Rodolphe... quand elle me mord, ça veut dire... et moi aussi, je sens que... il faudrait... un Kleenex...

— Non, non, arrêtez... détendez-vous un moment, nous allons procéder dans les règles... Venez, ma chère... allons sur la table... vous allez avoir un rapport normal...

— Devant vous ? s'étrangla Victorine.

— Mais bien sûr, s'agaça le docteur. Il faut bien que je voie comment vous vous y prenez, non ?

Il obligea la jeune fille effarée à se coucher sur le dos et lui écarta les cuisses. Rodolphe, tout nu, vint voir ce qui se passait. Le docteur mit les pieds de la fiancée dans les étriers. Rodolphe contemplait avec une sorte de stupeur le sexe ouvert et l'anus de la jeune fille. Elle avait rabattu un bras devant son visage, par pudeur.

— Vous la pénétrerez debout, dit le docteur. Vaginalement...

— Bien, dit Rodolphe.

Il s'avança, le pénis à la main. La future épousée souleva légèrement le bras ; nous surprenant tous les trois en train de reluquer ses organes, elle poussa un cri honteux et rabattit son bras sur ses yeux.

— Est-ce qu'elle vous a déjà fait une fellation, Rodolphe ?

Le fiancé fit non de la tête.

— Et vous, vous l'avez léchée ?

— Pas... pas encore...

— Vous avez eu tort, mon cher, cette jeune fille adore certainement qu'on la suce. La langue est le meilleur instrument disponible pour stimuler les muqueuses de l'intérieur de la vulve. Victorine... l'autre Victorine, mon assistante, va vous montrer comment faire.

Incrédule, je regardai le docteur, puis le fiancé. Les yeux de ce dernier scintillaient. Mes yeux à moi se posèrent sur la belle chatte rose tout ouverte, on aurait dit une grosse pêche écrasée. Le docteur me fit signe de procéder. Je me baissai donc et je pris les lèvres du con entre les doigts pour bien les écarter. Un petit jet de mouille fusa du vagin... Je tirai la langue et je commençai à titiller le clitoris. Il était petit mais très sensible. Le con de cette fille avait très bon goût, y collant ma bouche avec gourmandise, je lui léchai toute la fente, enfonçant bien la langue.

— Rodolphe... Rodolphe... gémit Victorine Taillefer. Empêchez-la... empêchez-la, enfin... vous voyez bien que...

Elle n'alla pas plus loin, après l'avoir pourléchée méticuleusement, je m'attaquai à nouveau au clito. Dès que je l'eus aspiré, elle se cambra malgré elle, alors, je me laissai aller à le lui mordiller, suçoter, léchouiller, bref à lui faire tout ce qu'on fait à une femme qu'on broute, et elle aimait ça, pas de doute à ce sujet. Me prenant au jeu, je lui enfonçai deux doigts dans le vagin et les fis tourner. Tout de suite, l'orgasme la fit crier.

— Vous voyez, triompha le docteur. Montre en main, trois minutes et demie. Si vous la sucez d'abord, vous la ferez jouir de cette façon, sans vous fatiguer. Ensuite... vous pourrez la prendre de la façon normale... et vous aurez double plaisir ! Ce que vous allez faire maintenant, avant que sa sotte pudeur lui revienne !

Il me tira par le bras et Rodolphe prit ma place. Sans fignoler, il introduisit sa verge dans le vagin, elle enferma de ses bras la nuque rasée de son fiancé et s'offrit en haletant ; plus une once de pudeur, elle nous regardait pendant que son fiancé la besognait ; aucun doute, ça l'excitait de se donner en spectacle. L'affaire ne traîna pas. Ils jouirent en faisant beaucoup de bruit.

— Parfait, les félicita le docteur, absolument parfait, je vous signe votre certificat prénuptial, tout fonctionne correctement. Je suis sûr que votre épouse fera beaucoup d'heureux... avec un tempérament pareil, elle ne risque pas de manquer d'amants !

Les tourtereaux, encore tout alanguis, daignèrent sourire, attendris, à cette facétie de corps de garde. Ils se rhabillèrent sans hâte. Quand ils furent vêtus, le docteur ouvrit une fenêtre qui donnait sur le jardin et agita le certificat pour le montrer aux parents.

— Tout est parfait, leur cria-t-il, tout marche sur des roulettes...

Moi, quand ils s'en allèrent, je remarquais bien de quelle façon la fiancée me regardait, par-dessous. Sans doute qu'elle se souvenait de ma langue. C'est le cas de dire que je l'avais donnée au chat, et de bon cœur, encore ; rien à voir avec la hideuse moule rasée de la fille de la buraliste. Il m'avait drôlement allumée, son con à elle. Dès qu'ils furent partis jouer au tennis avec papa-maman, je suis allée trouver le docteur.

— Qu'est-ce que tu veux ? qu'il m'a demandé, l'air narquois.

— Devinez.

Retroussant ma jupe, je me suis couchée sur la table d'examen et j'ai mis mes pieds dans les étriers.

— Je vois, a dit le docteur.

Il est venu entre mes cuisses ; lui aussi, le salaud, ça l'avait excité de tripoter la jouvencelle. J'ai pointé l'index sur mon vagin.

— C'est ici que ça se tient, Docteur. Comme une démangeaison...

— Ici ? Tu es sûre ?

Il a écarté mes poils et m'a mis le doigt.

— Je préférerais autre chose que le doigt, sans vous commander.

— Je vois... mais ce sera plus cher, alors !

— Oh, je paierai le prix... en nature. Je ne suis pas avare de mes charmes !

— Toi, alors, on peut dire que tu as la langue bien pendue.

— La fiancée du fils Mardrus est certainement de votre avis, Docteur.

En ricanant, il m'a bourrée comme le méritait la salope que je suis. Pour une fois, c'était moi la malade, et je me faisais soigner à l'œil ! On en a bien profité, lui et moi, de la visite prénuptiale des tourtereaux (il m'a même enculée, vu que moi, je suis moderne, je n'ai pas les mêmes préjugés que l'autre Victorine). Bref, comme disent les prolos, on s'en est payé une tranche. Même qu'il n'arrêtait pas de répéter :

— Heureusement qu'il y a le cul, hein, Victorine ?

10

« *Sea, sex and sun* » à Villeneuve-sur-Lot

« *Sea, sex and sun* », on n'entendait que ça sur RTL. Chaque fois, je pensais au député et à sa petite famille en train de rôtir à Formentera. J'imaginais cette pimbêche d'Edwige dans son monokini, se brûlant les pieds sur le sable en courant vers la mer, poussant des cris maniérés, secouant ses petits nichons luisants de monoï sous les yeux attendris de papa et de l'amant de maman. Ils avaient bien de la veine, ces salauds, d'avoir la mer pour s'y tremper ; ici, c'était pire qu'au sauna, on avait bien « sun », mais pas plus de « sea » que de poils aux dents. Alors, il restait « sex », bien sûr.

C'est dingue ce que les gens peuvent faire avec « sex » quand ils s'ennuient. Et pour s'emmerder, en été, à Villeneuve-sur-Lot, on peut dire qu'on s'emmerde, c'est peut-être la ville de France avec Vierzon (vous connaissez Vierzon, non ?) où on se fait le plus chier. Et pas besoin pour ça de manger des pruneaux. Franchement, que faire, à Villeneuve, au mois d'août ? Se balader au bord du Lot ? Laissez-moi vous dire que ça n'a rien à voir avec la Promenade des Anglais ; en été, les bords du Lot, c'est plutôt la promenade des Hollandais. Avec de grosses vaches d'Amsterdam en train de pisser derrière les arbres... Ce qui n'a rien, mais alors rien, d'érogène.

Donc, il restait « *sex* ». Jamais je ne m'étais autant branlée, j'avais l'impression de retomber en enfance.

Par un de ces mortels après-midi où je me faisais suer à mon bureau, en attendant les coups de fil des patientes, je venais juste de raccrocher après avoir pris un rendez-vous, et j'étais en train de retirer ma culotte pour tuer le temps, quand une voiture freine des quatre fers devant la porte. Je fourre ma culotte dans le tiroir, je me lève, la porte s'ouvre et Mme Darbois, poussant sa suceuse de pouce devant elle, opère une entrée fracassante.

— Je file à Marmande. Une occasion inespérée, je dois absolument visiter ce petit château !

L'œil luisant, la mèche en bataille, et une de ces robes qui se déboutonnent devant, vous savez, une robe baise-en-ville, quoi. Inutile de lui demander ce qu'elle comptait faire visiter au vendeur du château, elle, sous sa robe. Elle me fourre un billet de cent balles dans la main :

— Vous me la gardez, hein, Victorine, si je ne suis pas de retour avant la fin de la visite.

— Quelle visite ? Vous vous trompez : il n'y a aucune visite prévue pour cet après-midi. Le docteur est chez Mme Wesson, sa dame de compagnie a une vaginite, il m'a téléphoné qu'il ne rentrerait que très tard. C'est demain, qu'elle a sa séance de rééducation, votre fille !

— Demain ? Vous êtes sûre ? Mais oui ! Sotte que je suis ! Nous sommes jeudi !

Pourquoi lui ai-je proposé de faire la baby-sitter ? Si vous l'avez deviné, vous êtes plus fin que moi, je vous jure que je l'ai fait en toute innocence. De toute façon, j'était clouée là jusqu'au soir, pour le téléphone. Si elle ne m'a pas sauté au cou, Mme Darbois, c'est parce qu'elle s'est retenue. En revanche, elle m'a filé un deuxième talbin de cent balles, m'a assuré que j'étais un chou, et vroum, en route pour son château de Marmande.

Et me revoilà, à mon bureau, sans culotte, et en face de moi, sur son canapé défoncé, Marie-Paule qui fait une drôle de tronche, vu qu'elle aurait sans doute préféré que le docteur s'occupe d'elle. Elle a toujours son album de Tintin, et ses socquettes blanches, et elle a fourré son pouce dans sa bouche, pour se consoler.

— Il va pas venir du tout, le docteur ? demande-t-elle.

— Pas avant huit heures. Pourquoi, tu t'ennuies ?

Elle ne répond pas, se contente de me regarder.

— Mais je suis là, moi.

Pourquoi ai-je dit ça ?

— Et ta mère ? Elle en a pour longtemps ?

— Si elle vous a filé deux billets... c'est qu'elle sera pas là avant la nuit. C'est loin, Marmande.

Cela nous laisse au bas mot quatre ou cinq heures à tirer en tête à tête.

— Qu'est-ce qu'on pourrait faire ? demande Marie-Paule. Je l'ai déjà lu trois fois, cet album.

— Si tu allais tirer le verrou, pour commencer.

— Vous croyez ?

— Fais ce que je te dis.

J'ai pris juste le ton qu'il fallait ; un brin agacé, vous voyez ? Et j'ai vu naître une question dans ses yeux. Elle l'a emportée jusqu'à la porte, sa question, et après avoir tourné la clef dans la serrure, elle m'en a posé une autre :

— Et si quelqu'un vient ?

— Personne ne viendra. Je suis juste là pour le téléphone. Tu as peur de moi ?

Elle a fait non de la tête, les lèvres entrouvertes. Je vous garantis qu'elle n'avait plus envie de lire Tintin. C'est magique, ces instants, où on sait qu'on va le faire sans se l'être encore dit. Pourquoi ai-je pensé à Edwige ? Sans doute à la voir en attente, me suis-je souvenu de l'époque où c'était moi qui attendais les mots magiques :

— J'ai perdu mon petit crayon rouge, Victorine. Tu veux pas le chercher ? Il doit être sous la table...

Maintenant, Victorine, c'était Marie-Paule, et moi, j'étais Edwige. Ce n'était pas désagréable du tout comme sensation, j'en avais les mains moites.

— C'est moi qui commande, d'accord ?

Elle a fait oui de la tête, très vite, les yeux fiévreux d'attente.

— On va jouer au docteur. Aujourd'hui, le docteur c'est moi. Je vais t'examiner, d'accord ?

Je n'ai pas eu à le lui demander, elle a contourné le bureau et s'est plantée près de ma chaise.

— Qu'est-ce que je dois retirer ? Ma culotte ou mon T-shirt ?

— Tout.

Est-ce de l'affolement que j'ai lu dans le bref regard qu'elle m'a lancé, avant de baisser à nouveau les yeux en balbutiant :

— Toute... toute nue ?

— Toute nue, oui... je veux tout examiner...

Elle était si pressée de se déshabiller qu'elle a perdu un bouton de son chemisier en le retirant. Pendant qu'elle enlevait le haut, j'ai fait descendre sa jupe. Elle a retiré sa culotte elle-même. Et je l'ai eue telle que je la voulais, nue, avec une forte odeur de sueur qu'exhalaient ses aisselles.

— Qu'est-ce que tu préfères qu'on examine d'abord, Marie-Paule. Ton sexe ou ton trou du cul ?

— Ce que tu veux...

Il était bien question de jouer au docteur, me criaient les yeux qu'elle jetait enfin sur les miens. Elle s'est avancée, en poussant vers moi son pubis velouté. J'ai mis mon doigt dans sa fente et ses mains m'ont agrippée par les épaules. Elle était mouillée, le clitoris était sorti. Les yeux baissés, elle m'a regardée explorer sa foufoune.

— Qu'est-ce que tu préfères ? Que je te branle ou que je te suce ?

Je ne me souviens pas de sa réponse ; ce dont je me souviens, c'est qu'on est allées sur le canapé, et que tout de suite, j'ai eu plein la bouche du goût de sa chatte, goût assez fort, elle ne s'était pas lavée avant de venir, et elle avait macéré dans sa transpiration.

Je ne vais pas décrire en détail tout ce qu'on s'est fait, vu qu'on s'est fait tout ce que deux filles en rut peuvent se faire avec leurs doigts et leur langue. Disons qu'à un moment, alors qu'on somnolait, abruties de plaisir, dans les bras l'une de l'autre, en écoutant déferler sur les marronniers de la ruelle l'orage d'été qui venait de crever, des mots se sont mis à couler de nos lèvres, mêlés au bruit de la pluie. Et c'est au sein de ce bavardage pluvieux que je l'ai entendue dire, sans réagir d'abord, quelque chose comme :

— Et si on allait chercher les garçons ? Tu aimes pas le faire avec les garçons ?

— Quels garçons ?

— Ceux du docteur, pardi ! Il te l'a jamais fait avec ses garçons ?

Je me suis dressée sur un coude pour la dévisager.

— Qu'est-ce que tu racontes ? Il est pas marié, le docteur !

Il est peut-être utile de préciser que les séances de

rééducation de Marie-Paule ne faisaient pas partie de celles que le docteur m'invitait à partager. Pour ces séances, le docteur fermait même soigneusement le vasistas de l'imposte. Sans doute avait-il ses raisons pour me tenir à l'écart, n'était-ce que l'extrême jeunesse de Marie-Paule.

Si bien que je tombai carrément de la lune quand, ravie de m'apprendre quelque chose, m'ayant entraînée chez le docteur, elle extirpa du dernier tiroir de son bureau, celui du bas, où s'amassait tout un tas de vieilles paperasses...

... la petite valise rouge dont l'encagoulé censé représenter Schombert s'apprêtait à utiliser le contenu dans le mausolée de Philibert quand les fossoyeurs étaient venus troubler la fête.

Cette petite mallette plate, c'était bien celle que j'avais vu le pseudo-Schombert ramasser avant de déguerpir après avoir ouvert la porte de communication entre les deux caveaux. Et s'il avait eu la clef, comme cela m'avait surprise alors, je comprenais mieux pourquoi, maintenant. Et moi, comme une conne, qui admirais le hasard qui nous avait fait rencontrer le docteur sur la route !

En ouvrant la valise, j'en eus la confirmation, la cagoule rouge y enveloppait six godes de tailles diverses, les « garçons » du docteur !

C'est avec le plus petit, « le petit Corse », m'apprit Marie-Paule, que le docteur lui agrandissait l'anus.

— Il me dit que mon trou n'est pas encore assez large pour le « Sénégalais »...

Le Sénégalais en question devait bien mesurer trente centimètres... Sans doute était-ce lui qu'il comptait enfoncer dans le cul de Mademoiselle pour conclure la séance !

Que vous dire de plus ? Ce soir-là, le docteur et moi eûmes une longue explication. Il tombait de la lune en apprenant que j'avais assisté à toute la scène du mausolée ! Et m'affirma que je n'avais rien, mais alors rien compris à ses « motivations ». S'il avait monté toute cette mascarade avec l'aide de Mme Raffiani (une garde-malade dont il recommandait souvent les services à ses patientes), ce n'était que dans un but « thérapeutique ». Il s'agissait d'un traitement de choc grâce auquel il comptait guérir sa sœur de sa « pathologie », la délivrer de son obsession macabre. C'est pour cela, uniquement pour cela, qu'il avait eu l'idée de provoquer un « traumatisme » qui la détacherait définitivement du mort. Dans ce but, il fallait rendre Philibert et Schombert, les duettistes du macabre fantasme sexuel de sa sœur, aussi odieux que possible. Afin qu'elle en soit dégoûtée à jamais... et revienne au pays des vivants.

Pour cela, le Sénégalais, ce gode de trente centimètres, lui avait paru être le clou du numéro. En lui ouvrant le cul avec et en singeant le personnage de Schombert, Bobby et lui auraient associé les deux fantômes de Mademoiselle à des traitements si humiliants que jamais plus elle n'aurait pu contempler les photos qui ornaient ses murs sans avoir la nausée. Preuve à l'appui, il me montrait les dimensions du Sénégalais.

— Aude est une personne délicate. Tu imagines un peu l'horreur que lui aurait inspiré un engin de cette taille !

Je me suis bien gardée de le détromper ; sur la délicatesse de sa sœur j'avais mon opinion, me souvenant, notamment, de notre séance de fist-fucking.

— Cela dit, conclut le docteur, je ne veux pas me faire plus blanc que je ne suis. Je reconnais que j'ai pris un malin plaisir à punir cette idiote. Personne n'est parfait.

Que veux-tu, un cul est un cul... sœur ou pas... Au moment de la fiancer avec le Sénégalais, je me suis dit, et si je m'en payais d'abord une tranche ? Te permettrais-tu de me juger ?

Loin de moi pareille idée. Mais quand même ! Je le revoyais en train de larder les fesses de sa sœur avec l'aiguille à chapeau. Etait-ce pour que l'effet de choc soit plus fort ?

— Il y a des deux. D'une part, cela produisait sur elle un effet de choc, mais d'autre part, du fait même de ce choc... à chaque piqûre, son sphincter se crispait de façon si délicieuse sur mon pénis que je ne pouvais pas m'empêcher... de recommencer.

En somme, avec l'aiguille à chapeau, il joignait l'utile à l'agréable.

— Et pas un mot à ma sœur, hein ?

— Voyons, Docteur ! Vous oubliez que je suis liée par le secret professionnel.

*

* *

Tout se paye. Le docteur avait sa petite vanité, il ne devait guère apprécier que j'aie été témoin d'un comportement aussi peu reluisant que le sien dans le mausolée. La veille du retour des Bergeret, comme s'achevait mon dernier remplacement, il remit avec un plaisir manifeste « les horloges à l'heure ». Et moi, « à ma place », comme aurait dit Madame.

— Comme te voilà fagotée, soupira-t-il, en me tendant mon enveloppe. Vraiment, je ne suis pas fâché de voir Elizabeth revenir. Tu n'as aucune classe, ma pauvre fille. Elizabeth, c'est autre chose, je te jure !

Sur le moment, je crus vraiment qu'il n'en avait qu'à ma façon de m'habiller. Je ne voyais pas ce qu'il pouvait lui reprocher. Je venais de retirer ma blouse, et j'avais sur moi une petite jupe toute simple, peut-être courte, je l'admets, j'aimais bien montrer mes cuisses, et peut-être collante, mais il fallait bien que je mette mes fesses en valeur, c'était ce que j'avais de mieux, avec les seins.

En haut, je portais un polo Lacoste blanc, un vrai, *made in Taïwan*, avec un petit crocodile vert... peut-être un peu trop serré, et sans soutien-gorge, mais on était en été, non ? Qu'y pouvais-je si je transpirais et si les bouts des seins pointaient ? Allais-je me désoler de ne pas être une poupée de Jeanneton (« sans cul, ni hanches ni tétons »). Ceux qui aimaient les planches à pain n'avaient qu'à regarder ailleurs !

Il a bu une lampée de cognac et m'a lancé :

— Ça ne te plaît pas, ce que je te dis ? Tu fais la gueule ? Depuis quand te permets-tu de prendre de grands airs ? Tu le sais, non, que tu n'es qu'un cul ? Et que ce cul est à ma disposition ? Je paie assez cher pour ça, non ? Est-ce clair ?

— Très clair, Docteur.

Qu'est-ce qu'il lui prenait, tout à coup ?

— Tu sais très bien que c'est ça ou la porte, hein ?

— Oui, Docteur, je le sais. Vous me le répétez assez souvent, vous et votre sœur !

Conne que j'étais, au lieu de m'écraser, il avait fallu que j'ouvre ma grande gueule !

— Je n'aime pas beaucoup ce genre de réflexions, Victorine ! Approche !

Et voilà, j'avais encore gagné le gros lot. Etrange bête que j'étais, je me maudissais, bien sûr, et pourtant, en même temps... Au fond du ventre, cet ignoble frétillement...

— Remonte ta jupe, dit-il d'une voix lasse. (Comme s'il s'adressait à un enfant.) Il faut donc tout te dire ?

Rageusement, je me suis troussée au-dessus du nombril. Dès que j'ai eu le cul et les poils à l'air, il m'a souri d'un air mauvais.

— Dis-moi, quelle impression ça te fait, de montrer ton cul dès que je te l'ordonne ?

Il se marrait, content de lui, en me fixant dans les yeux.

— Dès que je claque des doigts, hop, ni une ni deux, tu remontes ta robe et t'écartes les cuisses comme une chienne en chaleur. On peut dire qu'on t'a bien dressée ! C'est marrant, tu ne trouves pas... de savoir que je peux me servir de tes trous chaque fois que j'ai envie de tirer ma crampe, même si ça te contrarie.

Il faisait tourner le cognac dans son verre, sans me quitter des yeux. J'aurais voulu le voir mort, ce sale connard, il le savait. Son sourire a durci.

— Eh oui, c'est dur, la vie, quand on doit la gagner avec ses fesses, ma chère Victorine. C'est dur de conserver sa dignité quand on est réduite à deux trous bordés de poils pour que j'y fourre ma bite quand je veux me vider les couilles.

Il a trempé sa langue dans le cognac.

— Je parie que t'es déjà toute trempée. Je me trompe ?

J'aurais bien voulu prendre l'air dédaigneux ; essayez, pour voir, le cul à l'air et la moule ouverte, en face d'un salaud qui pourra vous la mettre quand il voudra ! Des larmes de rage me brûlaient les paupières. Il l'a remarqué, bien sûr, et ça le faisait bicher. Ce soir, il avait envie de me traîner plus bas que terre.

— Je suis en train de me demander si je vais te baiser

ou t'enculer ? A moins que je me fasse simplement sucer par cette jolie bouche... et que je te lâche tout dans la gueule. Ouais... faut que je réfléchisse à la question. C'est comme le cognac, le cul, faut jamais se précipiter, ça se déguste à petites gorgées.

Posément, il s'est envoyé un coup derrière la cravate, et il a baissé les yeux pour reluquer mon con.

Mon cœur cognait sourdement ; je ne savais plus si c'était encore la rage qui me faisait trembler ou déjà cette sale impatience...

— Tu pues la femelle ! Tu t'es branlée tout l'après-midi, je parie ?

— Non, Docteur. Vous me l'avez interdit !

— Comme si ça te dérangeait ! Ecarte les cuisses et ouvre ta moule avec tes doigts.

Après tout ce qu'ils avaient déjà pu me faire, chaque fois qu'ils me demandaient ça, lui ou sa sœur, j'étais encore prise du même vertige pâteux ; comme autrefois, au dortoir, ça naissait dans la poitrine et ça se répandait partout, comme une fièvre. Pourquoi est-ce que j'aimais donc tant montrer mon con ?

— Ouvre-le mieux que ça, dépiaute le clitoris.

J'ai appuyé en haut de la fente pour faire pointer mon bouton.

— Il est pas assez gros, taquine-le.

— Docteur !

— Monte ici, tu seras mieux pour te branler...

J'ai dû m'asseoir sur son bureau. Il m'a replié les genoux, m'a renversée sur le dos. J'étais toute molle, fiévreuse. J'écartais grand les cuisses, comme une femme sur le point d'accoucher, avec toute ma bidoche qui ressortait entre les poils. C'est dans cette position que j'ai dû me masturber devant lui. Il a exigé que je me tapote vicieusement le bouton du bout de l'index replié, pour bien le faire durcir, et pendant ce temps, avec l'autre main, les doigts en fourchette, je devais écarter les grandes lèvres pour qu'il voie mon vagin palpiter et la mouille en couler.

Quand il m'a entendue soupirer, il s'y est mis aussi. Je ne savais plus si c'étaient mes doigts ou les siens qui entraient dans mon cul et mon vagin. J'en perdais complètement le nord.

— Allez, descends de là, que je fasse ma vidange...

Il n'a pas eu besoin de me faire un schéma. Je lui ai tourné le dos, je me suis inclinée vers l'avant, j'ai écarté mes fesses avec mes mains. Je priais Dieu pour qu'il choisisse l'anus ; quand j'étais très excitée, c'est par-derrière que ça me faisait jouir le plus. Il a dû le sentir au relâchement avide de mon sphincter ; ça l'a fait se bidonner.

— Tu la veux dans la rondelle, hein ? Grande sale !

— Oh, oui, Docteur, s'il vous plaît !

Je l'ai entendu abaisser la fermeture Eclair de son pantalon.

— Tu ne seras plus insolente, Victorine ?

— Non, Docteur, je vous le promets.

— Décidément, t'as vraiment envie que je t'encule !

— Oh oui, Docteur... j'ai envie...

Alors, il a daigné me la fourrer dedans, en prenant tout son temps, pour que je la sente bien glisser dans mon cul, et j'ai cru mourir de bonheur tellement ça m'ouvrait. Et, tout en sirotant son cognac, il m'a pistonné la tripe en me disant mille cochonneries.

Qu'est-ce que je pouvais aimer ça, à seize ans ! J'aime toujours, d'ailleurs, mais à cet âge, ça me scandalisait encore et donc c'était plus fort. Maintenant, mes copains m'enculent comme ils mettent une lettre à la poste. On rigole bien (hue, bourrique ! qu'ils me disent), mais justement, la notion de péché a disparu... et ça, c'est le meilleur, croyez-en une experte !

Quand il m'a envoyé la sauce, je me suis serré les nichons très fort pour me punir, parce que j'étais folle de rage contre moi de crier comme une bête quand il me faisait jouir par le cul. Après, j'étais bourrelée de remords de m'être laissée aller avec si peu de vergogne. J'éprouvais un dégoût incroyable pour ma personne. Je me sentais au-dessous de tout.

— Pourquoi, mais pourquoi j'accepte ça, hein ?

Voilà ce que je me répétais, sur la cuvette des chiottes, en expulsant avec un ignoble bruit de diarrhée le sperme qu'il m'avait envoyé dans les tripes.

— Dès demain, je fous le camp de cette maison de fous ! ajoutai-je en me torchant.

Rien ne m'en empêchait. Après mon remplacement d'été, j'aurais très bien pu monter à Paris, comme je l'avais rêvé autrefois ; j'avais suffisamment de quoi voir venir à la Caisse d'Epargne avec tout ce que mon cul m'avait rapporté. Et pourtant, je suis restée.

Pourquoi ? Ou plutôt, pour qui ?

Vous ne devinez pas ?

Ah, je pouvais me moquer des douçâtres conneries dont se gavait Mlle Aude !

Sixième partie

LA FÊTE DES PRUNES

1

Ploum ploum tralala

Si j'avais espéré une réconciliation avec Edwige, j'ai vite déchanté. Les rares regards qu'elle m'accorda à son retour reflétaient autant de dégoût que si elle avait trouvé un cafard dans son potage. Heureusement, il y avait Madame. Qui s'était comme qui dirait lassée de son mirliflore pendant les six semaines où elle se l'était cogné. Et s'en revenait des Baléares avec une telle fringale de moule crue qu'à peine arrivée, elle s'est jetée sur la mienne comme la vérole sur le bas clergé (expression qu'employait souvent Monsieur à propos de ses solliciteurs).

— Ah, m'a-t-elle dit en me la dévorant, ça fait du bien de manger de la femme, ma chérie. Tu ne peux pas savoir comme c'est lassant, à la longue, les turluttes à l'huile de bronzage !

Monsieur étant là, Madame et moi ne pouvions plus jouer à touche-pipi le soir dans le lit conjugal. Mais le matin, pour faire taire les rumeurs fâcheuses qui avaient couru sur sa santé, à la suite de son « malaise vagal », le député, allait faire du footing sur la berge du Lot avec Edwige et Jean-Philippe. Pendant qu'il « brûlait ses calories en excès » et montrait à ses concitoyens et rivaux qu'il était parfaitement rééligible, je montais son déjeuner et ma moule à Madame, qui dégustait le tout au lit. Après avoir tiré les rideaux, alors que le soleil lui faisait cligner les yeux, je m'accroupissais au-dessus de son visage encore endormi pour lui faire respirer « mes odeurs matinales », et elle me faisait ma toilette intime (comme si j'étais Mlle Aude !).

— Ne te lave jamais avant de venir, avait-elle insisté. Henri IV avait raison, rien de tel qu'un arrière-goût de pipi mêlé aux sucs nocturnes pour redonner à la vie toute sa saveur.

Après qu'elle m'avait bien bouffé la chatte, elle se jetait sur ses biscottes et son café noir sans sucre (elle avait deux kilos de paella à perdre) et c'était mon tour de la débarrasser de ses miasmes vaginaux. Ce retour d'affection de Madame pour mes organes eut une conséquence insolite. Un matin, après nos ébats, elle s'en était allée chez son dentiste pour une séance de blanchissage des dents (grosse fumeuse, elle en faisait une tous les deux mois) d'où elle revint dans tous ses états.

— Devine ce qu'il a trouvé entre mes prémolaires ?

— Une carie de collet ?

— Un poil de ton cul ! J'ai cru mourir de honte quand il me l'a montré au bout de sa pince.

L'instant d'après, j'avais les pattes en l'air et Madame, armée d'un rasoir et d'une bombe, me débarrassait en un tour de main de toute ma végétation. J'eus beaucoup de mal, les jours qui suivirent, à m'y habituer. Je me sentais terriblement « nue » à cet endroit ! Quant à Madame, elle n'en revenait pas de ne pas y avoir pensé plus tôt. Elle trouvait mon con chauve « délicieusement pornographique ». A tout instant, elle vérifiait qu'aucun poil follet n'en menaçait la lubrique nudité.

— J'en étais sûre, disait-elle en faisant la moue. Tes maudits poils recommencent à pousser. Tu as tout d'un poulet qu'on vient de plumer !

Pure calomnie, j'étais aussi lisse qu'un œuf à repriser. Chaque matin, avant d'aller lui porter mon cul, avant même de me brosser les dents, je me rasais les pourtours de la fente. Ensuite, je me passais de la crème adoucissante. Puis un peu de talc. Le talc, pour bien faire ressortir la couleur rose du dedans. Madame y tenait expressément.

— Faut que ça ressemble à une confiserie orientale.

A part ce retour d'affection de Madame pour mes parties intimes (et l'indifférence méprisante que leur témoignait Edwige), je ne vois rien de notable à signaler pour cette rentrée. Nous pouvons donc en venir à l'événement qui allait introduire un ultime rebondissement dans mes aventures amoureuses au Bertranet, je veux parler de la Fête des Prunes.

*
* *

Villeneuve-sur-Lot, c'est le pays de la prune d'ente. Le pruneau d'Agen, disait le député, est la « clef de voûte de l'économie locale ». Il n'aurait pas raté la Fête des prunes pour tout l'or du monde. A cette occasion, tous les gros bonnets du département se retrouvaient pour s'en mettre plein la lampe, fêtant la « nouvelle prune » de ferme en ferme, comme d'autres le beaujolais nouveau. Ne croyez surtout pas qu'on ne se nourrissait que de prunes pendant ces réjouissances. Le cochon de lait grillé entouré de pruneaux et de maïs et la charcuterie régionale sont sérieusement mis à contribution pour ne rien dire du gibier fourni par les braconniers du cru ; le tout sérieusement arrosé de Cahors, un petit rouge bien fruité qui ne paie pas de mine mais se laisse gentiment lutiner. Il a de la cuisse, dit Monsieur.

Pour rien au monde, il n'aurait renoncé à ces agapes. En vain, son oiseau de mauvais augure de beau-frère lui fit-il remarquer que son taux de triglycérides était toujours aussi élevé.

— Je m'en fous de mon taux de nitroglycérine, cher ami. Vous semblez oublier que je suis un viveur ! Un viveur, ça vit. Et je compte bien m'en mettre jusque-là.

Vous n'avez aucun mal à imaginer dans quel état le député, qui avait un solide coup de fourchette et la dalle plutôt en pente, revenait de ces festins. Seule concession aux inquiétudes de Madame, cette année-là, il se faisait accompagner par prudence par le morne Gustave, qui avait un appétit d'oiseau et ne buvait que de l'eau minérale ; c'est lui qui tenait le volant, au retour. Et qui m'aidait à trimballer son patron jusqu'à sa chambre, ce qui n'était pas une mince affaire, vu son poids.

Je précise que pendant qu'il festoyait, Madame qui détestait ces vulgarités pantagruéliques laissait le champ libre à son époux et rendait visite à sa sœur de Paris, Mme Charmaine, en compagnie d'Edwige. La mère et la fille restaient là-bas une petite semaine, surtout consacrée à piller les grands magasins avant la rentrée scolaire.

En effet, les festivités de la prune duraient plusieurs jours d'affilée ; on se rendait les invitations de ferme à ferme ; ne voulant vexer aucun électeur, le député était de tous les gueuletons. Chaque soir, au retour, Gustave klaxonnait et j'allais prendre livraison du colis ; c'était rare que le député ne fût soûl qu'au point de se contenter de mon aide ; le plus souvent, comme je l'ai dit, nous nous mettions à deux pour le charrier. Gustave à reculons, suant sang et eau, le soutenant par les aisselles, et moi le tenant par les bottes, comme une brouette par ses brancards. Tout le temps qu'on le montait dans l'escalier, le député, hilare, fredonnait une chanson idiote. Il avait le vin très gai, Monsieur. Je m'en souviens encore, c'était :

« Ploum ploum tralala...
Voilà ç'qu'on chante, voilà ç'qu'on chante
Ploum ploum tralala...
Voilà ce qu'on chante - chez - moaaaaaa.... »

Ensuite, fallait lui retirer ses bottes, son pantalon de velours (il se déguisait toujours en chasseur quand il allait se goberger chez les culs-terreux), son caleçon à rayures, sa chemise, bref, le mettre nu comme un ver (ou plutôt comme un ours, vu la toison qu'il se payait), et lui faire sa toilette, comme à un grand malade.

Monsieur y tenait beaucoup, à sa toilette.

— Quand j'ai bu, je transpire. Et j'aime pas dormir dans ma sueur. Donc, gant de toilette, ma chère. Comme un nourrisson. Sans rien négliger...

Or, lui faire sa toilette était loin de me laisser froide. Vous auriez vu la bête ! Rien d'un apollon, mais le vrai mâle, couillu comme un taureau. Je commençais par le cou, les épaules, les aisselles... Puis je faisais les bras. Ensuite, je le reprenais par l'autre extrémité, les doigts de pied, les mollets, les cuisses. Ces jambons de Bayonne qu'il se payait ! Il avait fait du rugby dans sa jeunesse et il était plutôt bon. Pas des cuisses de danseur mondain, donc. Et velues. Le cœur commençait à me taper dans la gorge, en remontant. C'était d'autant plus gênant que le Gustave assistait à l'opération, assis sur une chaise, jambes croisées. Il voyait bien que je devenais rouge en me rapprochant des bibelots intimes que j'avais gardés pour le dessert, et il avait ce petit sourire dégueulasse qu'il avait chipé à Madame. J'avais beau me donner l'air de celle qui faisait ça comme elle aurait peigné la girafe, j'en avais le vagin qui bavait comme un nourrisson à l'heure de la tétée.

Le député ronflait paisiblement, les bras en croix. Et j'étais là avec mon gant de toilette, ma savonnette Palmolive, ma petite cuvette, les serviettes étalées pour ne pas mouiller les draps, à faire sa toilette au gros bébé poilu sous l'œil narquois de l'Olibrius. Finalement, je lui attrapais délicatement sa petite bête par le cou (disons sa grosse bête), et je la soulevais pour lui passer le gant de toilette entre les fesses et bichonner ses gros roustons. Je savonnais tout ça délicatement, longuement, comme j'avais savonné le reste. Mais faut croire que c'était plus sensible que le reste car le ronflement de Monsieur se faisait capricieux. Il avait des sortes de ratés. Et son saucisson commençait à prendre de l'ampleur.

— Hmm... faisait le Gustave.

Je lui lançais un sale regard ; de quoi se mêlait ce faux cul ? Il m'adressait son sourire torve.

— Il faut bien nettoyer les parties sexuelles, Victorine ! Ne soyez pas timide ! N'oubliez pas le pruneau, surtout !

Le pruneau !

Je le faisais donc sortir, le « pruneau », en prenant mon air le plus dégoûté. C'est quand même une partie de l'anatomie masculine qu'il convient de traiter avec plus de délicatesse que les orteils ou les aisselles. Je ne me servais donc pas du gant de toilette, mais de mes doigts. J'enduisais délicatement la chose de mousse de savonnette, et je faisais tourner mes doigts autour, surtout à la base, là où la peau forme un repli. Ça m'absorbait à tel point que je me laissais prendre chaque fois. Quand je m'avisais enfin que le député ne ronflait plus, j'avais un sursaut de tout le corps et je levais prudemment les yeux. En voyant qu'il avait ouvert les siens, ma maudite faiblesse me prenait aux reins, et je bredouillais :

— Monsieur est réveillé ? J'ai pourtant fait le plus doucement que j'ai pu.

— Eh bien, continue, grognait-il. Ne t'arrête pas en si bon chemin !

— J'avais fini, justement ; il ne me reste plus qu'à rincer les... les parties de Monsieur. Et à lui souhaiter une bonne nuit.

— Une bonne nuit, dans l'état où tu m'as mis ?

Il faut reconnaître que son engin était maintenant dans tout l'éclat de sa gloire. Gustave s'autorisait un gloussement égrillard.

— Il ne faut pas s'étonner, Noël, si vous avez tout du dieu Priape, elle n'a pas arrêté de s'amuser avec votre virilité, sous prétexte de la nettoyer.

— C'est lui qui a insisté, Monsieur ! me défendais-je.

Les deux salauds se marraient de concert.

— Faut réparer le mal que tu as fait, me disait Monsieur. Tu ne penses pas ? Le dieu Priape a besoin de dormir !

— Vous savez que Madame me l'a interdit.

— Elle est à Paris, Madame.

— Peut-être, mais votre secrétaire est un cafteur ! Il lui raconte tout ce que vous faites ! Il lui dira !

— Oh, faisait Gustave, en se levant. Oh, comment peut-elle dire ça ?

— Eh bien, rétorquait Monsieur, il y aurait un moyen très simple pour qu'il ne cafte pas, comme tu dis si élégamment. Ce serait de le faire participer aux réjouissances : il ne pourrait rien répéter à ma femme sans se trahir lui-même.

— Puissamment raisonné, Noël, approuvait le lèche-cul, j'ai toujours dit que vous étiez une tête !

Ai-je besoin de vous faire un dessin ?

— Tu m'as nettoyé mon pruneau, disait Monsieur, mais le tien, est-il bien propre ? Montre-la un peu, ta petite prune d'ente !

Je me faisais prier, bien sûr, parce que c'est toujours meilleur quand on vous force la main. Mais je finissais par retrousser ma robe pour que Monsieur constate que j'étais bien propre. C'était d'autant plus facile à vérifier qu'aucun poil ne masquait plus l'état des lieux. Ce qui me valait les commentaires acerbes de Monsieur.

— Vous avez vu ça, Gustave ! L'impudente gamine se rase la chatte ! C'est indécent, vous ne trouvez pas ?

— Je dirais plus, c'est positivement obscène, Noël.

— Fais voir, disait Monsieur, ouvre-le bien... fais sortir la petite prune.

J'avais beau m'écarquiller et faire sortir tout ce que je pouvais, les petites lèvres, le clito et même une partie du vagin, en poussant dans mon ventre, ça ne lui suffisait pas.

— Mieux que ça... le trou du cul aussi ! Allons, ne sois pas pudibonde.

Ce qu'il voulait, c'est que je grimpe sur le plumard et m'accroupisse au-dessus de lui en écartant ma fente du bout des doigts.

— A la bonne heure, approuvait-il, comme ça, au moins, on voit le fond du tunnel !

Il ne se contentait d'ailleurs pas de reluquer attentivement la chose, il la flairait.

— Tu pues la fille, disait-il, mais ça ne me déplaît pas. J'ai horreur des femmes qui sentent le bébé Cadum.

Me tenant par les fesses, il me léchait de bas en haut, en faisant autant de bruit qu'un chien qui lape sa soupe. Pas moyen de lui cacher l'effet que ça me faisait ; d'autant plus qu'il corsait le menu en me fourrant son gros doigt dans le cul !

— Qu'est-ce que tu préfères, demandait-t-il quand je soupirais, que je te fasse bicher avec ma langue, et après tu me feras une pipe, ou que...

Me faire lécher le zinzin, je n'avais fait que ça avec Madame depuis leur retour de vacances. Pour une fois que j'avais un mâle à ma disposition, je n'allais pas me contenter de faire minette. D'une façon éloquente, je glissais une main derrière moi pour agripper le mât de cocagne. Chaque fois, ça le faisait se marrer.

— Allez, qu'il m'accordait, grand seigneur, elle est à toi, petite canaille, fais joujou avec !

Je ne me le faisais pas répéter ; à reculons, je me plaçais au-dessus de son pruneau que je me logeais dans l'orifice naturel (je l'ai dit, sauf quand j'avais mes règles, Monsieur ne le faisait que dans le vagin, le trou du cul, disait-il, c'est bon pour les pédés refoulés !). Après, il n'y avait plus qu'à s'asseoir et le laisser entrer. C'était quelque chose !

— Oh... que je faisais, chaque fois. Ouf... Oh ! Oh là là !

Je tournais sur moi-même pour bien le sentir. Pour être remplie, j'étais remplie. Jusqu'au col de l'utérus ! Assise sur ses grosses couilles comme sur deux petits coussins pneumatiques, je restais comme ça, immobile, comblée, béate. Alors, serviable, Gustave allait prendre la pipe de Monsieur et la bourrait de ce tabac qui pue le miel, puis il la lui passait, et lui donnait du feu. Monsieur tirait une bouffée, sans se presser, et me soufflait sa saleté de fumée sucrée au visage.

— Allez, disait-il, remue-toi le cul, ma fille. Fais ploum ploum tralala...

Et fallait donc que je fasse ploum ploum tralala, c'est-à-dire que je monte et descende au trot pendant qu'il fumait sa pipe en discutant avec Gustave des affaires en cours. Quand il le voulait, il pouvait se retenir un temps incroyable ; pas moi. A force de monter et de descendre, je me déclenchais le frisson et quand je me le déclenchais, ça s'entendait. Je miaulais, je râlais, je suffoquais, je pleurnichais, j'avais des fous rires nerveux, je disais un tas de conneries.

— Oh qu'elle est grosse, monsieur, qu'elle est dure, oh comme j'aime ça ! Oh, surtout que monsieur ne jute pas trop vite, je voudrais m'en servir encore... Oh là là... Oh bon Dieu de bon sang ! Oh bonne mère ! Oh bordel de merde ! Jésus Marie Satan ! Rhaaaaa...

Eux se gondolaient comme des baleines. Après m'être égosillée tant et plus, je restais affalée sur Monsieur, quasi morte de béatitude, à bien savourer mon reste, écouter mon cœur cogner, il y avait ce gros machin qui m'éventrait et leurs yeux vicelards qui se promenaient sur ma peau. J'étais toute nue, maintenant, car Gustave, serviable, m'avait débarrassée de mes frusques pour que Monsieur puisse bien se rincer l'œil. Il aimait bien voir dans quoi il fourrait sa queue, Monsieur.

— Tripotez-lui les bouts des nichons, disait-il, après avoir tiré sur sa pipe ; ça va la faire redémarrer.

Et Gustave, avec son sale sourire, venait donc me taquiner les pointes. D'autres fois, il me fourrait son dard dans la bouche, et je devais le sucer en faisant beaucoup de bruit, comme un bébé qui tète gloutonnement. Il n'en fallait pas plus pour que dans mon ventre la bête se réveille et crie famine. Alors, je me remettais à faire ploum ploum tralala... et eux à causer boutique.

Plus ça allait, plus je jouissais fort ! Il pouvait me rendre carrément hystérique, Monsieur, avec son gros outil !

Je l'ai dit, Edwige et sa mère étaient à Paris. On ne se souciait donc pas trop du bruit qu'on pouvait faire ; quand Monsieur s'en payait une tranche, il aimait bien que je m'extériorise. Et merde pour les chastes oreilles de Mlle Aude, il s'en contrefichait, le député, de sa belle-sœur. Elle se bouclait à double tour dans sa chambre pendant toute la durée de la fête et devait se branler comme une malade en m'écoutant chanter le grand air de la Tosca.

Maintenant, lisez attentivement ce que je vais écrire.

Ce soir-là, nous sommes au dernier jour de la Fête des prunes, et tout s'est déroulé comme d'habitude (avec quelques variantes, bien sûr, nous ne sommes pas des robots) et je suis donc en train de jouer à dada avec son gros pilon dans le vagin en manifestant ma satisfaction avec d'autant moins de discrétion que nous arrivons en fin de parcours, Monsieur m'ayant prévenue qu'il allait lâcher la sauce, car il était temps qu'il dorme, vu que le lendemain, il devait se lever tôt pour rejoindre Madame à Paris. Renonçant à économiser ma poudre, j'ouvre donc les vannes en grand et je m'en mets jusque-là ; déjà Gustave, sa serviette de cuir à la main, se glisse discrètement vers la sortie. L'affaire est pour ainsi dire terminée.

— Petite truie, grogne le député dont les veines du front se sont gonflées, tu chantes, hein ? Tu aimes ça, ploum ploum tralala !

Et il m'envoie la gerbe. Comme il s'est longtemps retenu, c'est une salve particulièrement nourrie. Le cri qu'elle m'arrache, en me fouettant la matrice, a certainement dû s'entendre de la gare routière, à l'autre bout de Villeneuve. Après, je fonds en larmes, et je m'affale de tout mon long sur le corps poilu de Monsieur, et pendant qu'il se marre en me tapotant le croupion, je le lèche, je lui pourlèche la poitrine, les aisselles, je me gave de son odeur de sueur, si forte, si virile... et je pleure, je pleure... comme une petite fille qui a eu très peur ; mais maintenant, c'est fini. Elle va faire son dodo en suçant son pouce.

Chaque fois que j'avais pris mon pied avec lui, je redevenais une toute petite fille dans les bras de son papa. Un si gentil papa que je pourléchais, qui m'enfilait son gros doigt dans l'anus, qui me disait des cochonneries, et moi, je l'embrassais partout, et je lui disais aussi des cochonneries, en riant bêtement. C'est bon de rire bêtement, quand on s'est bien fait baiser, ça fait un bien fou ! Ce sont vraiment de très bons moments, ces moments-là, quand on est avec un vrai homme qui vous a bien bourrée, et qu'on a le corps tout paisible, la chair éperdue de gratitude.

— Tu m'as fait transpirer comme une vache ! me souffle Monsieur dans le tuyau de l'oreille. Faudrait peut-être changer les draps. J'ai l'impression d'être au hammam !

C'est vrai qu'ils sont trempés, les draps, et que la sueur de Monsieur sent plutôt fort. Outre que dans le feu de l'action, il m'arrive souvent de pisser de bonheur sans m'en rendre compte. Je me relève donc, encore toute moulue du plaisir que m'a donné cet homme si puissant et, sans même prendre la peine de passer ma robe, toute nue, je me rends dans la lingerie, au fond du couloir.

En marchant, je fredonne sa chanson idiote, ploum ploum tralala, et je ris tout en la fredonnant. Je pousse la porte de la lingerie, je tourne le bouton de la lumière et... qui vois-je, aussi blanche que les draps qui sont accrochés sur le séchoir ?

Mlle Edwige.

Blanche au point d'en avoir verdi. Et plus raide qu'une planche à repasser. Qu'est-ce qu'elle fiche dans la lingerie ? Pourquoi n'est-elle pas à Paris ? C'est comme si j'avais reçu un coup de matraque.

Un long moment, nous restons pétrifiées, à nous dévisager. Puis je la vois respirer et elle s'arrache un atroce sourire.

— Tu ne m'as pas vue, compris ? dit-elle. Je ne suis pas là.

— Bien, Mademoiselle.

— Va lui changer ses draps. Et après, reviens ici. On va avoir une petite explication, toi et moi.

Plus morte que vive, je vais changer les draps du député. Lui, il est sous la douche. Je refais son lit, il arrive, en pyjama, il se pieute, je mets le radio-réveil sur Europe 1, je lui présente mes respects et je referme la porte. A peine est-elle fermée, on l'entend ronfler. C'est un homme qui ne perd pas de temps avec ses fonctions naturelles ; cholestérol ou pas, il chie, il pisse, il mange, il baise, il ronfle, sans le moindre problème.

Me voici de retour à la lingerie. Edwige est assise sur la malle d'osier où on fourre le linge sale. Elle est moins pâle, je vois qu'elle réfléchit dur. Elle me fait signe de refermer la porte. Pas besoin de me demander si son père dort, ça s'entend.

— Il y a longtemps que ça dure, mon père et toi ?

— Depuis que je travaille ici, Mademoiselle !

— Bravo ! Et qu'as-tu à dire pour ta défense ?

Qu'est-ce que je pourrais dire ?

— Tu sais que si ma mère apprend ça, c'est la porte ? Edith a été fichue dehors pour la même raison. Parce qu'elle couchait avec mon père ! Dès que maman l'a su, dehors !

— Mais Mademoiselle, comment voulez-vous que je lui refuse ? Pour commencer, il est plus fort que moi !

— Je ne te demande pas de détails, qu'elle siffle comme une furie. Et d'ailleurs, à t'entendre chanter, tu n'avais rien de la fille qu'on viole !

A nouveau, elle est livide, ses yeux verts brillent comme ceux d'un chat. Elle me terrifie. Et pas seulement elle. Tout me terrifie. La vie me terrifie. Dire qu'on est à la merci de si peu de chose. Mes pensées tourbillonnent comme des feuilles mortes emportées par le vent. Tout s'écroule. Je me vois en train d'arpenter le trottoir, derrière la gare des autobus. Je tombe à genoux devant elle. Je fonds en larmes. Je la supplie.

— Le dites pas à votre mère ! J'veux pas qu'elle me renvoie ! Je me suis attachée à vous, Mademoiselle, ça me fendrait le cœur d'être séparée de vous !

— Attachée à moi ? s'indigne-t-elle, avec un rire d'une effroyable aigreur. Tu plaisantes, je crois ?

— Je serai votre chienne, Mademoiselle, vous pourrez... vous pourrez me traiter comme vous voulez...

Pourquoi lui ai-je envoyé ça en plein visage, je n'en sais rien, je n'ai pas réfléchi, les mots sont sortis de ma bouche, je suis aussi surprise qu'elle de les entendre. Sans le vouloir, je viens de lui dire la seule chose qui pouvait la faire fléchir. Et ça fait mouche ! Je le vois à son mouvement de recul, à l'éclat fiévreux de ses yeux. Elle est encore pleine de pisse et de fiel, mais quelque chose d'autre se faufile en elle.

— Ma chienne ? J'ai bien entendu ? Tu as bien dit ma chienne ?

— Oui, Mademoiselle. Votre chienne, votre esclave... tout ce que vous voudrez, mais gardez-moi près de vous.

— Les chiennes... on les fouette, tu sais ça ?

Si je le sais !

— On les gifle, on les met toutes nues, on les...

Sa voix en devient toute rauque. Et comme lors de mon arrivée, après que je l'eus surprise avec le rouquin, sa main s'envole. Mais cette fois, la gifle ne me brûle que la joue, je l'attendais, mieux, je l'espérais. Si elle me frappe, c'est qu'elle me garde ! J'en pleure de soulagement.

— On les pince... dit-elle, en regardant d'un œil avide mes larmes et le tremblement de mes lèvres.

Je fais oui de la tête ; oui, oui, oui ! Tout ce qu'elle veut ! Absolument tout ! Les sanglots m'empêchent de parler, les larmes ruissellent sur mon visage, j'en suffoque, j'ai enfin trouvé ce que je cherchais depuis si longtemps : me livrer à elle. Fini les bouderies, les regards aveugles, je suis là, je suis à elle, je lui appartiens, je suis sa chose. Et cette chose brûle de curiosité... Qu'est-ce qu'elle va en faire, Edwige ?

— Finalement, ricane-t-elle, j'ai eu une bonne idée de me disputer avec ma tante Charmaine et de revenir un jour plus tôt ! Fais-moi confiance, tu vas me le payer chèrement ce que tu viens de faire avec papa ! Allons dans ma chambre, je vais te donner un échantillon de ce qui t'attend.

2

LA CHIENNE D'EDWIGE

Nous revoici donc chez elle. On entend, au loin, mugir comme un torrent les ronflements de son père. D'un coup d'œil, Edwige s'assure que tout est nickel. Elle passe un doigt sur un guéridon pour vérifier s'il y a de la poussière, soulève dans sa salle de bains le couvercle de la petite poubelle en plastique, ouvre sa penderie, s'assure que ses défroques de lycéenne chic sont en bon ordre sur les cintres puis revient vers moi, qui attends, debout, qu'elle décide de mon sort.

— Comme boniche, dit-elle, tu fais bien ton boulot. Comme boniche, tu es parfaite.

Elle se fabrique un petit sourire acide et laisse ses yeux se promener sur moi.

— Tu mérites donc une récompense.

Son sourire s'aiguise et, posément, elle me claque.

— Tu sais que c'est très amusant, de te gifler ? C'est tordant comme tout ! Si tu pouvais voir la tête que tu fais !

Elle m'en envoie une seconde. J'ai le visage qui picote.

Et les yeux aussi. Mais aucune rage rentrée. Rien qu'une immense curiosité, une attente impatiente.

— Mets-toi toute nue, esclave, dit-elle. Fais voir tes gros nichons !

C'est vite fait, je n'ai que ma jupe et mon chemisier. Elle m'attrape les seins, avec une espèce d'avidité (comme s'ils lui avaient manqué), en imprimant un pli de mépris à sa jolie bouche.

— Alors, voilà avec quoi mon papa s'amuse ! C'est vrai qu'il aime la viande, pour la quantité, il doit être servi !

Elle me pince les bouts, mais pas trop, juste un avant-goût, tout en m'épiant entre ses cils.

— Fais voir ton cloaque, maintenant.

— Mon quoi ?

— Ton cloaque ! Ton calice d'impureté ! Ton vagin ! Es-tu sourde ? Que je voie s'il est propre...

Je n'ai pas eu le temps de me laver. Qu'y faire ? En priant intérieurement pour que ça ne coule pas dehors, j'écarte les cuisses. Pour mieux jouir du spectacle, elle s'est assise sur son lit. Elle se repaît de la rougeur de mes joues, puis ses yeux s'abaissent... Et c'est son tour de s'empourprer jusqu'aux oreilles !

— Mais... mais... fait-elle en se penchant, les yeux ronds. Depuis quand... depuis quand te rases-tu les poils ?

Elle contemple d'un œil horrifié ma grosse chatte glabre de fausse petite fille.

— C'est votre maman qui l'exige. Elle trouve que c'est plus hygiénique...

— Et tu acceptes ça ?

Du bout d'un doigt, elle caresse prudemment le bord d'une grande lèvre, près du vagin, à l'endroit où c'est encore rougi et gonflé par le frottement du sexe de son père.

— Madame est très autoritaire ! Si je fais pas ce qu'elle veut... c'est la porte !

— Mais...

Toute songeuse, Edwige me glisse un doigt dans la fente.

— ... comment le saurait-elle si tu ne te rasais pas ? Tu lui montres donc ton zinzin ?

— Tous les matins, c'est la première chose qu'elle vérifie. Madame est très pointilleuse sur l'hygiène de ses bonnes !

Je la vois pincer vertueusement les lèvres.

— Ça m'étonnerait beaucoup qu'elle vérifie si Maria se rase la moumoute !

— Ce n'est pas pareil. On ne fait pas le même genre... de travail !

Elle n'insiste pas. Mes bizarres relations avec sa mère ont souvent dû l'intriguer, mais visiblement, elle ne tient pas à en savoir trop à ce sujet. A force de manipuler curieusement mon con chauve, elle est cause que mon vagin s'ouvre, un filament de sperme commence à couler sur ma cuisse.

Elle retire ses doigts, dégoûtée, les essuie sur le drap.

— J'ai pas eu le temps de faire ma toilette... et Monsieur...

— Suffit ! Je ne veux pas en savoir davantage. Va te laver le cul tout de suite. Dégoûtante ! Je veux que mon esclave soit toujours propre, vu ? Je veux pouvoir lui toucher tout ce que je veux sans me mettre de la saleté sur les doigts, vu ?

— Bien, Mademoiselle.

J'emporte donc mes fesses à la salle de bains et je

m'installe sur le bidet ; elle vient assister à l'opération. Je m'ouvre donc, je me savonne, je me fouille en profondeur, j'extirpe tout ce que je peux, je récure, je rince, j'essuie. Une fois que c'est propre et tout rose, je le referme pudiquement de ma main et lui adresse mon regard le plus humble. Elle me désigne son lit.

— Monte là-dessus ! A genoux. Maintenant, penche-toi en avant. Ecarte bien les cuisses. Voilà. Creuse les reins. Fais voir tes trous...

Combien de fois m'a-t-on fait prendre cette posture ! Edwige se baisse pour inspecter mes orifices.

— C'est laid, tu sais, cette grosse fente rouge sans poils ! Alors, c'est là-dedans que mon papa enfonce sa verge ?

Elle introduit un doigt dans mon vagin.

— Et tu aimes ça, bien sûr ?

— Oui, Mademoiselle !

— Et ce que je te fais maintenant, qu'elle ajoute en baissant la voix, tu aimes ça ?

— Oui, Mademoiselle...

Comment ne se souviendrait-elle pas de nos séances ? Son doigt va et vient, toujours au même endroit, insiste... elle n'a pas oublié, chauve ou poilu, elle connaît mon con par cœur et s'amuse de mes efforts pour lutter contre le plaisir. Quand je sens que ça monte, je mords le couvre-lit.

— Surtout ne crie pas, fait-elle, soudain alarmée. Manquerait plus qu'on réveille papa !

Mes efforts pour retenir mes gémissements la divertissent au plus haut point. A quoi bon résister, si elle a envie de me faire jouir, elle y arrivera ! J'ouvre donc les vannes, et tout sort d'un coup, en vrac, les gémissements, la mouille et les idioties habituelles... chuchotées, bien sûr, pour qu'on ne nous entende pas des autres chambres.

— Oh Mademoiselle, Oh là là... Ah, mon Dieu... s'il vous plaît...

Elle se marre à voix basse, accélère ou ralentit le mouvement de ses doigts.

— Oui ? S'il vous plaît quoi ?

— Vous allez me faire... vous... aaaahhhhh....

— Aaaahhhhh ? Késkeça veut dire, Aaaahhhhh ? Explique-toi ; ça veut dire quoi, ces onomatopées ?

— Mademoiselle, ça veut dire que vous me faites jouir... oh, continuez, continuez, plus vite... J'en peux plus...

— Parle plus bas ! se marre-t-elle, tu veux qu'on nous entende ? Grosse truie ! Serait-ce que tu es une sale branleuse ? Mon papa ne te suffit donc pas ?

Vous me connaissez, après la crise, je fonds en larmes. Etendue de tout mon long, je cache honteusement mon visage dans l'oreiller qui sent son parfum. Et je pleure... Le matelas s'affaisse près de moi, sa main me flatte la croupe. Elle m'attrape par les cheveux, mais pas méchamment, pour m'obliger à tourner la tête, et je vois son joli visage posé sur l'oreiller, ses yeux m'épient avec une insolite curiosité.

— J'avais oublié que tu pleurais quand tu jouis. Pourquoi pleures-tu, exactement, j'ai jamais compris. Tu as aimé, pourtant, non ?

— Bien sûr. C'est justement pour ça...

Mes pitoyables efforts pour essayer d'exprimer ce que je ne comprends pas moi-même paraissent l'intriguer. Elle veut savoir si je pleure aussi avec son papa, et je lui dis que oui. Mais pas de la même façon. Elle réfléchit pour savoir ce qu'elle doit en penser. Puis elle rapproche son joli museau du mien et flaire ma bouche.

— Tu as bonne haleine. J'avais oublié ton haleine. Ça m'a frappé dès le premier jour. Tu sens la fille saine. Saine et conne. Tu veux que je te dise : je crois que c'est ce que je préfère, en toi. Que tu sois si conne.

Elle essuie mes larmes du bout des doigts et approche sa bouche de la mienne. Nos lèvres se touchent. Surtout, ne pas réagir, attendre. Elle fronce les sourcils.

— Je sais que tu es mon esclave, mais je te rends ta liberté le temps d'un baiser. Embrasse-moi comme tu aurais embrassé cette copine de dortoir dont tu me parlais tant...

— Olga ? C'est que... je lui mettais le doigt, Mademoiselle, en même temps...

— Où ça ? Non, ne me dis pas... fais comme avec elle...

— Il faudrait que Mademoiselle retrousse sa robe... et... et baisse sa culotte...

La revoilà enfin à ma merci, ses lèvres chaudes et humides sur les miennes. Je l'enlace d'un bras et j'enfonce ma langue dans sa bouche. Je la sens rétive, au début, sur le qui-vive, mais très vite, sa langue me répond. Alors je l'écrase contre moi, je la mords, et je lui enfile mon doigt dans le cul. Elle me mord à son tour et me plante les ongles dans la fesse. Nous restons ainsi une éternité, bouche à bouche, mon doigt dans son cul, son souffle qui court sur ma joue. Puis elle se raidit et, violemment, s'arrache à moi.

— C'est fini, me crache-t-elle. Je te reprends ta liberté !

Elle s'assied sur son lit et se touche les lèvres ; ses yeux me fusillent.

— Et mon père ? Tu l'embrasses aussi ?

— Non, Mademoiselle. Ça ne l'intéresse pas...

— Tu te crois maligne, hein ? Tu te dis que tu vas me mettre à nouveau dans ta poche... comme avant les vacances ? Détrompe-toi. C'est fini, ça. Donne ton cul !

Une lueur égarée passe dans ses yeux.

— Je vais t'apprendre à coucher avec tout le monde, espèce de putain ! Léon, Gustave, mon père ! Il te les faut tous, si je comprends bien ? Et moi en prime, c'est ça ? Tu comptes m'ajouter à la liste ? Mais qu'est-ce que tu as, dans le cul ? Attends, je vais m'en occuper, moi !

A nouveau me voici croupe levée, fesses écartées. Edwige me chevauche comme une monture, mais tête-bêche, assise sur mes omoplates, elle étreint mon torse entre ses cuisses. Mon cul inversé lui fait face, comme un tambour, sur lequel elle frappe à tour de bras, des deux mains. C'est la première fessée que je reçois depuis que mon sexe est glabre. Embrasée, j'agite mon cul en tous sens, mais elle tient bien en selle et frappe de plus en plus fort, avec un rire de démente qui me rappelle celui de sa mère quand elle est en crise ; le sang en folie se rue dans mes vaisseaux, j'ai le cul en feu. Maintenant, sa main vise mon sexe chauve. C'est plus fort que moi, malgré la souffrance, je rehausse la croupe pour mieux le lui livrer. Un foyer ardent s'y allume, sur lequel elle s'acharne cruellement, m'arrachant de vrais rugissements.

Mais elle est au moins aussi vicieuse que sadique.

— Il est tout rouge, ton con, dit-elle, tout gonflé... Qu'est-ce que je t'ai mis ! Ça t'apprendra à faire ta maligne en m'embrassant... tu verrais ton clito... on dirait un furoncle !

Elle me l'asticote.

— T'aimes ça, hein, que je te le touche ? Tu veux jouir encore ?

— Oh oui, s'il vous plaît ! Mademoiselle, je vous en supplie...

Je pleure à chaudes larmes, car elle m'a fait un mal de chien. Après ça, je ne sais plus... Comme on dit dans les romans de Mlle Aude : « Ce fut un moment de délire. ».Je me retrouve sur la descente de lit, en train de chialer. J'ai dû tomber du lit. Je l'entends aller et venir dans la salle de bains. Je me relève, le cul endolori ; j'ai la tête qui tourne. Elle reparaît, toute pimpante dans sa chemise de nuit, avec sa crème hydratante sur le visage.

— Alors, tu as eu ta rouste ? T'es contente ?

Elle bâille et tapote ses lèvres du bout de ses jolis doigts.

J'ouvre son lit, elle s'y glisse voluptueusement. Je remonte le drap sur elle. Elle m'épie. Je suis toujours nue. Rouge, défaite. Elle hésite ; va-t-elle me demander de dormir avec elle ? Mais non. Ses yeux durcissent. Sans doute se souvient-elle des cris d'orfraie que je poussais dans la chambre de son père.

— Tu peux disposer !

Elle se fourre le pouce dans la bouche et ferme les yeux. Elle est jolie comme un cœur, cette affreuse chipie.

— Nous sommes bien d'accord, dit-elle d'une voix ensommeillée. Tu es à moi ?

— A vous, oui.

Je la borde, j'éteins et je sors sur la pointe des pieds, le cul en feu et le cœur plein d'amour.

Les jours suivants, ce fut la douche écossaise. Comme si elle-même ne savait pas trop ce qu'elle devait faire de moi. Entre-temps la rentrée était arrivée. Quand je montais dans sa chambre, à son retour du lycée, je ne savais jamais de quelle façon je serais reçue. D'une seule chose je pouvais être sûre, ce ne serait jamais tiède. Quant à moi, c'est simple, elle m'obsédait littéralement. Dès qu'elle était à la maison, il fallait que je la touche, que je sente son odeur, et tant pis si elle me rouait de coups, agacée par ce qu'elle appelait mes mamours hystériques.

J'étais à la cuisine avec Maria ; tout à coup, ça me prenait, il fallait que j'y aille. N'y tenant plus, j'attrapais le plumeau et sous le regard écœuré de Maria, je filais à l'étage.

— Tou vas te faire chatouiller le bouton, salope ? Pendant que moi, je travaille... Tou vas manger de la moule ?

Elle pouvait dire ce qu'elle voulait, j'en avais rien à battre ; il n'y avait plus qu'une chose qui comptait ; le feu au visage, le cœur tapant, je montais rejoindre Edwige. La terreur même que j'éprouvais en gravissant l'escalier faisait partie du plaisir. Dès que j'ouvrais la porte, j'étais fixée.

— Encore toi, sale pouffiasse ? Qu'est-ce que tu veux ?

— Je voulais savoir... si Mademoiselle n'avait besoin de rien !

— Je t'aurais appelée, non ? Qu'est-ce qui se passe ? Ça te démange ? Il ne t'a pas assez enculée, ce matin, l'autre ordure, au moulin ?

— Mais je n'y suis pas allée, Mademoiselle. Je vous jure qu'il ne m'a plus touchée...

— Ne mens pas, Marjorie t'a vue remonter la rue.

— J'allais chez les Mardrus, Mademoiselle, chercher des œufs du jour.

— Tu mens ! Tu n'es qu'une sale putain !

Elle me giflait à tour de bras, j'en voyais des étincelles,

m'ordonnait de me mettre nue, et dès que je l'étais, elle me pinçait méchamment les seins, surtout les seins, mais aussi le ventre, ou les cuisses et les fesses, et même la fente. Je me laissais faire, et je pleurais toutes les larmes de mon corps, pendant que ma peau se couvrait de bleus. Alors seulement, elle s'arrêtait, comme prise de remords et me regardait d'un air égaré.

— C'est de ta faute, aussi, pourquoi viens-tu te jeter dans la gueule du loup ?

— Je ne peux pas m'en empêcher, Mademoiselle, c'est plus fort que moi.

— Tu es folle. Folle à lier. Et je suis encore plus folle que toi de te supporter. Je te le répète une dernière fois, ne viens me voir que si je t'appelle ! Et maintenant, dégage !

Mais d'autres fois, dès que je franchissais d'autorité le seuil de sa chambre, sans même frapper, et que je lui fonçais dessus, obtuse comme un bélier qui charge, elle éclatait de rire et je me retrouvais dans ses bras.

— Tu ne peux pas t'en passer, hein ? Tu es folle de moi ?

Elle me couvrait le visage de baisers.

— Oh, ma chérie, je suis méchante, avec toi, hein ? Que veux-tu, je suis tellement contente de t'avoir à moi ! C'est pour ça que je deviens méchante ! (Ça ne paraît pas très logique, pourtant, je comprenais très bien ce qu'elle voulait dire. On en veut toujours à quelqu'un à qui on tient !) J'ai tellement peur de te perdre. Tu ne me laisseras jamais, hein ?

— Jamais, jamais. Je suis à vous, Mademoiselle !

Elle me fourrait sa langue au goût de cachou dans la bouche. Et toutes les deux, pour faire durer l'instant, nous empêchions nos mains de nous toucher.

— Tu m'as manqué, tu ne peux pas savoir... Vite, vite, lèche-moi, j'ai transpiré au gymnase, j'ai fait exprès de ne pas prendre de douche, je me suis gardé mes odeurs pour toi... Je sais que tu les aimes...

Le lit était déjà ouvert ; elle tournait la clef dans la serrure, allumait la radio très fort pour cacher les cris que le plaisir nous arracherait.

D'autres fois, c'était encore différent ; dès que j'entrais, penaude, elle m'adressait un petit clin d'œil, et mon cœur bondissait. Je retroussais ma jupe, je m'approchais d'elle, j'écartais les cuisses. Mon visage brûlait, le sien était devenu tout rouge, lui aussi. Elle fouillait doucement ma fente.

— Tu es mouillée, tu es brûlante... tu as envie qu'on fasse les salopes, hein ? Tu n'en peux plus ?

— Oui, j'ai envie... oh, tellement envie ! J'arrête pas d'y penser !

— Moi aussi, ma chérie. Viens au lit, vite. On va faire les sales filles, tu veux ? Je vais te lécher la fente, et toi, tu vas me lécher la mienne !

— Et on se mettra les doigts dans le cul, aussi, hein ?

— Oui, ma chérie.

Pour ces moments-là, je lui pardonnais tous les autres, sans lesquels, sans doute, ils n'auraient pas eu tant de saveur.

— On voudrait mourir, tellement c'est bon, disait Edwige. Mourir...

Le plus horrible, c'était quand elle s'enfermait à clef, et que je l'entendais roucouler au téléphone. J'avais beau gratter, sa porte restait close. Tant qu'elle ne me l'ouvrirait pas, même pour me tabasser, je n'aurais plus goût à rien.

3

Les copines s'amusent

Certaines nuits, entre deux branlettes, elle faisait allusion à ses copines.

— Je me demande ce que Marjorie penserait de ton clitoris, me lançait-elle. Faudra qu'un jour tu le lui montres... Tu peux pas savoir comme elle est coincée ! Ce serait tordant, non ?

Vu que la Marjorie en question était une sacrée pimbêche, j'avais pris ça pour des mots en l'air, de ceux qu'on dit pour rallumer la libido entre deux pannes de désir. Mais voilà qu'à la Toussaint, Monsieur débarque au Bertranet sans crier gare, pour une affaire de pot-de-vin qu'il faut tuer dans l'œuf avant que la presse s'en empare. Branle-bas de combat, Madame me prie de mettre une culotte et de me tenir à l'écart.

— Va nettoyer la chambre de ma fille, c'est les écuries d'Augias !

Quand son cher et tendre travaille en bas, elle aime autant que je sois en haut, c'est clair. Je vais donc frapper à la porte d'Edwige, qui révise ses maths avec deux copines, Marjorie et Marion.

— Ma pauvre chérie, s'apitoie-t-elle en voyant l'aspirateur, serait-ce qu'on t'obligerait à gagner ton pain à la sueur de ton front, pour changer ?

Les deux autres se marrent méchamment, ça les fait toujours bicher que je fasse la boniche, moi qui ai leur âge.

— Oh, zut, geint Marion, elle va pas nous casser la tête avec son aspi, Edwige ! Comment veux-tu qu'on se concentre sur Pythagore si elle fait son ramdam !

— Marion a raison, dit Edwige, t'auras qu'à essuyer la poussière sans faire de bruit, tu passeras l'aspi quand elles seront parties.

Je promène donc mon chiffon de ci de là en essayant de me faire oublier, pendant qu'elles reprennent leurs soi-disant révisions. En fait de révisions, elles n'en fichaient pas une rame. Elles se racontaient leurs petites salades de fesses, avec leurs copains. Comme quoi celui de Marjorie voulait toujours la tripoter dans la voiture, et celui de Marion, tout au contraire, que ce soit elle qui le branle ! Tout ça accompagné de gloussements sales, à voix basse. Pendant qu'elles jacassaient, je triais les vieux magazines qui traînaient dans la chambre pour les empiler sur le rayon du bas de la bibliothèque d'Edwige. C'est comme ça que je suis tombée sur une revue pour hommes qu'elle avait chipée dans la voiture de Jean-Philippe et dont on s'était servies plusieurs fois pour se branler ensemble.

— Oh, mais, a crié alors cette sale petite blondasse de Marjorie, tu nous avais caché ça, Edwy ? Tu lis des journaux de cul ?

— Fais voir ! m'a dit Marion.

Je lui ai donc filé le magazine et pendant qu'Edwige

se disculpait en leur disant qu'elle l'avait réquisitionné à son chéri, elles tournaient les pages en poussant des cris de souris chaque fois qu'elles tombaient sur une photo vraiment gratinée.

— Quand même, pouffaient-elles, il faut être dégueulasse pour poser pour des photos pareilles. Regarde comme elle écarte les cuisses, celle-là ! On lui voit le col de l'utérus, ma parole !

— Et celle-là ! Vise comme elle montre son anus ! Je trouve que c'est encore plus indécent pour une femme de montrer son anus que son vagin !

— Sans compter qu'il est vachement ouvert ! On voit qu'elle ne s'en sert pas que pour faire caca !

Toutes les trois de s'esclaffer au bord de l'hystérie.

— Cette Marion, alors !

— Quand même, les garçons sont dégueulasses de regarder des revues pareilles ! Pas étonnant, ensuite, qu'ils aient toujours envie de nous mettre la main dans la culotte !

— Si ce n'était que la main ! a minaudé Marjorie.

Nouvelle crise de fou rire. Rien ne fait autant rire les filles de notre âge, quand elles sont entre elles, que de dire (ou faire) des cochonneries.

— Oh ! Tu as vu ? a piaillé Marion. Mais regarde celle-là ! Elle a pas de poils du tout ! Vois donc, Marjorie, elle est chauve comme un œuf !

— Eh bien quoi, a fait Edwige, elle s'est rasé la chatte.

— Quand même ! a susurré Marjorie. Se raser à cet endroit... et se faire photographier, en plus... et prendre une pose aussi... aussi...

Elles étaient toutes les trois, joue à joue, à lorgner la motte glabre du modèle. C'est alors que les yeux d'Edwige se sont levés, et que nos regards se sont croisés.

Ce fut comme si je venais de recevoir un petit coup de poing très mou dans le ventre !

— Vous le saviez pas, que des femmes se rasaient ? Vous êtes de vraies provinciales !

— Tu vas pas dire que c'est répandu, quand même ? a rétorqué Marion. C'est seulement pour ces journaux cochons qu'elles le font ! C'est... c'est tellement obscène, sans poils...

— Combien vous pariez, a dit Edwige, qu'on aurait pas à chercher loin pour trouver une fille qui fait pareil ?

Comme les autres la dévisageaient, interloquées, croyant qu'elle parlait pour elle, Edwige s'est tournée vers moi en rigolant.

— Pas vrai, Victorinette ?

La tête des deux autres ! Et la mienne donc. Le feu au visage, j'ai dû m'asseoir sur le lit, les jambes coupées. En me voyant aussi rouge, les garces ont tout de suite réalisé. Marjorie a reposé le magazine.

— Quoi, tu vas pas prétendre que ta bonne ? Je te crois pas !

— Je serais curieuse de voir ça ! a renchéri Marion.

— T'as entendu, Victorine ? s'est marrée Edwige. Mes amies seraient curieuses de voir tes organes sexuels... Viens leur montrer, puisque tu n'as rien à faire !

— Oh, Mademoiselle ! Quand même... vous ne pouvez pas...

— Tu veux que je me fâche ?

Je tombais de la lune. Comment pouvait-elle se montrer aussi vache ? Cette nuit, nous avions dormi ensemble, jamais elle ne s'était montrée aussi tendre... et voilà qu'elle voulait m'humilier devant ces deux connasses que je détestais. Et elle le savait que je ne pouvais pas les blairer.

Mes larmes ont giclé. Croyez-vous que ça l'aurait attendrie ? Elle a eu l'air ravie ! Positivement ravie ! Et les deux autres, alors, vous auriez vu cette lueur cruelle dans leurs yeux. Surtout cette pâle salope de Marjorie, avec ses petits airs mièvres !

— Allons, a fait Edwige, faut pas pleurer pour si peu. Tu vas juste leur montrer ta chatte, c'est pas la mer à boire !

Me prenant par le bras, elle m'a tirée devant les deux autres.

— Allez, retrousse ta jupe, et montre-leur ton petit bijou !

J'étais tellement furieuse que je me suis contentée de hausser les épaules. Alors, toute souriante, c'est elle qui m'a retroussée au-dessus du nombril. Quand Monsieur était là, Madame me faisait mettre des culottes très sages, en coton, qui cachaient tout, de vraies culottes de petite fille.

— T'as vu ça, Marion, a fait Marjorie. Elle se laisse faire !

— Et pourquoi ne se laisserait-elle pas faire ? a demandé Edwige. C'est ma bonne, non ?

Elle m'a pincé méchamment une fesse, parce qu'elle tenait à ce que ce soit moi qui me montre.

— Arrête de faire ton intéressante, qu'elle m'a dit entre les dents, montre-leur ta fente.

Alors, je l'ai fait. J'ai déplacé ma culotte vers l'aine et je me suis montrée.

— Mon Dieu ! a crié Marjorie.

Je ne sais pas si elle criait à cause de l'absence de poils, ou parce que je m'exhibais aussi docilement ; sans doute les deux. Marion et elle se sont penchées, fascinées, et comme Edwige me pinçait plus fort, j'ai bien écarté les cuisses pour qu'elles voient tout.

— Alors ? a-t-elle fait.

En s'adressant à ses copines, elle m'a récompensée de mon obéissance en me caressant à leur insu l'anus du bout du doigt.

— Ouvre-le mieux que ça, ne sois pas timide, m'a-t-elle murmuré à l'oreille. Montre-leur bien toutes tes petites horreurs !

Du coup, j'ai fermé les yeux, et je me suis ouverte complètement tandis que son doigt entrait dans mon cul.

— Incroyable ! a chuchoté Marjorie.

— Tu l'as dit ! a fait Marion.

Là encore, impossible de savoir si c'est parce que j'étais rasée, ou parce que je m'ouvrais d'une façon aussi impudique.

— C'est bien, m'a dit Edwige (en me vissant le doigt bien au fond), tu t'es bien montrée. Tu n'auras pas le martinet.

Marion et Marjorie, toutes rouges, dévoraient ma fente du regard.

— Quand même, a cru bon de s'étonner Marjorie, ta bonne te montre son sexe quand tu le lui dis ?

— Bien sûr, a dit Edwige, et même, elle va aller voir si on ne risque pas d'être dérangées par mes parents, et elle va revenir nous en montrer encore plus, pas vrai, Victorine ?

Elle a rabaissé ma jupe et m'a poussée dehors.

— Va nous chercher des petits sandwichs avec des œufs de saumon et de la laitue... j'ai vu qu'il y en avait dans le frigo...

A la cuisine, Madame, qui préparait des petits fours avec Maria, pour la réception qu'il devait y avoir ce soir-là avec les journalistes locaux, m'a accueillie d'un sale œil. Quand elle a su ce qui m'amenait, elle s'est radoucie et m'a préparé un plateau. Les filles qui papotaient se sont tues dès mon retour.

— Votre papa est dans le bureau avec Gustave, ai-je dit à Edwige, en posant le plateau sur la table, et votre maman s'occupe des petits fours avec Maria.

— Parfait, a dit Edwige, en se fourrant un des minuscules sandwichs dans la bouche, imitée par les deux autres, tu vas pouvoir retirer ta culotte pour bien te montrer à mes amies !

J'étais prête, maintenant, et même assez « branchée cul », comme aurait dit Edwige. Gardant mon air maussade, j'ai retiré ma culotte. Puis j'ai retroussé ma jupe tout en haut et je suis revenue devant les deux sales petites garces qui s'empiffraient en ricanant. Elles ont minutieusement examiné mon sexe pour bien vérifier que je n'avais pas le moindre poil.

— C'est vraiment obscène, tu trouves pas, Marion ?

— Tu m'as ôté le mot de la bouche, Marjorie ! Regarde donc les lèvres, on dirait... on dirait deux grosses limaces !

— Quand elle se branle, a dit nonchalamment Edwige, c'est encore plus marrant. Elle a les petites lèvres qui deviennent toutes rouges et qui dépassent, comme deux crêtes de coq... D'ailleurs, vous allez voir. Masturbe-toi un peu, ma chérie... fais voir à mes copines quelle cochonne tu es !

Avec une prévenance comiquement exagérée, elle est allée me chercher une chaise et m'a invitée à m'asseoir en face de ses copines.

— Maintenant, tu vas tripoter ton gros bouton, d'accord ?

J'ai su, alors, que ce n'était pas seulement pour m'humilier, qu'elle en avait vraiment envie, sa voix qui tremblait la trahissait et les autres lui jetèrent des regards étonnés. En fait, nous n'étions que deux, Edwige et moi, je venais de le comprendre, les autres n'étaient que des pantins. Comme chaque fois qu'elle me demandait de me branler devant elle, j'ai écarté mes cuisses, avancé mes fesses au bord du siège, pour qu'on voie tout. Sans la quitter des yeux, avec le bout de mon doigt que j'avais mouillé de salive, j'ai fait sortir mon clitoris, puis je me suis titillé les petites lèvres pour qu'elles gonflent. Quand tout a été dehors, j'ai commencé à me « con-gratuler », c'est-à-dire à faire aller et venir mon doigt de bas en haut et de haut en bas, régulièrement, sans marquer de pause, si ce n'est, de temps en temps, pour me l'enfiler dans le vagin, bien au fond.

— Quand même, a dit Marjorie, d'une voix étranglée, ça fait une drôle d'impression de voir une fille faire ça... c'est la première fois que...

— Tu t'es jamais branlée devant ta glace ? a demandé innocemment Marion.

Elles ont pouffé toutes les trois et Marjorie est devenue rouge comme une pivoine.

— C'est pas pareil, voyons ! Je veux dire... une autre fille... mais regarde comme elle s'enfonce son doigt ! C'est pas croyable...

— C'est une salope, a dit froidement Edwige. Pas vrai, Victorine ?

— Oui, Mademoiselle.

Mais j'avais beau me répéter « Les autres ne comptent pas, nous sommes seules », leur présence changeait tout. Edwige l'a senti. Ah, tu aimes ça, me disaient ses yeux, eh bien, on va t'en donner encore plus !

— Mets-toi ton doigt dans le cul, maintenant. Tout le doigt. Allez...

Quand je l'ai enfilé bien au fond, en regardant Edwige dans les yeux, j'ai vu trembloter la sale petite lueur au fond de ses prunelles, c'est ce qui a tout déclenché ! Je ne voulais pas, mais c'est venu quand même. Marion et Marjorie ont bien vu que j'avais un spasme.

L'étonnement de ces deux connes quand je me suis jetée sur le lit et que j'ai fondu en larmes ! Et en voyant Edwige qui venait me consoler, en me caressant les fesses et en m'embrassant dans le cou !

— Eh bien, répétait Marjorie. Si on m'avait dit ça...

— C'est ma petite poupée, leur a dit Edwige (elle avait repris sa voix douce et me couvrait la nuque de petits baisers). Elle fait tout ce que je veux. A partir d'aujourd'hui, je vous la prêterai. Vous pourrez jouer à la poupée avec elle. Elle fera tout ce que vous voulez. Pas vrai, Victorine ?

J'ai reniflé, pendant qu'elle m'enfonçait son doigt dans le derrière et que les deux autres poussaient des cris d'orfraie en voyant que je me laissais faire. Après, Edwige a voulu que je me retourne et que j'ouvre grand les cuisses, pour que les deux garces voient bien comme j'étais mouillée.

— Donne-leur ta fente, elles vont te tripoter, tu veux ? Vous pouvez y aller, les filles. Elle est d'accord ! Vous allez voir, c'est amusant comme tout de la faire jouir. Quand elle a pris son pied comme ça, on peut jouer avec elle pendant des heures !

Au début, elles ont pris des airs dégoûtés, mais finalement, elles sont venues s'asseoir au bord du lit et ont commencé à me toucher.

— C'est fou, murmurait Marjorie, en m'enfilant son doigt dans le vagin, je ne suis pas lesbienne, et pourtant...

— Moi, c'est pareil ! a fait Marion qui me vissait le sien dans le cul. C'est sans doute parce qu'elle se laisse faire... on a envie de...

Elle n'a plus rien dit, et pendant de longues minutes, toutes les trois se sont amusées à me tripoter. Edwige m'avait ôté mon chemisier, elles me touchaient les seins, le sexe et l'anus, en se chuchotant des conseils avec des petits rires sales, jusqu'à ce que je crie. Je ne me retenais plus. Pourquoi me serais-je gênée, au point où nous en étions ? Et ça me rappelait tellement ce qui se passait au dortoir, quand trois ou quatre filles en prenaient une à part pour jouer à la faire jouir. Comme alors, j'avais l'impression de ne plus être qu'un gros morceau de viande, je transpirais, je mouillais, je geignais, j'en étais malade de dégoût, et pourtant, j'aurais voulu que ça ne finisse jamais, qu'on aille encore plus loin, que ce soit encore plus « sale ».

Mais il a fallu arrêter, parce que le temps passait, Edwige a raccompagné ses copines en bas. Puis elle est remontée et m'a couvert le visage de baisers, comme elle fait quand elle est très contente de moi.

— Tu les détestes, hein ? Ça se sentait !

— Surtout Marjorie ! Je ne peux pas la piffer !

Elle m'a enfoncé sa langue dans la bouche ; elle était très amoureuse, pas seulement vicieuse.

— Je suis si contente que tu fasses tout ce que je veux ! Je te prêterai encore à elles, tu sais ? Ce qui vient de se passer aujourd'hui n'est qu'un apéritif !

On a basculé sur le lit, et ce fut mon tour de la faire miauler.

C'étaient les vacances de la Toussaint, Edwige n'allait pas au lycée. Le lendemain matin, je n'ai pas été surprise de voir se pointer Marjorie. Tout de suite, à son regard, j'ai su ce qui m'attendait. Elles avaient dû tout mettre au point au téléphone. Marjorie n'était pas là-haut depuis trois minutes qu'Edwige m'a demandé de leur apporter deux cocas. Bien sûr, ce n'était qu'un prétexte.

— Où est ma mère ? m'a-t-elle demandé.

Je lui ai dit que Madame repiquait ses boutures dans la serre.

— Parfait. Ferme la porte à clef, qu'on ne soit pas dérangées.

Marjorie sirotait son coca en me regardant par-dessous.

— Tu vas être gentille, O.K., Victorine ? Marjorie ne s'est jamais fait sucer ce que tu penses, elle aimerait savoir ce que ça fait. Tu veux bien lui rendre ce petit « service » ?

— C'est juste... juste par curiosité, hein ? a fait Marjorie. Je ne suis pas lesbienne, faudrait pas...

— Mais oui, on sait ! a fait Edwige, où tu veux qu'elle te le fasse ? Sur le lit ou sur la chaise ?

— Oh, je préfère rester assise !

Je me suis donc accroupie devant sa chaise et elle a écarté les cuisses. Elle tenait sa bouteille de coca à la main et la portait à ses lèvres pour se donner une contenance. Sur un coup d'œil d'Edwige, j'ai donc remonté la jupe en tweed de cette hypocrite, et elle s'est rapprochée du bord de la chaise. Elle avait déjà retiré sa culotte et sa fente était entrouverte. J'ai passé mon doigt dedans pour séparer les petites lèvres collées entre elles par la mouille et débroussailler les poils emmêlés, en haut, et quand tout a été dégagé, je lui ai fait sortir son bouton. Un vrai bouton de branleuse, exactement celui que je m'attendais à lui voir : ces filles pâles aux yeux cernés qui font toujours la moue ont toutes le même genre de clitoris, très rouge, un peu irrité, déjà tout gonflé. Dès que j'ai posé ma bouche dessus, elle m'a prise par la nuque et je lui ai tété le bouton comme un bébé suce le sein de sa mère. Elle a joui très vite en poussant des gloussements ridicules.

— Alors, a demandé Edwige. C'est mieux qu'avec le doigt, non ?

— C'est vrai, je dois reconnaître...

Elle en bredouillait, encore tout essoufflée, et restait affalée, à nous exposer sa fente mouillée qui bâillait. Ce que voyant, Edwige lui a proposé :

— Tu veux qu'elle te lèche l'anus, maintenant ?

— Tu crois ? C'est dégueulasse, non ?

— Essaye, tu verras bien si ça te plaît !

Marjorie s'est mise à rigoler, elle avait perdu toute sa timidité. Elle est allée se mettre à quatre pattes sur le lit et je lui ai fait une feuille de rose. Puis, sur un signe d'Edwige, je lui ai enfoncé mon doigt dans le cul et je l'ai fait tourner sur lui-même. Marjorie se taisait, on l'entendait respirer très vite. J'ai continué jusqu'à ce qu'elle jouisse à nouveau. Mais après, elle paraissait furieuse contre elle-même, et encore plus contre Edwige et contre moi.

— Quoi, lui disait Edwige, on t'a pas violée, hein ?

— Quand même, c'est dégueulasse ! répétait-elle.

Et elle est repartie en faisant la gueule !

— T'en fais pas, m'a dit Edwige, elle reviendra ! Il faut toujours qu'elle fasse des chichis, mais c'est la plus salope de nous quatre !

Nous « quatre », si je comptais bien, ça voulait dire elle, Edwige, Marion et Marjorie, et moi-même. D'être comptée avec elles, ça m'a fait tout drôle. J'existais donc, à ses yeux ? Rien que pour ces mots tombés négligemment de sa bouche comme des fientes du cul d'un pigeon, je lui ai tout pardonné...

Elle n'avait pas tort, pour Marjorie, qui a rappliqué l'après-midi même, avec Marion ; sans perdre de temps, comme si la chose allait de soi, Edwige m'a demandé de les branler et de les sucer toutes les trois. Elles s'étaient couchées sur le lit, dans le sens de la largeur, et elles avaient relevé leur robe. Serrées l'une contre l'autre, elles se passaient des journaux dégueulasses que Marjorie avait chouravés à son frère. Edwige n'avait pas menti, cette hypocrite était bien la pire de nous toutes. C'était la première fois que j'avais l'occasion de voir des magazines vraiment dégueulasses, de ceux qu'on ne vend que dans les sex-shops, rien à voir avec celui qu'Edwige avait trouvé dans la voiture de Jean-Philippe. Pendant qu'elles gloussaient en se montrant les photos les plus ignobles, je passais d'une moule à l'autre. Elles avaient relevé leurs genoux et ramené leurs talons contre leurs fesses, le cul au bord du lit. J'avais tout à portée de la bouche et de la main. Ça me donnait un plaisir démentiel de les faire juter, de bien leur visser ma langue dans le vagin, de leur mettre mes doigts dans l'anus, c'était mon tour de les traiter comme de la viande. Je me croyais revenue au dortoir des grandes ! Elles se laissaient faire sans protester, même cette hypocrite de Marjorie. Quand j'ai eu fini de les faire jouir, il a fallu ouvrir la fenêtre pour aérer, vu que ça cocottait sérieusement la moule en folie.

— Dorénavant, m'a dit Edwige, tu les branleras chaque fois qu'elles viendront. Et on te donnera dix coups de martinet sur ton gros cul de fille vicieuse, pour te récompenser !

La nouvelle a dû se répandre comme une traînée de poudre parmi les copines d'Edwige. A la reprise des cours, deux autres filles du lycée que je n'avais jamais vues ont débarqué. L'une, à peine formée. L'autre, Aglaé, avait notre âge, une snobinette, une de ces filles longues et minces, aux petits seins haut perchés sur un corps souple comme une liane, qui marchent sur un nuage, vous regardent d'un air myope, comme si elles se demandaient quel genre de bête vous pouvez bien être. Mais jolie à en être intimidante. Dès que je l'avais vue, je m'étais demandé comment son sexe pouvait être. Pourvu qu'elle se laisse sucer, me disais-je, en préparant le thé. Oh mon Dieu, faites qu'elle accepte d'enlever sa culotte ! Dès que le thé a été prêt, je suis montée. Elles n'ont pas perdu de temps. A peine venais-je de poser le plateau qu'Edwige a demandé à Aglaé si elle voulait que je la lèche.

— Surtout, ne te gêne pas, ma chérie. Elle est là pour ça.

— Vraiment ? a fait l'aristocratique créature. Oh, après tout, pourquoi pas, il faut tout essayer. Fais voir si ta bouche est propre, je n'ai pas envie d'attraper des aphtes. Ouvre-la bien.

J'ai donc ouvert ma bouche, comme chez le docteur et elle m'a regardé dedans. Elle a voulu que je tire la langue pour vérifier si elle était bien rose et elle me l'a touchée, du bout du doigt. Finalement, elle a consenti à ce que je la lèche, comme si c'était un cadeau qu'elle me faisait et elle est allée se coucher sur le lit, jupe relevée. Je me suis rempli les yeux avec délices de son petit conin rosé, à peine velu, et je l'ai léchée avec une gourmandise qu'Edwige a tout de suite remarquée. Je faisais durer le plaisir exprès, dès que je sentais que ça venait, à la façon dont la sylphide appuyait sur ma nuque, je laissais ma langue s'égarer vers le vagin et l'anus, alors, sournoisement, elle me tirait par les cheveux pour me ramener sur le clitoris et je riais tout bas, contre son con. C'était tout à fait le genre de fille dont j'aurais pu tomber amoureuse et je me suis vengée en la faisant jouir comme une malade ; au moment où elle ne s'y attendait plus, je l'ai même fait crier de surprise. Et ensuite, elle semblait furieuse contre moi, elle me toisait avec dédain.

— Et toi, a demandé Edwige à la petite, qui s'appelait Fifi. Qu'est-ce que tu veux qu'elle te fasse ?

— C'est moi qui voudrais... Marjorie a dit qu'on pouvait lui faire mal, c'est vrai ? La pincer... lui donner la fessée... c'est vrai ?

— Mais bien sûr, ma chérie !

Je me suis donc mise toute nue, et la petite s'est amusée à me pincer les fesses et les seins de toutes ses forces. Bien sûr, je criais quand elle me faisait mal et ça les faisait rire. Du coup, snobinette, qui avait une revanche à prendre, s'y est mise, elle aussi, et elles m'ont fessée à me rougir le cul et à me faire pleurer. Plus je criais et plus elles s'excitaient. Snobinette était ravie.

— Et la fouetter, ça vous dirait ? a proposé Edwige qui m'en voulait manifestement du plaisir que j'avais pris à lécher Aglaé.

Elle est allée chercher le martinet, et elles s'en sont donné à cœur joie. Je courais à travers la pièce en tenant mes nichons, elles me poursuivaient en se tordant. Elles me faisaient si mal, ces garces, que je n'ai pu m'empêcher de hurler ! Edwige s'est mise en rogne pour de bon, de crainte que Gustave qui travaillait à l'étage nous entende et cafte à Madame que nous avions fait les folles.

Elle m'a bâillonnée avec un vieux collant, puis, toujours avec des collants, les trois salopes m'ont attachée sur le lit, les bras en croix et les cuisses bien séparées. Ensuite, elles m'ont mis un oreiller sous le derrière pour que mon sexe soit bien ouvert. Et elles se sont remises à me donner des coups de martinet sur tout le corps, mais surtout sur les seins et entre les cuisses. J'étais folle, je mordais mon collant, je râlais, et elles se repassaient le martinet à tour de rôle.

— Visez-lui bien la fente, les encourageait Edwige. C'est là que ça fait le plus mal.

A moi, venant voir mes larmes couler, elle disait :

— Elles te font mal ? Oh, je suis tellement contente, ma chérie, surtout, ouvre bien ton sexe, hein !

Je l'aurais tuée !

A la fin, elles se sont lassées et elles se sont empiffrées de gâteaux secs et de thé froid. J'étais toujours attachée, le corps en feu. Puis les deux copines sont parties et Edwige est venue me lécher la fente. Elle se marrait tout bas parce que je ne voulais pas jouir, vu que j'étais furieuse contre elle, mais elle est quand même parvenue à ses fins.

Après elle m'a retiré mon bâillon, s'est couchée sur moi, m'a embrassée sur la bouche. Je l'aurais bien mordue, mais je n'ai pas osé.

— Pourquoi, lui ai-je demandé, êtes-vous si méchante avec moi ?

Et elle, après m'avoir enfilé sa langue qui avait le goût de mon sexe dans la bouche :

— Je ne sais pas, Victorine. Je ne peux pas m'en empêcher !

— Vous le ferez encore ?

— Oui. C'est trop excitant de te faire pleurer. Tu as vu comme elles aimaient ça ?

— Je ne comprends pas pourquoi je reste dans cette maison !

— Parce que tu aimes ça, pardi ! Pourquoi croies-tu qu'on s'entend si bien ? Les filles comme toi, elles sont faites pour que les filles comme moi se passent les nerfs dessus, tu n'avais pas encore compris ? Chérie, va !

4

Poupée pour couple

Etait-ce une coïncidence ? On a commencé à voir venir en voisin, Jean-Philippe Mardrus, le fils cadet de l'avocat, à qui Edwige était promise. Avec lui, vu qu'il s'agissait d'une liaison « pour le bon motif », Edwige ne se laissait pas aller comme avec Alexandre. C'était un pitre, Alexandre, avec un pitre, on s'amuse. On ne peut pas faire les mêmes choses avec un garçon qui est censé devenir votre époux, à qui on doit donc donner une certaine image de soi, vu qu'on va passer une bonne partie de sa vie à lui mentir.

Il n'empêche qu'elle avait un sérieux béguin pour lui. Chaque fois qu'il venait au Bertranet, on les surprenait sans arrêt à se rouler des patins, elle assise sur ses genoux, câline comme une chatte.

— Vous êtes sages, hein ? lâchait Madame quand elle tombait sur eux.

Edwige bondissait des genoux de Jean-Philippe qui ricanait sottement.

— Mais bien sûr, m'man. Enfin ! On se fait juste des petits bisous !

Madame jouait à la maman « compréhensive » et se retirait discrètement en les menaçant d'un doigt mutin. C'était « mignon » tout plein. Dès que sa mère était sortie, Edwige rappliquait sur lui et il lui fourrait sa main sous la jupe. Avec moi, ils ne se gênaient pas, je n'étais qu'une espèce de meuble. D'ailleurs, je prenais toujours la précaution de tousser comme Mlle Aude, pour m'annoncer, quand je savais qu'ils étaient seuls au salon. Et Jean-Fili retirait sa main de sous la jupe, mais elle restait blottie contre lui. C'est au salon qu'ils se broutaient le museau. Il n'aurait pas été convenable qu'une fille aussi jeune reçoive un garçon dans sa chambre.

Je leur apportais le thé et les petits gâteaux au gingembre. En disposant le service sur la table basse, je surprenais parfois sur moi les yeux de Jean-Philippe, mais sans plus. Edwige en profitait pour jouer à la dame, et me faire des réflexions acides sur ma façon de servir le thé.

— Quelle empotée ! Il faut tout lui dire ! Quand nous serons mariés, Jean-Fili, j'espère que nous aurons une bonne moins rustaude !

— Tu exagères, disait-il, elle n'est pas si mal, Victorine !

— Evidemment, rétorquait aigrement Edwige, toi, du moment qu'il y a du nichon et de la fesse, tu es disposé à tout pardonner !

Et on se marrait tous les trois. Comment dire... c'était plutôt sournois, vous saisissez ? Quelque chose d'impalpable, d'hésitant, ça prenait forme, mine de rien, ça s'installait entre nous. Les jours passant, les allusions à mes fesses, à mes seins, se faisaient plus fréquentes, Edwige se gênait de moins en moins quand j'arrivais au salon. Quand sa jupe était troussée en haut des cuisses, elle ne la rabattait plus.

— Eh bien quoi, me faisait-elle, on est fiancés ! Il a le droit de me faire des gâteries, non ?

Rien n'était dit, mais on s'acheminait insidieusement vers une sorte de complicité à trois. C'est une petite cuiller qui déclencha les hostilités. Ils étaient sur le canapé, je leur servais leur thé, la petite cuiller dégringole, Edwige s'écrie, en me regardant dans les yeux :

— Oh, que je suis maladroite !

Sans méfiance je me baisse pour la ramasser. Et bien sûr, je montre mes cuisses, vu que ma jupe est si courte...

— Vraiment, cette jupe est indécente, piaille aussitôt Edwige, tu ne trouves pas, Jean-Fili ? Faudra que je dise à maman de lui faire porter des jupes plus longues.

Je me relève illico. Les yeux de Jean-Fili vont de sa fiancée à moi, perplexes.

— Tu trouves pas qu'on dirait une grosse poupée, avec cette jupe trop courte, Victorine ? Et à propos...

Elle baisse la voix.

— ... à propos...

— Quoi ? demande Jean-Philippe, intrigué de la voir si précautionneuse, elle qui n'a pas la langue dans sa poche.

— Peut-être que c'en est une ? Et peut-être... que ça ne te déplairait pas de jouer avec elle ?

Il la regarde d'un drôle d'air.

— Et qu'est-ce que je ferais, se marre-t-il, avec cette poupée ?

Edwige d'ouvrir de grands yeux innocents.

— Qu'est-ce qu'on fait avec les poupées, Jean-Fili ? piaille-t-elle. Es-tu sot ! On les habille... on les déshabille...

Il a beau jouer les blasés, ça ne le laisse pas de marbre.

— Tu lui retirerais sa culotte, enchaîne Edwige, avec

une voix faussement puérile, et quand elle aurait fait sa vilaine, tu lui ferais panpan cucul... sur son derrière tout nu, jusqu'à ce qu'il devienne rouge comme une tomate ! Ce serait amusant, tu trouves pas ?

Comme il se demande si c'est du lard ou du cochon, elle se blottit contre lui et lui caresse rêveusement le haut de la cuisse :

— Ou alors, tu lui ferais faire son pipi... C'est amusant, non, de faire faire pipi à une petite fille ? Après, tu lui laverais son petit derrière pour qu'il sente pas mauvais...

— Programme alléchant, ricane Jean-Philippe, et une fois qu'on lui a lavé son petit derrière, qu'est-ce qu'on fait ?

— Tu es vraiment sot, Jean-Fili ! On s'en sert, bien sûr !

— Se servir... de son petit derrière ?

Il fronce les sourcils :

— On s'en sert pour quoi faire ?

— Devine, gros malin ! fait-elle (et sa main remonte). Qu'est-ce qu'on fait avec le derrière des filles, quand on est un grand garçon ? C'est une poupée adulte, Victorine, non ? Elle a tout ce qu'il faut pour jouer à papa-maman. Tout à fait comme une poupée de sex-shop... en plus, elle, elle est vivante ! Elle n'est pas en latex !

Jean-Philippe porte sa tasse à ses lèvres. Très naturelle, Edwige croque du bout des dents un biscuit au gingembre.

— Et ça ne te coûterait pas un sou ! ajoute-t-elle.

Cette fois, elle ne bêtifie plus ; on perçoit qu'il y a un contentieux entre eux, à ce sujet.

— Ce qui t'éviterait de fréquenter ces « professionnelles », comme tu dis, par « hygiène », comme tu dis.

Du coup, après avoir haussé les épaules, pour montrer qu'il préfère ne pas même répondre à de telles niaiseries, il prend son air le plus renfrogné et passe aux choses sérieuses, à savoir la partie de tennis qu'ils doivent disputer en double, le lendemain, avec son frère aîné Rodolphe, et sa jeune épouse, née Taillefer.

— Je crois qu'il faudrait que tu montes plus souvent au filet, qu'il lui a dit. Moi, je resterai au fond du cours, je ferai le crocodile...

Fine mouche, Edwige se garde d'insister, et ils continuent à parler tennis, sans s'occuper de moi. Ce que voyant, je regagne la cuisine. Je m'y morfonds dix minutes et elle rapplique.

— T'en penses quoi ? qu'elle me demande, en me mettant la main au cul. Tu crois qu'il marcherait, notre crocodile ? J'ai bien l'impression que oui !

— Mademoiselle ! Vous n'y pensez pas ! Votre fiancé !

Elle se marre.

— Je suis sûre qu'il dirait pas non. Il ose pas trop, à cause de moi, mais au fond... Oh, ça m'excite ! Pense à tout ce qu'on pourrait faire ! Tu pourrais l'ajouter à ta collection ! Donne-le, donne-le vite, grosse coquine !

Elle m'a bien dressée, quand elle veut que je le lui donne, je le lui donne ; je retrousse ma jupe et j'écarte les cuisses. Sans fignoler elle m'enfile un doigt.

— J'en étais sûre, saleté d'hypocrite ! Tu mouilles, hein ?

Elle fait aller et venir son doigt.

— T'aimerais ça, hein, qu'il te fourre sa pine dans ton trou, pas vrai ? Il te ferait crier plus fort que Léon, lui ! Grosse cochonne !

Elle me branle de plus en plus vite en me regardant dans les yeux, je fais ma bouche d'idiote qui va pleurer, parce que je sais que ça lui plaît.

— Sa grosse pine dans le trou, qu'elle répète, avec des petits rires sales, en faisant tourner son doigt. Je suis sûre que lui aussi il aimerait bien te la fourrer !

Elle me fait jouir si fort que malgré moi, je lui mords le gras de l'épaule (dans ces cas, même si je la mords jusqu'au sang, elle ne se gendarme jamais, au contraire, elle me caresse gentiment la nuque, comme on console une petiote qui a un gros chagrin), après quoi elle va se laver la main et retourne en fredonnant retrouver son chéri.

Le soir même, je lui ai monté une infusion et nous en avons reparlé. Elle m'a expliqué pourquoi elle voulait me faire baiser par lui.

— C'est la solution la plus pratique. Moi, je ne veux pas coucher avant le mariage. Une fiancée vierge, pour un garçon, c'est plus précieux qu'une fiancée avec qui on couche. Et je n'ai pas envie qu'il couche à droite et à gauche. Avec toi, ça n'aurait pas d'importance.

Ce toupet !

— Je pourrais tout contrôler, ça se passerait devant moi !

Elle s'est marrée et m'a pincé un nichon.

— Ça pourrait même être excitant ? Tu serais jamais qu'une grosse poupée dégoûtante où il enfilerait son truc par hygiène pour se vider les glandes !

Son œil s'est fait rêveur.

— On pourrait faire plein de cochonneries, tous les trois ! Ce serait encore mieux qu'avec Marjorie et Marion ! Il a une bite, lui !

Et de délirer en me décrivant tout ce qu'on pourrait faire avec Jean-Philippe, une fois qu'il aurait compris qu'elle ne plaisante pas.

— Je le connais, il finira par marcher. Tu ne peux pas savoir comme je suis impatiente de voir sa tête quand je lui montrerai ta grosse moule épilée !

Le problème, c'est que nous étions rarement seuls ; et ce n'était pas comme avec ses copines, Edwige ne recevant son « fiancé » qu'au salon ; pour nous ménager de maigres opportunités, il fallait slalomer entre les va-et-vient des autres occupants. Si la menace d'être surpris ajoutait du piment à la chose, les rares moments de solitude à trois que nous parvenions à grappiller étaient trop brefs pour que Jean-Philippe puisse « jouer à la poupée » comme Edwige l'entendait.

La première escarmouche eut lieu un après-midi où Mme Fernande chinait à la foire à la brocante d'Agen (elle avait emmené Maria comme portefaix) et où Aude s'était bouclée dans sa chambre pour une de ses migraines. De la cuisine, où je préparais le thé, j'entendis Edwige rire comme une folle en m'appelant au secours.

— Nous y voilà, me suis-je dit.

Quand je fais mon entrée, avec le thé, je trouve les tourtereaux sur le canapé des amours, Juliette, jupe troussée, vautrée sur Roméo qui lui met la main dans la culotte.

— Tu tombes à pic, Victorine, minaude Edwige, viens m'aider à défendre ma vertu, ce malotru oublie que je suis une pure jeune fille ! Il veut me faire faire des horreurs !

— C'est de sa faute, Victorine, contre-attaque Jean-Philippe. Elle n'arrête pas de m'aguicher !

On est en plein marivaudage, quoi. Les joues chaudes, je fais celle qui ne sent rien venir et je dispose le service à thé sur la petite table.

— Dis plutôt que c'est cette revue ignoble que j'ai trouvée dans ta voiture qui t'excite !

Et la pure jeune fille de brandir sous mon nez un de ces magazines de charme sur papier glacé, le frère jumeau de celui que nous avons reluqué avec ses copines.

— Tu sais quoi, il aime les nichons comme les tiens, Jean-Fili. Ceux avec de larges aréoles !

Elle me montre la photo d'une blondasse aux mamelles blafardes.

— Je parie qu'il se masturbe en regardant ces horribles photos ! s'indigne-t-elle. Tu n'as pas honte, à ton âge, Jean-Fili, de faire ça avec des photos ? Si encore c'étaient de vrais nichons... comme ceux de ma bonne, par exemple, je comprendrais !

J'en ai la main qui saute, et comme je suis en train de verser le thé, je fais tomber quelques gouttes sur le napperon ; elle ne rate pas une aussi belle occasion.

— Fais attention, idiote ! Qu'est-ce que tu as à être aussi maladroite ? C'est parce que tu as peur que je lui montre tes gros nichons ?

Contente de son effet, elle se bidonne en nous regardant.

— Tu aimerais voir ses aréoles à elle, Jean-Fili ? Elles sont larges comme ça, tu sais ? (Et elle fait un rond avec son pouce et son index.) J'suis sûre qu'elles te plairaient ! Tu veux les voir ?

En riant faux, parce qu'elle ne sait quand même pas trop comment il va prendre ça, elle s'amène derrière moi.

— On les lui montre, Victorine ? Chiche !

Jean-Philippe, figé, sa tasse à la main, la regarde me déboutonner. Je proteste, bien sûr :

— Oh, Mademoiselle ! Mais vous n'y pensez pas, voyons !

— Allez, dit Edwige, on va juste les lui faire voir. Depuis le temps qu'il les reluque en douce quand tu te penches pour servir le thé.

Et elle ouvre mon chemisier et me les sort tranquillement du soutif. Le feu au visage, je lance un coup d'œil vers le fiancé. Une statue !

— Alors, chuchote Edwige, qui les soulève à pleines mains pour les lui montrer, qu'est-ce que tu en dis ? Elles te plaisent, ses grosses mamelles ?

— Eh bien, s'extirpe enfin le sieur Jean-Philippe. Bravo, mesdemoiselles, c'est du propre ! Ta maman est au courant, Edwige ?

C'est de la frime ; il n'est pas du tout mécontent de la tournure que prennent les événements.

— Voyons, minaude Edwige, ça ne regarde pas les mamans, Jean-Fili, ce que les filles font entre elles ! Quant à toi, inutile de faire cette tête, je te connais. Je parie que tu bandes comme un âne !

Et de me cajoler les bouts pour les faire pointer. Que je me laisse tripoter révèle à Jean-Philippe sur quel pied d'intimité nous sommes. Va-t-il prendre la mouche ? Non ; mais est-ce surprenant ? C'est connu, les garçons ne sont jaloux que des autres garçons ; pour les jeux de mains entre filles, ils ont des trésors d'indulgence. Et même, ça les émoustillerait plutôt.

— T'es pas fâché, au moins, que je m'amuse avec cette dévergondée ? C'est pas sérieux, entre filles ça compte pas ! Tu préférerais que j'aille avec Alexandre ? Je ne lui déplais pas, tu sais !

— Ce binoclard ? ricane Jean-Philippe. Alors là, je suis bien tranquille !

Me lâchant, elle l'embrasse à pleine bouche pour se faire pardonner. Pardon vite accordé. Leurs lèvres se décollent et leurs yeux reviennent sur moi qui en ai profité pour me rajuster.

— Qu'est-ce qu'il te prend ? me lance Edwige. Pourquoi tu les caches ?

— Mais... Mademoiselle...

— Pas de mais. Laisse-les dehors ! Ça nous amuse de les regarder !

La main de Jean-Philippe se faufile entre les cuisses d'Edwige qui ne fait rien pour lui barrer la route. Leurs yeux restent fixés sur moi, pendant que je me redéboutonne...

— Mademoiselle, que je chuchote hypocritement, est-ce bien prudent ? Si votre maman revenait ?

— On entendra la voiture. Cambre-toi bien, montre-les bien !

Toute rouge, je m'exécute. Et il a fallu que je leur serve le thé avec les nichons à l'air.

— Mais j'y pense, Jean-Fili, tu veux peut-être les toucher ?

Et de me tirer par un téton pour que je me penche sur la petite table, si bien qu'il n'a eu qu'à se servir. Edwige l'a récompensé d'un baiser, elle était enfin arrivée à ses fins ! Jean-Philippe jouait à la poupée. J'avais bel et bien les nichons dehors, et il me les pelotait. C'est tout ce qu'il a pu faire ce jour-là, vu qu'il venait à peine de me les attraper quand on a entendu revenir la camionnette-fourgonnette que Madame emprunte aux Mardrus quand elle brocante. Et Maria a remonté l'allée du jardin en soufflant comme un bœuf, un fauteuil Louis XVI sur le dos. A toute vitesse, j'ai rangé mes nichons, Edwige est descendue des genoux de son fiancé qui a fait disparaître sous le canapé le magazine pour hommes.

— Alors, les enfants, on est bien sages ? a lancé

Madame. Je vois qu'on prend le thé. Et que Victorine vous sert de chaperon !

Elle a donc pris le thé avec les tourtereaux et ce jour-là, on n'est pas allés plus loin. Dès qu'elle l'a pu, Edwige est venue à la cuisine, elle m'a embrassée sur la bouche.

— Si tu savais comme il bandait ! Il n'était pas du tout fâché, hein ? Et toi, ça t'excitait, dis la vérité ? Grosse coquine, t'avais les pointes toutes raides !

Je ne pouvais pas le nier.

— La prochaine fois, on va bien s'amuser, fais-moi confiance ! N'oublie pas de bien te raser la moule !

Une nouvelle apparition de Monsieur, toujours pour étouffer le scandale immobilier dans lequel avait magouillé son suppléant, m'a permis de souffler quelques jours. Quand son « papounet chéri » est là, Edwige retombe en enfance et n'en a que pour lui ! Elle oublie même de faire venir Roméo prendre le thé. Madame, c'est pareil, pas question qu'elle courre le guilledou. Mais à peine le chat retourne-t-il à Paris, que les souris dansent de plus belle.

Ça n'a pas traîné. L'après-midi même du départ de son mari, Madame était en train de prendre le thé avec Jean-Philippe et Edwige quand son gigolo lui téléphone. Elle est montée prendre la communication dans sa chambre, vu qu'elle ne tenait pas à ce que nous entendions ce qu'ils se allaient se dire. Madame Mère n'avait pas franchi le seuil qu'Edwige, qui était sur les genoux de Jean-Philippe, est descendue s'asseoir sur le tapis, entre ses jambes.

— Tu sais pas, me lance-t-elle. Il est fâché contre moi, Jean-Fili ! Monsieur fait la gueule ! Il dit que je l'allume et qu'ensuite je veux pas passer à la casserole !

Je vois bien qu'il s'agit d'une querelle pour rire.

— J'ai beau lui dire que ma maman tient absolument à ce que je me marie vierge... il ne veut rien savoir ! Tu ne sais ce qu'il a eu le toupet de me proposer, ce cynique individu ! De me le faire par-derrière ! Comme à un garçon ! C'est un monde, non ?

— Voyons, Edwige, proteste-t-il, tu exagères quand même de lui raconter ça, c'est intime, merde !

— Oh, quoi, allez, Victorine, c'est notre poupée, elle dira rien, tu sais !

Elle joue à la bébête qui monte le long de sa cuisse, et lui me lance un coup d'œil en biais.

— Remarque, murmure Edwige, c'est vrai que je l'excite. Tu veux que je te montre ?

Elle lui met la main en plein sur le paquet. Il sursaute et à nouveau, m'expédie un coup d'œil en douce. Comprenant qu'il est mûr, elle commence à lui tirer sur la fermeture Eclair.

— Va voir ce que fabrique ma mère. Faudrait pas que...

Je vais tendre l'oreille dans le couloir. Madame, qui a un sérieux retard affectif à combler à cause du séjour de Monsieur, roucoule là-haut comme une colombe en rut. Quand elle prend cette voix au téléphone, elle en a au moins pour une heure.

— Elle téléphone à son jules, que je fais en rentrant. Et...

Je n'en dis pas plus long. Edwige a mis à profit mon absence pour sortir entièrement du pantalon « l'appareil génital » de Roméo.

— Viens voir son gros pénis, dit-elle. Viens. Ne fais pas ta timide. Tu lui as montré tes nichons, tu peux bien regarder sa bite. Il est d'accord ; t'as vu ce morceau ? Quand je pense qu'il voudrait me mettre ça dans le derrière ! Il peut toujours galoper !

Elle brandit la trique de son chéri ; je ne m'attendais pas à ce qu'il en ait une aussi importante. Décidément, les mâles de sa famille sont bien pourvus. Il n'a rien à envier à son frère Rodolphe.

— Elle te plaît, sa matraque ? Attends, t'as pas vu le meilleur.

Elle recule sa main et la peau se rétracte, dénudant le gland.

Le visage rouge, Jean-Philippe considère fixement la main qui le tripote. Bouché bée, il arbore cette expression suprêmement intelligente qu'ils prennent dans ces moments, vous savez, quand – selon le docteur Lépine – le sang déserte le cerveau pour affluer dans les parties basses. Et pour y affluer, il y afflue sérieusement. Vous auriez vu ce gourdin ! Edwige tapote le tapis pour m'inviter à la rejoindre, et je viens m'accroupir près d'elle. Serviable, Jean-Philippe, écarte une jambe pour me faire de la place.

— C'est marrant, non, me chuchote-t-elle, ce morceau de viande rouge. On dirait une prune...

Elle envoie un coup de langue dessus ; Jean-Philippe fait un petit bond sur place. Elle se marre et moi aussi. Ils sont tellement drôles, les garçons, quand on leur tripote le bout de la queue. Pour sûr qu'elle doit être drôlement sensible, leur friandise, à voir comme ils se tortillent quand on s'en occupe. Edwige lui envoie encore deux ou trois coups de sa petite langue rose. Moi, je ris de plus en plus niaisement. C'est ce qu'elle veut, je le sais, que je joue l'idiote du village.

— Tu peux lui toucher son gros pénis, toi aussi, tu sais, qu'elle me propose. Il t'a bien tâté les nichons, lui ! Allez, touche donc !

— Oh non, Mamzelle, j'oserais pas...

— Allez, je sais que tu en as envie. Je te connais, grande sale ! Prends-le, quoi, puisque je te le prête.

Vu qu'elle insiste, ça serait impoli de refuser ; j'attrape donc le morceau. Qu'est-ce que c'est raide !

— Eh bien, fais bouger ta main ! Quelle empotée ! Il ne s'agit pas de tenir la chandelle !

Lui, qui a entrouvert les lèvres, me pousse sournoisement son morceau dans la main pour bien décapuchonner le gland.

— T'as vu, il a envie, fais-lui donc !

Je commence donc à le branler lentement et il ferme à demi les yeux, pour mieux se recueillir.

— Il se laisse faire, hein, ce salaud, t'as vu, ricane Edwige. Ce toupet, il se laisse tripoter le pénis devant sa fiancée ! Et ça lui fait de l'effet, on dirait ! Regarde ses testicules, comme ils sont gonflés !

Pendant que je le branle, elle lui soupèse les couilles du plat de la main ; on dirait deux grosses balles de tennis un peu aplaties, toutes duveteuses.

— Plus vite, dit Edwige. Faut les lui vider avant que maman revienne. Allez, tchic, tchic, tchic !

Le fiancé se met à haleter et ses doigts agrippent le canapé.

— Attention ! prévient-il, d'une voix rauque ; ça vient !

— Oh, fait Edwige, faudrait pas en mettre partout, hein ? Vite, Edwige... ouvre la bouche ! Mais dépêche-toi ! Tu veux qu'il en fiche sur le beau canapé de maman ?

Elle me pousse en rigolant, j'avale le gros gland irrité, et ça gicle. Edwige me tient par la nuque, pour que je ne recule pas, mais je n'en ai nulle envie. Au fur et à mesure que ça sort, j'avale. Lui, secoué par des spasmes, il agite ses belles cuisses musclées d'étalon nordique.

— C'est tordant, tu trouves pas ? glousse Edwige, pendant que j'essuie ma bouche avec une des petites serviettes à thé.

C'est alors qu'on réalise que la voix de Madame s'est tue. Vite, Edwige refourre la queue de Jean-Philippe dans son pantalon et je me redresse, tandis qu'elle retourne se blottir contre lui, très chaste fiancée. Il était temps, Madame est de retour.

— Alors, les enfants, on a été sages ?

— Bien sûr, m'man. D'ailleurs, Victorine nous surveille !

Madame me décoche un coup d'œil méfiant. Tu parles d'un chaperon ! J'avale sournoisement un reste de sperme et je sers une nouvelle tasse de thé à Madame, vu que la sienne a refroidi. Après quoi, je regagne la cuisine, où peu après, Edwige vient me retrouver.

— Alors, ça t'a plu, hein, de le sucer ! Fais voir un peu... allez, ouvre-toi bien.

Je me trousse pour qu'elle explore ma fente. Je suis trempée...

— J'en étais sûre ! Salope de sournoise qui fait sa dégoûtée, et qui est toute baveuse...

Elle m'extirpe le bouton, me le cajole ; il est dur et me brûle, comme un petit morceau de braise. Je la supplie :

— Mademoiselle, s'il vous plaît, s'il vous plaît !

Elle se marre en m'enfilant deux doigts bien au fond.

— Mais oui, mais oui... Ne pleure pas, on va te faire jouir !

Elle tombe à genoux, m'ouvre comme une pêche mûre et tire sa langue pour me l'enfiler dedans. Dès qu'elle me touche le bouton, ça me fait comme un éclair dans le ventre et je me mords le bras pour ne pas crier. Elle se marre et me l'aspire. Elle n'a pas eu besoin de me le sucer longtemps pour que je décolle ! Et ça n'a pas raté, j'ai eu ma crise de larmes !

— Demain, tu passes à la casserole, me dit-elle en s'essuyant les lèvres, pendant que je pleurniche dans ses bras, maman va à Pujols voir le notaire. On aura tout le temps voulu. Et demain, c'est pas dans ta bouche qu'il se videra. C'est ici !

Elle fait tourner ses doigts dans mon vagin.

— N'oublie pas de te laver la chatte.

Le lendemain, avant que Chéri arrive, elle a vérifié à la cuisine que j'étais bien rasée. Puis elle m'a reniflé la fente de près pour voir si je ne sentais pas trop la fille. Vous dire dans quel état j'étais, en attendant qu'elle sonne pour le thé ! Enfin, ça y est. Je me lève, j'apporte le plateau. Ils me regardent arriver, avec un sourire crispé. Je pose le plateau sur la petite table, je dispose les tasses, les petites serviettes, les gâteaux secs. Ils attendent. Dès que c'est fait, je me redresse, les joues en feu. Et, d'une voix qui chevrote, je demande :

— Faut-il servir le thé ?

Edwige me pouffe au nez en poussant Chéri du coude.

— Le thé attendra, me dit-elle suavement. Fais-lui voir ta moule !

J'avais beau m'y attendre, ça fait quand même un choc ! Je viens donc me placer en face d'eux, avec mon cœur qui joue du tambour dans les oreilles, et je retrousse ma jupe.

— Bon Dieu ! dit Jean-Philippe. Mais... elle se rase le sexe ?

En riant tout bas, Edwige me titille la fente de bas en haut.

— Ça surprend, hein ? N'oublie pas que c'est une poupée, les poupées n'ont pas de poils. Alors, tu la trouves comment, sa foufoune ? Attends, tu vas voir, elle va faire sortir sa fève !

Comme je tarde à obéir, elle me pince méchamment la cuisse, ce qui m'arrache un cri, et tout de suite, je fais sortir ma « fève ».

— T'as vu ? Qu'est-ce que t'en penses de son bouton, il est plus gros que le mien, non ? C'est parce que c'est une sale branleuse !

— Eh bien, fait enfin Jean-Philippe, vous... vous avez l'air drôlement intimes, toutes les deux ! Si on m'avait dit ça !

— Quoi, tu vas pas nous faire un fromage grec, en plus ? Toutes les filles se chatouillent la tirelire, ça veut rien dire. Tu devrais plutôt me remercier de te la prêter ! Montre-lui ton vagin, Victorine, qu'il voie bien le trou où il va mettre son pénis !

C'est en bas que je dois m'écarquiller maintenant, en pliant les genoux.

— Et maintenant, la petite fleur noire !

Et il a fallu je lui montre mon anus. En riant, elle m'y a enfoncé le manche de sa petite cuiller.

— Dans ce trou là aussi, tu pourras la mettre, mon chéri ; avec elle, je te permets. Mais je lui ferai faire un lavement avant, ce sera plus prudent. Allez, Victorine, assez lambiné. En piste ! Viens sur le canapé et donne-lui ton vagin !

Renversée sur les coussins, les cuisses bien ouvertes et me tenant moi-même sous les genoux, comme quand je me fais bouffer la moule par sa mère, je propose mon con à Jean-Philippe. Edwige ouvre mon chemisier pour faire sortir mes nichons. Entre mes cils (j'ai soi-disant fermé les yeux), je peux voir qu'elle le branle pour qu'il soit bien raide. Dès qu'il est prêt, il se couche sur moi et me l'enfonce. J'ai beau faire mon « inerte », il ne me faut pas longtemps pour manifester bruyamment mes sentiments, et donnant libre cours à mon exubérance, j'entame mon cirque habituel.

— Oh oui, oh oui ! Ah là là ! Oh !... Ah mon Dieu ! Oh, plus fort, s'il vous plaît, m'sieur Jean-Philippe ! Plus vite... aaaaaahhhh... Oh, merci, merci... Enfoncez-la bien au fond ! Oh qu'elle est grosse ! Oh, c'est bon, c'est bon ! Encore, encore !

Et que je pleurniche, que je miaule, que j'attrape ses fesses musclées pour qu'il s'enfonce bien ! Vous pensez s'ils se tordent, ces deux fumiers !

— T'entends ça, Jean-Fili ? On dirait que ça lui plaît, ma parole !

— Encore, que je pleure... plus fort... je sens que ça vient !

— C'est une poupée gonflable dernier cri ! qu'il lui dit, en me bourrant. Elle crie, elle mouille, elle suce !

— Tu trouveras pas mieux au sex-shop, c'est moi qui te le dis !

Comme je perds vraiment la boule, de peur que sa tante m'entende gueuler, elle me fourre une serviette à thé dans la bouche.

— Tu peux te vider les couilles dedans, tu sais ! Elle prend la pilule !

Ce qu'il fait, en poussant un barrissement rentré.

Dès qu'il ressort sa queue, Edwige la lui essuie.

— Voilà une bonne chose de faite, dit-elle. Dorénavant, tu te videras les couilles dans ma poupée. Ce sera plus sain que de te branler en regardant des photos ou de dépenser ton argent avec des putes. Et ça se passera devant moi.

Mais les choses du cul ne sont pas aussi simples ; j'étais

en train de me laver la chatte dans ma chambrette, quand je l'ai entendue gueuler. Devinez quoi ? Elle lui faisait une scène !

— Tu n'es qu'un pignouf, criait-elle. Je te prête le cul de ma bonne, et voilà comment tu me remercies ! En me faisant des réflexions déplacées ! Comme si ça comptait, ce que les filles font entre elles ! Elles n'ont pas de bite, les filles, je te ferais remarquer, de quoi tu as peur ? Alors que c'est moi qui devrais être jalouse ! Avec moi, t'as jamais crié comme avec elle ! Jamais !

Je suis descendue à la cuisine ; quelque chose me disait que ça me retomberait dessus ! Ça n'a pas raté. Roméo Gros-Gourdin venait à peine de quitter les lieux après avoir claqué la porte, qu'elle m'a convoquée dans sa chambre par l'interphone. Elle allait et venait comme une tigresse en cage, la ceinture de croco à la main.

— A poil, m'a-t-elle ordonné. Sale pouffiasse ! Je vais t'apprendre à jouir avec mon fiancé !

Elle était dans un état de rage indescriptible. Elle m'a lacéré la croupe et les cuisses jusqu'à ne plus avoir la force de le faire. J'avais beau mordre l'oreiller, je râlais comme une bête blessée. Je chialais si fort, quand elle s'est arrêtée, que tout d'abord, je n'ai pas réalisé ce qu'elle faisait. Elle m'avait tirée par les bras pour que je me mette debout et regardait mes larmes couler. Brusque revirement :

— Oh, pardon, pardon, ma chérie... C'est parce que je suis si jalouse, tu sais ! Je t'ai fait vraiment mal ?

— Dès demain, que je lui ai dit, en sanglotant, dès demain, je donne mes huit jours à Madame... je veux plus rester un jour de plus dans cette maison de folles !

Elle est devenue aussi blanche que le drap.

— Non ! a-t-elle crié en m'enlaçant. Je ne veux pas ! T'es à moi !

Embrasse que je t'embrasse.

— Ma louloute, ma nonote... ma poupounette ! Si tu savais comme je suis heureuse d'avoir une grosse poupée comme toi, pour la tourmenter et jouer avec. Et lui faire des petits bisous partout ! Tu en trouveras une autre, de maîtresse, qui te léchera aussi bien la chatte que moi ? Et qui te sucera le troufignon ?

Elle a déliré un bon quart d'heure, et bien sûr, je me suis laissée attendrir. Elle peut me faire n'importe quoi, je n'arrive jamais à lui en vouloir longtemps ! Une chose qu'elle m'a promise, en tout cas, c'est qu'elle ne me fouetterait plus parce que Jean-Philippe m'aura fait jouir. Sur ce point, je me suis montrée très ferme ; il ne faudrait quand même pas exagérer.

Par la suite, on a mieux régenté l'affaire. S'est instaurée entre nous trois une routine quasiment conjugale. Chaque fois qu'il en avait envie, le prince consort utilisait mon vagin ou mon anus en présence de sa fiancée, et même si je prenais mon pied, Edwige ne m'en tenait pas rigueur. Rapporter toutes ces escarmouches pré-conjugales serait fastidieux. Je vous en donne deux au hasard, pour que vous vous fassiez une idée.

Un samedi soir, j'étais à la cuisine avec Maria, on faisait l'argenterie. Disons qu'elle faisait l'argenterie et que je me faisais les ongles. L'interphone sonne. C'est Edwige.

— Tu peux venir deux minutes, Victorine ?

Tout étonnée (je la croyais en ville), je monte, sans me méfier, et je trouve Jean-Philippe. Ils sont en tenue de tennis. Elle a dû l'introduire en douce, profitant de ce que sa mère était au théâtre à Agen.

— Dépêche-toi, me dit-elle, on doit jouer en nocturne. Il va se vider les couilles avant le match. Inutile de te déshabiller, penche-toi et donne-lui ton trou.

Je me suis mise à plat ventre sur son bureau, et elle m'a rentré son doigt dans l'anus, pour m'exciter. Lui m'avait fourré sa queue dans la bouche. Il bandait comme un âne. Dès qu'elle a senti que je mouillais, elle m'a bien ouverte et il est venu m'enfiler. Pendant qu'il se servait de moi, ils ont continué à parler, comme ils font souvent, de ce qu'ils allaient faire dans la soirée, après le match. Et de temps en temps, ils se faisaient des petits bisous. Comme je commençais à gémir, Edwige m'a donné une tape sur le derrière.

— La ferme ! C'est lui qui doit jouir, pas toi !

Une autre fois, un après-midi où ils avaient prévu qu'il me baiserait au salon, nous n'avons pas pu le faire parce que Madame s'incrustait. Normalement, on aurait dû venir la chercher, mais elle avait attendu en vain un coup de fil tout l'après-midi. Vous dire l'humeur de chien dans laquelle elle était !

Ils ont donc décidé d'aller faire un tour en ville. Ce que voyant, Madame est montée dans sa chambre. Vite, Edwige est venue me trouver à la cuisine. Elle m'a fait signe de m'ouvrir, et elle s'est mise à genoux devant moi pour me sucer et me mettre son doigt dans l'anus. Dès qu'elle a senti que je mouillais, elle s'est relevée et a mis un doigt devant la bouche pour me faire signe de ne pas parler, puis elle m'a entraînée dans le corridor. Jean-Philippe nous attendait, la bite dehors.

— Donne-lui ton trou, vite, a chuchoté Edwige. Je l'ai bien sucé, lui aussi, il n'en peut plus !

Je me suis retournée et je me suis penchée, en écartant les fesses, pendant qu'Edwige me soutenait, et il m'a enfilée debout. Pendant qu'il me le faisait, on tendait l'oreille pour savoir si Madame ne descendait pas. Edwige avait dû sérieusement le sucer, car il a juté presque tout de suite. Aussitôt après, ils sont partis retrouver leurs amis au café. Le tout a dû durer trois minutes, et je n'ai pas eu le temps de jouir. Assez frustrée, je suis retournée à la cuisine me fourrer un kleenex dans le vagin, afin que ça ne coule pas sur mes cuisses. Puis je suis montée dans ma chambre sur la pointe des pieds. Je n'avais qu'une peur, que Madame sorte de chez elle et me voie, et qu'elle ait envie de me mettre son doigt dedans, comme elle fait souvent. Heureusement, j'y ai coupé. Je me suis donc lavée en vitesse... Mais l'instant d'après, comme je redescends, je tombe sur elle.

Elle me regarde en fronçant les sourcils, parce que je n'ai rien à faire aux étages à ce moment de la journée.

— Qu'est-ce que tu fiches ici, me dit-elle. Approche !

Et toc, elle me met la main entre les cuisses.

— Tu viens de le laver ? Pourquoi ?

Je suis restée toute bête. Elle m'a enfilé son doigt et s'est mise à rire.

— Tu t'es branlée, hein ? C'est ça ? Tu trouves que je te néglige, en ce moment ? Alors tu te le fais toute seule ?

Le fait est qu'elle ne s'y intéresse plus beaucoup, à ma foufoune, depuis qu'elle a ce nouveau chéri en tête. Elle m'a branlée un moment, comme ça, et quand elle a senti que je commençais à mouiller sérieusement :

— Tu veux qu'on demande à Gustave de t'en mettre un coup vite fait ? Il est dans le bureau de Monsieur, à classer les archives. Il dira pas non !

J'ai beau lui dire que je n'y tiens pas, elle me pousse dans le bureau.

— On a besoin de vos services personnels, Gustave... il y a ici une jeune fille en détresse... Ce sera gratuit, aujourd'hui, c'est juste pour la soulager !

Il a donc fallu que j'y passe ; le plus vexant, c'est que j'ai joui, ce qui les a beaucoup amusés.

En résumé, Edwige et son fiancé se servaient de mon cul chaque fois que la chose était possible. Mais que mes orifices fussent à leur disposition n'empêchait pas Edwige de veiller au grain. Elle s'arrangeait toujours pour que ce soit le plus expéditif possible. A la va-vite, entre deux portes, juste avant de sortir. Mais l'aspect mécanique de la chose, par lequel elle espérait me frustrer de mon plaisir, par un retournement vicieux de mon caractère était justement ce qui en faisait le charme ! Ça m'excitait comme une bête quand on réduisait mon vagin à n'être qu'un objet utilitaire (un vide-couilles, comme aurait dit Mme Fernande). D'où les crises de rage d'Edwige quand elle s'en avisait. Elle était bien la fille de sa mère. Jean-Philippe, c'était son « Monsieur » à elle. Elle lui donnait mon cul pour qu'il n'aille pas chasser ailleurs, mais si j'en tirais du plaisir, c'était lui voler une part de gâteau... et je ne pouvais pas faire semblant de ne pas prendre mon pied, elle me connaissait comme le fond de son vagin ! Alors, pour se venger, elle avait recours à ses garces de copines...

5

TON AMOUR, JE CHIE DESSUS !

— Qu'est-ce qu'on va devenir, en vieillissant me demandait-elle souvent. C'est quand même anormal, non, notre relation ? Je te déteste parce que je t'adore ! Tu es une drogue dont je ne peux me passer... Et toi, tu vis dans la trouille, tu attends sans arrêt ce que je vais pouvoir inventer, je le sens, je te sens en attente, verte de frousse, et ça me pousse, tu comprends ? Ce que je fais avec toi, je ne pourrais le faire avec personne. C'est toi qui me rends comme ça ! Dès que tu es là, je n'ai qu'une envie, faire des saletés, être cochonne...

Le Dr Lépine prétendait que le goût de la saleté était en fait une quête d'innocence.

— Les enfants naissent dans la pisse et dans la merde, disait-il. En accouchant, leur mère chie. Elle se vide les tripes et l'utérus en même temps. C'est pour retrouver cette innocence qu'on aime tant mêler la saleté aux jeux du cul. En se vautrant dans la pisse et le caca, on veut redevenir des bébés.

Que nous nous y vautrerions, nous aussi, la chose

était dans l'air depuis longtemps, même si, en apparence, c'est à cause de Fifi, la petite copine d'Aglaé (la snobinette aux cigarettes mentholées), que nous avons commencé. Mais, vu que la veille, j'avais joui comme une bête avec Jean-Philippe, je suis certaine qu'Edwige avait tout manigancé pour me punir. On était toutes les six dans la chambre d'Edwige, et les filles, comme cela leur arrivait souvent, me faisaient faire ma gymnastique toute nue, en se tordant de rire. J'étais en train de faire mes abdos, quand l'envie de pisser m'est venue. J'ai donc levé mon doigt pour demander la permission, comme je faisais d'habitude, mais j'ai vu Fifi et Edwige échanger un clin d'œil. Les autres ne devaient pas être au courant, car quand la gamine m'a dit que je n'avais qu'à pisser devant elles, elles ont ouvert de grands yeux.

— Ici ? Devant... devant vous toutes ?

— Parfaitement ! a fait la petite peste.

Toute guillerette, elle est allée chercher dans la salle de bains trois ou quatre serviettes sales qu'elle a étalées sur le plancher.

C'est donc là-dessus que j'ai dû vider ma vessie, en écartant bien les cuisses pour qu'elles voient toutes comment ça sortait. De temps en temps, la petite me fourrait le doigt dans le vagin pendant que je pissais, et elle pouffait vicieusement. Il n'y a pas plus vicieux que ces gamines qui ne sont pas encore de vraies adolescentes. Je venais à peine de finir, et je m'apprêtais à emporter les serviettes imbibées de pisse, quand Fifi a commencé à se tortiller, les mains sur le ventre.

— Oh, de l'avoir vue pisser, c'est drôle, ça me donne envie moi aussi...

J'avais déjà compris ; quand Edwige m'a demandé de me coucher sur les serviettes mouillées, j'ai d'autant moins renâclé que ça me rappelait certains jeux de filles, dans les douches du collège, et c'est presque avec nostalgie que j'ai regardé Fifi s'accroupir au-dessus de moi, un pied de chaque côté de mon torse. Sa fente à peine ombragée d'un maigre duvet me ramenait des années en arrière. Elle a commencé par m'arroser les seins d'un jet assez ténu. Je regardais le jet jaune aller et venir sur ma poitrine. Elle visait mes mamelons et ce n'était pas facile, mais j'ai senti mes pointes durcir.

Les autres s'étaient tues ; elles regardaient la fillette m'arroser consciencieusement. Le spectacle parut leur plaire ; après Fifi, Marion se sentit une petite envie, elle aussi. Elle retira sa culotte et s'accroupit à son tour au-dessus de ma poitrine. Avec délectation, je regardai s'entrebâiller sa grosse chatte velue dont la fente, d'un rose fané, me parut à ce moment très émouvante. Du doigt, elle dégagea son petit orifice et ses yeux se plantèrent dans les miens. Comme elle avait rougi, je m'attendais à une traîtrise. Cela ne manqua pas. Un jet dru me frappa en plein visage. Je voulus me détourner, mais Marjorie et Aglaé immobilisèrent mes bras. Marion riait doucement.

— Tu n'en veux pas ? Tu vas en avoir quand même, ma chérie. Regarde bien...

Elle se déplaça en canard de façon que sa chatte soit juste au-dessus de mon visage, puis elle ouvrit sa fente, largement, avec ses mains, et je vis s'arrondir son vagin.

— Pincez-lui le nez ! dit-elle.

Fifi se fit un plaisir de lui obéir. Terrifiée, je fus donc contrainte d'ouvrir la bouche ; alors elle m'envoya un jet très puissant en plein dedans, et je me mis à tousser, et à rejeter l'urine qu'elle aurait voulu me faire avaler. Dans un sursaut furieux, je m'arrachai aux deux filles qui m'immobilisaient. Me redressant, je repoussai hargneusement Marion. Elle riait stupidement, assise par terre, les cuisses écartées, et continuait à pisser de façon désordonnée.

— Tu veux partir ? me dit Edwige, en me montrant la porte. Eh bien va, file. Mais dis-toi bien que plus jamais tu ne reviendras jouer avec nous !

Elle me jeta mes vêtements et toutes les autres, la singeant, se désintéressèrent de moi. Et voilà. Au lieu de me rhabiller, j'ai emporté dans la salle de bains les serviettes gorgées de pisse, et je les ai essorées. Puis je suis revenue, toujours nue, nettoyer les parties du plancher qu'avait souillées Marion. Silencieuses, elles me regardaient faire. Quand tout fut propre, je me suis tournée vers Edwige.

— Tu es encore là ? m'a-t-elle dit.

J'ai fait oui de la tête. Elle m'a fait signe d'approcher. Je suis venue tout près d'elle, je m'attendais à ce qu'elle me gifle, mais au contraire, elle m'a caressé la joue.

— Tu feras encore la mauvaise tête ?

J'ai fait non.

— Tu vas bien ouvrir la bouche ? Tu vas bien boire ?

— Oui, Mademoiselle.

— Qui est-ce qui a envie de pisser ? a demandé Edwige.

Aglaé a levé le doigt. Je suis allée chercher des serviettes sèches, je les ai étalées sur le plancher, je me suis couchée sur le dos. Aglaé, un peu rose, et venue se mettre à l'aplomb de moi, debout. Entre ses longues cuisses pâles, si gracieuses, tout en haut, j'ai vu le nid douillet de son sexe blond. Elle s'est accroupie avec une infinie lenteur, pour que je voie éclore la corolle humide qu'elle a fini par coller à ma bouche.

— Lèche-moi d'abord...

Je l'ai léchée. J'adorais le goût de son sexe, de toutes

les copines d'Edwige, c'était de loin le sien que je préférais. Il avait toujours un très léger goût de pipi en dépit du parfum qu'elle se mettait dans les poils. J'ai senti les petites lèvres s'ériger sous ma langue, puis son clitoris a durci.

— Je vais pisser dans ta bouche, maintenant. Tu vas tout boire, hein ?

J'ai ouvert la bouche, elle m'a collé sa fente dessus, et le jet a fusé, si doucement que j'ai pu tout boire, au fur et à mesure, comme si j'avais tété le sein de ma mère, et tout en buvant, du bout de la langue, je lui cajolais le clitoris, comme la pointe dressée d'un mamelon. Je crois bien que je l'ai fait jouir pendant qu'elle pissait car, après avoir vidé sa vessie, Snobinette a fait quelque chose de très surprenant. Elle s'est penchée sur mon visage, a reniflé ma bouche, puis, pour la première fois depuis que nous nous connaissions, m'a embrassée sur les lèvres.

Après elle, Marjorie a voulu à son tour me faire boire sa pisse. Elle n'a pas collé sa fente sur ma bouche, comme avait fait Aglaé, elle est restée à environ dix centimètres, parce que les autres voulaient voir sortir le jet. Pendant qu'elle me compissait et que je buvais ce qu'elle m'envoyait, j'ai senti mes larmes couler. Je pleurais et je buvais sa pisse, qui avait un goût très âcre, et Marjorie me regardait fixement, avec une sorte de terreur, tout en me caressant la joue.

Edwige m'a arrosée la dernière. Toutes les filles regardaient, autour. J'étais par terre, les bras ouverts, comme une morte. Elle m'a pissé sur le ventre et sur les seins, puis sur le visage. C'était bon. Je m'offrais au jet chaud, je respirais l'odeur forte et fauve. La petite, qui a eu encore envie, est venue alors s'accroupir à l'envers, au-dessus de ma figure. J'ai vu s'écarquiller l'œil brun de son anus, et son jet m'a frappée entre les seins, au même endroit que celui d'Edwige. Puis les sources se sont taries...

Je restais par terre, je ne bougeais plus, baignant dans la pisse. Le docteur avait certainement raison, jamais je ne m'étais sentie aussi bien. Elles se reculottaient en me regardant. Puis, en silence, elles ont allumé une cigarette.

— C'est fou, a dit Marion. Vous ne trouvez pas que c'est fou ?

Elle m'a passé sa cigarette allumée, et j'ai tiré une taffe, puis je la lui ai rendue. Elles m'ont aidée à me relever et m'ont conduite sous la douche. Elles m'ont lavée comme un bébé. Elles m'ont même fait un shampoing. C'était la première fois qu'elles se montraient aussi gentilles avec moi.

Je m'en souviens encore ; j'étais dans la baignoire. On me savonnait, on me masturbait doucement. Je jouissais sans arrêt. Elles m'offraient comme des fleurs leurs sourires vicieux.

— Dégoûtante, dégoûtante ! Tu n'as pas honte de nous faire faire des choses pareilles ?

Aglaé m'a longuement masturbée en me regardant dans les yeux. J'avais l'impression que quelque chose en moi lui faisait peur, quelque chose qu'elle craignait de découvrir en elle.

Après, elles m'ont essuyée, parfumée, et il s'est passé une chose très étrange. C'était comme si toutes, nous venions de franchir une frontière. Les cinq filles se sont mises nues, comme moi, et on voyait aux regards qu'elles échangeaient, que c'était la première fois ; on est toutes allées sur le lit. Elles m'ont prise entre elles. J'étais bien, elles me tenaient chaud, leur peau était douce, elles sentaient bon. Et elles étaient si gentilles, si vicieuses. On n'arrêtait pas de s'embrasser sur la bouche et de se sucer les seins, et de se lécher la fente et l'anus. Même Marjorie s'est montrée adorable. Il y avait encore l'odeur d'urine dans la chambre à cause des serviettes qu'on avait laissées. Je me souvenais de ce que disait le docteur. On était comme des petits enfants tous nus dans une nursery. Pleins d'innocence. Le temps s'était arrêté. Je me souviens que j'ai sucé les seins de Marion, parce que c'est elle qui a les plus gros, et que je redevenais un bébé. Une fille, pendant ce temps, me léchait doucement la fente, me donnant un plaisir très doux, très fiévreux, qui se suffisait à lui-même, qui n'avait plus besoin de l'orgasme...

Quand on s'est rhabillées, on parlait à voix basse, on osait à peine se regarder. Après le départ de ses amies, Edwige m'a dit que maintenant, je pourrais jouir avec Jean-Philippe autant que je voudrais, elle ne me battrait plus pour ça, j'étais comme une sœur pour elle.

Qu'elle ne me batte plus parce que je prenais mon pied avec son chéri ne voulait pas dire qu'elle s'en privait quand elle avait un pet de travers. Ou même sans raison particulière, simplement pour le plaisir.

— Monte dans la chambre, me disait-elle, et mets-toi toute nue.

Je la voyais prendre la maudite badine de Madame dans le porte-parapluie.

— Mais pourquoi, Mademoiselle ?

— Je veux te trouver le cul tourné vers la porte, et les cuisses bien écartées. Et je ne veux pas entendre un mot tout le temps que je punirai ton cul. Vu ?

— Mais pourquoi, Mademoiselle ?

Elle me caressait la joue. Parfois, même, elle m'embrassait sur la bouche, d'un vrai baiser d'amoureuse, avec la langue.

— Parce que j'en ai envie, Victorine. Allez, va !

D'autres fois, le plaisir n'y était pour rien. Elle se défoulait sur moi, ne pouvant le faire sur sa mère ou sur Jean-Philippe. Ainsi, ce samedi où elle s'était disputée avec lui parce qu'il avait dansé avec une fille qu'elle détestait. Leur prise de bec avait eu lieu chez des amis communs des Mardrus et des Bergeret. Madame avait fait des remontrances à Edwige pour s'être mal tenue en public. A son retour, j'ai tout de suite compris que ça allait me retomber dessus quand elle m'a demandé par l'interphone de lui monter un coca. Dès mon entrée, elle s'est jetée sur moi comme une furie et m'a battue à bras raccourcis. Elle ne le faisait pas pour s'exciter, mais pour me faire mal, comme si j'étais responsable de ce qui lui arrivait.

Après, pendant que je boudais dans mon coin, au lieu de me consoler, comme elle faisait chaque fois que ça lui arrivait, ce fut tout le contraire.

— Si tu n'es pas contente, c'est pareil ! Je t'emmerde !

Et c'est là que ça s'est déclenché. Je suis sûre qu'elle n'y avait pas pensé l'instant d'avant.

— Parfaitement, je t'emmerde, a-t-elle répété. Toi et ton amour de merde, je vous chie dessus !

Sa colère était passée. Je peux dire que j'ai vu l'idée naître dans ses yeux, que je l'ai entendue dans sa voix, au moment même où elle naissait en elle. Elle a eu ce rire étonné que je lui connaissais si bien, puis elle m'a embrassée, m'étreignant à me briser les côtes.

— Tu sais de quoi j'ai envie ?

Quand j'ai fait signe que oui, elle est devenue toute rouge, dépitée que je la connaisse si bien.

— Et tu accepterais ?

Je lui ai dit la vérité, que je ne savais pas.

— Il faudra bien, pourtant. Maintenant que j'y ai pensé, je me connais... Si je ne le fais pas, j'y penserai sans arrêt. Rien qu'une fois, tu veux ? Pour dire qu'on l'a fait ?

Je n'arrivais pas à croire qu'elle le ferait vraiment.

Mais le lendemain, dès que j'ai vu les serviettes par terre, en entrant dans la chambre, j'ai regardé Edwige. Et, sur un simple geste, je me suis mise nue. J'ai même retiré mes bas. Et je me suis couchée sur les serviettes.

— Faut-il qu'on t'attache ? m'a demandé Edwige.

J'ai fait signe que oui. Ça me paraissait plus prudent. Cela n'a pas eu l'air de l'étonner. Marion et elle m'ont attachée par les poignets, les bras au-dessus de ma tête, aux pieds du lit. Puis par les chevilles, toujours avec des collants, elles m'ont attachée aux pieds du bureau. J'étais réduite à l'impuissance. Marjorie a posé ses mains sur son ventre et a dit :

— Je crois que ça commence.

Une sueur glacée m'a baigné tout le corps.

— Regarde comme elle a peur, la pauvre chérie ! a dit Edwige en enlaçant Marion.

Marion lui a tendu ses lèvres, elles ont échangé un baiser.

— On est dégueulasses, quand même, a pouffé Marjorie en s'accroupissant au-dessus de mon visage. Allez, ouvre ton bec, maman va te donner ta purée !

J'ai vu son anus mauve s'écarquiller, un petit point rose s'y former. Heureusement qu'elles m'avaient attachée... Edwige m'a pincé le nez pour me forcer à ouvrir la bouche. Marjorie s'est rapprochée pour que son anus soit bien au-dessus. Je voyais son sexe largement ouvert, avec toutes les chairs rosâtres qui luisaient de mouille ;

elle était affreusement excitée. Elle s'est assise douillettement sur ma bouche, et dans un réflexe, j'ai avancé la langue pour lui boucher l'anus.

— Ça vient ? a demandé Marion.

— Oui...

J'ai senti son anus se gonfler sous ma langue comme un gros abcès sur le point de percer. J'étais malade d'horreur.

— On va manger le gros gâteau, hein ? a dit Marjorie, en prenant une voix fécale. La vilaine gourmande va se régaler !

Marion, presque hystérique, s'est mise à applaudir. Et alors, l'immonde purée est sortie, et je ne pouvais faire autrement que l'avaler. C'était ignoble, l'idée encore plus que la chose, savoir qu'elle me chiait dans la bouche, qu'elle me vidait son ordure dans la bouche. Impossible de tourner la tête, Edwige me tenait bien. Goût atroce de fromage pourri.

— Mâche, disait Edwige. Mâche. Surtout ne recrache rien, tu le remangerais !

Au bord de l'évanouissement, j'ai avalé l'infecte nourriture, je l'ai sentie glisser dans ma gorge. Marjorie s'est relevée, incrédule. Elle a regardé ma bouche et mes joues souillées.

Alors Edwige est venue sur moi. Elle se tenait assez haut, pour que les autres voient sortir sa crotte. Une crotte jaunâtre, étroite, assez dure ; elle est descendue lentement, si lentement...

— Vise bien le trou, Edwy, a crié Marjorie. Ne chie pas à côté !

Mais elle a été la seule à trouver ça drôle. Marion était très pâle et Edwige avait l'air effrayée par ce qu'elle était en train de faire. Alors, j'ai pris pitié d'elle, j'ai ouvert la bouche sans qu'on me force, parce que c'était elle. Pour lui montrer que j'avais de l'amour en moi, malgré mon dégoût, ma répulsion. C'est cet amour que j'ai voulu lui montrer en laissant l'immonde cigare entrer dans ma bouche. Je l'ai mâché, sans la quitter des yeux pendant qu'elle me fixait avec une expression terrifiée, son goût pestilentiel s'étalait dans ma bouche ; c'était aussi infâme que la merde de Marjorie, et pourtant, ça n'avait rien à voir, rien. Parce que je l'aimais, elle. J'ai tout avalé.

— Tu m'aimes toujours, m'a demandé Edwige en s'assurant que les deux autres, qui étaient allées à la fenêtre respirer les odeurs du jardin, ne pouvaient pas nous entendre.

— Oui, Mademoiselle.

Alors, elle s'est penchée sournoisement sur moi et, les narines pincées par le dégoût, elle m'a posé un petit baiser sur le front, et elle m'a dit :

— Eh bien moi, je chie sur ton amour, ma chérie.

Marion n'a pas voulu se vider sur moi. Elle a prétexté qu'elle n'avait pas envie. Elles m'ont délivrée et je me suis rendue aux toilettes. Aucune n'est venue avec moi. J'ai mis mon doigt dans ma gorge et je me suis fait vomir dans la cuvette du cabinet. Puis j'ai tiré la chasse et je me suis rincé la bouche avec de l'eau dentifrice.

Quand je suis ressortie, il n'y avait plus qu'Edwige, qui faisait une drôle de tête. J'avais encore sur le cœur les mots qu'elle m'avait dits. Je lui pardonnais tout, mais pas ces mots. Alors, en allumant une cigarette sans lui demander la permission, je lui ai envoyé :

— J'ai bien réfléchi, Edwige (Edwige, pas Mademoiselle). Je ne vous en veux pas, ce n'est pas de votre faute si vous êtes tordue. Mais moi, j'arrête. C'est fini, vos conneries. Je vais donner mes huit jours à votre conne de mère. Je préfère encore faire n'importe quel métier.

— Je comprends (elle était blanche comme un linge). Ne crois pas que je ne comprends pas.

Elle a eu un sanglot nerveux, mais j'ai fait comme si je ne l'avais pas entendu.

— Je te regretterai, tu sais, qu'elle m'a dit. Tu ne peux pas savoir comme je te regretterai !

Pardi, où trouverait-elle une conne aussi docile ?

— Je ne le pensais pas, tu sais, ce que je t'ai dit. Tu le sais très bien, ordure que tu es, que je t'aime, moi aussi. Et que c'est pour ça !

Les autres fois, quand elle me tenait ce langage, j'avais beau me dire qu'elle mentait comme un arracheur de dents, qu'elle était la plus perfide, la plus calculatrice des salopes, c'était plus fort que moi, je fondais. Cette fois, j'ai tenu bon.

Sans me regarder, elle a murmuré : « Sans toi, je suis perdue. »

Et que j'étais sa drogue, qu'elle ne pouvait plus se passer de moi. Je les écoutais sans les entendre, ces rengaines qu'elle m'avait chantées si souvent, ça ne me faisait plus rien.

Tout m'était égal. Je n'avais plus envie de rien, son amour de petite fille riche m'ennuyait. Avec un incroyable sentiment de libération, j'ai commencé à marcher vers la porte. A chaque pas, je me sentais plus légère. Sortir de cet asile de fous, aller dans le vaste monde... Et puis, alors que je me croyais définitivement libérée, quand déjà je posais ma main sur la poignée, ça s'est dénoué dans ma poitrine, je me suis mise à pleurer comme une gamine, le front contre le bois de la porte.

Alors, elle a sauté sur sa proie, elle l'a prise dans ses

bras, sa proie, et nous avons pleuré ensemble. On pleurait et on s'embrassait avec une fureur malade, une tendresse épouvantable.

— Qu'est-ce qu'on va devenir, Victorine, tu peux me le dire ?

On savait très bien toutes les deux sur quoi on pleurait, sur notre jeunesse qui était en train de mourir, sur ce qui nous attendait, allions-nous devenir aussi connes, aussi aigres, que sa mère, que sa tante, grossirions-nous, nos peaux s'affaisseraient-elles ? Quand mon cul ne lui plairait plus, qu'est-ce qu'elle ferait ? Irait-elle jouer au bridge, comme Mme Mardrus, cette ancienne reine de beauté ?

— Mais conne que tu es, me disait-elle, si je te déteste tant c'est parce que je t'aime, toi, pas ton cul.

Des mots, c'étaient des mots, c'est toujours un cul, qu'on aime, jamais une personne. Ce petit morceau de cul, celui avec des poils, qui sent le poisson quand on le néglige, le voilà, le siège de l'âme.

— Tu vas rester, hein ? Tu resteras ?

Et je faisais oui de la tête. Bien sûr, que je resterai. J'avais bien trop la frousse de ce qui m'attendait dehors.

Bien trop la frousse de la vraie vie.

Cette nuit-là, on a dormi ensemble, comme deux sœurs. On se chuchotait des fadaises.

— Tu es à moi, Victorine. Tu es à moi. Tu es ma petite sœur... tu es mon enfant. On vivra toujours ensemble, hein ? Toujours ? Même quand j'épouserai cet imbécile, tu ne me quitteras pas. Tu seras notre petite putain...

Nous le savions, ce n'étaient que des mots, la jeunesse s'en allait, on avait beau se cramponner l'une à l'autre, déjà nous effleurait l'aile de la vieillesse... Cette rage qu'elle avait, elle, venait de là. Il nous suffisait de regarder autour de nous pour voir ce qui nous attendait. Ce n'était qu'une question de temps, et le temps passe vite.

Bientôt, comme dans la chanson, viendrait la ride véloce, le ventre avachi, les vergetures, les varices, l'aigreur de l'âme, les vilains calculs, les économies de bouts de chandelle, les soirées devant la télé, les régimes amaigrissants, les clubs échangistes, les vacances aux Seychelles, les mots croisés du samedi sur le Figaro Madame, le dernier prix Goncourt, la vieillesse, quoi, la solitude, la mort...

EPILOGUE

VINGT ANS APRÈS : MONSIEUR PRIAPE

(Mme Edwige a trente-cinq ans)

Comme le temps passe ! Voilà déjà vingt ans que je suis au Bertranet : hier soir, pour fêter le trente-cinquième anniversaire de Mme Edwige, les Mardrus m'ont attachée toute nue sur le piano, et m'ont fouettée avec cette satanée badine qui fait toujours un mal de chien (elle n'a pas vieilli, elle !). Alors que je m'égosillais, Monsieur m'a enculée pendant que Mme Edwige qui riait aux larmes (on avait vraiment forcé sur le champagne) m'obligeait à lui lécher le bonbon. Bref, c'était un anniversaire très réussi, mais voilà qu'au meilleur moment, comme elle s'apprêtait à me pisser dans la bouche et que Monsieur allait juter dans mon cul, une voiture s'arrête devant la maison. Vite, ils me détachent, essuient mes larmes, me mouchent, me torchent, m'aident à remettre ma tenue de soubrette ; il était temps, leur fille Ferdie déboule comme une furie.

On ne l'attendait pas de sitôt. Elle apprit à ses parents qu'elle s'était disputée avec son dernier fiancé, que ce n'était qu'un sale type, qu'elle ne voulait plus entendre parler de lui. Pendant qu'ils la consolaient de leur mieux, j'ai discrètement récupéré ma culotte qui était tombée derrière un fauteuil et je suis retournée finir la vaisselle.

Je suis certaine que Ferdie n'a pas été dupe de notre camouflage ; elle se doute bien que ses parents aussi s'amusent avec moi, mais elle ne s'est pas permis la moindre réflexion. On est très vieille France, chez les Mardrus (M. Jean-Philippe est très à cheval là-dessus) ; il y a les choses qu'on fait, il y a les choses qu'on dit, et on ne mélange pas.

Etant donné que « je fais partie de la maison », je n'ai pas d'heures fixes, autrement dit, je suis corvéable à merci, mais il ne me viendrait jamais à l'idée de m'en plaindre : le Bertranet, pour moi, depuis que Mme Edwige y règne, c'est le paradis, pour quelle raison aurais-je envie de quitter le paradis ? A toute heure du jour ou de la nuit, j'y vais et j'y viens à ma guise ; ainsi, chaque soir, avant de monter me pieuter, c'est plus un rite qu'une obligation, je fais ma ronde de nuit.

Je commence au rez-de-chaussée, où se tient la chambre de « Monsieur Priape » (surnom que Mme Edwige a donné à son père, depuis qu'il est tétraplégique). Le soir de l'anniversaire, j'ai vérifié comme d'habitude qu'il dormait comme un bouddha dans son vaste lit inclinable. Au plafond, la petite loupiote tournante faisait défiler des ombres chinoises de bestioles fantastiques comme dans une chambre de bébé. N'est-ce pas ce qu'il est devenu, notre pépé, un vieux bébé sans âge... qui ne se soucie plus que de ses fonctions « organiques », comme disait feu le Dr Lépine ?

C'est une heureuse nature, que le vieux M. Noël. Ce n'est pas sa fille qui me contredira, il n'a jamais été mieux dans sa peau que depuis qu'il est passé à l'état de légume. Fini de se casser la tête pour sa carrière politique (c'est le tour de M. Jean-Philippe) et de supporter les humeurs acariâtres de la vieille Fernande : heu-reux.

Après Monsieur Priape, je suis montée au premier ;

les Chérubins (autrement dit les jumeaux) qui ont hérité de l'ancienne chambre de leur grand-tante Aude, dormaient, eux aussi, comme des anges. Ils viennent d'avoir treize ans, ils sont roux comme des marronniers en automne et beaux comme des... chérubins, vu que, nonobstant leurs cheveux carotte (sur lesquels je reviendrai), ce sont les portraits crachés de leur mère. Ils m'adorent. Et je le leur rends bien, comment faire autrement ? Ils sont adorables.

— Ils t'aiment plus que moi, se plaint souvent Mme Edwige.

C'est vrai qu'ils ont tendance à me manifester leur tendresse d'une façon souvent embarrassante – si l'on s'en tient aux canons de la morale bourgeoise. Chaque fois que je les savonne dans la baignoire (ce sont eux qui y tiennent), je pense à ce que leur mère m'a promis :

— Tu attendras qu'ils aient quinze ans. Pas avant. Compris ? Mais c'est toi qui les dépucelleras.

Leur père est d'accord. Nous n'en avons jamais parlé, lui et moi, mais je le sais, ce sont des choses qu'on n'a même pas besoin de dire. Je dis : leur père, je veux parler, bien sûr, de M. Jean-Philippe, le député. Mais nous avons de sérieux doutes, Mme Edwige et moi, sur leur origine biologique. Vu que leurs cheveux ressemblent affreusement à ceux du père Alexandre, certain curé mondain dont la vieille maman habite toujours la maison voisine.

Poursuivons notre ronde. Je passe devant la chambre conjugale, et comme la porte est fermée, cela veut dire que Monsieur et Madame n'ont pas besoin de mes services (il leur arrive encore de temps en temps de m'inviter dans leur lit – et pas seulement quand Mme Edwige a ses règles).

Je monte donc à l'étage au-dessus, où, d'un côté, loge la valetaille (les esclaves polonaises et moi-même), et dont la vaste chambre en façade qu'habitait autrefois Mme Edwige est maintenant le territoire de sa fille Fernande (alias Ferdie). C'est toujours par la chambre de Ferdie que j'achève ma ronde nocturne. Surtout, quand elle s'est disputée avec un de ses fiancés (elle les collectionne). C'est une enfant très fragile, très émotive, jamais je ne la laisserais s'endormir sans lui faire son câlin du soir.

Elle était au lit, en train de se rouler un joint. Ses yeux m'ont sauté au visage avec la sauvagerie qu'elle a héritée de sa mère – mais chez elle, cette violence est trompeuse. Il n'y a pas plus tendre, plus doux que cette impulsive.

— Je t'en supplie, m'a-t-elle dit, ne me fais pas la morale ce soir, Victorine. Je n'ai pas envie de pleurer dans tes bras, je suis grande, maintenant. Fais-moi juste mon câlin sans parler, pendant que je finis mon pétard.

Je suis donc entrée dans son lit, et je l'ai prise contre moi pour lui faire sa petite branlette. Après avoir eu son orgasme, elle s'est endormie en me suçant le sein et c'est moi qui ai fini le pétard. Je l'ai bordée dans son lit et je suis sortie le cœur gros, car cette gosse me tue, elle est trop sensible, j'ai peur, j'ai peur pour elle ; heureusement qu'elle aime le cul (et qu'elle l'aime de plus en plus), ça la sauvera peut-être.

Dans leur chambre, les Polonaises jouaient au poker ; j'ai fait une partie avec elles ; on jouait des boutons de culotte, et je les ai laissées gagner.

L'épisode du salon d'hiver m'avait drôlement remué les sangs, et comme Monsieur n'avait pas eu le temps de me faire jouir, j'ai passé une nuit agitée. J'ai bien essayé de m'amuser toute seule, mais il y a belle lurette que je ne suis plus une pensionnaire, il me faut maintenant des nourritures plus solides. Aussi, ce matin, à la première heure, avant le réveil de Monsieur Priape, je suis descendue au jardin avec une idée bien arrêtée. L'air embaumait, les parterres et les massifs étaient en fleurs, les roses tout emperlées de rosée. Nous étions au début juin, il faisait déjà très chaud, je pouvais donc aller et venir en tenue légère dans les allées. Tout le monde dormait encore profondément, même dans les maisons voisines, tout le monde, sauf les oiseaux, bien sûr, qui menaient leur joyeux tintamarre... et Bobby, le vigile, qui se lève à l'aube pour rentrer les poubelles.

Pendant que je faisais semblant de respirer une rose, il était justement dans le jardin du voisin, le vieil avocat Mardrus, et j'ai bien vu qu'il me guignait par-dessus la haie de lauriers roses. J'ai fait celle qui ne remarquait rien et je me suis penchée pour arracher une mauvaise herbe... Le chiendent résistait, il a eu tout le temps voulu pour constater que je n'avais pas de culotte sous ma nuisette. Toujours sans lui accorder d'attention, je suis rentrée dans la maison, en me grattant machinalement le derrière, comme quelqu'un qui se croit seul. Ça n'a pas raté, je n'étais pas à la cuisine depuis trois minutes, occupée à mettre du café en poudre dans la machine, quand il a enjambé la fenêtre.

— Tiens, c'est vous, Bobby ? que je lui ai fait.

— Comme tu vois, Victorine !

Il avait déjà sorti sa queue. Il a oublié d'être con, même s'il est toujours à demi camé, il sait très bien ce que j'attends quand je me promène aux aurores sans culotte. Pendant que le café glougloutait dans la machine expresso italienne, il m'a enculée sur la table de la cuisine. Trois ou quatre fois par mois, quand un des membres de la tribu Mardrus m'avait tourmentée la veille et que je n'avais pas eu ma ration, je me faisais enculer par le vigile sur la table de la cuisine. Les années avaient beau passer, j'y prenais toujours autant de plaisir. A force qu'on s'en serve de cette façon (et notamment Monsieur Priape), mon anus était devenu aussi souple qu'un vagin, il lui enveloppait le dard comme un gant à vaisselle.

— Avec toi, disait Bobby, pas besoin de vaseline comme avec les pucelles du collège qui me paient en nature.

Une goutte de salive suffisait. Ou alors, il se lubrifiait en m'enfilant d'abord devant. Le cas échéant, il me branlait pour me mettre en verve, et même, il me suçait, surtout si j'étais descendue de ma chambre sans m'être lavé la minette. Il est comme moi, Bobby (et comme Monsieur Priape), il aime les odeurs naturelles. Aussi, pour lui complaire, j'oublie volontiers de m'essuyer la barbiche après avoir pissé ; quand ça sent fort, ça le rend dingue, il n'arrête pas de m'enfoncer sa langue.

— Ah, salope, qu'il dit, tu sens la moule pas fraîche ! Qu'est-ce que j'aime ça !

— J'espère que tu n'en crois pas un mot, me dit Ferdie, il dit ça à toutes les filles du lycée pour leur tirer du fric. Ce n'est jamais qu'un sale dealer !

Mettons qu'il me dore un brin la pilule, mais je ne crois pas que ce soit seulement de la lèche pour les talbins que je lui file en pourboire après qu'il m'a bourrée, afin qu'il aille s'acheter sa dose ; je ne suis pas née d'hier ; à la façon dont il me suce, je sais qu'il aime vraiment mon cul. D'ailleurs, du fric, il en ramasse autant qu'il veut, vu que c'est lui qui fournit tous les ados de la ville avec l'herbe qu'il cultive au bord du Lot, derrière le moulin, dans les anciens champs de colza retournés en friche.

Ce matin-là, j'ai vraiment apprécié ses services, ça faisait trois jours que par pure taquinerie à l'égard de son vieux papa, Mme Edwige m'avait interdit de jouer à dada avec lui.

— Il appréciera mieux si on le fait poireauter entre deux gâteries... Il aurait tendance à se prendre pour un nabab depuis quelque temps...

Je ne lui avais pas non plus fait sa toilette intime. Je ne vous dis pas les yeux inquiets qui m'accueillirent quand j'entrai dans sa chambre, à huit heures tapantes. Je lui ai retiré son bonnet de nuit, j'ai ouvert la fenêtre pour qu'il voie le soleil, qu'il respire l'odeur des roses et entende le chant des oiseaux. Mais c'est moi, et moi seule, que ses yeux suivaient d'une prière anxieuse. Mme Fernande (la vieille, sa femme, qui ne le supporte plus depuis son accident) a beau dire que ce n'est plus qu'un légume... ce légume sait très bien se faire comprendre.

Je venais juste de pousser les volets quand sa fille est entrée avec le plateau du petit déjeuner. On s'est fait le bisou de rigueur, et on s'est assises sur le lit, une de chaque côté du « légume », pour lui donner la becquée. C'est moi qui lui faisais boire son café au lait, et Mme Edwige qui lui fourrait dans le bec les petits morceaux de croissant. Il avalait et il mâchait en nous suppliant alternativement du regard. Certes, il avait faim, mais il avait surtout envie d'autre chose. Toujours aussi taquine à trente-cinq balais, Mme Edwige a glissé une main sous le drap pour lui soupeser les couilles.

— Ça fait combien qu'on ne lui a pas fait sa vidange ?

Les yeux de Monsieur Priape se sont jetés sur moi, aussi implorants que ceux d'un épagneul. Sa fille, qui avait un mal fou à ne pas pisser de rire, évitait de rencontrer son regard tout en lui manipulant distraitement les roustons.

— Oh, ça doit bien faire trois jours, Madame.

— Tans que ça ? Il doit les avoir drôlement pleines, alors, mon vieux papa ! Faut qu'on fasse quelque chose, non ?

Me passant le plateau que j'ai déposé par terre, elle a baissé le drap et relevé la somptueuse chemise de nuit chinoise ornée de dragons de Monsieur Priape (un cadeau de sa petite fille Ferdie). Là-dessous, se dressait aussi fier que l'obélisque de la Concorde l'objet de notre culte.

— Tudieu, a murmuré Mme Edwige, tu as vu ce totem ?

En riant tout bas, le feu aux joues (depuis des années qu'elle joue avec son papa, elle rougit toujours autant chaque fois qu'on commence), elle a soulevé à deux mains les testicules de taureau.

— Il est inquiet, t'as remarqué, l'enfant gâté ? Il se demande si on va enfin les lui vider. Qu'est-ce que tu en penses, on le laisse encore fermenter, le papounet ?

Elle a décalotté le gland pour le flairer.

— Il pue le munster, a-t-elle murmuré.

Elle a jeté un coup d'œil au réveil.

— Oh, j'ai bien dix minutes à lui accorder avant d'aller me confesser au père Alexandre.

Du bout de l'ongle, elle a recueilli un zeste d'exsudat qui avait séché pendant la nuit au bout du méat, et l'a sucé.

— N'oublie pas de lui faire prendre son porto avec quatre œufs du jour à dix heures. Je préfère quand son sperme est plus épais. Ferdie et les Chérubins vont au tennis, cet après-midi, on remettra ça pendant la sieste...

Aujourd'hui, le vieux faune aura double dose, faut bien que je me fasse pardonner de l'avoir sevré pendant trois jours...

Dans les yeux de Monsieur Priape pointait l'aurore de l'extase, les narines dilatées, il avait entrouvert la bouche pour en savourer les prémices, à savoir l'odeur de lit que dégagea le corps de Mme Edwige quand elle retira sa nuisette, et ça ne lui donnait pas l'air très intelligent, mais pour ce que nous voulions en faire, il le serait toujours trop. Bon, c'est un bon gros de soixante balais qui pèse son quintal de bidoche et de lard, barbu comme un père Noël, poilu comme un grizzly, mais, tel qu'il est, il nous plaît...

Du bout de la langue, Edwige a goûté le sédiment blanchâtre qui s'accumule à la base du prépuce, là où se replie le tégument (comme disait feu le docteur – Satan ait son âme.).

— C'est comment ? ai-je demandé.

— Assez fort de tabac ! Tu veux goûter ?

J'ai embouché l'énorme cèpe. Pour être corsé, le goût l'était. Je comprenais mieux, quand je suçais Monsieur Priape après l'avoir laissé macérer deux ou trois jours, le plaisir que pouvait éprouver Bobby quand j'avais la moule en folie.

— Ploum ploum ? m'a demandé Edwige. J'ai pas encore fait ma toilette intime.

J'ai regardé Monsieur Priape. Ses paupières se sont abaissées à deux reprises, très vite, j'ai traduit.

— Il préfère tralala d'abord...

— Tu es sûre ? m'a demandé Edwige. Et si on faisait les deux ? Je n'ai pas beaucoup de temps, ce matin. Va fermer à clef, que les polaques ne viennent pas nous emmerder, on va faire l'escarpolette.

Nues, on a tiré Monsieur Priape par les pieds pour qu'il soit bien à plat sur son dos, et on s'est accroupies sur lui comme pour le compisser. Moi, j'avais collé mon tralala sur sa bouche (et tout de suite, il m'a défoncé le vagin avec sa langue d'ogre), tandis que Mme Edwige qui me faisait face, après que j'eus (et non pas que j'eusse, comme j'ai failli l'écrire) bien nettoyé le gland avec ma langue, s'empalait dessus à petites étapes prudentes (vu les dimensions de l'engin). Je couvais des yeux son visage de matrone recueillie pendant que s'effectuait la communion, et j'eus le cœur plein d'amour quand je vis déborder ses larmes.

— Ça y est ! Jusqu'à la matrice ! Si tu savais, me dit-elle, en me rendant mes baisers, comme je suis heureuse quand il me fait ploum ploum. Je le sens bien, à ce moment, qu'il m'a pardonné !

Mon Dieu, que j'aime cette folle ! Presque autant que sa fille... (Je sais, c'est un jeannotisme. Ferdie serait la première à me le faire remarquer :

— Tu veux dire que tu l'aimes, elle, presque autant que tu m'aimes, moi. Et non pas presque autant que je l'aime, moi.

Grammaticalement, elle n'aurait pas tort. Mais la vie est plus confuse que la grammaire, et les deux ici pourraient se dire...)

Jeannotisme ou pas, on s'est mises à danser la salsa, les yeux dans les yeux, vu que si on s'envoyait son père toutes les deux, en fait, c'est surtout entre nous que circulait l'amour, et bientôt nos miaulements se sont donné la réplique. Elle jouissait si fort, parfois, quand elle « consommait l'inceste », qu'il lui arrivait, à l'acmé, de tomber dans les vapes. La cueillant au vol, je la couchais près de Monsieur Priape, et j'engloutissais à mon tour l'obélisque. Tout le temps où mon cul se prenait pour la place de la Concorde, je réglais mes mouvements sur ceux des paupières de Monsieur Priape. Je me l'enfonçais lentement jusqu'à l'utérus quand il gardait les yeux ouverts, puis, quand il les clignait, je prenais le trot en ne l'absorbant qu'à moitié, afin de bien lui frictionner le pourtour du gland avec mes petites lèvres. Enfin, il les fermait, ses yeux, comme une sainte (barbue) en extase, et ça voulait dire que je pouvais me finir, il les fermait toujours quand il jutait, depuis son attaque. Pourquoi ? Mystère. Il devait avoir ses raisons, contempler au fond de lui quelque chose (ou quelqu'un) qu'il était seul à voir. Nous avons tous nos fantômes, non ?

Ne m'arrivait-il pas, certaines nuits, alors que je serrais Edwige ou Ferdie dans mes bras en frottant ma chatte en furie à la leur (qui ne l'était pas moins, en furie), de voir s'imprimer sur leurs traits au moment où elles prenaient leur pied la grimace extatique d'Olga, ma chérie du dortoir ?

A dix heures, après que les Polonaises lui eurent fait pondre ses bouses dans la bassine (ses intestins sont réglés comme ceux d'un robot) et que je lui eus fait sa toilette, comme j'étais en train de battre sous ses yeux attentifs quatre œufs du jour et douze cuillerées de sucre noir dans un quart de porto, on a toussoté discrètement derrière la porte. Ferdie, qui avait emprunté cette manie à sa grand-tante, s'annonçait toujours de la sorte. Elle a chuchoté dans la serrure :

— Euthanasie a écrit de Paris pour souhaiter un bon anniversaire à maman. J'ai ouvert la lettre, vu qu'elle ne les ouvre jamais, maman, les lettres de grand-mère. Elle te fait ses amitiés, grand-mère. Elle espère toujours que tu iras la voir à Paris. Tu iras ?

— Elle peut toujours se l'arrondir.

Ferdie a pouffé. Elle non plus ne porte pas la vieille Fernande dans son cœur. Depuis l'accident cérébral de Monsieur Priape, l'exécration qu'on voue à sa « veuve » est générale au Bertranet. Même les Polonaises la détestent ! Penser qu'elle voulait faire « euthanasier » Monsieur Priape par son frère parce qu'elle ne supportait pas de le voir réduit à l'état de « légume » ! C'est elle qui s'est retrouvée « Euthanasiée ».

— Pépé Noël est visible ?

— Oui, ma chérie, tu peux entrer.

Elle s'est faufilée dans la chambre, la lettre de la « veuve » à la main, et a déposé deux minuscules baisers sur la barbe de l'ancêtre.

— Bonjour, grand pépé. J'espère que tu as passé une bonne nuit.

« Monsieur Priape » est un nom que Mme Edwige et moi ne lui donnons qu'entre nous, pour tous, au Bertranet, c'est « Grand Pépé » ou « Pépé Noël », ce qui lui va comme un gant, avec sa barbe blanche.

Comme Ferdie s'éternisait, me regardant battre les œufs, j'ai compris qu'elle avait une idée en tête, ce que m'a confirmé l'âcre odeur de sueur qu'exhalaient ses aisselles (en short et débardeur, elle revenait de faire son jogging) qu'elle s'évertuait à me faire respirer, se tenant tout contre moi, les coudes repliés derrière la nuque pour nouer ses cheveux et m'offrir sous ses bras, la vue des poils follets que je lui interdis d'épiler.

— Bon, a-t-elle soupiré, je vais faire mes exercices de calligraphie. Si tu as un moment...

Ses yeux se sont furtivement appuyés sur les miens, lourds d'une question muette qui la faisait ressembler à son grand-père. Sauf que les siens n'insistent jamais, ils se détournent tout de suite, faussement indifférents.

— Tu en es à quelle lettre ?

— La lettre M.... M majuscule...

— Commence sans moi. Je fais prendre son remontant à celui-là... et j'arrive.

Emportant ses odeurs, elle a filé comme un elfe.

Laissons-la se préparer pour l'amour et, pendant que son grand-père déguste, cuiller après cuiller, l'omelette sucrée au porto qui va recharger ses accus, opérons une petite plongée dans le passé, car j'ai l'impression que vous devez être un peu perdus.

*

* *

Voilà juste quinze ans, puisque Edwige s'est mariée le jour de ses vingt ans, s'est produit « l'accident ». C'est le jour des noces, ou plutôt le soir des noces, alors qu'on festoyait sur la terrasse du Bertranet, qu'un minuscule caillot de sang se coinçant dans une artère du cerveau de Monsieur le transforma en légume.

— Et cette fois, disait le Dr Lépine, tandis qu'on emportait bavant et défiguré le député, il ne s'agit pas d'un malaise vagal ! Je l'avais prévenu, on ne veut jamais m'écouter... S'il avait voulu suivre un régime !

Mme Fernande était verte. Tous les invités, qui l'instant d'avant soufflaient dans des mirlitons et tiraient au sort pour savoir qui décrocherait la jarretelle de la mariée, se contemplaient sans savoir que faire. Edwige, plus blanche que sa robe à traîne, soutenue par son jeune mari, faisait peine à voir. On traversa en procession le jardin et l'étrange cortège s'engouffra dans la maison.

Voilà un mariage qui commençait sous de tristes auspices, comme l'écrivit le lendemain un chroniqueur de la feuille de chou locale.

Transporté en clinique, Monsieur Noël en revint un mois plus tard dans le même état, muet et paralysé. On avait tout tenté, il n'y avait plus d'espoir. J'étais comme assommée de voir ce géant plein de vigueur réduit à ne plus être, comme disait Mme Fernande, qu'un tube digestif reliant deux trous, ce qui, prétendait son frère le docteur, était la définition qu'un certain Aristote donnait de l'être humain.

Ce que le docteur ignorait, c'est que l'accident cérébral de son beau-frère n'était pas seulement une affaire de triglycérides ou de cholestérol, le détonateur qui avait tout déclenché, c'est le sperme qui coulait de l'anus de la jeune épousée quand elle avait ameuté la noce par ses cris. Ce qui avait foudroyé le député, l'abattant comme un arbre, fut de découvrir la dépravation de sa fille unique. Il était sorti dans le jardin pour pisser, vu qu'on faisait la queue devant les chiottes à l'intérieur, et profitant des ténèbres, s'était dirigé vers la cabane du jardinier. Et là, qu'avait-il vu, aux reflets des lampions de la terrasse : la jeune épousée, en robe de mariée, ses voiles troussés par-dessus sa tête, qui se faisait enculer par le prêtre qui venait de bénir le repas de noces. En l'occurrence, le jeune père Alexandre, qui venait de recevoir son ordination, et qu'on avait invité avec les autres voisins.

J'étais là, moi aussi, et j'ai pu voir ce qu'il voyait, la grimace atroce du rouquin qui avait retroussé sa soutane en train de plonger son dard dans le cul de la jeune épousée qui riait à gorge déployée en me chuchotant : Victorine, Victorine, il bénit mes entrailles !

Et juste à ce moment, la queue à la main, s'apprêtant

à pisser, s'avance dans l'allée obscure le député qui fredonne gaiement « Ploum ploum tralala, voilà ce qu'on chante, voilà... »

Et qui reste bouche bée devant le spectacle qui s'offre à sa vue. La fille et le père se voient en même temps. Lui, sa queue à la main, elle, celle du rouquin dans le cul... Elle tend une main vers lui, dans un geste qui n'a aucun sens, elle crie :

— Ne regarde pas, papa, ne regarde pas...

Mais déjà, il tourne de l'œil, pivote sur lui-même et tombe de tout son long, foudroyé. Le curé qui retire sa queue, qui rabat sa soutane, Edwige hurlante qui s'enfuit en pétant des bulles de sperme dans sa traîne de mariée, les invités ameutés par ses cris qui arrivent...

La fête était finie.

C'est par pure perversité qu'elle avait décidé de donner son cul au curé qu'elle avait tourmenté pendant toute son enfance, le soir même où elle offrirait son pucelage à son mari. Quant à séduire le prêtre lui-même, cela n'avait été qu'un jeu d'enfant.

Il y avait cinq ans qu'il avait cru lui échapper en entrant au séminaire. Pendant cinq ans, on ne l'avait plus vu. Et voilà que la couturière qui est en train d'essayer la robe de mariée d'Edwige (essayage auquel nous assistons toutes, Mme Fernande, sa sœur Aude, Maria et moi) nous apprend, entre deux épinglages, la nouvelle étonnante.

— Le rouquin, vous savez, qui habite à côté de chez vous ?

— Alexandre ? demande Mme Fernande. Il est au séminaire, je crois.

— Il a reçu l'ordination la semaine dernière. Il va faire

son service militaire comme aumônier. En attendant, il est vicaire à Sainte-Catherine...

— Qu'en penses-tu ? me dit Edwige, quand nous l'aperçûmes ce soir-là par la fenêtre. Il est toujours aussi laid, non ?

— Encore plus...

— Justement, ça pourrait être amusant... Tu te souviens de sa grosse bite ?

Jamais séduction d'un homme d'église ne fut opérée aussi vite.

« Père Alexandre », en soutane, lisait son bréviaire dans le jardin de sa mère quand nous l'approchâmes. Fasciné, il regarde venir le démon qui a tourmenté son adolescence.

— Mon Dieu, mon père, susurre Edwige, quand je me souviens des cochonneries que je vous obligeais à faire... si vous saviez les remords...

— Ne parlons plus de ça, ma fille, c'est du passé.

— Vous vous souvenez quand je tourmentais votre pénis ? Oh, ne craignez rien, Victorine est comme une sœur... et le Bertranet est vide, mes parents sont sortis... approchez, n'ayez pas peur... allons, venez plus près... J'ai envie de le voir encore une fois, vous ne pouvez pas me refuser ça... Est-il toujours aussi gros, mon père ?

Il avale sa salive.

— Pouvez-vous me jurer, poursuit-elle, que vous ne vous masturbez jamais en pensant à moi ?

— Vous êtes le diable !

— Encore une fois, mon père, rien qu'une fois ! S'il vous plaît... J'en ai trop envie. Je vous en supplie, mon père... en souvenir du passé ! Continuez à lire votre bréviaire, ne vous occupez pas de moi...

Fasciné, il regarde la main qui s'avance par le trou du grillage, esquisse un mouvement pour s'enfuir...

— Je vous interdis de bouger, lui crie Edwige.

A-t-elle retrouvé la voix de leurs jeux d'enfants ? Il se pétrifie. Et malgré lui, comme attiré par une force irrésistible, il revient vers le grillage, s'y agrippe. Et là, il ferme les yeux et ses lèvres se mettent à bouger, comme s'il priait. Sans perdre de temps, Edwige lui retrousse sa soutane. Dessous, il porte un short. Elle le déboutonne et en sort l'appendice blafard.

— Oui, la voilà, oh oh, on dirait qu'elle durcit, vous sentez, mon père ? Si vous saviez comme elle m'a manqué, votre grosse queue, pendant ces années... Oh, il faut que... permettez...

Elle tombe à genoux devant lui.

— Bénissez-moi, mon père, parce que je vais pécher...

Elle fait passer la queue par le trou et l'embouche. Est-il besoin d'aller plus loin ? Cela devait le changer des jeux entre garçons au séminaire ! Le revoilà, en soutane, agrippé au grillage, les yeux fous, qui se démène comme un damné (c'est le cas de le dire).

Toutes les nuits de la semaine qui précéda le mariage, pendant que le futur époux enterrait joyeusement sa vie de garçon avec ses copains, la future épouse et Père Alexandre « communiaient » charnellement dans la cabane du jardinier. Edwige enterrait joyeusement sa vie de jeune fille en donnant son anus au prêtre qui avait accepté de bénir le repas de noces.

Elle lui avait promis son vagin pour le lendemain de la nuit de noces.

— Vous serez mon premier amant, Père Alexandre, je vous dois bien ça !

Voilà comment, d'un dernier caprice, l'envie qui l'avait prise de s'amuser le cul avec son guignol ensoutané le soir même de ses noces, afin d'entrer dans le lit conjugal pour s'y faire dépuceler, avec la satisfaction bien féminine de savoir qu'elle venait de donner son autre trou à un troisième larron, toute la vie des habitants du Bertranet se trouverait à jamais bouleversée.

*

* *

Comment d'un mal peut sortir un bien, c'est ce que je vais essayer d'exposer maintenant, ou comment de l'accident cérébral de M. Noël est né l'Eden dans lequel nous vivons depuis que les emmerdeuses (Aude et Fernande) ont déguerpi. De l'écheveau que constituent, avec le recul du temps, les événements de ces vingt années, savoir sur quel fil il faut tirer d'abord n'est pas une mince affaire. J'ignore comment s'y prendrait un écrivain de métier ; comme je n'en suis pas un, je vais suivre les conseils de Ferdie et m'en remettre au hasard.

— Ecris au fil de la plume ce qui te passe par la tête, dit-elle. Et surtout ne réfléchis pas. Si tu te forces, ça sera mauvais.

Elle est première en français, elle doit savoir ce qu'elle dit. D'ailleurs, quand on écrit ses souvenirs (ce que je m'efforce de faire), toute division en chapitres est forcément arbitraire. Ce que je vais rapporter maintenant, si je le répartis dans des paragraphes différents, c'est uniquement pour la commodité du récit. Peu importe, au fond, si les scènes se sont succédé dans l'ordre que je vais leur donner. Le tout, c'est qu'on comprenne plus ou moins ce qui s'est passé, et que le lecteur ne s'emmerde pas. Allons-y.

En tout état de cause (comme aurait dit l'ancien Monsieur au temps où il faisait des phrases), vu la passion qu'elle lui vouait, il conviendrait de commencer par Madame. Comment cette amoureuse enragée allait-elle réagir à la paralysie de Monsieur ? Mon Dieu, de la façon la plus pragmatique qui soit. Comme quelqu'un qui vient d'avoir un accident et qui envoie sa voiture hors d'usage à la ferraille. Si Madame s'apitoya, ce fut surtout sur elle-même. Qu'allait-elle devenir maintenant que sa Rolls était à la casse ? Son grand amour ne survécut pas à Monsieur. Car pour elle, il était mort. Un mort vivant, certes, mais d'autant plus embarrassant, puisqu'on ne pouvait pas l'oublier dans un mausolée comme Philibert.

Elle refusa d'emblée tout contact avec l'idole tombée.

— Quand on pense à ce qu'il était, geignait-elle, et qu'on voit ce qu'il est devenu. Comment aimer un légume, vous pouvez me le dire ? Je ne m'appelle pas Aude, qu'on ne compte pas sur moi pour vivre dans le culte du passé !

Horrifiée par les bassines de merde que Maria trimballait avec force grimaces, l'ancienne amoureuse nous livra le fond de sa pensée, un soir où elle avait bu un verre de trop.

Pleurnicheuse :

— Je ne supporte pas de le voir dans cet état ! Un homme si vivant... le maintenir artificiellement dans ce coma prolongé, c'est de l'acharnement thérapeutique... On ne peut pas le piquer, certes... Mais je me suis renseignée, il y a des établissements spécialisés où il serait mieux soigné qu'ici...

Si je me souviens de cette conversation, c'est surtout à cause du coup d'éclat qui suivit, où l'on vit Mme Edwige, alors enceinte de Ferdie, sortir du marasme où, rongée par le remords, elle s'était enfermée pour protéger sa grossesse. Pendant que s'arrondissait son ventre, elle s'était transformée en une sorte de zombie qui ne vivait que pour son petit mari et ses bouquins de puériculture. A table, elle n'ouvrait la bouche que pour manger. Grande fut donc notre stupeur devant sa réaction. Elle qui, tout à l'aménagement de la future nursery, n'avait pas mis les pieds une seule fois dans la chambre où végétait son père, se dressa d'un bond, livide, en soutenant son ventre d'une main.

— Moi vivante, cracha-t-elle à sa mère médusée, légume ou pas, papa ne sortira pas du Bertranet. Si tu ne supportes pas sa proximité, la porte est grande ouverte !

Les deux ou trois mois qui suivirent cet esclandre virent naître Ferdie et sombrer dans l'alcoolisme mondain Madame Mère, comme l'appelaient pour la distinguer de Madame Jeune, sa fille, les deux jeunes Polonaises qui avaient remplacé Maria chassée par les bassines de merde du « légume ». Deux sacrées luronnes avec qui je me suis tout de suite liée d'amitié. Rien à voir avec la vieille vache !

Puis survint la période des lits clos, qui vit ressusciter Madame Mère. Dans un sursaut de volonté, renonçant à ses soûleries moroses, elle reprit goût à la brocante. Sa grande spécialité était les lits clos qu'elle faisait transformer en bibliothèque par un ébéniste avec lequel elle s'était acoquinée. Elle achetait, elle revendait, toujours par monts et par vaux dans une vieille camionnette que conduisait... monsieur Léon, devenu son homme de peine. Homme de peine ou homme de pine ? Ainsi va le vit comme aurait dit Monsieur du temps où il pouvait parler.

— Il n'y a plus que l'argent qui la fait mouiller, cette

vieille peau, marmonnait Edwige, qui ne lui adressait plus la parole. Son putain de fric...

Là-dessus, voyez comme le hasard fait bien les choses, Mme Charmaine, la troisième sœur, qui se trouvait à Paris, devint veuve. Pour de bon, elle, la veinarde. S'ensuivirent des tractations qui virent les Mardrus et le Dr Lépine racheter les parts du bien indivis aux trois sœurs. Ayant pris Villeneuve en horreur depuis son aventure du cimetière, Mlle Aude se laissa convaincre de suivre sa sœur Fernande à Paris, où elles s'associèrent à Charmaine pour ouvrir une boutique d'antiquaire au Village Suisse. Je me suis laissé dire que les trois sœurs y mènent toujours joyeuse vie et que Mlle Aude, notamment, est méconnaissable.

Tout s'est donc arrangé pour Euthanasie et ses sœurs.

*
* *

Reste Monsieur, direz-vous. Le légume ! La cause de tout ce chambardement. Qu'en était-il de lui ? Eh bien, nonobstant qu'il était muet et paralytique, Monsieur se portait comme un charme. Si vous voulez le fond de ma pensée, il n'avait jamais été aussi heureux. Cela dit en toute modestie. Vu que personne d'autre ne s'en occupait, sauf les Polonaises pour lui vider ses bassines de caca, de ce moribond devenu ma propriété exclusive, je n'avais pas été longue à en faire mon « jouet sexuel », comme on écrit dans les bouquins de gare.

Je vous jure qu'au début, c'est sans la moindre arrière-pensée que je lui faisais sa toilette du matin. Les Polonaises m'apportaient les deux bassines d'eau tiède et les serviettes, puis elles me laissaient avec mon gros poupon barbu. Que j'astiquais méticuleusement, puis que je talquais comme un bébé. Si d'aventure, sa queue se dressait, je n'y accordais qu'une attention distraite. Simple réflexe, me disais-je. Je la lui nettoyais comme le reste (rien à voir avec les toilettes coquines du temps de la Fête des prunes).

Ensuite, j'ouvrais grand la fenêtre pour laisser entrer l'odeur des tilleuls et des roses, et je retournais tailler une bavette avec les Polonaises. De temps en temps, je revenais voir ce qu'il devenait. Et si ses yeux se posaient sur les miens, je n'y accordais aucune importance. Ce n'était qu'un nourrisson, pour moi. Un gros nourrisson barbu, vu que je lui avais laissé pousser sa barbe, parce que c'était la barbe de le raser. J'oublie : c'est moi qui le nourrissais. Qui lui donnais la becquée, si vous voulez, comme à un bébé. Cuiller après cuiller. Il ouvrait la bouche, il avalait. Ou il refusait. Si ça ne lui plaisait pas, il gardait bouche close. Mais ça ne lui arrivait pas souvent ; je me souvenais de ses goûts et les Polonaises lui mitonnaient ses plats préférés. Je vous garantis qu'il n'avait rien perdu de son appétit d'ogre. Qu'est-ce qu'il se mettait comme ventrées !

Faut-il que j'aie été conne, influencée malgré moi par les jérémiades de Mme Fernande pour ne pas m'être interrogée alors sur les autres fonctions naturelles de Monsieur. Mais ça devait quand même me travailler, vu qu'un matin (ça devait faire quinze jours que je le pouponnais), alors qu'entre mes doigts savonneux son réflexe se manifestait avec une promptitude inaccoutumée, mes yeux s'arrêtèrent sur l'objet que je tenais. Bel objet. Objet vigoureux... Objet glorieux !

De ma part aussi, ce fut un réflexe : je courus donner un tour de clef, et chtoc ! je me fourrai ledit objet dans la bouche. Mais, c'est que ça n'était pas désagréable du tout, figurez-vous ! Quelle révélation ! Alors que je le dégustais (c'est le cas de dire que je m'en mettais plein la lampe), une autre bouche, dans mon vagin, réclamait son dû.

— Ce serait trop con, me dis-je (c'était le cas de le dire), de laisser perdre ça.

En un instant, culotte basse, jupe troussée, je grimpe sur le lit, je m'accroupis... et j'ingère. Dieu du ciel ! Etripée, que j'étais ! Eventrée. Ouverte en deux ! Je n'en croyais pas mon utérus ! Après quoi, ce geyser qui me souleva ! Si ça ne me remonta pas jusqu'aux trompes de Fallope, je veux bien entrer au Carmel. Je descendis du lit toute tremblante, comme une voleuse qui vient de trouver la combinaison du coffre...

Il me fallut dix bonnes minutes pour retrouver mes esprits, le légume et moi nous ne nous quittions plus des yeux. Il t'en a fallu, du temps, me disaient les siens. Et les miens lui répondaient (pendant que mon cœur tambourinait comme si je venais de courir un mille mètres) :

— Te bile pas, pépé, on va rattraper celui qu'on a perdu.

Bientôt les matinées ne suffirent plus. Après l'avoir laissé digérer son repas de midi, je retournais me l'envoyer pendant les heures creuses de l'après-midi. Qu'est-ce qu'on se mettait, le vieux bouc et moi !

C'est à cette époque, à cause de la découverte que je lui avais fait faire qu'on pouvait sans déroger jouir d'une femme par le trou du cul (il devenait pervers, à force de n'avoir que ça pour lui occuper la tête) que mon anus a commencé à s'élargir au point de faire concurrence à mon vagin. Tous les après-midi, il m'enculait pendant des heures d'affilée, ou plus exactement, je m'enculais sur lui. Avant de me finir dans le vagin, c'était Sodome à répétition, vu qu'il pouvait tenir éternellement dans le cul, alors que devant, venait toujours un moment où il lâchait tout. Si bien que j'en venais à sortir de chez lui de plus en plus tard, les yeux battus, alanguie, n'ayant quasiment plus la force de me traîner, une moribonde doublée d'une idiote, et que ça finit, si absorbée fût-elle par les plaisirs de la maternité, par mettre la puce à l'oreille de Mme Edwige.

Attention, n'allez surtout pas croire que tout ça se fit du jour au lendemain. Quand elle daigna enfin découvrir le pot aux roses, il y avait déjà deux bonnes années que je me servais de son papa. Enceinte des jumeaux, épanouie, bien dans sa chair, elle avait pris quelques kilos et ça lui allait ; on se broutait encore, à l'occasion, entre deux tétées, mais, comment dire, vu qu'on avait notre compte, toutes les deux, moi, avec le légume, elle, avec son mari et le père Alexandre, nos anciens jeux avaient pris un coup de vieux. Quant à son père, elle s'efforçait toujours de l'oublier, pourrie qu'elle était par le remords chaque fois qu'elle pensait à lui, ne supportant pas l'idée qu'elle en avait fait un « légume ».

Mais un matin, donc, elle se décida à venir voir ce qui se passait. Juste comme je venais de m'empaler, elle entra avec Ferdie dans les bras.

— Ma fille va avoir deux ans, m'annonça-t-elle, il est temps qu'elle fasse connaissance avec son pépé...

Après quoi, elle resta sans voix, sciée par la surprise : avec sa barbe de père Noël, son père n'avait plus rien à voir avec celui dont elle se souvenait. Incrédules, ses yeux naviguèrent du barbu extatique aux objets qui provoquaient son extase : ma nudité, mon con que j'ouvrais des deux mains pour bien le montrer au légume, sa queue plantée dans mon cul.

— Mais tu profites de lui ! cria-t-elle.

Je n'eus que deux ou trois centimètres de surélévation à faire pour qu'elle voie bien coulisser l'engin paternel dans mon rectum.

— Et lui, il ne profite pas de moi ?

Et vlan, je lui expédiai tout en plein la gueule. De quel droit empêcherait-elle son père, ce père qu'elle avait réduit à son état actuel, à prendre le peu de plaisir qu'il pouvait encore grappiller à la vie ? J'étais peut-être une salope, mais cette salope, avec son cul, donnait certainement plus de raison à son père de désirer rester vivant qu'elle, sa fille, qui n'avait pas foutu les pieds dans sa chambre depuis son accident. Et tout en discourant ainsi, je continuais à faire ploum ploum, et le pépé ne débandait pas.

— Je ne le viole pas, vous pouvez le constater.

Et d'entasser mes arguments : il aimait ça, pourquoi l'en priver ?

C'était la première fois que je lui parlais sur ce ton. Et avec la bite de son père dans le cul, notez bien ! Avouez qu'il y avait de quoi la chambouler, coincée qu'elle était entre sa culpabilité et l'épouvante de découvrir un vieux faune en rut sous la barbe du père Noël !

Que ce serait-il passé si Ferdie ne s'était pas mise à brailler (Satan seul le sait, Dieu aussi, peut-être) ? Machinalement, comme elle faisait chaque fois que ça se produisait, sa mère ouvrit son corsage et lui donna le sein dont elle n'avait pas encore osé la sevrer. Téteuse tardive, Ferdie se jetterait encore à trois ans sur les nichons de sa mère quand elle la verrait nourrir ses frères. Ce jour-là, en voyant les yeux de celui que nous n'appelions pas encore Monsieur Priape couver ce sein avec la gourmandise que j'avais appris à reconnaître, j'eus l'inspiration d'où est née la trinité que nous formons maintenant.

Me retirant du cul le pénis de son père, je descendis du lit et j'ouvris le corsage de Mme Edwige. Comment n'aurait-elle pas vu qu'il dévorait des yeux le sein que ne tétait pas sa fille ?

— Je le connais mieux que vous, lui dis-je à l'oreille, c'est le moment où jamais de vous faire pardonner. Je sais ce qu'il veut : votre sein. Donnez-lui...

Et la voilà qui propose la tétine rose, toute raide, où perle une goutte de lait. Autour du téton se referment les lèvres du patriarche.

— Il me tète, murmure Mme Edwige, effarée. Victorine... il me...

— Donnez-lui votre lait... c'est la preuve qu'il vous pardonne... Voyez comme il aime ça, ce gros nourrisson... vous avez vu, il ferme les yeux pour mieux savourer...

Elle était là, avec deux bouches qui la tétaient, figée, les joues roses.

— Victorine... c'est fou, non ?

— Et vous, vous aimez ça ?

Elle battit des paupières. Foncièrement perverse comme elle était, comment n'aurait-elle pas aimé ?

Qu'elle se prêtât ensuite à tout ce que j'exigeais, lui traduisant les désirs de son père, était-ce encore pour se faire pardonner de l'avoir réduit à l'état de légume, parce que, se sentant coupable, elle ne s'accordait plus le droit de rien lui refuser, ou déjà, parce que la titillait l'avide curiosité d'un cul (le sien) auquel elle n'avait jamais rien su refuser ?

Qu'il voulût voir les jumeaux, après avoir vu leur sœur, le prit-elle pour argent comptant ou céda-t-elle au plaisir vicieux de lui exhiber son gros ventre ? Et lorsqu'elle fut nue sur le lit, debout au-dessus de lui, quand elle lui montra l'endroit par lequel ils allaient naître dans trois mois, qu'elle l'ouvrit bien avec ses doigts pour qu'il n'en perde aucun détail, qu'elle le lui colla sur la bouche quand je le lui ordonnai, était-ce encore seulement parce qu'elle s'interdisait de rien refuser à son légume de père, ou parce qu'elle en avait envie elle-même ?

— Il me lèche, Victorine, mon père me lèche, Victorine... Tu réalises un peu ce que tu me fais faire ? C'est monstrueux, non ?

— Monstrueux, Madame. C'est le mot. Mais il vous pardonne, c'est l'essentiel. Pour qu'il vous donne l'absolution, vous savez ce qu'il vous reste à lui donner, vous ?

Si elle le savait ? Plutôt deux fois qu'une. Pendant qu'il la léchait, elle avait continué à nourrir au sein Ferdie. Celle-ci gavée, sa mère me la passa, et pour qu'elle ne crie pas, je lui fourrai pour la première fois mon propre sein dans la bouche. Elle n'avait que deux ans, donc, la première fois qu'elle me suça !

Quant à sa mère, soutenant les jumeaux d'une main, elle guida de l'autre dans son vagin, prudemment, avec une incrédulité effarée, l'objet qui allait devenir celui de son culte (et de son cul) les années qui suivirent.

Je crois qu'on peut arrêter là, non ? Ce n'était qu'une plongée dans le passé, il est temps de revenir au présent.

*
* *

Ce premier jour des trente-cinq ans de sa mère, quand j'entre chez Ferdie un quart d'heure après avoir fait prendre son porto flip à Monsieur Priape, elle fait le M majuscule en tétant un pétard dans son fauteuil

Emmanuelle. Elle n'a gardé que ses socquettes et tout son corps brille de sueur. Quand elle fait le M majuscule, Ferdie ferme toujours les yeux (au début, en tout cas), comme une compensation au fait que tout le reste est largement ouvert, vu qu'elle a les genoux remontés et écartés et les cuisses bien séparées comme les jambages intérieurs d'un M majuscule, justement. Chaque fois qu'elle s'offre ainsi, j'ai la gorge qui se noue.

A genoux devant elle, je contemple longuement au bas des cuisses graciles ses belles fesses blanches, rondes et lisses, avec, au beau milieu, comme une violette qui vient d'éclore, la tache mauve de l'anus. Quant à son con, c'est un bijou ! Je n'en ai jamais vu d'aussi beau. Plus séduisant encore que celui de sa mère au même âge ! Dans l'étui renflé et triangulaire des poils couleur de blé mûr, la fissure rose, ce matin, s'entrouvrait à peine ; les lèvres se touchaient encore par endroits comme celles d'une plaie qui n'est pas encore entièrement suturée, ne laissant dépasser qu'une fine lamelle... Mais de savoir mes yeux sur lui le fit (je parle de son con) s'ouvrir lascivement, et il laissa éclore les nymphes carmin ; un mince filament de mucosité s'étira sous le clitoris et, dans un spasme, le troufignon se déploya comme une ocelle sur la queue d'un paon qui fait la roue, puis se resserra pudiquement sur lui-même.

— Où est ta mère ?

Sentant mon souffle sur ses muqueuses, elle dut deviner que mes lèvres la touchaient presque, car une grosse larme en perla et la peau du ventre et des cuisses fut parcourue d'une flambée de chair de poule.

— Avec le père Alexandre, chuchota-t-elle, ils ont remis ça...

Comme pour masquer l'odeur de son con, elle aspira

une bouffée de son pétard et me souffla la fumée au visage ; les fortes senteurs de l'herbe se marièrent aux effluves du mucus vaginal et à ceux de ses pieds qui avaient fermenté dans les grosses socquettes de jogging. Pour ne pas me jeter tout de suite sur son adorable con, je lui ai relevé les bras et j'ai léché goulûment ses aisselles, débarrassant de leur sel leur toison clairsemée, attendant qu'elle soit fade pour descendre aux pointes de ses petits seins. Je ne tremblais pas moins qu'elle, que je sentais vibrer comme une corde trop tendue, et quand j'embouchai son mamelon, elle se mit à gémir tout bas et m'envoya en rafales ces mots que se disent les filles qui s'aiment trop.

— Oui, oui, fais-moi mourir... Oh que c'est bon... fais-moi mourir... mourir...

De la langue, je nettoyai de leur vernis de sueur son buste étroit (comme son cœur battait !) et son ventre enfantin, enfin, je m'accordai le droit d'emplir ma bouche de ce qu'elle a de meilleur. Elle avait ouvert les yeux, maintenant, et baissait la tête pour me regarder faire.

— Ma chérie, ma chérie, disait-elle en me le donnant, oui, oui, mange-le... il est à toi, rien qu'à toi... aux autres, je le prête, à toi je le donne... mange tout... quand je courais, je sentais la sueur entrer dans mon vagin et je me disais... c'est pour Victorine, c'est pour elle... j'étais contente que ça me picote...

Je lui ai retiré ses socquettes pour déguster ses orteils, je passais ma langue dans leurs interstices, soigneusement, me régalant de l'âcre saveur fromageuse, puis je remontais au con, d'un coup, pour la joie, chaque fois, de l'entendre glapir.

Je ne sais pas combien d'orgasmes je lui ai donnés ce

matin, nous ne les comptions plus, ce n'était plus qu'une seule crise que je laissais s'éteindre sous ma langue, comme on laisse fondre un bonbon, et que je rallumais d'un coup en lui fourrant brusquement deux doigts dans le cul ; ses glapissements devenaient alors des feulements et leur succédaient des crises de sanglots qu'accompagnait une pluie de petits coups de poing et de pinçons. Pour la calmer, je lui faisais sentir mes dents et elle se taisait, attentive à la douleur... tout en me caressant peureusement la nuque, tirant sur mes cheveux quand elle voulait décoller ma bouche, appuyant sur le crâne quand elle voulait que je la suce davantage...

Moi-même, j'ai dû jouir deux ou trois fois en la broutant ; avec elle, je n'arrivais pas à me dominer, ça fusait avant que je réalise, il m'est même arrivé d'avoir un orgasme simplement en lui retirant sa culotte, à l'instant où je voyais s'ouvrir sa fente, où l'odeur me bondissait sauvagement aux narines...

— Tu crois que c'est de l'amour ? me demanda-t-elle, quand nous fîmes une pause (j'avais toujours son con dans la bouche, et quand je lui parlais, c'était presque dans son vagin), c'est forcément de l'amour, Victorine... Pourquoi tu ne veux pas me croire ? Avec les autres, je te jure, même quand je prends mon pied, ça n'a rien à voir... rien !

Elle prenait mes joues pour soulever mon visage et me regarder. On se fixait sans bouger, sauf mes doigts qui allaient et venaient dans son cul et son vagin.

— Je peux te pisser dans la bouche ?

— Bien sûr, ma chérie...

Elle se pencha pour goûter dans ma bouche le goût de son con. Puis s'accroupit sur mon visage. Elle adorait ça, me pisser dans la bouche, après avoir joui ; la miction lui donnait alors une nouvelle jouissance, me disait-elle, très différente, presque meilleure que l'orgasme, surtout quand elle me léchait en même temps.

Quand j'eus bu tout son nectar, on s'est enlacées sur la moquette pour se dorloter. C'est fou ce qu'elle est câline, après le cul, Ferdie, on ne croirait jamais que c'est la fille de sa mère. Encore moins la petite-fille d'Euthanasie !

Ce matin, celui du premier jour des trente-cinq balais de sa mère (Mme Edwige est née à minuit, comme le petit Jésus – c'est leur seule ressemblance), Ferdie et moi avons longtemps papoté. Couchées sur son lit de pensionnaire, on partageait le pétard qu'elle avait rallumé. C'était de la bonne, pas de la camelote à Bobby, de la marocaine que lui refilait une copine, la fille d'un commissaire de police.

— Pourquoi on ne peut pas se marier entre filles ? demandait Ferdie.

— De toute façon, je suis trop vieille pour toi. Vingt ans de différence ! Dans dix ans, je serai un vieux tableau...

— Tu dis des conneries. En tout cas, si j'épouse un mec, je t'emmène avec moi. Si j'ai une fille, c'est toi qui t'en occuperas, comme tu t'es occupée de moi... j'avais quel âge la première fois que tu m'as sucée ? Oh, j'ai honte, Victorine, hier soir, je ne t'ai même pas dit merci pour ta branlette...

— Tu viens de le faire.

— C'est de mon pipi que tu parles ? Tu aimes vraiment ça ?

— Le tien, je l'adore.

— Qu'est-ce que je vais devenir quand je ne t'aurais plus, Victorine ?

— Tu trouveras d'autres suceuses, n'aie pas peur. Mais dis-moi, pourquoi étais-tu furax, hier soir ?

— Mais à cause de Jacky ! Figure-toi qu'il a insisté pour me sodomiser...

— On dit enculer, quand on n'est pas hypocrite.

— D'accord : pour m'enculer. C'est bien la dernière fois que je sors avec lui.

— Pourquoi ? Je croyais que tu aimais ça ?

— Bien sûr que j'aime ça, et lui aussi, ce salaud ! Et ça s'est très bien passé ! Même que j'ai pété quand il s'est retiré, on était morts de rire... Je le fais chaque fois, c'est l'air comprimé dans les boyaux qui ressort, il m'appelle la contrepéteuse...

— Eh bien ? C'est plutôt mignon, non ?

— Attends la suite ! On était dans la voiture et en rallumant le plafonnier il a vu qu'il avait du caca sur le gland ! Imagine ce toupet : il s'est permis de me faire une réflexion au lieu de s'essuyer discrètement, comme les autres... Quel malotru ! J'ai rompu mes fiançailles immédiatement. C'est toi que j'épouserai quand je serai grande.

— Tu ne seras jamais grande.

— Dieu t'entende !

Les Chérubins qui revenaient du collège nous ont interrompues à temps. On devenait sentimentales.

Cette nuit-là, alors que nous allions entrer dans la deuxième journée des trente-cinq ans de Mme Edwige, un orage a éclaté. Ça n'a pas raté, les jumeaux ont rappliqué dans le plus simple appareil pour se réfugier dans mon lit. Depuis leur plus jeune âge, c'est pareil à chaque orage. Maintenant qu'ils sont grands, ça devient quand même assez scabreux. Ils se serrent contre moi, leurs mains se faufilent sous ma chemise et pendant que je les entoure de mes bras pour les protéger contre le dieu Thor, ils se fourrent chacun un nichon dans la bouche. Me faire sucer les seins par deux faux innocents dont les mains explorent mes régions basses est loin de me laisser placide. Tout se passe sans un mot. Jamais on ne se parle au cours de ces scènes d'orage, c'est en dehors de la vie, une sorte de parenthèse, un rêve que seuls nos corps partagent et le mien ne tarde pas à ouvrir les cuisses pour répondre affirmativement aux questions insistantes que leurs doigts posent à mon vagin et mon anus...

Dès que l'orage est passé, ils retournent dans leur chambre après m'avoir embrassée sur la joue. Le lendemain, on fait comme si rien ne s'était passé. Ces épisodes nocturnes ne font pas partie des choses qu'on dit.

Ce qui est de leur domaine, en revanche, ce sont les « leçons d'éducation sexuelle » que je les aide à « réviser » certains après-midi où ni leur mère ni leur sœur ne sont au Bertranet. Je n'ai jamais rien dit de ces séances à Mme Edwige, vu que c'est une affaire entre eux et moi et que, comme aurait dit feu le docteur, nous ne « consommons pas l'acte » à proprement parler.

Cela débute presque toujours de la même façon. En entrant dans leur chambre avec le plateau du goûter, je constate qu'ils ont rapproché les lits jumeaux pour n'en faire qu'un grand.

— Oh, Victorine, tu tombes bien, dit Rodolphe. Demain, on a éducation sexuelle.

— On doit revoir les organes de reproduction de la femme, précise Philippe, sérieux comme un pape, pendant que son frère va tourner la clef dans la serrure.

— Et pourquoi c'est toujours à moi que vous demandez ça, et pas à votre mère ou à votre sœur ?

— Voyons, maman ne voudrait jamais, pudique comme elle est...

— Et le vagin de Ferdie est encore fermé, on peut à peine y mettre le petit doigt !

Me voilà assise sur le matelas ; eux attendent, à genoux sur la descente de lit.

— Sois sympa, Victorine, juste l'appareil génital externe... pour l'utérus et les ovaires, le bouquin suffit...

Rodolphe remonte timidement ma jupe ; dès que je lui fais les gros yeux, il fait sa moue d'enfant gâté.

— Puisque personne le saura ? chuchote-t-il...

J'ai l'impression d'avoir douze ans et que je suis avec mes cousins. Prendre l'air excédé fait partie du jeu.

— Vous êtes vraiment casse-bonbons, vous savez. Voilà, vous êtes contents ? Vous le voyez bien mon « appareil génital externe » ?

Ça les flingue toujours à bout portant, quand je retrousse ma jupe en écartant les cuisses, de voir que je n'ai pas de culotte. Leurs yeux s'agrandissent, ils se rapprochent.

— Tu permets, on voit rien avec tous ces poils...

— Qu'est-ce qu'elle en a ! Elles en ont toutes autant, les femmes ? Vise un peu cette forêt !

— Ouais... mais on ne peut pas voir le vagin... ils cachent tout... Tu permets Victorine ?

En avant pour le touche-pipi ! Leurs doigts explorent les broussailles, descellent les lèvres du con.

— Pourquoi c'est toujours mouillé ? demande l'un.

— C'est pas toujours mouillé, imbécile, répond l'autre. Rappelle-toi le deuxième paragraphe sur le coït : c'est seulement quand la femme est excitée que les glandes de Bartholin sécrètent leur lubrifiant... ça permet au pénis de glisser dans le vagin...

— Mais elle est pas excitée, Victorine, on fait juste que réviser une leçon. Pourquoi...

— Bien sûr que si, qu'elle est excitée. Une femme est toujours excitée quand elle montre à un homme ses parties sexuelles...

Il y a des moments où je me marre malgré moi en les écoutant déconner. J'en attrape un par l'oreille et je l'embrasse, je lui mords même un peu le cou. A partir de là, on ne se gêne plus, la glace est brisée, aux explications que je leur fournis sur le rôle du clitoris et des petites lèvres, succèdent des attouchements de plus en plus insistants pour vérifier mes dires. A tour de rôle, ils constatent que titiller le clito provoque bien une dilatation du vagin et des écoulements de sécrétions intimes. En pouffant de rire, ils introduisent leurs doigts, puis divers objets dans mon vagin pour en sonder la profondeur, en évaluer l'élasticité. Et ça finit toujours de la même façon : ils me montrent leurs queues en érection, me supplient de les laisser les introduire dans le vagin (ou à la rigueur, dans mon anus), pour « voir » ce que « ça fait ».

Ma réponse est toujours la même :

— Vous attendrez d'avoir quinze ans.

En revanche, Mme Edwige ne m'a jamais interdit de les branler ou de les sucer. Et vu qu'il serait inhumain de les laisser dans cet état...

*

* *

Ce que veulent en réalité les Chérubins, ils s'imaginent que c'est mon vagin (tirer leur coup, comme les grands) ; ce qu'ils ignorent, c'est qu'après mon vagin et mon trou du cul, ils en voudront d'autres, et encore d'autres, et que ça ne finira jamais. On les surprendrait beaucoup en leur apprenant que ce qu'ils cherchent, en réalité, entre mes cuisses (ou entre mes fesses), c'est le nirvana que savoure à l'étage du dessous leur grand-père le légume. Lui jadis toujours par monts et par vaux, qui ne tenait pas en place, cette force de la nature, condamné à l'immobilité, a enfin trouvé ce après quoi il ne savait même pas qu'il courait : le bonheur ! Le voici au paradis d'Allah avant d'être mort... avec ses deux houris...

Quant à Mme Edwige et moi, chacune à notre façon, nous en approchons aussi. Pour celle-là, paradoxalement, ma présence entre elle et son père, en faisant virer à la gaudriole incestueuse nos jeux de cul à trois, lui permit longtemps de continuer à se cacher qu'il s'agissait pour elle d'une vieille histoire d'amour avec son papa. Comme je mettrais longtemps, moi-même, à m'avouer que j'avais trouvé entre les cuisses de sa fille (pas seulement entre ses cuisses, en elle toute), après toutes ces années où je m'étais crue exclusivement vouée aux jeux du cul, cet « amour » (sur lequel Mme Fernande faisait des gorges chaudes) dont j'avais eu un avant-goût avec Olga et dont ma liaison tumultueuse avec Edwige n'avait été que le prélude, puisque c'est de sa chair qu'était sortie celle que j'aimerais à jamais désormais.

— C'est de l'utopie, me dirait Ferdie, le bonheur dans le sexe, c'est impossible... Dans le cul, il n'y a pas de happy end ! Le cul, c'est comme la vie, ça finit toujours mal.

Peut-être. Mais tant que ça dure, on serait bien con de ne pas en profiter, non ?

N'en déplaise aux culs pincés, Amour se cache souvent au fond de Foufoune et Popotin. Il suffit d'aller l'y chercher. [1]

Amen.

FIN

1. Note de l'auteur : Dans ce livre, j'ai voulu faire un mélange qui, à ma connaissance, n'a jamais été tenté. Le gros mélo sentimental (la saga provinciale) et le cul bas de gamme des romans de gare ; une sorte de porc sucré vinaigrette, en somme. Pourquoi pas, après tout ? Le cul, c'est comme le cochon, on peut l'accommoder de mille façons, ça reste toujours du cul.

DANS LA MÊME COLLECTION :

N° 1 – Anonyme, *Ma vie secrète T.1, Premières armes de Walter*
N° 2 – Friedrich-Karl Forberg, *Manuel d'érotologie classique* précédé de *La porte de l'âne*
N° 3 – Françoise Rey, *Des camions de tendresse*
N° 4 – Pierre Louÿs, *Histoire du roi Gonzalve et des douze princesses / Pybrac / LaFemme*
N° 5 – Anonyme, *Confession sexuelle d'un anonyme russe*
N° 6 – E.T.A. Hoffmann, *Sœur Monika*
N° 7 – Gérard Zwang, *Le Sexe de la femme*, nouvelle édition augmentée
N° 8 – D.A.F. de Sade, *La Philosophie dans le boudoir*
N° 9 – (Pigault-Lebrun) *L'Enfant du bordel*
N°10 – Henry Miller, *Opus pistorum*
N°11 – Joë Bousquet, *Le Cahier noir*
N°12 – Anonyme, *Ma vie secrète T.2, Servantes et filles de ferme*
N°13 – Janine Aeply, *Éros zéro*
N°14 – Baffo, *Œuvres érotiques*
N°15 – Spaddy, *Colette ou les amusements de bon ton*
N°16 – Mario Mercier, *Le Journal de Jeanne*
N°17 – José Pierre, *Qu'est-ce que Thérèse ? C'est les marronniers en fleurs*
N°18 – Gabrielle Wittkop, *Le Nécrophile*
N°19 – Boyer d'Argens (?), *Thérèse philosophe*

N°20 – Pierre Louÿs, *Trois filles de leur mère / Douze douzains de dialogues / Manuel de civilité à l'usage des petites filles*

N°21 – Alfred de Musset, *Gamiani ou Deux Nuits d'excès*

N°22 – Restif de la Bretonne, *L'Anti-Justine*

N°23 – Pierre du Bourdel (Pierre Mac Orlan), *Mademoiselle de Mustelle et ses amies*

N°24 – Connie O'Hara, *Clayton's College*

N°25 – Adolphe Belot, *Les Stations de l'Amour*

N°26 – Michel Bernard, *La Négresse muette*

N°27 – Anonyme, *Les Tableaux vivants*

N°28 – Emmanuelle Arsan, *Emmanuelle Livre I : La Leçon d'homme*

N°29 – Emmanuelle Arsan, *Emmanuelle Livre II : L'Antivierge*

N°30 – Spaddy, *Dévergondages*

N°31 – Une Célébrité Masquée, *Le Roman de Violette*

N°32 – Maurice Heine, *Recueil de Confessions et Observations psycho-sexuelles*

N°33 – Effe Géache, *Une nuit d'orgies à Saint-Pierre Martinique*

N°34 – Marie L., *Confessée*

N°35 – Capitaine Charles Devereux, *Vénus Indienne*

N°36 – Anonyme, *L'École des filles*

N°37 – Anonyme, *Mémoires d'une chanteuse allemande*

N°38 – Poésie érotique, *Quinze Chefs-d'œuvre du XVIIe au XXe siècle*

N°39 – Annick Foucault, *Françoise Maîtresse*

N°40 – Louise Dormienne, *Les Caprices du sexe*

N°41 – Paul Verguin, *Presque un an*

N°42 – Jean Bruyère, *Roger, ou les à-côtés de l'ombrelle*

N°43 – Pierre du Bourdelle, *Aventures amoureuses de Melle de Sommerange*

N°44 – Anonyme, *Mémoires de Miss Coote*

N°45 – Anonyme, *Mademoiselle M...*

N°46 – Collectif, *Théâtre érotique, Volume 1*

N°47 – Anonyme, *Ma vie secrète, T. 3, Prostituées, dames du monde et demi-mondaines*

N°48 – Anaïs Nin, *Alice et autres nouvelles*

N°49 – Mathias et Jean-Jacques Pauvert, *Anthologie du coït*
N°50 – E.D., *Odor di femina, amours naturalistes*
N°51 – Jean de La Fontaine, *Contes interdits*
N°52 – Éric Jourdan, *Les Mauvais Anges*
N°53 – Anonyme, *Ma vie secrète, T.3, Prostituées, dames du monde et demi-mondaines* (deuxième partie)
N°54 – Nelly et Jean, *Nous deux, Simples papiers du tiroir secret*
N°55 – François-Paul Alibert, *Le Supplice d'une queue*
N°56 – Capitaine Edward Sellon, *Les Hauts et les bas de la vie*
N°57 – Anonyme, *Selma (*suite de *Mademoiselle M...)*
N°58 – Jacques Antel, *Le tout de mon cru*
N°59 – Paul Verguin, *Aubaine*
N°60 – Marie L., *Noli me tangere*
N°61 – Alexandre Dupouy, *Anthologie de la fessée et de la flagellation*
N°62 – L'Érotin, *La Femme aux chiens*
N°63 – Baffo, *Œuvres érotiques Tome II*
N°64 – Esparbec, *La Pharmacienne*
N°65 – J. H., *La Vie d'une sainte*
N°66 – « Bernard Montorgueil », *Dressage*
N°67 – Une femme du monde, *Les Jeux du plaisir et de la volupté*
N°68 – Peter Sotos, *Index*
N°69 – Claude Sadut, *Les Jeux de l'orgueil*
N°70 – (Spaddy), *Moi, Poupée*
N°71 – Gala Fur, *Les Soirées de Gala*
N°72 – André Ibels, *La Bourgeoise pervertie*
N°73 – Collectif, *Joyeusetés galantes, l'Érotisme second Empire*
N°74 – Nathalie Ours, *Pot-pourri*
N°75 – Madame de Morency, *Journal d'une enfant vicieuse*
N°76 – Maurice Raphaël, *Ainsi soit-il* suivi de *Claquemur*
N°77 – Pierre Louÿs, *Manuel de Gomorrhe* suivi de *L'Ile aux dames*
N°78 – Françoise Rey et Remo Forlani, *En toutes lettres*
N°79 – Esparbec, *La Foire aux cochons*
N°80 – M.A., *Histoire de Boris. Biographie d'un baiseur contemporain*

N°81 – Ovidie, *Porno Manifesto*

N°82 – Sensitive, *Les Parfums de Sensitive*

N°83 – Mirabeau, *Ma conversion ou le Libertin de qualité*

N°84 – Roger Des Roches, *la Jeune Femme et la Pornographie*

N°85 – François-Paul Alibert, *Le Fils de Loth*

N°86 – Ange Bastiani, *L'Amour au pluriel*

N°87 – Sadie Blackeyes, *Petite dactylo et autres textes de flagellation*

N°88 – Echaillon, *Léa et les Ogres*

N°89 – Leopold Von Sacher-Masoch, *Les Batteuses d'hommes*

N°90 – Esparbec, *Les Mains baladeuses*

N°91 – Jacques Serguine, *Cruelle Zélande*

N°92 – Nadine Monfils, *Contes pour petites filles perverses*

N°93 – Gala Fur, *Séances*

N°94 – Alix Renaud, *À corps joie*

N°95 – Anonyme, *Confessions d'une perverse ou Manuel complet de la luxure*

N°96 – Elizabeth Herrgott, *Mes hiérodules*

N°97 – *Le Journal d'Elsa Linux*

N°98 – *Chansons paillardes*

N°99 – Eric Jourdan, *Saccage*

Imprimé en France par

CPI
Brodard & Taupin

La Flèche (Sarthe), le 05-10-2009.
54655 - Dépôt édit. : septembre 2006.
Collection 07. Edition n° 04.